DAGMAR TRODLER
Die Waldgräfin

Buch

Die Chronisten schreiben das Jahr des Herrn 1066, und auf einer Burg in der Eifel hadert Alienor, die Tochter des verwitweten Freigrafen zu Sassenberg, mit ihrem Schicksal als Burgherrin. Die Eintönigkeit ihres Daseins zwischen Webrahmen, Speisekammer und Almosenkorb endet jedoch jäh, als den Jägern zu Sankt Barbara ein seltsamer Wilderer in die Hände fällt – zerlumpt, von edler Statur und der deutschen Sprache offenbar nicht mächtig. Sein Schweigen selbst auf der Streckbank macht den Freigrafen rasend, und der Fremde scheint dem Tod geweiht; da findet Alienor beim weihnachtlichen Almosengang im Kerker heraus, dass er Normannisch, die Sprache ihrer verstorbenen Mutter spricht. Nach dieser Enthüllung hofft der Freigraf darauf, dass seine Tochter auch die Herkunft des rätselhaften Fremden aufdecken kann, und er macht ihn ihr – gebrandmarkt und in Halseisen gelegt – als Reitknecht zum Geschenk. Obwohl Alienor sich vor dem Mann fürchtet, lernt sie bald schon seine Stärke und sein Gespür für Gefahren schätzen. Beim Versuch, einen feindlichen Überfall auf die väterliche Burg zu vereiteln, kommen die beiden sich wider Erwarten näher. Doch am Ende scheint der Fremde den letzten Auftrag des Freigrafen mit dem Leben bezahlen zu müssen.

Auf dem Sterbebett konfrontiert er Alienor mit seiner wahren Herkunft, seinem heidnischen Glauben und einer Abstammung, wie sie edler nicht sein könnte. Hin- und hergerissen zwischen Schuldgefühlen und wachsender Zuneigung, nimmt Alienor den Kampf auf gegen Wundbrand, heidnische Götter und mörderische Intrigen. Bis ihr nur eine Wahl bleibt: Sie wechselt die Seiten und läßt ihr bisheriges Leben hinter sich, um nicht nur ihn, sondern auch sich selbst aus der Abhängigkeit zu befreien…

Autorin

Dagmar Trodler, Jahrgang 1965, arbeitet seit 1987 als Krankenschwester und studierte daneben Geschichte und skandinavische Philologie in Saarbrücken, Aachen und Köln. Heute lebt sie mit ihrem Mann im Rheinland und arbeitet bereits an ihrem nächsten Roman.

Ihr opulenter historischer Debütroman »Die Waldgräfin« wurde von Lesern und Kritikern mit großer Begeisterung aufgenommen.

DAGMAR TRODLER
Die Waldgräfin

Roman

BLANVALET

Umwelthinweis:
Alle bedruckten Materialien dieses Taschenbuches
sind chlorfrei und umweltschonend.

Blanvalet Taschenbücher erscheinen
im Goldmann Verlag, einem Unternehmen
der Verlagsgruppe Random House.

Taschenbuchausgabe Oktober 2002
© 2001 by Blanvalet Verlag, München,
in der Verlagsgruppe Random House GmbH
Umschlaggestaltung: Design Team München
Umschlagfoto: AKG, Berlin
Satz: Uhl + Massopust, Aalen
Druck: Elsnerdruck, Berlin
Verlagsnummer: 35616
Lektorat: Silvia Kuttny
Redaktion: Petra Lingsminat
Herstellung: Heidrun Nawrot
Made in Germany
ISBN 3-442-35616-4
www.blanvalet-verlag.de

1 3 5 7 9 10 8 6 4 2

In memoriam
Marie-Luise Trodler

1. KAPITEL

*Das zerstoßene Rohr wird er nicht zerbrechen,
und das glimmende Tocht wird er nicht auslöschen.*
(Jesaja 42,3)

Wie eine eisige Hand kroch die Kälte über meine Knie und fuhr schmerzhaft die Knochen entlang. Meine Finger, die aus den wollenen Binden herausschauten, waren blau gefroren: Jedes Mal, wenn ich das Schiffchen glücklich durch die Kettfäden gezogen hatte, musste ich innehalten und meinen Fingern neues Leben einhauchen. Am Rücken hingegen lief mir der Schweiß herab, weil die alte Maia den Webrahmen so nah ans Feuer gerückt hatte. Sie selbst hockte dicht neben den Flammen und versuchte mit klammen Fingern, ein Kreuz auf das Altartuch zu sticken. Immer wieder entglitt ihr die Nadel und rutschte über den Rock in Richtung Fußboden, wo sie für alle Zeiten zwischen den Binsen verschwinden würde.

»Herr Jesus, ist das kalt hier«, murrte sie. »Gleich heute Abend werde ich Euren Vater bitten, den Webrahmen in die Halle zu stellen. Das hält ja kein Christenmensch aus...« Sie erhob sich und kratzte mit dem Schürhaken im zerfallenden Holz umher. Funken sprühten, es knackte. Gisela, die andere Kammerfrau, schlief, in eine Decke gehüllt, auf der Bank. Ihre Näharbeit lag am Boden, aus ihrem Mund roch es nach Branntwein. Der mochte ja den Magen wärmen, doch auch Giselas Hände waren grau vor Kälte. Ich deckte ein weiteres Wolltuch über ihren Schoß und stampfte mit den Füßen. Endlose, ewige Winterkälte!

Das Bett in der Ecke des kleinen Turmzimmers lockte mit seinen Fellen und Daunenkissen; dort lag meine kleine Schwester Emilia und schlief. Ich schnupperte an Giselas Branntweinkaraffe. Wo sie den nur wieder herhatte! Der scharfe Geruch raubte mir fast den Atem, doch dann setzte ich die Karaffe entschlossen an und nahm einen kräftigen Schluck. Wie Feuer rann er meine Kehle hinab...

Draußen schlug der Kettenhund an, heiser und böse. Leute liefen über den Hof, das Tor wurde aufgezogen. Ich stürzte an die Öffnung im Mauerwerk und hob den Teppich hoch.

»Maia – Maia, schau, sie kommen zurück! Jeden Moment müssen sie in den Hof reiten. Lass uns hinuntergehen und nachsehen, was für Beute sie mitbringen!«

Seufzend ließ meine Kammerfrau ihre Arbeit sinken. »Ihr werdet Euch den Tod da draußen holen, Fräulein. Bleibt hier am Feuer –« Gisela grunzte im Schlaf, verschluckte sich, hustete und schnarchte weiter.

Ich zog meine Lederstiefel über die Wollwickel, mit denen ich meine Beine vor der Kälte schützte, und hüllte mich in meinen Fehmantel. »Dann geh ich eben alleine!«

Ein scharfer Wind fegte die Stiege herauf. Heute Nacht würde es sicher wieder schneien, wie in der letzten Nacht und die Nächte davor. Und dann würde man im Wald den Wolf vor Hunger heulen hören können, und die Menschen würden sich in ihre Hütten flüchten und Schaf und Federvieh zu sich ans Feuer holen...

Ich zog mir den Mantel enger um die Schultern und setzte den Fuß auf die erste der ausgetretenen Holzstufen. Wie hatte ich mich am Morgen darauf gefreut mitzureiten, Fasane zu jagen, den Hirschen hinterherzuhetzen – endlich der Langeweile der Spinnkammer zu entkommen!

Argwöhnisch hatte Maia beobachtet, wie ich meine Wolltunika gegen Hosen und einen Kittel aus Wollfilz vertauscht hatte. »Wie kommt Ihr darauf, dass Ihr mitreitet?« Schon ihre Stimme, seit Tagen durch eine Erkältung heiser und näselnd, hatte mich geärgert. Da sie keine Anstalten gemacht hatte, mir den Zopf zu flechten, hatte ich es selbst getan, ihn unter den Kittel gesteckt und nach meinem Umhang gegriffen. »Er hat es mir versprochen, Maia.«

Versprochen, wie so oft. Ich seufzte und setzte mich, aufs Neue von der Enttäuschung überwältigt, auf eine der Treppenstufen.

»Wer hat dich zur Jagd gebeten?«, hatte Vater mich gefragt, als ich mit klirrenden Sporen in die Halle trat, um meinen Falkenhandschuh aus der großen Truhe zu holen. Entgeistert war ich stehen geblieben.

»Aber –«

»Ich erwarte, dass du deinem Vater alle Ehre machst und seinen Gästen ein vollendetes Festmahl bereitest. Eine Grafentochter gehört nicht in den Sattel.« Ohne nach dem Diener zu schauen, hielt er seinen Becher zum Nachschenken hin.

»Du hast es mir versprochen!« Tränen schossen mir in die Augen angesichts seiner unvermuteten Härte.

»Nichts habe ich versprochen! Du redest irr, Mädchen.«

»Vater, du hast versprochen, mich diesmal –« Jemand kicherte verhalten. Vater lief rot an und ballte die Faust um den Becher, dass die Finger weiß wurden. Bier schwappte über den Rand.

»Wage es nicht schon wieder, meine Anordnungen in Frage zu stellen! Ich sage, du bleibst hier, und damit Schluss. Es gibt genug zu tun, also steh hier nicht rum und mach dich lächerlich.« Und so manch hämischer Blick traf mich, als sie an mir vorbei auf den Hof stiefelten, die Edelleute des Rheintals, die von weither gekommen waren, um in Vaters Wäldern reiche Beute zu machen.

Fassungslos hatte ich mit ansehen müssen, wie die Männer ihre Mäntel rafften, wie irgendein dicker Vasall ächzend in den Sattel meiner geliebten Stute sank, dass sie hinten einknickte und erschreckt einen Satz vorwärts machte – hatte tatenlos danebenstehen müssen, als der Fettsack an ihrer Kandare riss, damit sie stillstand und man ihm meinen Sperber auf den Arm setzen konnte, jenen hell gefiederten, erstklassig abgerichteten Beizvogel, den Vater mir zu meinem vierzehnten Geburtstag geschenkt hatte ...

Der Wind sang sein schauriges Lied durch die Mauerritzen des Frauenturms. Verbissen stopfte ich mir den Umhang zwischen die Beine und kauerte mich auf der Stufe zusammen.

War es Zufall, dass er mich ausgerechnet heute, am Fest der heiligen Barbara, in diesen Turm verbannt hatte? Der einzige Unterschied zwischen der Heiligen und mir war doch, dass ihr Vater sie keinem Manne zeigen und mein Vater mich seinen Mannen nicht zumuten wollte.

Maia polterte oben mit Feuerholz herum, ich hörte sie fluchen über den verhext tiefen Schlaf der sehr viel jüngeren Gisela. Verdrossen schnaubte ich und dachte an die höhnischen Blicke der beiden Kammerfrauen, die meinen dritten Kleiderwechsel am Morgen begleitet hatten.

»Grämt Euch nicht«, hatte Gisela irgendwann gemeint. »Wenn der Sommer kommt, wird es genug Ablenkung für Euch geben, und dann werdet Ihr Euch nach der Ruhe des Winters sehnen...«

Sommer. Ich gähnte und rieb meine Fäuste. Unten lachten die Mägde übermütig, und die Metkannen klapperten – ich hoffte, dass sie ihn später nicht zu großzügig kredenzten. Die Honigausbeute im vergangenen Sommer war mager gewesen, und wir hatten Mühe gehabt, in allen Fässern Met von gewohnter Qualität anzusetzen. Mein erster Gang am Morgen führte mich daher stets hinter die Falltür in der Speisekammer, wo die Wein- und Metvorräte lagerten und wo ein hölzerner Stab mir half, das Absinken des duftenden Spiegels in den Fässern zu kontrollieren – auf dieser kalten Burg gab es viele Frierende und Einsame, die vor Diebstahl nicht zurückschreckten. Üblicherweise wanderte ich danach durch die Meierei, warf einen Blick in die Milchkannen und zählte die Eier, bevor ich mit zwei Mägden in der Küche die Gerstensuppe für das Frühmahl zubereitete. Einmal in der Woche wurde Bier gebraut, das tägliche Abfüllen der Kannen hatte ich in Ermangelung eines Mundschenks Martha, meiner zuverlässigsten Küchenmagd, übertragen.

Vor dem Essen las mein Beichtvater uns eine Messe – an Feiertagen und Heiligenfesten in der Kapelle, sonst in der großen Halle, wo er das Essen segnete und sich danach zu uns gesellte. An den gleichen Tischen wurde auch besprochen, welche Tiere geschlachtet, wie viele Häute gegerbt und welcher Stall repariert werden musste, hier ließ Vater Einladungen und Botschaften schreiben, hier verlas er gerichtliche Beschlüsse und verhängte Strafen über Faulpelze, Betrüger und Zehntsäumige, hier empfing er Boten aus Köln, Aachen und vom Kaiser.

Heute Morgen jedoch war alles anders gewesen. Im Laufschritt war ich bei Anbruch der Dämmerung durch die Wirtschaftsgebäude gehetzt, hatte in der Küche letzte Anweisungen für das Festmahl gegeben und in der Halle einen Plan hinterlegt, wie die Schragentische aufzustellen seien, um danach als Letzte in die Kapelle zu schlüpfen, wo Pater Arnoldus die Barbaramesse feierte. Meine Andacht war auf der Strecke geblieben, weil ich während des Chorals nur daran dachte, wie ich am schnellsten in meine Jagdkleider gelangen konnte, um nicht zu spät zu kommen... Ich ballte die Faust. Wie hatte er mich bloßgestellt, vor allen Leuten!

Vor der Tür schnaubten die ersten Pferde. Die Jäger waren endlich zurück. Meine Füße waren auf der kalten Treppe fast eingefroren, und so machte ich mich steifbeinig auf den Weg, sie zu begrüßen.

Der enge Burghof quoll über von Menschen, Pferden, Hunden und Gepäck. Knappen rannten mit Jagdwaffen und Mänteln zwischen den schnaubenden Rössern herum, Knechte trugen Arme voll Heu von der Scheune zum Stall neben dem Burgtor, wo an eisernen Raufen ein Pferd neben dem anderen angebunden und gefüttert wurde. Die drei Knaben des Stallmeisters waren aus der winzigen Wohnung über dem Stall gekommen und halfen fleißig mit, die Raufen mit Heu zu füllen und den durstigen Pferden Wasser in die Rinne zu gießen. Im Kapellentürmchen läutete die Glocke – meines Beichtvaters ganzer Stolz – zur Abendandacht, die der Pater heute wohl allein würde halten müssen; den Jägern stand der Sinn nach Bier und Braten. Über uns funkelten schon die ersten Sterne an einem makellosen Abendhimmel, eben war die Sonne hinter dem Bergfried untergegangen und hatte alle Wärme mitgenommen.

Gisbert, der Vormann der Burgwache, kam auf mich zu und verneigte sich vor mir. »Seid gegrüßt, Herrin! Eine erfolgreiche Jagd war das, man sieht es unseren Gästen an, nicht wahr? Dort hinten liegt unsere Beute, kommt und schaut es Euch an.« Er bot mir seinen Arm und geleitete mich durch die Menge hindurch zum Brunnen, wo man die erlegten Tiere auf einen Haufen geworfen hatte. Es roch durchdringend nach frischem Blut, Kot und feuchtem Tierfell. Blut war in den Schnee gesickert und glitzerte hellrot im Licht der schaukelnden Laternen. Sein Geruch erregte mich. Zwischen den Leibern ragte das Geweih eines kapitalen Hirschs hervor, ein Wildschwein, das aus dem Hals noch blutete, hing über den Rehböcken, und einer der Jäger ließ eben ein Bündel Fasane vom Haken fallen. Glasige Augen blinkten auf, bevor sie von bunten Federn bedeckt wurden. Der strenge Geruch von Wildbret bemächtigte sich meiner Sinne und ließ mir das Wasser im Munde zusammenlaufen. Welche Wonne, sich im Dezember nach Herzenslust den Bauch mit Fleisch, fetten Soßen und süßen Mehlspeisen voll zu schlagen – und im Frühjahr würde ich wieder händeringend im Vorratshaus stehen und überlegen, wie ich die Leute bis zur nächsten Ernte satt bekommen sollte. Dann würde es den Kindern im Dorf vor Hunger wieder den Bauch auftreiben, und ihre Mütter würden mit roten Mundwinkeln und fahlen Augen am Burgtor um Almosen betteln kommen... Energisch verdrängte ich diese Gedanken. Heute galt es, den Überfluss bis zum letzten Krümel zu genießen.

Ich überschlug rasch, ob die fünfundzwanzig Brote, die wir am Morgen gebacken hatten, wohl ausreichen und ob ich noch Eier aus dem Vorratshaus würde holen müssen. Seit der Fuchs in der vergangenen Woche ein Blutbad im Hühnerstall angerichtet hatte, waren die Eier für dieses Fest rationiert worden, und nur Emilia bekam süßen Dotter in ihre Morgengrütze gerührt. Vor dem Frühling würde ich keine Hennen kaufen können... Während mein Blick über die Jagdbeute glitt, zählte ich im Geiste die Gäste, die an den Schragentischen untergebracht werden mussten – doch plötzlich blieb ich wie angewurzelt stehen: Zwischen den Tierleibern, halb unter einem Rehbock begraben, lag ein Mensch! Zumindest hatte das, was sie mit Stricken an Armen und Beinen gefesselt hatten, menschliche Formen...

»Na, Hausherrin, was sagst du zu unserer Jagdbeute?«, dröhnte es hinter mir, und ich fuhr herum. Hinter mir stand, breitbeinig und in kostbare Pelze gehüllt, mein Vater, Albert Aquila Freigraf zu Sassenberg, Herr dieser Burg und Gastgeber der Jagdgesellschaft. Seine Augen blitzten beim Anblick der besudelten Gestalt zu unseren Füßen, und als sie sich bewegte, gab er ihr einen Fußtritt.

»Kannst du dir vorstellen, dass es jemand wagt, in meinen Wäldern zu *wildern*?«, fragte er und kraulte seinen Bart. »Ein Wilddieb, in meinen Wäldern! Er versuchte tatsächlich, Herrn Waldemar niederzuschlagen, als wir ihn auf frischer Tat ertappten! Aber wir haben ihn tüchtig gejagt, mit den Pferden quer durch den Forst, auf die Sümpfe zu, und am Rand des Verderbens haben wir ihn eingefangen wie ein räudiges Kaninchen...« Er spuckte auf den Körper und stapfte davon.

Ich sah auf den Wilddieb, der nackt vor mir im roten Schnee lag. Vaters Speichel rann zwischen den gefrorenen Haaren hindurch und blieb an der blutverkrusteten Wange hängen. Lebte er überhaupt noch? Wer auch immer dieser Mensch sein mochte, er hatte sein Leben verwirkt. Als Tochter des Gerichtsherrn der Grafschaft Sassenberg wusste ich, dass ein ertappter Wilddieb nicht mit Gnade rechnen durfte, gleichgültig, wie sehr der Hunger ihn oder seine Familie gequält haben mochte. Und die Strafen waren hart, sie reichten von Geldbußen bis hin zum Abhacken der Hände. Erst letzten Winter hatte Vater diese Strafe an einem unserer Hörigen vollstrecken lassen, auf dem Marktplatz unten im Dorf, damit es alle sehen konnten. Doch auf der Burg wusste jeder, dass er sich mit seinen Gefangenen zunächst lieber zurückzog: Im Keller des Burgfrieds befand sich eine Kammer mit allerhand eisernen Gerätschaften, einem Schmiedefeuer und einem Knecht, der sich darauf verstand, die Zangen und Fesseln zu bedienen, um die Wahrheit aus den Verstockten herauszubringen. Manche behaupteten sogar, dass der Graf sich an den Qualen seiner Opfer berauschte. Für mich war er nur ein unbarmherziger Richter, der durch Leibesstrafen versuchte, seine Untertanen zu erziehen. Und hier, in der Einsamkeit der Eifelberge, mochte so mancher wohl auf schlechte Gedanken kommen – Justitias Vollstrecker lehrte sie alle *mores*. Auch dieser Wilddieb, groß und von kräftiger Statur, würde meinen Vater noch kennen lernen...

Als ich mich über ihn beugen wollte, tauchte plötzlich Maia aus dem Turm auf und packte mich am Arm. »Das ist des Grafen Angelegenheit, geht weg von dem Verbrecher!«, zischte sie und zog mich durch den Schneematsch zur großen Halle, wo sich die Gesellschaft bereits aus den Pelzen geschält und versammelt hatte, um an den Tischen Platz zu nehmen. Nach einem kräftigen Schluck Honigwein, den mir unser Waffenmeister Herr Gerhard reichte, begab ich mich an die Kochstellen, denn nun galt es, die Kessel zu überwachen und den faulen Mägden auf die Finger zu schauen.

Im Hof wurden derweil die erlegten Tiere von den Knechten unter großem Gejohle gehäutet und ausgenommen, bevor man sie auf den eilends aufgebauten Rosten knusprig briet.

Verheißungsvolle Düfte zogen aus dem Küchenhaus herüber. Nass geschwitzte Mägde schleppten Schüsseln mit Hirse- und Gerstenbrei herein, damit die Gäste den ärgsten Hunger stillen konnten. Den Bierbottich hatten ein paar Männer auf die Empore gehievt, wo die schwarzhaarige Martha unablässig ihre Schöpfkelle in das schäumende Bier tauchte und damit Kanne um Kanne befüllte.

In der Küche brodelte in meinem größten Kupferkessel seit dem Mittag eine deftige Suppe, die noch abzuschmecken war, gleichzeitig wurden rasch die Beilagen zum Fleisch fertig gestellt. Der Bäcker knetete mit hochrotem Gesicht die letzten Fladenbrote aus Roggenmehl, die ein Gehilfe in der großen Pfanne goldbraun buk. Auf diese Fladen würden die, die es verstanden, gesittet zu speisen, das in Happen geschnittene Fleisch zum Essen legen. Langsam wurde ich doch nervös. Ob alles zu Vaters Zufriedenheit ausfallen würde? Unter einer Kapuze hatte ich den Stadtvogt von Aachen erkannt ... Und so angelte ich nach dem aufgehängten Gestell mit den Gästelöffeln und fing ein herumrennendes Mädchen an seinen Zöpfen ein, damit es mir die Löffel putzte. Zwei Küchenmägde hackten Möhren und Porree, für die schon ein weiterer großer Kessel angeheizt wurde, neben ihnen verlas ein Küchenjunge seit dem Nachmittag lustlos Erbsen und Bohnen. Ärgerlich machte ich ihm Beine. Die Zubereitung der feinen Saucen überwachte ich selber. Meine Gewürze lagerten in einem verschlossenen Kasten in der Speisekammer, und ich gab sie nur sorgfältig abgewogen heraus – zu viel wurde in einer großen Küche gestohlen. Der betäubende Duft von Zimt und Muskat stieg mir in die Nase, als ich den Deckel öffnete. Aus einem braunen Säckchen ließ ich kleine, harte Pfefferkörner in die Waagschale kullern und sortierte die Gewichte. Na, noch ein wenig mehr durfte es schon sein... Andächtig nahm ein Küchenmädchen den Pfeffer entgegen, um ihn unter meiner Aufsicht im Mörser zu zerstoßen. Ich wog derweil noch rasch Salz für die Suppen ab und suchte aus einem anderen Säckchen eine Muskatnuss heraus. Hmm, was für ein Aroma! Dazu gab es eine blitzende Reibe aus Kupfer, die ich dem Spezereienhändler abgekauft hatte, obwohl mein Vater laut protestiert hatte. Auf meine trotzige Frage, wie denn das Muskat anders ins Essen gelangen sollte als durch diese Reibe, hatte er sich nur verschnupft umgedreht und war gegangen.

In der Ecke scheppterte ein Kessel mit Inhalt zu Boden. Radegunde, die Köchin, suchte schreiend den Schuldigen – heute Abend würde es kein Fenchelgemüse geben. Ich seufzte heimlich. Vater hatte ja Recht gehabt – angesichts des Durcheinanders hier im Küchenhaus war mein Vorhaben, an der Jagd teilzunehmen, in der Tat hirnverbrannt gewesen... Radegunde stellte gerade mit puterrotem Gesicht und drohend erhobenem Kochlöffel eine Magd nach der anderen zur Rede. Gerade noch sah ich, wie einer der Küchenjungen sich durch die Tür drückte und im Hof verschwand. Ich verdrehte die Augen und machte mich auf, die Köchin zu beruhigen und mich um Ersatz für das Fenchelmus zu bemühen.

Nach Mutters Tod vor einigen Jahren hatte ich mit ihrem dicken Schlüsselbund die Burgherrinnenwürde übernommen und war nun für den gesamten gräflichen Haushalt zuständig. Diese Aufgabe erforderte viel Geduld mit den Dienstboten und einiges Stehvermögen, um gegen die Wutanfälle meines Vaters und seinen versteckten Geiz anzukommen. Im Stillen hoffte ich, dass Vater sich wieder verheiraten würde – möchte sich doch die zukünftige Burgherrin mit allem herumärgern. Aber zu meinem Leidwesen machte er keine Anstalten, sich eine neue Frau zu suchen...

Wie so oft in der Adventszeit, fiel das Festmahl auch an diesem

Abend über die Maßen üppig aus – mit dem Segen der heiligen Kirche, denn Abt Fulko aus der benachbarten Benediktinerabtei, ein Vetter meines Vaters, beehrte uns mit seiner Anwesenheit. Die Festhalle war brechend voll, um den dicken Tonkrug mit den Barbarazweigen standen die Schragentische dicht nebeneinander, und die Gäste drängten sich auf Schemeln und Bänken. Es war eine bunte Jagdgesellschaft in prunkvollen Festkleidern, wichtige und unwichtige Leute von benachbarten Burgen, Verwalter, Lehnsleute, Ritter und Männer, die ich noch nie gesehen hatte – der Himmel weiß, woher Vater sie kannte. Musikanten verbreiteten mit ihren Fiedeln und Pfeifen einen ohrenbetäubenden Lärm, man sang miteinander, scherzte und wetteiferte im Jägerlatein. Ein paar Gaukler, die sich seit einigen Tagen auf der Burg aufhielten und sich nach allen Kräften durchfraßen, ließen ihre zahmen Hunde über ein Seil balancieren, ein mageres Mädchen drehte sich tanzend auf dem Tisch und ließ ihre geflickten Röcke wie eine Wolke über die Schüsseln wehen. Wer es schaffte, ihre Beine zu fassen, erhielt als Belohnung einen Kuss auf den Mund. Als sie erschöpft vom Tisch fiel, fing ein gutes Dutzend Hände sie auf, um die Belohnung zu kassieren. An der Empore machte ein Zwerg sich daran, ein Schwert zu schlucken, das fast so lang war wie er selber, worauf Frau Gertrudis' Jüngste weinend unter die Röcke ihrer Mutter kroch, dann aber doch neugierig hervorlugte, als die Zuschauer begeistert Applaus spendeten. Bier und Met flossen in Strömen. Wer die Völlerei nicht vertrug, entledigte sich vor dem Tor seines Mageninhaltes, um von vorne zu beginnen, oder rollte sich schnarchend unter einem der schwer beladenen Schragentische zusammen. Die Unersättlichen versuchten zu fortgeschrittener Stunde ihr Glück bei meinen Mägden, die ich in dem Trubel kaum noch unter Kontrolle hatte. So manche weiße Brust lugte aus dem Hemd, Rocksäume rutschten einladend höher, um der Ritterhand den versprochenen Nachtisch zu gewähren. Pärchen kicherten und turtelten ungeniert auf den Bänken oder verschwanden auf den Hof, um sich in zugigen Ecken stöhnend aneinander zu wärmen.

Um Mitternacht taumelte ich in die Küche. Mein Kopf schien

in einem Schraubstock zu stecken. Wimmernd tauchte ich meine Hände in ein Becken mit kaltem Wasser und benetzte mein Gesicht. Ringsum stapelten sich die schmutzigen Kessel, es roch nach ranzigem Fett und Gemüseabfällen. Rehkeule, Gerstenbrei und Kürbismus rumorten in meinem eigenen Bauch. Ich wusste nicht, was schlimmer war, die Kopfschmerzen oder das saure Aufstoßen, jedenfalls fühlte ich mich hundeelend.

Hinter mir raschelte es. Eine Katze sprang erschreckt aus einem der Kessel, wo sie sich an Resten gütlich getan hatte.

»Endlich finde ich Euch, Herrin!« Maia hastete näher. Die Katze duckte sich, überlegte kurz, welchen Fluchtweg sie einschlagen sollte, und entschied sich für den direktesten. Ich schlug nach ihr, als sie über den Tisch nach draußen flitzte.

»Herrin, Ihr müsst Medizin für Eure Schwester holen, sie fiebert wieder stark.« Maias Stimme klang inzwischen wie die eines Mannes, und aus ihrer Nase lief grüner Schleim, den sie in Abständen auf ihrem gefälteten Ärmel verteilte. Ein Tee aus Lungenkraut und Winterlinde würde ihr wohl auch nicht schaden. Obwohl mein Schädel zu platzen drohte, nickte ich und schleppte mich über den dunklen Hof hinüber zum Bergfried, wie schon in so vielen Nächten, wenn es Emilia schlecht ging und wir Medizin für sie brauchten. Erst acht Jahre alt, litt meine kleine Schwester an einer zehrenden Krankheit, die sie die meisten ihrer Tage ans Bett fesselte. Husten, Fieberschübe und Atemnot kamen in immer kürzeren Abständen, und wir ahnten, dass sie den Prinzen, von dem sie träumte, nie würde küssen können.

Der zertrampelte Schnee im Hof war inzwischen zu einer wild geformten Eisdecke gefroren und hatte Tierhaare und Blutstropfen in ein kaltes Grab eingeschlossen. Auf einer Eispfütze rutschte ich aus, konnte mich fluchend gerade noch abfangen und stolperte die glatten Stufen zum Donjon hinauf. Ortwin, der hier die Waffen bewachte, grunzte nur, als er mich sah. Seine Augen schimmerten trübe im Licht der Laterne, und der Grund dafür stand in einer Kanne vor seiner Nase und erinnerte mich daran, wie es aus Giselas Hals gerochen hatte. Ich fragte mich einmal mehr, wo die Branntweindestille versteckt lag und wer sie betrieb. Allzu viele

Kannen benebelten in letzter Zeit die Köpfe meiner Dienstboten ...
Hinter dem Lanzengerüst führte eine in den Boden gehauene Treppe in den Keller, wo sich die Verliese und die Kammer für peinliche Befragungen befanden.

Hier unten hatte auch der jüdische Arzt, den mein Vater beherbergte, seit ich denken konnte, sein Laboratorium. Die Leute erzählten, dass er sich am Hof des verstorbenen Kaisers einen Namen als Edelsteinkenner gemacht hatte und dass sogar heilige Reliquien mit Steinen besetzt waren, die durch seine Hände gegangen waren. Als während eines Feuers in Frankfurt ein Straßenzug in Flammen aufging, war auch Meister Naphtalis Haus dabei gewesen. Von Herrn Gerhard, unserem Waffenmeister, wusste ich, dass meine Eltern, die zur selben Zeit in der Reichsstadt weilten, dem obdachlos Gewordenen Hilfe gewährt hatten. Ihr Angebot, ihnen in die Eifel zu folgen und auf Burg Sassenberg eine neue Heimat zu finden, nahm er dankend an. Seither tätigte er seine Geschäfte von unserer Burg aus, und wir hatten uns an die Boten mit den merkwürdigen Stirnlocken und langen schwarzen Gewändern gewöhnt, die ihr Maultier meist bescheiden neben dem Burgtor festbanden und sich mit scheuem Blick zu dem alten Juden bringen ließen.

Vater hatte sich stets in dem Bewusstsein gesonnt, den Juwelier des alten Kaisers zu beherbergen, aber es war meine Mutter, die herausfand, dass Meister Naphtali ein herausragender Arzt und Heilkundiger war. Er kannte alle Kräuter, die in ihrem Garten wuchsen und mit denen sie die großen und kleinen Leiden der Burgbewohner so zu lindern wusste, wie es von einer Burgherrin erwartet wurde – doch der Jude kannte noch viel mehr. Als Spross einer sephardischen Arztfamilie hatte er die Heilkunde bei den Mauren studiert und über viele Jahre in Diensten eines Kalifen gestanden. Seine fremdartigen Methoden jedoch und die Pflanzen, die er verwendete, trugen ihm hier nicht selten den heimlichen Vorwurf der Giftmischerei ein. Doch solange meine Mutter lebte, hielt sie ihre schützende Hand über den Arzt. Wir Kinder liebten ihn, wir liebten seine süß schmeckenden Mittel, mit denen er Zahnweh und Bauchschmerzen kurierte, und wir liebten seine

Geschichten: von Palästina, wo der Herr Jesus geboren wurde, von Orangenbäumen und der omajjadischen Kalifenfamilie in Granada. Er wusste Lieder in vielen Sprachen zu singen, und Mutter genoss es, ihn auf ihrer Laute zu begleiten. Nach ihrem Tod allerdings gab es nicht mehr viele auf der Burg, die ihre Krankheiten von einem Christusmörder behandeln lassen wollten, und so wurde es still um Naphtali. Doch mein Vertrauen in den alten Arzt war groß, war er doch der Einzige, der ein Mittel gegen Emilias nächtliche Fieberanfälle gefunden hatte.

Daran dachte ich, als ich die Treppe hinabgestiegen war und mich rechts in den Gang wandte. Wie jedes Mal beschlich mich Unbehagen, weil niemand mich begleitete – Maia weigerte sich strikt, mit dem Juden ein Wort zu wechseln – und weil wieder einmal nur eine kleine Fackel das Dunkel durchbrach. Die Absätze meiner Holzschuhe klapperten hohl auf den Steinen. Unsicher tastete ich mich an den Türen entlang und erschrak zu Tode, als eine der Türen plötzlich unter einem Faustschlag erzitterte.

»Hehe – *troll hafi þina vini – of far i gramendr, alla, alla*…«

Ein dumpfes Geräusch, als sänke jemand gegen die Tür, dann Stille.

Vorsichtig schlich ich weiter, auf Naphtalis Labortür zu. War das die Stimme von Vaters Gefangenem gewesen? Heiser, verzweifelt und sehr fremd…

Als hätte der Jude meine Furcht erahnt, öffnete er seine Tür, bevor ich klopfen konnte. Einladend streckte mir der zierliche alte Mann mit den eisgrauen Haaren seine Hände entgegen.

»Alienor, liebes Kind, es verheißt nichts Gutes, dich so spät zu sehen.«

»Maia schickt mich wegen Emilia…« Zwei wasserhelle Augen sahen mich mitfühlend an, und der Druck seiner warmen Hände tröstete mich über das Kerkerdunkel hinweg.

»Ich komme, Kind. Warte einen Moment.« Er ließ mich los und verschwand in seinem Labor, um den Medizinkasten zu holen. Ein Geruch von Schwefel drang in meine Nase. Ich begriff, warum die Leute Angst vor ihm hatten – war also doch der Teufel bei ihm zu Gast, wie manche behaupteten? Vorsichtig versuchte ich, einen Blick hinter den Vorhang zu werfen, der das Labor vor neugierigen Blicken verbarg, doch da war er auch schon wieder bei mir, hatte das bestickte Käppchen mit dem Arzthut vertauscht und trug einen Holzkasten am Riemen über der Schulter. In seiner Gesellschaft und im Licht der duftenden kleinen Öllampe, die er trug, verschwanden die Dämonen des Kellers, sogar die Stimme hinter der Verliestür schwieg, als wir nacheinander die Treppe zur Oberwelt erklommen. Wohl zum hundertsten Male fragte ich mich, wie der alte Mann dort unten leben konnte...

Schweigend überquerten wir den Burghof. Ich hatte seinen Arm genommen, um ihn zu stützen, falls er ausrutschen sollte. Die kalte Luft tat meinem schmerzenden Kopf gut, allein das saure Aufstoßen quälte mich weiter. Vorsichtshalber hielt ich mir die Hand vor den Mund.

»Hier, nimm und kau das, dann wird dir besser.« Aus seiner Manteltasche förderte Naphtali ein paar Samen zu Tage und reichte sie mir, noch bevor wir den Frauenturm erreicht hatten. Gehorsam steckte ich die Samen in den Mund – und der wohltuende Geschmack von Anis breitete sich in meinem Rachen aus, stieg die Speiseröhre hinab und hatte mit der Übelkeit aufgeräumt, bis wir Emilias Lager erreichten. Gisela kratzte im Kamin herum, häufte verkohlte Holzstückchen aufeinander und schien zu berechnen, wie lange sie wohl noch brennen würden und ob sie ums Holzholen herumkommen würde. In drei Decken gehüllt, saß Maia daneben, die Spindel im Schoß. Als sie den Juden sah, stand sie auf. Er war ein Christusmörder, aber er konnte helfen.

Emilias blondes Haar war nass geschwitzt und klebte an ihrem Hals. Ihr herzförmiges Kindergesicht drehte sich unruhig auf dem Kissen hin und her, während sie weinerlich vor sich hin murmelte. Dicke Schweißperlen standen auf ihrer Stirn. Unbeholfen versuchte sie sie wegzuwischen, wischte sie stattdessen in die Augen, wo es brannte, rieb sich die Augen unbarmherzig mit den Fäusten, um gleich darauf mit den Fingern in den Haaransatz zu fahren, wo die nächsten Tropfen schon warteten...

»Mein Täubchen.« Der alte Arzt hockte sich auf die Bettkante. Emilia öffnete die Augen einen Spalt. Es schimmerte rot in der

Lidfalte, und die sonst so strahlenden Augen wirkten unnatürlich dunkel. Er streichelte ihre Wange. Maia hatte währenddessen vorbereitet, was Naphtali bei Fieber anzuordnen pflegte – eine Schüssel mit Lavendelwasser und kalte Tücher. Meine Schwester war zu schwach, um sich zu wehren, als wir ihr die Decke nahmen und ihren heißen Körper abwuschen. Ich mischte Weidenrindenstückchen mit Himbeerblättern und zerstieß schwarze Senfkörner in einem Mörser. Über dem Kohlebecken siedete bereits Wasser, mit dem ich die Pflanzenteile übergoss. Als Emilias angestrengtes Stöhnen verklang, nahm der Jude sie in seine Arme, rieb ihre Schläfen mit Pfefferminzöl ein und flößte ihr den Weidenrindenaufguss ein, und mit leiser Stimme erzählte er ihr eine Geschichte dazu. Ihre weißen Hände lagen auf seinen faltigen Fingern, ruhig und voller Vertrauen. Auf einen Wink hin holte ich die bemalte Schachtel aus dem Medizinkasten und entnahm ihr ein gerolltes Schlafmohnkügelchen, das er der Kleinen unter die Zunge steckte.

»Teufelszeug«, murmelte Maia, doch ihr Blick zeigte Erleichterung, denn das Fieber wich aus Emilias Gesicht, und mit ruhigen Atemzügen schlief sie in unserem Bett ein.

Der Lärm in der Halle war verebbt, Dienstboten hatten die großen Türflügel geschlossen, und ich malte mir aus, wie sie drinnen auf Tischen, Stühlen und im Stroh eingeschlafen waren, den Bierkrug noch im Arm, halb gegessene Hasenkeulen im Mund, das Gemächte zwischen den Schenkeln einer betrunkenen Magd, die sich in ein paar Wochen weinend bei der Alten im Dorf einfinden würde, um einen Trank aus Petersilienwurzel und Wacholder zu erbitten, um den ungewollten Segen los zu werden... Naphtali stützte sich schwer auf meinen Arm, als wir über den Hof schlitterten. Der nächtliche Krankenbesuch hatte ihn angestrengt, deshalb brachte ich ihn bis zu seiner Tür, obwohl ich selbst halb tot vor Müdigkeit war.

»Schlaf, Mädchen, und träum von Sonnenblumen.« Er küsste mich auf die Stirn und verschwand in seinem Labor.

Und so schleppte ich mich zurück über den dunklen Hof zum Frauenturm und die wackelige Stufe hoch in die Kemenate. Gisela lag schnarchend auf dem Fell vor dem Kamin, wo das Feuer, auf das sie Acht geben sollte, inzwischen erloschen war. Mit dem Schürhaken rührte ich in der Asche herum, wobei mir die Glutklümpchen hämisch entgegenzugrinsen schienen. Ich warf den Haken entmutigt in den Kamin, befreite die Branntweinkaraffe aus den Armen der schlafenden Kammerfrau, nahm einen Schluck und tastete mich zum Bett.

»Alienor ... wo warst du ...?«, murmelte meine Schwester, durch das Gepolter wach geworden.

»In der Vorhölle, wo sie mich pökeln wollten ...« Der Branntwein bohrte sich einen Weg durch meinen Körper. Mühsam schluckte ich die Flammen hinunter und stierte auf die Karaffe. Meine Schwester nahm sie mir schließlich ab und zog mich unter ihre Decke, wo ich in einen tiefen Schlaf der Erschöpfung fiel. Die Stimme aus dem Kerker, Vaters Gefangenen, hatte ich vergessen.

Dieser Gefangene sollte mir in den nächsten Tagen und Wochen bis zum Heiligen Fest wieder ins Gedächtnis kommen, allerdings auf eine wenig angenehme Weise. Die Weihnachtsvorbereitungen nahmen meine ganze Aufmerksamkeit in Anspruch – es galt, Kuchen zu backen und Leckereien für die Kinder und Dienstboten zusammenzustellen, wie es meine Mutter immer getan hatte. Kesselweise Mandelmilch zum Kochen der süßen Festtagsspeisen musste hergestellt werden, die Frauen richteten Haus und Burgkapelle für das hohe Fest her, und dann waren die Hemden und Hosen zu nähen, die die Dienstboten jedes Jahr zum Christfest vom Burgherrn bekamen. Zwei Schneider saßen nun in der Spinnstube und arbeiteten rund um die Uhr. Auch der Schuster in der Vorburg hatte Arbeit genug, er musste Stiefel für die Reitknechte und Bogenschützen fertig stellen. Dazu kamen noch die ganz alltäglichen Nöte und Sorgen, mit denen ich fertig werden musste – die Burg glich zur Weihnachtszeit einem Bienenhaus. Trotzdem entging mir nicht, dass Vaters Kammer ihren Betrieb aufgenommen hatte. Fast täglich ritt Abt Fulko auf seinem Rappen in den Burghof, wo Vater ihn schon erwartete.

Beide entstammten sie dem vermögenden Geschlecht derer von Sassenberg und hatten mit der Zeit beachtlichen Grundbesitz angehäuft. Im Gegensatz zu anderen Grundherren hatten sie begriffen, dass es lohnender war, in den wichtigen Angelegenheiten zusammenzuarbeiten und sich nicht in endlosen Grenz- und Erntestreitigkeiten zu verzetteln. Sichtbares Zeichen dieser ungewöhnlichen Partnerschaft war Pater Arnoldus, unser Kaplan, dessen Heimat zuvor das Benediktinerkloster gewesen war. Er stand unserer Burgkapelle vor und war damit für das Seelenheil aller Burgbewohner zuständig. Da Vater die Kapelle aus eigenen Mitteln erbaut hatte, konnte er über das geistliche Personal nach seinem Gutdünken entscheiden und brauchte den Bischof nicht einzuschalten, wenngleich der ihn bei jeder Gelegenheit als Simonisten beschimpfte. Pater Arnoldus war eine wichtige Persönlichkeit auf unserer Burg. Er fungierte als Sekretär für meinen des Lesens unkundigen Vater, als Beichtvater und als Vermittler zwischen Burg und Kloster. Und so manches Mal – so hatte ich den Eindruck – schnüffelte er auch in Dingen herum, die ihn nichts angingen.

Sobald der Abt den Begrüßungstrunk geleert hatte, stiegen er und mein Vater in den tiefen Keller hinab. Stundenlang blieben sie dort unten, sodass ich mich insgeheim darüber wunderte, mit welchem Interesse der Kirchenmann die Vorgänge im Kerker verfolgte. Die qualvollen Schreie des Gemarterten drangen durch die Kerkerlöcher in den Burghof und ließen dort ihr Echo über die Mauern tanzen. Geduckt schlichen die Mägde aus dem Dorf vorbei. Am Abend erzählten sie es dann daheim, und die unheimlichen Geschichten um den Burgkerker, den die Unschuldigen niemals zu Gesicht bekamen, erwachten wieder zum Leben.

Täglich hörte ich die Schreie, und manchmal verfolgten sie mich bis zum Einschlafen. Einmal stellte ich mich verstohlen neben eines der Gitter, um herauszubekommen, was sie dort unten taten. Doch ich hörte nur unverständliches Gestammel aus heiserer Kehle und Vaters zornige Stimme, mit der er seinem Knecht Befehle erteilte. Den Abt hörte ich nicht. Ein kalter Schauder jagte mir den Rücken hinunter, und rasch verließ ich die Ecke wieder.

Was immer sie aus dem Gefangenen herauspressen wollten, es schien ihnen nicht zu gelingen. Vater wurde wütend, weil er nicht bekam, was er wollte. Er stürmte durch die Burg wie ein gereizter Stier, jede Spinne an der Wand brachte sein Blut zum Kochen, sodass wir ihm so weit wie möglich aus dem Weg gingen. Seine schreckliche Laune verdarb uns allen das Weihnachtsfest, obwohl wir uns wirklich Mühe gegeben hatten. Das von mir erdachte Mahl – sechs Gänge, darunter ein mit Mandeln gestopfter Hirsch und Fisch in einer Sauce aus Pflaumen und Zimtstangen – war gelungen, der Wein ausnahmsweise richtig temperiert und mit feinsten Gewürzen versehen, und die Diener überschlugen sich fast vor Eifer. Auch Pater Arnoldus begegnete Vater mit äußerster Vorsicht, wohl aus Furcht um seinen neuen Sessel aus geschnitztem Lindenholz. Einige Jahre zuvor nämlich hatte Vater im Zorn den Sessel mitsamt Priester zusammengeschlagen – seither behandelte Pater Arnoldus den Grafen stets mit vorzüglicher Hochachtung.

Ein freundliches Wort hatte jener nur für Emilia, die in wollene Decken verpackt ausnahmsweise neben ihm an der Tafel saß, wo sie von den Süßspeisen naschte und über die Scherze der Ritter lachte.

Am Weihnachtsmorgen lief ich nach der heiligen Messe, die Pater Arnoldus mit Inbrunst in der Burgkapelle zelebriert hatte, in die Küche, wo die Almosenkörbe bis an den Rand gefüllt bereit standen. Allerhand Volk hatte sich in Erwartung des Speiseregens, der auf es niedergehen würde, seit dem frühen Morgen vor dem Burgtor versammelt. Meine Mutter hatte am Christfest immer besonders großzügig Almosen verteilt, hatte sogar in Truhen und Verschlägen nach alten Schuhen und Kleidern für die Frierenden vor dem Tor gesucht. Und nie hatte sie vergessen, in die Verliese hinabzusteigen und die Gefangenen zu speisen. Das geschah stets gegen den Willen des Grafen, doch war ich fest entschlossen, die Barmherzigkeit meiner Mutter gegen Arme und Gefangene nach ihrem Tod fortzusetzen. Dieses Jahr gab es nur einen Gefangenen. Er fesselte Vaters ganze Aufmerksamkeit. Und er lebte tatsächlich noch immer.

Mit einem Korb Äpfel, einem Pastetenrest und einem kleinen Kuchen beladen, im Arm einen Krug mit warmem Gewürzwein und um die Schultern einen fehgefütterten Umhang gegen die eisige Kälte, so gerüstet begab ich mich zum Donjon, unserem mächtigen Bergfried, unter dem der Kerker lag. Respekt einflößend erhob sich der steinerne Turm am Rande des Felsplateaus, auf dem unsere Burg errichtet war. Er beherbergte die Männer der Burgwache und das Waffenarsenal und bot in Kriegszeiten Platz für alle Burgbewohner. Dann jedoch wurde es entsetzlich eng – ich erinnere mich, dass wir einmal während einer Belagerung einen ganzen Monat dort hatten ausharren müssen. Mutter war zum Schluss dem Wahnsinn nahe gewesen.

Vorsichtig stieg ich die feuchte Treppe zum Kerker hinab. Landolf, jener grobschlächtige, kahlköpfige Mensch, der so gut mit glühenden Zangen umzugehen wusste, erkannte mich und ließ mich passieren. Die Wände warfen ein schauriges Echo meiner Schritte voraus. Wasser tropfte von den Wänden und platschte auf den Boden. Eine heruntergebrannte Pechfackel ließ die Wände unwirklich glänzen, ihr Licht reichte jedoch kaum bis auf den Boden. Hinter mir ging der Wachmann und rasselte mit den Kerkerschlüsseln.

»Gott segne Euch für Eure Gutherzigkeit, Herrin«, nuschelte er in seinen ungepflegten Bart, »aber ich glaube, sie wird dem Kerl nicht mehr viel nützen. Euer Vater hat ihm ordentlich zugesetzt. Seht selber...« Quietschend öffnete sich die schwere Holztür. Landolf steckte die Fackel in eine Wandhalterung und ließ mich eintreten.

Der Gestank, der mir aus der Zelle entgegenschlug, raubte mir fast die Besinnung. Ich rang nach Luft und suchte an der glitschigen Mauer Halt. Zunächst schien die Zelle leer zu sein, doch dann konnte ich an der gegenüberliegenden Wand den Gefangenen erkennen. Ich trat näher. Er kniete zusammengekauert und nur mit Lumpen bekleidet auf einem Bündel aufgeweichten Strohs. Den Kopf zwischen den Armen vergraben, schwankte er hin und her und stieß leise Klagelaute hervor. Neben ihm sah ich einen Napf mit brackigem Wasser und einen Kanten schimmelndes Brot. Einige Ratten, die sich daran gütlich taten, stoben erschrocken auseinander, als ich ihnen zu nahe kam. Der Gefangene reagierte nicht. Ich räusperte mich. Da fuhr er zusammen, drückte sich wie ein verschrecktes Tier an die Wand und drehte den Kopf langsam zu mir.

Aus dem Dickicht verfilzter Haare, die ihm in langen Strähnen vom Haupt herunterfielen und in einen ebenso schmutzigen Bart übergingen, blinzelten mir rot geränderte Augenschlitze entgegen, die sich nach der langen Dunkelheit des Kerkers nur schwer an das Licht gewöhnten. Er hob die Hände und rieb sich unbeholfen die Augen. Ich hörte, wie er vor sich hin murmelte. Schließlich ließ er die Hände sinken und hob den Kopf... und der Blick aus seinen Augen ließ mich erstarren. War das möglich? Ungläubig sah ich, wie hinter den fettigen Strähnen zwei helle Punkte aufschimmerten, Augen von einem Blau, wie ich es in meinem ganzen Leben noch nicht gesehen hatte, blau wie ein Sommerhimmel, wie ein Meer blühenden Flachses, das sich im Wind wiegt, kleine Kränze aus Kornblumen, die sich zu drehen begannen und mir rund und blau und voller Leben aus dem modrigen Kerkerdunkel entgegenleuchteten...

Stille umgab uns. Die Fackel zauberte Schattenfiguren an die Wand. Reglos hockte er da. Eine Ratte huschte an uns vorbei. Ich erinnerte mich, warum ich hergekommen war. Langsam setzte ich meinen Korb auf den Boden und stellte den Weinkrug daneben. Er sah mich immer noch unverwandt an. Der Ausdruck in seinen Augen veränderte sich, wurde erstaunt, dann neugierig. Sein Atem wurde heftiger, kam stoßweise.

»Ein gesegnetes Christfest wünsche ich dir«, murmelte ich etwas verstört und bemühte mich, meinen Blick von diesem Gesicht loszureißen. Sein Körper zeigte Spuren von Folter und Misshandlung. Den Rücken bedeckte eine verkrustete Schicht aus Blut und Schmutz, darunter hatten Peitschen und glühende Eisen tiefe Kerben im Fleisch hinterlassen. An einigen Stellen schien man ihm regelrecht Hautstreifen abgezogen zu haben. Seine Fußsohlen waren von Schlägen mit dem Rohrstock geschwollen und aufgeplatzt. Rund um die Schultern schillerten Blutergüsse in allen Farben, wie sie entstehen, wenn man wiederholt an den Armen aufgehängt wird. Die verkrümmten Finger waren blutigschwarz an den Kuppen, weil man ihm die Fingernägel herausgerissen hatte. Seine Knochen jedoch schienen unversehrt, Daumenschrauben und Spanischer Stiefel waren ihm erspart geblieben, ebenso ein Messer in den Eingeweiden – Vater wusste ganz gut, wie man Menschen befragt, ohne sie umzubringen.

Dennoch hatte der Kerkermeister ganze Arbeit geleistet. Faulende Geschwüre, knöcheltiefer, zum Himmel stinkender Unrat, der die Würde eines Menschen für alle Zeiten verschlang. Wie eine Lackschicht überzog getrocknetes Blut die helle Haut. Ungeziefer wimmelte in den verfilzten Haaren, hangelte sich auf der Suche nach Blut auf den Körper herab. Fette weiße Maden schimmerten im Licht der Fackel, und der stechend-scharfe Gestank nach Exkrementen, vermischt mit süßlichem Eitergeruch, ließ eine Welle der Übelkeit in mir hochsteigen. Noch nie hatte ich eines von Vaters Opfern so nahe vor mir gehabt, hatte mich – anders als Mutter – immer geweigert, die Auswüchse seines Rechtsempfindens zur Kenntnis zu nehmen. Und nun stand ich vor diesem Elend und rang nach Fassung. Das war nicht recht. Was immer dieser Mann verbrochen haben mochte, solche Quälerei konnte Gott nicht gutheißen... Mit dem Fuß schob ich den Weinkrug noch ein Stück näher und nickte ihm zu. Nimm schon. Schwerfällig wie ein alter Mann versuchte er daraufhin, seine kauernde Haltung auf dem Boden zu verändern. Die Pastete rutschte aus seinen kraftlosen Händen. Eine Ratte kam aus dem Dunkel hervor und wollte die Beute schon davonschleppen, da warf er sich mit einem Laut der Verzweiflung über das Almosen und schlug nach dem Tier, hieb mit der flachen Hand auf den Boden, dass es klatschte, wieder und wieder, bis er ermattet liegen blieb. Ich sah die Augen der Ratte heimtückisch aufglänzen, als sie floh. Grauen stieg mir wie ein Tier mit spitzen Klauen den Rücken hoch.

Da bewegte sich der Gefangene wieder, raffte die Pastete an sich und stopfte sich das ganze Stück in den Mund. Krümel stoben durch die Luft, zwischen seinen Fingern quoll in schmalen Strängen Gemüsebrei hervor, den er, bevor er im Stroh landen konnte, mit der anderen Hand auffing und in den Mund zurückschob, er schmatzte, kaute hastig, schlang die Pastete mit weit aufgerissenen Augen hinunter, schnaufte, würgte, leckte sich mit seiner hellroten Zunge gierig die Finger ab, während er mit der anderen Hand auf dem Boden nach Krümeln suchte, im Stroh zwischen den Halmen herumfuhr. Dann sah er mich an, jetzt mit Tränen in den Augen, fasste sich entsetzt an den Leib und erbrach die Pastete vor meine Füße.

Wie erstarrt blieb ich stehen. Das hustende Bündel Lumpen zuckte unter neuerlichem Würgen, es roch durchdringend nach Galle, und ich glaubte, ein Schluchzen zu hören, hart vor Verzweiflung, eine Faust ballte sich vor dem dampfenden Erbrochenen ...

Das Stroh bewegte sich, als ich einen Schritt nach hinten tat, und er sah auf. Sah Spritzer auf meinem Schuh, griff an sein zerlumptes Hemd und riss es unbeholfen entzwei, um damit den Schuh sauber zu wischen – ich versuchte, ihn davon abzuhalten, bückte mich zu ihm, legte die Hand auf seine Schulter, aufhören sollte er, Allmächtiger ...

Unsere Gesichter waren auf gleicher Höhe, ich roch seinen säuerlichen Atem, spürte den Blick, obwohl ich seine Hand am Boden verfolgte, die immer noch meinen Schuh umklammerte. Dann ein Laut. Ein Wort? Oder doch nur ein Ton? Ein Ton, der einer Bitte gleichkam, flehend und kurz – ich musste ihn ansehen.

Sein ganzer Körper bebte, als er zu flüstern begann, heiser und hastig, ohne mich loszulassen. Vorsichtig zog ich den Fuß weg, in der Hocke um Gleichgewicht bemüht. Da verstummte er, in seinem Gesicht zeigte sich Verzweiflung, wieder glänzten Tränen in dem Meer aus Blau, seine Zähne klapperten – vor Kälte, Fieber, Schmerzen, ich wusste es nicht –, doch es ging mir durch Mark und Bein. Und so löste ich die goldene Fibel meines Umhangs, zog ihn aus und legte ihn dem Mann um die Schultern. Er wich zurück, ich strauchelte, verlor das Gleichgewicht. Da packte er zu und bewahrte mich davor, über ihn in das stinkende Stroh zu fallen. Erschrocken taumelte ich gegen die Wand und riss mich los. Die Kerkermauer im Rücken war eiskalt, Flechten malten einen feuchten Kringel auf meine Tunika. Er sah mich an. Brennend grub sich der Blick in mein Gedächtnis. Ich schluckte erregt. Bei

Gott – diese Augen waren so lebendig, sie überwanden Blut und Schmutz, fanden stumme Worte und drangen in meine Gedanken ein... Worte aus einer anderen Welt, verwirrend, verheißungsvoll – *Alienor, hüte dich vor dem Bösen!*

Ich machte ein paar unsichere Schritte auf den Ausgang zu. Klirrend kippte der Krug um, und der Wein gluckerte ins Stroh. *Fort von hier – sieh dich nicht um!* Der Umhang raschelte hinter mir. Ich fuhr herum und stolperte rückwärts: Dem Mann war es gelungen, sich zu erheben, und – bei allen Heiligen, war er groß! Ein Hüne, für den die Zelle viel zu niedrig war – und stand nun schwankend, unsicher auf seinen verletzten Füßen, den Umhang mit einer Hand zusammenhaltend, während er mit der anderen nach mir zu greifen versuchte. Aus dem Haargestrüpp drang brüchig-heiseres Geflüster, drängend klang es, so drängend – ich wich noch ein Stück zurück – was tat er da, was wollte er von mir –, draußen stand Landolf, würde er kommen, wenn ich um Hilfe schrie...?

Seine Arme sanken herab. Ungeschickt strich er sich die fettigen Haare aus dem Gesicht, doch sie fielen sogleich wieder zurück. Ich biss mir auf die Lippen und tastete nach der Kerkertür. Als ich wieder zu ihm hinsah, stand er nur da und lächelte mich an, weiße Zähne blitzten, und seine Augen tanzten wie zwei Sterne zwischen den verfilzten Strähnen.

Und ich verstand, was er auf Französisch sagte: »*Deus vos bensigna, dame chière.*« Gott schütze Euch.

Ich drehte mich um und floh aus dem Kerker nach draußen in die kalte, klare Winterluft.

Just in diesem Moment ritt der Benediktinerabt in den Burghof. Vielleicht hatten ihn die duftenden Pasteten herbeigelockt, die meine Mägde aus den Resten des Christmahls bereitet hatten. Vielleicht wollte er auch nur Zehntgeschäfte besprechen, bei einem Becher Wein aus Vaters viel gerühmten Fässern... Ich fand, dass er sich auffallend oft zum Essen bei uns einfand. Natürlich unterließ er es nie, während der Mahlzeit fromme Predigten zu halten, ganz als wäre er daheim im Refektorium – mal las er aus dem Evangelium, mal sang er uns mit seiner wohltönenden Stimme Psalmen vor oder erzählte Heiligenviten – doch kam es mir bei aller Frömmigkeit so vor, als wäre das gute Essen der eigentliche Grund seines Kommens. Gott möge mich strafen für meine vorlaute Zunge...

Würdevoll stieg Abt Fulko vom Pferd und reichte die Zügel seinem Pferdeburschen. Noch ganz außer Atem versank ich in einem ehrfürchtigen Knicks vor ihm in einer Schneewehe.

»*Deus hic.* Mein liebes Kind, habt Ihr Barmherzigkeit walten lassen, wie es Eure Mutter – Gott nehme sich ihrer guten Seele an – immer zu tun pflegte? Diesmal hättet Ihr Eure Gaben besser alle im Dorf verteilt. An diesen Menschen deucht mir Eure Nächstenliebe verschwendet.« Er hob mich mit seinen schlanken weißen Händen aus dem Schnee und musterte mich prüfend.

»Aber – was hat er getan? Was wünscht Ihr denn von dem Gefangenen zu erfahren?«, wagte ich zu fragen, obwohl mich dies nichts anging. Doch der Abt war in Christfestlaune und sah über meine Neugier großmütig hinweg.

»Wir möchten seinen Namen wissen, nichts weiter. Findet Ihr es nicht ungewöhnlich, wenn ein Mensch seinen Namen verheimlicht? Für das Unrecht, das er beging, wird er seine Strafe erhalten, wie es das Gesetz vorschreibt – warum sagt er uns dann nicht, wer er ist? Allein der Teufel nennt seinen Namen nicht! Seht Ihr, es ist wichtig herauszufinden, wen wir da im Kerker haben.«

In der Tat seltsam, dass der Gefangene schwieg. Genauso seltsam fand ich es jedoch, dass die beiden diesen Namen um den schrecklichen Preis der peinlichen Befragung erfahren wollten, wo ihr Opfer doch nur ein Wilddieb war. Aber auf dieser langweiligen Eifelburg konnte man an Winterabenden durchaus auf seltsame Gedanken verfallen...

»Was, wenn er ein Totschläger ist, einer, der Frauen schändet und unschuldige kleine Kinder schlachtet, wie die Juden, um ihr Blut noch warm zu trinken?«, drang die schmeichelnde Stimme Fulkos zu mir. Kleine Kinder schlachten... Überrascht sah ich Fulko an. Wie ein Mörder hatte der Gefangene nicht ausgesehen, vor allem, wenn ich an die blauen Augen dachte... Die Augen des

Bösen...? Nein. Nein, offen und ehrlich waren sie gewesen, und meine Angst eben im Keller ziemlich dumm, wo doch der Wächter gleich nebenan gewartet hatte. Andererseits, musste ein Übeltäter immer gleich auch böse aussehen?

»Ich würde ihn kopfüber hängen lassen, wie einen Dieb.« Fulko machte eine geringschätzige Handbewegung. »Fort mit ihm. Man bringt ja doch nichts aus ihm heraus, Albert sollte das einsehen. Was immer er verbirgt – dieser Mann wird Unglück über die Burg bringen. Er ist böse, das sehe ich in seinen Augen. Und er wird uns alle mit ins Unglück ziehen.« Er schwieg und suchte meinen Blick. »Versteht Ihr, Alienor? Er ist einer von denen, die der Allmächtige am Jüngsten Tage richten wird. Er wird ihn in die Hölle schicken, verdammen! Er ist jetzt schon fluchbeladen, Alienor. Lasst ihn uns zum Teufel jagen, für alles, was er getan hat, was er noch tun kann, wenn wir ihn leben lassen. Zum Teufel... Und in der Hölle wird er dann im siebenten Kreise schmoren und ewige Pein erleiden, wie er sie noch nie erlebt hat, grausamen Durst und Hunger nach Gottes Gnade, die ihm jedoch auf immer verwehrt bleiben wird, Schmerz und das Wissen um die ewige Einsamkeit im Angesicht des unendlich tiefen Höllenschlundes...« Fanatisch blickten die schwarzen Augen des Klerikers gen Himmel. Die Arme hatte er in die Höhe gerissen, schwarz und gebietend wie ein Engel der Verdammnis, und verharrte so einen langen Moment. Und betroffen schwieg die Erde angesichts seiner düsteren Worte...

Dann flog ein Spatz laut kreischend über unsere Köpfe. Ich schloss eilig den Mund und kam zu mir. *Deus vos bensigna.*

Deus vos bensigna. Welch gepflegter Ausdruck – Maria und Josef! *Deus vos bensigna!* Wie vertraut klangen die Worte in meinen Ohren, Worte, die meine normannische Mutter mich vor langer Zeit gelehrt hatte – warum fiel mir das jetzt erst auf? Der Gefangene sprach Normannisch, die Sprache, die mein Vater nie hatte lernen wollen. Und nun hatte er einen normannischen Gefangenen in seinem Kerker – und merkte es nicht einmal! Ich stellte mir vor, was dort unten im Kerker geschehen war, sah meinen Vater vor mir, wie er seine Gerätschaften begutachtete und mit fast wissenschaftlichem Interesse einsetzte. Vielleicht wollte der Fremde ja ein Geständnis ablegen, doch niemand verstand, was er sagte... Die Vorstellung widerte mich an. Es war nicht gerecht.

Das Gewand des Abtes flatterte im Wind. Ich fuhr aus meinen Gedanken hoch. Fulko hatte mich schon eine ganze Weile beobachtet. Nun lächelte er mir, offenbar befriedigt von der Wirkung seiner Worte, freundlich zu, neigte den Kopf und ließ mich stehen. Ich starrte dem Schwarzgekleideten hinterher. Sie würden den Gefangenen töten. Vater verbat sich jede Einmischung in seine richterlichen Angelegenheiten, selbst Mutters Liebreiz hatte nur selten etwas ausrichten können. Ich beschloss, den Vorfall zu vergessen. Maia trat ins Freie und winkte mir, mit ihr die schweren Almosenkörbe zum Tor zu tragen, und so machte ich mich auf den Weg zu den zerlumpten Gestalten. Doch noch lange plagte mich die Vorstellung, dass ich meinen Mantel einem Mörder gegeben haben könnte...

Der Abend in der Halle begann friedlich. Die Spielleute hatten Lieder für uns gesungen und stritten sich am unteren Ende der Tafel nun lautstark um die letzten Brocken. »Und an Stephanus erfüllte sich die Prophezeiung Jesu...« Pater Arnoldus, unser Kaplan, nahm noch einen Schluck Wein, bevor er seine Lieblingsgeschichte weitererzählte. »Die Prophezeiung, die da lautete: ›Wenn sie euch aber vor die Synagogen und die Machthaber führen, sorgt euch nicht, wie oder womit ihr euch verteidigen sollt! Denn der Heilige Geist wird euch zu ebender Stunde lehren, was ihr sagen sollt.‹ Und der Heilige Geist kam über Stephanus und gab ihm die Worte, zu der Obrigkeit zu reden, und anstatt sich zu verteidigen, klagte er sie an, Christus getötet zu haben: ›Ihr, die ihr halsstarrig und an Herzen und Ohren unbeschnitten seid, ihr widerstrebt allezeit dem Heiligen Geist, wie eure Väter, so auch ihr –‹«

Onkel Richard grunzte laut auf, als sein Kopf im Schlummer gegen die Lehne fiel. Der Bruder meiner Mutter vertrug das deutsche Bier nicht und schlief oft nach dem Essen schon am Tisch ein. Zwei der Spielleute untersuchten kichernd ihre Ohren, ob sie wohl beschnitten seien, einer von ihnen zog gar ein kleines Messer, doch Frau Gertrudis vereitelte den Verstümmelungsversuch im Keim. Kopfschüttelnd steckte mein Beichtvater seine Nase wieder in den Pokal und verstummte. Abt Fulko bedachte ihn mit einem strengen Blick, weil er so leicht zum Schweigen zu bringen war. Vater sah unseren Kaplan stirnrunzelnd an, ließ sich aber durch dessen Verhalten nicht von seiner Unterredung mit Herrn Gerhard abbringen. Der Waffenmeister schmunzelte nur. Jeder am Tisch kannte Pater Arnoldus' liebste Heiligenviten inzwischen auswendig und hätte nicht wenig dafür gegeben, einen neuen Märtyrer kennen lernen zu dürfen. Doch der Pater hatte seine eigenen Vorstellungen, was die christliche Unterweisung seiner Schäfchen anging. Unter dem Tisch knurrten sich zwei Hunde über den Knochen an. Aus den Augenwinkeln sah ich, wie die Mägde in der Ecke tuschelten und kicherten, anstatt ihre Arbeit zu tun, aber ich hatte keine Lust, aufzustehen und sie zur Ordnung zu rufen. Dumme Gänse, sie würden ja doch nur auseinander flattern und in einer anderen Ecke Maulaffen feilhalten…

»Ich höre, du warst im Kerker, bei dem Wilddieb?«, wandte Vater sich an mich und strich seine Tunika glatt. Er war seit einiger Zeit dazu übergegangen, wie die Priester lange Kleider mit kostbar bestickten Obergewändern zu tragen. An diesen Anblick musste ich mich erst noch gewöhnen. »Der ehrwürdige Fulko traf dich vor dem Bergfried, wie er mir berichtete.«

»Ich habe Almosen verteilt. Mutter tat das auch immer um diese Zeit«, gab ich zur Antwort. »Ich werde für seine Seele beten. Er muss großen Hunger gehabt haben, dass er zu wildern wagte.« Vater murmelte darauf etwas von »Lumpenpack« und »Mundraub«, während er seinen Becher bis zum Rand mit Bier auffüllen ließ.

»Auch Hunger rechtfertigt das Wildern nicht.« Pater Arnoldus setzte wieder sein Gelehrtengesicht auf. Seine Nase glühte rot. »Schon der heilige Eligius von Noyen hat gesagt, dass Gott, der Allmächtige, alle Menschen reich erschaffen hätte können. Aber er wollte, dass es auf dieser Welt Arme gibt. Und die Armen mögen sich bescheiden mit dem, was die Reichen ihnen geben. Alles andere wird, wie Ihr wisst, Diebstahl genannt, meine Liebe.« Mit zwei Fingern steckte er sich einen Krümel Brot in den Mund und hob die Brauen. »Wie oft muss ich Euch noch ermahnen, dass Euch Kritik an der Ordnung des Allmächtigen nicht ansteht.«

»Ich kritisiere ja gar nicht –«

»Ihr erhebt Eure Stimme zu Dingen, zu denen ein Weib besser schweigt. Gottes Ordnung ist *vollkommen*. Wer nicht arbeitet, soll auch nicht essen, lehrt Paulus. Und ein Wilderer muss bestraft werden.« Der Pater reckte seine schmächtige Gestalt. »Ihr solltet Eure Gebete heute Abend besonders ernst nehmen, Fräulein Alienor. Man kann es Euch nicht häufig genug sagen: Gott sieht Euch, Er ist Zeuge all Eurer sündigen Worte und –«

»Na na, beruhigt Euch, Pater«, ermahnte Vater meinen Beichtvater gutmütig. »Sie wollte barmherzig sein, so lasst sie doch gewähren. Ihr seid manchmal ein wenig zu streng mit meiner Tochter. Und seine gerechte Strafe wird der Wilddieb schon erhalten, macht Euch da keine Sorgen. Wir klopfen ihn erst weich wie ein Stück Pökelfleisch, und dann ...«

»Wusstest du eigentlich, dass er Normanne ist?«, unterbrach ich ihn, erleichtert, dass er des Paters Strafpredigt abgekürzt hatte, und ließ meinen Blick auf dem Tisch herumwandern auf der Suche nach einem weiteren leckeren Happen. Ein Löffelchen Grütze? Oder noch ein Stück Pastete?

»Normanne?« Vater beugte sich vor. »Woher weißt du das?« Ich entschied mich für einen Kanten Brot.

»Ich habe mit ihm gesprochen.«

»Du hast mit ihm gesprochen? Im Kerker? Was hat er gesagt?« Seine Stimme wurde hart. »Was hat er dir gesagt?«

»Nichts hat er gesagt. Nur einen Satz, und den sprach er, wie Mutter es immer getan hat.«

»Was sagte er? Was?«

»Er sagte: ›*Deus vos bensigna*‹. Mehr nicht.« *Dame chière* hatte er mich noch genannt. Liebe Dame. So ein Unsinn. Ich war keine Dame. *Dame chière* ... Das brauchte Vater nicht zu wissen. Gedankenvoll zerpflückte ich das Brot. Wie er gestunken hatte, und seine Haare, so voller Läuse, und dann diese widerliche Ratte!

Ein Diener brachte einen Topf voll duftender Kochfleischstücke. Ich roch den Salbei, den ich im Frühsommer selbst getrocknet hatte, und all die anderen Kräuter – Hmm, verführerisch... Mit meinem Messer stach ich schwungvoll in ein rosiges Fleischstück, um es zu meinem Brot herüberzuheben, als Vater sein Schweigen brach.

»Lass es dir nur schmecken, mein Kind. Das Essen ist köstlich wie immer.« Ich sah auf. Mit zusammengekniffenen Augen hatte er mich beobachtet, lächelte aber, als er meinem Blick begegnete, und legte seine Hände sorgfältig übereinander. Unbehagen stieg in mir auf – ich kannte meinen Vater zu gut, um nicht zu ahnen, dass er irgendetwas im Schilde führte...

»Alienor, ich möchte dir etwas schenken!«

Hatte ich's doch gewusst...

»Die Tatsache, dass mein Gefangener ein Normanne ist, eröffnet uns völlig neue Möglichkeiten. Völlig neue...« Er betrachtete seine Nägel einen Moment aufmerksam. »Ja. Völlig neue Möglichkeiten. Ich habe mir daher überlegt, den Mann nicht zu töten – ich werde ihn dir stattdessen schenken. Er soll dein Diener sein, und du magst über ihn verfügen, wie es dir beliebt.« Erwartungsvoll sahen seine kleinen schwarzen Äuglein mich an. »Nun?«

Das Fleischstück schwebte immer noch über dem Tisch. Ohne mich zu rühren, starrte ich ihn an. Hatte ich da gerade richtig gehört – er wollte mir diesen schmutzigen, blutverschmierten Riesen *schenken*? Einen halb toten Wilden, der obendrein nicht mal unserer Sprache mächtig war? Kaum mochte ich jetzt glauben, dass er Normanne war. Ich sah ihn wieder vor mir, stinkend, riesig, Furcht einflößend, wie ein Geschöpf des Waldes, vielleicht mit zauberischen Kräften ausgestattet, vielleicht ein Troll, der sich unter die Menschen verirrt hatte – ich roch den Gestank in der Zelle, sah im Geiste die Ratten, seine Augen, die im Licht der Fackel unheimlich schimmerten...

»Na, freust du dich denn gar nicht? Gleich morgen wird er den Kerker verlassen und dir bald zu Diensten sein. Ich hatte da an eine Vereinbarung gedacht...«

Meine Ahnung hatte mich also nicht getrogen. Vater verschenkte nie etwas, ohne eine Gegenleistung zu erwarten. Und nun war es ausgerechnet dieses Wesen, das kaum als Mensch zu erkennen war. Warum konnte er mir nicht einmal etwas schenken, was mir auch gefiel? Unwillig runzelte ich die Stirn und ließ das Fleischstück in den Topf zurückfallen. Mir war der Appetit vergangen.

»Ich will ihn nicht. Er macht mir Angst.«

Vater lachte gönnerhaft und prostete mir zu. »Er wird dir nichts tun, dafür sorge ich. Er wird ans Burgtor genagelt, wenn er –«

»Ich will ihn nicht!«

»Ihr könnt Eure Tochter doch nicht diesem Menschen anvertrauen! Einem Gottlosen, einem Verbrecher – Herr Albert, kommt zur Besinnung!«, bekam ich unerwartet Hilfe von meinem Beichtvater, der halb über dem Tisch hing, die hellen Augen entsetzt aufgerissen. »Bedenkt Euch noch einmal, Ihr –«

»Seid nicht albern, Pater, es geht doch nur um einen Diener.«

»Vater, ich will ihn nicht haben!«

»Du wirst ihn als deinen persönlichen Reitknecht beschäftigen!«, donnerte er ungehalten. Am Tisch verstummten die Gespräche, selbst Onkel Richard war aufgewacht und sah verwirrt umher. »Er mag dich auf deinen Ausritten begleiten. Mit einer solchen Eskorte wirst du sicher sein. Im Gegenzug« – nun stützte er beide Arme auf den Tisch und fixierte mich –, »im Gegenzug erwarte ich, dass du mit weiblicher List herausbekommst, wer er ist und wo er herkommt.«

»Als mein Reitknecht?« Ich beugte mich vor. »Vater, der Mann ist halb tot! Du kannst nicht im Ernst wollen, dass ich mich mit dieser verlausten Kreatur zeige!«

»Der wird geputzt, meine Liebe, mach dir da mal keine Sorgen. Unter dem Schmutz verbirgt sich ein stattlicher Kerl, wenn er erst –«

»Er konnte kaum stehen!«

»Meister Naphtali wird ihm das Stehen schon beibringen.«

Pater Arnoldus erhob sich erneut von seinem Hocker. »Ehrwürdiger Graf – verzeiht mir meinen Grimm –, reicht es Euch nicht, einen Giftmischer in Euren Kellerräumen zu beherbergen, muss es nun auch noch dieser Wilde sein? Was soll ich denn noch alles für Euer Seelenheil tun?«

»Beten«, warf Vater ein und winkte seinen Kämmerer herbei. »Lasst Euch was für Kerzen auszahlen, Pater, und betet, dazu seid Ihr schließlich hier.« Gemurmel wurde laut, einige Herren räusperten sich unwillig. Auseinandersetzungen dieser Art waren nicht sonderlich beliebt an unserer Tafel.

»Dieser Wilde ist kein Mensch«, meldete sich der Abt ungehalten zu Wort. »Er spricht keine Sprache, er hat keinen Namen – Ihr könnt ihn an die Kette legen oder zu den Hunden sperren, was macht das für einen Unterschied. Aber der Zauberer nagt an Eurem Seelenheil, Albert, dieser unselige Zauberer –«

»Der Jude ist kein Zauberer.«

»Ein Giftmischer der übelsten Sorte, Vetter – Ihr versündigt Euch schwer! Tötet alle beide, und Ihr erhaltet von mir die Absolution!« Schweigend starrte Vater den schwarz Gekleideten an. Dann stand er langsam auf.

»Meine Entscheidung steht fest. Der Jude wird meinen Gefangenen heilen, danach soll er meiner Tochter dienen. Verstocktheit wird nicht mit dem Tode bestraft, Vetter, das müsstet Ihr eigentlich wissen. Ich bin sicher, dass er reden wird, wenn wir ihn ein bisschen Freiheit schnuppern lassen.«

Ein erleichtertes Raunen ging durch die kleine Gesellschaft. Pokale klirrten, man prostete dem Burgherrn zu und lobte seinen Weitblick. Pater Arnoldus hatte fluchtartig den Tisch in Richtung Kapelle verlassen. Der Abt schwieg und starrte finster vor sich hin. Nicht zum ersten Mal hatte er den Tod des Gefangenen gefordert, doch Vater setzte sich einfach darüber hinweg. Einen Moment lang weidete ich mich an seinem Ärger und daran, dass nicht alles den Weg seines Willens ging. Seine bleichen Züge schienen wie aus Stein gemeißelt; wie die Marmorstatue des Klosterschutzheiligen saß er da, still und unnahbar. Und dann fiel mir Pater Arnoldus' Geschichte vom heiligen Leonhard ein, den die Kirche den Gefangenenbefreier nannte und der die Worte der Bergpredigt so ernst genommen hatte: »Ich war im Kerker und ihr habt mich besucht.« Ironie des Allmächtigen, dass ausgerechnet ein Abt von St. Leonhard auf Tötung des Gefangenen bestand?

Dann schweiften meine Gedanken ab. Eine Vereinbarung nannte er es. Ein Reitknecht für mich und einen Namen für ihn. Heimlich beobachtete ich meinen Vater. Der Fremde schien ihm wichtig zu sein – das machte mich natürlich neugierig, keine Frage. Doch wenn er auf der Streckbank geschwiegen hatte, wieso sollte er sich ausgerechnet *mir* anvertrauen? Weibliche List, ha! Unmutig zog ich mein Wolltuch enger, denn trotz des großen Feuers war es kalt in der Halle. Wenn Vater Pech hatte, konnte er lange auf seinen Namen warten. Ich war nicht listig. Dennoch, vielleicht war das mit dem Reitknecht gar keine so schlechte Idee...

Gleich am nächsten Morgen befahl Vater, dass der Gefangene in Meister Naphtalis ärztliche Obhut zu bringen sei.

Natürlich gab es Gerede auf der Burg, Fulkos Bemerkung über den jüdischen Arzt am Vorabend war wieder einmal auf offene Ohren gestoßen. Der Giftmischer und ein schweigsamer Gefangener – plötzlich wusste ein Stallknecht wieder von seltsamen Geräuschen aus dem Keller zu berichten. Landolf erinnerte sich an den durchdringenden Schwefelgeruch, den auch ich bemerkt hatte, und dass in derselben Nacht eine schwarze Gestalt an ihm vorbeigehuscht war. Natürlich war ihm bekannt, dass Naphtali einen dunkelhäutigen Diener beschäftigte, doch der war es ganz sicher nicht gewesen. Die Gestalt hatte nach Schwefel gestunken, und am Morgen hatte er Asche vom Boden fegen müssen!

Puder und Salbentiegel, die man sonst so gerne von Naphtali annahm, fanden sich auf dem Misthaufen wieder, ich sah, wie eine Küchenmagd das Magenpulver, das er ihr gemischt hatte, heimlich hinter der Kapelle verbrannte und ein Ave Maria nach dem anderen dazu murmelte. Gerüchte um die Versuchsküche im Keller wurden wieder laut, man nannte sie ein Zauberlabor, in dem der Jude nicht nur wohl riechende Öle destillierte, sondern auch Gold herstellte und nach dem Stein der Weisen suchte und wo geheimnisvolle Elixiere aus Säuglingsfüßen und Kinderaugen hergestellt wurden, und nun wusste auch jeder wieder, was die schwarz gekleideten Boten in ihren Taschen auf die Burg schleppten. Es war ein Glück für diese Männer, dass keiner von ihnen in jenen Tagen Burg Sassenberg aufsuchte.

Naphtali selbst blieb unsichtbar, und er vermied es sogar, nachts auf das Dach des Donjons zu steigen, um die Sterne zu beobachten, wie er es in klaren Nächten oft tat. Die Wogen würden sich glätten, das wusste er, das sagten ihm die Sterne und sein Wissen um die Zukunft. Man würde ihn vergessen und sich, wenn die Knochen schmerzten, wieder an seine Heilkünste erinnern...

Und so war es auch. Ein paar Tage zerrissen die Leute sich das Maul, erzählten sich Schauergeschichten über die Juden und ihr schmutziges Gold, das sie untereinander tauschten und an die Christen zu Wucherzinsen verliehen, weil Gott der Herr ihnen ein anständiges Gewerbe untersagte – nur der Kämmerer und ich wussten, dass auch mein Vater Geld geliehen hatte –, und wie sie damals den Herrn Jesus ans Kreuz geschlagen hatten. Dann fielen unten im Dorf vier Schafe einem hungrigen Wolf zum Opfer, und man machte sich eilends daran, alle Ställe und Türen nachzusehen. Vater schenkte den Dörflern ein ganzes Klafter Holz und schickte Leute mit Hammer und Nägeln, die die Dorfhütten ausbesserten. Auf der Burg schritten Männer die Palisade ab, beleuchteten mit Fackeln schadhafte Stellen, und über dem Hämmern und der Angst vor Wölfen vergaßen sie den Juden und den Fremden.

Auch ich hatte an den Gefangenen kaum einen Gedanken mehr verschwendet, als mich einige Tage nach Epiphanias ein Diener aus der Küche holte. Der Graf wollte mich sehen. Rasch trocknete ich mir die Hände ab und eilte über den vereisten Hof.

Die Halle lag im Halbdunkel, kalt und ungemütlich wie eine Gruft. Unachtsame Diener hatten das Feuer im Kamin ausgehen lassen, und durch die schmalen Fenster, die bei Festen zusätzlich mit Fellen und Teppichen verhängt wurden, drang ungehindert beißende Kälte und überzog Tische und Bänke mit einer feinen Eisschicht. Gütigster, wir würden uns heute Abend beim Essen zu Tode frieren! Ich überlegte, wer wohl der Schuldige sein mochte.

Mein Atem kringelte sich zu dünnem Nebel, als ich auf die Empore zuging. Vater stand neben seinem Lehnstuhl auf dem Podest. Vor ihm kniete eine Gestalt. Ich erkannte sie an der Größe. Man hatte den Fremden nur mit einem Lendenschurz bekleidet hergebracht, und er fror erbärmlich. Kopf- und Barthaar, das sah ich erst beim Nähertreten, waren sorgfältig abrasiert – das alte und immer noch gültige Zeichen der Versklavung.

»Meine Tochter, ich habe dir am Christfest diesen Sklaven versprochen. Der Jude hat ihn geheilt, er ist nun gesund und arbeitsfähig, zudem wurde er in unserer Sprache unterrichtet. Wir werden uns jetzt seiner Treue und Pflichterfüllung versichern.«

Vaters Stimme klang unheimlich in der leeren Halle. Fröstelnd verschränkte ich meine Arme. Bei dem Wort »Sklave« war es mir kalt den Rücken heruntergelaufen. Sklaven kannte ich nur aus Erzählungen. Die Bauern auf unseren Feldern waren Leibeigene, aber sie hatten immerhin ihre wenigen Rechte... Der Mann vor uns war noch weniger wert als der ärmste Hörige. Ein Sklave galt den Leuten als Gegenstand, ein »Ding«, und als solches würde man ihn auch behandeln. Und genau das, so erkannte ich, war Vaters Strafe für den unerklärlichen Starrsinn des Gefangenen.

Ein Kandelaber tauchte die Ecke, in der wir standen, in milchiges Dämmerlicht, doch waren die Folgen der Folter an seinem Körper nicht zu verbergen. Sein Rücken war von Grinden und Narben so uneben wie ein frisch gepflügter Ackerboden. Mit der Peitsche hatten sie ihn bearbeitet...

Vater bemerkte, dass ich den Blick abwendete, und rückte den Kandelaber näher. »Schau ihn dir nur an, er gehört jetzt dir«, meinte er aufmunternd. Ich machte noch einen Schritt auf den Mann zu. Auf seinem kahl geschorenen Kopf waren schwarze Zeichen zu erkennen. Sie waren in Kreisform in die Kopfhaut hineingemalt, und auch seine Hände waren bemalt, seltsam verschlungene Linien zogen sich vom Handrücken über die Haut und wuchsen den Unterarm hinauf. Ich erkannte Schlangenköpfe – Heilige Maria, wie widerlich! Hatten sie sich nicht gerade sogar bewegt? Es zuckte auf seinem Arm, aber vielleicht waren es auch nur die Schatten der flackernden Kerzen gewesen oder die Gänsehaut, die seinen Körper überzog. Ich biss mir auf die Lippen, bemüht, den aufsteigenden Ekel, den ich vor Schlangen empfand, zu unterdrücken. Er *bemalte* seinen Körper mit Schlangen! Niemals konnte das ein Mensch aus Mutters Heimat sein, niemals! Am Ende war er gar kein Geschöpf Gottes, sondern ein Schattenwesen, ein Elfenkönig aus dem schwarzen Wald... Mein Blick glitt vom Kopf hinunter auf die muskulösen Schultern und blieb dann wie versteinert hängen: Auf die linke Brusthälfte hatten sie Vaters neueste Spielerei, das Wappen des Aquila zu Sassenberg, mit einem glühenden Eisen eingebrannt. Die zarte Haut der Brustwarze war unter der Kralle eines der beiden Wappenadler geschmolzen und verschwunden. Rot und entzündet schimmerte das verbrannte Fleisch, schwarze Brandränder deuteten an, dass die Wunde noch frisch sein musste. Entsetzt hielt ich die Luft an. Gütiger Himmel – mein Vater hatte ihn wie ein Stück Vieh brandmarken lassen! Im selben Moment hob der Mann den Kopf. Unter den dichten, von spitzen Schneekristallen überzogenen Augenbrauen kamen die Augen zum Vorschein, die mich einmal so verwirrt hatten. Sie schimmerten so eisig wie der Raureif auf den Tischen, nichts in ihnen erinnerte an Farbe, kein Wort, keine Botschaft, nichts als gesichtslose Kälte...

Ich will ihn nicht, dachte ich schaudernd, Gott sei mir gnädig, ich will ihn nicht haben.

»Ich finde, es ist gut gelungen, der Schmied hat ganze Arbeit geleistet.« Vater betrachtete den roten Adler. »Mein Vetter plädierte noch gestern dafür, ihn wenigstens zu entmannen, aber das fand ich barbarisch. Wir machen doch aus einem Mann keinen Ochsen! Nun, Fulko war anderer Meinung, aber da der Junge mir gehört, behielt er seine Eier...« Er grinste vor sich hin. Es entging mir nicht, dass der Fremde heftiger zu atmen begonnen hatte.

Vater stupste ihn mit der Schuhspitze an. »Du, Sklave«, begann er, »wirst von nun an der Diener meiner Tochter sein. Du schwörst mir, dass du ihr treu dienen und sie mit deinem Leben beschützen wirst. Ich schenke dir das Leben... doch sei sicher, Kerl, wenn du nur einen Fehler begehst – du *wirst* es büßen!« Von seinem Lehnstuhl nahm er eine schwere Bibel und hielt sie ihm vor die Nase. Ich traute meinen Ohren nicht. Vater wollte diesen Sklaven Treue schwören lassen wie einen Edelmann? Das konnte er nicht ernst meinen.

»Schwöre mir auf die Bibel, dass du meiner Tochter treu bis in den Tod dienen wirst!«, donnerte er. Darauf ertönte ein verächtliches Lachen.

»Jo ne sui tis hom, ne tu n'ies mes sire!« Die fremden Worte voll Gift und Galle ließen mich zurückfahren. Gleich darauf spie er auf unsere Füße. Vater holte aus und schlug ihn mit Gewalt ins Gesicht.

»Sprich, wie man es dich gelehrt hat, oder du verrottest im Kerker!«

Der Mann schwankte, blieb jedoch auf seinen Knien, obwohl der Schlag ihn hätte umhauen müssen. Blut tropfte aus seiner Nase, rann langsam neben dem Mundwinkel herunter. Er machte keine Anstalten, es wegzuwischen. Dann bewegte sich in seinem verkniffenen Gesicht etwas ... ich hätte schwören können, dass es wie ein Grinsen aussah. Die kalten Augen glommen auf, und dann legte er die gefesselten Hände auf die Bibel und zischte: »Ich schwöre.«

Seine Augen zogen sich zu Schlitzen zusammen. Die Blutstropfen hingen nun an seinem Kinn und fielen einer nach dem anderen zu Boden. Eine düstere Ahnung befiel mich. Wie Siegellack markierten sie die Platten, dunkelrot und glänzend, Siegel für ein schreckliches Unrecht ... Verstört starrte ich sie an, und es wurden immer mehr. Als er den Kopf wieder senkte, schien das flackernde Kerzenlicht die Zeichen auf seiner Kopfhaut zum Leben erweckt zu haben: Triumphierend tanzten und hüpften sie im Kreis. Seine Hand lag immer noch auf der Bibel, ich sah, wie die Schlange sich wand und züngelte – eine Schlange auf der Bibel, das Blut und die magischen Zeichen auf dem Kopf des Elfenkönigs ... die Schlange auf der Bibel! *Ich bin nicht dein Mann.* Was, wenn er gar kein Christ war? Die Schlangen und die Zeichen ... was, wenn es heidnische Symbole waren? *Kein Christ – ein Barbar?* Noch nie war ich einem Barbaren begegnet! Die Schlangen auf seinen Händen, böse und giftig ... blitzartig fuhr es mir durch den Kopf: Dann war sein Schwur auf die Bibel ja ungültig!

Ohne weiter zu überlegen, ergriff ich seine langen Finger und umschloss sie mit meinen Händen. Die altehrwürdige Lehnsgeste war in dieser Situation absurd – Vater schnaubte auch schon empört –, aber in der Eile fiel mir nichts Besseres ein. Hier ging es um Macht. Er hatte die Bibel mit einer Lüge befleckt, hatte tatsächlich geglaubt, uns für dumm verkaufen zu können – das durfte ich nicht auf mir sitzen lassen. Ich *wollte* den Schwur dieses Fremden. Hier und jetzt. Er sah mich überrascht an und machte Anstalten, mir seine Hände zu entreißen. Ich krallte mich an ihnen fest und versuchte, ihm in die Augen zu sehen. Da legte er den Kopf schief und erwiderte stirnrunzelnd meinen Blick.

»Fremder, schwöre mir bei Leben und Tod deiner Mutter und bei der Ehre deines Vaters, dass du mich mit deinem Leben schützen und mir treu dienen wirst...«

In seinem Gesicht spiegelte sich nach meinen Worten Erschrecken, und dann begann er vor Wut zu zittern. Heftig schüttelte er den Kopf, immer wieder, und ich spürte seinen Widerwillen.

»Schwöre mir.« Ein Blutstropfen hatte sich von seinem Kinn gelöst und war auf mein Handgelenk gefallen. Ich starrte den roten Fleck an. Er schien ein Loch in meine Haut zu sengen, ein Loch, tief hinab bis auf den Grund meiner Seele, Gott steh mir bei... Der Fremde war meinem Blick gefolgt und fixierte den Tropfen nun ebenfalls. Er atmete erregt.

»*Schwöre!*«, wiederholte ich eindringlich. »Bei der Ehre deiner Eltern, schwöre. Und du wirst leben. Schwöre mir.« Er hob den Kopf und sah mich an, und dann bewegte sich seine rechte Braue kaum merklich in die Höhe, so als wollte er mir Anerkennung dafür zollen, dass ich ihn überlistet hatte.

»Ich schwöre Euch.« Seine Stimme war dunkel und rau. »*Sá hafi brek er beiðisk*. Ich schwöre, und ich werde leben.« Ein Schauder jagte mir über den Rücken, ich ließ seine Finger fahren und versuchte hastig, das Blut von meinem Handgelenk zu wischen. Die schwarzen Zeichen tanzten immer noch höhnisch und wild. Ich spuckte auf meine Schürze und schrubbte damit über die Haut. Was hatte ich getan! Warum hatte ich es getan?! Barbarenblut – Elfenblut, Gott sei mir gnädig...

»Bravo.« Endlich rührte mein Vater sich und verschränkte die Arme. »Bravo, Alienor. Ich bin beeindruckt. Meine Tochter lässt sich nicht ins Bockshorn jagen. Und ich bin sicher, du wirst deinen Teil der Abmachung einhalten.« Er sah mich an, mit Stolz in den kleinen Augen, und lächelte. Ich atmete tief ein. Dann zielte sein ausgestreckter Zeigefinger auf die blutige Nase meines neuen Dieners.

»Und du, Kerl, vergiss nicht, was ich dir gesagt habe! Beim geringsten Vorkommnis ist dein Leben verwirkt! Ich werde dich dann den Ratten zum Geschenk machen, und hinter einer zugemauerten Tür wird sich kein Mensch mehr an dich erinnern... Aber nun steh auf, damit wir dich richtig ansehen können. Er ist nämlich stark wie ein Bär, er wird einen guten Pferdeknecht abgeben«, versicherte er mir. Langsam erhob sich der Mann und baute sich herausfordernd vor uns auf. Ohne mich aus den Augen zu lassen, wischte er sich mit dem Handrücken das Blut quer durchs Gesicht. Er überragte meinen Vater um einen Kopf. Ich reichte ihm gerade mal bis zur Schulter, obwohl ich zum Leidwesen meines Vaters für eine Frau sehr hoch gewachsen war. Sein Körper war trotz des langen Kerkeraufenthaltes noch wohlgestalt, doch wagte ich es unter seinem frechen Blick nicht, ihn länger zu betrachten. Ungeduldig zerrte er an den Lederriemen, mit denen seine Hände gebunden waren. Ein Knecht... Eine innere Stimme sagte mir, dass dieser Mensch noch nie in seinem Leben Feldarbeit verrichtet hatte. Seine sehnigen, nervösen Hände verrieten sein Handwerk – es waren die Hände eines Kriegers...

»Wie heißt du?«

Ich zog meinen Dolch hervor, schob ihn zwischen seine Hände und säbelte an dem Riemen. Die Hand, die ich dabei fest hielt, ballte sich zur Faust, wie um meinen Fingern zu entfliehen. Er verfolgte schweigend die Messerspitze, die in schnellem Vor und Zurück auf sein Brustbein zielte, ohne es zu streifen. Ein Stoß von unten, ein einziger nur, und –

Die Riemen fielen zu Boden.

»Er *hat* keinen Namen!« Schon wieder erzürnt, blies Vater die Kerzen aus und stapfte davon.

Der Mann bückte sich und hob die Lederriemen auf. Und dann drückte er sie mir in die Hand. »Vergesst sie nicht.«

Am Nachmittag ließ Vater überraschend den Mann in die Schmiede bringen. Vielleicht war es die Szene in der Halle gewesen, die ihn dazu brachte, dem neuen Sklaven einen eisernen Halsring anlegen zu lassen. Gesinde, Knechte und Wachleute versammelten sich im Schmiedeverschlag rund um das gleißende Feuer, begierig, dieses Spektakel mit anzusehen. Den Mägden stand der Mund offen angesichts des bemalten Riesen, der da neben dem Amboss kniete. Durch die Hitze am Feuer lief der Schweiß in Strömen an ihm herab und ließ seine angespannten Muskeln erglänzen. Wie ein Standbild kniete er da, reglos; ein Standbild aus längst vergangener Zeit – oder eher ein Raubtier? Ein Raubtier, das nur darauf wartete, seinem Opfer die Pranken in den Rücken zu hauen und es zu zerfleischen... dann würden die Muskeln zum Leben erwachen und triumphierend tanzen... Eine Magd stöhnte vor Erregung auf. »Seht nur, was für ein Wilder«, flüsterte sie so laut, dass es alle hören konnten. Kalt lief es mir den Rücken herunter. Ein Wilder, ein Barbar – und *mein* Sklave...

»Euer Vater lästert Gott, indem er Euch diesen Sklaven schenkte«, raunte Maia mit bebender Stimme hinter mir. »Er wird es noch bitter bereuen, dass er ihn nicht getötet hat...« Frierend schlang sie ihre Arme um ihren Oberkörper und rückte dichter an mich heran. Ich stand in vorderster Reihe, gleich neben meinem Vater. Fahrig spielten meine Finger mit dem Lederriemen.

Dengdengdeng... Blechern klang der Hammer auf dem Amboss. Der Schmied brachte mit ein paar letzten kräftigen Schlägen den Ring in Form, bevor er ihn unter lautem Zischen im Wassertrog abkühlte.

»Dieser Ring, Namenloser, soll dein Schicksal besiegeln!«, rief der Freigraf und verschränkte befriedigt die Arme. Der Mann hob ein wenig den Kopf und musterte Vater aus den Augenwinkeln. Schweiß glänzte an den Wundrändern auf seiner Brust, und ich sah, wie er sich straffte, bereit zu ertragen, was nun kommen würde. Adler und Falke, schoss es mir durch den Kopf – und das

Zeichen des einen prangte auf der Haut des anderen. Wohin, bei Gott und allen Heiligen, würde uns das führen?

Ein Schmiedeknecht legte den Eisenring um den Hals des Mannes und bog das noch heiße Metall mit aller Kraft zu. Einen kurzen Moment stank es durchdringend nach verbrannter Haut. Ich rümpfte die Nase. Er hatte das Eisen nicht genug abgekühlt, der Geruch war ja widerlich... Die Haut des Gefangenen färbte sich durch die Hitze unter dem Ring hochrot. Doch auch als der Schmied ihn zum Amboss stieß und mit mächtigen Schlägen den Bolzen durch das Eisen trieb, zuckte er nicht einmal mit der Wimper. Seine Augen fixierten stattdessen mich, die ich direkt vor ihm stand, sein Blick hielt mich gefangen, wurde mit jedem Schlag des Hammers intensiver, bis er schließlich vor Hass zu glühen schien; der Rauch aus dem Schmiedefeuer gaukelte mir vor, wie er wuchs, wie die Entrechtung ihn größer werden ließ, und ich hörte seine Zähne in ohnmächtiger Wut knirschen. Kein Laut der Klage durchbrach das monotone Hämmern, und als der Rauch verzogen war, kniete er immer noch da, die Augen anklagend auf mich gerichtet. Und plötzlich erkannte ich die schreckliche Wahrheit. Das hier war kein Fabelwesen, kein Elfenkönig mit übernatürlichen Kräften, vor meinen Augen knechteten sie einen Menschen wie mich, und sein Blut klebte auch an meinen Händen... Ich konnte es keinen Moment länger ertragen, ihn zu sehen, seinen Blick, den groben Eisenring, die Brandspuren auf seiner Brust. Die Fessel fiel mir aus den Händen. Und wie am Morgen hob er sie auf und hielt sie mir hin.

»Ich will ihn nicht, Herrgott, ich will ihn nicht«, murmelte ich verstört und drängte hastig durch die Menge nach draußen. Erstaunt gafften mir die Leute hinterher. Ohne mich noch einmal umzusehen, flüchtete ich in den Frauenturm zu Emilia und versuchte zu vergessen, was ich gesehen hatte. Es gelang mir nicht.

In der gleichen Nacht träumte ich, der Barbar stünde vor mir, die muskulösen Arme verschränkt, und in seinen Augen loderte es wie Feuer. Er sah auf mich herab, verächtlich, und dann begann er zu wachsen. Wie im Rauch des Schmiedefeuers wuchs er, wurde größer, schien bald wie ein Turm in den Himmel zu ragen... Ich duckte mich furchtsam. Ein Fußtritt, und ich wäre zermalmt wie eine Ameise. Doch dann, als er die Sonne verdunkelte, fasste ich mir ein Herz und schlüpfte durch seine Beine hindurch. Da verlor er an Größe, schrumpfte wieder zusammen, ganz langsam, und er drehte sich um und folgte mir gemessenen Schrittes. Er folgte mir durch den Wald, wie ein unheimlicher Schatten, dass die Blätter an den Bäumen still hingen und die Vögel zu singen aufhörten...

Mitten in der Nacht erwachte ich schweißgebadet und tastete mit zitternden Fingern nach einer Kerze. »Herr, Gütigster, steh mir bei, beschütze mich...«

Man wies dem Fremden eine Ecke in der Sattelkammer gleich neben dem Pferdestall zu, weil die Stallburschen sich geweigert hatten, ihn bei sich auf dem Heuboden aufzunehmen, wo es im Winter wärmer war. In Grüppchen schlichen sie hinter ihm her, beglotzten ihn, wenn er hinter der Stalltür gierig den Napf mit Essensresten leerte, den Radegunde ihm hinstellte, oder stöberten ihn beim Verrichten seiner Notdurft auf und raunten sich gegenseitig Zoten und unschmeichelhafte Vergleiche in die Ohren. Schon tauchten die ersten Gerüchte über seine Herkunft und die teuflischen Malereien auf seinem Körper auf, man munkelte von einem heidnischen Zauberer. Als das Stroh aus der Sattelkammer verschwand und sie ihm auch noch Decke und Rock stahlen, griff ärgerlich der Stallmeister ein – ein erfrorener Sklave würde nicht mehr arbeiten können. Der Mann ignorierte alles und schwieg.

Ich hatte nicht den Mut, die Dienste meines neuen Knechtes in Anspruch zu nehmen. *Mich* hatte er bis zuletzt angesehen, an jenem Nachmittag, als wir ihm die Freiheit endgültig nahmen, mich – und nicht meinen Vater, der doch die Schuld an allem trug. Und ich hatte Angst, dass der Fremde sich eines Tages rächen würde.

2. KAPITEL

Sie schlagen mich, aber es tut mir nicht wehe;
sie klopfen mich, aber ich fühle es nicht.
Wenn will ich aufwachen, dass ich's mehr treibe.
(Sprüche 23,35)

Eines Morgens erwachte ich früher als gewohnt. Im Burghof war das morgendliche Trappeln und Wiehern der Pferde zu hören, die auf die Weiden am Hang getrieben wurden. Nur die wertvollen Zuchttiere verbrachten die Nacht im Burgstall, da Vater nicht Gefahr laufen wollte, eines der Tiere an Wölfe oder Diebe zu verlieren. Unsere Pferdezucht brachte ihm einen guten Verdienst ein, und seine edlen Rösser waren in Jülich wie in Köln gleichermaßen begehrt. Sie hatten uns die beiden Mächtigen des Rheinlandes, den Grafen von Jülich und den Erzbischof von Köln, mit ihren Eroberungsgelüsten bislang vom Hals gehalten. Die kleine Grafschaft Sassenberg am Tor zur Eifel war seit Jahrzehnten als Pufferstaat zwischen Köln und Jülich unabhängig und nur der Krone verantwortlich, ein Privileg, das Vater in einer Urkunde vom Kaiser persönlich garantiert worden war und auf das er großen Wert legte.

Da ich nun einmal wach war, stand ich auf und kleidete mich leise an. Emilia und unsere Frauen schliefen noch fest. Vorsichtig öffnete ich unsere Kammertür und kletterte die schmale Stiege zum Dach des Frauenturms hoch. Meine Mutter hatte hier oben eine kleine Bank aufstellen lassen. Nachts saß ich manchmal dort und berauschte mich an der Unendlichkeit des Firmaments. Heute Morgen jedoch genoss ich den Blick über unsere Ländereien und die weiten Wälder rings um unseren Burgberg. Im Osten färbte die Morgendämmerung den Himmel blutrot, ein milder Wind ließ die Fahne der Sassenberg auf dem Burgfried flattern. Das warme

Wetter hatte den Schnee fast weggeschmolzen, nur noch vereinzelt lagen weiße Flecken auf den Wiesen. Gottlob war der Winter bald vorbei! Ich hasste diese Jahreszeit, in der es in den Ecken nach Tod roch und die Kälte einem den Verstand raubte... Schon bald würden Bauern wieder mit dem Pflug über die Äcker unterhalb des Berges ziehen, und das Korn, das sie von der letzten Ernte zurückbehalten hatten, als Saat in die Furchen streuen. Wenn sich die ersten Halme durch die Ackerkrume der Sonne entgegenreckten, würden auf den Brachen Raps, Kornblumen und Mohn blühen, und die Frauen würden zwischen den Blumen nach Schnecken, essbaren Kräutern und Pflanzen suchen gehen. Ihr rhythmischer Gesang und das Pfeifen der Hütejungen würden endlich den Sommer ankündigen...

Im Westen schmiegten sich die Hütten eines der Dörfer an den Hang, die ersten Frühaufsteher waren sicher schon auf den Beinen und unterwegs zur Burg oder zum Kloster, um ihren täglichen Frondienst zu verrichten. Es war eine harte Arbeit, dem kargen Boden der Eifel Getreide und Früchte abzutrotzen, und wie groß die Armut in den Dörfern war, konnte ich an den Almosenkörben ablesen, die wir jede Woche verteilten.

Ein paar Meilen östlich vom Burgberg, dort, wo sich die Sonne über dem Wald erhob, glänzte nun sicher auch die Kirchturmspitze der Benediktinerabtei St. Leonhard. So sehr ich mich auch reckte, ich konnte sie hinter den Baumwipfeln nicht ausmachen. Die Kirche war noch keine fünf Jahre alt, meine Eltern hatten den Hauptteil der Bausumme gespendet, voller Hoffnung, nach ihrem Tode Gnade vor Gott dem Allmächtigen zu finden. Zur Einweihung hatte es einen feierlichen Gottesdienst gegeben, zu dem der Kölner Erzbischof mit Gefolge angereist war. Von dem anschließenden Fest sprachen die Leute noch lange.

Auch für mich war es ein großer Tag gewesen, ereignete sich auf unserer Burg doch kaum je etwas Außergewöhnliches. Mein Vater reiste zwar oft zum Hof des Kaisers, doch tat er das stets ohne meine Begleitung.

Erst vergangenen Monat war er von einer Reise an des Kaisers Pfalz zurückgekehrt. Ich hatte wieder einmal zu Hause bleiben und Grütze essen müssen, während die halbe Burg sich an den kaiserlichen Gelagen erfreute. Obwohl ich mich, den Empfehlungen meines Beichtvaters getreu, um Bescheidenheit mühte und diese letzten Tage des Kirchenjahres im Gebet zu verbringen versuchte, schmerzte die neuerliche Zurücksetzung sehr, und es hatte mich nur wenig getröstet, dass Pater Arnoldus mir ein geweihtes Kreuz aus der Pfalzkapelle mitgebracht hatte, denn auch seine schmalen Wangen waren rosig überhaucht von der kaiserlichen Tafel gewesen. Ich formte aus meinen Händen ein Nest und hauchte heißen Atem in die Öffnung.

Ein einziges Mal nur hatte ich meine Eltern auf einer Reise begleiten dürfen – damals, als Kaiser Heinrich III. seinen Sohn, den kleinen Rotzlöffel Heinrich, in Aachen zum König krönen ließ. Man schrieb das Jahr 1054. Ich zählte gerade einmal fünf Jahre und stand zitternd vor Aufregung in den kaiserlichen Gärten an der Stadtumwallung, zu denen Kaiserin Agnes' Hofdamen mir als Tochter des Freigrafen Zutritt ermöglicht hatten.

Die Prinzessin Adelheid und Judith-Sophie zogen mich an den Kleidern und hänselten mich wegen meiner damals noch leuchtend roten Haare – »Eifelfuchs« nannten sie mich, »Fackelkind« und »Zundermarie« –, und wie zwei kleine Pfauen stolzierten sie vor mir auf und ab und präsentierten ihre Schleppen, während Prinz Heinrich sich schreiend im Gras wälzte und vor Wut die kaiserlichen Hosen nässte, weil er am Krönungstag den Thron ohne seine Mama besteigen sollte. Der ältesten Schwester, Prinzessin Mathilde, gelang es schließlich, den Kleinen zu beruhigen, und als wir nebeneinander auf der Wiese hockten und Honiggebäck schleckten und ich dem Prinzen zuraunte: »Du, deine Hose ist nass«, da flüsterte er mit mutwillig blitzenden schwarzen Augen zurück: »Na und? Ich bin der König.«

Heute, zwölf Jahre später, regierte dieser König, der so alt war wie ich, als Kaiser ein Reich von Hamburg bis nach Italien, während ich immer noch keinen Fuß vor diese Eifelburg gesetzt hatte. Keines der kaiserlichen Kinder hatte ich je wieder gesehen, obwohl mein Vater, als Freigraf nur der Krone untertan, zu allen Festen im Gefolge weilte. Doch weder zur Hochzeit Judith-Sophies mit dem König von Ungarn noch zu Adelheids Weihe zur Äbtissin von Quedlinburg hatte man mich mitgenommen, stets hatte es Gründe gegeben, mich daheim zu lassen – ein Fieber, schlechtes Wetter oder ein Kindbett meiner Mutter. Der Hochzeit Prinzessin Mathildes mit Herzog Rudolf von Rheinfelden im Jahre des Herrn 1059 war mein Vater sogar selbst ferngeblieben. Man erzählte sich, dass der Herzog die Salierprinzessin zuvor entführt hatte, um die Heirat zu erzwingen. Was für uns Kinder reichlich abenteuerlich klang, war für meine Eltern politisch so unannehmbar, dass sie es lieber riskierten, Kaiserin Agnes vor den Kopf zu stoßen, als dem Bräutigam die Ehre zu erweisen. Ich nagte an meinem Daumen. Ob er sie damals auf einem Pferd entführt hatte? Bei Nacht und Nebel aus ihrem Bett geraubt, ohne Umhang durch die Nacht getragen? Oder hatte eine Armee sie aus der Pfalz geholt, mit Waffen gedroht, damit sie freiwillig mitkam? Bilder tanzten durch meine Gedanken, ich sah eine Burg, Herolde, ein riesiges Schlachtross, einen wehenden Mantel, blonde Haare im Wind... Ob die Prinzessin mit den schönen braunen Augen Angst gehabt hatte?

Das erste der Pferde erreichte die Weide am Bergrücken, die letztes Jahr erst gerodet worden war. Übermütig sprang es herum und wieherte laut. Die anderen folgten in wildem Galopp, jemand trieb sie mit Geschrei zu noch mehr Tempo an. Ich beugte mich weiter vor und erkannte zu meinem größten Erstaunen meinen Knecht, der mit einer Gerte in der Hand neben den Pferden herlief. Wieso brachte *er* die Pferde auf die Weide? Das war nicht seine Aufgabe – aber sicher hatte der Zuständige sich auf diese Weise eine zusätzliche Mütze Schlaf verschafft. Die Stallburschen hatten schnell herausgefunden, dass »Hans Pferdeapfel«, wie der Fremde im Stall genannt wurde, besonders gut mit den kapriziösen Streitrössern umgehen konnte.

Voller Neugierde beobachtete ich, wie Hans immer schneller neben den umhertollenden Pferden herlief und quer über die Weide hinter dem Rappen mit der langen Mähne herjagte – großer Gott, das war das prächtige Kampfross, das Vater für den Kölner Erzbischof vorgesehen hatte, es war noch nicht ausgebildet, und niemand durfte es reiten! Ich hielt den Atem an. Aus vollem Lauf sprang Hans geschmeidig wie eine Katze auf den Rücken des Pferdes und trieb es einige Runden über die Wiese. Ohne zu bocken, folgte es seinen Befehlen, die Ohren aufmerksam aufgestellt. Pferd und Reiter wirkten wie ein einziges Wesen, wie ein Kentaur aus Naphtalis Geschichten über die Griechengötter – er musste verrückt sein! Wenn dem Pferd etwas geschah ...

Schließlich hatte die wilde Jagd ein Ende, er glitt herab, streichelte den Schwarzen und trottete in die Mitte der Weide. Dort zog er sich Hemd und Rock aus und ließ sich mit nacktem Oberkörper zu Boden fallen. Seine Hände krallten sich in die matschige Grasnarbe, bohrten sich in die Erde, als wollte er sie umarmen. Ich schlang die Arme um mich und biss mir auf die Lippen. Irgendwie schämte ich mich plötzlich, ihn zu beobachten. Lange Zeit rührte er sich nicht, obwohl das Pferd des Erzbischofs spielerisch über seinen Rücken schnoberte.

»Er spielt mit seinem Leben.« Erschrocken fuhr ich herum. Hinter mir stand Maia, noch ganz verschlafen in eine Decke gehüllt, die Augen auf die Weide gerichtet. »Der Graf wird ihn töten ...« Gemeinsam sahen wir zu, wie er auf die Pferdetränke zuging. Dort wusch er sich mit dem eiskalten Wasser die Erde vom Leib und steckte den Kopf in den Trog. Gleich darauf war er mit seinen Kleidern aus unserem Blickfeld verschwunden.

»Ihr solltet hereinkommen, es ist zu kalt, Herrin. Und wenn Ihr ihn loswerden wollt, solltet Ihr noch heute mit Eurem Vater sprechen«, sagte Maia leise und eindringlich, bevor sie mich zur Stiege zog. Nachdenklich folgte ich ihr ins Warme. Wollte ich ihn loswerden? Er machte mich nervös, wann immer er meinen Weg kreuzte – ich sah die Szene aus dem Traum wieder vor mir, und Furcht schnürte mir die Kehle zu. Die stoische Ruhe, mit der er alle Misshandlungen seitens der Stallburschen ertrug, wirkte gefährlich – wann würde er seine rächende Hand gegen den Ersten von uns erheben? Es gab Momente, in denen ich mir wünschte, nie den Kerker betreten zu haben, nie den gequälten Gefangenen gesehen, in seine Augen geblickt zu haben. War es Neugierde oder Mitleid, was mich damals handeln ließ? Heute wusste ich, dass

Gottes Strafe über uns kommen würde, weil wir einen Barbaren beherbergten.

Diese Gedanken vergällten mir den Tag, was überaus schade war, hatte doch die schüchterne Januarsonne an der Burgmauer ein erstes Schneeglöckchen hervorgelockt. Ich hätte die Sache sicher schneller vergessen, doch die dramatischen Ereignisse, die sich kurz darauf in den Ställen zutrugen, verhinderten dies. Wie Maia mir mit bedeutungsvollem Augenaufschlag berichtete, war nämlich eines von Vaters Pferden schwer erkrankt – ausgerechnet jener wertvolle Rappe, der seit langem dem Kölner Erzbischof versprochen war. Koliken zerrissen seinen Leib, er schrie so erbärmlich, dass man den Priester in den Stall rief, damit er mit Weihrauch und Gebeten versuche, den Dämon aus der gepeinigten Kreatur zu treiben. Pater Arnoldus sang und betete, die Stallburschen husteten im Qualm des Räuchergefäßes, doch brachte all das keine Linderung. In der dritten Nacht schließlich fuhr der Teufel mit lautem Kreischen aus dem After des Tieres hervor. Sterbend brach der Hengst zusammen.

Vater war außer sich vor Zorn. All die Jahre des Hegens und Pflegens umsonst! Und was würde Seine Eminenz erst dazu sagen... Die Stallburschen schlichen bedrückt herum, und als ich im Hof den Kadaver des einst so stolzen Tieres betrachtete, keimte in mir ein schrecklicher Verdacht auf. Ich trug ihn einige Stunden mit mir herum, bis ich es nicht mehr aushielt. Ein Stoßgebet um Kraft zur Heiligen Gottesmutter, und dann machte ich mich auf den Weg, um meinen Reitknecht zu suchen. Er saß hinter den Ställen in der schwachen Januarsonne, Sättel und Trensen um sich herum aufgebaut, und schmierte übel riechendes Fett auf Leder- und Holzteile. Sein Gesichtsausdruck war verkniffen wie immer. Rasch blickte ich mich um. Niemand war zu sehen.

»Hans.« Er sah hoch, unwillig über die Störung. Herausfordernd trat ich vor ihn, obwohl mir das Herz bis zum Halse schlug.

»Was wünscht Ihr?«

Seine Stimme klang dunkel, aber nicht unangenehm. Ich hatte gehört, wie er mit Pferden sprach, wenn er sich allein wähnte. Dann hob sich seine Stimme und wurde weich, und manchmal summte er sogar vor sich hin. Jetzt aber störte ich ihn ganz offensichtlich. *Was wünscht Ihr* klang alles andere als weich und freundlich.

Es war das erste Mal, dass ich das Wort an ihn richtete, nachdem Vater ihn mir übergeben hatte. Auf seinem Kopf war ein dichter Flaum nachgewachsen, der hell in der Sonne schimmerte. Nur sein Gesicht war bartlos und glatt wie am ersten Tag nach der Rasur. Meister Naphtali hatte ihn im Auftrag des Burgherren mittels einer geheimnisvollen Tinktur für immer seines Bartwuchses beraubt. Ob sie ihn bei der Prozedur festgebunden hatten? Am Hof der Normannen galt es als modisch, den Bart wegzurasieren, das hatte Onkel Richard mir erzählt. Ich konnte mir kaum vorstellen, wie das wohl aussah – rasierte Ritter mit Schwertern und Kettenhemden! Ein Mann ohne Bart galt als Schwächling, ob versklavt oder nicht. Alle Welt machte sich über die Bartlosen lustig. Dann aber dachte ich an die vielen ungepflegten Bärte beim abendlichen Mahl und daran, wie sehr mich Essensreste und Ungeziefer in diesen Bärten anwiderten, und ich fand, dass dieser hier bartlos gar nicht schlecht aussah. Und ein Schwächling war er sicher nicht. Verstohlen glitt mein Blick über seine breiten Schultern… »*Hvat vill pú mér?* Was wollt Ihr von mir? Ich habe zu arbeiten.«

»*Du* hast ihn geritten.«

Seine emsigen Hände hielten inne. »Was redet Ihr da?«

»Ich habe dich gesehen, lüg also nicht. *Du* hast auf seinem Rücken gesessen!« Atemlos stemmte ich die Hände in die Hüften. Der Verdacht erfüllte nun mein ganzes Denken, nur er konnte ihn verhext haben, nur er – Heilige Maria, steh mir bei! Seine Augen wurden schwarz vor Wut. Mit einem Knall schloss er den Fettbehälter und schleuderte den schmierigen Lappen zu Boden. Hastig beugte ich mich vor.

»Und dann ist er verreckt! Es war allen verboten, ihn zu reiten! Der Priester sagt, dass der Leibhaftige in ihm steckte… *du* hast ihn verhext!«

Fassungslos sah er mich an. »*Was* sagt Ihr da? Ich sei schuld am Tod eines Gauls? Seid Ihr von Sinnen?« Damit stand er auf und trat so nah auf mich zu, dass ich den Kopf in den Nacken legen musste, um sein Gesicht sehen zu können. Hinter mir segelte mein Tuch zu Boden. Erregt packte er mich am Kleid, ich fuhr zurück und trat das feine Gewebe mit dem Absatz tief in den Matsch.

»Ich soll das Pferd verhext haben? Wer sagt das? Wer –«

»Du bist ein Heide! Ich weiß, dass du Heide bist!«, schleuderte ich ihm entgegen und schüttelte seine Hand ab. »Nimm deine Finger von mir! Wie kannst du es wagen, mich anzufassen...« Ich stolperte einen Schritt zurück und warf mir die Locken aus dem Gesicht. Mein Herz raste vor Angst, gleichzeitig konnte ich mich jedoch kaum noch beherrschen. »Die Heiden haben Macht über böse Kräfte, das weiß doch jeder!«

Hans musterte mich mit zusammengekniffenen Augen.

»Eigentlich sollte ich Euch für diese Worte töten –«

»Barbar! Sie werden die Hunde auf dich hetzen!«

»Ich töte keine Frauen.« Seine Fäuste sanken herab, und er verschränkte stattdessen die Arme vor der Brust. »Und nun hört mir gut zu, denn ich sage es Euch nur einmal: Ich bin kein Christ, und ich bete nicht zu der Weißen Jungfrau. Aber – beim Hammer des Thor, ich verhexe keine Tiere, und dieses Pferd schon gar nicht!«

»Du hast ihn geritten!«

Er schluckte, drehte sich um und holte tief Luft. Sein Rücken sprach von ohnmächtiger Wut auf mich und auf alle, die ihn hierher gebracht hatten. Ich zerknüllte mein Halstuch. Gütigster, was hatte ich da angefangen?

»Ich will Euch sagen, wie es war.« Er wandte sich mir wieder zu. »Ich will Euch sagen, woran das Pferd eingegangen ist. Man hat ihm schlechtes Futter gegeben.«

»Unsinn! Der Hengst bekam immer nur das beste –«

»Man hat ihm schlechtes Futter gegeben«, beharrte Hans. »Der Stallbursche hat sich den Hafer selber eingesteckt und gab dem Pferd das schlechte Korn. Ich habe es gesehen.« Einen Moment war es still.

»Du lügst.« Ich schüttelte den Kopf. Das würde niemand wagen. Niemand.

»Ich lüge nicht.«

»Und ich glaube dir nicht.«

»Dann glaubt, was Ihr wollt. Ich habe Euch die Wahrheit gesagt.« Gleichgültig sammelte er seine Lappen wieder ein und wollte mich schon stehen lassen. Doch dann fiel ihm etwas ein. »Woher – woher wisst Ihr, dass ich geritten bin?«, fragte er dumpf und suchte meinen Blick. Seine Augen, so blau und frisch wie der Frühling, machten mich plötzlich verlegen.

»Du ...« Ich nestelte an einer Strähne herum. »Ich habe dich gesehen, in der Frühe. Von da oben.« Er blickte in die Richtung, in die mein Finger wies, und erkannte den Frauenturm.

»Ihr schnüffelt mir hinterher! Dazu habt Ihr kein Recht ...«

»Ich schnüffle nicht! Ich hab's halt gesehen. Du bist närrisch, auf den Pferden meines Vaters zu reiten –«

»Werdet Ihr mich verraten?«, fragte er ruhig, ohne mich anzusehen. *Wenn du ihn loswerden willst, dann tu's. Jetzt. Sag es Vater, er wird ihn töten. Auf der Stelle, er wird keinen Moment zögern. Sag es ihm.* Ich wagte einen weiteren Blick in sein Gesicht. Dieses Blau – kein Mensch, den ich kannte, hatte solche Augen. Nur der Elfenkönig ... und wenn er doch hexen konnte? Seinen Zauber nicht nur auf Tiere, sondern auch auf Menschen werfen konnte?

»Diese Burg hat Augen und Ohren«, murmelte ich verstört. »Du solltest dich vorsehen ...« Hans legte den Kopf an den Baum, ohne den Blick von mir zu lassen. Spott las ich darin und Verachtung, aber auch eine gute Portion Unverständnis für mein Verhalten. Ich raffte mein Kleid und verließ wortlos den Hof.

Als mein Vater Ende Februar wieder eine große Jagd veranstaltete, erlaubte er mir endlich mitzureiten. Allzu lange lag meine letzte Jagd zurück, ich konnte es kaum erwarten, wieder Pfeil und Bogen in der Hand zu halten!

Mein Vater hatte stets großen Wert darauf gelegt, dass seine älteste Tochter so reiten lernte, wie es einer Dame von Stand zukam. Als man meine Brüder, die Gott der Herr nacheinander zu sich genommen hatte, den Umgang mit Jagd- und Kampfwaffen lehrte, hatte ich mich dazugesellt, und Herr Gerhard hatte nach einigem Zögern auch mir Lektionen mit Pfeil und Bogen und dem Holzschwert erteilt. Ich entpuppte mich als gelehrige Schülerin, und so erwirkte er bei meinem Vater die Erlaubnis, mir für den Unterricht ein passendes Schwert schmieden zu lassen. Meine Mutter war es, die dem Treiben schließlich ein Ende setzte, indem sie ihrem Gatten eines Tages erklärte, dass er niemals einen Ehemann finden würde für eine Tochter, die ihre Brüder mit Kinnhaken niederstreckte, den Schwertkampf auf der Mauer beherrschte und mit Pfeil und Bogen vom Pferderücken aus jagen konnte. Vater besann sich, entsetzt über seine Gedankenlosigkeit, und von Stund an wurde ich in Kleider gehüllt, die langen Haare, wie es sich ziemte, unter dem Schleier verborgen, und ich wanderte an der Seite meiner Mutter durch die Burg, um die Aufgaben einer Hausherrin zu lernen: Spinnen und weben, nähen und sticken, musizieren, tanzen und singen. Sie brachte mich ins Waschhaus, wo sie mich in die Geheimnisse der Kleiderreinigung mit Asche und Urin einweihte, und in die Küche, damit ich mich in der Zubereitung von Suppen und Süßspeisen übte. Im Gemüse- und Obstgarten ruhte sie nicht eher, bis dass ich jedes Kräutchen mit Namen und Wirkung kannte und sogar die widerspenstigen Rosen zum Blühen brachte. Keine Frage, dass ich diesem Leben nach den wilden, freien Jahren nichts abgewinnen konnte. Ich durchlief eine harte Schule, und sie verlor keine Zeit, als ahnte sie, dass ihr irdisches Dasein bald zu Ende gehen sollte. Denn als Mutter starb, fiel mir die ungeliebte Aufgabe zu, dem gräflichen Haushalt vorzustehen. Vater duldete kein Jammern und Zagen, ich hatte nun zu arbeiten, und nur noch selten bekam ich die Möglichkeit, wie früher mit dem Pferd in den Wäldern herumzustreifen. Zudem wurde es immer schwieriger, einen Begleiter für meine Ausflüge zu finden, denn allein durfte ich die Burg nicht mehr verlassen.

Doch nun hatte ich Hans. Und niemand sollte es wagen, mir bei dieser Begleitung noch einmal einen Ausritt zu verwehren.

Als ich am Morgen der Jagd in ungehörigen, aber bequemen Männerkleidern auf den Burghof kam, die langen Haare unter der

Kapuze verborgen, und zu meinem Pferd trat, bemerkte mich Hans unter all den Jagdteilnehmern nicht. Er nestelte versunken am Zaumzeug herum und schrak dann hoch. Ich saß auf, noch ehe er sich bewegen konnte. Sein Blick blieb an meinen Beinkleidern hängen. Instinktiv verdrehte ich die Augen zum Himmel. Auch Vater waren meine Lederhosen ein Dorn im Auge, fürchtete er doch zu Recht, ich könnte mit dieser Kleidung einen Skandal auslösen. Nach langen Auseinandersetzungen hatte er schließlich wenigstens für die Jagd seine Zustimmung gegeben. Es ärgerte mich, dass dieser Fremde Anstoß daran nahm.

Schweigend ritten wir los, schweigend ritten wir den ganzen Tag nebeneinander her. Ich bemerkte wohl, dass er mich beobachtete, meinen Sitz begutachtete, mir zusah, wie ich den Sperber in die Luft warf, wie ich mit Pfeil und Bogen hantierte und übermütig vor allen anderen dem von Vaters Pfeil verletzten Keiler hinterherjagte. Ich hörte, wie er hinter mir einen Warnschrei ausstieß, weil der Keiler mitten im Lauf kehrtmachte und auf uns zuhielt – meine Stute warf sich herum, ich riss den Arm mit der Waffe hoch – und von zwei Lanzen in der Brust getroffen, stürzte das Tier schließlich nur wenige Schritte vor mir sterbend ins Gras. Bellend brachen die Hunde durchs Gebüsch, der Keiler keuchte, trat erregt mit den Läufen in die Luft und grunzte böse; ein schaumiger Schwall Blut quoll zwischen seinen Hauern hervor, ein ersticktes Würgen, dann lag er still. Die Hunde umkreisten das Tier, lärmend und schwanzwedelnd, als hätten sie es zur Strecke gebracht.

»Ihr seid eine tollkühne Jägerin, Fräulein.« Herr Gerhard ließ sich schwer atmend aus dem Sattel gleiten. »Und Ihr solltet der Jungfrau Maria von Herzen danken – das hätte böse ausgehen können!«

»Bist du verletzt, Alienor? Bei Gott –« Vater kam auf die Lichtung gelaufen und näherte sich dem toten Keiler. Sein Knappe untersuchte die beiden Lanzen in der Brust. Die eine gehörte mir. Die andere ... Ich drehte mich um. Mein Reitknecht saß unbewegt im Sattel und starrte vor sich hin. Die Lanze, die ihm auf meinen ausdrücklichen Wunsch hin ausgehändigt worden war, hatte das Tier mitten ins Herz getroffen.

Vater reichte mir die Hand und half mir aus dem Sattel. Seine Augen strahlten vor Stolz und Erleichterung, als er mich zu meiner Beute führte und den Tannenzweig in meine Hand legte. Dann nickte er Hans zu. »Du hast verstanden, was ich von dir verlange, Mann.«

Die kleine Lichtung füllte sich mit Reitern und Hunden, und die Jagdgenossen ließen Vater und mich hochleben. Es rauschte in meinen Ohren, die Spannung fiel ab, und glücklich atmete ich die kühle Waldluft ein. Wie ich die Jagd liebte, das Hundegebell, das wilde Reiten im Verein mit den anderen und das Gefühl, dem erlegten Tier den Tannenzweig in die tödliche Wunde zu drücken, in der Nase den warmen Geruch von Pferden, Blut und Lederzeug und voller Vorfreude auf das folgende Festmahl…

Die Sonne sank bereits wieder, als mein Vater das Zeichen zum Aufbruch gab. Jeder von uns hatte einen Schluck Met zum Aufwärmen bekommen, während die Knechte den Keiler so banden, dass er transportiert werden konnte. Unsere Pferde trotteten am langen Zügel über die Lichtung und knabberten Tannenspitzen und Heidekraut.

Hans hatte man ein altes Pferd gegeben, doch selbst auf dieser Mähre saß er wie ein Ritter, ohne es verbergen zu können. Wo mochte er nur so reiten gelernt haben? Ich beschloss, meine Skrupel endlich zu überwinden und ihn gleich morgen für einen Ausritt kommen zu lassen. Mein Vater musterte ihn von der Seite – ich spürte förmlich, wie es hinter seiner Stirn arbeitete, wie die Neugier ihn peinigte –, konnte der Mann nach dieser gefährlichen Situation auf sein Lob hin nicht endlich sein Schweigen brechen? Dann könnte man überlegen, wie weiter mit ihm zu verfahren sei…

Fulko, unter seiner Mönchskutte ein begeisterter Jäger, warf seine Lanze einem Diener zu und trieb sein Pferd an das des Grafen heran, und ich hörte, wie sie sich wieder über meinen Reitknecht stritten. Hans entging das nicht. Sein Gesicht verfinsterte sich zusehends.

»Was ist los? Was schaust du so böse?«, fragte ich, im Jagdfieber mutig geworden. Die Jäger schleiften den erlegten Keiler bereits zur Burg, und an meinem Sattel hingen drei stattliche Fasane. Vaters Knappe hatte meinem Sperber die lederne Haube wieder übergezogen, für heute hatte das schöne Tier genug gejagt. Ich steckte den Handschuh in meinen Jagdrock. Hans zügelte sein Pferd, ohne die beiden aus den Augen zu lassen. Wir fielen ein wenig hinter den anderen zurück.

»Sag mir – warum hasst du den Ehrwürdigen Vater so?«

»Warum ich ihn hasse? Das fragt Ihr noch?« Er rollte das R noch stärker als sonst und schnaubte aufgebracht. »*Kyrpingr! Fársmaðr* – er war mit im Kerker!«

»Das weiß ich. Dummkopf, er sorgte sich um dein Seelenheil...«

»Seelenheil! Ihr wisst ja nicht, was Ihr redet!«

Einer der Jäger vor uns drehte sich neugierig um. Hans sackte wieder in sich zusammen, doch er war noch nicht fertig mit der Angelegenheit.

»Seelenheil«, wiederholte er erbittert und schimpfte halblaut in seiner Muttersprache vor sich hin. Fasziniert lauschte ich dem eigentümlichen Singsang, in dem er rollende Töne und Lispellaute zu einer Sprache vermischte... So wütend wie gerade hatte ich ihn noch nie erlebt. Was bei allen Heiligen mochte bloß im Keller vor sich gegangen sein? Ich wagte einen letzten Versuch.

»Ei, dann erzähl doch, was er getan hat. Vielleicht hast du es ja nur falsch verstanden.« Mit einem Ruck zog er an den Zügeln und brachte beide Pferde zum Stehen. Seine Augen waren fast schwarz vor Wut, wie zwei Dolche spießten sie mich auf...

»Ihr dürft mich nicht für dumm halten, Herrin«, sagte er mit gefährlich ruhiger Stimme. »Zu viele Leute halten mich für dumm. Auch wenn ich seine Worte nicht verstand, so habe ich im Kerker doch begriffen, hört Ihr? Der Weiße Krist musste seinen Namen hergeben für alles, was der schwarze Mann an mir verrichtete...« Verächtlich spuckte er auf den Boden. »Folter ist ein schmutziges Geschäft, Herrin, aber offenbar nicht schmutzig genug für einen Mann der Kirche!« Mir blieb der Mund offen stehen. Das war die gemeinste Rede, die ich je gehört hatte! Schockiert starrte ich ihn an. Der *Abt* soll sich an der Folter beteiligt haben? Das konnte ich nicht glauben. Den Geistlichen waren peinliche Befragungen streng verboten, das wusste doch jeder. Natürlich wünschte er den Heiden zum Teufel, das hatte er mir ja selber gesagt – aber gefoltert? Nein, niemals. Sicher hatte er um Gottes Beistand für seine Seele gebetet. Immerhin hatte dieser Mann schwer gesündigt. Fulko an der Folter beteiligt...

»Du lügst ja«, sagte ich kopfschüttelnd, »nie würde der Ehrwürdige Vater seine Hand –«

Der Blick aus seinen Augen ließ mich bis ins Mark erschaudern. »*Skalli er vargr undir sauð!* Ihr solltet besser den Mund halten, wenn es um Dinge geht, von denen Ihr nichts wisst, Frau.« Mit diesen Worten ließ er mich stehen und trieb sein Pferd an.

Fassungslos sah ich ihm hinterher. »Narr, verdammter«, murmelte ich. »Vater wird dich töten.«

Inzwischen war die Dämmerung hereingebrochen. In kleinen Gruppen kehrte die Jagdgesellschaft heim. Die Männer jubelten und sangen über unser Waidglück und galoppierten übermütig das letzte Stück zur Burg hinauf. Hans ritt schweigend und mit mürrischem Gesicht neben mir. Steif saß ich im Sattel, den Blick auf die geflochtene Mähne meines Pferdes gerichtet. Ich konnte immer noch nicht glauben, was der Fremde da vorhin zu behaupten gewagt hatte: Fulko ein Folterer – ungeheuerlich, man sollte ihn dafür bestrafen...

»Für eine Dame reitet Ihr recht passabel«, hörte ich da zu meiner größten Verwunderung auf einmal neben mir. Er hatte tatsächlich das Wort an mich gerichtet! Ich hob den Kopf, doch er sah starr geradeaus, als wäre die Bemerkung gar nicht gefallen. Ob es ihm Leid tat, so ausfällig geworden zu sein? Sein Gesicht lag im Schatten, sodass ich seine Miene nicht erkennen konnte. Ich gab mir einen Ruck.

»Für einen Sklaven reitest du viel zu gut«, sagte ich. Er fuhr herum, mit einem Gesichtsausdruck, der mich das Fürchten lehrte. Erschrocken packte ich meine Zügel fester. Ich hatte ihm doch nur etwas Freundliches sagen wollen, diesem – diesem Wilden aus dem Wald... Das Letzte, was ich an diesem Abend von ihm sah, waren die Hufe seiner Mähre, die er brutal den Hohlweg zur Vorburg hochhetzte. Es war, als fiele ein Tor krachend ins Schloss. Meine Finger klemmten dazwischen.

Anfang März geschah dann endlich, worauf die ganze Burg schon so lange wartete: Vater entschloss sich, eine neue Frau zu nehmen. Viele Gründe bewogen ihn dazu, meine schlechte Haushaltsführung war sicher nur einer davon. An hübschen Mägden mangelte es nicht auf unserer Burg, doch ein Freigraf musste eine tugendsame Gattin an seiner Seite haben. Sein größtes Unglück war, dass er keinen Erben für sein kleines Reich hatte. Und welcher Grundherr kann sich schon mit dem Gedanken anfreunden, dass Besitz und Tochter nach seinem Tode an den Kaiser fallen?

Man setzte sich also zusammen und beriet, welche Dame des rheinischen Adels die meisten Vorteile bieten würde. Beim allabendlichen Essen im großen Saal hörte ich fortan Frauennamen in der Luft umherschwirren, man pries die körperlichen Vorzüge einer Edelgard und lachte gleichzeitig über die lange Nase der Hiltrud. Agathe war zu jung, die reiche Ursula zu alt, und zu der hässlichen Clementine wollte Vater sich um keinen Preis ins Bett legen.

Es ärgerte mich, wie die Männer über Frauen redeten, und so manche zotige Bemerkung trieb mir die Röte ins Gesicht. Auf Anraten Onkel Richards, der auf seinen Reisen im Rheinland schon in manches liebliche Gesicht geschaut hatte, entschied Vater sich für die älteste Tochter des Grafen zu Jülich, Adelheid mit Namen und nach Richards Urteil schön wie die Muttergottes. Reich und schön – und einen mächtigen Vater! Vater rieb sich die Hände über diese großartige Wahl: Der Graf von Jülich schätzte ihn und seine Pferde hoch. Er würde ihm sicher gerne seine Tochter zur Frau geben... und konnte es danach kaum mehr erwägen, einen Eroberungsfeldzug gegen Sassenberg, gegen sein eigenes Kind zu starten. Eine Verbindung mit dem Haus Jülich war in der Tat das Beste, was mein Vater anstreben konnte, wollte er sein Gebiet unabhängig halten.

Zuletzt suchte er Meister Naphtali auf, und als er von dem erfuhr, dass die Sterne für eine Brautwerbung günstig wie nie standen, wurde alsbald eine Reise nach Jülich vorbereitet, bei der Vater hoffte, mit dem mächtigen Nachbarn handelseinig zu werden. Prächtige Gewänder wurden hervorgekramt, die Stiefel geputzt, bis sich die Sonne darin spiegelte, und die stolzen Rösser gestriegelt. Man trug Gaben für das Verlobungsgeschenk zusammen und verpackte sie sorgsam in Kisten.

Am Tag der Abreise saß ich mit einer Stickerei in der Halle am Kamin, als Onkel Richard sich zu mir setzte. Als jüngsten Sohn der Familie war an Richard de Montgomery kein Land zu vererben gewesen, und so hatte er sich damals entschieden, seiner Schwester Geneviève auf die Burg ihres lothringischen Bräutigams zu folgen. Nach ihrem Tod war der oft so schläfrig Wirkende, der sich in Krisenzeiten aber als kühner Ritter und geschickter Verhandlungspartner entpuppte, auf Burg Sassenberg geblieben. Vater pflegte ihn als seinen treuesten Gefolgsmann zu bezeichnen.

»Erzähl mir ein bisschen von Jülich«, bat ich und legte die Handarbeit zur Seite. Richard rollte den Becher mit verdünntem Bier zwischen seinen kantigen Händen.

»Du wärst gerne mitgekommen, nicht wahr?«, meinte er. Ich seufzte und schwieg. »Glaub mir, Alienor, ich verstehe nicht, warum Albert dich hier einsperrt – so findet er nie einen Mann für dich.« Seine schielenden Augen zwinkerten mir zu. »Wenn du meine Tochter wärst...«

»Onkel Richard«, unterbrach ich ihn lächelnd. Er lächelte zurück und verdrehte seine Augen noch ein bisschen mehr.

»Und trotzdem, wenn du meine Tochter wärst, würdest du mit mir reisen. Dann würde ich dich mitnehmen an die Kaiserpfalzen, du wärst im Gefolge der Kaiserin und hättest Edelleute kennen gelernt, die so stolz und tapfer und galant sind, dass du nicht wüsstest, wem du deine Hand als erstes reichen solltest...« Der mir so vertraute Akzent der Normannen sang in meinen Ohren, mit Honig aneinander gefügte Worte, nie enden wollende dahinrollende Sätze – »Oder ich würde mit dir nach Rouen gehen, wo Wilhelm von der Normandie mit seiner Gattin Mathilda Hof hält, und normannische Ritter würden dich umschwärmen, wie sie damals deine Mutter umschwärmt haben...«

Wir sahen uns an, beide mit Bedauern in den Augen. Kein Hof, keine Ritter, kein hochgeborener Edelmann. Er strich mir über die Wange.

»Leider bist du nicht meine Tochter, Alienor.«

»Nein, Onkel Richard. Leider nicht.« Ich erhob mich, denn im Hof stiegen die ersten in die Sättel, und Vater hasste es, wenn Leute zu spät kamen. Im Hinausgehen legte er den Arm um meine Taille.

»Einsame Tage werden das für dich, Alienor. Er hat ja fast alle von uns mitgenommen.« Ich verschränkte die Arme vor der Brust und betrachtete die herausgeputzte, schwer bepackte Reisegesellschaft.

»Na, so einsam nun auch nicht. Ein paar Männer hat er mir ja gelassen. Gott behüte dich, Onkel Richard.« Er küsste mich auf die Wange und eilte zu seinem Pferd, und als die Reiter mitsamt Kisten und Gepäck durch das Burgtor geritten waren, dachte ich bei mir, dass Onkel Richard vielleicht doch nicht so unrecht hatte mit seiner Einschätzung.

Für die Tage seiner Abwesenheit hatte Vater mir zwar wie üblich Herrn Gerhard, unseren Waffenmeister, zur Seite gestellt, der ein verlässlicher Ritter war, ruhig und besonnen, und die Burg wie schon viele Male zuvor wie seinen Augapfel hüten würde. Zudem war Herr Gerhard ein Mann, der sich zu benehmen wusste. Er schrie nicht herum und warf nicht mit Geschirr nach den Dienstboten, wenn ihm danach war, sondern lobte mit galanten Worten meine Kochkünste und hörte aufmerksam zu, wenn ich eine Meinung äußerte. Seine Frau half mir zuweilen am Webstuhl und im Gemüsegarten, wenn die vielen Kinder ihr dazu Muße ließen. Mit den beiden ließ sich eigentlich eine angenehme Zeit verbringen.

Trotzdem war mir beklommen zu Mute, als ich über den leeren Hof auf das Küchenhaus zuging. Es war nicht nur die Einsamkeit, die ich fürchtete, es war die Aufsässigkeit und Faulheit der Dienstboten, kaum dass mein Vater aus dem Hause war. Das Durcheinander in meinem Haushalt wuchs mir in diesen Tagen über den Kopf, und jedermann schien es ausgesprochenen Spaß zu machen, mir auf der Nase herumzutanzen. Nein, die geborene Hausherrin war ich wirklich nicht...

Am schlimmsten aber war tatsächlich die ungewohnte Ruhe in der Burg, und ohne die lärmenden Edelleute am Tisch wirkte der Saal verwaist. Ich rührte in meiner Grütze herum und starrte trübsinnig auf die Tafel, an der wir Übriggebliebenen nur ein kleines Häuflein bildeten. Es gab doch nichts Schöneres als einen Festsaal voller Menschen, Gesang und guter Laune... Die Laute des Knappen, den ich um etwas Musik gebeten hatte, war verstimmt, und außerdem fehlte ihr eine Saite. Kessel klapperten, dazu gackerten die Mägde übermütig in der Küche. Und der Ärger ließ auch nicht lange auf sich warten.

Am dritten Tag von Vaters Abwesenheit stöberte mich eines der vielen Kinder, die auf der Burg herumlungerten, in der Speisekammer auf. Ich war damit beschäftigt, meine Vorräte zu zählen, hatte soeben den Diebstahl einer gefräßigen Magd aufgedeckt, und war dementsprechend schlecht gelaunt.

»Herrin, kommt schnell, die Pferdeburschen schlagen den Barbaren tot!«, krähte es aus dem verfilzten Strubbelkopf. Der Kleine griff nach mir und hüpfte ungeduldig von einem Fuß auf den anderen. Verärgert über die Störung schloss ich die Tür und folgte dem Kind. Wie viele Säcke Gerste hatte ich jetzt gezählt – waren es fünf gewesen, oder sechs? So oder so waren es zu wenig, wir würden für teures Geld Gerste dazukaufen müssen. Und die Apfelläden hatte ich noch gar nicht durchgesehen. Am Ende hatte die diebische Elster neben dem Käse auch noch Äpfel mitgehen lassen... Was hatte das Gör da eben gesagt? Totschlagen wollten sie ihn? Ich konnte mir kaum vorstellen, dass der Riese das so ohne weiteres mit sich machen lassen würde.

Der Lärm im Burghof von den Ställen war ohrenbetäubend.

Eine Szene bot sich mir, wie sie sich in Anwesenheit meines Vaters nie ereignet hätte. Die Pferdeburschen, allesamt raues Gesindel, hatten sich im Kreis aufgestellt und warfen sich unter lautem Grölen und Juchzen Gegenstände durch die Luft zu. In der Mitte des Kreises sah ich den kurz geschorenen Schopf meines Dieners, der Mann drehte sich wie ein Kreisel, um das, was durch die Luft flog, zu fangen. Sein Gesicht war wutverzerrt. Ich sah, wie sie ihn mit Mistbrocken und matschigem Obst bewarfen, einer der Knechte packte gar eine Mistgabel und ging damit auf Hans zu wie auf ein wildes Tier. »Ksch! Kschkschksch – du Bestie, los, wehr dich!«, schrie er. »Ich kann dich an deinen Eiern aufspießen!« Die Zinken der Mistgabel wollten sich schon in seinen Leib bohren, da warf Hans sich mit einem Schrei auf den Angreifer, riss ihm die Gabel aus der Hand und schlug ihn mit einem mächtigen Faustschlag zu Boden, dass er sich nicht mehr rührte. Als hätten die anderen darauf nur gewartet, stürzten sie sich johlend auf die beiden.

»Aufhören!«, schrie ich. Niemand hörte mich. Erbost stampfte ich auf den Boden. Dieser verfluchte Ungehorsam... »Gott verdamme euch – aufhören!!« Jemand lachte. Im Eingang des Donjon standen Leute der Burgwache und betrachteten das Geschehen mit wachsender Begeisterung. Mägde versammelten sich kichernd um das Menschenknäuel, einige wagten es sogar trotz meiner Gegenwart, die Knechte anzufeuern. Ich ballte die Fäuste und versuchte, die aufkommenden Tränen zu unterdrücken. Dieses verfluchte Pack, wie ich sie alle hasste! Da rollte ein Gegenstand vor meine Füße. Ich hob ihn auf – und ließ ihn gleich darauf vor Schreck fast wieder fallen: Aus einer wahrhaft hässlichen Fratze stierte mich ein blutrotes, böse blickendes Auge an! Es gehörte zu einer gedrungenen, mit Asche geschwärzten Holzstatuette aus poliertem Obstbaumholz. Sie schien in meiner Hand zu vibrieren vor Zorn, so wie der Fremde, der sich vor meinen Augen im Staub gegen eine Überzahl von Angreifern zur Wehr zu setzen versuchte – sie konnte nur ihm gehören, und so ließ ich sie rasch in meiner Rocktasche verschwinden. Er würde mir dazu einige Fragen beantworten müssen. Die Prügelnden hatten mich nicht einmal bemerkt.

»Herrin, Ihr müsst Euch Respekt verschaffen«, hörte ich eine ruhige Stimme neben mir. Herr Gerhard stand da und reichte mir seine lederne Hundepeitsche. Dankbar ergriff ich sie und ließ sie mit aller Kraft mehrmals auf den Boden knallen.

»Sofort aufhören! Ich verbitte mir so ein Benehmen!«, brüllte ich los. Wie der Blitz verschwanden meine Mägde im Küchenhaus. Ich ließ die Peitsche näher an die Knechte herantanzen, bis sie einen von ihnen streifte. Er schrie auf vor Schmerz, hielt sich den Arm. Ich schlug wieder zu, noch wütender, wahllos in die Menge, traf einen im Gesicht, zerfetzte Haut, ein Hemd, ein Hosenbein. Blut spritzte, einer hielt sich jaulend das Auge und stürzte kopfüber zu Boden, doch erst als sich der erste auf die Peitsche und ihre Besitzerin stürzen wollte, hielten die anderen inne. Verlegen entknäuelten sie sich, standen auf und wischten sich die Gesichter. Hans blieb keuchend liegen, drei andere neben ihm rührten sich nicht. Der Morast unter ihnen war blutverschmiert.

»Säubert den Mann und schafft ihn mir in die Halle!«, befahl ich streng. »Die anderen an die Arbeit, marsch, bevor ich es mir anders überlege.«

Murrend zogen sie in Richtung Stall, während sich zwei von ihnen um die am Boden Liegenden kümmerten. Ein dritter Stallbursche schleifte meinen übel zugerichteten Sklaven zum Brunnen, um ihn mit dem kalten Wasser wiederzubeleben. Ich drückte Herrn Gerhard die Peitsche in die Hand und zog ein Gesicht. Mitleidig sah er mich an.

»Wird Zeit, dass Ihr einen Gatten bekommt, der Euch auf Händen trägt, das ist doch keine Aufgabe für eine schöne Frau«, murmelte er und verbeugte sich im Gehen. Ich hoffte inständig, dass er Vater nichts von dem Vorfall erzählen würde. Entmutigt machte ich mich auf den Weg zur Halle. Einen Gatten, der mich auf Händen trägt. Ich würde es schon noch lernen, mit dem Dienstvolk richtig umzugehen, und ich würde es auch lernen, sie richtig zu bestrafen. Und bei Hans würde ich den Anfang machen.

Ein Bediensteter brachte ihn herein. Sein zerschlagenes Gesicht hatten sie vom Blut gereinigt. Doch sein Hemd war zerrissen, in Fetzen hing es von seinen Schultern herunter. Noch ein Hemd zu ersetzen! War überhaupt noch eins in der Vorratstruhe? Plötzlich kam ich mir so verloren auf Vaters Lehnstuhl vor, so klein inmitten der düsteren Halle. Und ich war ratlos. Wen um Gottes willen sollte ich strafen, und wie? Der Bedienstete zwang Hans mit einem Tritt in die Kniekehlen vor mich auf den Boden. Ich winkte ihm, uns allein zu lassen.

Eine Weile starrten wir uns an. Einige Kerzen waren angezündet worden und flackerten im kalten Halbdunkel wie kleine Irrlichter. Mir war kalt. Wieder einmal war das Feuer im Kamin ausgegangen, während der zuständige Diener wahrscheinlich in der Küche saß und bei den Mägden naschte. Wenn ich mit Hans fertig war, würde dieser Faulpelz der Nächste sein, den ich zurechtweisen musste. Ich seufzte. Es dauerte immer so lange, bis das Feuer die Halle erwärmt hatte, und selbst dann konnte man ohne Wolltuch nicht lange hier sitzen. Am liebsten würde ich mich ja in mein Bett verkriechen und die Zeit verträumen, bis Vater endlich wieder da war und alle Probleme löste. Ich musterte die zerlumpte Gestalt vor mir. Hans. Was sollte ich mit ihm machen? Was würde Vater mit ihm machen? Ihn auspeitschen? Aufhängen? Hans hatte seinen Blick nicht von mir gelöst.

»Tötet mich doch«, sagte er plötzlich.

»Was?« Ich fuhr aus meinen Gedanken hoch.

»Tötet mich.«

Ich stützte mich auf die Armlehne und beugte mich vor.

»Und wieso sollte ich das tun? Warum sollte ich dich...«

»Ich könnte Euch sonst töten. Jetzt, hier.« Seine Augen glitzerten, als er die Hände hob. »Ich könnte Euch hiermit töten, bevor es irgendeiner der Gimpel da draußen bemerkt, ich könnte Euch in Stücke reißen und über die Burgmauer in den Graben werfen, wo Krähen sich um die Fetzen zanken und wo Hunde die Knochen benagen, ich könnte Euch zerquetschen wie ein Insekt –« Seine Stimme erstarb. Grabeskälte – oder war es Angst? – kroch mir über den Rücken, und verstohlen schob ich meine Hände unter die Schenkel, damit er nicht sah, wie sie zitterten.

»Das würdest du nicht tun, Hans.«

»Was macht Euch da so sicher?«

»Dein Schwur, Hans.« Ich suchte seinen Blick. »Wenn du mich tötest, stirbst du noch in derselben Stunde, den Pflock im Hals, auf meinem Sarg.«

Er drehte den Kopf zur Seite, und das Glitzern erlosch. Was ich zunächst für Mordlust gehalten hatte, war nichts als Leere, bodenlos und kalt. Gleichgültig zuckte er mit den Schultern.

»Was macht das schon...«

Langsam lehnte ich mich zurück und betrachtete ihn. Seit jenem Jagdausflug hatte ich nicht mehr mit ihm gesprochen, denn aus meinem geplanten Ausritt am folgenden Tag war nichts geworden. Und so hatte ich ihn nur von ferne gesehen, wenn er die Pferde versorgte oder für die anderen Stallburschen den Lastkarren zur Burg hochziehen musste. Man konnte auch einen der Ochsen davorspannen, doch die Männer machten sich einen Spaß daraus, den Barbaren damit zu triezen. Sie schlugen und traten ihn, und wenn er sich wehrte, gab es die nächste Rauferei. So besehen hatte er kein leichtes Dasein hier bei uns. Der Kerzenschein ließ seine schmutzigen Haare schimmern. War es nicht seltsam, wie schnell man vergaß, dass ein Sklave auch ein menschliches Wesen war?

»Seid ohne Sorge, Fräulein.« Er sah mich wieder an. »Euer kleines Leben würde meinen Durst nach Rache niemals stillen können.« Er verschränkte die Arme, als wollte er seine Hände fesseln, damit sie seine Worte nicht Lügen straften. »Und Rache ist ein guter Grund, am Leben zu bleiben.«

»Ein guter Grund«, flüsterte ich. Er war gefährlich – ob Vater sich dessen bewusst war? Ich wagte erneut, in seine Augen einzutauchen, an den blauen Pupillenrädchen vorbei in die Tiefe, und ich fand hinter der Leere Traurigkeit, wie sie nur ein Entwurzelter fühlen konnte, einer, der die Hoffnung auf Heimkehr für immer begraben hat. Doch hinter diesem Meer von Tränen traf ich auf einen Willen so eisern wie das spitzenbewehrte Tor hinter der Zugbrücke, einen Willen, der alles ertragen konnte, Leid, Schmerz, Demütigung – weil er ein klares Ziel hatte. Rache *war* ein Grund, am Leben zu bleiben.

Fast gleichzeitig senkten wir den Blick und schauten in verschiedene Richtungen.

»Tut Eure Pflicht und straft mich endlich, Gräfin«, murmelte er.

Ich zog die Statue, die ich auf dem Hof gefunden hatte, aus meiner Rocktasche hervor und hielt sie mit langen Fingern ein Stück von mir weg.

»Was ist das? Warum habt ihr euch darum geschlagen?«

Hans hob den Kopf. Fassungslos starrte er die Figur an, sah von ihr zu mir und wieder zurück, als könnte er nicht glauben, dass ich es gewagt hatte, sie anzufassen – als erwarte er, mich sogleich vom Blitz getroffen niedersinken zu sehen, und dann streckte er die Hand danach aus, etwas zu heftig, verlor beinahe das Gleichgewicht und hielt sich an meinem Stuhl fest, um nicht hinzufallen. Ich wich ihm gerade noch aus.

»Sag mir zuerst, was das ist.«

»Odin«, kam es leise. Er rappelte sich hoch.

»Was ist Odin?«

»Der Gott, zu dem ich bete.« Ich hielt das Ding ins Kerzenlicht. Es grinste mich frech aus dem einzelnen Auge an. Sein Gott hieß Odin und hatte eine Fratze.

»*Das* soll ein Gott sein?«, fragte ich, die Figur ungläubig betrachtend. »Es ist ... es ist hässlich, es ist abgrundtief –«

»Bitte gebt es mir zurück.« Überrascht vom Klang seiner Stimme sah ich auf. Meine Bemerkung über seine Gottheit schien ihn nicht im mindesten verletzt zu haben.

»Und das Obst? Warum bewarfen sie dich mit Obst?«

»Ich habe Odin geopfert.« Ich spürte, wie er ungeduldig wurde. »Bitte, Herrin, gebt ...«

»Du opferst dieser Puppe verfaultes Obst? Wozu?«

Hans starrte mich herausfordernd an. »Ich hatte nichts anderes, was ich ihm geben konnte. Und ich habe um Kraft und Geduld gebetet, um mein Schicksal ertragen zu können.« Damit erhob er sich von den Knien und sah mir direkt ins Gesicht. »Ihr habt mir alles genommen, Herrin. Lasst mir wenigstens das Gebet.«

Im Schein der Kerzen war der Zorn in seinen Augen verschwunden, hinweggeschwemmt von Trauer und Sehnsucht. Ich schämte mich plötzlich und sah wieder auf die Holzstatue, um seinem Blick auszuweichen. Pater Arnoldus fiel mir ein. Wenn der wüsste, was dieser Barbar einen Steinwurf von seiner heiligen Kirche entfernt getrieben hatte – ein Heidengott auf unserer friedlichen Burg! Seit Wochen lag der Pater meinem Vater in den Ohren, dass der Heide getauft werden müsse, um nicht Verderbnis über uns alle zu bringen.

Nein, Gott konnte es nicht gutheißen, dass wir einen Ungläubigen bei uns hatten, er würde uns bestrafen... Am liebsten hätte ich die Figur ins Feuer geworfen, war es doch, als versengte sie meine Finger! Ich würde es dem Pater beichten müssen, dass ich mich damit befleckt hatte, dass ich einen heidnischen Dämon berührt hatte. Und doch – irgendwie tat mir dieser Mann Leid. Entmutigt hatte er den Kopf wieder gesenkt und trat von einem Fuß auf den anderen. Die Fetzen seines Hemdes rutschten vollends von der Schulter herunter und entblößten den eingebrannten Triumph des Adlers von Sassenberg. *Ihr habt mir alles genommen,* hatte er gesagt.

»Wer bist du?«, fragte ich leise und beugte mich vor, um in sein Gesicht schauen zu können. Er hob den Kopf. Lange und rätselhaft sah er mich an, dann schüttelte er den Kopf. Da wusste ich, dass er für immer schweigen würde, und dass er einen guten Grund haben musste. Ich ließ mich in den Stuhl zurücksinken und betrachtete erneut das Schnitzwerk. Je länger ich es in der Hand hielt, desto mehr verlor es seinen Schrecken, schrumpfte zusammen zu einer grotesken Figur ohne Bedeutung.

»Hast du das selber gemacht? Kannst du auch schöne Sachen schnitzen?« Hans nickte stumm.

»Würdest du für meine kleine Schwester etwas machen? Etwas Hübsches?«

»Alles, was Ihr wollt. Bitte gebt ihn mir wieder.« Seine Augen drängten mich stumm. Ohne weiter zu überlegen, legte ich den Gott in seine ausgestreckte Hand.

»Ich will das alles vergessen. Aber es darf nie wieder vorkommen, hörst du? Die Leute haben Angst vor den Barbaren.« Da legte er den Kopf zur Seite.

»Und Ihr? Habt Ihr Angst vor den Barbaren?«, fragte er ruhig.

Ich starrte ihn an und schüttelte dann hastig den Kopf. »Verschwinde jetzt, geh!«

Als er weg war, grübelte ich noch lange in dem zugigen Saal. Über die Götterstatue mit Namen Odin, ihr hässliches, einäugiges Gesicht. Und über die traurigen Augen dieses Mannes, der eben noch Menschen mit seinen bloßen Fäusten bewusstlos und blutig geschlagen hatte. Ja, ich hatte Angst vor den Barbaren.

Einige Tage später kam Vater mit seinem Gefolge heim. Sein Gesicht strahlte. Der Graf von Jülich hatte seine Werbung angenommen. Die Hochzeit mit der schönen Adelheid, von der alle Männer schwärmten, war für den Frühsommer angesetzt. Auch ich strahlte, hatte doch mit Vaters Eintreffen der Wildwuchs der letzten Tage ein Ende... Herr Gerhard hatte mir hoch und heilig versprochen, die Prügelei für sich zu behalten, um Vaters Stimmung nicht zu verderben. »Ihr müsst wissen, was Ihr tut, Fräulein«, hatte er schließlich zweifelnd gesagt. Wie unsicher ich mir darin war, das konnte er nicht ahnen. Doch wollte ich vorerst die Aufmerksamkeit auf keinen Fall auf meinen Diener gelenkt wissen. Und so versammelten wir uns noch am selben Abend in der Halle zum abendlichen Mahl und lauschten der begeisterten Stimme des Burgherren. Die Festung zu Jülich, ihre starken Verteidigungsmauern, die Scharen von bewaffneten Männern, die sie beherbergte, die Streitrosse, die er in den Ställen bestaunen durfte, die verzierten Rammböcke im Waffenmagazin...

»Und die Dame Adelheid?«, fragte eine vorwitzige Stimme. Alles lachte. Vater reckte die Nase in die Höhe und hob die Brauen.

»Die Dame Adelheid ist das Schönste, was du je in deinem Leben gesehen hast. Sie hat die Anmut eines Engels, und vor ihrer Schönheit wirst du auf die Knie fallen und...«

»Na na«, mahnte der Abt, der Vater in dieser wichtigen Angelegenheit natürlich begleitet hatte. »Mein lieber Freund, versuche nicht Gott, wenn du eine Frau beschreiben willst – es ist und bleibt sündiges Fleisch.« Einige kicherten verhalten.

»Sündiges Fleisch hin oder her«, erwiderte Vater energisch, nicht gewillt, sich auf eine theologische Erörterung über den Wert einer schönen Frau einzulassen, »sie wird die Burgherrin von Sassenberg, und dann werdet Ihr schon sehen.« Triumphierend lehnte er sich zurück und leerte seinen Pokal in einem Zug.

Natürlich war mit dieser spärlichen Auskunft niemand zufrieden.

»Ei, beschreibt sie doch noch ein wenig, die neue Herrin, damit wir sie uns besser vorstellen können«, bat einer der Daheimgebliebenen.

Onkel Richard ließ sich das nicht zweimal sagen. Seine eigenen Brautschauen waren bislang ergebnislos verlaufen, hatte doch die Natur ihn mit einem Makel geschlagen: Der stattliche Mann mit den schönen Locken schielte so Furcht erregend, dass manch abergläubischer Mensch sich bekreuzigte, wenn er ihn ansah. Doch hatte er eine Schwäche für schöne Frauen. Seine wohltönende Stimme verschaffte ihm stets Zuhörerinnen für normannische Heldengeschichten und Lieder, und beim Tanz wusste er sich so galant zu bewegen, dass ihm manches Mädchen träumerisch hinterherschaute – bis sein Blick sie traf.

Schwärmerisch verdrehte er seine Augen noch mehr.

»Als sie in den Saal schwebte, war es, als ginge die Sonne über uns auf! Allmächtiger Himmel! Goldschimmerndes Haar fiel über ihre zarten Schultern, fein wie Seide, und in ihrem Antlitz strahlten Augen so blau wie der Himmel. Ihre Stimme glich der einer Nachtigall, und ihre Füße...«

Ich stand auf und verließ heimlich die Halle. Noch an der Tür konnte ich die »Ahs« und »Ohs« der Gefolgsleute hören, und wie Vater sich als frisch gebackener Bräutigam feiern ließ. Wieso hatte ich bloß immer das Gefühl, dass sie uns Frauen auf die gleiche Stufe setzten wie Schlachtrösser und Zuchthunde...?

Ich war noch nicht müde, obwohl es schon dunkel war. Der Lärm aus der Halle täuschte darüber hinweg, dass sich die Burg zur Ruhe begeben hatte. Hunde, Kinder, Federvieh und was sonst den Hof bevölkerte, waren verschwunden, die Knechte schliefen in ihren Unterkünften, nur auf der Burgmauer standen einige einsame Wächter. Eine Weile lehnte ich am Brunnen und starrte in den Sternenhimmel. Wie ein dichtes Netz bedeckten die kleinen funkelnden Punkte das schwarze Firmament. Ich versuchte, in all der Pracht die Sterne wiederzufinden, die Meister Naphtali uns gezeigt hatte, und aus deren Konstellationen er geheimnisvolle Vorhersagen treffen konnte – Altair, Wega und Sirius. Die Capella des Auriga. Auch das Siebengestirn und den hellen Aldebaran im Sternbild des Taurus fand ich wieder. Klingende Namen, in denen das Wissen von ungezählten Generationen mitschwang. Ich seufzte tief auf. Welch himmlische Ruhe bei Nacht doch herrscht...

An Emilias Bett würde ich noch ein paar Kreuze in meinem Altartuch sticken, Pater Arnoldus hatte es schon mehrfach angemahnt. Ich verabscheute diese Art von Handarbeit, vor allem aber, dass sie von einer Frau wie mir stillschweigend erwartet wurde. Siedend heiß fiel mir ein, wo ich meinen Handarbeitskorb vergessen hatte. Mutters kleiner Garten war einer der wenigen Plätze auf der Burg, wo man tagsüber ein Weilchen ungestört sitzen und träumen konnte – zumindest so lange, bis man von Dienstboten aufgestöbert wurde. Die Frühlingssonne hatte mich dazu verlockt, mich mit einem dicken Schaffell auf eine der Rasenbänke zu setzen, wo ich dann allerdings länger in den Himmel als auf mein Altartuch gestarrt hatte… Aber welche Rasenbank war es gewesen?

Seufzend machte ich mich auf, den Korb in der Dunkelheit zu suchen. Sicher war das feine Linnen längst feucht und alle mühsam gestickten Ornamente auf das Hässlichste verzogen. Und Maia hätte wieder einen Grund zum Nörgeln. Adelheid von Jülich spukte in meinen Gedanken herum. Blondes Haar wie Seide, himmelblaue Augen – genau die Frau, der alle Männer zu Füßen lagen, und mit der ich keinerlei Ähnlichkeit besaß. Von meiner normannischen Mutter hatte ich eine unvorteilhafte Größe geerbt. Männer mögen Frauen, auf die sie herabschauen können, das wusste ich von meinen Kammerfrauen. Ich blieb stehen und sah nachdenklich an mir herunter. Zu groß, zu mager und zu sehnig – eine Frau, die hart arbeitete. Fräulein Adelheid dagegen tat den ganzen Tag gewiss nichts anderes als Altardecken sticken, seufzen und Dienstboten herumkommandieren. Ich sah ihr goldenes Haar vor mir, wie ein kostbarer Wandteppich an ihr herabwallend – es zu kämmen beschäftigte sicher eine Kammerfrau allein. Von meinem Kopf ringelten sich wie bei einer Bauerndirne dunkle Locken, die kaum ein Schleier zu bedecken vermochte und die ich deswegen meist wie die Mägde zu einem straffen Zopf gebunden trug. An Abenden wie diesen pflegte Maia mein Haar mit allerlei Kämmen und Nadeln zu einer Frisur zusammenzustecken, deren Form nur sie kannte, doch hatten sich die ersten Strähnen schon wieder aus ihren Fesseln befreit und hingen unordentlich auf die Schultern herunter. Und sosehr sie sich auch bemühte, mein Gesicht rein und weiß zu erhalten, es lief braun an und bekam Sommersprossen, sobald die Sonne sich zeigte, und alle Waschungen mit Kreide und Mandelöl waren vergebens. Dazu grüne Katzenaugen und Finger, die mit Butterfass und Pferdehalfter besser umgehen konnten als mit der Sticknadel – wirklich kein Wunder, dass die Männerwelt mir nur wenig Interesse entgegenbrachte. Ich gestand mir Neid ein auf den Engel, der demnächst in unsere Burg einziehen würde, spuckte aus und schlurfte missmutig in den Garten.

Mutter hatte ihn zwischen Küchenhaus und Frauenturm an der Burgmauer anlegen lassen. Im fahlen Mondlicht erkannte ich die beiden Apfelbäume, die zwischen den Kräuter- und Gemüsebeeten standen und dieses Jahr früher als sonst ausgeschlagen hatten. In den Beeten gediehen neben den Heilkräutern auch Narzissen, Lilien und Veilchen, doch mussten die Holzplanken, die die Erde hielten, unbedingt ausgewechselt werden. Erst gestern war wieder eine der faulenden Planken durchgebrochen. Ich sann darüber nach, ob der Tischler wohl noch passendes Holz in seiner Werkstatt hatte und strich dabei müßig über einen der Johannisbeersträucher, die den kleinen Garten einrahmten – da wurde ich brutal von hinten gepackt, eine Hand hielt mir den Mund zu, jemand riss mich zu Boden und schleifte mich in die Büsche.

Verzweifelt versuchte ich mich zu wehren, versuchte, um mich zu schlagen, den Angreifer zu treten und zu kratzen, doch traf jeder Schlag ins Leere. Eisern lag die Hand auf meinem Mund, ich stöhnte vor Anstrengung auf. Da fühlte ich kalten Stahl an meinem Hals...

»Still, sonst schneide ich Euch die Kehle durch!«, zischte es hinter mir. Ich erstarrte. Meine Hand ertastete grobes Leinenzeug, wie Dienstboten es tragen. Es roch nach Pferdestall. Die Person stand nun still, und so zappelte ich erneut.

»Schsch... Ich lasse Euch los, wenn Ihr ruhig seid...« Wo hatte ich die Stimme nur schon mal gehört? Er lockerte den Griff – sein Fehler, denn instinktiv rammte ich den frei gewordenen Ellbogen nach hinten, wo ich seine Magengrube vermutete. Ein unterdrückter Schmerzenslaut erklang, ein Fluch, und wieder hing ich unentrinnbar fest.

»Verdammtes Weib, du schlägst zu wie ein Kerl«, zischte es direkt neben mir. »Ich krümme dir doch kein Haar, wenn du nur still bist!«

Hans! Jetzt hatte ich die Stimme erkannt. Versuchsweise lockerte er wieder seine Hand. Mir wurde übel vor Angst. Ich spürte ihn dicht hinter mir, ein bedrohlicher Schatten in der Nacht, der mich mit seinen Armen fesselte, sich an meinen Rücken drängte, hart wie Eisen, wie sein Messer, das sich gegen meine Kehle presste. Er war mir gefolgt, hatte es sich anders überlegt, wollte nun doch Rache üben an meinem Vater und mein Leben dafür nehmen, mein Blut würde hier draußen fließen, und niemand würde mich hören, wenn ich um Hilfe schrie… Panisch fing ich hinter seiner Hand an zu husten und zu würgen.

»Bitte, Fräulein, nicht schreien –« als hätte er meine Gedanken erraten – »ich werde Euch nicht anrühren.« Zögernd nahm er die Hand weg. Ich atmete tief durch, die Angst wich ein wenig. Hans stand dicht hinter mir, ich erahnte ihn mehr, als dass ich ihn sah.

»Was fällt dir eigentlich ein…«, keuchte ich los.

»Schsch…«

Statt einer Antwort nahm er meine Hand und zog mich tiefer ins Gebüsch. Quiekend trollte sich eine Maus, woraufhin ich angewidert das Gesicht verzog und ihm meine Hand entriss.

»Fass mich nicht an! Wie kannst du es wagen…«

»Schsch. Seht dort, an der Burgmauer«, raunte Hans und deutete durch eine Lücke im Gebüsch. Neugierig blickte ich hindurch. Und tatsächlich: Im Schutz des Efeus standen zwei Gestalten in ein Gespräch vertieft. Sie steckten die Köpfe zusammen, und dann überreichte die eine Gestalt der anderen einen Gegenstand.

Noch jemand hatte also den Festsaal auf der Suche nach Zerstreuung verlassen, und mein Diener saß in den Büschen und beobachtete das Treiben… Ich konnte das Lachen kaum noch unterdrücken. Hans legte mir warnend die Hand auf die Schulter – die eine Person hatte sich umgedreht, als hätte sie etwas gehört.

»Wer ist das denn?«, wisperte ich und versuchte, die Zweige weiter auseinander zu biegen. Sein Argwohn war wirklich krankhaft. »Eine meiner Mägde?«

»Keine Magd. Die beiden Geschorenen. Sie haben sich hier getroffen.« Ich reckte den Hals, beugte mich noch weiter vor. Die Gestalten waren kaum voneinander zu unterscheiden.

»Der Ehrwürdige Vater? Hier im Dunkeln? Hans, du bist ja närrisch. Kannst du eine Frau nicht von einem Mann unterscheiden? Sicher trifft sie ihren Schatz und du...« Wieder musste ich kichern. Ob er sich verliebt hatte, vielleicht in eins der Küchengänschen?

»Das ist keine Frau! Der Priester war heute Nachmittag in meiner Schlafecke und hat sie durchsucht.« Ich kroch wieder neben ihn und runzelte die Stirn. Pater Arnoldus durchwühlte den Schlafwinkel meines Dieners? Eigenartig. Natürlich hatte ein Sklave keinerlei Recht auf Eigentum, aber da wollte ich großzügig sein. Welchen Grund mochte der Pater dafür gehabt haben?

»Hast du was gestohlen?«

»*Er* hat gestohlen!«, schnaubte er entrüstet.

»Unseliger, was redest du da – ein Priester stiehlt niemals!«

»Seid still und seht...«

Die Unterredung war offensichtlich zu Ende, denn der Kleinere von beiden strebte eilig dem Ausgang des Gartens zu. Eine Kukulle rauschte, Pater Arnoldus lief vorbei, ohne uns zu bemerken. Der andere folgte ihm langsam. Der Mond lugte hinter einer Wolke hervor, als Fulko vor unserem Busch stehen blieb. Ungläubig hielt er den Gegenstand, den er soeben erhalten hatte, in die Höhe, um ihn im Licht zu betrachten.

Ich rang nach Luft: Vor meinen Augen ließ das Mondlicht die Fratze des Dämonengottes Odin zum Leben erwachen. Grimmig fletschte er die Zähne, bereit, sie bei der nächsten Bewegung in die Kehle des Priesters zu schlagen! Bevor ich schreien konnte, hatte Hans mir auch schon den Mund zugehalten und meinen Kopf zu sich heruntergezogen. Schritte verklangen im Gras, und dann waren wir allein im Garten. Hans ließ mich los. Hustend wischte ich mir das Gesicht und schluckte die Vorwürfe über sein ungebührliches Verhalten herunter.

»Allmächtiger, ist dieses Ding hässlich!« Hans schwieg. Ich räusperte mich. »Er ... er hat es dir also weggenommen? Wozu?«

Er verlagerte sein Gewicht auf das andere Knie und suchte meinen Blick. »Ich weiß es nicht, Herrin ...«

»Vielleicht bringt deine Statue Unglück über uns?« Zähne so schwarz wie die Nacht, und das blutige Auge – Ausgeburt der Hölle. Gott der Allmächtige würde Unheil über uns bringen, weil wir diesen Dämon, den Götzen in unserer Mitte hatten ... Der Abt hatte es gesagt, und er musste es wissen. Heimlich sah ich ihn von der Seite an. *Unheil* ...

»Ihr seid genauso dumm wie alle anderen.« Hans schüttelte den Kopf. »Odin ist der mächtigste aller Götter, und er verleiht denen Kraft und Stärke, die an ihn glauben.« Damit bahnte er uns den Weg durch die Sträucher. »Ihr solltet an Euer Feuer zurückkehren. Die Dunkelheit ist nicht der richtige Ort für feine Damen.«

Meine Haare hatten sich in den Zweigen der Johannisbeersträucher verfangen. Mit verschränkten Armen sah Hans mir bei meinem Versuch zu, mich von ihnen zu befreien. »Warum tragt Ihr keinen Schleier wie andere Frauen?«, fragte er plötzlich. Ich riss an den Strähnen, und der Strauch gab sie frei. »Weil ...« Ich stockte, holte Luft, um zurückzuschlagen. Doch statt der erwarteten Aggressivität hatte nur naive Neugier in seiner Stimme gelegen. Und dann reichte er mir die Hand und half mir beim Aufstehen.

»Weil ein Schleier unpraktisch ist. Entweder verliert man ihn oder man lässt ihn liegen.« Ich grinste. »Ein Ritter trägt seinen Helm ja auch nicht den ganzen Tag, oder?« Der Mond schien direkt auf sein Gesicht, und ich sah, wie er schalkhaft zwinkerte.

»Nur wenn er im Dienst ist. Wenn er in den Krieg zieht. Oder wenn er eine Prinzessin aus den Klauen des Drachen befreit. Aber eine Frau – ist eine Frau nicht immer im Dienst?«

»Ich fürchte, du hast Recht«, seufzte ich. Er schwieg. Aus der Halle drangen die Geräusche der Zechenden. Niemand von ihnen vermutete mich hier im Garten, wo sich des Nachts nur Liebende heimlich trafen. Bänder, Kämme und Tücher waren die einzigen Spuren, die ihr Geheimnis am Morgen verrieten ... Ich spürte, dass Hans ähnliche Gedanken durch den Kopf gingen, als er mich betrachtete. Verlegen zupfte ich an dem, was von Maias Frisurenwerk übrig geblieben war, und lehnte mich an den Apfelbaum, um Steinchen aus meinen Holzschuhen zu schütten.

»Was habt Ihr eigentlich hier gesucht?«

»Das Gleiche könnte ich dich fragen!«, platzte ich heraus.

Hans zögerte einen Moment. »Ich bin oft des Nachts hier«, sagte er dann heiser, »und wohl aus dem gleichen Grund wie Ihr am Tage. Was für einen schöneren Platz könnte es geben, um von zu Hause zu träumen – die Sterne sind die gleichen wie daheim…« Seine Stimme verklang. Mir wurde heiß vor Scham. Zum Glück war es dunkel, und er sah nicht, wie rot ich wurde. Er hatte ein Zuhause, irgendwo, Familie, sicher ein Mädchen, das er liebte, vielleicht sogar Kinder. Menschen, die vor Sorge um ihn vergingen. Gütige Jungfrau, womit strafst Du mich… Mein Stickzeug war vergessen. Das schlechte Gewissen schlich an mich heran und schickte sich an, Besitz von mir zu ergreifen. Wie von Furien gehetzt, drehte ich mich um und eilte ohne ein Wort davon.

»Gute Nacht, *jungfrú*, schlaft wohl«, hörte ich ihn leise sagen.

An manchen Tagen kam jemand vom Kloster herüber, um den Barbaren zur Arbeit auszuleihen. Im Winter war einer der Viehställe unter den Schneemassen zusammengebrochen, und nun hatte man mit dem Neubau begonnen. Und da kam ihnen der Mann, der einen ganzen Holzbalken allein hochstemmen konnte, gerade recht. Mir war es eigentlich gleichgültig, was er trieb, wenn ich ihn nicht brauchte. Doch bald fiel mir auf, dass er sich jedes Mal bei seiner Rückkehr im Stall verkroch und sich sogar weigerte, mir das Pferd zu satteln. Zweimal nahm ich es hin und verzichtete auf den Ausritt. Doch bei der dritten Gelegenheit, als der Knappe mir grinsend von der »Unpässlichkeit« des Barbaren sprach, machte ich mich ärgerlich selbst auf den Weg zum Stall. Er würde mir mein Pferd satteln, egal, wie »unpässlich« er gerade war! Ich fand ihn in der Sattelkammer auf dem Boden, den Rücken gegen die Wand gelehnt.

»Was soll das heißen, du kannst mein Pferd nicht satteln«, polterte ich los und trat einen Schritt näher, um richtig loszuschimpfen. Er hob den Kopf. Da erst sah ich, dass er einen tiefen, blutigen Riss auf seiner Schulter untersucht hatte. »Was ist das? Hast du dich wieder geprügelt?« Ich deutete auf das Blut und den zerrissenen Ärmel. »Was ist passiert?«

»Nichts.«

»Hast du dich vielleicht selber so zugerichtet?«, fragte ich schnippisch und verschränkte die Arme vor der Brust.

»Nein.«

»Nun, wer dann?« Sein Blick versprach Unwetter, in Gedanken gab ich auch diesen Ausritt wieder auf. Verflixt, wozu hatte ich einen Reitknecht? Dieser hier entpuppte sich als ein rechtes Kuckucksei... »Ich will nicht, dass du geschlagen wirst –«

»Mancher tut das, ohne Euch groß zu fragen.« Geflissentlich überhörte ich die unverschämten Worte und betrachtete die Wunde. Eine Peitsche. Irgendjemand im Kloster musste ihn mit der Peitsche geschlagen haben.

»Du gehst nicht mehr ins Kloster. Du bist mein Diener, du gehörst mir und...« Er sprang hoch und baute sich drohend vor mir auf.

»Ich gehöre mir, liebe Herrin, mir allein und sonst niemandem«, sagte er mit gefährlich leiser Stimme. »Besser, Ihr merkt es Euch beizeiten. Mancher Christ will es nämlich nicht begreifen...« Seine blauen Augen funkelten mich an, mit einer Hand zerrte er an seinem Halsring, dem sichtbaren Zeichen seiner Unterwerfung. Betroffen stand ich da und wusste nichts zu sagen. Woher nahm er nur den Mut für solche Reden? Sein Blick glitt auf geradezu schamlose Weise an mir herunter und blieb an meiner Brust hängen.

»Von wem habt Ihr das?«, presste er mühsam hervor. Ich folgte seinem Blick – es war die Kette. Mein Vater hatte sie mir vor einigen Tagen geschenkt. Ein Kreuz aus Silber, mit schimmernden Edelsteinen verziert. Auf der Rückseite war zu erkennen, dass man den oberen Teil des Kreuzes nachgefertigt hatte. Es gefiel mir nicht, aber um meinen Vater nicht zu verärgern, trug ich es. Erstaunt hob ich den Anhänger, um ihn besser zu sehen. Hans trat noch dichter an mich heran, ich fühlte seinen heißen Atem im Gesicht, und ich war wie erstarrt, als er das Kreuz in die Hand nahm. Seine Finger bebten. Er drehte seine Hand, und dann sah ich plötzlich, wie sich die Schlange von seinem Handgelenk langsam auf mich zubewegte – oder war es nur das Licht, das mich narrte? Sie bewegte sich doch – da! Ich fuhr zusammen und stolperte rückwärts. Hans hatte die Kette nicht losgelassen. Wie mit einer Leine zog er mich zu sich heran, dass sich unsere Nasen fast berührten und ich den Schweiß seines Körpers riechen konnte. Mir wurde übel. Er war unberechenbar... was hatte ich mir bloß eingebildet, sogar Mitleid hatte ich für ihn empfunden... er trug das Böse in sich! Diese Schlangen waren doch Beweis genug! Stumm und zitternd vor Erregung sah er mich an, seine andere Hand ballte sich zur Faust. Maria, hilf mir – hilf mir hier heraus...

»Willst du es?«, stammelte ich, fieberhaft überlegend, wie ich mich ihm entziehen konnte. »Ich... ich mag es nicht...«

Er ließ ihn wieder aufs Kleid fallen und trat einen langen Schritt zurück. »Es *gehört* mir!«

Ich gaffte ihn an. »*Dir???*«

Zorn glühte in seinen Augen, und er hob beide Fäuste. Mein Herz klopfte wild.

»Man hat es mir weggenommen!«, zischte er, ohne sich zu rühren. Mit bebenden Fingern, gebannt von seinem Blick, öffnete ich den Verschluss und wollte ihm die Kette reichen. Hans warf einen Blick auf das Schmuckstück in meiner Hand.

»Behaltet es«, sagte er kurz.

»Aber...« Ich kam nicht weiter. Mit spitzen Fingern nahm er den Anhänger und hielt ihn mir vor die Nase.

»Es ist kaputt, seht Ihr das nicht? Ihr habt ein Kreuz daraus gemacht. Was soll ich mit einem Kreuz? Mein Amulett war Mjölnir, der Hammer des mächtigen Thor, und Ihr habt ihn zerstört. Das hier ist ohne Wert für mich. Verflucht, macht damit, was Ihr wollt.«

Meine ratlose Miene schien ihm bewusst zu machen, dass ich nicht erfasste, wovon er sprach, und etwas sanfter meinte er schließlich: »Versucht, mich zu verstehen, Herrin. Ihr betet zu dem Kreuz, an das man den Weißen Krist genagelt hat, und dieses Kreuz ist Euch heilig. Würde man Eurem Kreuz die Spitze abbrechen, wäre es ebenso zerstört wie mein Hammer, aus dem ein Kreuz gemacht wurde.« Und dann ergriff er meine Hand und legte den Anhänger hinein. »Tragt dieses Kreuz. Es ist reines, gutes Silber aus den Bergen meiner Heimat, und es schmückt Euch.«

Verdutzt sah ich ihm nach. Ich war mir auf einmal sicher, dass mein Vater den Anhänger mit Bedacht hatte abändern lassen. Vielleicht, damit Gottes Segen auf das Schmuckstück komme. Vielleicht aber auch, um den, dem es einmal gehört hatte und der weiterhin so hartnäckig schwieg, an seine Niederlage zu erinnern. Ob Fulko ihn auf diese Idee gebracht hatte? Vater war eigentlich nicht der Mensch für solch durchtriebene Einfälle. Der Hammer des Donnergottes. Und nun war er ein Kreuz. Ein wenig glaubte ich Hans' Zorn verstehen zu können.

Dennoch war es ein ungutes Gefühl, ein vormals heidnisches Symbol um den Hals zu tragen, wenn es auch mit Weihwasser besprengt worden war...

Trotz aller heimlichen Nachforschungen blieb es ungewiss, was im Kloster geschah, wenn Hans dort arbeitete. Einmal brachten sie ihn sogar in Fesseln zurück. Es hieß, er habe den Abt angegriffen, habe wie ein wildes Tier an dessen Kehle gegangen. Vater ließ ihn daraufhin im Hof in Ketten legen und zwei Tage bei Regen und Kälte hungern. Als ich mich im Dunkeln zu ihm schlich und ihn fragte, was geschehen sei, verweigerte er eine Antwort. Auch das Brot, das ich herausgeschmuggelt hatte, nahm er nur nach langem Zögern an.

»Und was verlangt Ihr dafür?« Meine kleine Lampe flackerte im Wind. Schaudernd wickelte ich mich enger in das Wolltuch.

»Nichts, Hans. Man nennt es *caritas*.«

Er lachte leise. »Die Christen üben *caritas,* damit ihre Sünden vergeben werden und sie neben ihrem Gott zu sitzen kommen, ist es nicht so?« Die Kette rasselte, als er mir vorsichtig das Brot aus der Hand nahm. »Euch gönne ich diesen Platz, *jungfrú*.«

Seltsam berührt verließ ich den Hof. Am nächsten Tag bat ich Vater, den Mann freizulassen, doch erst nachdem auch Emilia begann, um sein Leben zu betteln, schloss Vater die Ketten wieder auf. Nach diesem Zwischenfall hatte man im Kloster offenbar das

Interesse an den körperlichen Kräften des Sklaven verloren. Viele Burgbewohner machten einen Bogen um ihn. Vater versuchte, mir die Ausritte in seiner Begleitung zu verbieten, weil er um meine Sicherheit fürchtete.

Gab es Grund dazu? Natürlich verachtete Hans mich, weil ich die Tochter seines Peinigers war. Und er hatte mich gewürgt in dieser Nacht. Doch dann beobachtete ich, wie er mit den Pferden umging und wie er einmal sogar einen kleinen Jungen heimlich auf den Rücken eines der Pferde setzte, und ich glaubte plötzlich, sicher sein zu können, dass mir von ihm keine Gefahr drohte. Hatte er mir nicht geschworen?

Ich wollte meine Ausritte um jeden Preis durchsetzen, und dafür schlug ich alle Warnungen von Vater, Maia und Pater Arnoldus in den Wind. Und als ich Vater an unsere Abmachung erinnerte, da siegte seine Gier nach dem Namen des Fremden über die Sorge um seine Tochter, und er ließ mich ziehen.

Hans verlor kein Wort darüber. Mir schien jedoch, dass er es genoss, aus der engen Burg herauszukommen, ein oder zweimal erhaschte ich sogar ein Lächeln auf seinem Gesicht, wenn er sich unbeobachtet fühlte. Doch wie geschickt ich es auch anstellte, es gelang mir nicht, die Mauer seines Schweigens zu durchbrechen.

Allein meine Schwester Emilia fand Zugang zu dem wortkargen Fremden. Als im Frühling die Tage wärmer wurden, lebte sie ein wenig auf. Und wenn sie sich kräftig genug fühlte, ließ sie Hans rufen, damit er sie in den Garten trug. Sein finsteres Gesicht hellte sich auf, sobald er die Kemenate betrat, und er nahm sie mit einer solchen Behutsamkeit auf seine Arme, um sie herunterzutragen, dass ich unerklärlicherweise Eifersucht verspürte. Unten bettete er sie in einen bequemen Lehnstuhl, kredenzte ihr den von Meister Naphtali verordneten Andornsaft und Veronikatee, und er blieb, von Gisela misstrauisch beäugt, oft bei ihr sitzen. Emilia schien die Ängste, die ich vor ihm empfand, nicht zu kennen, ja selbst die hässlichen Tiere auf seinen Armen schreckten sie nicht ab, ihre Hand dorthin zu legen oder mit dem Finger spielerisch die verschlungenen Linien nachzufahren. Mit Späßen brachte er sie dazu, die bittere Medizin zu schlucken, und den Hustentee trank er mit ihr um die Wette. Ich hörte ihn mit leiser Stimme Geschichten erzählen. Emilias Lachen klang wie ein Glöckchen, hell und klar. Wie er versprochen hatte, schnitzte er ihr Holzpuppen, die er bunt bemalte und mit dicken Zöpfen aus Pferdehaar ausstattete.

»So lange Haare hätte ich gerne...« Emilia war begeistert. Hans drehte die Puppe nachdenklich hin und her.

»Meine kleine Schwester hat noch viel längeres Haar...«, meinte er versonnen.

»Du hast eine Schwester?« Er nickte. Ich stand hinter den Beerensträuchern und hielt den Atem an.

»Sie heißt Sigrun, und ihr blondes Haar reicht bis zu ihren Kniekehlen. Aber ich hab sie lange nicht gesehen...« Er stützte das Kinn in die Hand und starrte in die Büsche. »Als wir Kinder waren, haben wir uns gerne in Höhlen versteckt. Und ich nahm ihren langen Zopf in die Hand, damit wir uns im Dunkeln nicht verloren. Als sie älter wurde, wickelte sie sich den Zopf um den Kopf, damit er sie nicht beim Bogenschießen behinderte. Wir gingen zusammen auf die Jagd, und einmal erlegten wir sogar einen Elch.«

»Was ist ein Elch?«

»Er sieht aus wie ein Hirsch, aber er hat ein größeres Geweih, wie eine Schaufel, breit und sehr schwer. Und er kann gefährlich werden, wenn er sich angegriffen fühlt. Sigrun hatte nicht die geringste Angst vor ihm.« Traurig lächelte er. »Sie war sehr mutig, und sie war wunderschön.«

»So schön wie meine Schwester?«, fragte Emilia ungeniert. Ich biss mir auf die Lippen. Dumme Emilia! Hans drehte den Kopf und sah sie nachdenklich an. »Vielleicht«, meinte er geheimnisvoll.

»Wirst du mich einmal mitnehmen in dein Land? Ich möchte so gern einen Elch sehen. Wirst du mir einen zeigen?« Sachte legte er seine Hand über ihre Finger.

»Wenn die Sonne im Westen aufgeht und Eure Wangen rot färbt, *meyja,* dann werde ich Euch die Elche zeigen.«

»Wann wird das sein, Hans?« Emilia fielen die Augen zu.

»Bald, *meyja*. Bald.« Hans strich ihr eine Strähne aus dem Gesicht und richtete den Kranz aus Maßliebchen, den sie gemeinsam geflochten hatten, auf ihrem Scheitel wieder gerade. Mir fiel auf, dass er die Lederfessel, die ich damals in der Halle durchgeschnitten hatte, um sein Handgelenk gebunden hatte. Vielleicht, um den Tag seiner Unterwerfung nie zu vergessen…

Auch als Emilia eingeschlafen war, blieb er bei ihr. Ich wagte kaum, mich zu rühren, und war fast froh, als Gisela endlich kam, um Hans wieder in den Stall zu schicken. Auf seinem Gesicht lag ein Lächeln, das augenblicklich verschwand, als er mich an der Mauer des Frauenturms erblickte.

»Schnüffelt Ihr mir wieder hinterher, Gräfin?«

»Was erzählst du meiner Schwester für einen Unsinn? Du weißt genau –«

»Ja, das weiß ich«, unterbrach er mich ungehalten. »Glaubt Ihr etwa wirklich, dass es besser wäre, ein sterbendes Kind mit Geschichten über Hölle und Fegefeuer zu unterhalten?«

Damit ließ er mich stehen. Erschrocken sah ich ihm hinterher. Und verspürte plötzlich Neid auf das Lächeln, das Emilia gegolten hatte.

3. KAPITEL

Viel sagt ich dir: du schlugst es in den Wind,
Die Vertrauten trogen dich.
Schon seh ich liegen meines Lieblings Schwert
Vom Blut erblindet.
(Grímnismál 52)

Was für eine Idee, nur für einen blöden Honigkuchen in dieses Schlangennest zu reiten – Ihr müsst völlig übergeschnappt sein! Als ob es in Eurer Küche keine Süßspeisen gäbe!«, knurrte mein hünenhafter Begleiter und fügte noch einen Fluch in seiner Muttersprache hinzu. Sein Pferd schüttelte erregt den Kopf, und Schaumflocken flogen durch die Luft, als Hans es brutal am Zügel riss.

War ich diesem Kerl etwa Rechenschaft schuldig? »Emilia liebt diesen Kuchen, Herrgott, und ich bin froh, wenn sie überhaupt etwas isst... aber du – du verstehst ja nichts mit deinem... mit deinem dummen Barbarenschädel!« Ich spuckte die letzten Worte wie einen fauligen Bissen aus und sah ihn aufgebracht an. Sein Gesicht war weiß und zeigte keine Regung, die Augen eiskalte Löcher. Zorn klatschte mir wie ein Schwall kaltes Wasser entgegen.

»Nennt mich nicht dumm, Fräulein, ich warne Euch –«

»Dann zügle deine Worte, Barbar!« Es gelang mir kaum, mein nervöses Pferd im Zaum zu halten. Heilige Jungfrau, was hatte ich da angefangen! Die Furcht vor diesem Mann, der mir nach all den Ausritten immer noch fremd war, wallte gallig in mir hoch, doch ich riss mich zusammen. Nur keine Blöße geben. »Außerdem hast du kein Recht –« Die Stute tänzelte verängstigt, versuchte zu steigen, da packte er sie am Zügel und zwang sie zum Stillhalten.

»Wozu habe ich kein Recht?«, fragte er aggressiv.

Ich warf den Kopf in den Nacken. »Es geht dich nichts an,

warum ich etwas tue. Du hast verdammt noch mal zu gehorchen –«

Seine Finger legten sich um meinen Arm und krallten sich fest. »Euch gehorchen?« Er verschluckte sich fast vor Erregung. »*Euch* gehorchen – Gräfin, wahrhaftig –, lasst Euch sagen, dass dies die größte Prüfung meines Lebens ist! *Kvennskrattinn þinn!* Beim Hammer des mächtigen Thor, ein Mann sollte andere Dinge tun, als den Hofnarren zu spielen für Weiber, wie Ihr eins seid!«, zischte er und jagte gleich darauf seinem Pferd die Hacken in die Seiten. Erschreckt galoppierte es los.

»Die Pocken über dich und dein unverschämtes Maul!«, schrie ich ihm hinterher und ärgerte mich wieder einmal schwarz darüber, dass ich seiner Dreistigkeit nichts entgegenzusetzen hatte. Hans war sich inzwischen wohl bewusst, wie viel Freiheit seine Existenz meinem sonst so eingeengten Leben gab. Seine glückliche Hand mit Pferden, ein fast übernatürliches Gespür für Gefahr und seine unerschütterliche Ruhe hatten ihn zu einem unentbehrlichen Begleiter auf meinen Ausflügen werden lassen.

Gleichzeitig musste ich in zunehmendem Maße Beschimpfungen und Beleidigungen über mich ergehen lassen. Er machte kein Hehl daraus, wie sehr ihn seine Stellung als Reitknecht anwiderte. Woher war er sich nur so sicher, dass ich ihn nicht verraten würde?

Es erschien mir unerträglich, so abhängig von ihm zu sein, vor allem, weil ich mit meinen Nachforschungen über seine Herkunft keinen Schritt weitergekommen war. Hans schwieg beharrlich auf alle Fragen, und mein Vater verlor langsam die Geduld. Wenn er geahnt hätte, was für ein ungebührliches Benehmen sich der Sklave gegenüber seiner Tochter herausnahm – er hätte nicht gezögert, seine Drohung wahrzumachen und den Mann im Kerker einen jämmerlichen Hungertod sterben zu lassen. Es gab Augenblicke, in denen ich nahe daran war, Vater die Wahrheit zu sagen. Aber war es wirklich nur meine Freiheit, an der ich so hing? Sein Schweigen forderte mich heraus, es immer wieder zu versuchen, und immer wieder scheiterte ich vor seinen Mauern. Er strahlte neben dieser unüberbietbaren Arroganz, die mich so ärgerte, etwas aus, was ich nicht in Worte fassen konnte, ich ließ mich davon gefangen nehmen, ohne mich dagegen zu wehren. Unruhe wohnte in meinem Herzen, seit dieser Mann in meiner Nähe war, und ich war mir nicht mehr sicher, ob ich Pater Arnoldus davon beichten sollte. Der Teufel soll dich holen, dachte ich verschnupft.

An einer Lichtung hatte er sein Pferd angehalten und wartete auf mich. Sein hochmütiger Gesichtsausdruck brachte mich gleich noch einmal in Wut.

»Wie kannst du es eigentlich wagen, mir die Schuld zu geben?«, schleuderte ich ihm entgegen. »Wer hat sich denn prügeln müssen? Wenn's nach mir gegangen wäre, hätte kein Mensch bemerkt, dass Leute aus Sassenberg in Heimbach sind! Stattdessen –« Hans wartete den Rest meiner Rede nicht ab, sondern trieb sein Pferd energisch an und war gleich darauf zwischen den Bäumen verschwunden. Zweige, die er mir sonst vom Leib gehalten oder abgeschnitten hatte, schlugen mir ins Gesicht, als ich ihm auf dem Pfad folgte, Dornen zerkratzten meine Hände, und die Stute widersetzte sich meinem Wunsch, schneller zu gehen, weil sie es nicht gewohnt war, ohne den roten Wallach meines Knechts unterwegs zu sein. Ich ließ sie gewähren, weil ich keine Kraft mehr hatte, mich mit einem weiteren störrischen Wesen auseinander zu setzen.

Als die Burg in Sicht kam, lenkte er sein Pferd wieder neben meines. In der Öffentlichkeit war Hans äußerst vorsichtig. Er würde Vater keinen Vorwand mehr liefern, ihn wegen einer Nachlässigkeit zu bestrafen, die zwei Nächte in Ketten schienen ihm Warnung genug gewesen zu sein. Wir ließen die Pferde im Schritt gehen. Verstohlen tastete ich nach dem Grund unseres Streites, dem berühmten Honigkuchen von Meister Joseph, dem Bäcker. Er hatte früher in einem unserer Dörfer gewohnt, und Emilia war ganz versessen auf seinen Kuchen gewesen. Eines Tages gefiel meinem Vater seine Nase nicht mehr, und er jagte ihn kurzerhand aus seiner Grafschaft. Meister Joseph floh mit seiner Familie nach Heimbach, in den Schutz von Vaters Nachbarn und Erzfeind, dem Grafen Clemens von Heimbach. In letzter Zeit hatte sich das Verhältnis der beiden Grafen auf Grund neuer Grenzstreitigkeiten weiter verschlechtert, und niemand wäre bereit gewesen, Kuchen für die kranke Emilia zu holen. So hatte ich unseren Ausflug als

Jagdspaziergang getarnt und meinen Begleiter erst im Wald über den wahren Grund der Reise aufgeklärt. Hans war außer sich. Zum Glück verstand ich den größten Teil seiner Tiraden nicht – wie wenig schmeichelhaft sie waren, verrieten seine Gebärden, bei denen sogar die Pferde scheuten. Er schaffte es, uns allen diesen Frühlingstag gründlich zu verleiden.

Ich warf ihm einen raschen Seitenblick zu. Sein Gesicht war immer noch blass und wirkte verschlossen. Vielleicht waren seine Gedanken noch ebenso mit dem gerade Erlebten beschäftigt wie meine.

In Heimbach angekommen, hatte ich Hans mit den Pferden in einem Wirtshaus zurückgelassen, um meine Kuchen zu besorgen. Schon damit war er nicht einverstanden gewesen, doch das war mir gleichgültig. Am Umhang hatte er mich festgehalten und gemeint, ich könne doch wohl nicht ernsthaft daran denken, in Männerkleidern... Ich hatte ihn einfach stehen gelassen. Seine schlechte Laune ging mir auf die Nerven.

Es war Markttag und die Stadt voller Menschen, Einheimische und Fremde, Kaufleute, Bauern, aber auch Bettler und Gaukler scharwenzelten um die Marktstände herum. Eine Gruppe Aussätziger zog vermummt um die Kirche in der Hoffnung, hier reichlich Almosen zu ergattern. Die meisten Leute blieben nur stehen und sahen ihnen mit einer Mischung aus Furcht und Mitleid hinterher. Da und dort an den Ständen fiel ein Stück Brot oder ein Apfel in die Lumpensäcke, und die Kranken segneten den Spender mit einem gemurmelten Gebet, bevor sie weiterhumpelten. Ich fühlte Neugier in mir aufsteigen und versuchte, einen Blick unter die Lumpen zu werfen. Man sagte, den Aussätzigen fielen die Glieder ab, weil sie ein sündiges Leben geführt hätten. Man erzählte sich von abgefaulten Nasen und Löchern im Gesicht, durch die man das Gehirn des Geplagten sehen könne. Als sie am Portal an mir vorbeizogen, holte ich den Butterkringel, den ich mir an einem der Stände gekauft hatte, und hielt ihn einer hoch gewachsenen Gestalt hin, die den Fuß nachzog. Eine mit schmutzigen Lappen verbundene Hand, von der nur drei Finger zu sehen waren, kam aus dem zerlumpten Gewand heraus und griff nach dem Kringel, darauf bedacht, mich nicht zu berühren. Während die anderen klappernd und Psalmen singend vorüberzogen, blieb die Gestalt stehen und hob den Kopf. Die Lumpen unter der Kapuze ließen nur das rechte Auge frei. Blau und klar schien es über Schmutz und Krankheit zu triumphieren...

»Der Herr segne Euch, *dame chière,* und Er schenke Euch ein langes Leben –«

Auf meiner Hand lag ein Maßliebchen, und nur der Geruch nach faulendem Fleisch und Exkrementen verriet, wer vor mir gestanden hatte. Die Lumpengestalten verloren sich im Straßenstaub.

»Und was ihr getan habt Einem unter diesen meinen geringsten Brüdern, das habt ihr mir getan.« Der Wind wehte die Worte eines Bettelmönchs heran, der sich auf einen unbehauenen Stein gestellt hatte und der Menge predigte. *Einem unter diesen meinen geringsten Brüdern...* Ich wischte mir das Gesicht und rückte die Kapuze gerade. Ein Auge, blau wie der Himmel – kopfschüttelnd steckte ich die Blume in meinen Gürtel und verließ das Kirchenportal.

Bunt gekleidete Dirnen boten hinter der Steinmetzhütte ihre Dienste feil, misstrauisch beäugt vom Kaplan, der die Arbeit an den steinernen Evangelisten begutachtete. Damen aus dem Clemens-Gefolge wurden in Sänften an den Ständen vorbeigetragen. Außer dem Aussätzigen fiel niemandem meine Verkleidung auf.

Meister Joseph freute sich sehr, mich zu sehen, und bat mich, meiner Schwester die besten Genesungswünsche und Gottes Segen auszurichten. Ich mochte den freundlichen alten Mann und verweilte noch ein wenig länger in seiner Backstube, um den Met zu kosten, den seine hutzelige Gattin anzusetzen pflegte. Deren Entsetzen, mich in empörend ungehöriger Kleidung und ohne ziemliche Begleitung zu sehen, legte sich jedoch, als ich ihre Pastinakenpastete bis auf einen Krümel aufaß und ordentlich lobte. Da strahlte die alte Frau und packte ein weiteres Paket in meinen Beutel.

Mit Kuchen und Pasteten für einen ganzen Monat versehen, schlenderte ich zurück zum Markt, um das Angebot und die Kleider der Frauen zu betrachten, und ich hatte meinen Diener über all den schönen Dingen schon fast vergessen, als ich vom Gasthaus her Kampfgeräusche hörte.

Wie es schien, hatte Hans im Wirtshaus über einem Krug Bier Streit mit den Leuten angefangen. Vielleicht hatte ihn auch einer der Trunkenbolde angerempelt oder ihm den Platz verwehrt, worauf mein Diener seine Fäuste sprechen ließ. Im Nu war die schönste Prügelei im Gange, als hätten die anderen im Wirtshaus nur darauf gewartet, dass einer anfängt. Immer mehr Leute beteiligten sich daran, ohne zu wissen, worum es ging. Die Pferde am Gatter scheuten, zerbrochene Hocker und Tischteile flogen in hohem Bogen durch das Fenster, von drinnen drang Geschrei, dumpf knallten Fäuste und Köpfe... und mir wurde bange um meinen Begleiter, so frech er auch sein mochte. Rasch stopfte ich den Beutel in die Satteltasche meines Pferdes und löste die Zügel vom Gatter, um uns eine schnelle Flucht zu ermöglichen, als die ersten Prügelnden durch die Tür flogen. Rund um das Gasthaus hatte sich ein Ring von Schaulustigen versammelt, und von ferne hörte ich die Fanfaren der Stadtwache. Aufgeregt sah ich mich um. Da kam auch schon Hans wie ein wütender Stier aus dem Wirtshaus herausgerannt, alles niedermachend, was sich ihm in den Weg stellte, zerzaust und blutig, mit zerrissenen Kleidern. Er stürzte auf mich zu, riss mir die Zügel aus der Hand, warf mich mit einer Hand auf das Pferd und gab ihm einen mächtigen Schlag auf das Hinterteil, dass es stieg und dann wie von einer Wespe gestochen losgaloppierte. Die Leute schrien und stoben vor den durchgehenden Gäulen auseinander. Wir hetzten quer über den Markt, setzten über Stände und rissen Sonnensegel herunter, Äpfel, Gemüse und Kleider, Bänder und Schüsseln, alles flog und rollte umher, Hühner flüchteten aus ihren Käfigen und flogen laut gackernd durch die Luft...

Die Wache setzte sofort zur Verfolgung an, preschte hinter uns her, dass der Markt in tausend Fetzen flog, und ich begann um meinen eigenen Kopf zu flüchten. Wenn sie mich hier erwischten, die Tochter des Feindes, gütiger Himmel!

Hans lenkte unsere Pferde in halsbrecherischem Tempo aus der Stadt in den Wald, und wieder einmal musste ich mich darüber wundern, dass er sich so gut zurechtfand, wo er doch fremd hier war. Er trieb mich zur Eile an, wir ritten wie die Hasen im Zickzack, um die Verfolger abzuschütteln. Ich selbst hatte längst die Orientierung verloren und befürchtete, dass wir uns in die Sümpfe verirrt haben könnten. Als ich kurz davor war, kraftlos aus dem Sattel zu rutschen, gab Hans das Zeichen zum Halt. Die Pferde zitterten nach dem scharfen Ritt, ihr Fell glänzte vor Schweiß. Schwer atmend wollte ich absteigen, mich auf die Erde legen, nie wieder aufstehen –

»Bleibt im Sattel sitzen, Fräulein«, hörte ich Hans da sagen, »wenn Ihr jetzt absteigt, schafft Ihr es nicht bis nach Hause.« Er packte mich an der Schulter und zog mich wieder gerade in den Sattel. Es muss wohl die Anstrengung gewesen sein, denn für einen Moment vermeinte ich, in seinen Augen so etwas wie Anerkennung blitzen zu sehen. Unsinn. Natürlich war es Einbildung, denn gleich darauf fing er an, mit mir zu streiten.

Es dunkelte, als wir uns der Burg näherten; in der Vorburg war schon Abendruhe eingekehrt. Zwei Knechte trotteten müde und mit schweren Gliedern durch den Morast, sie sahen nicht einmal auf, als der Schweif meines Pferdes sie streifte. Ein herrenloses Schwein rannte grunzend vor uns her. Aus den Hütten roch es durchdringend nach gärendem Mist und Gerstengrütze. Da erst fiel mir auf, wie hungrig ich eigentlich war. Im Hohlweg, der halb um die Burg herum zum Haupttor führte, war es so dunkel, dass man kaum die Hand vor Augen sah. Das Tor wurde geöffnet, und ein Wachmann mit brennender Fackel stürzte heraus.

»Es ist die Herrin! Gott sei Dank, Euch ist nichts geschehen… alle machten sich schon furchtbare Sorgen! Wo in aller Welt seid Ihr gewesen?«

»Oh, Benedikt, es war meine Schuld. Wir jagten einem Hirsch hinterher, auf den Vater so stolz gewesen wäre, und dabei verloren wir den Weg. Wenn Hans nicht gewesen wäre, hätte ich nie zurückgefunden…«

Vor den Ställen stieg ich vom Pferd. Er riss mir die Zügel aus der Hand und murmelte grimmig vor sich hin. Ich kramte nach der Pastinakenpastete.

»Hier«, sagte ich versöhnlich. »Die Speisezeit ist vorbei, nimm und iss. Die Köchin soll dir einen großen Krug Bier dazu geben, richte ihr das von mir aus.«

Hans starrte das Paket an. Rasch sah er sich nach allen Seiten um, bevor er einen langen Schritt auf mich zu machte und es mir aus der Hand riss. »Zum Henker mit Euch, Gräfin!«, zischte er. »Und wenn ich vor Euren Augen verrecke – ich nehme nichts von Euch!« Damit warf er mir das Paket vor die Füße. Seine Hand zerrte wie so oft an dem Ring, der seinen Hals wie eine eiserne Kralle umschloss und im Fackelschein Unheil bringend glänzte.

Wie zwei Kampfhähne blitzten wir uns an. »Dann verhungere doch! Du bist es nicht wert, dass man auch nur einen Gedanken an dich verschwendet!«, giftete ich und reckte den Kopf.

»Ich pfeif sogar auf Eure Gedanken, Gräfin«, erwiderte er böse. Daraufhin drehte ich mich auf dem Absatz um und flüchtete in den Frauenturm, wo mich Emilia bereits sehnsüchtig erwartete. Sie lag unter einem Haufen warmer Decken und Felle und klapperte trotzdem mit den Zähnen. In den letzten Tagen war das Fieber wiedergekommen, und sie hatte sogar Blut gespuckt.

»Alienor, endlich! Ich habe schon so auf dich gewartet... und Kuchen hast du mitgebracht!« Sie setzte sich auf und begann an den Kuchen zu knabbern. Ich legte einige Holzscheite auf das herabgebrannte Feuer und schürte die Glut. Gisela, deren Aufgabe das gewesen wäre, war nirgends zu sehen. Sicher war sie wieder heimlich zu den Bogenschützen gegangen und hob ihre Röcke. Mein Herz klopfte immer noch wütend von dem Wortwechsel vorhin im Hof. Was bildete er sich ein? Verhungern sollte er, verrecken, jämmerlich wie ein Hund, ein faules Stück Aas, von Gott verlassen –

»Komm, leg dich zu mir, du siehst ganz müde aus. Komm und erzähl, was du erlebt hast.« Emilia grub ein Loch in die Deckenfülle und rutschte ein Stück zur Seite. Das große Bett unserer Mutter, ein Teil ihrer Mitgift und sicher das wertvollste Möbel in der Burg, lockte mich mit seinen weichen Decken und der wunderbaren Matratze aus Gänsefedern tatsächlich. Seit Mutters Tod durften wir uns dieses Lager mit Maia und Gisela teilen. Vater schlief bei seinen Männern im Gemach neben der Halle. Ich löste meine Flechten und kämmte mir den Staub aus den Haaren. Bald darauf lag ich ausgekleidet neben Emilia im Bett, und wir wärmten uns gegenseitig, abwechselnd von dem Kuchen naschend. Versonnen starrte ich hoch auf den blauseidenen Betthimmel, von dem ich als Kind immer geträumt hatte, er sei voller Engel, die uns im Schlaf bewachten. Unzählige Sterne glänzten auf dem kostbaren Stoff. Wie oft hatten wir versucht, sie zu zählen, und waren darüber eingeschlafen... Auch jetzt wirkten sie beruhigend auf mich, und die Ereignisse des Tages schienen ein wenig zurückzutreten.

»Erzähl mir, war es sehr gefährlich? Was habt ihr gemacht in der Stadt? Hat Hans dich gut beschützt?« Gnadenlos bestürmte Emilia mich mit ihren Fragen. Sie hatte im Laufe ihrer acht Lebensjahre, durch Krankheit geschwächt, noch nie diese Burg verlassen.

Nichtsdestoweniger war sie voller Lebenshunger und nahm regen Anteil an allem, was um sie herum geschah – manchmal konnte ich mir kaum vorstellen, dass sie dem Tod geweiht war, wie Meister Naphtali mich glauben machen wollte.

Und obwohl ich so müde war, erzählte ich ihr im Schein einer Unschlittkerze von unserem Abenteuer, beschwor die bunte, laute Stadt herauf und beschrieb die Menschen, die ich gesehen hatte. Ich zeigte ihr auch das Blümchen, das der Aussätzige mir gegeben hatte und das nun verwelkt zwischen meinen Fingern hing.

»Vielleicht war es ja der Herr, den du gesehen hast, Alienor«, flüsterte sie und strich zart über die traurigen Blütenblätter. »Vielleicht hast du deinen Kringel dem Herrn Jesus selber gegeben...?«

Und er hat blaue Augen wie mein heidnischer Stallknecht, fügte ich im Geiste hinzu und musste grinsen. »Vielleicht«, sagte ich und steckte die Blume zurück in die Gürteltasche.

»Dann hat der Herr dich gesegnet, Alienor.«

»Er hat uns immerhin vor den Verfolgern beschützt.« Und ich erzählte ihr von der Prügelei und unserer wilden Flucht durch den Wald, und irgendwann verklang ihr Kinderlachen. Sie war eingeschlafen. Vorsichtig stieg ich aus dem Bett. Aus der geschnitzten Eichenholztruhe suchte ich ein Obergewand heraus und zog es über das wollene Hemd, denn mein Magen knurrte inzwischen erbärmlich.

Vom großen Saal her klang Gegröle. Vater aß mit seinen Mannen zu Abend, was immer mit Lärm verbunden war. Vor dem Halleneingang zögerte ich. Ich verspürte wenig Lust, mich zu ihnen zu gesellen. Es würde ja doch nur darauf hinauslaufen, dass ich neugierige Fragen beantworten musste, und die dummen Scherze über meinen Begleiter kannte ich bereits alle, sie machten mich nicht mehr wütend. Solange Vater nicht auf die Idee kam, mir ein Anstandsfräulein aufzuzwingen – mir war es recht so. Eine Anstandsdame würde niemals mitten durch den Wald reiten oder barfuß im Bach nach glänzenden Steinen suchen... Ich musste lächeln. So übellaunig dieser Pferdebursche auch war – die Ausritte gefielen mir. Ein kalter Wind pfiff über den Burghof und wirbelte mir die gelösten Haare ins Gesicht, und ich bereute, dass ich ohne meinen Umhang losgegangen war. Ich schlang die Arme um den Leib und stolperte in Richtung Küchengebäude. Eines der Küchenmädchen würde mir sicher ein Tablett aus der Halle herausschmuggeln. Ich würde heute einfach im Bett speisen, und vielleicht hatte ich Glück, und meine Schwester bekam ebenfalls Appetit. Im Bett essen – wie ungehörig! Und ich würde es dem Pater nicht beichten... Der Gedanke beflügelte mich, und ich hastete los. Es war stockdunkel im Hof. Wie ein schwarzer Berg erhob sich der Donjon und wies mir den Weg zum Küchenhaus. Allein Gott schien mir heute nicht gewogen zu sein, denn gleich hinter dem Brunnen versank ich knöcheltief in einem dieser Misthaufen, die ein Faulpelz vergessen hatte, zu beseitigen. Ich stieß eine laute Verwünschung über den Geiz meines Vaters aus, der nachts alle Fackeln im Hof löschen ließ, als ich hinter mir ein Geräusch hörte. Mein Fuß steckte tief im eisigen Mist.

»Fräulein!«

Wer sah mir hier zu, wie ich in Mistfallen tappte? Mein Ärger wuchs.

»Fräulein, wartet.« Schritte erklangen hinter mir. Der Mist schmatzte genüsslich, als ich meinen Fuß herauszog, um mich umzudrehen. Verflucht, war das kalt. »Wartet bitte.«

An der Stimme erkannte ich Hans. Er trat mir in den Weg, wobei sein Schatten mich wie eine Wand überragte. Mein Holzschuh war im Mist stecken geblieben. Verflixt, wie sollte ich ihn da wieder herausbekommen?

»Fräulein, ich muss Euch sprechen. Dringend.« Seine Stimme klang so selbstbewusst. Ich wurde noch wütender.

»Ich habe jetzt keine Zeit. Scher dich zum Teufel!« Auf einem Bein stehend, versuchte ich, den nackten Fuß am Standbein zu wärmen. Wenn ich den angehobenen Rocksaum losließ, wäre der Stoff ruiniert. Und ausgerechnet meine Lieblingstunika...

»Kommt mit in den Stall.«

»In den *Stall*? Verschwinde gefälligst!« Noch so eine Windbö, und ich würde das Gleichgewicht verlieren und der Länge nach im Matsch landen – warum verschwand er nicht endlich? »Teufel noch mal, was ist denn so wichtig, dass es nicht warten kann?«

»Gräfin, allein an Euren Flüchen würde ich Euch überall im Dunkeln erkennen. Wer hat Euch das gelehrt?« Er lachte leise. »Kommt in den Stall. Ihr seid viel zu dünn angezogen, Ihr holt Euch in der Kälte den Tod.« Damit drehte er sich um und ging einfach los. Ich seufzte. Man kann nicht immer streiten. Meinen Schuh würde ich im Dunkeln sowieso nicht finden. Außerdem hatte ich keine Lust, mit den Händen im Mist herumzuwühlen. So blieb mir nichts anderes übrig, als auf nackten Zehenspitzen hinter ihm herzuhumpeln. Heilige Gottesmutter, war der Boden kalt! Viel zu spät bemerkte ich die Geräusche, die aus seiner Richtung kamen – wagte er es etwa, mich auszulachen?

»Ihr lauft im Winter barfuß umher?«, fragte er, scheinbar wieder todernst. Die Nacht verschluckte ihn fast, doch wusste ich, dass Hans Augen wie eine Katze hatte.

»Ich habe meinen Schuh verloren«, sagte ich so würdevoll wie möglich und raffte meinen Rocksaum etwas höher.

»Ich weiß auch, wo«, meinte er dazu, packte mich ohne Umstände und trug mich die letzten Schritte in den Stall. Das Blut schoss mir in den Kopf, doch war es zum Glück so dunkel, dass man es nicht sah. Stocksteif hing ich auf seinen Armen, stumm wie eine Novizin vor Verlegenheit... In der Sattelkammer angekommen, setzte er mich ab und steckte einen Kienspan in die Wandhalterung. Das flackernde Licht warf unsere Schatten unheimlich und verzerrt an die Wand.

»Was soll diese Geheimniskrämerei, mich in den Stall zu schleppen? Du solltest dir einen verflucht guten Grund überlegen, sonst...«

»Sonst was?«, fragte er freundlich. Ich schwieg verstockt. Langsam wurde mir unheimlich zu Mute. Mitten in der Nacht mit diesem Mann im Stall zu sitzen war äußerst ungehörig und zudem gefährlich, wusste ich doch noch immer nicht, was er vorhatte. Verzagt rieb ich mir die Ellbogen. Wenn Vater davon erfuhr, würde er mich windelweich prügeln. Außerdem kam der Wind hier durch alle Ritzen, und mein verschmierter Fuß stank. Sehnlich wünschte ich mich in mein Bett zurück. Hans kramte in der Ecke und förderte einen Lumpen zutage.

»Hier. Wischt Euch damit sauber.« Zögernd nahm ich das Tuch und rieb mir den Mist von den Zehen. Hans legte den Kopf zur Seite und sah mir dabei zu.

»Alienor. Ein hübscher Name. Wie kommt eine Frau wie Ihr zu solch einem Namen?«

»Meine Mutter hat ihn mir gegeben«, erwiderte ich, angeekelt meine Zehen schrubbend. »Sie kam aus der Normandie.«

Er rutschte an der Wand in die Hocke und beugte sich vor. »Eine Normannin? Eure Mutter war Normannin?«

Ich nickte, ohne aufzusehen. »Sie entstammte dem Hause Montgomery, falls dir das etwas sagt.«

Da lächelte er unerwartet. »Montgomery. Natürlich sagt mir das etwas. Ein vornehmer Name, edelstes Blut der Normandie. Euer Name jedoch ist bretonisch, nicht wahr?« Lässig lehnte er den Kopf zurück an die Wand und betrachtete mich unter gesenkten Wimpern. »Wie kommt eine Frau wie *Ihr* zu diesem Namen?«, wiederholte er seine Frage herausfordernd.

Empört über seinen Tonfall fuhr ich hoch. »Was soll das heißen?«

Er reckte sich ein wenig. »Das soll heißen, dass es der Name einer züchtigen Frau ist, nicht einer, die des Nachts im Dunkeln herumläuft und wie ein Stallknecht flucht, noch dazu, ohne ihren unfrisierten Kopf zu bedecken.« Frech sah er mir ins Gesicht. »Der Name passt nicht zu Euch, und wenn ihr zehnmal vom Geschlecht der Montgomery abstammt!«

»Du bist unverschämt!«, zischte ich. »Ich hasse dich!«

In seinen Augen glitzerte es. »Gut so«, sagte er, »gut, Alienor von Sassenberg. Sehr gut. Wer mich hasst, zollt mir wenigstens Respekt.« Seine Stimme war gefährlich ruhig: Unterdrückte Aggression hing in der Luft, scharf wie ein Schwert. Ich konnte seinen Gesichtsausdruck nicht länger ertragen, sprang auf, stolperte über das Stück Sacktuch, verlor meinen anderen Schuh. Jetzt war er zu weit gegangen, das würde ihn seinen Kopf kosten! Und wie schon einmal, floh ich vor ihm, um sein Gesicht nicht mehr sehen zu müssen, wollte zu meinem Vater, ihn endgültig bitten, diesen Menschen zurückzunehmen, zu bestrafen, zu töten...

Kaum hatte ich den Türrahmen erreicht, da rief er: »Wartet doch!« Ich blieb stehen – warum nur? – und hörte, wie er tief Luft holte.

»Fräulein, bitte wartet. Ich wollte mit Euch reden. Warum sucht Ihr immer Streit?« Keuchend fasste ich nach dem Holz.

»Fräulein.« Ich hörte, wie er näher kam, und straffte mich.

»Verschwinde!«

»Fräulein.« Er seufzte. »Fräulein, glaubt mir, ich weiß, wie Hass auf der Zunge schmeckt. Wie ein Krebsgeschwür verzehrt er mich Tag und Nacht und macht mir mein Dasein zur Qual. Aber ich habe gelernt, damit zu leben. Und deshalb will ich Euch etwas sagen, was uns alle angeht – und ich bitte Euch, hört mir zu, bevor Ihr geht. Nur dieses eine Mal.« Langsam drehte ich mich um. Er stand vor mir, die Hand im Friedensangebot ausgestreckt. *Ich weiß, wie Hass schmeckt.* Wir sahen uns einen langen Moment an. Dann setzte ich mich mit steinernem Gesicht auf den Strohballen. Die schlanke Gestalt lehnte am Türrahmen, schwarz und still. Schatten nahmen mir den Blick auf sein Gesicht, und für einen Moment glaubte ich wieder, den Unheil bringenden Elf vor mir zu haben – dieses Wesen einer fremden Macht, mit zauberischen Symbolen bemalt, Herz und Blick aus Stahl, gottloser Fratzenanbeter, der tief in der Nacht sein Netz über mich warf, meinen Willen bezwang, mich wie eine Marionette tanzen ließ, wie es ihm gefiel... Der Herr verfluche den Tag, an dem der Heide unsere Burg betrat!

»Herrin, ich habe etwas gehört in Heimbach.« Damit trat er einen Schritt näher. Sein Gesicht tauchte aus den Schatten hervor, blass und ernst. Meine Finger senkten sich Hilfe suchend ins Stroh.

»Und ich dachte, du hättest dich nur geprügelt.«

»Herrin, es geht etwas vor in Heimbach. In einer Schmiede sah ich Haufen von Schwertrohlingen und Krieger, die die Waffen ausprobierten. Ein Mann erzählte mir, der Graf habe sämtliche Pferde requiriert. Auch die Vorräte in der Burg seien rationiert worden. Wenn Ihr mich fragt, so rüstet er gegen jemanden.«

»Clemens rüstet?« Ich runzelte die Stirn. »Aber gegen wen?«

Gewandt spielten seine Finger mit einem Strohhalm. »Seht Ihr, das konnte ich nicht in Erfahrung bringen. Als ich nachbohrte, wurde der Wirt misstrauisch. Er wollte mich an die Luft setzen, und dabei ergriff einer seiner Gäste die Gelegenheit, eine Rauferei anzuzetteln...«

»Bist du sicher?«, unterbrach ich ihn. In meinem Bauch begann es zu kribbeln. »Es könnte auch...«

»Gräfin, ich weiß doch, was ich gehört habe«, schnaubte er, schon wieder ärgerlich. Er drehte mir den Rücken zu und hantierte gedankenverloren an den Zaumzeugen herum. Eine Zeit lang sagte niemand etwas.

»Man müsste noch mal hin und sehen, ob nicht mehr herauszubringen wäre«, murmelte er.

»Du meinst, du willst noch mal dorthin? Hans, nach den heutigen Ereignissen würde dich jeder Blinde wieder erkennen«, lachte ich spöttisch auf.

»Mit der richtigen Tarnung...« Langsam drehte er sich um. »Euer Vater sollte erfahren, was ich gehört habe. Aber ... aber dann müsstet Ihr ihm auch sagen, wo Ihr heute wart.« Der Kienspan flackerte unruhig. »Versteht Ihr? Euer Vater wird fragen, woher ich mein Wissen habe. Ihr müsstet es ihm sagen. Auf die Gefahr hin, dass er Euch jeden weiteren Ausritt verbietet und mit mir endlich macht, was er schon immer vorhatte.« Er hockte sich neben den Strohballen und schwieg einen Moment. Sein Haar, weniger schmutzig als sonst, glänzte im Fackelschein, sodass sich jeder Gedanke an böse Zauberei von selbst verbot. Ich konnte den Drang, in das Gold hineinzufassen, gerade noch unterdrücken. »Wisst Ihr ... man konnte es mit Händen greifen, es hing zwischen den Häusern. Krieg. Wie ein brandiger Geruch lag es in der Luft.« Mit dem Fingernagel schlitzte er einen Strohhalm auf und strich ihn mit seinen schlanken, sehnigen Fingern glatt. »Die Heiratspläne Eures Vaters sind allgemein bekannt. Strategisch gesehen ist es keine schlechte Idee, in diesem Frühling einen Krieg anzufangen, wo Sassenberg von Hochzeitsvorbereitungen abgelenkt ist.« Er suchte meinen Blick. »Alienor – *Ihr* müsst entscheiden.« Ganz still saß ich da, starrte weiter auf seine Finger. Krieg. Belagerung, Feuer, schreiende Menschen, weinende Kinder, einsamer Tod auf den Mauern einer brennenden Burg. Krieg. *Krieg.*

Alles andere war unwichtig geworden. Die Kälte, der Streit von eben, dass er es gewagt hatte, mich bei meinem Namen zu nennen. Krieg. *Wie ein brandiger Geruch ...* Ich hatte gelernt, den Instinkten dieses Mannes zu trauen.

»Ich werde zu ihm gehen«, sagte ich leise. »Clemens ist ein starker Gegner, und Vater kann sich glücklich schätzen, ihm einen Schritt voraus zu sein.« Hans schwieg. »Und ich sorge dafür, dass er dich in Ruhe lässt.«

»Glaubt Ihr etwa, ich hätte Angst vor Eurem Vater?«, fuhr er auf. »Ihn fürchte ich nicht, und einen guten Kampf noch viel weniger!« Im Schutz der Dunkelheit musste ich dann doch lächeln. Siehe da, ein Krieger ohne Helm. Vermutlich wartete er schon seit Jahren auf seinen Drachen und die Prinzessin, die es aus seinen Klauen zu befreien galt ...

»Warum bist du eigentlich noch nicht weggelaufen?«, fragte ich ihn unvermittelt. Hans stand auf und warf mir einen langen Blick zu.

»Weglaufen.« Er schnaubte leise. »Es hat tatsächlich ein paar gute Gelegenheiten gegeben ... Ich hatte ein Pferd in Reichweite, eine brauchbare Waffe, und Ihr ...«

»Mich hättest du doch ganz leicht beiseite schaffen können.«

Kaum war die Bemerkung gefallen, wurde mir klar, *wie* leicht...
Er sah mich nachdenklich an, bevor er sich wegdrehte. Ich spürte, wie er nach Worten suchte.

»Muss ich Euch, liebes Fräulein, wirklich daran erinnern?«, fragte er schließlich mit gepresster Stimme. »*Muss* ich Euch daran erinnern, dass ich Euch Treue bis in den Tod geschworen habe – dass ich bei der Ehre meines Vaters schwören musste, Euch zu beschützen... muss ich das?« Heftig atmend fuhr er wieder herum. »Ihr habt es offenbar wieder vergessen! Ich gab mein Ehrenwort, wenn auch unter Zwang, doch ich gab es. Und ich habe nur ein Ehrenwort.« Er kam näher, düster, unnahbar. »Und ihr, liebes Fräulein, Ihr selbst, Ihr werdet mich eines Tages von diesem Ehrenwort entbinden, damit ich gehen kann. Das weiß ich tief in meinem Herzen.« Schweigend entfernte er sich wieder und lehnte sich gegen das Zaumzeug in der Ecke. Sein Gesicht lag wieder in Schatten getaucht, und eine Weile war es geradezu gespenstisch still.

Ein Ehrenwort.

Vater musste es ahnen, wenn nicht sogar wissen, und der Abt schien einen ähnlichen Verdacht zu hegen. Hans war ein Edelmann, von hoher Geburt, seine Erziehung ließ sich einfach nicht verbergen. Warum war mir das erst jetzt aufgefallen? Heimlich beobachtete ich ihn, wie er sich bemühte, die Beherrschung wiederzuerlangen. Welches Schicksal mochte ihn in die Hände meines Vaters geführt haben? Mit dem dumpfen Gefühl von Schuld im Bauch wollte ich leise aufstehen und gehen.

»Was werdet Ihr jetzt tun?«, durchbrach er da die Stille, ohne sich zu rühren.

»Ich... ich weiß nicht recht.«

»Ihr solltet Euch schnell entscheiden. Bevor Euer Vater betrunken unter dem Tisch liegt.«

Seine Stimme klang hart. »Morgen früh ist er zu keiner vernünftigen Entscheidung fähig.«

»Hmm. Du hast wohl Recht. Ich werde jetzt gleich zu ihm gehen.« Mich packte plötzlich die Abenteuerlust. »Am liebsten würde ich ja selber...«

»Das habe ich fast erwartet! Wahrhaftig, Fräulein von Sassenberg, Ihr gehört zu den Frauen, die man Tag und Nacht an ihren Webstuhl fesseln sollte, damit sie keine Dummheiten machen.«

Von seinem Gesicht war nichts zu sehen in der dunklen Ecke, doch ich hätte schwören können, dass er grinste.

»Jetzt habt Ihr mir immer noch nicht gesagt, wie die Tochter eines lothringischen Grafen zu einem bretonischen Namen kommt.« Das klang sogar freundlich, doch schürte es nur wieder mein Misstrauen. In der Tat war mein Name ungewöhnlich hier im Rheinland. Und ich war stolz darauf, war doch auch eine ungewöhnliche Geschichte damit verbunden. Meine Mutter hatte als Mädchen durchsetzen können, zusammen mit ihrer besten Freundin eine Pilgergruppe vom Hof ihres Vaters nach Spanien an das Grab des Apostels begleiten zu dürfen. Mutter muss schon damals eine sehr willensstarke Frau gewesen sein, denn die Reise ist voller Gefahren, und viele kehrten nicht zurück. Oft hatte sie uns Kindern von dieser Reise erzählt, von den Bergen Spaniens, von der Hitze und den bunt gekleideten Menschen ... wie gebannt hatten wir an ihren Lippen gehangen. Alienor de Rohan erlag auf der Rückreise in Pau einem tückischen Fieber, und Mutter schwor sich, ihre erste Tochter nach der geliebten Freundin zu benennen. Dies hatte sie zum Entsetzen von Vaters Familie auch getan, und jahrelang hatte sich die Tante, die auf unserer Burg lebte, geweigert, meinen welschen Namen auszusprechen. Mutters spitzbübisches Lächeln, wenn sie die Geschichte erzählte, hatte uns Kinder oft zum Jauchzen gebracht ... Doch hatte ich nicht vor, einen Fremden in derartige Familiengeschichten einzuweihen.

»Du fragst zu viel, Hans.«

Ein heftiger Windstoß jagte durch die Ritzen des Stalls und ließ mich vor Kälte zusammenfahren. Hans bückte sich. Ich hörte ihn in einer Ecke rascheln, gleich darauf förderte er ein großes Bündel zutage und reichte es mir. Ich fasste danach – und erkannte zu meinem größten Erstaunen den fehgefütterten Umhang, den Maia schon überall gesucht hatte –, ebenjenen Umhang, den ich am Weihnachtstag einem blau gefrorenen Gefangenen im Kerker umgehängt hatte ...

»Mein Umhang! Du hast ihn also noch!« Mit einer schnellen

Bewegung hatte er ihn mir aus der Hand genommen und legte ihn sorgfältig um meine Schultern.

»Ich hatte ihn hier, die ganze Zeit. Niemand fragte danach, und er gab ein schönes Kopfkissen ab.« Er tastete nach der Fibel, doch die hatte ich damals mitgenommen. »Gräfin, ich bin kein Dieb...« Seine Hände verweilten einen Moment länger als nötig auf meinen Schultern, worauf ich erstaunt den Kopf wandte. Und da waren wieder diese schwarzen Schlangen, die sich über seine sehnigen Arme ringelten, ein blitzendes Auge und ein Dolch. Im Halbdunkel schienen sie wieder lebendig zu werden, so voller Leben und warm wie die Arme, auf denen sie saßen... Wie gebannt sah ich sie an.

Und der Elfenkönig hinter mir warf sein Netz aus, streifte es mir über die Sinne, Blitze von goldenem Körperhaar, ein Geruch nach Leder, feuchter Wolle und ungewaschener Haut, Atemzüge dicht an meinem Ohr, die meine Haare leise aufwirbelten und mein Gesicht warm berührten, bevor die Kälte die Haut zurückeroberte, dass sie sich nach dem nächsten Atemzug sehnte – das Netz glitt über meinen Körper, fein gewoben, wie aus Silber, legte sich über meine Seele, ließ sie schimmern, als sie sich den Kräften, die da Einlass begehrten, zu öffnen begann.

Mein Herz fing an zu pochen. Seine Hände bewegten sich, und sofort zuckten die Schlangen nervös. Ich erstarrte. Luftgeister umschwirrten uns, brachten das Licht des Kienspans zum Flackern. Die stickige Luft im Stall knisterte vor Spannung. Und dann rannen Schauder über meinen Körper wie fein perlendes, warmes Wasser, von den Schultern über Bauch und Rücken bis zu den Kniekehlen. Seine Berührung von der Handwurzel bis zu den Fingerspitzen, wurde mir mit einem Mal bewusst, die Form seiner Hände sengte sich durch den Kleiderstoff hindurch, um auf der Haut ein Brandmal zu hinterlassen, ein Mal wie eine tiefschwarze Schlange.

Gott sieht dich, Alienor! Erschrocken fuhr ich zusammen. Sofort nahm er seine Hände von meinen Schultern. Das Netz zerfiel.

»Es ist sehr kalt hier draußen. Ihr solltet in Eure Kammer zurückkehren.« Seine Stimme klang heiser, als er sich abwandte. Langsam zog ich den Mantel wieder aus und schlich auf ihn zu, begierig, das Schweigen, in das er sich gerade zurückzog, zu durchbrechen. Allmächtiger, was war nur in mich gefahren?

»Behalte ihn.« Wie ein düsterer Trauervorhang schwebte das Kleidungsstück zwischen uns. »Nimm. Es ist wirklich kalt hier. Ich...« Er sah mich an. Es war still, nur ein Herzschlag – meiner? – dröhnte in meinem Kopf, als unsere Blicke sich trafen. Dann griff er nach dem Mantel, mit beiden Händen, zögernd, und rollte ihn zusammen. *Geh, Alienor! Verschwinde, schnell...!*

Ich rannte aus der Sattelkammer.

Zurück im Frauenturm suchte ich, noch völlig außer Atem, in der Truhe nach einem neuen Paar Schuhe. Meine Gedanken jagten im Kreis. Wie bei allen Heiligen hatte er es geschafft, mich so durcheinander zu bringen? Seine Augen im Halbdunkel, und diese Hände... Hatte Gott selbst mich gewarnt, mich gedrängt zu gehen? Verwirrt lehnte ich mich an die kalte Mauer. Diese Augen, die nicht nur schauen, sondern auch sprechen konnten, und deren Sprache ich nicht verstand – Herr steh mir bei, sie flößten mir Angst ein! Ein Heide aus der Welt der Finsternis, warum musste er ausgerechnet mein Diener sein, warum nur? Gott würde uns dafür strafen, alles Beten der Welt würde da nichts nützen. Und nun hatte er mich sogar absichtlich berührt – Allmächtiger! Ich spürte seine Hände auf meinem Körper, nicht nur auf den Schultern. Eine lustvolle Heimsuchung des Teufels – Herr sei mir gnädig...

»Geh weg aus meinem Kopf«, murmelte ich verstört, »geh weg von mir!« Fröstelnd rieb ich mir die Arme und schlug dann ein Kreuzzeichen, und noch eins, und noch eins. *Ich bin kein Dieb!* Kein Dieb? Er stahl mir meine Ruhe... Sollte ich in die Kapelle gehen und versuchen, im Gebet meine Seele von dem schillernden Netz zu befreien? *Domine ad adiuvandum me festina* – hilf mir, Allmächtiger... Würde Gott mich anhören? In meiner Truhe lag noch eine große Bienenwachskerze, die ich eigentlich erst am Osterfest dem Herrn opfern wollte. Sie hatte mich einige Taler gekostet und duftete so schwer und süß wie Honig. Wenn ich sie schon heute Abend in die Kapelle tragen würde, ob Gott dann Erbarmen hätte, ob er mir Seelenfrieden schenken würde? *Domine...*

Im Hof alberten zwei Mägde herum. Vater. Ich holte tief Luft. Nein, da war etwas, was ich zuerst erledigen musste. Dann würde ich auch in der Kapelle Frieden finden. Rasch flocht ich die Haare zu einem Zopf zusammen und legte den Schleier über. Auf dem Weg zur Halle versuchte ich, an die Kriegsahnungen des Barbaren zu denken und nicht daran, wie er mich zuletzt angesehen hatte. Ich ballte die Fäuste. Clemens plante einen Angriff. Einen Angriff auf mein Zuhause. Egal, wie er mich angesehen hatte und was geschehen war – Hans' Instinkten konnte man unbedingt trauen. Und nun wollte ich mich darum bemühen, meinen angetrunkenen Vater davon zu überzeugen.

Der genoss, wie jeden Abend, Bier, Braten und Belustigungen. Die große Halle war voll Menschen, sodass die Mägde mit dem Auftischen kaum nachkamen. Essensgerüche überlagerten die Luft. Die Binsen auf dem Boden, vor einigen Tagen erst erneuert, starrten wieder vor Unrat, Hunde balgten sich um Reste und Knochen und hüpften aufjaulend zur Seite, wenn ihnen jemand auf die Pfoten trat. Eigentlich wäre es meine Aufgabe gewesen, in der Küche nach dem Rechten zu sehen, denn manchmal lag die Köchin schon am frühen Abend betrunken unter dem Tisch. Aber selbst wenn sie dort lag, konnte ich nichts mehr daran ändern, und so bahnte ich mir stattdessen den Weg durch die stinkenden, schwitzenden Leiber nach oben zur Empore, wo der Graf mit seinen Freunden saß. Rechts von ihm entdeckte ich den mageren Benediktinerabt, daneben saß einer unserer Vasallen, Hugo von Kuchenheym, auf der anderen Seite beugte sich Onkel Richard mit roter Nase über sein Fladenbrot und kicherte vergnügt.

Ein Diener versuchte verzweifelt, Ordnung auf dem Tisch zu schaffen, doch bei jedem Witz, der gerissen wurde, donnerten begeisterte Fäuste auf die Tischplatte, Weinhumpen kippten um, das halb gegessene Pökelfleisch hüpfte triefend aus der Schüssel, und Obst kollerte durch die Weinpfützen. An meinem Platz stand das Essen noch unberührt. Ein Diener eilte mit der Wasserkanne für die Handwaschung herbei, die meine Mutter einst eingeführt hatte. Das Handtuch freilich war alles andere als sauber – ich würde ein ernstes Wort mit den Waschfrauen zu wechseln haben. Mit gereinigten Händen ließ ich mich nieder und begrüßte die Herrschaften. Sie waren allesamt ziemlich angetrunken, und so beschloss ich, aus meinem Vorhaben kein Geheimnis zu machen. Je mehr Zeugen zuhörten, desto weniger Ärger würde es hinterher geben.

»Ah, da kommt die Sonne unserer Burg – sag mir, Sonne, wo du so lange warst! Sieht sie nicht ihrer Mutter immer ähnlicher?«, rief mein Vater zur Begrüßung und hob seinen Humpen. »Ich sage euch, Freunde, die Normanninnen, das sind Frauen – die haben Klasse!« Man stimmte ihm brummend zu, obwohl ich genau wusste, dass sie anderer Meinung waren. Auch meine Mutter hatte dem gängigen Frauenideal nicht entsprochen, doch war sie die Gräfin gewesen, ich nur die Tochter, für die noch kein Ehemann gefunden worden war. Einer, der sich bislang unschlüssig war, was er von mir halten sollte, saß gleich neben mir. Der vierschrötige, stets makellos gekleidete Hugo von Kuchenheym befand sich seit geraumer Zeit auf Brautschau, und in Anbetracht von Vaters Vermögen schien ihn meine Größe nicht abzuschrecken. Vertraulich beugte er sich über meine Armlehne, um einen Blick auf meinen Ausschnitt zu erhaschen. Eine stark behaarte Hand legte sich auf mein Knie und tastete sich aufwärts. Sein alkoholgeschwängerter Atem und das Schnaufen, als er fand, was er suchte, bewogen mich dazu, ihm kurzerhand meinen Wein dorthin zu gießen, wo lüsternes Verlangen sich unter der Tunika reckte. Verdattert glotzte er in seinen nassen Schoß. Richard und Vater johlten vor Vergnügen.

»Albert, diese kleine Hexe wirst du nie an den Mann bringen können, die kratzt ja jedem die Augen aus, der in ihr Bett hinein will«, wieherte Onkel Richard.

»Oh, so eine kleine Kratzbürste hat auch ihren Reiz, man muss sie nur richtig zähmen, bevor man sie besteigt«, grinste ein Ritter, der die Szene beobachtet hatte. Ich funkelte ihn empört an.

Vater musterte mich von oben bis unten, als hätte er mich noch nie zuvor gesehen. Seine knollige Nase war bläulich verfärbt und stach zwischen den hochroten Wangen hervor.

»Wahrhaftig, Tochter, dein Onkel hat Recht. Wo sind die weiblichen Tugenden, mit denen deine Mutter uns zu verzaubern pflegte? Wie soll ein Mann es schaffen, dich zu seiner Frau zu machen, wenn du jedem das Mütchen kühlst, bevor er überhaupt angefangen hat?«

Jaulendes Gelächter begleitete seine Worte. Das war nichts Neues: Die Verheiratung seiner Ältesten war ein Lieblingsthema meines Vaters.

»Vater, ich muss dich sprechen. Es ist sehr wichtig«, versuchte ich den Lärm zu übertönen. Abt Fulko beugte sich interessiert zu mir herüber.

»Lasst das Fräulein reden, meine Herren«, rief er. Seine schwarzen Augen glitzerten.

Mir wurde wieder einmal bewusst, dass ich den Abt nicht mochte. Seine Schmeichelei und die Art, wie er meinen Vater zu lenken mochte, hatten schon meiner Mutter nicht behagt und erfüllten auch mich mit Misstrauen. Doch war ihm nichts vorzuwerfen, und als Grundherr ging er seinen Aufgaben stets gewissenhaft nach. Für einen Mönch, der einst den Armutsschwur geleistet hatte, war er dem Luxus erstaunlich zugetan. Er liebte feine Kleider, Schmuck und gutes Essen, und er umgab sich mit Dienern, wie nicht einmal Vater es tat. Doch lebten wir in einer Zeit, in der Reichtum, und sei es auch nur zur Ehre Gottes, zur Schau gestellt wurde, und so mochte Fulkos Verhalten vielleicht doch normal sein. Ich kannte mich ja nicht aus in diesen Dingen, vor allem stand es mir nicht zu, sie zu kritisieren. Macht und Reichtum der kleinen Abtei hatten dem Abt jedenfalls hohes Ansehen verschafft, sodass er sich durch häufige Einladungen geschmeichelt fühlen durfte. Eine Kriegernatur wie meinen Vater beeindruckten natürlich die Intelligenz und Verschlagenheit seines Vetters, und so war Fulkos Ratschlag auch in Angelegenheiten, die nicht die Grundherrschaft angingen, stets gern gehört.

»Also gut, Tochter, so erzähl uns, was du auf dem Herzen hast«, befahl Vater, und es wurde ruhig am Tisch.

Ich begann zu berichten, wo ich heute gewesen war und was Hans im Wirtshaus belauscht hatte. In geschickte Formulierungen verpackt, gab ich seine Vermutung wieder, dass Clemens zum Kampf aufrüste. Vater wurde blass. Ich erriet, dass er wohl zurzeit keinen Spitzel in Heimbach hatte und von der Nachricht des bevorstehenden Angriffs vollkommen überrascht worden war. Doch diese Nachlässigkeit schien keiner der Anwesenden zu ahnen, denn wie gebannt hingen die Männer an meinen Lippen. Ein Krieg? Es roch wieder nach Kampf – ganz nach ihrem Geschmack! Allzu lange Friedenszeiten konnten mitunter langweilig werden...

»Wahrhaftig, Albert, deine Tochter ist ja mutig wie ein Ritter, sie reitet einfach ins feindliche Gebiet und macht den Kundschafter!«, schrie Richard begeistert und hieb mit der Faust auf den Tisch. Geistesgegenwärtig rettete ich meinen Weinpokal vor dem Umkippen. Vater hatte sich von seinem Schrecken erholt und sprang auf.

»Wo ist dieser Hurensohn, dein Sklave, ich werde ihn an seinen Eingeweiden aufhängen lassen!«, brüllte er zornig.

»Nein, das wirst du nicht! Ohne ihn hättest du nie etwas erfahren!«, schrie ich zurück. »Außerdem handelte er auf mein Geheiß!«

»*Du* warst in Gefahr, und *du* bist meine Tochter! Er hat seine Pflicht nicht erfüllt! Ich habe ja gewusst, dass das eines Tages geschieht!« Vater trat so heftig zurück, dass sein Stuhl hintenüber kippte. »Am Ende vernascht er dich noch im Wald, und ich habe das Nachsehen!«

»Du bist ja von Sinnen, Vater. Hans wollte mich nach Hause bringen, weil er es für zu gefährlich hielt. Ich bin trotzdem weitergeritten und...«

»Er war mit dir im Wald, das allein sagt genug!«

»Hast du ihn mir etwa nicht als Reitknecht geschenkt? Es war ein Ausritt, weiter nichts, Vater, glaub mir doch! Allein das Ziel war meine Idee!«

Fulko beugte sich über den Tisch. »Bei Gott, Albert, ich glaube, eure Tochter hat ein neues Spielzeug. Ihr müsst es ihr lassen. Das könnt Ihr ihr nicht nehmen – wer weiß, wozu es noch einmal gut ist...«

Seine Stimme gefiel mir nicht. Aber ich beachtete ihn nicht weiter, meine ganze Aufmerksamkeit galt meinem Vater. Er hatte sich beruhigt und war in Nachdenken versunken. Wie ein nasser Sack hing er in seinem Lehnstuhl – seine Tunika spannte über dem übervollen Bauch und seine Hand lag dort, wo ihn die Galle stets nach der Völlerei zwickte. Er rülpste laut und stierte vor sich hin. Doch es war nicht die Galle, die ihn schweigen ließ. Fulkos Worte hatten ihn offenbar auf eine Idee gebracht. Als er wieder hochblickte, witterte ich sofort Gefahr. Er stand auf und schob sein Gedeck von sich.

»Hört meine Entscheidung. Der alte Clemens soll mit seinen drei humpelnden Bogenschützen ruhig herkommen. Auch diesmal wird er sich an Burg Sassenberg eine blutige Nase holen! Denn wir fangen noch heute an, uns für den Kampf zu rüsten. Mag er uns belagern, solange er will, das soll die Sassenberger nicht beeindrucken.« Er beugte sich vor, mich im Augenwinkel. »So. Und dein Pferdeknecht, der sich in Heimbach ja nun bestens auskennt, wird mit ein paar Leuten zurückreiten und versuchen, noch ein paar Kriegsgeheimnisse mehr zu lüften.«

»Aber Vater, das ist viel zu gefährlich!« Erregt packte ich die Tischkante. »Sie werden ihn doch wieder erkennen – das kannst du nicht machen!«

Langsam wandte er den Kopf und sah mich an. Seine Augen wurden schmal. »Meine Liebe, *du* hattest die Aufgabe herauszufinden, wen wir da unter unserem Dach beherbergen. *Du* hast unsere Abmachung nicht eingehalten.«

»Ich hab's versucht, Vater.«

»Der Sklave gehört also weiterhin mir. Ich kann mit ihm machen, was ich will. Und ich werde es nicht weiter dulden, dass er meine Tochter in Gefahr bringt!«

»Aber er hat doch –«

Mit einer Handbewegung schnitt er mir das Wort ab. »Er verdient es, sofort getötet zu werden. Doch wie es scheint, kann er uns hier noch einmal von Nutzen sein. Daher, meine Liebe, habe ich mir überlegt, soll der Mann sich sein Leben verdienen. Wenn er den Ausflug meistert, will ich vielleicht Gnade walten lassen, schafft er es nicht – nun, dann hat der Allmächtige sein Urteil gesprochen. Eine sehr elegante Lösung, finde ich.« Ein Diener rückte ihm den Stuhl zurecht. Langsam setzte er sich, ein triumphierendes Lächeln im Gesicht. »Schauen wir mal, ob der Kerl wirklich so tüchtig ist, wie meine Tochter uns glauben machen will.«

Ich umklammerte die Lehnen meines Stuhl, während es mir kalt über den Rücken lief. Vater hatte sich mit seinen letzten Worten verraten. *Eine sehr elegante Lösung.* Er wollte den Fremden, der die ungleiche Machtprobe im Kerker auf der Streckbank bestanden hatte, endlich loswerden. Hier bot sich eine unauffällige Möglichkeit, denn natürlich würde Hans niemals unerkannt durch Heimbach reiten können, zu viele Leute hatten ihn heute gesehen. Man würde ihn ergreifen und als entlaufenen Sklaven noch am gleichen Tag hängen.

Das war ein böses Spiel, so intrigant, wie ich es meinem Vater nie zugetraut hätte. Er wollte mir meinen Diener wieder wegnehmen, ihn wissentlich in den sicheren Tod schicken – Gott würde ihn strafen dafür! Ich versuchte verzweifelt, meinen Vater von dieser Idee abzubringen, aber er hatte sich schon wieder seinen Leuten zugewandt. Auf dem aalglatten Gesicht des Abtes lag ein kleines Lächeln, das sogleich verschwand, als er meinen Blick bemerkte. Mir wurde übel. Vergessen lag das Pökelfleisch auf dem Teller.

Die Männer diskutierten mit hochroten Köpfen, wie sie in den nächsten Stunden vorgehen würden. Der Alkoholdunst war verschwunden, stocknüchtern saßen dort die Kriegsherren und schmiedeten Pläne, und immer mehr Gefolgsleute gesellten sich dazu. Ich saß resigniert auf meinem Stuhl, nicht zum ersten Mal den Tag verfluchend, an dem ich als Frau geboren worden war...

Danach ging alles sehr schnell. Vater ließ den Saal räumen, die Betrunkenen und all jene, die das Folgende nichts anging, wurden an die Luft gesetzt und trollten sich widerwillig. Er befahl die von ihm ausgesuchten Männer der Burgwache – zwei Bogenschützen und zwei Knappen – sowie den heidnischen Pferdeknecht zu sich. Ich, die ich jeden einzelnen von ihnen persönlich kannte, bemerkte sofort, dass es junge, geschickte Männer waren, die sich in der fremden Stadt wie Schatten bewegen würden. Allein mein Diener mit seiner verräterischen Größe würde auffallen.

Hans betrat den Saal, in eine Decke gehüllt. Er würdigte mich keines Blickes. Hinter seinem muffigen Gesichtsausdruck spürte ich jedoch Kampfwut und unbändige Energie. Mein Wissen über den üblen Plan meines Vaters machte mich ganz zappelig. Ich musste es ihm wenigstens sagen, damit er sich in Acht nahm, er musste mich anhören...

Der Graf gab mit lauter Stimme seine Absicht bekannt und erteilte dem Trupp Anweisungen. Als Bettler verkleidet, sollten sie sich unauffällig in die Stadt einschleichen, um so viel wie möglich über den bevorstehenden Angriff in Erfahrung zu bringen.

Kurz darauf standen im Burghof die Pferde bereit. Im Gepäck der Reiter befanden sich eilig zusammengesuchte Lumpen, damit sie sich vor der Stadt verkleiden konnten. Der feine Nieselregen, der am Abend eingesetzt hatte, wurde stärker und drängte sich ungefragt durch den Wollstoff meines Kleides. Wenn die Männer ihr Ziel erreicht hätten, würden sie auch ohne Verkleidung aussehen wie Vagabunden, die zu Fuß durch den Sumpf gelaufen waren...

Hans wartete mit dem Pferd, das man ihm zugewiesen hatte, in der Nähe der Stalltür. Ich nutzte die Gelegenheit und huschte zu ihm herüber.

»Hans. Hans, hör mich an.«

Er drehte sich um und runzelte die Stirn. »Ihr hier? Das ist kein Platz für Frauen, geht in Euren Turm zurück, Fräulein.« Energisch zog er den Riemen an der Kandare fest.

»Hans, ich will – ich will dich nur warnen. Sei vorsichtig, ein –«

Er fuhr herum. Seine Augen waren plötzlich ganz nah vor meinem Gesicht und funkelten mich an. »Ihr haltet mich immer noch für dumm, wie? Zum Henker mit Euch, Gräfin! *Eru svá bitar uppkomnir í mér* – ich bin kein kleines Kind mehr! *Það er karla!* Verschwindet, das hier ist endgültig Männersache!«

Ärger fraß sich durch meinen Magen. Ich ballte die Fäuste. »Dann scher dich doch zum Teufel, Heide! Ich wollte dich nur warnen, aber du bist es gar nicht wert –«

»Wenn ich Euer Vater wäre, ich wüsste, was ich mit Euch tun würde!«, zischte er. Ich wandte mich ab, damit er meine Wut nicht zu sehen bekam.

»Fahr zur Hölle«, warf ich im Weggehen verächtlich hin. »Fahr doch zur Hölle.«

»*þér vinn ek þat er ek vinn* – aber wenn ich dort unten Ruhe vor Euch habe, werde ich mir das überlegen, Gräfin...«, hörte ich ihn leise sagen. Ich biss mir auf die Lippen. Verfluchter Kerl! Mich energisch in den Ärmel schnäuzend, verließ ich die Hofecke endgültig.

»Warum bist du nicht in deinem warmen Turm, Alienor, du wirst dich noch erkälten.«

Gabriel, einer der Bogenschützen, den ich seit meiner Kindheit kannte, bestieg neben mir gerade sein Pferd. Ich beobachtete Hans, wie er mit sparsamen Bewegungen die Zügel ordnete und sich dann auf den blanken Pferderücken schwang. Mein Magen rumorte vor lauter Ärger und Scham. Bei allen Heiligen...

»Sie werden ihn sofort wieder erkennen«, murmelte ich.

»Ist das nicht im Sinne deines Vaters?«, fragte Gabriel leise.

Ich seufzte unglücklich. »Wirst du mir ein Auge auf ihn haben? Ich will nicht, dass er stirbt.«

»Versprochen, Alienor. Er soll an meiner Seite reiten... und wir werden einen schönen Bettler aus ihm machen.« Beruhigend legte Gabriel seine Hand auf meinen Arm. Das Geklapper der Hufe verklang, und die Zugbrücke wurde für die Nacht wieder heraufgezogen. Die Zurückbleibenden zerstreuten sich. Erschöpft trottete ich zum Frauenturm zurück. Der Fackelschein warf verzerrte Schatten auf die Mauer, Gestalten in Frauengewändern, ein Kind mit langer Nase, ein Mann. Langsam schritt er die Mauer entlang, das Gesicht hinter einer Kapuze verborgen, über seiner Schulter ein schmales Holz mit abgebogenem Ende. Eine Sense... Ich blieb stehen. Verlassen lag der Hof da. Der Schatten vor mir erzitterte. Ich fuhr herum, sah noch, wie die Fackel am Stall aus der Halterung fiel und in einer Pfütze erlosch. Es wurde dunkel. Der Wind pfiff schaurig um die Ecke und tastete sich mit eisigen Händen an meinen Beinen hoch.

Der Mann auf der Mauer war verschwunden.

4. KAPITEL

Der ist wie ein Baum, gepflanzet an den Wasserbächen,
der seine Frucht bringet zu seiner Zeit,
und seine Blätter verwelken nicht.
(Psalm 1,3)

Frauenleben auf einer Burg ist wirklich eintönig. Das ging mir durch den Kopf, als ich in Vaters Kammer stand und den Waffenrock untersuchte. Er war nach dem letzten Gefecht nicht geflickt worden. Die nächsten Stunden würde ich also damit verbringen, Löcher und Risse in dem bestickten Gewand zu reparieren und zu schauen, ob das Kettenhemd Schäden aufwies, während die Männer sich für den Kampf rüsteten...

Aufseufzend ließ ich den Truhendeckel fallen. Eine aufgescheuchte Motte taumelte mir entgegen und starb zwischen meinen Händen einen schnellen Tod. Seit Mutters Tod focht ich unermüdlich gegen Schmutz, Schlamperei und Faulheit der Diener, in der Hauptsache aber gegen den Geiz des Grafen. Mutter war aus dem Hause ihres Vaters einen vornehmen Lebensstil gewöhnt gewesen, und nach ihrer Hochzeit hatte sie unermüdlich versucht, in das Leben des lothringischen Haudegens, in den sie sich verliebt hatte, ein wenig Kultur und Farbe zu bringen. Unsere Burg war für rheinische Verhältnisse sehr fortschrittlich: Normannische Baumeister hatten auf den alten Bretterverschlägen, in denen die Familie meines Vaters seit Generationen gehaust hatte, Steinbauten errichtet, der Donjon war befestigt worden und stand unüberwindbar auf einem Felsen, und sogar die hölzerne Umfriedung war durch eine mächtige Geröllmauer mit Palisadenwehrgang ersetzt worden. Da war es kein Wunder, dass Clemens einen Blick auf dieses Kleinod geworfen hatte. Eine Burg, so uneinnehmbar, wie sie vielleicht nur die Burg des Jülichers war. Aber auch die von Mutter liebevoll zusammengestellte Inneneinrichtung pflegte Neid zu erwecken. An den Wänden hingen kostbare Teppiche, in der Kemenate lagen sie sogar auf dem Boden, und als Kinder genossen wir es, unsere Füße darin versinken zu lassen. Kleider und Stoffe lagerten in geschnitzten Truhen aus Hölzern jeder Art, in denen es das ganze Jahr über nach Kräutern und Sandelholz duftete. Pater Arnoldus unterrichtete uns Kinder nicht nur in den üblichen Disziplinen, meine Mutter legte Wert darauf, dass wir neben ihrer Muttersprache Französisch alle auch lesen, schreiben und rechnen lernten – womit sie unter den Gefolgsleuten etliche schiefe Blicke erntete, konnten doch die meisten von ihnen nicht einmal lesen.

Zehn Kinder hatte Mutter zur Welt gebracht, fünf Mädchen und fünf Jungen. Doch Gott, der Herr, wollte Seine Hand nicht über unsere Familie halten. Mein ältester Bruder starb mit neun Jahren bei einem Reitunfall, der Zweitälteste kurz darauf an einer Pilzvergiftung. Eine Schwester war im Kindesalter dem Kloster versprochen worden, doch schon bald nach ihrer Übersiedlung meldete man uns ihren Tod, da sie dem entbehrungsreichen Leben im Dienste des Herrn nicht gewachsen war. Kälte, Schwäche oder schlechte Milch der Ammen rafften einige meiner Geschwister schon im Wochenbett dahin, und gleich zwei meiner Brüder starben vor drei Jahren bei einer Fieberepidemie, die Dutzende von Opfern in der Grafschaft forderte. Und die elfte Schwangerschaft brachte schließlich meiner schönen Mutter den Tod: Sie starb nach der Geburt und nahm den kleinen Jungen, den sie getragen hatte, mit sich.

Übrig von der einst so großen Familie blieben Emilia, die Schwächste von allen, und ich. Das war vielleicht das Schlimmste für meinen Vater, nachdem Mutter ihn verlassen hatte: Da saß er nun, mit einer siechen Tochter und einer, die ihm viel zu ähnlich war, als dass er sie richtig lieben konnte. Vater und ich, wir hatten beide gute Gründe, Mutter zu vermissen, hatte sie doch all die Jahre mit fraulichem Instinkt für Ausgleich zwischen uns gesorgt...

Seit ihrem Tod empfand ich unsere Burg so kalt und ungemütlich wie eine Gruft. Der bis dahin nur unterschwellig vorhandene Geiz meines Vaters nahm immer mehr Gestalt an und wurde für mich zur Quelle ständigen Ärgers. Vater steckte sein Geld lieber in neue Waffen und in die Pferdezucht, anstatt das Dach des Frauenturms flicken zu lassen. Als es dort gar zu feucht wurde und das Wasser Tag und Nacht in die aufgestellten Kessel tropfte, musste ich die hustende Emilia in das ungenutzte Gemach unserer Mutter umquartieren. Vater bekam einen Wutanfall, das Dach wurde repariert, aber Emilia blieb, wo sie war, dafür sorgte ich.

Ohne die stets freundliche und ordnende Hand seiner Gattin herrschte der Adler von Sassenberg mit harter Hand und Furcht einflößendem Gebrüll auf seiner Burg. Die Dienstboten duckten sich wie seine Jagdhunde, und jedermann bemühte sich, nicht aufzufallen. Ich hingegen versuchte in meinem Einflussbereich, wie Mutter durch Fingerspitzengefühl zum Erfolg zu kommen. Die Küche war vorsichtig zu beaufsichtigen, um Radegunde nicht zu verärgern, die sich sonst mit vergorenen Mehlspeisen oder zähem Fleisch revanchierte. Ich musste den Wäscherinnen auf die Finger gucken, die Speisekammer im Auge behalten, Meierei, Gemüsegarten und Kleiderherstellung überwachen. Sogar über Steuereinnahmen und Frondienstleistungen wusste ich dank meiner Rechenkünste ganz gut Bescheid, und der Kämmerer ließ mich bereitwillig in seine Bücher schauen, wenn ich es verlangte.

Dennoch wusste ich, dass das Dienstvolk mich nicht so respektierte, wie es einer Hausherrin zukam, denn trotz der vielen Aufgaben genoss ich Freiheiten, die mir nicht zustanden. Die alte Tante, die nach Mutters Tod über uns wachen wollte, hatte den folgenden Winter nicht überlebt, und danach hatte Vater sich nicht mehr darum gekümmert, wie es im Frauenturm aussah. Er verbrachte viel Zeit im Gefolge des jungen Kaisers, reiste mit dem Hof über Wochen von Pfalz zu Pfalz, und war er einmal daheim, beschränkte er sich darauf, über meine Verschwendungssucht zu nörgeln. Alle paar Monate fand sich ein Ritter auf Freiersfüßen an Vaters Tafel ein, doch nur wenige hatten aus ihrer Absicht Ernst gemacht und um meine Hand angehalten – gefallen hatte mir kein

Einziger von ihnen. Ich wollte Emilia nicht verlassen, und da Vater sich aus der Brautschau um seine Tochter bislang eher einen Spaß zu machen schien, konnte ich sie alle abweisen. Mit seiner Hochzeit im Sommer würde sich das allerdings ändern. Und in so manch stillem Moment versuchte ich mir vorzustellen, wie es wohl wäre, mit einem Mann wie Vater verheiratet zu sein, jemand, der streitsüchtig und gebieterisch war und fest davon überzeugt, dass Gottes Welt ohne die Männer, ob sie nun ein Schwert in der Hand hielten oder den Kardinalshut trugen, augenblicklich untergehen würde. Ich war mir nicht sicher, ob ich das wollte…

In den nächsten Tagen schien die Burg vor Tatkraft zu bersten. Alle Bewohner beteiligten sich an den Vorbereitungen, die Mauern wurden ausgebessert, das Hämmern und Klopfen erklang bis tief in die Nacht, Lebensmittelvorräte wurden angelegt, Holz und Fässer voll Pech und Öl stapelten sich im Hof, daneben ganze Kübel voller Pferdemist, den Vater gerne über die Mauer kippen ließ, um sich am Wutgeheul des Gegners zu ergötzen. Ich ließ den Inhalt der Zisterne kontrollieren und wies ein paar Burschen an, alle verfügbaren Fässer mit Wasser zu füllen. Mägde rannten emsig umher, um für die Leute der Vorburg Quartiere bereitzustellen, denn im Fall einer Belagerung würden sie sich hinter die sicheren Tore flüchten. Eine vergnügte Stimmung hatte sich breit gemacht, jeder war zuversichtlich, dass wir den Angriff abwehren konnten. Wann kann man schon mal eine Belagerung derart gut vorbereiten? Gott stand auf unserer Seite, und so erklangen den ganzen Tag über Psalmen und Loblieder auf den Allmächtigen, der uns diesen wunderbaren Vorteil verschafft hatte.

Am Freitag vor der Osteroktav meldete der Wachposten spät am Abend den Kundschaftertrupp. Rasch lief ich ins Küchenhaus, um für die hungrigen Männer Essen zu holen. Im Hof klapperten Pferdehufe, und bekannte Stimmen drangen an mein Ohr. Stallburschen führten die erschöpften Pferde zum Stall, die Männerstimmen verklangen in Richtung Halle. Erleichtert, dass ihnen nichts geschehen war, half ich einer Küchenmagd, das schwere Tablett in die Halle zu tragen.

Vater saß kerzengerade wie ein junger Recke in seinem Lehnstuhl und hörte sich gerade Gabriels Bericht an. Wir setzten das Tablett ab. Mit den Augen zählte ich rasch die Köpfe ab, um die Portionen zu teilen – eins, zwei, drei –, ich sah wahrhaftig nur drei Köpfe!

Noch einmal zählte ich – Gabriel stand da, neben ihm Otto, unser kleinwüchsiger Knappe, auf einem Hocker saß Arno, einer der Bogenschützen.

Kein Hans, und auch Bernhardin, der rotschopfige Knappe, fehlte. Ich musste mich setzen.

»...und dort lauerten sie auf uns. Der Himmel weiß, wer uns verraten hat«, erzählte Gabriel gerade müde. »Es war ein ungleicher Kampf, sie waren uns haushoch überlegen. Die beiden hatten gar keine Chance.«

»Hhm«, brummte Vater und kraulte seinen Bart. Die Magd hatte inzwischen das Essen auf den Tisch gestellt, und heißhungrig stürzten sich die Männer auf die Schüsseln.

Mein Kopf dröhnte. Plötzlich kam mir die Luft in der Halle zum Ersticken heiß vor. Unsicher stand ich auf und taumelte hinaus. Auf der Bank am Brunnen sank ich nieder und holte tief Luft.

Sie waren tot, Hans und der Knappe. Tot. Vater hatte zwei Fliegen mit einer Klappe geschlagen: Er hatte seinen Bericht und war seinen verhassten Gefangenen losgeworden, ohne sich durch einen Totschlag zu beflecken. *Schafft er es nicht, dann hat der Allmächtige sein Urteil gesprochen.* Ich hatte Vaters Worte nicht vergessen. Schwerfällig stützte ich das Gesicht in die Hände und starrte in den schwarzen Brunnen.

Hans war tot. Zu meinem Erstaunen ließ mich diese Tatsache alles andere als unberührt, auch wenn wir uns ausschließlich gestritten hatten, sobald es keine Zeugen gab – ich hatte mich an ihn gewöhnt. Es hatte Momente gegeben, in denen ich ihn sogar mochte. Seine ruhige Art, Dinge anzugehen, und sei es nur, ein nervöses Pferd aufzuzäumen. Das seltene Lächeln, bei dem seine Augen aufleuchteten. Das unverständliche Gebrumme, wenn ihm etwas nicht passte. Und dann all die verrückten Geschichten, die er Emilia immer erzählt hatte… Heilige Jungfrau, es durfte nicht wahr sein!

Aus und vorbei. Der Riese war tot. Meine Freiheit, die Ausritte durch die Grafschaft, all das hatte nun ein plötzliches Ende gefunden. Und wir würden nie mehr erfahren, wer oder was er einmal gewesen war. Ein Edelmann, eines Grafen Sohn, vielleicht sogar mehr? Ein hoffnungsvoller Erbe, Ehemann und Vater einer Schar Kinder… Verstohlen wischte ich mir eine Träne aus dem Augenwinkel. Natürlich weinte man nicht um einen Sklaven, schon gar nicht, wenn er heidnischen Glaubens war. Hatte dieser Barbar mir etwa je einen Grund für diese Tränen gegeben? Der Wind jaulte in den Ecken und fuhr mir spielerisch unters Kleid. Wie erstarrt saß ich am Brunnen.

»Alienor, du bist's! Ich hab dich nicht erkannt…« Jemand ließ sich auf der Brunnenbank neben mir nieder. Gabriel, mein Freund aus Kindertagen, den ich im Verdacht hatte, dass er sich heimlich mit meiner Kammerfrau Gisela traf. Vor vielen Jahren hatte er mir im Dorfsee das Schwimmen beigebracht, und wenn wir allein waren, benutzten wir weiterhin die vertraute Anrede von früher. Er streckte die Beine aus und seufzte erschöpft.

»Erzähl mir, was passiert ist«, bat ich leise. »Erzähl mir alles…«

Gabriel legte mir die Hand auf die Schulter.

»Alienor, dein Diener lebt.«

Ich schüttelte ungläubig den Kopf. »Aber…«

»Dein Vater befahl mir, Hans auch zurückzulassen, wenn er verletzt ist. Ich glaube, er mag ihn nicht besonders.« Er lachte bitter. »Alienor, ich ließ den Grafen im Glauben, dass er tot ist. Aber du hast mich doch gebeten… na ja, ich konnte ihn dort einfach nicht liegen lassen. Sie waren so viele mehr, als sie über uns herfielen, und Hans kämpfte für zehn, das hättest du sehen sollen! Das Schwert, das ich ihm heimlich gab, schien in seiner Hand zu liegen, als wäre er damit geboren worden. Er focht wie ein echter Ritter! Vielleicht verdanken wir Verbliebenen ihm unser Leben, wenn er auch Bernhardins Tod nicht verhindern konnte.«

»Aber –«

»Ich habe ihn in ein Gasthaus gebracht. Ich kenne die Wirtin und habe sie gebeten, sich um ihn zu kümmern. Mit etwas Glück überlebt er die Verwundung.« Gabriel versuchte ein aufmunterndes Lächeln. »Und dann ist er frei.«

Ich konnte es nicht glauben. »Du hast ihn in ein Gasthaus bringen können?«

Gabriel nickte. »War nicht leicht, ihn zu transportieren, aber zu dritt haben wir es geschafft. Er ist jetzt im Gasthaus der Gerberin an der großen Straße nach Trier. Da ist es leichter, Hilfe zu finden. Von dort wird er auch leicht wegkommen können, wenn er erst genesen ist. Ich gab der Wirtin ein paar Goldstücke, für Arzneien und die Pflege ...«

In der Nacht tat ich kein Auge zu. Schlaflos wälzte ich mich zwischen den Decken. Hans lebte. Bilder tanzten vor meinen Augen, Erinnerungsfetzen, die sich mit Bedeutung voll sogen und mich in die Tiefe zogen. Hans mit den Pferden, auf der Jagd, bei Emilia. Sein Lächeln. Das Schmuckstück, das ich trug, das ihm gehörte und das auf meiner Brust mit einem Mal wie ein Stück Kohle zu glühen begann. Allein Vaters Edelsteine, kalt wie Eiskristalle, verhinderten, dass es sich in den Knochen hineinbrannte ... Das blaue Auge, das mich in Heimbach so intensiv angeschaut hatte. *Was ihr getan habt Einem unter diesen meinen geringsten Brüdern ...*

Die Belagerungsvorbereitungen sollten mich eigentlich ganz in Anspruch nehmen, doch hatte ich am nächsten Morgen Schwierigkeiten, meine Gedanken beieinander zu halten. Die Realität wirkte wie ein Traum, durch den ich mit geöffneten Augen schritt, emsiges Treiben, kichernde Mägde, kriegerische Gestalten auf dem Wehrgang zogen an mir vorüber, und tapfer gab ich meine Anweisungen, bemüht, mir meine Verwirrung nicht anmerken zu lassen. Den Splitter, den ich mir am Mistkarren in den Finger trieb, nahm ich kaum wahr ...

Am Abend kam Meister Naphtali zu mir in den Garten, wohin ich mich geflüchtet hatte, um ein wenig Ruhe zu finden.

»Der Bogenschütze bat mich, nach dir zu sehen«, sagte er und ließ sich neben mir nieder. Aus einem Beutel nahm er Scharpie und begann, sie akkurat zu Rollen zu wickeln. Eine Belagerung forderte Verwundete und seine Aufgabe war es, sie zu versorgen. Nachdenklich sah ich auf seine runzligen Hände. Ob er auch mir helfen konnte?

»Was bekümmert dich, Mädchen? Ich sehe Sorgen in deinen Augen.«

»Könnt Ihr euch vorstellen –« Ich holte tief Luft. Er war mein Verbündeter. »Könnt Ihr euch vorstellen, dass mein Diener noch lebt? Gabriel hat Vater die Unwahrheit gesagt. Hans ist verletzt, aber er lebt noch!«

Naphtali ließ die Scharpiebündel sinken. »Und nun weißt du nicht, was du tun sollst, nicht wahr?«

»Ich ... ich weiß nicht. Ich weiß nicht einmal, was ich denken soll. Vater hat ihn doch mit Absicht nach Heimbach geschickt, um ihn loszuwerden! Er –«

»Was ist er dir wert?«

Erstaunt sah ich ihn an. »Er ist mein Diener, mein Reitknecht ...«

»Was ist er dir wert? Denk darüber nach, Alienor.« Seine Augen, dicht vor meinem Gesicht, waren unergründlich, wie zwei schwarze Seen, auf deren Grund die Antwort meiner harrte ... *Was ist er dir wert?* Ich stützte den Kopf in die Hände. Was war er mir wert? Mein Diener, Reitknecht, meine kleine Freiheit – und ein Edelmann in Ketten. Wieder stieg das Bild aus der Schmiede vor mir auf. Der eiserne Halsring, der widerliche Geruch nach verbrannter Haut, und sein Blick, anklagend auf mich gerichtet, die ich doch gar nichts getan hatte ... eben das war meine Schuld, nichts getan zu haben. Die Ungerechtigkeit zuzulassen, von ihr zu profitieren. Ihn zu benutzen wie ein Pferd, einen Sattel. Ich seufzte unglücklich. Welche Abgründe sich hier auftaten. Schuldgefühle, tiefe Ratlosigkeit ... Naphtalis Hand strich sanft über meinen Kopf.

Was ist er dir wert? Seine andere Hand lag im Schoß, ruhig abwartend. Mein Blick klammerte sich daran fest. Und dann war es, als berühre sie meine wild umherirrenden Gedanken, ordnete sie in eine überschaubare Reihe und wies ihnen den Weg. *Was ist er dir wert? Mehr als du ahnst ...*

»Ich werde seit einigen Tagen von Visionen heimgesucht«, sagte der Jude unvermittelt. »Es begann, als ich eine Planetenkonstellation berechnete. Ich fand Saturnus im achten Haus – das Haus des Todes. Doch ich sah auch Mars in enger Konjunktion zu Saturnus – ein untrügliches Zeichen, dass Zeiten von Kampf und Bewährung bevorstehen und dass Menschen den Tod finden werden. Da wurde ich von Trauer gepackt, wie ich sie nie zuvor gefühlt hatte, es war, als laste der Schmerz der ganzen Menschheit auf mir, die einander Böses zufügt und davon nicht zu lassen vermag.« Die Scharpiebündel rollten ins Gras und seine knochigen Hände verkrampften sich. Mir lief es kalt den Rücken herunter. Schon einmal hatte er Visionen gehabt, drei Monate bevor der Herr meine Mutter zu sich nahm. Der Benediktinerabt hatte ihm damals mit einer Anklage wegen Zauberei gedroht. War es Zauberei? Das gespenstische Schattenspiel vom Vorabend fiel mir wieder ein. Ein Sensenmann...

»Was habt Ihr gesehen?«, flüsterte ich. Starr sah er auf den Boden.

»Ich sah eine Umwallung, und Blut troff an ihren Wänden herunter. Hellrot spritzte es aus den Löchern, und ich hörte die Schreie der Sterbenden...«

»Gott sei uns gnädig – war es unsere Burg, Meister?«

Naphtali hörte mich nicht. »Das Herz war mir so schwer, und ich betete zu Jahwe – da nahm er mich auf seine starke Hand und hob mich hinauf in die Lüfte. Und ich sah, wie man sie abschlachtete, Frauen, Kinder, Alte, wie man sie tötete wie Vieh, aufspießte, köpfte, totschlug, vor den Augen ihrer Familien, bevor diese dann den gleichen Weg gehen mussten – Männer mit blitzenden Äxten und scharfen Schwertern mähten sie nieder und wateten in rotem Blut, wie der Engel, der auf Gottes Geheiß die Ägypter strafte...«

»Naphtali – wird Clemens uns töten?« Ich tastete nach seiner Hand. Sie war eiskalt. »Hört Ihr mich?«

Er schüttelte unwillig den Kopf. »Ich sah Flammen, hell und heiß, sie versengten mir das Gesicht, als sie in den Himmel aufstiegen... und ich sah einen Feuerdrachen über den Himmel ziehen, Verderben bringend und hungrig alles verschlingend...«

Seine Stimme klang hohl. »Die Menschen sind schlecht, sie werden sich gegenseitig töten, überall, Tod, Tod, Tod...« Er brach ab. Eine Brise wehte seinen Kaftan hoch und gegen mein Gesicht, und ich vermeinte den Geruch des Todes in der Nase zu haben, staubig, kalt und modrig.

»Naphtali, so sprecht doch! Habt Ihr unsere Burg gesehen? Werden wir sterben müssen?« Erschrocken packte ich seinen Arm. »Sagt es mir...«

Als er mir sein Gesicht zuwandte, schienen seine Gedanken von weither zu kommen, und er brauchte einige Zeit, um sich zu sammeln.

»Es... es waren schreckliche Bilder«, sagte er schließlich. »Und ich weiß nicht, welchen Ort sie mir zeigten. Meine Heimat – deine Heimat... oder *seine* Heimat... ich weiß es nicht. Ich sah nur, wie Menschen sich vernichteten, wie sie Leben nahmen statt zu erhalten, und ich konnte das Blut riechen.« Er schwieg. Ich kauerte mich auf der Bank zusammen.

Leben erhalten statt zu nehmen. War das der Weg, den der Jude mir eben gewiesen hatte? Unsicher sah ich ihn von der Seite an. Vielleicht hatte Fulko ja Recht – Naphtali war mächtig...

»Ich – ich denke, ich werde ihn suchen gehen vielleicht kann ich ihm helfen«, hörte ich mich plötzlich sagen. Und Naphtali sah mich an, und seine Augen schimmerten feucht, als seine runzelige Hand über meine Wange strich.

»»Denn meine Gedanken sind nicht eure Gedanken, und eure Wege sind nicht meine Wege, spricht der Herr. Denn gleichwie der Regen und Schnee vom Himmel fällt und nicht wieder dahin kommt, sondern feuchtet die Erde und macht sie fruchtbar und wachsend, dass sie gibt Samen zu säen und Brot zu essen, also soll das Wort, so aus meinem Munde gehet, auch sein. Es soll nicht wieder leer zu mir kommen, sondern tun, das mir gefällt, und soll ihm gelingen, wozu ich es sende.'« Er lächelte. »Du musst gehen, wohin dein Schicksal dich zieht, Kind. Solange du lebst, wird der, den du suchst, nicht sterben. Der Allmächtige Schöpfer soll es dir lohnen.« Flüchtig glitt sein Finger über das edelsteinverzierte Kreuz, das mir um den Hals hing. »Eines Tages wird er es wieder tragen...«

Als der Vollmond hell über der Burg stand und die abendlichen Geräusche überall verstummt waren, schlich ich auf die Nebenpforte am Garten zu, wohin Naphtali mich bestellt hatte. Unbemerkt hatte ich meine Jagdkleidung anziehen können. An meinem Gürtel baumelte ein Beutel mit Münzen.

Ich war immer noch verwirrt von unserem Gespräch. Die Grausamkeit seiner Visionen hatten mich bis ins Mark erschüttert, und wie ein Dorn im Fleisch bohrte die Angst, die Bilder hätten tatsächlich mein Zuhause gezeigt. Was hatte Hans damit zu tun? Wohin würde mich mein Schicksal ziehen? Was wusste Naphtali, was er mir nicht gesagt hatte? Allmächtiger hilf, war ich nicht gerade dabei, eine gewaltige Torheit zu begehen? Doch Gott war fern, er hörte mich nicht.

Ein Pferd stand an der Mauer und scharrte ungeduldig mit dem Huf. Die Pforte war bereits geöffnet. Hermann, der zweite Diener des Arztes, wartete draußen, ebenfalls mit einem Pferd am Zügel. Naphtali trat aus dem Schatten ins Mondlicht.

»Diese Pferde besorgte mir Gabriel, der Bogenschütze. Falls man ihn befragt, wird er schweigen. Er ist dir sehr ergeben.« Das wusste ich. Gerührt strich ich über die Samtnase seines Rotfuchses, den mein Vater ihm als Belohnung für treue Dienste geschenkt hatte.

»Und nun reite los. Hermann wird mit dir kommen, und meine Gebete sollen euch begleiten.«

»Aber –«

»Die Entscheidung ist gefallen, Alienor. Du bist stark genug, die Konsequenzen zu tragen, das weiß ich. Der Ewige behüte euch.« Er küsste mich, malte mir einige Buchstaben auf die Stirn und zog mir fürsorglich die Kapuze über den Kopf. »*Atah Gibor le-Olam '... Atah Gibor le-Olam '*«, murmelte er immer wieder, als Hermann mir in den Sattel half. »*Atah Gibor le-Olam '...*«

Naphtalis Segensspruch, der die Dämonen bannen sollte, folgte uns in das Dunkel, in das wir ritten, einem ungewissen Ziel entgegen. Hatte ich die Entscheidung getroffen, wie Naphtali behauptete? Ich war mir nicht sicher. Tief in mir empfand ich Unbehagen, ein Echo des Unheils, das er in seinen Visionen heraufbeschworen hatte, dumpf und undeutlich... Wohin würde mich dieser Weg führen? In meinen Gedanken suchte ich Gott immer noch vergebens.

Weit genug von der Burg entfernt, entzündete Hermann eine Fackel, die uns den Weg durch die Nacht weisen sollte. Was wir vorhatten, war nicht ungefährlich, Räuberbanden nutzten das wachsende Chaos im Reich für ihre Zwecke aus. Viele Reisegruppen wagten sich nur noch mit starker Eskorte auf die Straßen. In unserer Grafschaft war man dank der unerbittlichen Härte meines Vaters verhältnismäßig sicher: Er zögerte nicht, jeden Wegelagerer kurzerhand am nächsten Baum aufzuknüpfen. Auch seine Ritter, die er zu Kontrollritten über das Land schickte, waren nicht zimperlich...

Hermann fand mühelos die große Straße nach Trier. Er stammte aus einem der umliegenden Dörfer und kannte sich gut aus. Nach der Fieberepidemie vor drei Jahren hatte Naphtali den elternlosen Jungen mit Vaters Erlaubnis aufgenommen; er wohnte bei ihm, doch niemand wusste genau, worin die Arbeit bestand, die er für den alten Juden verrichtete. Oft sah man ihn mit Beutelchen aus dem Wald kommen, und dann dachte ich mir, dass er vielleicht Heilkräuter gesammelt hatte. Ich selbst hatte noch nie mehr als drei Worte mit ihm gewechselt, und ich hatte nicht vor, jetzt mehr mit ihm zu sprechen. Es war ohnehin unerhört, in der Gesellschaft eines Bauernbengels nachts durch den Wald zu reiten, doch derlei Erwägungen hatte ich an der Gartenpforte zurückgelassen. Schweigend ritt ich hinter ihm her und dachte stattdessen an den, den ich suchte.

»Herrin, Ihr solltet Euch für einen Diener nicht so in Gefahr begeben«, riss der Junge mich aus der Grübelei. »Wollen wir nicht doch lieber umkehren? Noch sind wir auf Sassenbergischem Gebiet.«

Gefahr. Naphtali hatte nicht von Gefahr gesprochen. Ich sah sein ruhiges, weises Gesicht vor mir und schüttelte den Kopf. Eine sonderbare Ruhe war über mich gekommen; die Angst vor dem Ungewissen, die ich am Anfang noch verspürt hatte, verflog zusehends. Wir hielten einige Male, um die Pferde verschnaufen zu lassen. Anfangs versuchte Hermann noch, mich zum Umkehren zu bewegen, aber schließlich ließ er mich in Frieden.

Endlich kam das Wirtshaus in Sicht. Es lag am Wegesrand, ein einstöckiges, schmales Haus, das einmal bessere Zeiten gesehen hatte. Der Zaun, der das Grundstück umgab, war voller Löcher, wir hatten Mühe, unsere Pferde an den wackeligen Latten zu befestigen. Die Fensterläden waren geschlossen, doch konnte man lautes Schnarchen hören.

Hermann klopfte kräftig an die verwitterte Tür. Von nahem besehen, wirkte das Haus wenig Vertrauen erweckend. Ich zupfte ihn am Ärmel. »Hermann, wir haben uns bestimmt geirrt. Das ist doch niemals ein Gasthaus...« Stumm deutete er auf ein Schild über der Tür. Mit roter Farbe hatte jemand einen Weinkrug auf das Holz gemalt, und im Nachtwind flatterte ein zerfetztes Fähnchen.

Ein Lichtschein geisterte am Fenster vorbei, dann hörte man schlurfende Schritte.

»Wer da?«, brummte jemand.

»Reisende, von der Dämmerung überrascht. Wir suchen ein Nachtlager«, rief Hermann. Kreischend öffnete sich die Tür, scharrte über den Lehmboden, bevor sie schwankend vor einer Bodenwelle kapitulierte. In der schmalen Öffnung stand ein Frauenzimmer im Hemd, eine Schlafhaube schief auf dem Kopf, in der Hand eine Kerze. Falten und Tränensäcke vereinten sich im flackernden Licht zu einem grimmigen Antlitz.

»Schert Euch fort! Ich hab kein Zimmer frei, un' außerdem...«

»Wir suchen einen Reisenden, der von Freunden hier verletzt zurückgelassen wurde«, unterbrach ich sie und hielt ihr rasch ein Geldstück hin. Sie sah erstaunt erst auf die Münze in meiner Hand, dann auf uns, und winkte uns durch den Türspalt.

»Also gut. Er is' oben, un' vielleicht hat der Teufel 'n schon geholt«, sagte sie verdrossen. »Sorgt dafür, dass er hier verschwindet, ich will kein' Ärger. Wie soll ich 'ne Leiche in meinem Haus erklären? Schafft ihn weg. Ich zeig Euch, wo er is'.«

Sie führte uns einen muffigen Flur entlang. Maunzend strich eine Katze um meine Beine, fast wäre ich über sie gestolpert. Links in der Gaststube lag eine Gruppe Reisender in Decken gehüllt laut schnarchend auf dem Boden. Wer sich kein eigenes Bett auf der Galerie leisten konnte, war dankbar, wenigstens neben der Glut des ausbrennenden Feuers ein warmes Plätzchen für die Nacht gefunden zu haben. Sicher ließ die Gerberin sich auch das gut bezahlen. Misstrauisch fixierte ich ihren krummen Rücken. Aus der Küche gegenüber wehte uns eine üble Mischung aus kalter Kohlsuppe, ranzigem Fett und Latrinengeruch um die Nase. Hinter einer Bretterwand entleerte sich jemand schwallartig, kurz darauf schnürte mir der Gestank fauliger Exkremente schier die Luft ab. Am Ende des Flures schließlich führte eine wackelige Stiege auf die Galerie.

»Dort oben liegt er. Drei starke Männer ham'n hoch geschleppt. Ihr seid nur zwei – wie wollt Ihr'n die Treppe runterbekommen? Und 'ne Leiche is' gleich doppelt so schwer...«, nuschelte die Hausfrau vor sich hin, mit der Kerze die Stufen ableuchtend. Ihr Atem roch nach Schnaps und schlechten Zähnen.

Oben angekommen, öffnete sie einen Verschlag. Wir kletterten über die Schwelle in ein stickiges Räumchen, das nur von der Kerze der Wirtin beleuchtet wurde.

»Da hinten, auf'm Stroh. Nehmt Ihr'n gleich mit? Lasst es Euch nich' einfallen, ihn auf mei'm Grund und Boden zu verscharren. Und 'n Leichentuch kriegt Ihr auch nich' von mir, damit das klar is'.« Trotzig verschränkte sie die Arme vor der schlaffen Brust und lehnte sich an die Tür. Im Stroh raschelte es. Ich biss mir auf die Lippen. Wer immer dort lag, er hatte sich gerade bewegt...

»Hast du einen Bader gerufen?« Verständnislos glotzte sie mich an. Ich reckte mich. Mein Ziel war erreicht, wir hatten Hans gefunden. Das dachte die Wirtin wohl auch, denn sie wandte sich zum Gehen, und ein Furz von ihr wehte mir zum Abschied um die Nase. Wut stieg in mir hoch. Ich war die Tochter eines Freigrafen – es tat gut, diese abstoßende Gestalt anzuherrschen.

»Man hat dir doch aufgetragen, einen Bader zu rufen, wo ist er? Ich weiß, dass du Geld dafür genommen hast!« Hermann legte warnend seine Hand auf meinen Arm. Langsam drehte sie sich um.

»Und wo soll ich 'n Bader hernehmen? Der Wirt is' nich' da. Un' der da sieht nich' so aus, als würd' er den Morgen noch erleb'n«, blaffte sie mich an. »Unkosten hatte ich von ihm, nix wie Unkosten un' Dreck! Schafft ihn weg, sonst hol ich die Wache. Sieht doch jeder, dass das 'n entlaufener Leibeigener ist.« Ungehalten riss ich mir den Umhang von den Schultern und warf ihn auf den Boden.

»Schwatz nicht herum, besorg mir Verbandszeug.«

»Guck mal an, 'ne feine Dame«, unterbrach sie mich mit einem frechen Grinsen. »Is' wohl Eurer, was? Stramme Schenkelchen, is' für'n scharfen Ritt sicher besser zu gebrauch'n als der verschrumpelte Ehegespons –« Unsanft packte ich die Wirtin an ihrem zerlumpten Gewand.

»Es ist besser für dich, wenn du dein verdammtes Schandmaul hältst und tust, was ich dir sage, Weib. Dieser Mann bleibt heute Nacht hier, und wenn du dich auch nur einen Schritt aus dem Haus bewegst, dann soll es dir Leid tun...«

»Herrin«, warnte Hermann leise. Ihr verschlagener Blick glitt ein weiteres Mal über meine gepflegten Kleider.

»Hier gib's nix umsonst, wertes Fräulein...« Ich griff in meine Gürteltasche und warf ihr eine weitere Münze in den Ausschnitt zwischen die baumelnden Brüste. Hastig krümmte sie sich und fingerte mit der einen Hand im Hemd herum, um das Geldstück aufzufangen, bevor es zu Boden rutschen konnte.

»Genügt dir das? Davon kannst du mit der Wache reiten gehen, von mir aus die ganze Nacht. Und nun her mit dem Licht, man kann ja nicht mal die Hand vor Augen sehen.« Wortlos gab sie mir die Kerze und schlurfte aus dem Zimmer.

Ich machte einige zögernde Schritte auf die Ecke zu. Mir grauste vor unserem Fund. Hermann schwieg. Das flackernde Licht erhellte eine Strohschütte, auf der mein Krieger wie ein gefällter Baum lag. Lumpen bedeckten seinen Körper nur notdürftig; wie hart gewordenes Leder klebten die von Blut und Schmutz durchzogenen Fetzen auf seiner Haut. Blutige Schlieren im Gesicht und an den Armen zeugten davon, dass er im Fieberdelir immer wieder über die nässenden Wunden gefahren haben musste. Seine Hände waren dunkelrot und lagen reglos im Stroh.

Erschüttert sank ich neben das Lager. Hermann hockte sich zu mir. Mit einem geübten Handgriff riss er die Lumpen entzwei und entblößte den Oberkörper meines Dieners.

»Eine Lanzenwunde«, meinte er ungerührt. Jedem war klar, was das hieß. Man wusste nicht, wie tief sie war, und gewöhnlich starben die Verletzten einen jämmerlichen Fiebertod. Es war ein aussichtsloser Kampf gegen das Böse im Fleisch, das sie nach und nach vergiftete. Auch Hans würde sterben. *Kehr um!* Ich sah in sein schmerzverzerrtes Gesicht. Leben erhalten. Vaters Untat sühnen.

»Herrin, er wird sterben.« Hermann nahm meinen Arm und zog mich von dem Lager weg. »Lasst ihn hier liegen und kehrt um.« So dicht neben mir spürte ich seinen Abscheu vor dem Fremden überdeutlich. *Kehr um! Versuche nicht den Allmächtigen!*

Langsam krempelte ich die Ärmel hoch. »Ich will es zumindest versuchen.«

»Herrin, seid vernünftig.«

»Wir werden jetzt anfangen. Und du wirst mir helfen.« Ich sah ihn scharf an. »Du wirst ihn ausziehen, während ich sehe, was die alte Hexe zum Verbinden auftreiben kann.« Hermann runzelte die Stirn.

»Ihr seid von Sinnen, Herrin, überhaupt daran zu denken – der Kerl wird Euch unter den Händen wegsterben. Ein Heide ist die Mühe nicht wert. Lasst uns...«

»Ich will jetzt nichts mehr davon hören!«, zischte ich ärgerlich und setzte die Kerze auf einen Hocker. »Fang endlich an, sonst mache ich dir Beine, Kerl!« Angewidert begann er den Verletzten auszuziehen.

Ich scheuchte derweil die Wirtin wieder aus ihrem warmen Bett, damit sie mir einen Kessel heißes Wasser und einen Stapel sauberer Leintücher beschaffe. Beim Anblick eines ganzen Silberstücks in meiner Hand wuselte sie wie ein Hase in der Küche herum.

Von unserem jüdischen Arzt hatte ich ein wenig Wundpflege gelernt. Er bezeichnete die Methoden der abendländischen Ärzte als barbarisch und bestand stets auf sauberem Wasser und frischen Tüchern. Er wusch sich auch geradezu umständlich oft die Hände, eigentlich jedes Mal, bevor er sich an seinem Patienten zu schaffen machte. Aber da er mein Vorbild war, tat ich es ihm einfach nach. Das Wasser in der Schüssel war so heiß, dass ich mich fast verbrühte. Mit zusammengebissenen Zähnen tauchte ich die Hände wieder und wieder ein, ließ Wasser über meine Handgelenke laufen und genoss es schließlich, die Wärme an den Armen hochkriechen zu fühlen.

Hans bewegte sich unruhig, als ich die tiefe Wunde in seiner Lende mit einem Leinenbausch berührte. Sie war faustgroß und sah widerwärtig aus. Ungeziefer drehte seine Kreise um das geschwollene Loch, wohl angezogen vom ausströmenden Wundgeruch. Ich hasste Läuse und all das Getier, ob es sich nun auf meinem eigenen Kopf – oft genug – befand oder an anderen Leuten, und so versuchte ich, mit meinem Hemdsärmel das Gekrabbel auf seinem Bauch wegzuwischen. Durch die unsanfte Berührung zuckte er nur zusammen und stöhnte.

»Was glaubst du? Schafft er es?«

Hermann wiegte den Kopf. »So können wir ihn auf keinen Fall von hier fortbringen. Und wo soll er hin, wenn Euer Vater den Befehl gab, ihn verletzt zurückzulassen...«

»Vaters Befehl interessiert mich nicht! Immerhin ist er ein Mensch«, protestierte ich.

»Selbst wenn wir ihn fortschaffen, muss erst das Fieber abklingen. Wenn er diese Nacht überlebt, hat er vielleicht eine Chance, er hat ja Kräfte wie ein Bär. Herrin, Ihr solltet zurückkehren, noch hat niemand Eure Abwesenheit bemerkt. Dieser Heide wird Euch nur ins Unglück stürzen. Gott sieht alles, und er sieht auch, dass Ihr Euch an diesem Barbaren beschmutzt. Die Wirtin kann den Bader holen...«

»Du hast gesehen, dass sie das nicht tut«, sagte ich böse. »Und wieso beschmutze ich mich an einem Barbaren? Wie kommst du nur darauf? Du klingst ja geradeso wie Pater Arnoldus!«

»Das sagt ja auch Pater Arnoldus. Er sagt, der Mann ist Heide und spuckt auf das Kreuz«, beharrte Hermann und sah den Kranken verächtlich von der Seite an. »Der Pater sagt, er ist der leibhaftige Antichrist. Alle auf der Burg glauben das.«

Ich schüttelte den Kopf. Der Antichrist. Natürlich hatte ich gehört, was die Leute auf der Burg redeten. Wie sie in den Ecken über den Fremden tuschelten und drei Kreuzzeichen hinter ihm schlugen. Wie sie heimlich ein Holzkreuz an die Innenseite der Stalltür geschlagen hatten, damit der Teufel sich nicht noch einmal der Pferde bemächtigte. Und ich wusste auch, wie der Pater den Grafen bekniet hatte, sich des Heiden zu entledigen oder ihn doch wenigstens zwangstaufen zu lassen. »Papperlapapp«, hatte Vater darauf geantwortet, »dem Allmächtigen ist der Glaube dieser Kreatur so gleichgültig wie der Glaube meines Kettenhundes! Geht und lasst Euch vom Kämmerer Geld für eine dicke Kerze geben, aber lasst mich mit Eurem Gewäsch in Ruhe.« Und dann war der Pater in die Kapelle geeilt und hatte laut für die Seele des Freigrafen gebetet...

Nachdenklich betrachtete ich wieder das verschwitzte Gesicht. Was hatten wir nicht alles vom Antichristen gehört – von seinem stinkenden Atem und dem aussätzigen Fleisch und von der hinterhältigen Art, wie er die Menschen zu verderben suchte. Ich mochte nicht glauben, dass hinter den Augen dieses Mannes eine Seele voller Bosheit steckte...

»Ich bleibe heute Nacht hier.«

Hermann riss die Augen auf. »In dieser verlausten Herberge? Herrin, kommt zur Besinnung, das ist nichts für eine Dame! Ihr hättet niemals herkommen dürfen!«

Natürlich hatte er Recht. Eine Grafentochter trieb sich nicht in Schenken herum, und für die Pflege Verwundeter gab es Mägde. Doch dann musste ich an das unfreundliche Gesicht der Wirtin denken und daran, dass sie keinen Ärger wollte.

»Verschwinde, Hermann. Du wirst mich nicht umstimmen, ich bleibe. Mach schon, reite nach Hause. Ich werde einen Weg finden, ihn hier herauszuholen«, sagte ich entschlossen.

Hermann musterte mich finster. »Wie wollt Ihr das anstellen?«

»Niemand wird mich in diesen Kleidern erkennen. Vielleicht kann ich schon morgen ein Fuhrwerk beschaffen.«

»Und wo wollt Ihr Euren Diener hinbringen, wenn die Burg unter Belagerung steht? Der Feind wird Euch kaum durchlassen.«

»Ich werde mit ihm ins Kloster gehen.« Auf dem langen Weg hierher hatte ich genug Zeit gehabt, mir einen Plan zurechtzulegen. Die Mönche waren heilkundig und würden mir ihre Hilfe nicht versagen. Das durften sie nicht, um der christlichen Nächstenliebe willen...

»Herrin, Ihr werdet Euch Ärger einhandeln, wie Ihr ihn noch nie hattet. Euer Vater wird Euch noch diesen Sommer an den nächstbesten Ritter verheiraten.«

»Eher lasse ich mich als Klausnerin einmauern, und das weiß er genau.« Ich ballte die Fäuste. Was ging das diesen kleinen Wicht an? Wie wagte er überhaupt mit mir zu reden?

Missmutig gab ich meinem Umhang einen Tritt und lehnte mich gegen das löchrige Fensterpapier. Selbst für die Dienerschaft schien es kein wichtigeres Thema als die Verheiratung der Grafentochter zu geben. Schweren Herzens musste ich zugeben, dass sie alle Recht hatten. Ein Mädchen wurde großgezogen, um verheiratet zu werden. Für Sassenberg galt das in besonderem Maße – abgesehen von der kranken Emilia, war ich die einzige Tochter, da wollte der Bräutigam sorgfältig ausgesucht sein. Reich musste er sein, strebsam und nicht zu mächtig, und er musste vor allem ein guter Bündnispartner sein. So wurde denn viel eher ein Schwiegersohn für meinen Vater als ein Mann für mich gesucht. Bei dem Gedanken an all die Auseinandersetzungen, die zu diesem Thema noch vor mir lagen, musste ich tief aufseufzen. Freilich, ein Mädchen wurde niemals zu ihrer Verheiratung befragt, und die Tatsache, dass es mir gelungen war, ein gutes Dutzend interessierter Bewerber abzuweisen, sprach für meinen Dickkopf... und vielleicht für ein wenig Weichherzigkeit seitens meines Vaters, der wohl nicht vergessen hatte, dass meine Mutter ihn damals zum Entsetzen ihrer vornehmen Familie aus Liebe geheiratet hatte. Maia erzählte es immer wieder gerne: Fürsten hatten um ihre Hand angehalten, sie hätte reich und mächtig werden können. Weil sie von meinem Vater durchaus nicht ablassen wollte, hätte man sogar einen Arzt geholt, der sie von ihrem Wahn heilen sollte. »Liebe ist eine schlimme Krankheit«, pflegte unsere Amme dann immer zu seufzen, während sie die Augen zum Himmel verdrehte. »Und Eure Mutter war sehr krank. Nicht einmal der Priester konnte etwas tun.« Die schöne Geneviève setzte schließlich ihren Kopf durch und folgte dem Lothringer als seine Gattin in seine Heimat. Wenn Emilia und ich allein waren, diskutierten wir oft darüber, ob Liebe wirklich eine Krankheit war. Sah Ida aus der Küche vielleicht krank aus? Und Mutter mit ihrem rosigen Teint, der jedes Mal noch ein wenig röter wurde, wenn Vater sie übermütig in der Halle herumschwenkte – war sie etwa krank gewesen? »Die Liebe ist eine Sünde und macht die Seele krank«, hatte Emilia geflüstert. »Das hat der Pater gesagt, Alienor, das verstehe ich nicht.« Ich verstand es auch nicht so recht. Aber tief in mir wusste ich, dass Mutter das Richtige getan hatte und dass ich, wenn ich denn heiraten musste, auch ein wenig krank sein wollte.

Vielleicht hatte ich Naphtalis Diener in Gedanken ein wenig zu verträumt angestarrt, denn er legte den Kopf zur Seite und grinste mich schelmisch an. »Euer Vater hat mit Euch wirklich ein schweres Los gezogen«, meinte er. Aufbrausend machte ich einen Schritt auf ihn zu.

»Halt dein freches Maul und mach, dass du verschwindest. Wenn dich jemand fragt, wo du warst, dann schweig! Und sag der Wirtin, sie soll noch mehr Verbandszeug und etwas Wein heraufbringen.«

Nachdem Hermann das Zimmer verlassen hatte, öffnete ich das kleine Fenster und starrte hinaus in die Dunkelheit. Aus dem nahen Pferdestall hörte man das Mahlen und Scharren der untergebrachten Pferde, irgendwo heulte ein Hund. Fröstelnd fuhr ich mir über die Arme. Mein Gott, was wollte ich hier? Hinter mir lag ein Sterbender, dessen tiefe Wunde mir wie Fleisch gewordener Hass erschien – Hass, der Körper und Seele durchdrang, und der ihn langsam tötete. Was hatte den Juden bewogen, mich hierher zu schicken?

Ein Pferd galoppierte schnaubend davon. Ich war allein mit dem Mann, den ich kaum kannte, der vielleicht gar nicht mehr erfuhr, wer an seinem Sterbelager wachte ...

Die Wirtin schickte mir ihre Magd zu Diensten. Sie kam, die Arme voll der bestellten Dinge, hockte sich in die Ecke und staunte. Über mich, eine Frau von offensichtlich hoher Geburt in skandalöser Aufmachung, und über diesen blutverschmierten Riesen auf der Strohschütte.

Im Fieber hatte Hans sich so wild herumgeworfen, dass wir ihn kaum bändigen konnten. Durch die heftigen Verrenkungen waren seine Wunden erneut aufgebrochen und bluteten. Das Mädchen hielt seine Arme fest, während ich die Schrammen und Schnitte betupfte und mich dann der Lanzenwunde zuwandte. Schon waren die Scharpiebündel durchnässt, die ich in das Loch drückte, warmes, klebriges Sekret sickerte an der Seite heraus, überzog meine Hände und tropfte ins Stroh. Schließlich goss ich ein wenig Wein in das Loch, wie es der jüdische Arzt immer tat. Naphtali. Wie sehnte ich ihn herbei mit seinem Wissen und seinen geschickten Händen...

Hans lag regungslos auf seinem Lager. Seine Züge, eben noch schmerzverzerrt, hatten sich etwas gelöst. Ich beugte mich über sein Gesicht und wischte es mit einem nassen Tuch vorsichtig sauber. Gespenstisch hell erschien die Haut, die ich freilegte. Erst jetzt fiel mir auf, dass er nur wenig älter als ich sein konnte. Eine nasse Strähne seines dunkelblonden Haars hing in die hohe Stirn. Die Augen unter den dichten Brauen waren geschlossen, ruhten wie zwei Kugeln in tiefen Höhlen. Seine kurze Nase, auf der sich winzige blasse Sommersprossen drängten, hatte die Stallburschen oft zu unschmeichelhaften Vergleichen mit seiner Manneskraft gereizt. Eines meiner Küchenmädchen schien es besser zu wissen, denn einmal hörte ich, wie sie den blonden Fremden in seiner Abwesenheit in Schutz nahm und seine Fähigkeiten laut verteidigte. Wie viele Herzen mochte er wohl in meinem Haushalt schon gebrochen haben? Ich wusste, wie galant er mitunter sogar mit der grantigen Köchin umzugehen verstand...

Hohe Wangenknochen veredelten das von Hunger und Erschöpfung schmale Gesicht, und die breite, bartlose Kinnpartie, der kräftige Gaumen zeugten von Eigensinn, den ich zur Genüge kennen gelernt hatte. Dicke Schweißperlen standen auf seiner

Haut, die von der harten Arbeit draußen schmutzigbraun wie die eines Bauern war, und angestrengt holte er durch den leicht geöffneten Mund Luft. Mehrfach waren mir schon seine makellos weißen Zähne aufgefallen – er schien viel Zeit auf ihre Pflege zu verwenden. Manch anderer hatte in diesem Alter schon keinen einzigen Zahn mehr im Mund. Seine Lider mit den langen, dunklen Wimpern flatterten leise. Kleine blauen Äderchen durchzogen die dünne Haut, die das Wunder seiner Augen verbargen. Mal blau wie der Himmel, mal durchsichtig und hell wie Quellwasser. Manchmal glaubte ich sogar, einen grünlichen Schimmer darin zu entdecken. Und wenn Zorn Besitz von ihm ergriff, wurden diese Augen zu schwarzen Löchern, aus denen Blitze hervorschossen... Wie ein Wesen aus einer anderen Welt, dachte ich. Ein Elfenkönig. Wohl noch nie hatte ich sein Gesicht so ruhig und entspannt gesehen. Und ich musste mir heimlich eingestehen, dass es mir gefiel...

Der Halsring hatte auf dem kräftigen Hals eine rote Spur hinterlassen, die Haut war wund gescheuert und drohte an einigen Stellen aufzuplatzen. Sein nackter Oberkörper, so nah vor meinen Augen, war trotz Schmutz, Blut und Schweiß überwältigend. Ich ließ meinen Blick langsam über die Muskeln wandern, die sich unter der straffen Haut abzeichneten. Die ruhige Kraft der einzelnen Stränge triumphierte über den rotgebrannten Adler, als wäre er nichts als eine Neckerei. Was für ein Krieger... Errötend zog ich meine Hand zurück, die auf dem Weg gewesen war, sich in das sanfte Tal zwischen Schulter und Schlüsselbein zu legen.

Da waren die Bilder auf seinen Handgelenken. Schwarz, hässlich und tief in die Haut eingegraben, widerliche Schlangen mit geschupptem Leib. Zwischen spitzen Zähnen trugen sie einen Dolch. Ich beugte mich über seine Hand. Das schwarze Auge des Tieres blinzelte mich, halb verborgen unter der Lederfessel, die er immer noch trug, listig an. »Komm«, schien es zu sagen, »trau dich und berühr mich, ich tu dir nichts...« Ein Bild. Sie war nur ein Bild. Ich schüttelte den Kopf. Nur ein Bild. Da blinzelte sie wieder, ganz kurz nur und verschwörerisch. »Berühr mich und deine Angst ist weg. Tu's doch.«

Und ganz vorsichtig näherte sich mein Finger ihr, verharrte

kurz und berührte sie dann. Der spitz zulaufende Kopf mit den schmalen Augen, der Dolch, ich fühlte die feinen Kerben in der Haut, die Härchen, die sie bedeckten, und die Adern, die wie Stricke über seine Hände liefen – es war nur ein Bild, sie tat mir wirklich nichts... Atemlos ließ ich meinen Finger weiter über die Schlange wandern, ohne dass sie sich bewegte, an den Linien ihres schlanken Körpers entlang über das Handgelenk den Arm hinauf, fasziniert, ja stolz, dass ich ihren Zauber besiegt hatte.

Unruhig fuhr seine Hand aus dem Stroh und versuchte nach dem Störenfried zu schlagen. Hans murmelte verwaschen vor sich hin. Ich nahm meine Finger weg und saß still. Trotzdem – sie war nur ein Bild. Verstohlen lächelte ich.

So, wie Hans dalag, fühlte ich mich zum ersten Mal nicht von ihm bedroht. Er atmete jetzt viel ruhiger als vorhin. Schweiß rann über die Haut und sammelte sich an den blutroten Narben, die das Brandmal meines Vaters hinterlassen hatte. Es kam mir wie ein Zeichen seiner Unmenschlichkeit vor... Verlegen glitt mein Blick über seinen Bauch, die schmalen Hüften, die langen Beine. Herr, steh mir bei – was würde nur Pater Arnoldus dazu sagen, wenn ich ihm beichtete, mit welch unverhohlener Neugier ich den Körper eines Mannes betrachtet hatte... So viele Ave Marias zur Buße konnte es gar nicht geben! Ich zog das Tuch wieder hoch, mit dem wir seine Blöße bedeckt hatten, und beschloss, es dem Pater zu verschweigen. Schließlich war Hans mein Eigentum. Und er würde von meinen ungehörigen Blicken nie erfahren. Nach einem letzten verschmitzten Blick auf seine Nase stimmte ich meinem Küchenmädchen zu – man tat ihm entschieden unrecht, wenn man von der Nase Rückschlüsse auf seine Männlichkeit zog...

Auch die Magd konnte die Augen nicht von ihm wenden.

»Noch nie hab ich solch einen Riesen gesehen...«, seufzte sie ehrfürchtig. »Ist das ein Ritter? Woher kommt er?«

Ich stützte das Kinn in die Handfläche und betrachtete den Schlafenden nachdenklich. »Hans will es uns nicht sagen. Wir haben ihn im Wald gefunden, und er hat selbst unter der Folter geschwiegen.«

»Wie aufregend…«, flüsterte sie und rutschte näher.

»Aufregend.« Spöttisch lachte ich auf. »Das findest du aufregend? Dummes Gänschen. Sicher hat er etwas zu verbergen. Zuweilen findet man Gesindel in den Wäldern.« Mit spitzen Fingern zupfte ich die blutgetränkte Scharpie aus der Wunde und schickte mich an, sie zu erneuern.

»Odin sei mir gnädig – selbst in der Stunde meines Todes muss ich mich verleumden lassen…«, erklang auf einmal eine heisere Stimme neben mir. Vor Schreck fiel mir das Leintuch aus der Hand. Die Magd hielt die Luft an.

Er war wach. Erleichterung und Verlegenheit mischten sich. Ich biss mir auf die Lippen und winkte dem Mädchen zu verschwinden.

»Wie – wie lange bist du schon wach?«

»Lange genug.« Sein Gesicht verzog sich unfreundlich. »*Kvennskratti!* Euer Gekeife würde ja selbst Tote aufwecken. Was wollt Ihr hier?« Unwillkürlich duckte ich mich. Seinem Tonfall nach zu urteilen, lag Streit in der Luft. Streit, selbst hier, an der Grenze zwischen Leben und Tod. Mein Gott, wie anstrengend…

»Gabriel erzählte mir von deiner Verwundung. Ich kam, um nach dir zu sehen«, sagte ich vorsichtig.

Er schloss die Augen. »Ihr reitet Euch ins Verderben, Fräulein. Geht.«

»Du bist verletzt, Hans. Ohne Hilfe wirst du es nicht schaffen.«

»Ich *werde* es nicht schaffen«, erwiderte er schlicht. »Ich sah bereits meine Todesgeister, also haben die Götter meinen Tod beschlossen. *Engi kemsk fyrir sitt skap* – keiner lebt länger, als ihm bestimmt ist.«

»Meister Naphtali kann dich gesund machen.«

»Verschwindet. Lasst mich.« Er drehte den Kopf zur Wand.

Ich verschränkte die Arme vor der Brust. »Du wirst mich kaum von hier vertreiben können. Ich denke nicht daran, meinen Reitknecht aufzugeben.« Sein Kopf schwang zurück, die Augen glitzerten böse – oder war es nur das Fieber?

»Ihr werdet noch viel mehr aufgeben, wenn Ihr bleibt! Verschwindet, Gräfin, geht heim, dort gibt es Zeitvertreib genug für eine Dame wie Euch!« Tapfer schluckte ich die Beleidigung hinunter.

»Du wirst sterben. Noch heute Nacht.«

»Dann lasst mich sterben und mischt Euch nicht ein! Genau das lag doch im Interesse Eures Vaters – und die Nornen haben ihm in die Hände gespielt. Verð uti – schert Euch fort, lasst mich mit dem Schwert in der Hand sterben, wie es einem tapferen Krieger gebührt, lasst mich doch einfach...« Erschöpft schloss er die Augen. Ich kaute an meinen Nägeln. Er wollte wirklich sterben. Wer war ich, etwas dagegen zu unternehmen?

»Dann lass mich wenigstens ein Gebet für dich sprechen.«

»Macht, was Ihr wollt, wenn Ihr dann besser schlafen könnt, aber lasst mich in Frieden«, sagte er, ohne die Augen zu öffnen. Ich kroch vorsichtig näher an sein Lager. Der Moment war gekommen. Würde er mir endlich seinen Namen verraten?

»Und – und für wessen Seele soll ich beten?« Hans starrte an die Decke und schwieg. Ich rutschte dicht an das Strohlager heran.

»Der Allmächtige wird dir vergeben –«

»Ihr gebt keine Ruhe, nicht wahr? Selbst in meiner Todesstunde gebt Ihr keinen Frieden, Mädchen!« Mit einem Ruck hatte er sich auf den Ellbogen gestützt, sodass unsere Köpfe fast zusammengestoßen wären. »Und Ihr haltet Euch für ausgesprochen listig, nicht wahr?« Eingeschüchtert schlang ich meine Arme eng um die Knie und machte mich klein. »Ich bin es müde, mit dir zu streiten, Hans.« Aus dem Augenwinkel sah ich, wie er mich ansah, lange und rätselhaft, hörte, wie sein Atem wieder unregelmäßiger wurde, hörte am Knistern des Strohs, dass er um sein Gleichgewicht kämpfte. Noch immer sah er mich an, doch wagte ich es nicht, diesem Blick zu begegnen...

»Ich gebe mich geschlagen, Alienor von Sassenberg«, sagte er plötzlich. »Ihr habt gewonnen. Ihr sollt meinen Namen erfahren und die Namen derer, die um mich weinen. Ihr sollt ihn haben, wenn Ihr wirklich für mein Seelenheil zu Eurem Gott betet.« Überrascht blickte ich auf, direkt in seine blauen Augen, in denen sich das Licht der Kerze spiegelte.

»Hört zu, Alienor von Sassenberg. Hört und bewahrt es in Eurem Gedächtnis, wenn ich tot bin. Erik ist mein Name. Ich bin der Letzte aus dem Geschlecht der Ynglinge, die Schweden seit Beginn der Welt beherrschen und die man Söhne der Götter nennt, denn ihr Ahnherr war Ynvi-Freyr, der Gott über Sonne und Regen und Reichtum der Menschen. Mein Vater war König Emund Gamle, und sein Vater Olof Skötkonung, Sohn von Erik Segersäll, dem Siegreichen, und der Sigrid Storråda – Ihr seht also, dass mein Blut etwas vornehmer ist...« Er lächelte spöttisch. »Und meine Ahnentafel mag ein klein wenig länger sein als die Eures Vaters. Habe ich damit Eure Neugier befriedigt?« Schockiert starrte ich ihn an und sank noch mehr in mich zusammen. *Heilige Gottesmutter, hab Erbarmen...*

Hans, oder Erik, wie sein richtiger Name war, ließ sich schwer atmend wieder auf dem Stroh nieder. »Ihr und die Euren, Gräfin«, sprach er mühsam weiter, »Ihr habt mich meiner Ehre beraubt, habt mir alles genommen, was mir teuer war... Ihr wart nahe daran, mich zu vernichten. Dennoch bin ich tapfer im Kampf gefallen und werde mit dem Schwert bei den Göttern einziehen, wie es sich für einen Krieger gehört. Wenigstens das könnt Ihr mir nicht nehmen.« Er wandte den Kopf. »Habt Ihr nun genug gehört?« Ich konnte nur stumm nicken, fassungslos über den Sturm, der gerade über mich hinweggefegt war. Da berührte seine Hand meinen Arm.

»Und – werdet Ihr mir wirklich ein Grab bereiten und dort für mich beten, Alienor?« Wieder nickte ich, während mir eine unsichtbare Würgehand die Kehle zusammendrückte und den Schrei, der in mir hochstieg, erstickte...

Seine Augen fielen zu, und er rührte sich nicht mehr. Zitternd presste ich die Arme um die Knie, als würde das irgendwie helfen – mein Sklave ein Prinz aus königlichem Hause! Gott, warum strafst du uns so...

Alles ergab plötzlich einen Sinn. Alles. Sein Stolz, die Unbeugsamkeit unter der Folter, sein höfisches Verhalten Emilia gegenüber, seine Kenntnisse von Pferden und Kampf – wie musste er sich erniedrigt gefühlt haben! Mir wurde plötzlich speiübel. Mein Vater hatte den Sohn eines Königs versklavt und gebrannt wie ein

Stück Vieh! All die Ahnungen, dass wir uns an diesem Menschen schwer versündigten, bewahrheiteten sich nun... Wir hatten die Würde eines Königs mit Füßen getreten! Welch schrecklicher Frevel! Ein Abgrund schien sich vor meinen Füßen zu öffnen, schwarz wie die Hölle und breit wie tausend Meilen, hinter deren Einsamkeit es nichts mehr gab als Verdammnis – ewige Verdammnis. Ich presste die Hand auf den Mund, um nicht zu schreien vor Entsetzen. Die Tränen liefen mir die Wangen hinab, brannten sich durch meine Haut, verdampften in der Hitze der unerträglichen Scham. Er hätte mich aus Rache hundertfach schänden oder töten können...

Jetzt erkannte ich auch, warum Erik seine Herkunft so eisern verschwiegen hatte: Mein Vater durfte niemals erfahren, welchen Spross einer Herrscherfamilie er in Händen hatte! Eine bessere und einfachere Möglichkeit, Lösegeld – wahrhaftig königliches Lösegeld – zu fordern, gab es nicht. Erik wäre nicht die erste Geisel in unseren Mauern gewesen. Der Wilddieb – ein böses Machtspiel von Beginn an!

Ich krampfte die Finger um das nasse Leintuch. Erst ganz langsam begann ich das Ausmaß des Problems zu erfassen, das ich mir in meinem Hochmut selbst eingebrockt hatte. Was sollte *ich* denn jetzt tun? Ich, die ihn als Sklaven benutzt hatte, die mitschuldig war an seinem Schicksal – war es nicht meine christliche Pflicht, um sein Leben zu kämpfen und die Schmach wieder gutzumachen? Leise jammernd wiegte ich mich auf dem Boden, versuchte den Gedanken auszuweichen, die mich doch immer wieder fanden und peinigten...

In der Nacht stieg das Fieber so hoch, dass ich fürchtete, er würde es wirklich nicht überleben. Zusammen mit der Magd packte ich ihn in kalte, nasse Tücher, wie wir es bei Emilia immer taten. Sein Kopf war hochrot, das Gesicht aufgedunsen, und der Schweiß lief ihm nun in Strömen herab, obwohl ich ihn immer wieder mit kaltem Wasser abwusch. Unter den Utensilien der Wirtin hatten sich nur ein paar verschimmelte Maßliebchen und einige Blätter Arnika befunden, die ich in die Wunde bröselte und mit etwas Wein übergoss. Vielleicht war das sogar falsch gewesen, denn die Wunde hatte inzwischen eine graue Färbung angenommen und strömte einen stechenden Geruch aus. Die Wundränder waren gelbglänzend aufgequollen. Was ich wegwischte, blieb hartnäckig an meinem Finger kleben. In meiner Not legte ich das Kreuz, das ich immer trug, und das einmal das Zeichen seiner Gottheit gewesen war, auf die Wunde und fing an zu beten, was mir gerade einfiel. Meister Naphtali, der mit seinen Kräutern und Tinkturen hätte helfen können, war weit, es blieb nur noch der übrig, der sowieso alles lenkt. Ob Er sich aber um das Leben eines Heiden scherte?

Als der Schüttelfrost anfing, wickelten wir ihn in sämtliche verfügbaren Decken. Die Magd brachte heiße Steine, die wir um seinen Körper herum verteilten. Unverständliches Zeug stammelnd, warf er sich auf dem Lager herum und zitterte so erbärmlich, dass ich ihn auf meinen Schoß zog und seine Arme unter der Decke warm rieb, während das Mädchen seine Beine massierte. Das Schütteln verebbte, irgendwann lag er still und bleich an meiner Brust. Es war vorbei, endlich. Ich schickte das Mädchen weg.

Er bewegte sich nicht. Ich strich noch einmal über seine Arme, jetzt voller Scheu, weil es keinen Grund mehr gab. Spürte die Schlange, feuchte Haare, Schmutzkrümel, aber keine Bewegung unter meinen Fingern. Schwer lastete sein Kopf auf meinem Arm. Ein Schauer lief mir über den Rücken. Vorsichtig schob ich seinen Oberkörper zurück ins Stroh und kroch vom Lager herunter. Schweiß und Blut hatten mein Hemd durchtränkt, unangenehm kalt klebte es auf meiner Haut. Würde er jetzt sein Leben aushauchen und mich mit dem schrecklichen Wissen allein lassen? Was für ein Tod für den Sohn eines Königs, hier in dieser muffigen Absteige, ohne den Beistand Gottes, dafür in Gesellschaft einer Frau, die sein Unglück mit verschuldet hatte... Ich seufzte gequält auf. Mein Blick glitt ruhelos durch den Raum, über all den Schmutz und die Wanzen, die in Scharen über den Dielenboden krochen. Mein Schwert lugte unter dem Mantel hervor.

Ein Schwert. Er hatte von einem Schwert gesprochen, einem Schwert in seiner Hand, wenn er starb. Langsam zog ich es aus der Scheide. Und wenn es das Einzige war, was ich für ihn noch tun konnte. Vorsichtig hob ich seine Hand. Im Schein der Kerze schimmerte sie bläulich, ebenso wie seine Füße und die untrüglichen Flecken, die an den Waden hochwuchsen. Der Tod war nahe, hatte auf der Haut bereits seine Zeichen hinterlassen. Und so begann ich müde, das Totenlager zu richten, zog die Decke gerade und schob ein frisches Tuch unter seinen Kopf. Benutzte Verbandstücher und blutige Fetzen kehrte ich zusammen und brachte sie zusammen mit den Salbentiegeln zur Tür. Es gab nichts mehr zu verbinden, nichts mehr zu tun. Allein die Karaffe mit Wein wartete darauf, leer getrunken zu werden. Ich nahm einen tiefen Schluck. Zurück am Lager, legte ich seine Finger um den Schwertgriff und bettete die Waffe ins Stroh. Herr, wie lange noch? Mit zitternden Händen fuhr ich unter die Decke, um seinen Herzschlag zu suchen, wie es der jüdische Arzt mir gezeigt hatte, rutschte auf klebrigem Schweiß über die Brust zum Rippenbogen, wo ich sein Herz nur sehr schwach pochen fühlte. Die wulstige Brandnarbe schien wie zur Strafe meine Finger zu versengen. Nervös suchte ich daraufhin die andere Stelle, die der Jude mir gezeigt hatte, glitt mit der Rechten über seinen Arm, herunter ans Handgelenk, an der Schlange vorbei, die still dalag, als hätte sie sich nie bewegt – da war es, ein leises Pochen im Handgelenk. Ich war wie gelähmt. Die Todesstunde meiner Mutter kam mir wieder in den Sinn und wie hilflos ich mich damals gefühlt hatte. Hunderte Male hatte Pater Arnoldus mir versichert, dass ihr Leiden ein Ende haben würde, weil der Tod der einzige Weg zum ewigen Leben sei. Doch das war nur die eine Seite. Geradezu quälend hatte ich meine Hilflosigkeit empfunden, als ich ihr beim Sterben zusehen musste, ohne ihr helfen zu können. Ihr verzweifeltes Röcheln würde ich nie vergessen können, ihre Finger, die auf der Bettdecke zuckten, als suchten sie den Weg zurück zu den Lebenden, und die stickige Luft im Raum, die der sterbende Körper mit seinen Ausdünstungen füllte... Ich erinnerte mich an den Weihrauch, der mir damals den Atem nahm, an die Klagelaute der Menschen, die das enge Zimmer bevölkerten, und an die monotone Stimme des Priesters, der in endlosem Singsang die Sterbegebete intonierte. Angesichts der erdrückenden Macht des Todes wird der Mensch noch kleiner und unbedeutender, als er schon ist. Man sieht das Leben aus dem geliebten Körper entweichen, man möchte es mit beiden Händen ergreifen und bewahren, doch es quillt wie Rauch durch die Finger und lässt einen mit leeren Händen zurück, allein mit einer erkaltenden Leibeshülle...

Die Hitze in der Kammer war in Kälte umgeschlagen. Wie von Vater beabsichtigt, hatte der Allmächtige sein Urteil gesprochen. Mein Kopf dröhnte, mir wurde schwindelig angesichts der göttlichen Allmacht. Im selben Maß, wie das Fieber aus Eriks Körper wich, schien jener in sich zusammenzufallen.

»Erik, bitte... Du darfst nicht sterben... Vergib... O Gott, du musst uns vergeben! Lass mich nicht mit der Schuld allein, vergib mir«, flüsterte ich mit zugeschnürter Kehle und beugte mich über ihn. Die Kälte seiner Haut erschreckte mich. Als könnte das noch helfen, zog ich die Decke enger um seinen Körper. Doch auch das Pochen im Handgelenk konnte ich kaum noch ertasten, und meine Finger krallten sich in seine still gewordene Brust, als könnten sie so das Leben in ihm festhalten. Seine Augen, nur noch Schatten, Flügel des Todes, sanken immer tiefer in die Höhlen, unnatürlich weiß schimmerten Nase und Mund auf der düsteren Strohschütte. Tränen verschleierten mir den Blick, tropften auf seine bleichen Wangen und rannen, wie zum Hohn aufblitzend, ins Stroh. Das Böse, das wir ihm angetan hatten, ragte drohend über mir, es füllte den stickigen Raum, um mein ganzes Leben zu vergiften... Die Worte des Abtes über den siebenten Kreis der Hölle, in dem Erik schmoren würde, jagten mir durch den Kopf – gütige Muttergottes, nicht er, sondern wir, Vater und ich, würden dort landen und leiden in ewiger Pein! Herrgott, nur ein einziges Wort der Vergebung von ihm, um meine Seele zu befreien, doch dieses heiß ersehnte Wort kam nicht. Nie würde es kommen.

Ein Dämon verführte mich schließlich. An der Nase zog er mich näher und machte sich gackernd davon. Ich legte meine Hand an sein Gesicht, das von meinen Tränen nass war, und drückte sanft, wie zum Abschied, einen Kuss auf die geschlossenen Augen, deren Farbe nun für immer verblasste. Kurz berührte meine Stirn die seine – was hätte alles sein können, Herr –, dann malte ich ein

Kreuzzeichen auf die glatte Haut. Ob Heide oder nicht – er war ein Kind des Schöpfers. Im Halbdunkel hinter mir vermeinte ich da eine schwarz gekleidete Gestalt durch das Fenster schweben zu sehen, ich fuhr zurück, sie brach in ein lautloses Gelächter aus – der Schattenmann aus der Burg, mit der Sense über der Schulter, bis hierher war er mir gefolgt, um seine schreckliche Ernte zu halten! Hastig wandte ich mich um. Das Grauen, zum ersten Mal so übermächtig am Totenbett meiner Mutter empfunden, kam wieder über mich. Bald wäre der Leib nicht mehr da, den ich einst gekannt hatte, sondern nurmehr ein Stück totes Fleisch, der Verwesung durch unheimliche Wesen der Unterwelt anheim gegeben; ungeduldig warteten sie darauf, über ihn herzufallen, diesen schönen Körper zu vernichten, seine Knochen blank zu nagen. Zitternd deckte ich meinen Umhang über ihn, widerstand nur schwer dem Impuls, ihn mit meinem Leib vor dem Unabänderlichen zu beschützen. So dicht bei ihm fühlte ich mich von unheimlichen Kreaturen umringt, wimmernden Totengeistern, die gekommen waren, um seine Seele in die unendlichen Weiten des Universums mit sich zu nehmen. Ein Lufthauch streifte meine Wange – suchte sie bereits den Weg nach draußen, von wo sie in den Himmel steigen würde, wie die Leute immer sagen? Verängstigt stand ich auf und öffnete ihr das Fenster. Der Prinz war als Sklave gestorben, und ich hatte ihm nicht mehr sagen können, wie sehr ich mich für alles schämte. Und so lehnte ich meinen Kopf an den mit Pergament bezogenen Fensterflügel, die Karaffe in der Hand, und dachte an seine Stimme, die zum Schluss immer leiser geworden war.

Werdet Ihr für mich beten? Was für ein eigenartiger letzter Wunsch für einen Mann, der eine Holzfratze verehrte. Doch ich hatte ihm dieses Gebet versprochen.

»Herr, der du mit deinem Blut die Menschen erlöst hast, lass in ihm die Seele nicht verloren gehen, die du ihm gegeben hast – Steh ihm bei...«

Steh ihm bei. Ich starrte in die Dunkelheit und trank aus der Karaffe auf sein Wohl. Draußen rauschten die Blätter im nächtlichen Wind. Tonlos murmelte ich ein Gebet an Die, die allen Verzweifelten zuhört und Vergebung schenkt – Heilige Mutter, steh *mir* bei, nimm die Schuld von mir und gewähre mir Buße... Inzwischen rannen mir wieder Tränen über das Gesicht, ich schmeckte ihr Salz, vermischt mit schlechtem Wein und dem Pelz einer langen Nacht auf den Zähnen, und fühlte geradezu die Furcht vor dem rächenden Arm Gottes, der mich nicht verfehlen würde. Wie eine Welle saurer Übelkeit stieg die Angst in mir hoch, und meine Hand umklammerte das schmale Fensterbrett auf der Suche nach Halt und Vergebung – *Vergebung* –

Hinter mir knisterte Stroh. Mein Herz hämmerte los. Langsam drehte ich mich um.

Das Schwert schwebte senkrecht in der Luft, gespenstisch beleuchtet von der Kerze neben dem Bett. Es drehte sich, blitzte kurz auf – geräuschvoll hielt ich die Luft an. *Totengeister*... Meine Karaffe polterte zu Boden. Das Halbdunkel zauberte Bewegungen, Schatten ins Nichts. Erschrocken hielt ich mir den Mund zu. Und sah so erst auf den zweiten Blick, dass Eriks Hand das Schwert hielt. Schließlich ließ er es wieder ins Stroh sinken und wandte den Kopf. Die Knie wurden mir weich – oder war ich betrunken? Zögernd tastete ich mich an sein Lager heran.

»Ihr seid ja immer noch hier, Gräfin«, meinte er leise. Ich nickte nur stumm. »Ich bin einen Weg gegangen«, sagte er, mehr zu sich selber. »Einen Weg, so dunkel...«

»Du warst tot!«, stieß ich hervor und biss mir auf die Lippen.

»Tot?« Einen Moment war es still. »Ich weiß es nicht, Gräfin. Dunkel umgab mich, undurchdringliches Dunkel. Tiefe Nacht, ohne einen Laut.« Sein Atem klang mühsam. »Schwer war das Dunkel, es lastete auf mir wie ein Alb, drückte mir die Luft weg, ließ mich frieren... Beim Thor, all die Geschichten über Valhall und die Krieger, die auf die Gefallenen warten – *lygi*, alles Lügen! Der Tod ist schwarz wie die Nacht, und mit ihm ist man allein...« Er schloss die Augen. »Ich habe Eure Hand gespürt, Alienor. So warm, als sein Eishauch mich fast erstarren ließ – seid Ihr es gewesen?« Ich zog die Nase hoch und schnäuzte mich in den Ärmel.

»Euer Gesicht ist ganz nass.« Seine Hand näherte sich mir und fing mit dem Finger eine Träne auf. »Ihr weint? Habt Ihr etwa um mich geweint?«

»Natürlich nicht!«, entfuhr es mir.

»Nein, natürlich nicht.« Ein kleines Lächeln glitt über seine Züge, als er den Blick von mir abwandte. Aus einer verborgenen Quelle strömte Farbe in seine Wangen zurück.

»Ich gehe Wasser holen...«, stotterte ich und stürzte zur Tür hinaus. Draußen lehnte ich mich keuchend an die Wand. Ich war betrunken. Er lebte. Und er war tot gewesen – narrte mich hier der Teufel selbst? Ein wilder Bilderreigen tanzte durch meine Gedanken – die Schlangen, schwarze Zeichen auf heller Haut, tiefblaue Kreise in seinen Augen, und Flecken, die keinen Zweifel am nahen Tod ließen... Der Elfenkönig, wie er neben dem Feuer kniete, unbeugsam, unbezwingbar. Unsterblich.

»Herr, hab Erbarmen – quäl mich nicht...«, murmelte ich. Ich hatte alles geträumt, war nüchtern. Er war tot. Sein Herzschlag war mir entglitten wie ein Wasserstrahl, der durch die Finger rinnt. Wenn ich hineinging, würde ich eine Leiche vorfinden.

Vor der Tür stand ein Krug mit Wasser. Hastig trank ich und stieß mit dem Fuß die Tür wieder auf. Durch den Luftzug flackerte die Kerze. Er hatte mein Kreuz aus dem Verband gezogen und wischte es sauber. Im Schein der Kerze blitzten die Edelsteine auf, als er es an der Kette baumeln ließ und nachdenklich betrachtete. Vom Licht als düsterer Schatten an die Wand geworfen, wirkte es für einen Moment so, als schwebte der Gekreuzigte selbst neben ihm an der Wand. Das Schattenspiel verschwand, und Erik ließ die Kette sinken, als er mich bemerkte. Wortlos griff er nach meiner Hand, legte das Kreuz hinein und schloss meine Finger darum wie um einen kostbaren Schatz.

Als er sich aufgerichtet hatte, war die vom Fieber ausgetrocknete Haut unter dem Eisenring endgültig aufgeplatzt und blutete. Es würde eine hässliche Narbe geben, wenn der Ring jemals entfernt werden würde. Eine böse Erinnerung, sein Leben lang... der Anblick erfüllte mich mit tiefer Scham. Ich holte die Salben wieder ans Lager, steckte den Finger in den Tiegel mit Eibischsalbe und wollte die Paste auf den Riss streichen, doch Erik stieß meine Hand weg. »Lass das...«, murmelte er. Errötend nahm ich daraufhin ein Bündel Scharpie und erneuerte den Verband über dem übel riechenden Loch in seiner Lende. Niemand sprach ein Wort. Ich wusste, dass ich ihm weh tat, ich hörte, wie er knirschend die Zähne zusammenbiss, wie eine Faust Stroh zerquetschte. Als ich fertig war, trank er aus dem Krug und sank schließlich mit geschlossenen Augen auf sein Lager zurück.

Nächtliche Kälte kroch feucht und tückisch über den Boden. Die Härchen des wollenen Tuchs, das ich fest um mich gewickelt hatte, waren mit einer feinen Schicht Nässe überzogen. Meine Füße verwandelten sich in Eisklumpen, und auch Eriks Arme zeigten eine Gänsehaut. Ich drückte die Decke um ihn herum ins Stroh und kauerte mich frierend dicht neben ihn, hätte ihn am liebsten in die Arme genommen, um jeden seiner Atemzüge zu bewachen. Ich zählte sie, verglich sie miteinander, wagte nicht, meinen Platz zu verlassen aus Angst, Gott könnte mich in einer grausamen Laune narren und ihn erneut und diesmal endgültig sterben lassen…

Ewigkeiten später öffnete er die Augen und sah mich verwundert an.

»Ihr seid hartnäckig, Gräfin, das muss man Euch lassen.« Innerlich atmete ich erleichtert auf. Seine Stimme klang fast so spöttisch wie sonst, und über die falsche Anrede, mit der er mich zuweilen zur Weißglut trieb, begann ich mich bereits wieder zu ärgern. Seit letzter Nacht hatte sie eine bösartige Spitze mehr, seit er mir eröffnet hatte, wie hoch geboren er wirklich war. Die Gräfin war eine gallig bittere Farce, ebenso wie der Pferdeknecht.

Draußen war die Sonne aufgegangen und ließ die Tautropfen am Fenster schimmern, das zu schließen ich vergessen hatte. Der Boden, das Stroh, alles in diesem Kämmerchen trug schwer an der morgendlichen Feuchtigkeit. Meine Kleider waren klamm, und ich fühlte mich nicht nur wegen der Nachtwache wie gerädert.

»Wie lange liege ich schon hier?«

Langsam streckte ich meine eingeschlafenen Beine aus. Das Kreuz, das ich immer noch in der Hand hielt, hatte sich tief in mein Fleisch eingegraben, und meine Finger waren so steif, dass ich den Verschluss kaum betätigen konnte. »Ich bin gestern Abend angekommen, da lagst du schon eine Nacht und einen Tag hier. Ihr seid überfallen worden, erinnerst du dich?«

Seine Augen weiteten sich vor Schreck. »Einen ganzen Tag? Bei Odin – ich muss zur Burg! Rasch, helft mir hoch, es ist wichtig...« In der Aufregung verfiel er wieder in seine Muttersprache und machte Anstalten, sich hochzurappeln. Ich drückte ihn ins Stroh zurück.

»Du kämst vermutlich nicht mal bis zur Tür, geschweige denn auf das Pferd hinauf«, bemerkte ich trocken. »Außerdem hast du nichts an. Sag mir, worum es geht. Vielleicht kann ich ja aushelfen.« Er starrte mich einen Augenblick ärgerlich an, weil ich mich immer wieder einmischte, und ich war kurz davor, ihn anzuschreien, dass ich nicht dumm sei und ihn immerhin hier gefunden hätte und –

»Sie wollen zu dem Fest, am dem der Weiße Krist in Jerusalem einzog, einen Angriff wagen«, sagte er da zu meiner großen Überraschung und drehte sich ein wenig zur Seite, um mich besser sehen zu können. »Sie planen einen Überraschungsangriff, so viel ich hörte, von zwei Seiten, und ich habe sogar eine Belagerungsmaschine gesehen... Der Graf muss das erfahren, er muss sofort die Vorburg räumen lassen – in der Nacht könnte es schon losgehen!«

Dominica in palmis! Das war morgen – um Himmels willen, dann waren sie ja schon unterwegs! Er wagte es tatsächlich, in der heiligen Karwoche einen Krieg anzufangen... Jedermann wusste, dass Clemens von Heimbach die Lehren der Kirche gleichgültig waren, manche behaupteten sogar, er stehe mit dem Bösen in Verbindung. War es denn nicht ein Werk des Teufels, an Ostern Krieg zu führen? Diesmal würde der Papst ihn für alle Zeiten exkommunizieren.

Erik schien meine Gedanken zu erraten. »Ein arglistiger Plan, kein Zweifel. Er glaubt, die Burg fällt ihm kampflos in die Hände, weil alle Bewohner in der Kapelle beten...«

Ich setzte mich etwas bequemer hin. »Wie hast du das herausgefunden?«

Er griff nach dem Wasserkrug und trank. »Ich hatte mich von den anderen getrennt, um sie nicht zu gefährden, sollte man mich wiedererkennen. Da hörte ich das Gespräch zweier Soldaten mit... Wir waren sicher, dass uns niemand bemerkt hat, aber vor der Stadt schlugen sie dann zu. Sie stürzten sich auf uns wie Hornissen – der kleine Knappe hatte gar keine Chance, sie hieben ihm einfach den Kopf von den Schultern, ehe ich ihm zu Hilfe kommen konnte. Es war ein so ungleicher Kampf.« Nachdenklich betrachtete er seinen Bauch. »Wenn ich's recht bedenke, hat mir die Kette das Leben gerettet. An ihr glitt die Lanze ab, die auf meine Brust zielte...« Erst jetzt bemerkte ich die silberne Kette, die zum Teil unter dem Halsring verborgen und deren Anhänger auf den Rücken gerutscht war. Eine faustgroße, verbeulte silberne Platte. Ich fragte mich, wer sie ihm wohl gegeben haben mochte. Der Jude? Oder eine Frau? Im Licht der Kerze blinkte sie mir fröhlich zu wie ein Stern am Nachthimmel.

Inzwischen war es ihm gelungen, sich hinzusetzen, und er angelte nach dem Kleiderstapel, den die Magd hinterlassen hatte. Ich sah wieder den Adler und wie er sich mit der Bewegung grotesk verzerrte...

»Warum machst du das?«

Überrascht hielt er inne. »Was?«

»Nach allem, was mein Vater dir angetan hat, willst du immer noch hinreiten und ihn warnen?« Ich zog die Knie an und kniff die Augen zusammen. »Eigentlich müsste es für dich doch eine Genugtuung sein, wenn Clemens unsere Burg in Schutt und Asche legt.«

Umständlich streifte er sich ein Hemd über den Kopf. »Warum bin ich nicht gleich zu Clemens übergelaufen? Ich hätte ihm alles verraten können. Alles. Ich kenne jeden Winkel Eurer Burg.« Er lehnte sich mit der Schulter gegen die Wand und sah mich an. »*Vændiskona*. Wie leichtfertig Ihr doch mit meinem Wort umgeht, Gräfin.«

»Aber meinem Vater bist du zu nichts verpflichtet. Warum willst du ihn warnen?« Eine Weile sagte er nichts darauf, sondern betrachtete mich nur. Mir wurde unheimlich zumute.

»Vielleicht –« Er holte tief Luft und lehnte auch den Kopf an die Wand. »Vielleicht, weil es... vielleicht... weil Ihr heute Nacht hier geblieben seid. Ich weiß es nicht.« Erneut musterte er mich. »Ist das jetzt so wichtig?«

Weil Ihr heute Nacht hier geblieben seid. Ich wagte ein Lächeln.

»Vielleicht.« Einen Moment lang schien die Sonne in das stickige Zimmer und vertrieb die bösen Geister, die sich zwischen uns tummelten. Und einen Moment lang glaubte ich, dass alles wieder gut werden würde.

»Seid so freundlich und reicht mir die Hose.« Mit der Hand auf seiner Wunde versuchte er aufzustehen.

»*Ich* werde die Nachricht überbringen«, entschied ich kühn. »Du bleibst hier.«

Sein Gesicht verzog sich unwillig. »Ihr seid verrückt, Ihr könnt nicht allein die ganze Strecke…«

»Ich kann, verlass dich drauf.«

»*Fífla!* Das ist Leichtsinn! Ich verbiete Euch –«

»Gib dir keine Mühe!« Wo nahm ich immer noch den Mut her, ihm so zu widersprechen, jetzt, da ich wusste, wer dieser Mann war? Etwas Grundlegendes hatte sich geändert, gleichzeitig schienen wir dieselben wie gestern zu sein. Errötend versuchte ich, meinen langen Zopf unter die Kapuze zu stopfen, und schnürte die Stiefel neu. Das vertraute Du zauberte sicheren Boden, wo die Erde gebebt hatte.

»Dann *bitte* ich Euch – tut es nicht.« Ernst sah er mich an. Ich schaffte es, seinem Blick standzuhalten. Die Burg war bedroht, das hatte er doch selbst gerade gesagt – und ich sollte nicht reiten, um sie zu warnen? »Also gut.« Er seufzte leise. »Tut, was Ihr nicht lassen wollt.« Nickend wollte ich mich erheben, da griff er nach meiner Hand. »Alienor. Wenn Ihr angekommen seid, bleibt auf der Burg. Bleibt bei Eurem Vater, dort seid Ihr sicher.«

»Und du?« Geschickt entzog ich ihm meine Finger.

»Ich komme schon zurecht.« Er wälzte sich auf den Ellbogen. »Versprecht mir, dort zu bleiben.« Sein dringender Tonfall entging mir nicht, auch nicht, dass die Hand, die mir meinen Umhang reichte, zitterte. »Versprecht es mir, Alienor.«

»Versprich du mir, hier zu bleiben.« Ich knotete den Umhang zu. Erik reichte mir mein Schwert.

»*Æ og æ standask ráð yður kvenna.* Es ist ein Kreuz mit Euch, Gräfin von Sassenberg. Nehmt Euch in Acht«, hörte ich ihn, als die Tür klapperte.

5. KAPITEL

Was ist der Mensch, dass du seiner gedenkest?
Und der Menschen Kind, dass du dich seiner annimmst?
(Psalm 8,5)

Meine Pläne schlugen fehl.

Nach einem halsbrecherischen Ritt über allerlei Umwege, um den Truppen von Clemens von Heimbach nicht in die Hände zu fallen, eilte ich, staubig wie ich war, in die Halle, wo mein Vater mit seinen Männern Kriegsrat hielt. Die Waffen, die an Hockern lehnten und auf den Tischen lagen, blitzten, und ihren Besitzern sprach die Kampflust aus dem Gesicht.

Ich lief auf Vater zu und erzählte ihm ohne Umschweife, was ich wusste. Einen Augenblick war es so still, dass man eine Nadel hätte fallen hören können. Niemand dachte daran zu fragen, wo ich in diesem Aufzug herkam und woher ich mein Wissen hatte ...

»Ist das sicher?«, fragte Vater in die Stille hinein.

»Ganz sicher. Die Truppen sind bereits unterwegs. Lasst sogleich die Vorburg räumen, ihr habt nur noch den heutigen Tag ... «

»Beim Barte des Allmächtigen!«, platzte einer der Ritter heraus.

»Clemens bricht die *treuga dei* – er will tatsächlich an *dominica in palmis* angreifen? Er wird die heilige Karwoche mit Krieg ... « Vater war fassungslos. Hilfe suchend glitt sein Blick durch den Raum und blieb an unserem Beichtvater hängen, der am Ende der Tafel saß und dem Gespräch mit Interesse gefolgt war. »Er will mich zwingen, die Passionstage zu entweihen und mein Seelenheil aufs Spiel zu setzen –« Mit drei langen Schritten war er bei dem Pater und packte ihn am Skapulier. »Pater, sagt mir, was ich tun soll! Gott wird mich strafen, wenn ich auf dieses teuflische Spiel eingehe!«

Pater Arnoldus befreite sich aus dem verzweifelten Griff des Burgherrn und rückte seine Kutte gerade. Ich staunte heimlich, wie ruhig er nach all den Neuigkeiten geblieben war. »Wenn der Gottlose Euch zwingt, Herr, habt Ihr keine Wahl. Doch werdet Ihr auf Gottes Seite kämpfen. Bedenkt, dass es Eure Pflicht ist, das Leben Eurer Untertanen zu schützen. Gott ist mit uns gegen den Bösen, den allein Habgier und Gottlosigkeit treiben. Beginnt Eure Vorbereitungen. Und ich will sogleich eine Messe lesen und Gottes Erbarmen über uns Sünder erflehen. Nur Mut, Herr.«

Er segnete meinen Vater und die Runde, verbeugte sich und verließ den Saal in Richtung Kapelle. Atemlos starrten die Männer dem kleinen Kleriker hinterher. Als Ratgeber meines Vaters hatte er wieder einmal kühlen Kopf bewiesen. Ich erlebte nicht zum ersten Mal, wie er im Angesicht von dräuendem Übel über sich hinauswuchs und durch seine gelassene Haltung den Menschen in der Burg Zuversicht schenkte.

Vater hatte sich wieder gefasst. »Der Teufel soll den Heimbacher holen... Wir werden ihn abwehren, Männer, wir werden mit der Vergebung des Allmächtigen kämpfen! Wo sind die Karten? Schafft Nägel her, und Kohlestift, schnell!«

Von einem Moment zum anderen hatte man mich vergessen, alle redeten gleichzeitig, bestürmten sich mit Plänen und Vorschlägen. Große Häute wurden auf den Tischen befestigt, Mägde, die leeres Geschirr einsammeln wollten, verjagt. Zwei Ritter waren auf die Knie gesunken und murmelten halblaut ein Paternoster nach dem anderen – vielleicht glaubten sie, die Messen des Paters wären nicht ausreichend. Die anderen scharten sich um den großen Tisch, ich hörte Fäuste auf die Platte knallen und Füße kriegerisch stampfen. Als eine Magd Bier in die Krüge nachgoss, nutzte ich die Gelegenheit, mit ihr in die Küche zu verschwinden, und mir etwas zu essen zu suchen. Niemand achtete auf mich, wie ich am Suppentopf hantierte und mich anschließend mit dem Napf in eine Ecke verzog, um wenigstens des ärgsten Hunger mit Mehlsuppe zu stillen. Aufgeregt gackerten die Mädchen durcheinander, einige weinten vor Angst. Frau Gertrudis kam und drückte tröstend ein paar Köpfe an ihren großen Busen, während sie sich suchend nach mir umschaute. Ich stellte den leeren Napf auf den Boden und schlich mich mit schlechtem Gewissen durch die Speisekammer hinaus.

Die beinahe fröhlichen Vorbereitungen auf einen Kampf irgendwann nach dem Osterfest waren in Hektik umgeschlagen. Jemand hatte gleich nach Eintreffen der Nachricht die Vorburg alarmiert, und das Tor wurde geöffnet. Die Nervosität stieg. Im Burghof konnte man sein eigenes Wort nicht mehr verstehen. Ratlos bahnte ich mir den Weg durch die Menschen, die in den Hof strömten, weinende Frauen, Kinder und alte Leute mit ihrer armseligen Habe – es wäre meine Aufgabe gewesen, sie auf die Stallungen und Kammern zu verteilen, verlorene Kinder einzusammeln und Decken auszugeben ... Doch ich suchte Gabriel, um ihn noch einmal um Hilfe zu bitten. Ich fand ihn auf dem Wehrgang, wo er die Bögen der Wache kontrollierte. Ein Knappe schleppte Kisten mit frisch gezogenen Pfeilen herbei.

»Wie stellst du dir das vor, Alienor? Ich kann niemanden hier entbehren, glaub mir. Und du tätest gut daran, dich im Frauenturm einzuschließen, wenn wir heute Nacht den ersten Angriff erwarten. Vergiss den Mann. Bedenke, dass dein Vater ihn eigentlich nicht mehr sehen will. Ich habe ihn als vermisst melden müssen.« Er sah mich bedauernd an. »Sei vernünftig, Alienor. Es war töricht genug, dorthin zu reiten, lass es nun gut sein. Du hast ihm geholfen, den Rest wird er allein schaffen. Dein Platz ist jetzt hier, bei deinen Leuten. Es gibt genug zu tun.«

Nachdenklich verließ ich ihn. Er hatte Recht, mein Platz musste hier sein. Aber Erik? Ohne Hilfe würde er sterben, jämmerlich und allein, vielleicht auf der Straße, weil die Gerberin ihn trotz meiner Silberstücke verjagt hatte ... Ich lehnte den Kopf an die kühle Mauer und starrte in die Luft. Düstere Wolken türmten sich am Himmel auf und kamen dem Bergfried gefährlich nahe. Ein schlechtes Zeichen? In jedem Fall würden sie Regen bringen, wenn der Angriff kam. Wege und Felder würden unpassierbar sein, Pferde, Waffen und Wagen im Morast versinken. Und ein schutzloser, fiebernder Verletzter ebenfalls... Schwarz und bedrohlich hingen die Wolkengebilde über mir. Was sollte ich nur tun?

Unten im Hof beugte Meister Naphtali sich über ein Kind, das im Getümmel seine Mutter verloren hatte und schluchzte. Sein schwarzer Kaftan erinnerte mich an etwas – Mars und Saturn im Haus des Todes, Schreie von Sterbenden. *Leben erhalten, statt zu nehmen.*

Sie würden ohne mich auskommen. Es galt, an einem anderen Ort Sühne zu leisten, um meines und Vaters Seelenheil willen, und ich würde noch vor dem großen Regen losreiten. In der Küche suchte ich nach Proviant, doch die Köchin hatte aufgeräumt und alle Vorräte weggeschlossen, sogar der Suppenkessel hing sauber geschrubbt an seinem Haken. Ich fand nur einen Kanten altes Brot, den ich zusammen mit einer Kerze einsteckte. Im Waschhaus hing ein Umhang. Ihn riss ich vom Ständer, ebenso ein Hemd und ein Leintuch.

Völlig unbemerkt im Trubel der Kampfvorbereitungen verschwand ich wieder aus der Burg. Spät am Abend erreichte ich das Gasthaus. Das schlechte Gewissen, weil ich vor ungeliebten Aufgaben wieder einmal geflüchtet war, machte mir sehr zu schaffen. Wie konnte ich nur weglaufen, wie konnte ich es wagen – und doch, welch seltsamen Weg der Herr für mich bereithielt... Erik lebte, und er würde gesund werden. Und dann würde ich ihm zur Freiheit verhelfen können, ich würde ihm mein ganzes Erspartes schenken, damit er heimkehren konnte. Mutters Schmuck, den könnte ich ihm, wenngleich schweren Herzens, auch mitgeben. Ein Pferd und eine Waffe sollte man damit wohl erhandeln können. Damit wäre die Schuld zwar nicht rein gewaschen, aber es war immerhin ein Anfang: Der Königssohn wäre frei. Dieser Gedanke hellte meine Stimmung etwas auf, und ich bog schwungvoll in den Hof des Gasthauses ein. Diesmal war es erleuchtet, und lautes Lachen, Lallen und Rufen drang durch die Ritzen und geöffneten Türen nach draußen. Langsam ritt ich näher. Am Gatter waren Pferde angebunden. Ich saß ab und stellte mein Pferd etwas abseits an den Zaun. Das Bündel mit dem Gepäck hängte ich mir über die Schulter und trat auf die Eingangstür zu. In der Wirtschaft war ein großes Saufgelage im Gange, aus der Küche roch es durchdringend nach fettem Braten und Starkbier, der Flur war erfüllt vom stechend sauren Gestank nach Schweiß, ungewaschenen Kleidern und Lederzeug – eine neue Reisegruppe schien abgestiegen zu sein. Mit hochrotem Gesicht stand die Gerberin am Bierbottich und füllte die Krüge, die die Magd den Männern mit Nachdruck auf den Schragentisch stellte. Schaum schwappte über, alles johlte auf, und einer machte sich daran, wie ein Hund den Gerstensaft aufzuschlürfen. Das Mädchen stemmte die Hände in die Hüften und beugte sich über ihn, um ihn anzufeuern, da fuhr seine Rechte unter ihren Rock, die Linke in die Bluse, wo gleich darauf auch seine gierige Zunge zu finden war, und die anderen schrien begeistert auf. Gutmütig lachend machte sie sich los und deutete viel sagend auf die Galerie. Der Verehrer nickte eifrig und wollte sie schon Richtung Ausgang ziehen, als die Wirtin an den Tisch kam, wortlos die Münzen einsammelte und ihre Magd zum Bierbottich zurückschubste. Niemand bemerkte mich, während ich am offenen Schankraum über die Gepäckstücke stieg und die Holzstiege im hinteren Teil des Flures erreichte. Den Fuß auf der ersten Stufe, erstarrte ich – Stimmen waren dort oben zu hören, doch keine davon gehörte Erik. Ich huschte geduckt ein paar Stufen weiter, bemüht, das Knarren der angefaulten Dielen zu vermeiden, und drückte mich eng an die Wand.

»Wie lange sollen wir eigentlich noch warten? Erst macht die alte Vettel alle Pferde scheu, und dann ist nichts zu sehen. Sicher hat sie zu tief in ihren Bierbottich geschaut.«

Jemand schlug sich auf die Schenkel vor Lachen. »Na klar, sieh dir nur ihre Nase an. Die zeugt von jahrelanger Übung...«

»Vielleicht hat sie den Entlaufenen auch selbst vernascht. Der Wirt soll ja ein rechter Raufbold sein.«

»Bei dem Weib kein Wunder!«

Fieberhaft versuchte ich mir zusammenzureimen, was hier wohl geschehen sein mochte... Der Entlaufene war jedenfalls nicht mehr im Zimmer. Aber auf wen warteten die Männer?

Unten im Flur erklangen schwere Schritte, wie sie Reiterstiefel erzeugten. Sie kamen in Richtung Treppe.

»Gönnen wir Josef und Heinrich einen Tropfen, bevor nichts mehr da ist. Ein gutes Bier braut die Alte, dafür, dass sie so hässlich ist –«

»Wie, glaubst du, rührt sie das Bier um? Na?«

»Weiß nicht. Was meinst du?«

»Na, sie hängt ihre langen Brüste hinein, du Dummkopf...« Haltlos kicherte der Sprecher los.

»Die Titten ihrer Magd wären mir lieber in meinem Bier«, bemerkte der andere trocken. »Die könnte man ablecken und danach im Bett trocken reiben – mein Schwanz juckt mich schon den ganzen Abend.«

»Oh, für das richtige Entgelt wird sie ihn dir wohl kraulen, bis deine Eier platzen! Mich juckt viel eher der Kampf gegen Sassenberg, als hier Katz und Maus mit Gespenstern zu spielen. Man erzählt sich, es gäbe dort gute Beute zu erhaschen.«

Gütige Jungfrau – ich saß in der Falle. Sie wollten die Wachtposten auf der Galerie ablösen... und würden mich jeden Augenblick auf der Treppe entdecken! Mir blieb nur die Flucht nach vorne. Mit Riesenschritten stürzte ich die wackelige Stiege hinauf. Im Dunkeln konnte ich eine zweite Tür erkennen, auf die ich nun losstürmte. Hinter mir war man bereits aufmerksam geworden, Eriks Zimmertür öffnete sich just in dem Moment, da ich die zweite Tür aufstieß. Schon hörte ich Stiefelgepolter auf dem Flur, jemand rief: »Haltet ihn auf, das ist er!«

Ich stürzte auf das kleine Fenster zu.

»Hilfe! Jesus, Maria und Josef – Zu Hilfe, Diebe, Mörder...!«, schrie auf einmal eine spitze Frauenstimme direkt neben mir los. Unruhe entstand im Raum. Ich hörte das Schleifen einer Schwertscheide und ballte die Fäuste. Wenn sie mich, Tochter des Feindes, hier erwischten – nicht auszudenken! Mit einem Satz war ich am Fenster, riss es auf, der Flügel fiel aus der Halterung und krachend zu Boden. Ich klammerte mich an den Fensterrahmen und sprang auf die Brüstung. Schwarz gähnte der Abgrund unter mir, lockte mich, kitzelte an meinen Füßen... Es musste doch einen Weg geben – aufs Dach – nach unten. Ich biss die Zähne zusammen und versuchte, die lähmende Angst zu unterdrücken, während ich mich auf dem Sims vorwärts schob. Loser Mörtel bröckelte zwischen den Balken, wo meine Finger auch hingriffen. Mein Beutel behinderte mich, doch kam ich nicht auf die Idee, ihn wegzuwerfen. Schon leuchteten die ersten Laternen auf, die Soldaten, die mir aufgelauert hatten, schrien durcheinander, einer hangelte bereits aus dem Fenster und versuchte, nach meiner Hand zu greifen. Ein anderer schwang seine Peitsche, und der kleine Lederriemen verfehlte mich nur um Haaresbreite.

In meiner Not stieß ich einen üblen Stallburschenfluch zwischen den Zähnen hervor.

»Alienor! Lass das verdammte Zeug fallen!«

Er war dort unten – der Teufel weiß, wie er in den Garten gekommen war! Sofort ließ ich den Beutel fallen und konnte mich nun tatsächlich besser festhalten. Als ich aufatmend den Kopf hob, knallte die Peitsche erneut. Diesmal fuhr sie sausend über meinen Kopf und mitten in mein Gesicht hinein. Ich jaulte auf vor Schmerz und hätte um ein Haar den Balken losgelassen. Es brannte, verbrannte mich – Feuer in meinem Gesicht – *Allmächtiger*...

»Lass dich fallen! Ich fang dich auf, rasch, spring! Keine Angst, es ist nicht so tief! Komm, Mädchen, mach schon...«

»Im Hof ist jemand – ich habe ihn gehört! Schnell, einer in den Hof! Wir kriegen sie...«

»Spring, Alienor! Ich fang dich auf!«

Mein Mut platzte wie eine Seifenblase. Der Schmerz im Gesicht wurde übermächtig, nahm mir die Kraft. Über mir pfiff die Peitsche erneut, ich fühlte den Windzug im Gesicht, es klatschte direkt vor meiner Nase, ich schrie und ließ den Balken los, an den ich mich geklammert hatte. Das Dunkel kam auf mich zu, rasend schnell, ich warf mich ihm entgegen, verzweifelt und blind vor Schmerz – zwei Hände bohrten sich hart in meine Achseln. Mit voller Wucht prallte ich auf ihn und riss ihn mit zu Boden.

»Von oben sahst du leichter aus«, zischte er und versuchte, sich aus dem Misthaufen zu befreien, in den wir gefallen waren.

»Was – was –«

»Frag nicht, komm! Lauf!« Und er packte meine Hand, zog mich auf die Füße und rannte los. Ehe ich es begriff, stolperte ich hinter ihm her, in die Dunkelheit hinein. Hinter uns drangen die ersten Soldaten bereits in den Hof. Lichter tanzten umher, Befehle wurden gebellt, Wortfetzen drangen an mein Ohr. »Umzingeln... nach Osten... in den Wald... Pferde... absuchen...«

Ich dachte, ich müsste sterben.

In meinen Lungenflügeln gab es keine Luft mehr. Sengende Pein breitete sich von der Mitte meines Körpers aus, wie ein Krebsgeschwür. In der Seite schien ein riesiges Messer zu stecken, das mit jedem Schritt tiefer in meine Eingeweide drang, weiter oben im Hals züngelte flüssiges Feuer. Dort, wo die Peitsche mich gestreift hatte, brannte mein Gesicht immer noch lichterloh, angefacht vom salzigen Schweiß, der mir in die offene Wunde tropfte und sich mit dem Blut vermischte.

Erik zog mich unerbittlich weiter. Wenn ich zu straucheln drohte, riss er mich hoch und keuchte: »Nehmt Euch gefälligst zusammen, Gräfin!« Der Gedanke an die Schmerzen, die er beim Laufen haben musste, gab mir Kraft für die nächsten Schritte.

Es war dunkel, stockdunkel. Trotzdem fand Erik sich in dieser düsteren Unendlichkeit scheinbar mühelos zurecht. Ich hatte schon längst die Orientierung verloren. Die Lichter unserer Verfolger wurden spärlicher und verschwanden schließlich ganz. Knietief sanken wir in modriges Winterlaub ein, herabhängende Zweige erschwerten das Durchkommen, Dornen rissen an unserer Kleidung und zerkratzten die Haut. Die unheimlichen Geräusche des nächtlichen Waldes umringten uns und zerrten an unseren Nerven. Dunkle Schatten von Tieren huschten vor uns durchs Gebüsch, gelbe Augen starrten zwischen den Blättern hervor. Ich wusste von Wölfen und von einem Bär in diesen Wäldern, waren sie uns schon auf den Fersen? Wenn sie uns aufspürten, waren wir verloren... Genauso verloren, wie wenn wir uns in den Sümpfen verirrten, von denen ich zwar nicht wusste, wo sie lagen, dass sie aber mit tödlicher Sicherheit unpassierbar waren.

Wir wateten durch Bäche – einen, zwei? So viel Wasser – hatten wir die Sümpfe schon erreicht? Ich vergaß, wie viele Bäche es waren, spürte nur, wie kalt sie waren, so quälend kalt, dass meine Füße gefroren und taub wurden wie zwei Fremdkörper, die mich nur durch Zufall trugen – oder weil der Mann an meiner Seite es ihnen befahl. Die Erde war mein Bett, rief nach mir, nach meinen müden Gliedern, allein Eriks Hand wollte mich ihr nicht überlassen. Das Sprechen war mir vergangen, ich löste mich auf vor Schmerz und Erschöpfung, Lichtgestalten am Himmel, Kraft spendende Visionen von der Muttergottes, doch der Himmel blieb düster und feindlich, kein gütiges Lächeln der Himmelskönigin half mir. Gott hatte mich verlassen, das war meine Strafe.

»Gleich sind wir da, nur noch ein paar Schritte...«, ächzte Erik und holte mich damit aus meinen atemlosen Todesfantasien zurück.

Ein Steinmassiv zeichnete sich vor uns gegen das wolkenverhangene Firmament ab. Erik hielt an und ließ meine Hand los. Unser Keuchen zerschnitt die Nacht – ein Wunder, dass man es nicht bis zum Gasthaus hörte. Taumelnd tastete er sich am Fels entlang, ich folgte ihm dicht auf den Fersen, ängstlich darauf bedacht, ihn nicht zu verlieren, weil ich im Geiste immer noch unsere Verfolger lärmen hörte.

»Hier ist es, endlich! Komm – haltet Euch hier fest, das ist der Eingang...« Und plötzlich war er weg. Panik sprang mich an wie ein wildes Tier. Es war stockfinster und Erik nicht mehr da, nervös tasteten meine Hände, wohin er verschwunden sein könnte. Weg, er war weg, verschwunden, wohin, wohin war er...

Gleich über mir bröckelte ein Steinchen, losgetreten von seinen Füßen. Im Fels fand ich dann einen Spalt, der groß genug war, um einen Mann durchzulassen. Eine Höhle, ein Rastplatz. Ein Ende der Flucht, wenigstens vorläufig.

Ich hörte ein dumpfes Geräusch, Stöhnen. Dann Stille.

»Erik! Erik, wo bist zu! Heilige Maria, ich kann nichts sehen...« Ich zog mich eine Art Stufe hoch – und wäre dabei um ein Haar über ihn gestolpert, denn gleich vor mir lag er reglos auf dem Boden. Ich fiel auf die Knie, rüttelte, was mir als Erstes in die Finger kam.

»Erik, um Christi willen, sag doch was! Heilige Jungfrau, Muttergottes, hab Erbarmen mit mir...«

Eine wilde, unmäßige Angst kroch mir den Rücken hoch – er rührte sich nicht, gab kein Lebenszeichen von sich. Mit weit aufgerissenen Augen starrte ich ins Dunkel. Ohne ihn war ich verloren, allein mit Dämonen und wilden Tieren – nie würde ich aus diesem Wald herausfinden!

Wie von Sinnen zerrte ich an seinen Schultern, rutschte noch näher und beugte mich über ihn.

»Hör mich an, sag etwas, wenn du mich hörst... Ach Erik, ich weiß doch nicht weiter!« Einen Moment war es still, allein mein Schniefen drang durch die Dunkelheit.

»Warum hörst du mich nicht?«, flüsterte ich verzweifelt. »Warum nicht, *verflucht!*«

Er rührte sich nicht, Kloß im Hals, verschwitzt, Tränen brannten in dem Peitschenstriemen... nie zuvor hatte ich mich so hilflos gefühlt. Meine Hände fuhren suchend an seinem Hals entlang und ertasteten schließlich sein Gesicht.

»Alienor –« Er griff nach meinem Arm. Mein Herz machte einen Satz.

»Lieber Gott, du lebst – ich dachte schon, du...« Dankbar schloss ich die Augen und ließ mich gegen den Felsen sinken.

»So schnell stirbt man nicht, Gräfin. Habt Ihr ein Licht?«

»Sofort, Erik. Jesus Maria, sofort...«

Wie gut tat es, seine Stimme zu hören, zu wissen, dass ich doch nicht allein war. Mit zitternden Fingern nestelte ich aus meiner Gürtelkatze die Kerze und den kostbaren Feuerstein. Sonst nicht ungeschickt in diesen Dingen, brauchte ich diesmal viel zu lange, bis er Funken schlug und ich die Kerze entzünden konnte. Das zarte, flackernde Licht erhellte eine Höhle, die offenbar jemandes Wohnstatt war, denn ich konnte ein Lager sowie einen Kessel über einer Feuerstelle erkennen. Eilig befestigte ich die Kerze mit etwas Wachs auf einem Felsvorsprung und kroch zu Erik zurück. Ich half ihm, sich zu drehen und tiefer in die Höhle hineinzurutschen. Im Schein der Kerze sah ich, wie schmutzig er war, blutverschmiert, seine Kleider zerrissen... lieber Gott, aber lebendig.

Als er endlich in Reichweite des Lichtes lag und mit dem Rücken an der harten Felswand lehnte, verschnauften wir kurz. Meine Hand fühlte sich feucht an: Sein Hemd war vom Wundsekret durchweicht.

»Könnt Ihr wohl... wärt Ihr wohl so freundlich und würdet das noch einmal verbinden?«, fragte Erik mit geschlossenen Augen und deutete auf seinen Bauch. Mit einer Handbewegung zog er ein dickes Knäuel Scharpie aus dem Ärmel und schob dann sein Hemd hoch. Ich beugte mich herunter... und musste mich gleich darauf würgend abwenden.

Die Wunde hatte eine dunkelgraue Farbe angenommen, in dicken Blasen quoll der Eiter aus dem Loch und verbreitete einen ekelhaften Geruch. Ich erkannte ihn, den teuflischen Wundbrand, dessen Gift langsam tötet und die Menschen vor Schmerzen in den Wahnsinn trieb. Unwissenheit und Angst schnürten mir die Luft ab, und ich rang die Hände.

Erik musste meine Hilflosigkeit bemerkt haben. Er riskierte einen Blick an sich herunter und stutzte. Dann hob er den Kopf und packte meinen Arm.

»Kriegerin, bis jetzt habt Ihr Euch tapfer geschlagen. Aber nun muss ich Euch um etwas bitten...«

»Was denn?«

»Alienor – Ihr müsst mir das ausbrennen!«

»*Wie bitte?*« Das waren Methoden, die man sich vom Schlachtfeld erzählte – ausbrennen? Ich?

»Ihr müsst das tun. Es frisst an mir; wenn man es brennt, hört es vielleicht auf... Bitte.«

»Nein!«, keuchte ich. »Nein, das kann ich nicht! Ich kann nicht, ich kann –«

»Ihr könnt, Alienor«, unterbrach er mich und griff nach meiner Hand, als ich mich entfernen wollte – weg hier, weg von dieser grausamen, absurden Idee. »Ihr könnt zehn Männer mit einer Hundepeitsche in Schach halten – dann könnt Ihr das hier auch.«

»Nein!«, flüsterte ich. Die Hundepeitsche war nicht von mir gewesen.

»Bitte, Gräfin, überwindet Euch«, bat er leise. »Ich will nicht so sterben...» Mit den Fingern der anderen Hand quetschte ich nervös an meiner Lippe herum.

»Verlang das nicht von mir, Erik – alles, nur das nicht, ich kann das nicht...«

»Ihr werdet es können. Ich erkläre Euch jeden Handgriff, den Ihr tun sollt.« Er suchte meinen Blick. In seinen Augen spiegelte sich das Licht der Kerze. Kleine, gelbe Feuerpunkte, die langsam größer wurden und auf mich überspringen wollten, als wäre das der Weg zum Weiterleben. Ich begriff, dass wir mit der Zeit um die Wette liefen und nun alles von mir abhing. Gott allein wusste, wie Erik es bis hierher geschafft hatte. Jetzt war ich an der Reihe.

Auf seine Anweisungen hin entzündete ich aus dem Reisig unter dem Kessel ein Feuer, so klein wie möglich, um uns nicht durch den Rauch zu verraten. Die Flammen züngelten empor und erhellten den Winkel, in dem ich hockte. Neugierig hob ich den Kopf – und fuhr aufschreiend zurück! Aus dem Dunkel hangelten sich vor meinen Augen Gespenster herab, leise und Unheil verkündend schaukelten sie durch die Luft und auf mich zu, ihre Krallen griffen lüstern nach meinen Augen... Ich fiel nach hinten, unfähig, mich zu beherrschen und schlug die Hände vors Gesicht, um meine Stimme zu ersticken.

»Was ist los? Nicht so laut, man wird uns hören...«

Stocksteif vor Angst klebte ich am Felsen. Durch meine Finger riskierte ich einen weiteren Blick und begann am ganzen Leib zu zittern. Kleine Teufel hingen dort wahrhaftig aufgereiht auf einer Leine! Aus giftgrünen Augen beobachteten sie mich, bereit, sich im nächsten Moment mit ihren furchtbaren Klauen auf mich zu stürzen – war hier der Eingang zur Hölle?! Jemand schüttelte mich und zog meine Hände vom Gesicht.

»Was habt Ihr? Hier ist niemand...« Erik war zu mir herübergerutscht und folgte meinem entsetzten Blick. Ich spürte, wie er kurz zusammenzuckte, sich dann jedoch wieder entspannte.

»Teufel«, flüsterte ich. »Da, sieh doch, die Höllengeister, da hängen sie, auf der Leine...«

»Unsinn«, sagte er. »Auf der Leine hängen Kräuter und Blätter zum Trocknen. Kommt, seht sie Euch an. Ihr werdet sofort die

Angst davor verlieren, kommt.« Er zog mich ans Feuer und zwang mich, hochzuschauen.

Ob es nun seine Nähe war oder das Licht, das sich immer weiter in der Höhle ausbreitete – die Teufel hatten sich tatsächlich in harmlose Kräuterbündel verwandelt, die sich sanft im Lufthauch des Feuers wiegten. Akelei und Potentilla, Diptamus, Verbena, Benediktenwurz und Chamomilla, Veronika und Alchemilla – dank unseres jüdischen Arztes kannte ich die Pflanzen alle mit Namen. Eine Gänsehaut überkam mich jedoch, als ich neben den Kräutern auch tote Tiere erkannte, Ratten, Mäuse und Kröten, fein säuberlich nebeneinander aufgereiht. Mit beiden Armen umklammerte ich meinen Oberkörper, ohne den Blick abwenden zu können.

»Seht nur, sogar ein Alraun hängt dort!« Er deutete über den Kessel. Im aufsteigenden Dampf des köchelnden Kesselinhaltes drehte sich ein kleines menschenähnliches Gebilde mit Armen und Beinen und einem im Kerzenlicht uralt und runzelig erscheinenden Gesicht. Seine Gliedmaßen zuckten leicht ... Ich drückte mich enger gegen den Felsen und bekreuzigte mich ein ums andere Mal. Die Angst hatte mich beim Anblick der Teufelswurzel endgültig stumm gemacht. Alraunen haben größte Zauberkräfte, weil sie nur unter dem Galgen eines Gehenkten aus seinen Säften wuchsen. Man erzählt sich, dass der Alraun einen ohrenbetäubenden Schrei ausstößt, wenn man ihn aus der Erde zieht. Weil er dem Besitzer Liebe und Reichtum verschafft, ist ein Alraun von unschätzbarem Wert – solange man darauf achtet, dass man ihn wieder loswird. Denn sonst bringt er Unglück, Krankheit und Tod ... all die Geschichten, die die Mägde sich in dunklen Nächten flüsternd erzählen, erwachten in meinem Gedächtnis ...

»Es wird uns nichts tun, er ist ja festgebunden. Und die Tiere sind alle tot.« Eriks Stimme klang so ruhig. Doch auch er wagte sich nicht näher an die Leine heran.

Währenddessen hatte sich in der Höhle ein stechender Geruch verbreitet. Im Kessel brodelte es, und grünlicher Qualm stieg an die Decke. Ich musste husten.

»Was ist das? Allmächtiger – Erik, wo sind wir hier?« Meine Stimme war ganz klein vor Angst. Erik arbeitete sich an der Felswand hoch und machte einen Schritt auf den Kessel zu. Sein Gesicht verzog sich vor Ekel, nachdem er hineingeschaut hatte. Kurz entschlossen packte er den eisernen Henkel, löste ihn vom Haken und schleppte den dampfenden Kessel mit schnellen Schritten zum Höhleneingang. Zurückgekommen, sank er keuchend neben mich. Nervös zupfte ich ihn am Ärmel.

»Sag mir sofort, wo wir hier sind!«

Er sah mich nachdenklich von der Seite an, bevor er antwortete.

»Diese Höhle gehört einem Kräuterweib.«

»Einer Hexe? Du hast mich in die Höhle einer *Hexe* geführt?« Mir fielen fast die Augen aus dem Kopf. »Gottloser, du willst mich töten, mich ihr überlassen und Rache üb-« Der Rest erstickte, weil er mir ohne Umstände den Mund zuhielt.

»Still, Frau, Ihr seht doch, dass sie nicht hier ist. Seid vernünftig, niemand wird Euch etwas tun. Hättet Ihr die Nacht lieber im Wald unter einem Baum verbracht? Hier könnt Ihr wenigstens ein paar Stunden schlafen.« Er ließ die Hand wieder sinken und sah mich ärgerlich an.

Schlafen? Hier? Niemals würde ich hier ein Auge zubekommen! Was, wenn die Alte zurückkam? Sie würde uns in Ratten verwandeln und zerstückeln... Ich schluchzte auf. Da strich er mir mit einer fast schüchternen Bewegung die Haare aus dem Gesicht, langsam und vorsichtig, als würde er etwas Zerbrechliches berühren.

»Schsch – ruhig, Gräfin. Euch wird kein Leid geschehen.« Seine Hand verharrte an meinem Ohr, bevor sie verschwand. »*Slíkt er ekki konaferð* – das hier ist nichts für Frauen. Doch Ihr schlagt Euch tapfer, wisst Ihr das? Und in ein paar Tagen werdet Ihr diese Höhle vergessen haben.«

Vergessen. Wie leicht war das gesagt. Aufseufzend wischte ich mir über das Gesicht und nickte gequält. Die Tränen hatten den blutigen Striemen wieder in Flammen gesetzt. Hilflos griff ich danach, als könnte das den Schmerz lindern. Im Feuerschein sah ich, wie er mein Gesicht forschend betrachtete.

»Bei Odins Zahn – euer Gesicht ist ja blutig! Was ist passiert? Ich hörte Euch aufschreien am Wirtshaus.«

Blutig – lieber Gott, ich *verbrannte* bei lebendigem Leibe.« »Eine Peitsche hat mich getroffen, am Fenster.« Rasch tauchte er sein Scharpiebündel in einen Krug mit Wasser, der neben dem Feuer stand, und betupfte damit den Striemen. Ich zog hörbar die Luft zwischen den Zähnen ein. Da beschränkte er sich darauf, mir das getrocknete Blut mit Strichen aus dem Gesicht und vom Hals zu waschen. Ich biss die Zähne zusammen, bis der Kiefer knackte.

»Ihr könnt von Glück sagen, dass Eure Augen nicht getroffen wurden. Nur einen Finger breit… Und Ihr werdet eine stattliche Narbe zurückbehalten, quer über Euer Gesicht. Das wird Eurem Vater nicht gefallen. Narben mindern den Wert einer Braut…« Bekümmert sah er mich an und hielt inne. »Das tut mir sehr Leid für Euch. Ich fühle mich verantwortlich.« Stumm befingerte ich mein Gesicht, fühlte den Feuerstreifen über die eine Wange, den Nasenrücken und die andere Wange bis hin zum Ohr brennen. Quer übers Gesicht – gütiger Himmel!

»Ich hatte gehofft«, sprach er weiter und lehnte sich zurück, »ich hatte ehrlich gehofft, Ihr würdet in der Burg bleiben, wie ich Euch gebeten hatte. Dann wäre das alles nicht passiert.«

Mit den Fingern drückte er das Wasser aus dem blutigen Scharpie. »Aber ich wusste, dass Ihr wiederkommen würdet. Ich sah Eure *fylgja* das Haus betreten.«

»Was hast du gesehen?«

»Eure *fylgja* betrat das Haus. Da wusste ich, dass Ihr die Burg verlassen hattet, und beschloss zu warten.«

»Was ist das für ein Ding? Fil–«

Erik sah mich nachdenklich an. »Sie heißt *fylgja*. Sie ist eine Art Folgegeist, die den Menschen begleitet, und manchmal, vor großen Ereignissen, kann man sie sogar sehen.«

»Ein Geist. Du glaubst also an Geister.« Ich zog die Brauen hoch.

»Ihr doch auch«, konterte er und deutete auf die getrockneten Kräuter auf der Leine. »Und Ihr fürchtet Euch sogar vor ihnen.« Verschnupft wandte ich mich ab.

»Selbst… selbst wenn Eure *fylgja* nicht erschienen wäre – ich hätte meine rechte Hand darauf verwettet, dass Ihr kommt.« Überrascht sah ich hoch, und er lächelte. »Alienor, seit das Schicksal mich hierher verschlug, beobachtete ich, wie Ihr gegen alle Pläne ankämpft, die Euer Vater mit Euch hat, und wie Ihr Euch ihm in jeder Hinsicht widersetzt. Ihr seid eine rebellische Frau.«

»Ich bin nicht rebellisch! Wie redest du mit mir?«

»Ihr seid rebellisch. Und es war sonnenklar, dass Ihr wiederkommt. Deshalb habe ich auf Euch gewartet.« Ich wurde rot und nestelte an meinem Schuh herum. Er beobachtete mich. Und er hatte auf mich gewartet ...

»Sagt es mir, Gräfin – wie habt Ihr Euren Vater dazu bekommen, Euch gehen zu lassen? Was habt Ihr mit ihm gemacht?«

»Nichts«, erwiderte ich verwundert. »Er hat ja nicht gefragt. Er hat nicht mal gefragt, wo ich gewesen bin.« Ich zog die Knie an und setzte mich bequemer hin. »Mein Pferd stand im Burghof, da bin ich aufgestiegen und losgeritten. Das ist alles.«

Ungläubig schüttelte er den Kopf. »*Hvat kvenna ertu* ... Ringsum tobt bereits der Kampf, und Ihr reitet einfach los! Gräfin, Ihr seid wirklich närrisch.«

»Was hast du im Hof gemacht?«, fragte ich, um abzulenken. Seine Rede verunsicherte mich.

»Ich habe auf Euch gewartet, das sagte ich doch schon«, antwortete er. »Nachdem sich den ganzen Tag niemand sehen ließ, auch nicht das Mädchen, das Euch in der Nacht geholfen hatte, wurde ich misstrauisch und zog es vor, mich anzukleiden, um im Notfall schneller fliehen zu können. Schließlich kann dank Eures Vaters Feuereifer jeder sehen, wessen Sklave ich bin. Und die Strafen für entlaufene Sklaven dürften hier nicht viel anders sein als bei uns zu Hause.« Er hielt ein und griff sich mit düsterem Gesicht an den verhassten Halsring. »Und als hätte ich's gewusst – am Abend, just als ich mich entschloss, das Haus heimlich zu verlassen, hörte ich draußen Pferdegetrappel und lautes Geschrei, wie sich nur Soldaten ankündigen. Da wurde mir klar, dass die Gerberin mich verraten hatte. Ich nahm den kürzesten Weg, durch das Fenster, in den Hof.« Leise lachte er. »Ihr hättet es sehen sollen, dieses Soldatenpack! Mit ohrenbetäubendem Lärm stürmten die das Haus, kehrten das Unterste zuoberst – nur unten nachzusehen, auf die Idee kam keiner von ihnen. Tja, da saß ich nun hinter dem Misthaufen und wusste nicht, was ich tun sollte. Denn falls sich meine Ahnungen bestätigten, obwohl ich Euch gebeten hatte, also...« Er räusperte sich. »Ich fürchtete, Ihr würdet ihnen in die Arme laufen.«

»So war es ja auch!«

»Als der Tumult im Haus begann, war ich doch machtlos. Alles ging so schnell. Wenigstens habe ich Eure Stimme erkannt – erinnert Ihr Euch, wie ich Euch einmal sagte, an Euren Flüchen würde ich Euch im Dunkeln erkennen?« Seine Brauen zuckten amüsiert. »Diesmal haben sie Euch tatsächlich geholfen, Gräfin...« Gewandt zupfte er die Scharpie wieder auseinander. »Nun...« Er sah hoch. »Ich muss Euch noch mal bitten, mir zu helfen. Legt Euer Messer ins Feuer, Gräfin. Ihr werdet sehen, es ist ganz schnell vorüber.« Mein Herz klopfte plötzlich stürmisch. Wie gebannt schaute ich in seine Augen. Ein warmer Glanz inmitten der Düsternis – rasch wandte ich mich ab und nickte. Ich konnte ihn nicht hier verrecken lassen, nur weil ich zu feige war. Ich stand in seiner Schuld, ein ganzes Leben lang und mehr.

Mühsam zog er sein zerlumptes Hemd über den Kopf. Meinen Dolch, ein Erbstück mit elfenbeinernem Griff und ungewöhnlich langer Klinge, von dem ich mich nie trennte, hatte ich bereits aus der Scheide gezogen und in die Glut gelegt. Während er heiß wurde, zerriss ich das mitgebrachte Leintuch zu länglichen Verbandsstreifen. Und wieder sehnte ich die kundige Hand des Juden herbei, seine Ruhe und sein Wissen. Ich sah hoch.

Die Kräuter! Wenn sie auch einer Hexe gehörten – ihre Heilkraft war sicher ungebrochen. Nachdenklich spielte ich an den Bündeln herum.

»Kennt Ihr Euch aus mit Pflanzen?«

»Der Arzt lehrte mich etwas Heilkunde. Wenn er seinen Medizinkasten bei Emilia öffnete, hat er mir immer erklärt, was er gerade tat.« Ich überlegte. Gundermann hing dort. Gundermann gegen Fieber. Ich würde es als Aufguss bereiten; und Natterwurz zur Blutstillung. Der Wundklee war zwar nicht richtig getrocknet, aber man konnte ihn schon zerbröseln, um ihn in die Wunde zu streuen. Und Verbena, gut abgehangen, das Zauberkraut! Maia schwor auf dieses Wundkraut, es hatte magische Kräfte, machte unverwundbar...

Erik sah mir zu, wie ich die Blätter und Wurzeln mit einem Stein zerrieb und unter Hinzugabe von etwas Wasser, das wir in einem Krug gefunden hatten, zu einem Brei verrührte. Die Verbenapaste strich ich mit dem Finger auf die Wundränder, innerlich schaudernd, wenn mein Finger Eiter berührte...

»Es ist doch kein Gift, was Ihr da auftragt?«, fragte er lauernd, ohne meinen Finger aus den Augen zu lassen. Ich hielt inne, verletzt über sein immer wieder aufflackerndes Misstrauen.

»Glaub mir, wenn ich dich töten wollte, würde ich mir nicht solche Mühe machen, sondern dich einfach liegen lassen, bis die Hexe kommt. Ich würde –«

»Vergebt mir«, unterbrach er mich. »Ich rede wirres Zeug. Das Heil der Götter möge in Euren Händen ruhen für das, was Ihr hier tut. Vergebt mir.« Er wandte sich ab. »*Ek veit at bædi er, at þú vill vel, enda kant þú vel...*«

Ratlos rührte ich in dem Rest Verbena herum. Nie würde ich diesen Mann verstehen, er blieb fremd und gottlos. Und so machte ich mich schließlich daran, den Kräuterbrei mit Hilfe meines Speisemessers auf den Verbandsstoff zu streichen. Als ich mir die Finger an der Hose abwischte, betrachtete ich sie verstohlen. Das Heil seiner heidnischen Dämonen hatte er auf meine Hände herabbeschworen. Würden sie jetzt abfaulen?

Erik rutschte neben das kleine Feuer und drehte sich so, dass ich die Wunde in all ihrer Hässlichkeit zu sehen bekam. Ein übel riechendes, geiferndes Geschwür, direkt aus der Hölle, passend zu diesem grausigen Unterschlupf... Der Geruch des eiternden Fleisches, durch die Feuerhitze verstärkt, machte mich ganz benommen. Ich schlug die Hand vor den Mund. Erik nahm meine Hand und zog mich dicht zu sich heran.

»Vergebt mir meine Worte, Alienor. Ich habe mein Leben in Eure Hände gelegt, und ich vertraue Euch. Ein Letztes müsst Ihr nun tun. Nehmt den Dolch.«

Den Dolch. Über meinen Kräutern und dem Verband hatte ich

den Dolch im Feuer vergessen. Verdrängt. Meine Finger zitterten, als ich aus meinem Bündel die ledernen Handschuhe heraussuchte. Und dann zog ich mir die Kette über den Kopf und legte das Kreuz, das uns schon einmal geholfen hatte, auf seinen Bauch.

»Ihr werdet mit diesem Dolch das graue Fleisch verbrennen, bis nichts mehr davon übrig ist, habt Ihr verstanden? Kümmert Euch nicht um mich, tut nur das, was ich Euch gesagt habe«, bat er eindringlich.

»Vater im Himmel, steh mir bei, ich glaube, ich kann das nicht...«, murmelte ich tonlos. Ganz sachte strich er über meine Wange.

»Ihr könnt, Alienor. Fangt jetzt an.« Er steckte sich den linken Handschuh zwischen die Zähne und reichte mir den anderen.

Langsam streifte ich ihn über und holte den Dolch aus der Glut. Durch den Handschuh hindurch spürte ich die Feuerhitze, die ihm innewohnte. Die Klinge hatte sich rötlich verfärbt. Wie von einer fremden Macht beseelt, leuchtete sie vor meinen Augen...

Das Zischen, als als glühende Metall sich auf die Wunde legte, der Geruch nach verbranntem Fleisch, erst süßlich-verwesend, dann stechend und scharf. Eriks dumpfes Stöhnen, sein Kopf, der hin- und herschlug. Sein Leib, der sich aufbäumen wollte und von eisernem Willen niedergezwungen wurde, damit der Dolch nicht abrutschte, im Krampf knackende Gelenke, Zähneknirschen, Speichel, der mit jedem Atemzug an dem Handschuh vorbei Blasen warf, seine Linke, die sich wie eine Klaue in meinen Oberschenkel krallte, und die Rechte, die auf der Brust das Kreuz umklammert hielt, und immer wieder der Geruch, der sich in meiner Nase festsetzte, dieser entsetzliche, penetrante Geruch...

Gott selbst muss mir die Hand geführt und dafür gesorgt haben, dass ich alles so sorgfältig ausbrannte, wie es im Feuerschein zu erkennen war. Und irgendwann war es vorbei. Der Dolch fiel mir aus der Hand.

6. KAPITEL

*In sechs Trübsalen wird er dich erretten,
und in der siebenten wird dich kein Übel rühren.*
(Hiob 5,19)

Ich erwachte, als mich ein Sonnenstrahl an der Nase kitzelte. Um mich raschelte und knackte es, ein leises Summen hier, dann tuschelte es dort – das unsichtbare Raunen und Flüstern des Waldes war allgegenwärtig. Ich hob den Kopf. Die verrauchte Höhle, durch deren Einstieg die Sonne hereinspitzte... Langsam erinnerte ich mich wieder, was passiert war. Ein Strohhalm stach mich in den Rücken. Ich lag im Stroh auf dem Umhang aus meinem Bündel. Ich drehte den Kopf und sah Erik dicht neben mir auf der Seite liegen, halb im Stroh verborgen und nur mit seinem Hemd zugedeckt. Der Verband mit dem Kräuterbrei, den er sich wohl selbst angelegt hatte, war verrutscht und gab den Blick auf die ausgebrannte Lanzenwunde frei. Sein Gesicht war blass und spitz vor Erschöpfung, und er schien noch zu schlafen. Eine Spinne machte sich eben daran, seinen bloßen Arm zu erkunden. Sie krabbelte über den bemalten Handrücken, erklomm sein Handgelenk und begann einen mühsamen Marsch über das dichte Haarkleid auf seinem Unterarm. Wie ich sie so über das Bild der Schlange steigen sah, mit steifen Beinen und dem behaarten, dicken Leib... Mich schauderte. Und plötzlich ertrug ich es nicht mehr, Ungeziefer an ihm zu sehen, und sei es nur eine Spinne. Behutsam, um ihn nicht zu wecken, zog ich meinen Handschuh an, überwand den Ekel und holte sie von seinem Arm. Einen Moment später starb sie unter meinem Absatz. Ich betrachtete ihn wieder. Trotz der Kälte rannen ihm Schweißperlen die Stirn hinab. Er hatte immer noch Fieber. Gütiger Himmel, wir mussten hier weg.

Sachte deckte ich ihn mit meinem Umhang zu und stand auf. Mein Körper rebellierte gegen Müdigkeit und Hunger. Ein einziger Kanten Brot lag in meinem Bündel, ein Krümel für den hohlen Zahn – allein bei dem Gedanken wurde mir schon schlecht, und so hob ich ihn für später auf.

Vorsichtig steckte ich den Kopf aus der Höhle.

Wir befanden uns mitten im Wald, hohe Bäume und dichtes Unterholz versperrten mir die Sicht. Wie hatte Erik nur den Weg durch dieses Dickicht gefunden? Ganz in der Nähe hörte ich einen Bach gurgeln. Mit einem kurzen Blick vergewisserte ich mich, dass Erik sich nicht rührte, suchte dann aus meinem Bündel ein sauberes Hemd heraus und ging dem Rauschen nach.

Wie ein silbernes Band zog sich ein kleiner Bach unweit der Höhle durch den Wald. Sein kristallklares Wasser glänzte verheißungsvoll im Dämmerlicht. Die Wolken vom Vortag hatten sich verzogen und eine milchige Morgensonne hervorgelassen. Heute würde es gottlob nicht regnen. Ein paar verschlafene Elfen räkelten sich dem fahlen Licht entgegen, sie lösten sich in Nebelschwaden auf, als ich genauer hinsah. Auf einer kleinen Lichtung lagen Felsbrocken am Wasser wie verwunschene Wesen, denen ein ausgewählter Sonnenstrahl Leben einhauchen würde. Ihre dicke Moosschicht zeugte davon, wie lange sie schon warteten... Die Luft flirrte von morgendlicher Energie: Wie schon oft hatte ich das Gefühl, im Wald nicht allein zu sein. Wo waren die Waldgeister? Sahen sie mir unter Büschen, zwischen Blättern schnatternd und kichernd zu? Ich zog mir die Kleider aus und stieg, verlegen um mich schauend, ins Wasser, um mich der Länge nach auf den Rücken zu legen. Es war mörderisch kalt, umspülte wie flüssiges Eis meine zerschundenen Glieder, kühlte den Schmerz und weckte die Lebensgeister. So gut es ging, schrubbte ich mir den Schmutz vom Leib, wusch die verschwitzten Haare durch und tupfte mein blutverschmiertes Gesicht sauber. Das kalte Wasser betäubte den Schmerz ein wenig. Als sich die Wellen glätteten, bückte ich mich über den Wasserspiegel. Der knallrote Striemen war ganz deutlich zu erkennen, quer über mein Gesicht. *Das mindert Euren Wert*, hatte er gesagt. Mit Frau Adelheid würde ich mich nun erst recht nicht mehr messen können. Was würde Vater sagen, wenn er mich sah! Er würde toben, all seine Pläne gefährdet sehen, würde mich schlagen in seiner Wut – mir wurde ganz beklommen zumute. Nicht daran denken, Alienor, nicht jetzt.

Etwas krabbelte an meinem Oberschenkel. Ich sah hinunter, bereit, das Insekt zu verjagen... Blut rann an der Innenseite meiner Oberschenkel entlang ins Wasser, Tropfen für Tropfen, wie jeden Monat, in einer vorgegebenen Bahn. Ich biss mir auf die Lippen. Ausgerechnet hier! Und so riss ich das Hemd entzwei, das ich eigentlich zum Verbinden hatte nehmen wollen, und stopfte mir die Hälfte davon zwischen die Beine, bevor ich die Hose wieder anzog. Die andere Hälfte des Hemdes wusch ich aus.

Ein kalter Wind fuhr durch die Bäume und ließ mich erschaudern. Wie sehnte ich mich nach Wärme – der Sommer mit seinem Duft nach Blumen und reifendem Korn war noch so weit...

Ich schüttelte die schweren Strähnen, die mir fast bis zur Hüfte reichten, und ließ sie durch die Hand gleiten. So verfilzt, wie sie jetzt waren, würde es Ewigkeiten dauern, sie durchzukämmen. Und die Läuse würden erneut die Oberhand gewinnen. Leise stieß ich einen Fluch aus. Erst vor wenigen Wochen war ich die meisten meiner Winterläuse durch unermüdliches Kämmen und Waschen losgeworden. Ich wrang die Haare ein letztes Mal aus und machte mich, nun ein wenig missmutig, auf den Rückweg. Erik steckte gerade den Kopf durch die Felsspalte, und auch sein Gesicht sah nicht sehr freundlich aus.

»Bei Odin, wo seid Ihr gewesen?«, fragte er.

»Im Bach, baden.«

Er biss sich auf die Lippen. »Ich dachte schon, Ihr wärt fortgelaufen«, meinte er beiläufig.

»Wohin denn? Ich habe nicht die geringste Ahnung, wo ich hier bin.«

»Hmm...« Er betrachtete mich eine Weile mit gerunzelter Stirn, ohne sich zu rühren. Schließlich machte er Anstalten, den Felsabsatz herunterzuklettern.

»Wo willst du hin?«

»Waschen«, gab er zur Antwort und kletterte bedächtig weiter.

»*Waschen?*«, entfuhr es mir. Ich schlug mir auf den Mund. Schamröte stieg mir ins Gesicht. Er hielt inne. Seine Augen verengten sich zu Schlitzen, sein Mund war nur noch ein Strich, als er das letzte Stück vom Fels herunterrutschte und sich so dicht vor mir aufbaute, dass ich seinen heißen Atem auf meinem Gesicht spürte.

»Selbst ein Blinder sieht, dass auf der verlausten Burg Eures Vaters die Pferde sauberer sind als die Menschen«, zischte er, wobei sein Akzent noch härter klang als sonst. »Doch wisst, Fräulein, dass man sich dort, wo ich aufwuchs, regelmäßig mit feinen Seifen badet. Als ich noch wie ein Mensch lebte, war ich es gewohnt, morgens im Spiegel mein Gesicht wiederzufinden, ohne eine Schmutzschicht abkratzen zu müssen!« Verächtlich spuckte er vor mir aus und ließ mich stehen.

Mir blieb das Wort im Hals stecken, und ich sah ihm hinterher. Die schmutzstarrenden Pferdeburschen waren ein alltäglicher Anblick auf der Burg. Aber Erik war kein Knecht mehr – ich hätte mich ohrfeigen können!

Langsam sank ich auf den Fels, versuchte Knoten aus den Locken zu zupfen, um meine nervösen Finger zu beschäftigen. War unsere Burg denn wirklich solch ein Dreckloch, wie er eben behauptet hatte? Immerhin hatten wir eine Latrine, das gab es längst nicht überall. Und ein Waschhaus, und ein Badehaus, das man verriegeln konnte, um ungestört baden zu können...

Wie mochte sein Elternhaus aussehen? Ein königlicher Hof, eine Festung mit vielen Hallen und Türmen und unzähligen Dienern, ein Haus, wo jemand allein für die schmutzigen Stiefel zuständig war? Ich starrte in die Baumwipfel. Ein Königssohn aus hohem Hause, aufgewachsen unter tapferen Recken und Damen, die Adelheid in Schönheit nicht nachstanden – unwillkürlich tastete ich nach der verkrusteten Furche, die mein Leben verändert hatte. Was war ich denn jetzt noch... ein entstelltes, dummes Eifelmädchen, Tochter eines kleinen Freigrafen. Hässlich und schmutzig. Der Gedanke verletzte mich sehr. Hässlich und schmutzig... Meine erste Regung war, das Bündel zu packen und nach Hause zu laufen, wo man mich so annahm, wie ich war, wo man mich nicht öffentlich beleidigte. Doch waren wir hier, mitten im Wald, nicht aufeinander angewiesen? Eine Schicksalsgemeinschaft, die uns verband und die natürlich keinen Steinwurf weiter als bis zum Waldrand halten würde. Innerhalb dieser Grenzen jedoch galten andere Regeln. Niemand war da, um unser Verhalten zu beurteilen. Im Schatten der Bäume verloren Ahnentafeln und Etikette ihre Bedeutung, verschwanden wie Rauch in den Wipfeln. Eine verspätete Elfe trudelte gähnend zwischen den Ästen herum, auf der Suche nach ihren Schwestern. Verwunschene Welt, so weit das Auge reichte...

Sonnenstrahlen suchten sich ihren Weg zwischen den Bäumen, wo Erik verschwunden war. Ich ging ihnen nach.

Das Plätschern wurde lauter, und dann sah ich ihn. Er stand im Bach, wo er bis eben wohl genauso gelegen hatte wie ich vorhin, nackt und regungslos, und ließ sich von jenen Sonnenstrahlen wärmen, die mir den Weg gewiesen hatten. Seine Haut schimmerte weiß im Dämmerlicht, makellos rein wie in einem Märchen, in dem die Männer stattlich und die Frauen voller Liebreiz sind... Ich drängte mich an den nächsten Baum, um ihn wenigstens einen Moment noch betrachten zu können. Ein Krieger, ein Ritter, wie er schöner nicht sein konnte – entstellt durch meines Vaters Brandmal... wie hatte Gott das zulassen können?

Glitzernd rannen Wassertropfen an seinem Körper herab, und mir schlug das Herz bis zum Hals, als ich es wagte, ihn in seiner Blöße zu beobachten, doch brachte ich es nicht fertig, mich umzudrehen und wegzurennen, nein... der Elfenkönig gehörte mir, nur diesen kleinen Moment noch. Erik hatte sein Gesicht der Sonne zugewandt. Mit einer aufreizend langsamen Bewegung strich er sich die nassen Haare aus der Stirn und ließ die Hände über den Kopf gleiten, und noch einmal, und immer wieder. Wie kostbare Perlen rannen die Tropfen aus seinen Haaren und fielen blinkend ins Wasser, einer nach dem anderen, hinterließen Kreise auf der Wasseroberfläche, die sich in zierlichen Wellen fortsetzten, immer größer und weiter, bis sie schließlich wieder eins wurden mit dem Element... Ich hörte ihn seufzen. Dann ließ er die Arme sinken.

Wie viel Zeit war vergangen, seit ich mich hinter dem Baum verbarg und kaum zu atmen wagte? Die Sonnenstrahlen tollten nun wie kleine Kobolde auf der Wasseroberfläche herum, und Erik stand im Schatten. Der Zauber war gebrochen.

Ich beobachtete ihn, wie er in seine Hose stieg. Als er die Riemen locker um die Hüfte knotete, wagte ich mich hinter dem Baum hervor, immer noch mit klopfendem Herzen. Mein Gott, wie schamlos ich doch gewesen war! Er hatte sich auf einen der Felsblöcke gesetzt und ließ die Füße ins Wasser hängen. Ich holte tief Luft, nahm schließlich mein Hemd, das ich immer noch in der Hand hielt, und wickelte es zusammen.

»Du... du erlaubst?« Er fuhr hoch, seine Augen tiefblau und verträumt. Unwillig schüttelte er den Kopf, als er sah, was ich vorhatte.

»Seid nicht närrisch, Gräfin.«

»Aber warum nicht?«

»Ich will nicht, dass mir irgendwer den Rücken wäscht!« Starr sah er aufs Wasser. Sein Rücken hatte jene Färbung, die Haut annimmt, wenn sie wochenlang statt mit Wasser mit allem nur erdenklichen Schmutz in Berührung kommt.

»Ich bin nicht irgendwer«, sagte ich fest.

»Rühr mich nicht an, Frau!« Seine Hand krallte sich in den Fels. Langsam kniete ich neben ihm nieder und tauchte das Hemd ins Wasser.

»Ich bin nicht irgendwer«, wiederholte ich leise. Daraufhin seufzte er, fuhr sich mit der Hand durch die nassen Haare und nickte schließlich ergeben.

Und ich wusch ihm den Rücken, wie ich es bei den Gästen meines Vaters so oft als Willkommensgeste getan hatte, bevor sie sich zum Mahle niederließen, und einen Moment lang war es tatsächlich so, als befänden wir uns daheim im geheizten Badehaus – der Bach war die Wanne mit warmem Wasser, versetzt mit Meister Naphtalis duftenden Essenzen und Erik der hoch geschätzte Gast der Familie...

Er saß ganz still, als ich ihm den Rücken wusch und unter der Schmutzkruste die Geschichte des Kerkers zum Vorschein brachte.

Wulstige Hügel und rosige Täler, von unerbittlichen Peitschen in die Haut geschrieben, Narben, von denen ich bereits jede Einzelne zu kennen glaubte. Ich hielt inne. Die Striemen tanzten mir vor den Augen, sie nahmen Gestalt an, legten sich von Zauberhand übereinander und wurden zu Kreuzen – dicke Kreuze, mit einem Messer akkurat in seine Schulterblätter hineingeschnitten.

Das nasse Hemd klatschte zu Boden.

»Jesus Maria sei mir gnädig…«, flüsterte ich erschüttert und trat einen Schritt zurück. Die Kreuze leuchteten mir höhnisch entgegen. Erik drehte sich um.

»Versteht Ihr nun, warum ich mich lieber selber wasche?«, fragte er bitter. »Diese Handschrift ist nichts, worauf man stolz sein könnte!«

»Aber – aber wer –«, stotterte ich.

Seine Augen wurden schmal. »Jetzt tut nicht so scheinheilig, Fräulein! Ihr wisst wohl am besten, mit welchen Waffen Euer Vater zu kämpfen pflegt. Sie sind eines Mannes unwürdig!«

»Das – das ist nicht wahr – was redest du da – was redest du da!« Außer mir vor Schreck stolperte ich rückwärts über den Felsblock ins Ufergras. Fort hier, fort von ihm, dessen Augen eine einzige Anklage waren, ich fühlte, wie berechtigt diese war… Doch als ich mich umdrehen wollte, um wegzulaufen, packte er meinen Knöchel und riss mich mit einem Ruck zu Boden. Ich schlug hin, schrie auf, aber da war er schon über mir, hielt mich an den Schultern fest und griff nach meinem Kinn.

»Der Schwarzrock war's, Gräfin«, zischte er, unfähig sich zu beherrschen, und seine Augen bohrten sich wie zwei spitze Pfeile in meinen Kopf. »Þínari, illhreysingr! Der teuflische Abt war's – und Euer Vater ermunterte ihn!«

Unbändiger Zorn drang aus jeder Pore seines Körpers, der hart und schwer wie ein Granitblock auf mir lag und mir die Luft abschnürte. Ich konnte nicht mehr denken. Stockssteif lag ich am Boden, wie ein Tier, das sich tot stellt in der Hoffnung davonzukommen. Da wälzte er sich von mir und drehte sich um, als könnte er meinen Anblick keinen Moment länger ertragen. Ich machte einen Versuch, hinter den nächsten Baum zu kriechen, voller

Angst, er könnte wiederkommen und zuschlagen, seinen ohnmächtigen Zorn an mir, der Tochter seines Peinigers auslassen...
Er musste wohl gehört haben, dass ich mich davonmachen wollte, denn just im selben Augenblick streckte er seine Hand aus und bekam mich am Arm zu fassen.

»Alienor«, sagte er atemlos. »Gräfin, hört mir zu. Die Götter sind meine Zeugen, dass ich *Euch* nie einen Vorwurf gemacht habe. Ihr tatet mehr für mich, als Ihr ahntet... und mehr, als ich je erwarten konnte. Dafür werde ich Euch niemals gebührend Dank erweisen können. Doch – doch ich will versuchen, Frieden mit Euch zu halten, weil Ihr an meinem Schicksal unschuldig seid. Das ist das Mindeste, was ich tun kann.« Er zog mich zu sich heran. »Versprecht mir nur eins, Gräfin: Versucht nie, einen Christen aus mir zu machen. Niemals.«

Stumm und mit weit aufgerissenen Augen nickte ich. Seine Hand fiel herab, während er den Kopf senkte und sich abwandte. Ich hörte ihn in seiner Muttersprache schimpfen. Innerlich bebte ich vor Erregung. Mein Vater, die Kreuze, die entsetzliche Schuld, die ins Unermessliche wuchs, je mehr ich über die Ereignisse im Kerker erfuhr... Im Halbdunkel der Büsche versuchte ich, meinen wild kreisenden Gedanken Herr zu werden und wischte mir immer wieder Tränen aus dem Gesicht – Tränen, die meine Peitschenwunde in Brand setzten, auf meinen ganzen Körper übergriffen, wo Scham und Schuldgefühle vernichtend wüteten. Schniefend und schluchzend wälzte ich mich im Laub herum. Niemand konnte mir helfen, mit niemandem konnte ich diese Schmach teilen, die mich so schmerzte wie nichts zuvor in meinem Leben... Selbst der Hunger verlor dagegen an Bedeutung. Ich drückte das Gesicht tief in die modrigen Blätter, um nicht ins Tageslicht schauen zu müssen, womöglich *ihn* wieder ansehen zu müssen, und seine Narben, diese furchtbaren Narben...

»Alienor! Alienor, kommt her, schnell!«, hörte ich auf einmal Erik aufgeregt rufen. Lass mich, dachte ich. »Rasch, kommt!« Seine Stimme drängte, und so wischte ich mir das Gesicht ab und bahnte mir den Weg zum Bach hinunter. Er stand mit tropfenden Haaren an einen Baum gelehnt.

»Hört Ihr das?« Stille. Ein Pferd schnaubte. Ganz deutlich war es zu hören. »Wo ist Euer Schwert?«

»In der Höhle, ich –«

»Dummes Ding! Ihr dürft nie ohne Waffe weggehen! Schnell, wir müssen zur Höhle zurück, vielleicht reiten sie vorbei.« Wir stolperten zurück zu dem Felsmassiv, stürzten in die Höhle und packten eilig unsere Sachen zusammen.

Das Pferdegetrappel kam näher, bald konnte man die Worte zweier Männer voneinander unterscheiden. Ich drückte Erik meinen langen Dolch in die Hand, und zog mein Schwert aus der Scheide. Ein kurzes Gefühl der Dankbarkeit für meinen Vater stieg in mir hoch, dass er seine Tochter mit solch ungewöhnlichen Waffen ausgestattet hatte, und Waffenmeister Gerhards Lektionen sollten nicht umsonst gewesen sein.

Erik wollte mir das Schwert aus der Hand nehmen, doch ich hielt es mit beiden Fäusten fest. »Gebt schon her! Verflucht, was wollt Ihr überhaupt damit?«

»Es ist meins, und ich behalte es! Ich kann sehr wohl damit umgehen!«

»Gebt mir das Schwert, Frau!« Ein Pferd wieherte direkt vor der Höhle, jemand stieg aus dem Sattel. Jetzt war nicht der Zeitpunkt für einen Streit. Im Nu waren wir hinter den Strohhaufen gesprungen und kauerten uns auf den Boden.

»Odin, lass sie vorbeireiten! Gebt mir verdammt noch mal das Schwert, það er karla – mischt Euch nicht ein, wenigstens dieses eine Mal nicht!«, wisperte Erik und drückte mich tiefer neben sich in die Ecke, in die wir uns geflüchtet hatten. Gleichzeitig angelte er hinter meinem Rücken nach der Waffe, die ich in der anderen Hand fest hielt. Durch mein Hemd spürte ich seinen kräftigen Körper, nackte Haut, kühl und vom Quellwasser erfrischt...

»*Dein Hemd!* Wo ist dein Hemd?!«

Erik schloss die Augen. »Verflucht! Ich habe es am Bach liegen lassen! Wie konnte mir das nur passieren!« Er stöhnte leise. »Ihr bringt mich ganz durcheinander, Gräfin...«

»Tu ich das?« Ein Schauder lief mir den Rücken hinab. Schnaubend versuchte er daraufhin, meine Finger vom Schwertgriff wegzubiegen. »Verflucht, ja, das tut Ihr, vor allem, wenn Ihr mir die Waffe verweigert! Falscher Ehrgeiz, Alienor, seid doch vernünftig –«

»Psst... jetzt wart's doch ab. Der Allmächtige beschützt uns«, raunte ich ihm zu und rückte verstohlen noch näher an ihn heran. Erik hatte den Schwertgriff nicht losgelassen. Die Schritte draußen waren verklungen. Ganz still saßen wir da.

Plötzlich ein Schrei am Höhleneingang, dass mir das Blut gefror – der erste Heimbacher stand mit einer brennenden Fackel im Höhleneingang. Erik erstarrte. Augenblicke später hatte das Licht uns erfasst.

»Haben wir euch endlich! Und ihr sitzt in der Falle!«, rief der Mann triumphierend. »Denn hier kommt ihr nicht mehr lebend heraus!« Langsam und drohend, ein freches Grinsen im bärtigen Gesicht, zog er sein Schwert. Mit einem energischen Ruck hatte Erik mir das Schwert aus der Hand gerissen und warf sich dem Mann entgegen. Die Waffen klirrten, und dann sah ich, wie eine eisenharte Faust Erik in den Bauch traf – er stöhnte gequält auf, prallte mit Wucht gegen die Felswand und sackte zu Boden.

»*Allmächtiger... Erik!*« Der Mann drehte sich um und sah mein zu Tode erschrockenes Gesicht. Ein kampflüsternes Grinsen entblößte seine schlechten Zähne. Da schoss ich aus der Ecke hervor, raffte mein Schwert an mich, und im nächsten Moment prallten unsere Waffen im erbitterten Zweikampf aufeinander. Hunger und Erschöpfung waren vergessen. Wie ein Wiesel schlüpfte ich um ihn herum, genau wie Meister Gerhard es mir in vielen Übungsstunden beigebracht hatte. Schnelligkeit geht über Kraft. Schmutz wirbelte auf, wo seine Waffe mich verfehlte und stattdessen den Boden traf. Meine Arme schmerzten, doch Wut und Angst verliehen mir Riesenkräfte, wenn ich zum Schlag ausholte. Unser Waffenmeister wäre stolz auf mich gewesen...

Der Mann versuchte, mich gegen die Wand zu treiben. Durch den Schwung eines Hiebes lösten sich meine zusammengeknoteten Haare und fielen mir über die Schultern.

»He, du kämpfst ja gegen ein Weib!«, lachte der Zweite, der am Eingang versuchte, den Kessel wegzuschieben.

Die Augen meines Gegners blitzten böse auf. Mit einem unerwarteten Streich schlug er mir das Schwert aus der Hand und drängte mich an den Felsen. Und bevor ich ihm entkommen konnte, hatte er mit der Hand, die die Waffe hielt, mein Hemd gepackt und bis zur Taille aufgerissen. »Ein Weib, tatsächlich!« Ich presste mich gegen den Fels. Die Fackel kam näher, loderte heiß vor meinem Gesicht. »Du sollst mein Schwert jetzt anders erfreuen«, knurrte er und schaukelte herausfordernd mit dem Becken, wo es sich schon verdächtig beulte. Er kam langsam näher, mit der Schwerthand am Hosenbund nestelnd. Mein Kopf raste. Hinter mir kalter Fels, vor mir das Feuer – Schutz suchend drehte ich den Kopf zur Wand, weg von der Hitze, sah so nicht, was er tat, wie er den Arm senkte, auf mich zu – das Feuer sprang hoch, ich roch, wie meine Haare brannten, spürte die beißende Hitze auf meiner Schulter, wo kleine Flammen durch die Locken züngelten, als die Fackel zu Boden fiel und der Mann höhnisch auflachte. »Ein feuriges Weib für mich!« Aus der offenen Hose wollte eine Lanze mich aufspießen, Feuer biss sich durch mein Fleisch, Gott sei mir gnädig, ich brannte, lichterloh. Ein letzter klarer Gedanke ließ mich in die Knie gehen, unter seinem erwartungsvoll nach meiner Brust ausgestreckten Arm durchschlüpfen, fort von hier, von den Flammen...

Erik war gerade wieder zu sich gekommen. Seine Augen rundeten sich vor Entsetzen. »Þursinn! Skal þat gjalda ykkar líf!« Er fuhr hoch, hustend und schnaubend, fing mich ab, bevor ich kopflos gegen die nächste Wand rennen konnte, und drückte das Feuer mit seinen Händen aus. Der Heimbacher war mir gefolgt, das Schwert wieder in der Hand, mit der anderen die geschrumpfte Lanze in die Hose zurückstopfend. Er schwang seine Waffe zu einem furchtbaren Hieb, doch kurz bevor sein Schwert mich treffen konnte, bekam ich einen gewaltigen Tritt in die Seite, stolperte und fiel, während Erik dem Heimbacher seinen Dolch in den Leib rammte. Der Mann sank mit erstauntem Gesicht auf mich zu. Sterbend brach er neben mir zusammen.

Dieser Sieg verschaffte uns jedoch keine Atempause. Dem anderen Ritter war es nicht gelungen, den Kessel von der Stelle zu bewegen, und so gab er ihm wütend schreiend einen Tritt, als er seinen Kameraden tot am Boden sah. Der Kessel kippte um. Der Mann riskierte einen Blick auf seine Füße, über die sich gerade eine nach Verwesung riechende, schleimige Flüssigkeit ergoss. Zerkochte Tierleichenreste und Knochen erhoben sich wie kleine Gebirge aus der Suppe. Bestürzung machte sich auf seinem bärtigen Gesicht breit.

Geistesgegenwärtig hatte Erik das Schwert des Sterbenden an sich genommen und drosch nun wie ein Berserker auf den Angreifer ein, stumm, doch dadurch nur umso bedrohlicher... das angestrengte Schnaufen der beiden, die Flüche des Heimbachers und Eriks schattenhafte Gestalt im Halbdunkel – meine Ohren dröhnten von den Kampfgeräuschen. Sie kamen auf mich zu, und der Tod tanzte zwischen ihnen. Ich riss mich zusammen und stellte mich bereit, mein Schwert wieder fest in beiden Händen. Verbissen trieb Erik mir den Gegner in die Arme, und ich tötete ihn, obwohl die ritterliche Ehre es verbot, indem ich ihm die Klinge mit aller Kraft von hinten in den Rücken stieß. Mein Schrei gellte noch durch die Höhle, da lag er schon röchelnd am Boden.

Dann war es ruhig. Ein Schwert klirrte auf den Felsboden. Wie zwei Gegner standen wir uns gegenüber, keuchend, schwitzend.

»*Fíffla*, Wahnsinnige, seid Ihr noch zu retten, Euch auf diese Männer zu stürzen? Glaubt Ihr im Ernst, ich könnte mich nicht mehr verteidigen? Ein Krieger kämpft bis zum letzten Atemzug... und verflucht noch mal! Dabei braucht er kein *Weib!*«, tobte Erik in die Stille hinein. Sein Gesicht war so rot, dass ich erwartete, er würde gleich platzen. Selbst der Haaransatz schimmerte rötlich. Es war müßig, ihm zu sagen, dass er, wenn auch nur für kurze Zeit, kampfunfähig in der Ecke gelegen hatte, dass ich keine Wahl gehabt hatte. Dass ein Mann mit einer derartigen Verletzung keine Chance hat, einen ungleichen Kampf zu gewinnen. Müßig, ihm zu sagen... Just als der Boden unter meinen Füßen wegrutschte, packte Erik mich und schleifte mich zum Höhleneingang an die frische Luft. Dunkle Schwaden waberten vor meinen Augen, es rauschte in meinen Ohren. Ich zitterte plötzlich wie Espenlaub, und mir war entsetzlich kalt. Seine Arme umschlangen mich Besitz ergreifend, hielten mich fest, ohne dass meine Füße den Boden berührten, und er schimpfte in seiner Muttersprache weiter, gleich neben meinem Ohr, wütend und von Schluchzern unterbrochen, dann immer leiser werdend, bis seine Stimme brach. Ich fühlte seine Hände in meinem verbrannten Haar, an der Schulter, auf dem Rücken, spürte sein Herz heftig wie eine Trommel schlagen.

Das Rauschen im Kopf verging, die dunklen Schleier zerrissen einer nach dem anderen. Seine Arme gaben so weit nach, dass meine Füße den Boden erreichten. Eine ganze Weile lehnten wir so an der Felswand, schwer atmend, unfähig, klar zu denken. Eriks Finger fuhren durch meine Haare, den Rücken entlang, verfingen sich in dem zerrissenen Hemd. Als sie nackte Haut berührten, stand ich nur still und bohrte meine Nase tiefer in seine Schulter. Er zog die Hand nicht zurück, sondern fuhr unter dem Stoff weiter über meinen Rücken… Wie wurde mir da? Ich spürte jeden Einzelnen seiner zehn Finger, im Haar, am Nacken, entlang der Wirbel – bis ein stechender Schmerz mich plötzlich zusammenfahren ließ. Augenblicklich ließ Erik mich frei. Blut tropfte von seiner Rechten.

»Ihr… Ihr seid verletzt, Fräulein!« Seine Stimme klang rau. Verständnislos starrte ich ihn an. Meine Knie waren weich – warum hatte er mich losgelassen, warum? Wieder spürte ich seine Hände. Er schob das Hemd hoch und untersuchte meinen Rücken, auf dem die Klinge des Heimbachers ihre Spur hinterlassen hatte. Mit einem Zipfel tupfte er das Blut weg. Ich zuckte vor Schmerz zusammen. Auf dem Boden lag einer der Leinenfetzen, mit dem ich ihn eigentlich gestern Abend hatte verbinden wollen. Behutsam deckte er ihn über den Schnitt und reichte mir die Enden nach vorne. »Verknotet es, wir werden später danach sehen.« Er half mir, den Rock über das zerrissene Hemd zu ziehen, und sah zu, wie ich die Schnüre über der nackten Haut zusammenzog.

»Ihr macht es einem nicht gerade leicht, auf Euch aufzupassen, Gräfin… doch führt Ihr eine wackere Klinge, das muss ich schon sagen! Wer hat Euch das gelehrt?« Ich sah ihn an, wollte ihm sagen, dass ich noch nie außerhalb der Burg gekämpft hatte, dass mir von der Anstrengung alle Knochen weh taten, dass er mich weiter festhalten sollte, weil ich immer noch zitterte, doch kein Wort kam mir über die Lippen. Meine Nerven waren auf das Äußerste gespannt, ich konnte mich kaum bewegen…

Abrupt wandte er sich ab und kniete neben den Toten nieder. Er entfernte den Dolch aus dem Leib des einen Ritters, wischte ihn an seiner Hose ab und entschied sich, dessen Hemd anzuziehen. Voller Ekel sah ich zu, wie er es der Leiche mühsam abstreifte und sich selbst über den Kopf zog, sah das Blut des Toten auf dem weißen Leinen, noch nicht getrocknet, das vom Dolch gerissene Loch, das ein Stück seiner hellen Haut freigab… und die Starre in mir löste sich. Ob Königssohn oder nicht – er war ein Barbar und würde es immer bleiben.

Ich wankte zurück zum Ausgang und erbrach mich gegen die Felswand.

Eine fette Ratte rannte plötzlich an meinen Füßen vorbei. Erschaudernd tastete ich nach Halt an der Wand. Ich wollte nach Hause, wo es Essen gab und ein weiches Bett, und Emilia, die mich beruhigen konnte. Eriks angestrengtes Atmen drang an mein Ohr. Ja, und ich wollte fort von ihm. So schnell wie möglich. Er irritierte mich, seine Augen, die mich so sprechend und ablehnend zugleich betrachteten, und wie er mich behandelte… Ein Schauder lief über meinen Rücken, wo er mich berührt und meine Sinne verwirrt hatte – ich musste weg von ihm! Wenn wir erst zu Hause wären – lieber Gott, *zu Hause*…

Zu Hause war Krieg. Es gab kein zu Hause, jedenfalls nicht das, was ich kannte und liebte. Die Burg war überfüllt von Schutz suchenden Menschen, überall Lärm, Brandgeruch, schreiende, sterbende Männer, kreischende Frauen, heulende Kinder, das Essen wäre knapp, das Wasser schalig und nirgendwo ein Plätzchen, wo man seine Ruhe hatte… mit Schaudern erinnerte ich mich an die letzte Belagerung. Damals hatte Mutter noch gelebt. Wie eine Königin hatte sie alle Fäden in der Hand gehalten, ohne auch nur einen Moment nervös zu werden, hatte Frauen getröstet, Kinder gewiegt, hatte Strohballen geschleppt und im Ölbottich gerührt, den Männern mit ihrem sonnigen Lächeln geröstetes Brot gereicht und überall, wo sie auftauchte, die Kampfmoral gestärkt... Vater war stolz auf sie gewesen! Und nun war sie tot – fort, nicht mehr da, ausgerechnet jetzt, wo ich ihr so gerne mein Herz ausgeschüttet hätte, ihr all die hässlichen Dinge, die ich erlebt hatte, erzählen wollte. Sie hätte alles verstanden. Und sie hätte auch verstanden, warum ich den Mann, der die Kleider von Toten an sich nahm, nicht mehr um mich haben wollte.

Am Höhleneingang piepste es. Ich sah auf. Es war wieder die Ratte. Ich hob einen Stein auf und warf ihn nach ihr. Getroffen purzelte sie den Fels hinunter.

»He, was tust du da!«, rief eine helle Stimme empört. Gleich darauf starrten mich zwei unnatürlich hellgrüne Augen an, und mir blieb vor Schreck der Mund offen stehen: Da stand das wunderlichste Männchen, das ich je in meinem Leben gesehen hatte! Nur halb so groß wie ich, doch sein Kopf war riesig, kugelrund und kahl, die Stirn sicher doppelt so breit wie der ganze Kopf... Aus dem faltigen Gesicht sahen mich Augen eines Kindes an.

»Heilige Maria – steh mir bei«, flüsterte ich und wich zurück. Das Männchen kniff die Augen zusammen.

»Du hast meine Ratte totgemacht.« Es kam näher. »Und du bist *hässlich*.« Sein Blick fiel auf die beiden Toten in der Höhle, und seine Augen wurden rund vor Erstaunen. »Und du bist eine Menschenfresserfrau!« Ich stolperte rückwärts vor Schreck.

»Mama!!!«, krähte das Männchen da los.

»Nein!«, entfuhr es mir. Meine Nägel splitterten an der Felswand. Es hatte keinen Zahn in seinem hässlichen Mund, beim Schreien konnte man bis tief in den Rachen schauen, wo das Zäpfchen hellrot leuchtete. »Mamamama!« Es stieg wieder ein Stück nach draußen.

»Maamaa!«

»Herr, steh mir bei –« Der Teufel hatte mich gefunden.

»Was ist los? Was habt Ihr, Alienor?« Erik hatte mein entsetztes Gesicht gesehen, den Grund dafür jedoch nicht. »Was habt Ihr, Gräfin?«

»Heilige Mutter – voll der Gnaden – sieh doch, da vorne...«, murmelte ich, während ich mir gleichzeitig die Finger blutig biss.

»Aber da ist nichts. Die Pferde haben gewiehert!« Er spähte um die Ecke. »Ihr seid überreizt, Gräfin. Gleich bin ich fertig, dann werden wir nach Hause reiten.« Nach Hause. Verzweifelt sah ich ihn an. Er nahm mir den Finger aus dem Mund. Nach Hause. Es gab kein Zuhause. Nicht für ihn, und nicht für mich. *Allmächtiger ...*

»Wir haben Besuch? Na so was.«

Und dann stand die Hausherrin vor uns. Eine Frau mittleren Alters, in düsteren, vielfach geflickten Kleidern, barfuß und mit einer großen Kiepe aus Weidenholz auf dem Rücken. Ihr pechschwarzes, zu zwei langen Zöpfen geflochtenes Haar schimmerte im Sonnenlicht, ein schmutziggraues Leinentuch hielt sie in der Hand. Doch das seltsamste war ihr Gesicht. Ich konnte nicht gleich sagen, was mich störte, die fahlen Wangen, die feinen Runzeln ... Nein. Es war ihr Mund, unnatürlich schief, wie von einer Hasenscharte, die jemand versucht hatte zuzunähen. Und ihre Augen. Mir lief eine Gänsehaut über den Rücken. Sie hatte zwei verschiedenfarbige Augen. Ein grünes und ein braunes. *Hexenaugen ...*

»Mama, sie hat meine Ratte totgemacht, die hässliche Menschenfresserfrau da war's!«, beklagte sich der kleine Troll an ihrer Seite und stapfte mit seinen viel zu großen Füßen wieder auf mich zu. »Du bist schuld, du –«

»Ich wollt's nicht, verzeih mir ...«, flüsterte ich und wich zurück. Damit stieß ich gegen Erik, der hinter mir stehen geblieben war und nun einfach den Arm um mich legte. Neugierig betrachtete die Frau ihre Gäste von oben bis unten.

»Ich hab hier lange keinen Besuch mehr gehabt«, meinte sie dann und verschränkte die Arme vor der mageren Brust.

»Sie hat meine Ratte tot gemacht«, keifte das Männchen erneut. Es zog energisch an ihrem Rock und fing an zu greinen.

»Sei jetzt still, Peterchen. Wir finden einen neuen Liebling für dich.« Beruhigend strich sie über seinen kahlen Schädel und suchte Eriks Blick.

»Habt ihr etwas zu essen? Ein Stück Brot vielleicht?«, fragte sie. Ihre zweifarbigen Augen glommen gierig auf. Erik schüttelte den Kopf.

»Ihr... Ihr müsst unser Eindringen verzeihen. Wir wurden verfolgt, und es gab einen Kampf.«

»Das sehe ich wohl.« Ihre Stimme klang enttäuscht. »Heimbacher Kadaver. Ich wäre euch dankbar, wenn ihr die Überreste forträumen würdet, bevor sie anfangen zu stinken.«

Erik stellte den umgekippten Kessel wieder auf die Beine und spähte naserümpfend hinein. »Die Suppe kann ich dir leider nicht ersetzen...«

Da lächelte sie zum ersten Mal, und mit ihrem schiefen Mund sah das geradezu spitzbübisch aus. »Macht nichts. Das Wichtigste an der Suppe waren die Knöchlein, und die sind schön blank gekocht.« Der Kleine hatte bereits begonnen, die winzigen Knochen und Tierteile zusammenzuraffen. Lächelnd sah die Frau ihm dabei zu. »Ich fertige Amulette und Medizin daraus. Aber die Leute kaufen sie nur, wenn sie blank poliert sind.« Damit lud sie ihre Kiepe ab und machte sich mit einem Strohwisch auf dem Boden zu schaffen.

»Alienor, ich bitte Euch – helft mir«, raunte Erik mir zu. »Helft mir beim Tragen!« Ich biss die Zähne zusammen, und zu zweit schleiften wir die toten Ritter aus der Höhle heraus ins Gebüsch, wo sich die Krähen darüber hermachen konnten. Die Frau wartete im sauber gewischten Eingang auf uns.

»Wer bist du?«, fragte Erik, was ich sehr mutig fand. Irgendwie machte sie mir Angst. Sie grinste.

»Man nennt mich die Kräutergrete. Ich braue Tränklein zum Gesundwerden, und solche, die andere Wünsche erfüllen – ganz nach Eurem Belieben. Und ich weiß viele Rezepte...« Ahnte ich es doch – eine Kräuterhexe! Sie fixierte uns mit ihren ungleichen Augen.

»Und – braucht ihr ein Tränklein? Eins zum Glücklichwerden vielleicht? Oder eins, das dich schön macht, Mädchen?« Sie trat näher und berührte mein verletztes Gesicht. »Etwas, was dein Gesicht wieder heil macht? Mit heller Haut, schön und zart und deine Haare so blond wie Gold? Um deinem Liebsten zu gefallen – na, was meinst du?« Kaum begriff ich, was sie sagte, allein ihre Stimme hatte etwas Lockendes, Girrendes, und das Herz schlug mir bis zum Hals. »Ich habe eine ganz besondere Salbe, bei Vollmond gerührt aus Diptamussamen und Agleia – trag sie auf, und schon morgen soll dein Gesicht klar und rein aussehen. Und zur Nacht einen Schluck vom Tau der Alchemilla, das wirkt Wunder gegen deine Sommersprossen, du wirst staunen, Mädchen.«

Da spürte ich Eriks Hand auf meiner Schulter. »Wir brauchen nichts, Grete. Außerdem können wir nicht zahlen.«

»Soso. Nun, dann eben nicht.« Sie sah ihn scharf an. »Normalerweise haben die Leute *dafür* immer Geld.«

Er hob wie zur Entschuldigung die Schultern. »Ich glaube nicht an Zaubertränklein, Grete.«

Da lächelte sie listig. »So mancher Aufschneider nennt sich heilkundig und kennt nicht einmal die einfachsten Rezepte. Ich dagegen verkaufe dir keine Tinkturen aus dem Fernen Orient, in denen allein Katzenpisse mit Hühnermist verrührt wurde! Die heilige Jungfrau ist meine Zeugin, dass ich nie in die Aufgüsse spucke! Vielmehr hat mein Theriak schon des Erzbischofs Koliken gelindert – denn ich kenne die Wirkung jedes meiner Kräuter, und ich weiß, was gegen Zahnweh und was gegen Liebeskummer hilft, junger Mann! Aber ich sehe schon, du willst deinen Geldbeutel vor mir um jeden Preis verschlossen halten.«

Sie lachte leise. Mein Blick fiel auf die merkwürdige Kreatur mit dem großen Kopf, die nun friedlich zu meinen Füßen im Schmutz spielte.

»Wer ... wer ist das?«, fragte ich leise. Grete lehnte den Kopf an den Fels und betrachtete den Spielenden.

»Mein Sohn.« Sie sah hoch und mir ins Gesicht, und ihre ungleichen Augen verengten sich. »Ich habe auch einmal anders gelebt, Mädchen. Ich war schön, und ich hatte einen Schatz, der mich zum Weibe nehmen wollte. Doch sie hängten ihn auf wie einen Dieb und vertrieben mich aus ihrer Mitte, weil dieses arme Kind ihnen Angst einflößte... Wechselbalg nannten sie es, Feenkind, und mir schrien sie ›Rabenmutter‹ hinterher, weil ich nicht da gewesen war, als die Feen es vertauschten...« Ihre Hand strich über seine eingefallene Wange. »Sie trieben uns in den Wald, ohne Nahrung und ohne Schutz, ich musste Beeren und Wurzeln suchen, damit er nicht verhungerte. Doch jetzt« – sie reckte sich –

»müssen sie wieder zu mir kommen, weil ich ihre faulenden Beine und aufbrechenden Geschwüre kurieren kann...«

»Ha!«, krähte das Männchen auf und schlug mit der Hand auf die Knöchlein, dass sie in die Luft flogen. Grete musterte mich und fuhr vorsichtig mit dem Finger die Linie in meinem Gesicht nach. Ich erstarrte. »Du bist noch jung, Mädchen«, sagte sie leise. »Zu jung, um entstellt durchs Leben zu gehen. Lass mich dir wenigstens von meiner Salbe geben. Du bekommst sie gratis...«

»N-nein, lieber nicht.« Ich dachte an die Frösche und die weißen Knochen, die sie für ihre Zubereitungen verwendete. Andererseits – hatte diese Frau wirklich ein Mittel, das die Schramme verschwinden lassen konnte? Eine Wundersalbe, die alles ungeschehen machte, dazu Tau vom Blatt der Alchemilla und kein Ärger mit Vater, kein Spott der anderen Frauen, und irgendwann einmal fände ich vielleicht einen Bräutigam, der mich nicht nur wegen meines Erbes heiraten würde... Ich seufzte sehnsüchtig. Ihr grünes Auge blitzte geheimnisvoll, wie ein Smaragd. War sie wirklich eine Hexe, Herrin über Kräuter und Alraunen, oder doch nur eine arme Frau, die von der Leichtgläubigkeit der Leute lebte? Langsam schüttelte ich den Kopf. Da lächelte sie unerwartet und zwinkerte mir zu, als verstünde sie meine Zweifel.

»Dann – dann gib mir deine Hand.« Sie griff nach meiner Rechten und studierte sie flüchtig. »Hierher kommen so selten Gäste – lass mich wenigstens in deiner Hand lesen.« Mit ihrem dünnen Zeigefinger fuhr sie die verschiedenen Linien entlang und lächelte dann verheißungsvoll. »Du wirst einmal einen Prinzen zum Mann nehmen und sehr reich sein. Ja, ich sehe es ganz deutlich. Ein Leben in Gold und Seide. Dein Prinz trägt eine Krone auf dem Kopf und wird ein Reich im Land der Sonne erben, wenn sein alter Vater stirbt. Und du wirst ihm viele Söhne schenken und eines Tages Königin über ein ganzes Volk sein!«

Befremdet sah ich sie an. Eine Frau, aus deren Mund solcher Unsinn quoll, konnte keine Hexe sein. Ein Prinz – ich!

»Weib, du hast Fantasie«, lachte ich los. »Ein Prinz – der wird sich ausgerechnet in die Eifel verirren, um *mich* zu heiraten! Das erzählst du wohl allen Frauen.«

Sie starrte mich an und schüttelte entrüstet den Kopf. »Ich bin noch nie für meine Prophezeiungen ausgelacht worden.«

»Aber Grete – damit kannst du höchstens die Mädchen auf dem Jahrmarkt beeindrucken!« In ihren Augen glomm etwas auf, als hätte ich sie ertappt. Doch dann nahm sie erneut meine Hand. »Doch«, beharrte sie. »Ich sehe es ganz genau«, sie deutete auf eine Linie neben dem Daumenballen, »hier ist deine Lebenslinie, du wirst alt werden. Und gleich darüber liegt königliches Blut. Sieh nur, die Striche hier.«

»O Grete, ich weiß schon, du meinst es gut mit mir. Aber sei ehrlich: Kein vernünftiger Prinz der Christenheit würde die Tochter meines Vaters zur Frau nehmen«, meinte ich immer noch lachend und vertiefte mich in die wilden Striche auf meiner Handinnenfläche, in denen diese Frau glaubte, Gold, Prinzen und Seide erkennen zu können. Ich sah nur Schmutz und getrocknetes Blut, das in den Rillen brach und meine Hände so runzelig aussehen ließ wie die eines alten Weibes. Alt sollte ich also werden. Ich kannte nur wenige Menschen, die richtig alt waren. Den jüdischen Arzt. Den Großvater des Schmieds, die alte Hebamme unten im Dorf. Sie waren so alt, dass keiner mehr wusste, ob sie jemals anders ausgesehen hatten. Ich versuchte mir vorzustellen, wie ich aussehen würde mit weißen Haaren und von harter Arbeit gebeugtem Kreuz, zahnlos und vertrocknet, ein müdes Gesicht voller Falten, Kinder an den Rockzipfeln, im Lehnstuhl einen grantigen, übellaunigen Gatten, einen Rupert von Hachtburg etwa, oder diesen asthmatischen Stadtvogt von Aachen... Heilige Gottesmutter. Ein Mann – warum war ich nicht ein Mann? Dann würde ich auf Wanderschaft gehen, in ferne Länder reisen und viele Dinge über die Sterne und die Heilkunde lernen, wie Meister Naphtali. Und die Leute würden mich um Rat fragen, würden voller Ehrfurcht meinen Namen nennen.

»Jetzt deine Hand, junger Mann.« Ich wachte auf aus meinem Traum und lächelte Erik an. Gretes Geschwätz begann mir Spaß zu machen.

»Hör gut zu, Erik, sicher wird sie dir eine reiche Königin versprechen und eine Krone –« Meine Stimme erstarb, als ich seinen

Blick auffing. Blau und hart wie Stahl schien er durch meinen Kopf hindurchzugehen, sich den Weg wie ein Messer durch meine Gedanken zu schneiden... Gleich darauf kreischte die Frau auf und ließ seine Hand fahren wie ein giftiges Insekt.

»Gott sei mir gnädig, *Allmächtiger!*« Weit riss sie die Augen auf und deutete mit dem Zeigefinger auf ihn, während sie noch ein Stück zurückwich. »Deine Hände sind in Blut getaucht! Unheil schwebt über deinem Kopf – Unheil säumt deinen Weg!« Sie keuchte, griff sich an die Kehle. »Verlass mein Heim, geh, bevor das Unheil auch auf mich kommt – geh!«

»Geh!«, krähte das Kind wie ein Echo. »Verschwindet, geh, verschwindet, geh...«

»Macht, dass ihr fortkommt – Herr, steh mir bei. Verzeih mir meine Sünde und wehre das Unheil ab von mir, gütiger Herr, hab Erbarmen...« Sie zitterte am ganzen Körper. Erik hatte sie nur wortlos angestarrt, und als sie anfing zu schreien, schloss er die Augen und holte tief Luft.

»Komm«, bat ich erschrocken, »lass uns gehen.« Mit der einen Hand packte er die Bündel, mit der anderen zog er mich aus der Höhle, hin zu den Soldatenpferden, die an einen Baum angebunden waren.

»Geh! Verschwindet, gehverschwindetgehverschwindet...«, gickelte der Sohn der Kräuterfrau und steckte seinen hässlichen Kopf zur Höhle heraus. Seine Mutter blieb unsichtbar, nur ihre Stimme war zu hören und wie sie kopflos auf und ab lief...

»Ein Verfluchter... all ihr Heiligen, wieso ausgerechnet ich – seid ihr noch nicht weg?« Wir saßen schon im Sattel, als Erik nochmals zum Einstieg zurückschaute, fassungslos über das, was gerade geschehen war. Da erschien Grete auf dem Absatz. Wild umrahmte das geraufte Haar ihr schneeweißes Gesicht.

»Geh, Fremder, geh weit weg von mir, ich will nichts mit dir zu schaffen haben... der Tod ist dein Begleiter!« Und wie eine Waffe senkte sie ihre gespreizten, vor Erregung bebenden Finger über Eriks Kopf, »Blut und Tränen wirst du säen – keine Ruhe wirst du finden, denn Gott kennt kein Erbarmen mit den Heiden! Geh mir aus den Augen, so schnell du kannst.«

»Verschwindet!« Die kehlige Stimme des kleinen Wasserkopfs war das Letzte, was wir hörten, als unsere Pferde losgaloppierten, geradewegs in den Wald hinein. Erik hetzte seinen Gaul, als gelte es, den Furien zu entkommen. Furien, die Grete in ihm entfesselt hatte... Er ließ mir keine Zeit, darüber nachzudenken; ich brauchte alle Kraft, um im Sattel zu bleiben und Erik nicht aus den Augen zu verlieren. Er jagte uns durch dichtestes Unterholz, zwang die Pferde unerbittlich vorwärts, endlos, wie mir scheinen wollte. Nur einmal gelang mir der Blick in sein Gesicht, und ich erschrak. Es war blass und verzerrt, und seine Augen stachen hervor wie zwei Knöpfe, haltlos, ratlos, stumm. Das Kreischen des Männleins gellte in meinen Ohren wider, und Gretes Worte saßen mir wie eine Vogelklaue im Nacken. *Der Tod ist dein Begleiter...*
Ich trieb mein Pferd an.

7. KAPITEL

Eine Esche weiß ich, heißt Yggdrasil,
Den hohen Baum netzt weißer Nebel;
Davon kommt der Tau, der in die Täler fällt.
Immergrün steht er über Urds Quelle.
(Völuspá 19)

Wir ritten, bis die Dunkelheit hereinbrach. Da endlich zügelte Erik sein Pferd und brachte es an meine Seite. Schaumflocken troffen zu Boden.

»Wir machen Rast. Das hier ist das Land Eures Vaters.« Seine Stimme hatte etwas Unpersönliches, und er vermied es, mich anzusehen. Zwischen den Bäumen kam eine schiefe Hütte in Sicht, gleich daneben auf der Lichtung lagen die Überreste eines Kohlenmeilers. Es roch nach verbranntem Holz.

Ein Bach plätscherte hinter der Hütte. Erik glitt aus dem Sattel, legte sich ins Gras und tauchte die Hände ins Wasser. Wasser! Plötzlich verspürte ich brennenden Durst. Ich hangelte mich vom Pferd und hockte mich neben ihn. Der Geruch des Wassers, frisch und kühl, schien das Feuer in meiner ausgedörrten Kehle nur anzuheizen. Zitternd kniete ich mich hin und versuchte wie Erik, mit hohlen Händen Wasser zu schöpfen, doch es gelang mir nicht. Sie waren so steif und kraftlos, dass sie das Wasser nicht zu halten vermochten, es rann mir zwischen den Fingern hindurch und tropfte auf meine Hose. Ich versuchte es wieder und wieder, mein Mund schien mit Sand gefüllt, die Zunge klebte am Gaumen. Und dann glitzerte Wasser direkt vor mir, verheißungsvoll nass, ich roch es ...

»Trinkt, Alienor.« Er hielt mir seine Hände hin, wie eine Schale geformt, und ich trank und trank, fühlte, wie mir das köstliche Nass die Kehle herunterrann ... Irgendwann verschluckte ich mich, und als ich zu husten aufhörte, war er fort. Aber mir ging es etwas besser, und langsam stand ich auf.

Erik untersuchte gerade die Köhlerhütte. Sie war verlassen, und als er die klapprige Tür aufstieß, fiel das Dach mit lautem Krachen in sich zusammen. Fluchend versuchte er, der Staubwolke zu entkommen.

»Wir werden draußen schlafen müssen«, sagte er knapp und befreite die Pferde von Sätteln und Gepäck. Ich nahm die Decken entgegen und suchte einen Lagerplatz unter den Bäumen. Mir war so kalt, und die Angst dieses schrecklichen Tages saß mir noch in den Knochen. Gretes Worte, jedes Einzelne, schienen in mein Gedächtnis eingebrannt, ich konnte sie riechen, wie meine versengten Haare, die ich nicht anzufassen wagte aus Furcht, nur Stoppeln vorzufinden. Schaudernd wickelte ich mich in eine der Decken. Diese Nacht würden wir wenigstens nicht frieren. Doch ob sich die lähmende Kälte in meinem Inneren mit einer Wolldecke besiegen ließ?

Ein Arm voll Reisig krachte direkt vor mir zu Boden. Mit schmerzverzerrtem Gesicht hockte Erik sich auf eine Baumwurzel. »Euren Feuerstein.« Verständnislos starrte ich ihn an. Da griff er sich mein Bündel und wühlte stumm darin herum.

Als das trockene Reisig zu knistern begann und der Feuergeruch mir in die Nase stieg, versteifte ich mich unwillkürlich, hielt mit weit aufgerissenen Augen den Atem an. *Feuer...*

Ein harter Schlag traf meine Wange. Erschrocken heulte ich auf, hielt meine Hände schützend vors Gesicht – es brannte wieder. Gott, wie es brannte...

»Reißt euch zusammen, Frau!« Energisch nahm er meinen Arm weg und zwang mich, ihn anzuschauen. Seine Augen funkelten ärgerlich. »Ihr benehmt Euch wie ein kleines Kind! Dieses Feuer wird Euch nichts tun, also seid nicht albern. Legt Euch hin und schlaft!«

Durch seinen Tonfall kam wieder Leben in mich. »Meine Haare... der Geruch...«, schluchzte ich, nun am ganzen Leibe zitternd. »Er hat sie verbrannt, mein Gott, dieser Geruch...«

Außer mir vergrub ich den Kopf in den Armen.

»Wieso bindet Ihr auch Euer Haar nicht zusammen wie andere Frauen? Dann wäre das gar nicht erst passiert«, brummte er unfreundlich. »Ihr seid selbst schuld.«

»Ich habe meine Bänder in der Höhle verloren«, jammerte ich. Erik rutschte hinter mich und untersuchte mein Haupthaar.

»Beim Bart des Thor – das hier kann man doch abschneiden. Stellt Euch nicht so an.« Die raue Stimme und sein ruppiger Tonfall ließen die Tränen nur weiterfließen. Auf mein langes Haar war ich immer sehr stolz gewesen, wenn es auch nicht die richtige Farbe hatte. Doch nun würde ich aussehen wie eine kahl geschorene Büßerin, nicht zu reden von meinem Gesicht... Warum ließ er mich nicht einfach in Ruhe? Ich sehnte mich danach, meinen Tränen freien Lauf zu lassen, ohne von ihm gestört zu werden.

Er hörte sich mein Schniefen eine Weile an, während er im Feuer stocherte, dass die Funken stoben. Jedes Mal zuckte ich zusammen.

»*Eigi meðalfífla*«, knurrte er schließlich erbittert und warf den dürren Holzstab weg. »Ihr habt vielleicht Probleme! Wir sind gerade noch mal davongekommen, und Ihr jammert über ein paar verbrannte Haarsträhnen! Jetzt hört schon auf zu heulen. Zieht Euch lieber aus, damit ich nach Eurem Rücken sehen kann.«

Mit gesenktem Kopf, wie ein gescholtenes Kind, gehorchte ich und zog langsam den Ärmel hoch, wo eine Schnittwunde zum Vorschein kam. Erik säuberte sie vorsichtig mit Wasser und wickelte etwas Leinen drumherum.

»Jetzt der Rücken. Ihr müsst schon alles ausziehen. Nun ziert Euch nicht so, ich werde bestimmt nicht über Euch herfallen...«, befahl er.

»Dreh dich um«, bat ich schüchtern, rot vor Verlegenheit, zog mir rasch Rock und Hemd aus und hielt es mir vor die Brust. Jede Edelfrau wäre eher verblutet, als dass sie sich vor einem Mann entkleidet hätte, egal, wie schwer die Verletzung auch sei. Nun bin ich nicht jede Edelfrau. Und ich kannte Erik mittlerweile gut genug, um zu wissen, dass er notfalls auch mit Gewalt nachgeholfen hätte.

Mein Rücken brannte lichterloh, als er ihn mit einem nassen Tuch abtupfte. Krampfhaft riss ich mich zusammen, er hatte schon genug gemeckert.

»Nur ein wenig näher, und wir hätten jetzt zwei Teile von Euch...«, bemerkte er. »Ihr habt unglaubliches Glück gehabt, wisst Ihr das?« Mit dem Handrücken wischte ich mir ein paar Tränen aus dem Gesicht, als er die Verbrennung an der Schulter untersuchte. Erik riss mein altes Hemd in Streifen und begann mit flinken Fingern, mir um Rücken und Schulter einen lockeren Verband anzulegen. Seine Hände waren so sanft und kundig wie die von Meister Naphtali... Ich schloss die Augen und wollte vergessen, wo ich war.

»Zieht Euch wieder an, Gräfin. Ihr werdet Euch erkälten«, hörte ich ihn schließlich leise sagen. Hastig stülpte ich mir das Hemd wieder über den Kopf. Noch während ich mir den Rock zuband, legte er mir seine Decke um die Schultern und ließ sich neben dem Feuer nieder. Lange starrte er in die Flammen, ohne ein Wort zu sagen. Ich rieb mein geschwollenes Gesicht. Großer Gott, wie ich wohl aussah... *Du bist hässlich,* hatte selbst das Feenkind gesagt. Unglücklich seufzte ich auf.

Erik reichte mir das feuchte Tuch. »Kühlt es damit«, sagte er. So drückte ich mir den nassen Lappen ins Gesicht und überlegte gleichzeitig krampfhaft, was ich sagen sollte. Ich wagte nicht einmal, zu fragen, ob ich nach seiner Verletzung sehen sollte.

»Diese *grýla* hat Euch Angst eingejagt, nicht wahr?«, fragte er urplötzlich in die Stille hinein, ohne den Kopf zu heben. Erstaunt sah ich hoch.

»Lieber Himmel – ja! Dir etwa nicht?«

Mit einem neuen Stöckchen stocherte er wieder im Feuer herum. »Hmm.«

Das Gespräch versiegte, noch bevor es begonnen hatte. Resigniert griff ich in mein Bündel und förderte den Brotkanten zutage, den ich die ganze Zeit schon mit mir herumschleppte. Mein Magen knurrte erbärmlich... Das Brot war labbrig und feucht geworden, aber das störte mich jetzt nicht. Ich brach es in zwei Hälften und reichte ihm die größere. Schweigend nahm er mir auch noch die andere aus der Hand und steckte sie auf sein Holz, um sie über dem Feuer zu rösten.

»Erik?«

»Hmm.«

Ich holte tief Luft. »Erik, was hat sie gemeint, dass das Unheil deinen Weg säumt? Das war doch dummes Gerede, oder nicht?« Da drehte er sich um und sah mich an.

»Nein, war es nicht.« Ich riss die Augen auf. »Und wenn sie wirklich eine *völva* ist, dann weiß sie alles. Dann weiß sie sogar, wie ich den Tod finden werde.« Mit den Fingern fuhr er sich durch die verschwitzten Haare und seufzte.

»Erik.« Ich zupfte ihn am Ärmel. »Erik, Meister Naphtali hat mir gesagt, dass du leben wirst.« Er sah auf.

»Hat er das gesagt?« Ich nickte. Gedankenverloren spielte er mit seinem silbernen Anhänger. »Habt Ihr ihn etwa danach gefragt?« Wieder nickte ich. Da glitt ein Lächeln über sein Gesicht, das jedoch erlosch, als sein Finger über die Silberplatte fuhr. »Wisst Ihr – meine Geburt stand unter keinem guten Stern...«, murmelte er. Schließlich steckte er den Anhänger wieder unter das Hemd und stützte sein Kinn in die Hand.

Ich wagte nicht zu fragen, was es mit dem Schmuckstück auf sich hatte, das er unter seinem Hemd auf der bloßen Haut trug und das er mir noch nicht gezeigt hatte. Erik war mit seinen Gedanken weit weg. Finster starrte er ins Feuer. Kein guter Stern. Wie im Märchen hatte man dem Königskind in der Wiege aus den Sternen gelesen und hatte böse Dinge darin gesehen... Argwöhnisch sah ich ihn von der Seite an. Wie war sein Leben bisher verlaufen – hatte es da üble Kapitel gegeben? Blut und Grausamkeit, wie ich es aus den Geschichten über die Nordmänner kannte? Gebranntschatzte Kirchen, geraubte Heiligtümer, Blutspuren, die sich von Stadt zu Stadt zogen. Die schrecklichen Überfälle, mit denen die Wikinger das Rheinland vor gut hundert Jahren verwüstet hatten, boten immer noch Erzählstoff für lange Winterabende, und man pflegte Gott zu danken, dass diese Zeiten vorüber waren.

Ich wusste nichts von ihm. Und er war einer von ihnen. Mich schauderte. Die kleine Bewegung brachte ihn in die Gegenwart zurück; bevor das Brot verbrennen konnte, schob er meine Hälfte herunter und gab sie mir.

»Ihr fürchtet Euch vor mir, nicht wahr?« Langsam steckte er sich Krume für Krume in den Mund und sah weiter in die Flammen. Ich saß starr neben ihm, doch schien er gar keine Antwort zu erwarten. Das Brot war heiß, und ich drehte und wendete es vorsichtig, damit es abkühlte.

Angst. Natürlich hatte ich Angst vor ihm, von Anfang an. Seine Wildheit, sein berechtigter Hass auf meine Familie, die es gewagt hatte, sich an einem Königssohn zu vergreifen... Und Gretes Worte. *Blut und Tränen wirst du säen.* Ein schlechter Stern über seiner Geburt. Was mochte sich hinter all dem verbergen? Das Kräuterweib hatte solche Angst vor ihm gehabt... Jedes Kind weiß, dass das Unheil auch auf andere übergehen kann. Ohne etwas zu schmecken, stopfte ich mir das Brot in den Mund. *Blut und Tränen.* Und dann war er nicht einmal ein Christ, der durch innige Gebete Gottes Erbarmen erflehen und den Fluch vielleicht mildern, wenn schon nicht loswerden konnte.

Was war mit mir? Konnte mir der Fluch auch schaden, wo ich doch mit ihm hier im Wald saß? Würde Gott mich nicht dafür strafen, dass ich meine Aufmerksamkeit einem Ungläubigen geschenkt hatte, statt zu beten und Almosen zu spenden, wie es sich für eine Frau gehörte? Nachdenklich begann ich an meinen Nägeln zu kauen. Ob man für einen Verfluchten beten durfte, wenn er es selbst nicht konnte? Oder besser gesagt, nicht wollte? Ich überlegte, ob Gott den Unterschied wohl bemerken würde, ob er trotzdem gnädig sein würde. War es überhaupt richtig, für einen Barbaren zu beten, der nichts von Gott wissen wollte? Von Pater Arnoldus hatte ich viel über Gottes große Barmherzigkeit gelernt. Galt diese Barmherzigkeit vielleicht auch für ihn? Doch dann fiel mir jene Holzfigur ein, die ich erst kürzlich in der Hand gehalten hatte...

»Was grübelt Ihr?« Ich zog meine Decke enger um die Schultern. Mein Magen knurrte immer noch unbefriedigt.

»Erzähl mir von diesem Odin«, bat ich.

»Von *Odin?*« Er ließ das Brot sinken und sah mich verwundert an. »Was wollt Ihr denn von Odin wissen?«

»Warum hat er nur ein Auge?«

»Das wisst Ihr noch?«

Ich nickte. »Er war so... hässlich.«

Erik musterte eine Weile mein fragendes Gesicht. Dann brach er seinen abgekühlten Brotkanten entzwei und reichte mir die Hälfte.

»Odin ist der höchste und älteste aller Götter. Er regiert alle anderen Götter wie ein Vater seine Kinder. Niemand ist so weise wie er«, begann er und zog die Knie an. »Einst trank er Wasser aus der Quelle der Weisheit. Mimir, ein Weiser, wacht über diese Quelle, und als Odin um das Wasser bat, musste er dafür ein Auge hergeben. Dieses Quellwasser verlieh ihm seherische Kräfte, und das verbleibende Auge wurde allwissend, so erzählt man sich. Manchmal nennt man ihn auch den Rabengott, weil er zwei Raben, Huginn und Muninn, jeden Tag durch die Welt schickt, damit sie ihm Neuigkeiten bringen.«

»Raben sind Geschöpfe des Teufels«, flüsterte ich entsetzt.

»Raben sind die klügsten Vögel«, erwiderte er. »Wie geschaffen für den klügsten aller Götter. Er verführte die Riesin Gunnlöd und raubte ihr den Skaldenmet, denn wer von diesem Trank einen Schluck nimmt, dem ist auf immer die Dichtkunst geschenkt. Und dann erhängte er sich an den Ästen Yggdrasils.«

»Was ist Ygg... Yggdrasil?«

Erik überlegte einen Moment. »Drei Wurzeln strecken sich nach drei Seiten unter der Esche Yggdrasil. Hel wohnt unter einer, unter der anderen die Hrimthursen, aber unter der Dritten die Menschen.« Er räusperte sich. »So hat es mir meine Amme erzählt. Der Tod, die Götter und die Menschen. Yggdrasils Wurzeln halten alle drei zusammen.« Mit einem Kribbeln im Bauch beobachtete ich seine Hände, die sich im Fluss des Erzählens ineinander verschränkten, wie um mir die Wurzeln zu zeigen, die die Welt zusammenhalten.

»Und die Äste breiten sich über die Welt, sie überragen den ganzen Himmel. Man sagt, Yggdrasil ist der größte und beste aller Bäume auf Erden. Voller Leben ist er, es gibt einen Adler und einen Habicht in den Ästen, und Nidhögg, einen Totendrachen, der an Yggdrasils Wurzeln nagt. Und ein Eichhörnchen, Ratatosk, flitzt über die Äste und trägt boshaftes Gerede zwischen ihnen hin und her. Von Hirschen und von Schlangen habe ich auch gehört...

Und neben der Quelle des Mimir steht eine schöne Halle, aus der drei Mädchen kommen – Urd, Skuld und Verdandi mit Namen.« Er sah mir ins Gesicht.

»Sie werden die Nornen genannt. Sie bestimmen das Leben der Menschen – manche glauben, dass sie an einem Webstuhl sitzen und den Lebensfaden in den Händen halten. Zu jedem Kind kommen sie, um über sein Leben zu bestimmen. Es gibt noch viele andere Weberinnen in dieser Halle. Gute Nornen von edler Abkunft bescheren ein gutes Schicksal. Aber es gibt auch schlechte Nornen...« Ich sah, wie seine Hand nach der Kette griff.

»Gottlose Geschichten«, sagte ich leise und runzelte die Stirn.

»Nicht gottlos genug, *meyja*, denn immerhin leiht Ihr mir Euer Ohr.« Er zwinkerte mir schalkhaft zu. »Euer Beichtvater wird nie davon erfahren. Er braucht nicht zu wissen, dass die Nornen den Baum mit Wasser und Lehm aus der Quelle besprengen, damit er nicht verdorrt. Und dass der Tau, der von den Ästen Yggdrasils herabfällt, Honigtau genannt wird, weil sich von ihm die Bienen ernähren...«

»Aber wo ist sie? Kann man sie sehen?« Ich studierte die Bäume, die unsere Lichtung säumten, als wäre die Esche mit dem fremden Namen unter ihnen. Erik folgte meinem Blick.

»Nein. Man kann sie nicht sehen.«

»Aber wie kann man sich aufhängen, wenn man sie nicht sieht?«

Da lachte er leise. »Ihr stellt zu viele Fragen, Gräfin. Glaubt mir einfach. Odin erhängte sich an Yggdrasils Ästen und hing dort neun Tage und neun Nächte. Am Ende stieß er sich selbst ein Messer in den Leib...«

»Er – er tötete sich selbst?«

»Ja.« Er kreuzte die Beine und setzte sich bequemer hin. »Ja, das tat er. Doch starb Odin nicht. Vielmehr wurden ihm für diese Tat die Runen und damit die Kraft der Magie gegeben. Ihr seht, wir verdanken ihm viel: Durch Odin erhielten die Menschen das Wort und... und die Poesie.«

»Die Poesie«, sagte ich ungläubig. »Bei den Barbaren gibt es Poesie?«

Er lächelte. »Sehr schöne sogar.«

»Schöne barbarische Poesie.« Mich beschlich ein seltsames Gefühl; von den Füßen kroch es die Beine hoch, als beträte ich verbotenen Boden. Verbotenen Boden... »Kennst du welche?«

Gedankenvoll sah er mich an. »Wollt Ihr wirklich etwas hören?« Ich nickte. Da nahm er sein Stöckchen und strich über die Rinde. »Dann sollt Ihr Odins Runenlied hören.

> ›Veit ek, at ek hekk vindga meiði á
> nætr allar níu
> geiri undaðr og gefinn óðni,
> sjálfr sjolfum mér.
> á þeim meiði er mangi veit
> hvers hann af rótum renn.
> Við hleifi mik sœldu né við hornigi,
> nysta ek niðr
> nam ek up rúnar œpandi nam,
> fell ek aptr þaðan.

Ich weiß, dass ich hing am windigen Baum
Neun lange Nächte,
Vom Speer verwundet, dem Odin geweiht,
Mir selber ich selbst,
Am Ast des Baums, dem man nicht ansehn kann,
Aus welcher Wurzel er wächst.
Sie boten mir nicht Brot noch Horn;
Da neigt ich mich nieder,
Nahm die Runen auf, nahm sie schreiend auf,
Fiel nieder zur Erde.‹«

Die Worte verklangen. Mir rieselte es kalt den Rücken hinunter. War es seine Stimme oder das, was sie gesprochen hatte? Ein Gott, erhängt an einem Baum wie ein Opfer, ja, wie Christus am Kreuz – nein, was für ein häretischer Gedanke!

Das Feuer knackte vernehmlich. In der Dämmerung sah der Wald um uns herum noch gespenstischer aus als bei Tage, es knisterte und sirrte, kleine Ästchen brachen, Laub raschelte... Die unheimlichen Wesen der Nacht beobachteten uns sicher schon lange, und bestimmt hatten auch sie mit Grausen seine Geschichte vernommen. Da – blinkte hinter der verfallenen Hütte nicht ein Augenpaar? Und da – noch eins? Vielleicht war es der Geist des Köhlers, vielleicht sah er uns die ganze Zeit schon zu, arme, hungrige Augen, schwarze Gesichter, weit entfernt die Stimmen seiner fiebernden Kinder, die in der armseligen Hütte erst vor kurzem ihren letzten Atemzug getan haben mochten? Ein Schatten schlich unter den Bäumen um die Lichtung herum, streifte die herunterhängenden Zweige mit der Sense, die über seiner Schulter hing – der Mann von der Burgmauer folgte uns also immer noch... Und wer saß hier noch alles im Dunkel und beobachtete uns? Bären, Wölfe, Ungeheuer? Tapfer versuchte ich, die Angst hinunterzuschlucken. Ein Windstoß fuhr in einen Baum hinter der Köhlerhütte, und es schien, als hinge tatsächlich ein Körper schlaff und schwarz von seinen Ästen herab und wiegte sich leise im Nachtwind – *Ich hing am windigen Baum, neun lange Nächte.* Poesie! Wie konnte er solch grausige Dichtung Poesie nennen? Und doch, wie ruhig seine Stimme die Verse vorgetragen hatte...

»Weißt du noch mehr?«

Erstaunt drehte er den Kopf. »Ihr wollt mehr?« Hastig nickte ich. Sein Gesicht hatte sich verändert. Schatten, die vorhin nicht da gewesen waren, und sich nun in Augenhöhlen und Mundwinkeln eingenistet hatten, ließen es fast weiß erscheinen, weiß und verletzlich... Ich wollte mehr hören, um es heimlich zu betrachten, und ich wollte seine Stimme hören, die allein die Waldgeister bannen konnte.

»Die Skalden – so heißen die Dichter des Nordens – ersannen ein *fornt kvæði*, ein Zauberlied:

›Lieder kenn ich, die kann die Königin nicht

Und keines Menschen Kind. –

Hilfe heißt eins, denn helfen mag es

In Streiten und Zwisten und in allen Sorgen.

Ein andres weiß ich, des alle bedürfen

Die heilkundig heißen wollen.

Ein Drittes weiß ich, des ich bedarf,

Meine Feinde zu fesseln.
Die Waffen stumpf ich dem Widersacher,
Ihre Schwerter schneiden wie Holz.
Ein Viertes weiß ich, wenn der Feind mir schlägt
In Bande die Bogen der Glieder,
Sobald ich es singe, so bin ich ledig,
Von den Füßen fällt mir die Fessel,
Der Haft von den Händen.‹«

Die Rauchfahnen über dem Feuer formten sich zu Figuren, die lautlos wie Traumbilder im Nachthimmel verschwanden. Erik rührte sich nicht. Erschaudernd schlang ich meine Arme um die Knie. »Das letzte Lied kennst du nicht, nicht wahr?« flüsterte ich. »*Sobald ich es singe, so bin ich ledig…*«

»Nein«, sagte er ebenso leise. »Ich wünschte, ich könnte es.« Sein Stöckchen fuhr wieder in der Glut herum. Etwas zuckte in meinem Herzen, und impulsiv streckte ich die Hand aus, um ihn zu berühren. Doch dann zog ich sie wieder zurück, versteckte sie unter der Decke, ohne dass er es bemerkt hatte. *Von den Füßen fällt mir die Fessel!* Gott! schrie es in mir. Gott, lass mich diese Fessel eines Tages lösen. Hilf mir, vergib mir, vergib…

»Es – es gibt auch Geschichten, über tapfere Männer.« Das Stöckchen hielt inne, und er sah zu mir herüber. »Wollt Ihr eine hören?« Ich nickte wieder, froh über die Ablenkung.

»Die Geschichte kommt von einer Insel, hoch im Norden, wo der Schnee das ganze Jahr über auf den Bergen liegt. Wir nennen sie Island, Land des Eises, und man erzählt sich, dass man von dort am Horizont das Ende der Welt sehen kann. Als ich ein Kind war, hatten wir einen Skalden am Hof, der aus Thule kam. Und er erzählte die Geschichte von Gisli Sursson, dem Skalden aus den Westfjorden. Er war ein tapferer Mann und wusste viele Lieder. Im Sommer nahm er Auðr, die Schwester von Vesteinn, seinem Blutsbruder, zur Frau. Sie waren sehr glücklich, doch dann wurde Vesteinn eines Nachts kaltblütig ermordet, und Gisli schwor sich, ihn zu rächen. Er fand heraus, dass Vesteinns Mörder der Mann seiner eigenen Schwester war, und tötete ihn. Die Schwester wiederum verriet ihren Bruder Gisli an die Rächer ihres Mannes, woraufhin er auf dem Thing für friedlos erklärt wurde. Das bedeutete, dass ihn nun jeder töten konnte. Gisli zog mit seiner Frau in die Westfjorde und lebte dort einsam und geächtet. Er versteckte sich in Erdlöchern und im Gebüsch, und die Rächer fanden ihn nicht, weil einige Wenige ihn schützten, obwohl sie sich dadurch selbst in Gefahr brachten. Einmal entging er seinen Verfolgern nur knapp, als er mit seinem Gastgeber beim Fischen auf dem Meer war. Als das Boot der Feinde näher kam, mimte Gisli einen Narren, den schwachsinnigen Sohn des Ingjald, der in seiner Blödheit beinahe über Bord ging, und die Verfolger bemerkten die Scharade nicht. Man bot auch Auðr Geld dafür, dass sie ihn verrate, doch sie hielt zu ihm und holte ihn jede Nacht in ihr Bett, damit er nicht erfror. So narrte er seine Verfolger bald zehn Jahre.«

»Eine hässliche Geschichte.« Ich verknotete die Enden der Decke, um es wärmer zu haben. Erik sah mich von der Seite an.

»Ich habe die *saga* von Gisli Sursson immer gemocht. Seht Ihr, gegenüber seinem Schicksal ist der Mensch machtlos, gleichgültig, wie tapfer und gerecht er auch sein mag. Wenn ihm ein früher Tod vorherbestimmt ist, muss er diesen Weg gehen, komme was will. Wichtig ist doch nur, wie er den Weg geht. Wie er sein Leben gestaltet, denn der Mensch hat ja nur dieses eine Leben –«

»Das stimmt nicht!«, unterbrach ich ihn unwirsch. »Pater Arnoldus sagt, das wahre Leben kommt erst nach dem Tode, und darauf muss man sich vorbereiten, durch Gebet und Buße und –«

»Und doch lebt Ihr jetzt, Alienor. In diesem Moment. Ihr weint um Eure Locken, Ihr sehnt Euch nach Euren Kleidern und wünscht Euch ein warmes Essen – jetzt, hier! Ich sehe die Tränen noch in Euren Augen, erzählt mir also nichts vom ewigen Jenseits, solange Euch das Diesseits wichtiger ist! Hunger, Trauer, Einsamkeit, es ist immer der gleiche Kampf. Und es liegt allein an Euch, ihn zu bewältigen.«

»Hör auf!« Ich griff mir an den Hals und versuchte aufzustehen. »Hör sofort auf damit – der Teufel spricht aus deinen Worten, Elender!« Er schwieg, auch noch, als ich aufgesprungen war und das Feuer zwischen uns gebracht hatte. Reisig knackte, während ich unschlüssig von einem Fuß auf den anderen trat.

»Seht es mir nach, Gräfin«, hörte ich ihn da. »Ich vergaß, zu wem ich sprach...« Langsam ließ ich mich wieder nieder. Die Flammen tanzten vor mir, als machten sie sich einen Spaß daraus, dass ich ihn nun nicht mehr sehen konnte. Mit den Augen verfolgte ich, wie die Funken in den Himmel stoben und sich dort verloren. Meine Entrüstung verlor sich mit ihnen. Er wusste es nicht besser.

»Wer hat dich gelehrt, so zu denken?«, fragte ich schließlich.

»Das Leben, Alienor. Das Leben hat mich gelehrt, zu kämpfen, daher ahne ich, wo die Wahrheit liegt.« Wieder stocherte er in der Glut. Funken sprühten in das Dunkel. »Vielleicht seid auch Ihr dieser Wahrheit näher, als Ihr denkt...« Seine Stimme war durch das Knistern der Flammen kaum zu hören. »Vergebt, wenn ich Euch beunruhigt habe. Ich wollte nur eine Geschichte erzählen. Gislis Geschichte handelt vom Leben, wie es sich zuträgt. Von Tapferkeit. Von Treue und Frieden und davon, wie Menschen aneinander handeln.«

»*Zehn* Jahre in Acht und Bann...«, flüsterte ich ungläubig.

»Eine Tragödie. Das Schlimmste, was einem Menschen passieren kann. Man verliert alles, mit Ausnahme seines Lebens. Doch ohne die Gemeinschaft der anderen ist selbst das nicht mehr viel wert.« Abwesend starrte er in das Feuer. »Es ist wichtig, diese Geschichten zu erzählen. Jedem von uns könnte dasselbe zustoßen. Jedem Einzelnen.« Ich rückte vorsichtig so weit um das Feuer herum, bis ich ihn im Blickfeld hatte. Warm spiegelten sich die Flammen in seinen Augen, als er mir ins Gesicht sah, und ich spürte dumpf, dass er wusste, wovon er sprach. Verlegen biss ich mir auf die Lippen und starrte an ihm vorbei. Die Dunkelheit hatte mich jedes Zeitgefühl vergessen lassen. Wie lange saßen wir schon hier? War die Stunde des Abendgebetes verstrichen? Der Gedanke an Gott und die Gebete stieß bei mir auf wenig Widerhall: Andere Namen hatten sich frech davorgeschoben –

»Was sind Runa – Runa –?«

»Runen.« Er holte tief Luft. »Ihr seid sehr wissbegierig, Gräfin.« Dann wischte er mit der Hand über die Erde und nahm sein Stöckchen, um damit auf dem Boden herumzukritzeln. Ich kroch näher. Im erdigen Waldboden entstanden zwischen zwei schnurgerade Linien geklemmt merkwürdige Zeichen, Striche und Punkte, stramm wie Krieger zum Gefecht...

»Was ist das?«

»Das ist mein Name. Erikr inn Gamlesson. Eí – rikr. Das bin ich. Inn Gamlesson – der Sohn des Alten, Emund Gamle – Edmund der Alte, so nannte man meinen Vater. Bei uns trägt jeder Sohn und jede Tochter den Namen ihres Vaters. Nach dem Tod meines Bruders war ich der Erbe –«

»Du hattest einen Bruder?« Einen atemlosen Moment trat seine Vergangenheit aus dem Dunkel. Nie zuvor hatte er seine Familie erwähnt. Ich versuchte, ihn nicht allzu neugierig anzustarren, doch er schien nicht die Absicht zu haben, ausführlicher darüber zu sprechen. Seine Stirn umwölkte sich.

»Er wurde auf einem Kriegszug vergiftet.« Kein weiteres Wort mehr dazu. Stumm zog er die Schriftzeichen seines Namens nach, nachdrücklich, wieder und wieder, wie eine Gebetsformel, so tief in die Erde gegraben, dass das Stöckchen krachte und sie kaum noch zu erkennen waren. Erikr inn Gamlesson. Bruder eines Vergifteten, Sohn eines Königs.

»Und mein Name? Kannst du den auch schreiben?« Nickend beugte er sich wieder über seine Zeichen und kritzelte los. »Ali – Hhm. Alina? Oder – oder, na, oder Alíka. Schaut, das ist ein hübscher Name.«

»Alíka? Das ist doch kein Name«, erwiderte ich entrüstet.

»*Alíka. Líka* heißt ›gefallen‹. *Líkar mér vel vid þik.*« Er grinste. »Aber das könnt Ihr ja nicht wissen.«

Ich starrte ihn fragend an, doch das Stöckchen fesselte gerade seine ganze Aufmerksamkeit.

»Nein, im Norden würde man Euch Alinur nennen – so, Alinur. Alinur.« Scherzhaft ließ er das Wort durch den Mund rollen, bis die Endung wie ein Schnurren klang. Auch die Strichmännchen dieser Wortschöpfung sahen nicht viel überzeugender aus. Ob er mich auf den Arm nahm?

Unwillig schüttelte ich den Kopf. Da kratzte das Stöckchen erneut in der Erde, und wieder entstand ein Zeichen. »Jede Rune hat ihre eigene Bedeutung, wenn man sie nicht als Schriftzeichen benutzt. Diese hier heißt *wynja*, das Glück. Und das hier ist *naudr*. Not. Elend. Diese Rune heißt Tod, seht Ihr? *Iss*, der Tod.« Im Feuerschein sprang das Stöckchen wie von allein über den Boden, um die fremdartigen Zeichen hineinzuritzen. Das Lachen war mir vergangen. Die Zeichen waren überdeutlich zu erkennen. Sie starrten mich an, gruben sich tief in mein Bewusstsein. Not. Tod.

»Manche... manche Menschen glauben, dass die Runen Zauberkräfte entwickeln, wenn man sie beschwört.« Er sah mich an. »Glaubt Ihr an so etwas?«

»Ich... ich weiß nicht«, stotterte ich. Seine Augen begannen zu glitzern.

»Jeder kann es tun. Jeder. Fluch über andere bringen, meine ich«, raunte er. »Wenn ich *purs* dreimal ritze, dann bringt sie Schande und Unglück« – langsam, fast genüsslich fuhr das Stöckchen durch die Erde, einmal, zweimal – »über den, dessen Namen ich dabei sage.«

»Nein! Bitte, Erik...« Vor Aufregung verschluckte ich mich, hustete, krächzte: »Bitte, tu's nicht, bitte...« und legte meine Hand über seine Finger. »*Bitte* nicht.« Das Stöckchen hielt mitten in der dritten Rune inne, und Erik sah mich wieder an, diesmal mit einem ironischen Lächeln.

»Schon wieder Angst, Gräfin? Ich kann auch das Glück für Euch beschwören, mit dieser Rune, *fé*. Dreimal *fé* geritzt beschert Euch...« Wieder bewegte sich das Stöckchen unter meiner Hand, so leichtfüßig, als lachte es über meinen Versuch, es an seinem Werk zu hindern.

»Lass es gut sein«, unterbrach ich ihn. »Bitte.« Die heidnischen Zeichen schienen die Zähne zu fletschen und sprangen mir fast ins Gesicht, selbst das Feuer flackerte unruhig, obwohl es ganz windstill war. Ich fingerte an dem Deckenknoten herum. Erik besah sich sein Stöckchen.

»Vielleicht mögt Ihr ja diese Rune. *Eh* heißt sie und ist das Zeichen für Odins Pferd Sleipnir. Es hat acht Beine, mit ihm kann er schnell an jeden Ort der Erde gelangen.« Die bösen Zeichen waren verschwunden, und an ihrer Stelle prangte ein großes M auf dem Boden. Im Feuer verbrannte das Stöckchen gerade zu Asche. Erik hielt seine Handflächen gegen die Flammen und schwieg.

»Warum... warum schreibt ihr nicht wie wir?«, fragte ich irgendwann.

»Warum sollten wir?«, entgegnete er, ohne sich zu bewegen. »Wir bekamen die Runen geschenkt, erinnert Ihr Euch? Warum sollten wir dieses Geschenk zurückweisen? Sie sind nicht schlechter als die Schrift des Südens. Und sie sind göttlichen Ursprungs.«

»Und du glaubst wirklich daran? An diesen – diesen Einäugigen?«

»Natürlich. Warum denn nicht?«, fragte er erstaunt.

Ich zuckte mit den Schultern. »Es klingt so unwahrscheinlich...«

»Nicht unwahrscheinlicher als die Geschichte von *hinn krossfesti*, dem Weißen Krist, der sich von seinen Feinden ans Kreuz nageln lässt, ohne etwas getan zu haben und ohne sich zu wehren. Und er bekommt nicht einmal etwas dafür.«

Ich fuhr hoch. »Er hat uns damit erlöst, Heide! All unsere Sünden hat er auf sich genommen... wie kannst du nur so was behaupten – Gott liebt die Menschen!«

»Liebe.« Er lachte verächtlich auf und griff sich an den Halsring. »Nie werde ich euch Christen verstehen. Da wird ein Mensch ans Kreuz genagelt, bis er verreckt, und ihr nennt das Liebe. Dieser Liebe habe wohl auch ich mein Schicksal zu verdanken, wie?« Schnaubend wandte ich mich ab. Aber was konnte ein Barbar schon von Christi Tod und Auferstehung wissen... Eine Weile nagten wir schweigend an unseren Broten.

»Soll ich Euch die verbrannten Haare abschneiden?«, fragte er plötzlich.

»Hier im Wald?«

»Warum nicht? Ich kann es mit Eurem Dolch tun, der ist scharf genug.« Spielerisch fuhren seine schlanken Finger über die Schneide. Das Metall glänzte im Feuerschein, und am Ende der Klinge sah ich den dunklen Fleck Blut. Menschenblut. Wir hatten heute zwei Menschen getötet, und ihr Blut an meinem Körper –

»Nein!«

»Warum nicht?« Erstaunt sah er mich an, sah meinen entsetzten Blick und die schmutzige Klinge. Und dann rieb er das Messer so lange an seiner Hose sauber, bis der Fleck verschwunden war. »Besser so?« Ich biss auf meinem Daumen herum. Nein. Ich wollte es nicht. Nicht mit diesem Messer, und nicht von ihm –

»Es... es ist Karwoche, Erik. Es geht nicht.«

»Aber –«

»Niemals darf man in der Karwoche Haare abschneiden, niemals! Es bringt Unglück!«

»Aber so werdet Ihr den Brandgeruch nie los, Alienor«, wandte er ein und griff nach den Strähnen. »Man müsste gar nicht so viel –«

»Lass mich in Ruhe!«, schrie ich auf und kippte in Abwehr fast hintenüber. Erik hielt mich gerade noch fest. »Ihr seid närrisch, Gräfin.«

»Es bringt Unglück«, beharrte ich und hielt meine Haare fest. »Geh weg mit diesem Messer...«

»Bei uns bringt es kein Unglück, wenn man eine Strähne zurückbehält. Man flicht ein Zöpfchen, und dann wachsen sie ganz schnell wieder nach. Seht her.« Ungefragt begann er, aus einer Strähne einen Zopf zu flechten. Und ohne es zu wollen, hielt ich still und ließ ihn gewähren. Sein Gesicht war todernst – fast zu ernst. Ich war mir plötzlich nicht mehr sicher, ob er sich nicht über mich lustig machte. Andererseits klang es plausibel, was er sagte. Man konnte den Zopf als Amulett um den Hals tragen, oder unters Kopfkissen legen. Das Zöpfchen war schnell fertig. Sorgfältig säbelte er es ab und hielt es mir vor die Nase.

»Werde ich denn nicht krank, wenn sie kurz sind?«, fragte ich vorsichtig. Schließlich weiß jeder, dass in den Haaren die Kraft des Menschen wohnt. Erik überlegte kurz.

»Ich glaube nicht«, meinte er dann. »Tragt Euer Zöpfchen bei Euch, dann wird schon nichts geschehen.« Dabei lächelte er mir so unwiderstehlich zu, dass ich nicht anders konnte, als zu nicken. Seine Stimmung hatte sich durch unser Gespräch aufgelockert, die Verträumtheit, mit der er eben noch die Verse aus seiner Kindheit zitiert hatte, war einer Heiterkeit gewichen, an die ich mich erst gewöhnen musste. Ich sah ihn erneut an. Er wartete, und seine Augen glänzten im Halbdunkel. Die Messerklinge blinkte so sauber, als wäre sie frisch geschliffen.

»Also gut«, seufzte ich und setzte mich gerade hin. »Dann tu's.«

Erik rutschte hinter meinen Rücken, zog mir die Decke von den Schultern und machte sich daran, mir mit meinem langen Dolch die verbrannten Strähnen abzuschneiden. Es war still während dieser Prozedur. Ich hörte ihn hinter mir konzentriert schnaufen, es ziepte ein wenig, und manchmal fühlte ich seine Finger im Nacken. Als er fertig war, betrachtete Erik zufrieden sein Werk. Auf seinem Gesicht erschien ein jungenhaftes Grinsen.

»Hm. Schau mal an. Ich war mir meiner Qualitäten als Barbier noch gar nicht bewusst. Euer Vater wird Euch nicht wieder erkennen... und mit Euren Schrammen macht Ihr sogar einem *herðimaðr*, einem Haudegen, alle Ehre.«

Schluckend wandte ich mich ab. Musste er mich schon wieder darauf hinweisen, wie ich aussah? *Schrammen.* Und eine davon mitten im Gesicht – womit hatte ich das verdient? Wenn die neue Burgherrin erst da war mit ihren seidigen Haaren und den wunderschönen Augen, würde sich erst recht keiner mehr nach mir umsehen. Der Wind blies mir in den Nacken und machte mir klar, wie kurz Erik meine Haare geschnitten hatte! Und er trug mir auch die Stimme des Jungen wieder zu, der ausgesprochen hatte, was alle dachten: *Du bist hässlich.*

Niedergeschlagen legte ich mein schmerzendes Gesicht in die Hände, spürte dabei den blutverkrusteten Riss, dieses verdammte Mal, das meine Züge für immer entstellen würde. Vielleicht hätte ich die Salbe der Hexe doch annehmen sollen – schlimmer konnte es nicht mehr werden. Die Kruste kratzte an der Handinnenfläche wie alter Mörtel und zog meine Gesichtshaut schmerzhaft zusammen, sobald ich daran herumzupfte.

Sanft zog er meine Hände weg.

»Er sollte seinem Gott lieber danken, dass er Euch hat«, sagte Erik leise. Im Schein des kleinen Feuers schimmerten seine Augen für einen Moment samtig und weich... Gleich darauf kehrte er die abgeschnittenen Locken zusammen und streute sie ins Feuer. Funken sprühten hoch.

»Nein«, murmelte ich erstickt, »nicht!«

Er zog die Brauen in die Höhe. »Wieso nicht? Wolltet Ihr sie etwa dem Weißen Krist opfern?«

»Ich… Nein.« Resigniert drehte ich mich weg von ihm und rollte mich auf dem kalten Waldboden zusammen wie eine Katze. Was wusste er schon. Was wusste er davon, wie wichtig es war, dass man abgeschnittene Haare vergrub, damit ihre Kraft an die Erde zurückging und sich nicht, wie im Feuer, in Rauch auflöste. Und die, die er im Gras übersehen hatte, die würden sich die Vögel holen und daraus Nester bauen. Ich seufzte. Woher sollte er auch wissen, dass das Krankheit und Tod brachte… Es stank durchdringend nach verbranntem Horn, ich hörte die Flammen sprühen, als er darin herumstocherte. Ekel stieg in mir hoch, vor diesem Geruch, der mich immer noch verfolgte. Ich kauerte mich noch mehr zusammen, bis die Nase die Knie berührte.

Schweigend breitete Erik seine Decke über mich. Ein leiser Schauder durchfuhr mich. Was für ein Mensch, dessen Hände so zart wie ein Schmetterling sein konnten, und der mit den gleichen Händen töten konnte, der die Kleider von Toten trug, und ihr Blut an seinem Körper duldete – ein Mensch, der mich anbrüllte, dass mir Hören und Sehen verging, und kurze Zeit darauf mit heimwehkranker Stimme Verse hersagte…

Vergiss es, Alienor, vergiss es…

Die Decke roch vertraut nach Pferd. Ich zog sie mir vor die Nase, und der widerliche Brandgeruch verschwand. Mein Magen knurrte immer noch. Ob man im Kloster Essen für mich haben würde? Etwas Warmes, eine Suppe, eine Grütze, egal, nur warm musste es sein. Ich dachte an die große Klosterküche, in der Bruder Friedhelm das Regiment führte, an seine großen Kochlöffel – größer als meine – und das riesige Hackbeil, das er immer mit Hingabe polierte, wenn er nichts zu tun hatte. Bruder Friedhelm war ein Träumer, und genauso schmeckte auch sein Essen. Der Abt sagte immer –

Der Abt. Ich riss die Augen auf – Herr Jesus, Erik wusste ja gar nichts von dem Komplott, das mein Vater geschmiedet hatte! Sollte ich ihm davon erzählen? Schließlich ging es um sein Leben. Doch dann dachte ich daran, wie wütend er werden konnte und dass es ihm immer noch einfallen könnte, an mir stellvertretend für meinen Vater Rache zu nehmen, ein Gedanke, der mir immer wieder durch den Kopf gegangen war. Rache an mir – welch einfaches Spiel –, zu einfach. *Euer kleines Leben könnte meinen Durst nach Rache nicht stillen* – und wenn doch?

Nein, ich durfte es ihm nicht sagen. Zwischen Fulko und Erik stand ein düsteres Geheimnis, dessen Ausmaß ich nicht einmal ahnte. Ich konnte ihm nicht sagen, dass ich vorhatte, im Kloster um Hilfe zu bitten. Nie würde er mir folgen. Und ob Fulko uns das Tor öffnete... Aber im Vertrauen auf die christliche Nächstenliebe erhoffte ich mir Barmherzigkeit von ihm. Und wenn Bruder Anselm, der heilkundige Mönch, ihm erst geholfen hatte, würde der Allmächtige uns schon den Weg weisen. Wenn Er uns nur nicht vergessen hatte...

Die Nacht breitete ihre Schwingen über dem Wald aus. Unser Feuer tauchte die kleine Lichtung in warmes Licht und verscheuchte die unheimlichen Gestalten, die ich eben noch zu sehen gemeint hatte. Die Kinder des Köhlers hatten ihre Augen geschlossen, und die Hütte war nur noch ein schwarzer Schemen. Umständlich drehte ich mich auf den Rücken. Durch die Lücke in den Baumwipfeln konnte man ein paar Sterne sehen. Ihr schwaches Blinken hatte heute Nacht etwas Tröstendes und half mir über die Angst in der Dunkelheit hinweg. Wie gerne hätte ich mehr über sie gewusst! Wäre ich als Mann auf die Welt gekommen, wie anders würde mein Leben verlaufen, man hätte mich wichtige Dinge gelehrt, irgendwann hätte ich selbst entschieden, wohin ich meine Schritte lenke. So war ich nur eine Frau, die ihr Dasein zwischen Spinnrocken und Webrahmen fristete und der man beizubringen versuchte, dass das Denken ihr schade und ihre Lebensaufgabe das Gebären von Erben sei... Unmutig krallte ich die Hand um ein Büschel Gras und riss es aus.

Erik lag ebenfalls auf dem Rücken und starrte in den Himmel.

Vorsichtig drehte ich den Kopf. Zwei schwarze Seen voller Traurigkeit füllten sein Gesicht, Tränen schwammen auf ihrer Oberfläche, ohne herauszufließen. Mich schlafend wähnend, überließ er sich seinen Gefühlen, wie ich es noch nie gesehen hatte. Heimweh und Sehnsucht tranken von der Nacht, legten sich über unsere Schlafplätze und schmeckten so bitter...

Sein Heimweh hatte durch die Geschichten Gestalt angenommen – Heimweh nach einem Land hoch im Norden, wo die Männer grausam und die Frauen schön waren und wo man geheimnisvolle Götter verehrte. Ygg– Yggdrasil. Mimir. Eirikr inn Gamlesson. Ich ließ die fremden Namen langsam an mir vorübergleiten und gestand mir dabei ein, dass ich wachsende Neugier auf dieses Land verspürte. Ob er mir irgendwann noch mehr erzählen würde, wenn ich ihn darum bat? Oder von seinem Bruder, dem Vergifteten? Schon lange ging es nicht mehr darum, etwas für meinen Vater herauszubekommen, das war mir klar. Ich wollte von ihm erfahren, um der Illusion willen, es sei nichts geschehen, keine Haft, keine Folter, kein unwürdiger Schwur, wollte das Gewand einer eigenen Geschichte um seine Schultern sehen, als wäre er jemand wie ich und nicht der, dem alles bis auf das nackte Leben gestohlen wurde. Gleichzeitig wusste ich, dass er dieses Gewand nie mehr würde tragen können, es war zu klein geworden, spannte über den Bergen von Bitterkeit, die auf seinen Schultern lasteten...

Mein Blick glitt an ihm herunter, dorthin, wo sein Hemd die Lanzenwunde verbarg. Seine Hand presste sich dagegen, wie um den Schmerz zu zerquetschen. So stark er mir bisher erschienen war – vor diesem Hieb des Schicksals musste auch er kapitulieren, und zum ersten Mal hatte ich Zweifel, ob ich ihm wirklich würde helfen können... Gütiger Gott, seit gestern hatte die Welt sich gedreht, und ich war mit ihr gegangen! Die Schuld an Eriks Schicksal – er, ein Vornehmer aus königlichem Hause, Opfer eines kleingeistigen Komplotts, das mein eigener Vater aus Machtbesessenheit und Rachsucht angezettelt hatte – kam wie ein Schwall wieder über mich und peinigte mich. Mein Wissen um seine Herkunft lähmte mich, vergrößerte nur die Ohnmacht, die ich empfand, und die Ratlosigkeit darüber, wie ich sein Entkommen bewerkstelligen sollte.

»Was ist denn das?« Er hatte sich auf seine Ellbogen gestemmt und starrte nun aufmerksam in den Himmel. »Bei Odin – das kann doch nicht sein…« Er fasste nach meinem Arm, sicher, dass ich neben ihm liegen und nicht schlafen würde.

»Seht nur, dort oben!« Ich folgte seinem ausgestreckten Zeigefinger. Am Himmel war ein goldener staubiger Lichtfleck aufgetaucht. Beinahe gleichzeitig rappelten wir uns hoch, als brächte uns das der Erscheinung näher. Der Fleck war unscharf und ohne Begrenzung, flackerte in der Dunkelheit nach hier und nach da, als wüsste er nicht, in welche Richtung er sich wenden sollte.

»Alienor, das ist ein Komet!«, flüsterte Erik. »Meister Naphtali beschrieb es mir – es muss ein Komet sein! Habt Ihr je in Eurem Leben etwas Derartiges erblickt? Seht, der lange Schweif, den er hinter sich herzieht…« Nun sah ich ihn auch, den sagenumwobenen König der Sterne, wie eine goldene Rauchschwade loderte er am Himmel, und es schien, als griffen tausend hauchzarte Hände gierig aus dem glänzenden Nebel an das Firmament, um kleine Sterne zu packen und mit sich zu reißen.

»Seht nur, wie er leuchtet!« Erregt legte Erik die Hand auf meine Schulter und trat dicht hinter mich. Ich schielte verstohlen auf seine Hand, die dort nicht hingehörte, sich aber so warm und sicher anfühlte – wie der Mann, der hinter mir stand und das Naturwunder andächtig beobachtete. Still stand der Komet am Firmament, selbst der Wald war plötzlich in tiefes Schweigen gehüllt. Der Stern von Bethlehem, jener Stern, der vor tausend Jahren schon einmal erschienen war, um den Menschen eine Frohe Botschaft zu bringen… ein heiliger Schauder durchfuhr mich. Der Stern von Christi Geburt war zurückgekehrt und uns erschienen! Gott hatte uns nicht vergessen – er hatte uns ein Zeichen gegeben, dass er bei uns war, dass er uns sah und uns sicher nach Hause führen würde… Mit gefalteten Händen sank ich auf die Knie, meine Lippen murmelten wie von selbst das Paternoster, während meine Augen weit aufgerissen den Himmelsboten verfolgten. Ein Zeichen des Allmächtigen…

»Was für ein Unheil mag er wohl ankündigen?«, hörte ich da Erik hinter mir gedankenvoll sagen. Unheil? Nicht Gottes Zeichen, dass alles gut werden würde? Unheil? Eilig erhob ich mich.

»Was meinst du mit Unheil?«, fragte ich nervös und suchte seinen Blick. »Welches Unheil?«

»Das weiß ich auch nicht. Aber den Weisen erscheinen Kometen als Künder schlechter Zeiten, von Gott entsandt, die Menschheit zu warnen. So sagte mir der Jude. Sie bringen Kunde von schlimmen Dingen, von Kriegen, Hungersnöten, Seuchen...«, erklärte er, ohne den Kometen aus den Augen zu lassen.

Der Feuerdrache.

Ich hielt den Atem an. Meister Naphtali hatte davon gesprochen! Seine Visionen waren voll von Verderben und Tod gewesen, nur zu deutlich erinnerte ich mich. Und dann fielen mir Pater Arnoldus' Predigten ein, wie er mit geballter Faust auf den Altarstufen stand, um seine Schäfchen vor dem Jüngsten Tag zu warnen. Die Guten zur Rechten, die Schlechten zur Linken des Allmächtigen, tief werden sie in die Hölle stürzen, wo blutrünstige Bestien ihrer bereits harren, sich auf sie stürzen und – vor Entsetzen presste ich die Hand auf den Mund. Hier endlich begriff ich den Sinn seiner Predigt, über die Folgen all unserer Taten! Die Schlechten zur Linken »–meine Schuld hatte mich die Seiten wechseln lassen. Wie viel Zeit blieb mir noch? O Maria, erbarme dich und hilf! All meinen Schmuck sollte ihr Standbild in der Kapelle bekommen, und mein Erspartes dazu...

Erik murmelte leise vor sich hin. Seine Augen blickten starr in den Himmel, wo schwarze Wolken den Kometen längst verschluckt hatten. Vorsichtig rückte ich ein Stück von ihm ab. Er war Heide; beim Jüngsten Gericht würde er noch vor mir die richtende Hand Gottes zu spüren bekommen. Er würde direkt in den Höllenschlund hinabstürzen, wie Pater Arnoldus es uns beschrieben hatte. Wie leicht man das vergaß! Ich kniete mich wieder hin, um mein Gebet da fortzusetzen, wo er mich eben unterbrochen hatte. Mein Bemühen sollte Er sehen, und die bodenlose Reue, die ich empfand, die Angst vor Seiner Strafe und – »Ihr solltet Euch hinlegen, Alienor. Euch fallen ja die Augen zu.« Eriks Hand strich leicht über meinen Kopf. »Seid vernünftig und geht schlafen, morgen haben wir noch ein Stück Weg vor uns. Kommt.« Schlafen? Jetzt? Geschickt wich ich seiner Hand aus und senkte den Kopf. Nein, ich würde beten bis zum Umfallen. Auch für ihn, den Hoffnungslosen, würde ich beten; würde darum bitten, dass Gott Erbarmen zeigte und ihn verschonte ...

Er entfernte sich, doch nach einer Weile kam er wieder.

»Der Komet ist fort, Alienor.«

»Aber wenn das Unheil kommt, das Jüngste Gericht – ach, nichts weißt du, Ungläubiger!«, brach es aus mir heraus. Schon wieder stiegen mir Tränen in die Augen, und meine Furcht wuchs, dass die Zeit mir knapp werden könnte.

»Ich weiß eine ganze Menge davon«, sagte er eindringlich.

»Nichts weißt du von Gottes Strafen ...«, murmelte ich und drückte die Hand auf mein klopfendes Herz. »Und wenn es nun heute Nacht passiert.«

»Könnt Ihr es auch nicht ändern. Aber in dem Fall könnt Ihr Eurem Schöpfer genauso gut ausgeruht gegenübertreten.« Erschrocken sah ich hoch. Seine Augen waren freundlich und voller Verständnis. Ja – fürchtete er sich denn nicht? Hatten nur wir Christen solche Angst vor dem Jüngsten Tag? Wie musste erst ein Heide das Gericht fürchten ... warum war er so zuversichtlich? Seine Hand, heidnisch und mit dem Blut eines Totschlags befleckt, streckte sich mir entgegen. Zögernd ergriff ich sie und folgte ihm zu unserem Feuer, wo er Decken als Nachtlager ausgebreitet hatte. Müde war ich, keine Frage. Vor allem zu müde zum Nachdenken ... Mit meinem Umhang aus dem Bündel deckte er mich zu und stopfte wie einst meine Mutter sorgfältig alle Löcher ringsum zu.

»Schlaft, Alienor, und vergesst den Kometen. Morgen seid Ihr zu Hause, und alles wird gut werden.«

Er legte sich seine Decke um die Schultern und ließ sich schwerfällig unter dem Baum nieder. Ich hörte, wie er verhalten stöhnte. Eine Baumwurzel drückte mich, und ich drehte mich auf die Seite. Erik wischte sich den Schweiß von der Stirn, und stocherte dann geistesabwesend in der Glut herum. Ich starrte in das Feuer. Die

Flammen tanzten wie Figuren umher, wie Kobolde aus einem fernen Land im Norden...

»Erik?«

»Schlaft, Gräfin.«

»Erik, was geschah mit dem Geächteten? Von dem du mir erzählt hast?«

»Gisli starb, Gräfin. Ohne es zu wollen, verriet Auðr, seine Frau, den Verfolgern sein Versteck in den Klippen. Ihr langer Rock zog eine Spur durch den Raureif. Und man erzählt sich, dass er den Rächern einen großen Kampf lieferte und viele von ihnen mit in den Tod nahm, ehe er vor Auðrs Augen sein Leben ließ. Das ist das Ende der Saga von Gisli Sursson.«

Ich zog mir den Umhang enger um die Schultern. Der Wald summte in nächtlicher Unruhe. Fast mochte ich nicht glauben, dass wir eben einen Schweifstern gesehen hatten. Wohin war er verschwunden? Würde er wiederkommen? Der Nachthimmel über uns hatte sich zunehmend verfinstert. Nein, ich wollte nicht hochsehen... Stattdessen versuchte ich noch ein Gebet, doch flogen mir nur Bruchstücke des Ave Maria durch den Kopf, vermischt mit Bildern der Geschichte, die er mir erzählt hatte. Das Feuer knisterte wie daheim, und dicht neben mir erahnte ich Eriks dunkle Gestalt. Ich wurde etwas ruhiger. Nein, heute Nacht würde die Welt ganz sicher nicht untergehen... und schon morgen früh würden wir den Waldrand erreichen und wären bald zu Hause. Ein Tier schrie, Fledermäuse schossen mit rauschenden Flügeln über die Lichtung. Mir fielen die Augen zu. In weichen Kissen liegen und eine halbe Ewigkeit schlafen...

»Wisst Ihr, Alienor«, hörte ich Erik plötzlich nachdenklich sagen. »Euer Vater ahnt nicht, was er angerichtet hat, als er mich damals in die Knie zwang. Für diese Demütigung hatte ich nur noch tödliche Rache im Sinn – und nun liegt seine Tochter neben mir im Wald, und ich bin froh, dass sie noch am Leben ist. Nie hätte ich gedacht, dass mich dieser Schwur so weit bringen würde...«

Und nach einer Weile, während der ich mich nicht gerührt hatte, ergänzte er leise: »*Kærra*, ich würde es jederzeit wieder tun. Freiwillig.«

Stocksteif lag ich da, einen dicken Kloß im Hals. Wollte er mich verspotten? Ahnte er denn nicht, dass die Schuld meines Vaters mein Leben vergiftete? Meine Finger krümmten sich. Da spürte ich seine Hand in meinen kurzen Haaren.

»Schlaf, Kriegerin. Dein Gott wacht über dich ...«

8. KAPITEL

*Wehe denen, die Böses gut und Gutes böse nennen,
die aus Finsternis Licht und aus Licht Finsternis machen,
die aus Sauer süß und aus Süß sauer machen!*
(Jesaja 5,20)

Am Morgen erwachte ich durch Vogelgeschrei. Wütend hackten zwei Stare aufeinander ein, während eine ganze Schar von der Köhlerhütte aus zuschaute. Der Himmel über uns war grau verhangen; es sah nach Regen aus. Nach dieser ungemütlichen Nacht im Freien fror ich erbärmlich und zog mir die grob gewebte Soldatendecke über die Nase, um mich noch einmal kurz auf der Seite zusammenzurollen.

Erik saß immer noch an den Baum gelehnt, sein Kinn war ihm auf die Brust gesunken. Durch meine Bewegung geweckt, hob er den Kopf. In seinem Gesicht gab es Schatten, die gestern noch nicht da gewesen waren, sie sahen aus, als hätte jemand Asche hineingestreut. Seine Augen hatten rote Ränder und glänzten im Fieber.

»Ihr habt heute Nacht böse geträumt«, murmelte er. Ich runzelte die Stirn. Diese Bemerkung machte mir zum ersten Mal richtig bewusst, dass ich nun schon die zweite Nacht mit einem fremden Mann im Wald verbracht hatte. Und doch – war das von Bedeutung? Hier im Dickicht der Bäume versuchten zwei Menschen zu überleben, daneben verblassten Herkunft und Anstand. Und bald hätten wir es geschafft. Natürlich, das Gerede auf der Burg wäre groß, sicher dachten sie, dass der tot geglaubte Sklave mich verschleppt hätte, dass er mich genommen hatte, um sich am Grafen zu rächen – übles Gerede, schmutziges Gerede. Niemand würde mir glauben. Nein, ich wollte jetzt nicht an zu Hause denken, noch behütete uns der Wald.

»Ihr habt so laut geschrien, dass ich Euch kaum beruhigen konnte.« Seine Augen fielen wieder zu. Ich nagte an meinem Daumen. Es beunruhigte mich außerordentlich, dass ich mich an nichts erinnern konnte…

»Der Komet hat Euch Angst gemacht, nicht wahr?« Mit dem Ärmel wischte er sich die Schweißperlen von der Stirn. »Vielleicht hat er Euch die bösen Träume geschickt.« Erstaunt nahm ich den Finger aus dem Mund, als ich seinem mitfühlenden Blick begegnete. »*Kvið ekki*, Gräfin. Schon heute Abend werdet Ihr in Sicherheit sein.« Ich konnte diesem Blick nicht standhalten, drehte mich mitsamt meiner Decke errötend auf die andere Seite. Ein böser Traum – was war heute Nacht nur losgewesen? Und was um Gottes willen hatte der Schweifstern mit uns gemacht?

Langsam kam die Erinnerung an den gestrigen Tag zurück. Ein Tag wie ein Märchengespinst, schemenhaft und unwirklich. Das Dämmerlicht des Waldes. Mit glitzernden Tautropfen behängte Spinnfäden zwischen den Bäumen. Körperlose Augen, die uns auf unserem Weg folgten. Die Höhle, Grete, das Trollkind. Die Geschichten über seine fernen Götter. Seine Worte vor dem Einschlafen – die mich tief verunsichert hatten. Der Klang seiner Stimme, der so anders gewesen war als sonst, wie eine warme Zudecke nach all den Schrecken. Dass ich von ihm geträumt hatte – Jesus Maria! Die Erinnerung an einen Traum durchfährt einen manchmal wie ein Blitz, ein einziges Bild, hell und deutlich, und dann ist es wieder fort. Ich hatte von ihm geträumt, von einem Heiden – wenn auch königlichen Blutes, aber doch eben einem Heiden! Der Feuerdrache hatte meine Gedanken verhext, mich in Versuchung geführt, meine Seele ein weiteres Mal diesem Ungläubigen zu öffnen… Unheilsverkünder, und ich war sein erstes Opfer geworden! Verängstigt kroch ich noch tiefer unter die Decke.

»Die Welt ist heute Nacht nicht untergegangen, habt Ihr das schon bemerkt?«, riss er mich aus meinen Grübeleien. Ich hielt mir die Ohren zu. Der kalte Schweiß war mir ausgebrochen angesichts des himmlischen Strafgerichts, das über mich kommen würde… Gott sah alles, auch unsere Träume!

»Woran denkt Ihr? An Euren Vater? Ihr habt Angst, nicht wahr? Angst, vor ihn zu treten, ihm zu sagen, wo Ihr gewesen seid, was Ihr getan habt. Angst vor seinem Urteil, nicht wahr?« Ich hörte, wie er näher rutschte. »Nun, Ihr habt Euer kleines Abenteuer gehabt, und Ihr habt von Anfang an gewusst, dass Ihr für Euren Übermut werdet bezahlen müssen, Alienor. Aber keine Sorge, der Graf wird Euch nicht bestrafen. Er wird es nicht wagen, glaubt mir.«

»Wie kommst du darauf?«, flüsterte ich und steckte die Nase tiefer in die Decke. Vater. Ich hatte ihn verdrängen können, die ganze Zeit. Und nun holte ausgerechnet Erik ihn hierher…

»Ihr seid zu wertvoll für ihn. Nein, er wird stattdessen mich nehmen, um der ganzen Angelegenheit ein glanzvolles Ende zu bereiten. Und das wisst Ihr auch, nicht wahr?« Langsam setzte ich mich auf.

»Das werde ich nicht zulassen. Wir haben eine Übereinkunft.«

»Ich weiß. Ein Name ist mein Leben wert, mehr nicht. Wenn er ihn erfährt, wird er mich trotzdem töten, denn mein Name ist ohne Bedeutung für ihn. Die Könige des Nordens sind hierzulande unbekannt.«

»Aber er kann dich nicht einfach –«

Erik lachte spöttisch. »Gräfin, ich habe ihm auf der Streckbank widerstanden, habe ihn noch beschimpft, als sein Knecht die glühende Zange schon in der Hand hielt. Er wird keine weitere Kraftprobe dulden. Mein Leben ist endgültig verwirkt.« Ich wich seinem Blick aus. Er hatte meinen Vater kennen gelernt, dort unten im Keller.

»Aber eins sollt Ihr wissen, bevor Ihr zurückkehrt: Ich fühle mich frei. Obwohl Ihr mir meine Ehre geraubt und mich in Ketten gelegt habt, bin ich doch in meinem Herzen so frei wie ein Vogel. Frei, hört Ihr? Und daran kann auch das Siegel Eures Vaters« – er riss das Hemd hoch, und ich sah ihn wieder leuchten, den hässlichen, blutroten Greifvogel, dessen Klaue sich in Eriks Brustwarze krallte – »nichts ändern! Er hat ihn mir ins Fleisch gedrückt, nicht aber in meine Seele! Vergesst das nie. Er kann mich schlagen und demütigen, so viel er will, er kann mir sogar das Leben nehmen – aber besitzen wird er mich niemals!« Sein Gesicht war rot geworden, ich spürte, wie die lang unterdrückte Wut Besitz von ihm ergriff. Die Faust hielt immer noch das Hemd, und der Adler bewegte sich mit jedem heftigen Atemzug...

»Erik –«

»Und Ihr besitzt mich auch nicht, Gräfin!« Mit zwei Fingern packte er mein Kinn und zwang mich, ihm ins Gesicht zu schauen. »Auch wenn Euch dieser Gedanke gefallen mag! Doch Ihr seid nichts als meine Kerkermeisterin, und Euer Schlüssel ist mein verfluchtes Ehrenwort! Aber Ihr werdet ihn mir zurückgeben. Und dann wird mich niemand aufhalten. *Niemand.*« Damit stand er auf und entfernte sich.

Wie erschlagen blieb ich nach diesem Zornausbruch liegen. Frei wie ein Vogel. Ein Mann aus königlichem Geblüt, versklavt, gebrannt wie ein Stück Vieh. Mit einem Halseisen der Ehre beraubt und für immer heimatlos gemacht. *Ihr habt Euer kleines Abenteuer gehabt.*

Nach allem, was gestern gewesen war, trafen mich diese Anschuldigungen völlig unvorbereitet, und Scham kroch brennend an mir hoch. Ich verbarg das Gesicht in den Händen. Kerkermeisterin. Kein Mensch und kein Gott würde mich jemals davon befreien können, dafür konnte es keine Absolution geben... Das Wissen um mein Vergehen wühlte gleich einem scharfen Messer in meinen Eingeweiden. Ich wünschte mir, Erik nie wieder ins Gesicht sehen zu müssen, seine Augen, von denen ich tatsächlich letzte Nacht geträumt hatte...

Eine Hand berührte mich sacht an der Schulter. Gequält sah ich hoch.

»Ich hab mir an Euch die Finger verbrannt...« Mit düsterer Miene hockte er sich vor mich hin und streckte mir die Handflächen entgegen, die dunkelrot und voller Blasen waren. »Seid so gut und verbindet es mit Leinen.« War es seine Hand, die so zitterte, oder meine? Seine körperliche Nähe schien mir auf einmal unerträglich.

»Alienor...« Er stockte. Der letzte Knoten war fertig, und geradezu hastig erhob er sich. »Es wird gleich anfangen zu regnen.

Lasst uns losreiten«, sagte er schroff und begann, unsere Sachen zusammenzuräumen. Ich suchte mir einen Platz in den Büschen, erledigte meine Notdurft und wechselte endlich die blutigen Binden. Die Blutung hatte so plötzlich aufgehört, wie sie gekommen war. Gott ließ meine Körpersäfte verdorren, das Strafgericht hatte schon begonnen. Ich fühlte mich elend, alles schmerzte – wie gerne hätte ich mich in einem tiefen Loch verkrochen! Schweigend half ich ihm beim Satteln der Pferde und versuchte, seine prüfenden Seitenblicke zu ignorieren. Als alles verstaut war, stieg er schwerfällig in den Sattel.

»Also dann ... Bis Mittag werden wir wohl dort sein.«

Ich wagte einen Blick in sein Gesicht und bekam plötzlich furchtbare Angst, dass er es nicht mehr schaffen würde, dass er einfach sterben und mich in meiner Gewissensqual zurücklassen würde ... Und so übernahm ich die Führung auf unserem letzten Ritt nach Hause. Bei Tageslicht hatte ich erkannt, wie nahe an der Burg wir uns befanden. Schweigend bahnten wir uns einen Weg durch das Dickicht, und heimlich betete ich, dass Erik durchhalten möge. Der Himmel wurde immer dunkler. Es donnerte in der Ferne, und bald klatschten die ersten Tropfen herunter, langsam erst, schließlich immer heftiger, bis der Regen ungebremst durch die Bäume rauschte und wir beide bis auf die Haut nass wurden. Die Pferde senkten den Kopf und trotteten ergeben weiter. Wasser drang erbarmungslos durch die Kleider in den verstecktesten Winkel, tropfte in die Stiefel, sammelte sich in den Schuhspitzen, bevor es vorne wieder herauslief. Und dann hörte ich die Kirchenglocke!

»St. Leonhard ...«, seufzte ich erleichtert und drehte mich im Sattel um. Zu meiner größten Überraschung war Erik vom Pferd gestiegen und kam auf mich zu.

»Diesen restlichen Weg werdet Ihr nun alleine gehen, Alienor. Ich bitte Euch, mich von meinem Wort zu entbinden.«

»Was?« Mir fielen fast die Augen aus dem Kopf. Er trat noch einen Schritt näher und ergriff die Zügel meines Pferdes.

»Ihr seid fast daheim und in Sicherheit. Ich habe meinen Schwur erfüllt. Lasst mich gehen, Alienor.« Mein Herz pochte plötzlich wie wild. Wann hatte er sich das ausgedacht? Vorhin? Letzte Nacht? Er wollte *gehen*?

»Nein, wieso ... Du bist ja verrückt ...«

Da packte er mich am Handgelenk.

»*Bitte* lasst mich ...«

»Nein!«, schrie ich ihn an und entriss ihm meine Hand. »Du wirst mit ins Kloster kommen – dort gibt es einen Heilkundigen, der dich wieder gesund macht!« Ich würde mir doch meine Sühne nicht nehmen lassen, nicht jetzt, kurz vor dem Ziel, wo die Möglichkeit bestand, wenigstens einen Teil der Schuld abzutragen! All meine Pläne, ihn gesund und mit Pferd und Waffe ausgestattet, heimreisen zu lassen, die nagenden Gewissensbisse wenigstens zum Teil loszuwerden – das durfte er nicht zerschlagen. Jetzt nicht mehr ... Sein Gesicht verfinsterte sich zusehends.

»Schätzt Euch glücklich, dass Ihr meine Erinnerungen an dieses Kloster nicht teilt, Gräfin. Es ist ein Hort des Bösen, den ich nie wieder betreten werde!«

»Ach was, du redest Unsinn!«

Er funkelte mich an und ballte die Faust. »Habe ich Euch heute Morgen nicht genug gesagt? Mein Leben ist verwirkt, ganz gleich, ob ich nun in die Burg oder ins Kloster gehe. Versteht Ihr das nicht?« Unruhig warf das Pferd den Kopf herum. Er drückte ihn einfach nach unten und suchte meinen Blick. »*Ihr habt keinen Nutzen mehr von mir – Euer Reitknecht ist tot!* Warum lasst Ihr mich nicht gehen? Warum nicht? Macht es Euch Spaß, mit mir zu spielen, Gräfin? Das könnte Euch teuer zu stehen kommen!« Die Stimme klang drohend. Er dachte an nichts anderes als an Rache. Ich biss die Zähne zusammen, dass der Kiefer knackte.

»Lasst mich endlich frei, Gräfin.«

Eine Welle von Wut stieg in mir hoch, über die Art, wie er es immer wieder schaffte, mich zu beleidigen, über seine Stimme, sein herausforderndes Gebaren ...

»Ich will, dass du mitgehst –«

»Ihr *wollt*? Ich habe die längste Zeit getan, was Ihr *wollt*!«

»Du bist ja närrisch!«

»Und Ihr habt kein Herz, *kurteisis-kona! Mér kennir heiptar um þik*«, zischte er. Mir blieb die Luft weg. Ich zerrte an den Zügeln, worauf das Pferd nervös auf dem aufgeweichten Boden herumstampfte, gefährlich nahe bei seinen Füßen, doch das schien ihn nicht zu stören. Seine Augen stachen wie zwei Nägel in meinen Kopf.

»*Du* – wagst es, mich herzlos zu nennen? Verfluchter Heide, dessen Name sich kein Christenmensch merkt... dann geh doch! Geh, geh und krepier wie ein Tier im Dreck, damit dich die Raben zum Abendbrot genießen können, falls sie dein stinkendes Fleisch nicht verschmähen – Geh und fahr zur Hölle!«

Außer mir vor Zorn schlug ich dem Gaul mit der flachen Hand auf das Hinterteil, sodass er erschrak, und hinaus in den Wolkenbruch sprang. Wie ein dunkler Fleck lag das Kloster am Horizont, inmitten seiner Felder und Weiden, über die ich das Pferd nun hetzte. Ich duckte mich im Sattel und konzentrierte mich ganz auf den schlammigen Weg, während der Regen mir übers Gesicht lief. Er schmeckte salzig...

Schließlich rückte das eingefriedete Klostergelände in greifbare Nähe. Ich trieb mein Pferd an und galoppierte über die nasse Weide auf die Klosterpforte zu. Matsch wirbelte unter den Hufen auf, ein paar Spritzer trafen mich im Gesicht und rannen mir kalt und nass den Hals hinunter. Die Sehnsucht nach Wärme und Trockenheit wuchs mit jedem Schritt. An der Pforte ließ ich mich aus dem Sattel gleiten und bollerte gegen die eisenbeschlagene Tür. Sie war natürlich verschlossen, in diesen gefährlichen Zeiten musste man vorsichtig sein. Niemand kam. Ich hämmerte mit beiden Fäusten gegen die Tür. Nichts. Aus der Ferne hörte ich Lärm und Geschrei. Herr im Himmel, das musste von unserer Burg herkommen – offenbar wurde sie heiß umkämpft! Ein Grund mehr, schnell ins Kloster zu gelangen, bevor marodierende Ritter mich überfielen und mir die Gurgel durchschnitten.

»Öffnet doch!«, rief ich verstört. Da klappte das vergitterte Fenster auf, und ein rundes Gesicht sah auf mich nieder.

»Wer begehrt Einlass?«, fragte eine kehlige Stimme.

»Öffnet mir, schnell, ich bin allein und ganz nass!«

»Wer bist du denn? Bedenke, es ist Krieg, da könnte ja jeder...«
Ja, kannte er mich denn nicht?

»Ihr öffnet auf der Stelle dieses Tor, ich befehle es Euch! Ich bin die Tochter des Grafen von Sassenberg. Ruft mir Euren Abt! Ich schreie, wenn sich das Tor nicht gleich öffnet!« Argwöhnisch glitt sein Blick an mir herunter. Wie eine Grafentochter sah ich nun wirklich nicht aus...

»Da muss ich erst den Bruder Pförtner fragen. Warte hier.« Damit schloss sich die Klappe geräuschvoll, und es wurde still um mich herum. Nur der Regen prasselte in unverminderter Stärke nieder, spritzte den Dreck bis zu den Knien hoch, rann mir über die Haut, durch die Ärmel hindurch und tropfte an den Händen herunter... Niemand kam. Meine Haare hingen in die Augen und klebten an der Gesichtshaut fest. Ohne sich zu rühren, stand das Pferd neben mir, ergeben in sein nasses Schicksal. Ich fühlte mich plötzlich so einsam wie nie zuvor. Erschöpft ließ ich mich an der Klosterpforte zu Boden gleiten, mitten in eine Pfütze hinein. Einen kurzen Moment erinnerte ich mich daran, wie geborgen ich mich in Eriks Anwesenheit gefühlt hatte... verwünschter Kerl! Der Regen schmeckte immer salziger, meine Nase lief, die Erde weinte und ich mit ihr. Ein paar harte Schluchzer entrangen sich meiner Kehle, ich ballte die Fäuste und rammte sie in den Matsch, einmal, zweimal, wieder und wieder, als könnte das die Enttäuschung vertreiben, die meine Seele verschlang. Doch es half nichts, dass ich mir das Wasser aus dem Gesicht wischte...

»Wenigstens Ihr hättet Euch meinen Namen merken können.«
Mein Herz setzte für einen Takt aus. Aber er war es wirklich. Unbemerkt war er herangeritten und hangelte sich nun mühsam vom Pferd.

Zwei Hände streckten sich mir entgegen. »Ihr solltet nicht im Wasser sitzen, Alienor.« Ich hob den Kopf. Das Wasser lief in Bächen an ihm herunter, doch brachte er es fertig, mir ein kleines Lächeln zu schenken, und seine Augen leuchteten so märchenhaft blau, dass mir für den Moment die Worte fehlten.

»Steht auf, Alienor. Will man Euch nicht öffnen?« Verlegen wischte ich mir die Nase. Seine Hände warteten immer noch darauf, mir aufzuhelfen, und schließlich ergriff ich sie. Er zog mich aus dem Matsch, hielt mich einen Augenblick länger als nötig fest, sein Griff tröstlich warm in der eisigen Kälte.

»Warum lassen sie Euch nicht ein, Alienor?«, drängte er.

»Ich weiß nicht.« Meine Stimme klang so dünn, und die Augen brannten mir. »Er muss fragen gehen...«

»Und dann will er wahrscheinlich Goldstücke sehen«, schnaubte Erik verächtlich. Er ließ mich los und klammerte sich an die Klosterpforte.

»Hör auf – sag nicht so was –« Ich war kurz davor, erneut die Nerven zu verlieren. Die verschlossene Pforte, der Regen – mir war so kalt, der schreckliche Streit von vorhin –, und jetzt tauchte er hier einfach auf, als ob nichts gewesen wäre... Plötzlich streckte er die Hand aus und berührte meinen Arm. »Ihr habt das alles nicht verdient, *meyja*«, brummte er so leise, dass ich es kaum hörte. Gleich darauf schüttelte ihn ein bedrohlich rasselnder Husten. Ich hämmerte erneut gegen die Tür.

»Aufmachen – verflucht!«

»Eure Flüche werden Euch hier nicht helfen, Gräfin. Versucht es mit Asyl.« Erik strich sich die nassen Haare aus dem Gesicht. »*Omnino in pace domino*. Die Herren des Weißen Krist sind verpflichtet, jeden Asylsuchenden aufzunehmen...« Erstaunt sah ich ihn an. Asyl, natürlich! Die Geschichte von dem Ritter, der jahrelang auf dem Friedhof einer Stadt logiert hatte, um seinen Häschern zu entgehen, fiel mir wieder ein. Der Abt durfte ihn nicht abweisen! Aber woher wusste ein Heide das?

»Um der Liebe Christi willen, lasst uns ein, gewährt uns Asyl! Wir werden verfolgt und sind verletzt! Asyl, Herrgott...«, schrie ich und hämmerte mit Nachdruck.

»Wenn das die Geschorenen nicht überzeugt – Ihr habt Talent zur Dramatik!« Erik lehnte erschöpft am Tor und versuchte zu lächeln.

Und das Wunder geschah tatsächlich. Ein Schlüssel knarrte im Schloss, und gleich darauf ging die Tür quietschend auf. Ein Mönch in einem zeltartigen Regenumhang trat breitbeinig in den Türrahmen und bedachte uns mit einem unfreundlichen Blick. Im gleichen Moment verlor Erik das Gleichgewicht und kippte vornüber in den Matsch. Ich sank neben ihm nieder und drehte seinen Kopf aus der Pfütze, doch er hatte das Bewusstsein verloren. Sein Körper brannte im Fieber. Erschrocken schüttelte ich ihn und rief seinen Namen. Der Mönch betrachtete unsere zerlumpte Erscheinung und seinen eigenen nunmehr schlammbespritzten Umhang. Über ihm tanzte ein Blitz über den Himmel, und der Regen schäumte in Sturzbächen unter seinen Füßen zur Tür hinaus.

»Die Armenspeisung ist erst –«

»Wir sind keine Bettler! Wie lange wollt Ihr denn noch warten, seht Ihr nicht, dass er stirbt?«, schrie ich verzweifelt durch den ohrenbetäubenden Lärm des Donners und bemühte mich, Erik an den Schultern auf meine Knie zu ziehen. Da setzte der Mönch sich – für seine Leibesfülle erstaunlich schnell – in Bewegung, und Augenblicke später kamen zwei weitere Brüder mit einer Bahre angerannt. Sie schleiften Erik ein Stück weit in den Hof. Jemand nahm mir die Pferde ab und schloss die Klosterpforte hinter uns. Nicht eben behutsam wuchteten die beiden Bahrenträger meinen Begleiter auf das Holzgerüst. Neugierige Blicke wanderten zu mir herüber... Erkannten sie mich denn nicht? Frierend drückte ich mich noch näher an die Mauer, um dem prasselnden Regen auszuweichen. Mittlerweile hatten sich im Klosterhof große Pfützen gebildet. Ein paar magere Figuren, Leibeigene des Klosters, plagten sich, eine Karrette mit Stroh vor dem Regen in den Stall in Sicherheit zu bringen, während ein Mönch sie zu mehr Eile antrieb.

»Alienor, mein Kind! Dem Himmel sei Dank, Ihr seid am Leben!«

Abt Fulko kam mit fliegendem Gewand, ein schwarzes Tuch über dem Kopf, über den Hof geeilt, dass der Schlamm unter seinen Schritten hochspritzte.

»Mein Gott, Kind, wie seht Ihr aus, Ihr müsst sofort ins Warme, sonst holt Euch noch der Tod... Was haben wir gebetet für Euch!« Er legte mir ein dickes Tuch um und versuchte mich in Richtung Refektorium zu ziehen, doch ich sträubte mich. Die Mönche mit der Bahre standen im Regen und sahen etwas ratlos drein.

»Ehrwürdiger Vater, mein Diener braucht dringend Hilfe, er ist schwer verwundet, ich bitte Euch...« Fulko warf unwillig einen Blick auf den Verletzten und erkannte erst jetzt, wen er da vor sich hatte. Sein Mund verkniff sich eigenartig.

»Bringt ihn in den Stall, da kann er wenigstens im Trockenen sterben.« Ich stand wie vom Donner gerührt.

»Aber Vater Fulko – er wird nicht sterben! Er braucht einen Arzt!«, schrie ich.

»Mäßige deine Worte, Mädchen!«, donnerte der Abt. »Und versuche nicht den Herrn, der Seine Entscheidungen unwiderruflich trifft! Dieser Mann ist so gut wie tot, das seht Ihr doch selbst. Und wer schert sich schon um einen Heiden mehr oder weniger?«

»Er ist *mein* Diener – *ich* schere mich darum!«

»Seid nicht albern, Kind. Euer Vater kann Euch einen neuen Diener schenken. Diesem hier ist nicht mehr zu helfen. Schafft ihn fort.« Die Tränen schossen mir in die Augen angesichts seiner unerwarteten Hartherzigkeit. Was hatte ich erwartet? Närrin, die ich war... Zwei der Mönche bückten sich bereits, um die Trage anzuheben, doch noch ehe sie sie ergreifen konnten, setzte ich mich auf den Rand des Holzgestells und hielt mich mit beiden Händen am Gestänge fest. Von meinem Kinn tropfte das Regenwasser direkt ins Eriks Gesicht. Obwohl es zwecklos war, versuchte ich, es dort wegzuwischen. Er öffnete seine Augen, griff nach meinen Fingern und hielt sie fest. Ich legte ihm meine andere Hand an die Wange und beugte mich über ihn.

»Er wird dich bestimmt nicht in den Stall bringen, ich erlaube das nicht –«

»Du machst dich lächerlich, Alienor. Wahrhaftig, ich schäme mich für dich.« Die Stimme war scharf wie ein Schlachtmesser. »Bringt ihn fort. Schafft ihn zum Tor hinaus in die Grube – weg aus meiner Abtei, sofort!« Der Pförtner hielt schon wieder seinen Schlüssel in den fleischigen Fingern.

»Vater Fulko, das könnt Ihr nicht tun...« Entsetzt sah ich an der schwarz gewandeten Gestalt hoch.

»Beim Thor, schafft mir diesen *gyđing* oder irgendeinen anderen Arzt her...«, knirschte da Erik.

Der Abt sah verwundert herunter. Seine Augen verengten sich zu Schlitzen. »Du lebst ja doch noch! Sollte es etwa Gottes Fügung sein, die dich wieder in mein Kloster geführt hat, verfluchter Heide? Bevor du es verlässt, wirst du endlich das Kreuz anbeten –«

»Þrífisk Þú aldri, Mönch, ich will deinen Gott nicht!«

»Ungläubiger...« Meisterhaft hatte Fulko seine Gesichtszüge unter Kontrolle, allein seine bebende Stimme verriet seinen Hass. »Nur die Dummen brauchen die Gewalt. Ich werde dich brechen, nun, da du hier bist, ich werde deine heidnische Seele brechen, die so schlecht und schwarz wie die Nacht ist, ich werde sie zerbrechen, zermalmen, zu Pulver zertreten, bis sie am Boden liegt und du Gott am Ende um Gnade anwinselst...« Seine Stimme wurde heiser, und ich erschauerte. Hatte der Schweifstern letzte Nacht denn alle Menschen närrisch gemacht?

»Du kannst mich nicht zerbrechen, Mönch!«, zischte Erik. »Eitrormr! Fjándi! Es braucht mehr als einen schwächlichen Geschorenen, bewaffnet mit einem Holzkreuz, um einen Krieger zu brechen! Nicht mal hundert von deiner Sorte würden das schaffen. Erfülle lieber deine verdammte Christen*pflicht* und gewähre mir Asyl! Schaff mir einen Arzt her...« Er zitterte vor Kälte und Schmerzen und zog mit einer hilflosen Bewegung sein zerfetztes Hemd über der Brust zusammen. Instinktiv riss ich mir Fulkos Tuch von den Schultern und breitete es über ihn, obwohl es längst durchnässt war. Die Mönche standen immer noch wie zwei Ochsen im Regen. Ihr Abt entriss dem Pförtner den Schlüssel und machte einen Schritt auf das Tor zu.

»Tut endlich, was ich euch geboten habe, oder muss ich selber –«

Aufhalten musste man ihn, aufhalten!

»Bitte, Ehrwürdiger Vater, habt Erbarmen, er braucht wirklich einen Arzt, es ist noch nicht zu spät!«

Ich sank hinter ihm auf die Knie, weinend über dieses Todesurteil, und hielt sein Skapulier fest, sodass er nicht mehr weiter konnte. Eine Windbö fuhr unter sein Gewand und blähte es auf. Er sah aus wie ein Raubvogel, als er sich mit erhobenen Armen zu mir umdrehte. Wie konnte er nur daran denken, Erik im Stall dem

Tod zu überlassen, den Sohn eines Königs, wie konnte er... Der Bruder Pförtner wollte mich von seinem Abt wegziehen, ich fühlte seine Faust schon an meinem Kragen, da fasste Fulko mich am Arm und zog mich unsanft hoch. Aufmerksam betrachtete er mein nasses Gesicht, die verquollenen Augen, den Striemen, der mein Gesicht in zwei Hälften teilte, und dann den schmutzstarrenden Mann zu unseren Füßen.

»Nun gut, Ihr sollt Euren Willen haben. Ein Aderlass kann zumindest nicht schaden«, entschied er kühl und reckte das Kinn. »Schafft ihn ins Hospital und lasst Bruder Anselm holen. Niemand soll mir nachsagen, ich würde meine Christen*pflicht* nicht erfüllen...« Die Mönche bückten sich erneut und schleppten die Trage im Laufschritt durch die Schlammfluten, die mittlerweile knöcheltief auf dem Hof standen. Ohne zu überlegen, lief ich hinterher.

»Alienor, wartet! Kommt mit ins Gästehaus, man wird Euch trockene Kleider geben«, rief Fulko mir hinterher, doch ich hörte nicht auf ihn.

Vor einem kleinen Steinhaus setzten die beiden Träger die Bahre ab, um die Tür zu öffnen. Einer entzündete eine Fackel und steckte sie in die Wandhalterung am Eingang, denn durch die vergitterten Fensternischen drang nur wenig Licht in den Raum. An der Wand standen strohgefüllte hölzerne Lager mit Wolldecken. In eines dieser Lager verfrachteten sie Erik mitsamt seinen nassen Kleidern. Einer der Novizen mühte sich, im Kamin ein Feuer zu entfachen, was bei dem Regen kein einfaches Vorhaben war. Es rauchte und qualmte, und der arme Bruder war dem Ersticken nahe, bevor endlich kleine Flammen hervorzüngelten.

Ich stürzte ans Bett. Eriks Gesicht war bleich, seine Lippen blau vor Kälte. Mit gerunzelter Stirn sah er mich an.

»Ihr solltet sehen, dass Ihr zu trockener Kleidung kommt, Gräfin.«

»Ich werde nicht zulassen, dass er dich sterben lässt! Erik – du wirst doch wieder gesund...«

»Ich werde mir Mühe geben.« Mit einer Hand strich er mir den Schmutz von der Wange. »Alienor, Ihr sollt wissen –« Er stockte.

»*Vandi er mér* – es fällt mir sehr schwer, Eure Hilfe anzunehmen. Erst recht, wenn Ihr sie von diesem – diesem Geschorenen erflehen müsst.«

»Du kannst sie annehmen. Ich verlange nichts dafür.«

»Wirklich nicht?« Er legte die Hand auf die Brust und bereitete sich auf den nächsten Hustenkrampf vor. Was dachte er von mir – was musste er denken? Dass ich vom Reitknecht nicht lassen wollte, ihn aus Gewohnheit weiter an mich band... Heilige Maria! Warum nur fehlten mir die Worte, ihm zu erklären, was ich mir wünschte? Der Husten brach aus ihm hervor wie ein brodelnder Bach, und bange beobachtete ich, wie sich sein Gesicht immer röter färbte. Er würde doch nicht noch lungenkrank werden?

Die Tür quietschte und schreckte uns auf. Mit einer Regenbö stolperte ein kleiner dicklicher Mönch ins Haus, in der Hand einen Beutel. Er pellte sich aus seinem Umhang und schüttelte sich, dass die Tropfen nur so flogen.

»Ich bin Bruder Anselm, der Apothecarius«, wandte er sich an Erik. »Der Ehrwürdige Vater befahl mir, dich zu verarzten. Und Euch, Fräulein, lässt er ausrichten, dass er Euch im Gästehaus erwartet, wo trockene Kleider und eine Mahlzeit für Euch bereit stehen.« Demonstrativ blieb ich hocken. Ich würde erst gehen, wenn sie ihn versorgt hatten.

»Geht, Alienor. Ich verspreche Euch hier zu bleiben.« Die Hand auf meiner Schulter war fieberheiß. Ich schüttelte nur den Kopf.

Ächzend ging Bruder Anselm währenddessen in die Knie und begann in seinem Beutel zu wühlen. Der Novize, der im Hospital verblieben war, brachte auf sein Verlangen eine flache Schüssel Wasser, die er neben das Bett stellte. Anselm sah mich fragend an. Ich verstand seinen Wunsch, ich möge mich nun doch entfernen. Meine Anwesenheit an diesem Ort war ungehörig, und dass sie den Mann vor meinen Augen entkleiden würden, auch.

»Beginnt Euer Werk«, sagte ich leise und senkte den Blick, um den Unmut des Mönchs zu besänftigen. Der packte schließlich das nasse Hemd mit seinen fleischigen Händen und riss es mit einem Ruck entzwei. Der Novize half Erik, sich aus den Fetzen zu schälen, und löste den von Eiter und Wasser durchweichten Verband.

Einen Moment stutzte Bruder Anselm, als er die große Brandnarbe auf der Brust leuchten sah. Dann betrachtete er die Lanzenwunde unterhalb des Rippenbogens. Allmächtiger! Sie sah genauso grau und gefährlich wie vor dem Ausbrennen in der Höhle aus. Zäher, gelblicher Eiter quoll aus einem Loch und verbreitete einen bestialischen Gestank.

»Sieh mal an, eine recht große Wunde... und sie ist noch gar nicht schwarz. Da hast du ja noch mal Glück gehabt. Dafür eitert sie auch schön, wie es sein muss.« Ich starrte ihn verständnislos an, während er, leise Gebete vor sich hin murmelnd, aus dem Beutel kleine Wunddochte hervorholte. Ich kannte die Mischung, sie bestand aus Schierlingswurzeln, Ahorn, Geiskraut und Spargel, und ich wusste, dass die Novizen sie mit ihren zierlichen Fingern für die Apotheke drehten. Anselm ließ sie in das Loch fallen und schickte sich an, es mit feuchten Leinenfetzen auszutamponieren. Ich sah seine fetten, schmutzigen Hände, ich sah die Trauerränder unter den langen Fingernägeln, ich sah auf den Lumpen Reste von Blut, und eine Laus kroch ihm just in dem Augenblick aus dem Ärmel über den Handrücken und wechselte von dort auf den Bauch des Verletzten. Und ich sah Eriks schreckgeweitete Augen. Meister Naphtali pflegte ein wenig anders zu arbeiten...

»Ha-habt Ihr kein... kein sauberes Linnen?«, fragte ich vorsichtig.

»Aber wozu denn?«, lächelte er freundlich und stopfte weiter schmutzige Lappen in die Wunde. »Das Böse zieht aus der Verletzung, das ist die Hauptsache. Man könnte auch auf die Tamponade verzichten, aber das gibt eine zu große Schweinerei. Überlasst es nur mir, ich kenne mich aus. Ich studierte die Heilkunde schon, da wart Ihr noch nicht geboren, liebes Kind.« Natürlich hatte er Recht. Bruder Anselm war ein guter Heilkundiger, und ich kannte seine hervorragend ausgestattete Klosterapotheke mit den vielen beschrifteten Laden und Tontöpfen, in der es nach Honig und Pfefferminze roch und in der wir als Kinder andächtig beim Abwiegen der Arzneien zugesehen hatten. Auch seinen kleinen Kräutergarten kannte ich, und ich erinnerte mich, wie er uns stolz seine neuen Pflanzen vorgeführt hatte, die zur rechten Zeit geerntet, getrocknet und dann sorgfältig in einer der vielen Laden verwahrt wurden, bis ein Notleidender Bedarf an der Medizin hatte. Ohne Zweifel, als pflanzenkundiger Apotheker war Anselm ein großer Gelehrter. Doch aufs Verbinden verstand er sich in meinen Augen überhaupt nicht.

»Aber Tee – einen heilenden Tee habt Ihr doch wohl für ihn, nicht wahr?«, fragte ich, nach der Zurechtweisung vorsichtiger geworden.

»Wenn Ihr denn darauf besteht, so mag er meinethalben zur Nacht Fenchel und Andorn in Honig gekocht bekommen.« Er riss ein weiteres Leinenstück ab. Der Novize hatte ein Kohlebecken herbeigeschleppt, auf dem Anselm nun in einem Töpfchen verschiedene Wachskügelchen und eine scharf riechende Flüssigkeit erwärmte.

Erik tastete nach meinem Arm. »*Sótt leiðir mik til grafar...* Erinnert Ihr Euch an das Lied, das ich Euch gestern vorsagte?«, knurrte er und zog mich näher. »Da es Euch gefiel, will ich Euch noch eine Strophe sagen.

›Ein Sechstes kann ich, so wer mich versehrt

Mit harter Holzwurzel,

Den andern allein, der mir es antut,

Verzehrt statt meiner der Zauber.‹«

Sein Flüstern war heiser geworden und seine Stimme erbebte jedes Mal, wenn der Apotheker den Stoffballen noch tiefer in das Loch drückte.

»*Þat kann ek et níunda, ef mik nauðr um stendr –*«

»Was murmelst du da für heidnisches Zeug?« Bruder Anselm runzelte die Stirn. »Bedenke, der Herr Abt kann dich sofort vor die Tür setzen!«

»*Þrífisk...*« Erik knirschte einen Fluch in seiner Muttersprache.

»Er hat Schmerzen, Pater«, unterbrach ich ihn und rückte ein Stück vom Bett ab. Erik schloss die Augen und holte tief Luft.

»Schmerzen? Soso.« Einen Augenblick betrachtete der Mönch das blasse Gesicht. »Und ich dachte immer, die Barbaren seien aus Eisen. Deshalb gelingt es ja auch nicht, sie auszurotten. Nun, vielleicht ist dieser hier eine schwächliche Ausnahme.« Damit kratzte er die klebrige Masse aus dem Töpfchen und walkte sie gemächlich in seinen großen Händen, bis sie ihm die rechte Konsistenz zu haben schien. Auf einen Wink hielt der andere Mönch ein Tuch bereit. Anselm schmierte die Masse auf Eriks Bauch und wickelte das lange Tuch so fest um ihn herum, dass er kaum noch Luft bekam.

»Das Zugpflaster verbleibt zwei Tage und eine Nacht auf der Wunde. Möge der Herr mich segnen für diese barmherzige Tat.« Argwöhnisch streifte sein Blick Erik, der vorsichtig an den Lumpen herumtastete. »Finger weg, Heide! Es darf keine Luft an die Wunde kommen. Und nun will ich noch einen Aderlass vornehmen.« Flugs hielt er ein Messer in der Hand. Der Novize ergriff Eriks rechten Arm, ließ ihn jedoch wieder fahren, als er die schwarze Schlange sah. »Heilige Mutter…«, murmelte er und bekreuzigte sich dreimal, bevor er es über sich bringen konnte, den Arm wieder anzufassen und zu strecken. Eine blecherne Schüssel stand schon bereit, damit das Blut aufgefangen werden konnte. Eriks Augen wurden immer größer, und verdunkelten sich wie jedes Mal, wenn er in Wut geriet. Bruder Anselm setzte sein Messer an. Just als die Klinge seine Haut berührte, schoss eine harte Hand vor und packte den Mönch am Skapulier.

»Du wirst das bleiben lassen, *skalli*«, knurrte er. »Ich habe genug Blut verloren, willst du mich umbringen.«

»Aber ein Aderlass wird das Fieber senken, du Dummkopf…«

»Steck dein Messer weg, *skitkarl*!«

»Erik, er hat Recht! Du wirst dich danach besser fühlen –«

»Lasst mich in Frieden, alle!« Eriks Stimme klang so Unheil verkündend, dass Bruder Anselm zwar kopfschüttelnd, aber doch umgehend von ihm abließ. Unruhig nagte ich an meinem Daumen. »*So wer mich versehrt mit harter Holzwurzel…*« Vielleicht war es doch keine so gute Idee gewesen, ausgerechnet im Kloster Zuflucht zu suchen.

Der Mönch wandte sich zu mir. »Geht jetzt, Fräulein. Für Euch ist eine andere Unterkunft vorgesehen, und auch ein Mahl steht gewiss schon bereit. Ihr braucht Euch keine Sorgen mehr zu machen, bei uns seid Ihr sicher.« Damit schob er mich sanft, aber bestimmt zur Tür, seinem Mitbruder in die Arme.

»Kann ich nicht hier –« Ich verfolgte Eriks Hände, die nervös über den Verband glitten, an der Decke zerrten, spürte förmlich seine Unruhe, den gehetzten Blick, mit dem er Fenster und Türen abschätzte, wie ein Gefangener, der seine neue Zelle in Augenschein nimmt, in Gedanken schon bei der Flucht. Es widerstrebte mir zutiefst, ihn hier allein lassen zu müssen.

»Ihr solltet nun an Euch denken, Fräulein.« Anselms dicker Bauch drängte mich vorwärts.

Hier bleiben, ich sollte hier bleiben… die Tür krachte ins Schloss.

Draußen tobte noch immer das Unwetter. Der Novize deutete auf ein Gebäude nicht weit von der Kirche und lief los. Ich heftete mich an seine Fersen, achtlos in alle Seen und Pfützen tretend – so nass, wie ich war, spielte es keine Rolle mehr.

Der Benediktinerabt erwartete mich bereits an der Tür des Gästehauses.

»Ah, da seid Ihr endlich, Kind. Rasch, kommt herein, Ihr müsst ja völlig erfroren sein. In der Kammer findet Ihr Waschwasser und etwas zum Anziehen, ich lasse derweil eine warme Mahlzeit auftragen.« Mit seiner ringgeschmückten Hand wies er mir den Weg in die Schlafkammer. Dort fand ich tatsächlich eine Waschschüssel und Handtücher vor. Ich reinigte mich mit dem kalten Wasser und strich die verfilzten Haare ein wenig glatt. Maia würde ihre helle Freude haben, wenn sie sich erst ans Kämmen machte… Auf dem Bett lagen ein langes Hemd und eine Frauentunika aus schwarzer Wolle, die ich überstreifte und in der Taille mit einem Gürtel festband. Den dazugehörigen Schleier legte ich mir um die Schultern und setzte mich auf das Bett.

Ich war zu Tode erschöpft. Und ich machte mir Sorgen um Erik. Wie grob Bruder Anselm ihn behandelt hatte! Würden sie ihn wirklich versorgen, ihm zu essen geben? Seine merkwürdige Unruhe hatte auch mich erfasst… Brennend wünschte ich mir, endlich in unserer Burg zu sein und mich den weisen Händen Meister Naphtalis anvertrauen zu können. Die Schrammen, die ich aus dem Kampf davongetragen hatte, pochten und klopften wie wild, und ich wusste, der Jude würde ein Mittel dagegen haben. Doch zwischen ihm und uns lag ein ganzer Krieg, dessen Ende nicht abzusehen war…

Im Nebenraum klapperte Geschirr auf dem Tisch, ich raffte mich auf und ging hinüber. Der Abt saß bereits am Tisch, angetan mit einer prachtvollen schwarzen Samtrobe, in der Hand einen Pokal mit Wein. Ein junger Diener mit nassen Haaren bediente und zerlegte gerade einen gebratenen Karpfen.

»Kommt, Kind, setzt Euch. Lasst uns beten.« Fulko erhob sich, legte mir den Schleier über die Haare, und geleitete mich zu meinem Platz. Mit einer großartigen Gebärde blieb er dann vor dem Tisch stehen und breitete die Hände aus.

»O Herr, wir wollen Dir danken, dass Du Deine Tochter heimgeführt hast, wo wir sie schon für verloren gaben!…« Ich konnte mich auf den lateinischen Gesang der beiden Mönche nicht konzentrieren. Der Duft der warmen Speisen benebelte mich, ebenso die Müdigkeit – warum ließen sie mich nicht einfach in Ruhe? Über meine gefalteten Hände hinweg bemerkte ich, wie mich scharfe Seitenblicke aus andächtig gesenkten Augen trafen.

Das Essen tat gut, ich war halb verhungert und vertilgte den Karpfen fast alleine. Fulko betrachtete mich wohl wollend.

»Ich sehe, es schmeckt Euch, das freut mich.«

»Wird meinem Diener auch Essen gebracht?«, fragte ich vorsichtig.

»Er ist in der Obhut Bruder Anselms. Ihr müsst nicht mehr an ihn denken, Ihr seid nun zu Hause, Alienor. Aller Schrecken hat ein Ende. Vergesst es, vergesst diese Kreatur.« Darauf wollte ich etwas erwidern, doch ließ er mir keine Zeit, sondern beugte sich über den Tisch und fixierte mich mit seinen schwarzen Augen.

»Möchtet Ihr die heilige Beichte ablegen, mein Kind?« Was für eine ungewöhnliche Frage… Ich starrte ihn an. Er senkte die Stimme.

»Ich würde sie Euch ausnahmsweise hier abnehmen. Ihr wisst, Ihr könnt mir vertrauen, Alienor. Schließlich wart Ihr tagelang in den Wäldern, ich kann mir gut vorstellen, wie furchtbar es für

Euch gewesen sein muss. Vertraut Euch mir an, und ich werde Euch die Absolution erteilen....«

Ich ließ das Brotstück sinken, an dem ich gerade nagte.

»Mein Diener hat sich korrekt verhalten, wenn Ihr das meint. Er hat seine Pflicht getan, wie er es mir einst geschworen hat.«

Fulko kniff die Augen zusammen. »Er hat sich Euch nicht genähert? Hat Euch nicht belästigt? Alienor, Ihr könnt mir wirklich vertrauen. Sprecht Euch die Sünde von der Seele, es wird Euch erleichtern. Der Herr hat doch Erbarmen mit unschuldigen Kindern wie Euch. Sagt es mir...« Gierig blitzten seine Augen. Er kam mir auf einmal vor wie eine Schlange, die ihr Opfer einlullt, um es hernach zu verschlingen. Sünde. Welche Sünde? Die, die ich mir so gerne von der Seele sprechen wollte, die hatte er doch mitgetragen, er, dessen weiße Hand im Kerker meines Vaters blutige Kreuze in die Haut eines Edelmannes schnitten und ihn damit auf immer gezeichnet hatte. Ob der Herr auch Erbarmen mit ihm haben würde? Ich zitterte bei diesem ketzerischen Gedanken. Wer... wer hatte die schlimmere Sünde begangen? *Gott kennt deine Gedanken, Alienor* – schweig!

»Hat er Euch so zugerichtet? Ins Gesicht geschlagen, Eure lieblichen Züge verschandelt – welch barbarische Tat! Nur eine Bestie könnte –«

»Er war es nicht! Er... er hat nichts getan, Vater, er hat mich beschützt, obwohl er verletzt war, so glaubt mir doch. Glaubt mir einfach. Ehrwürdiger Vater.« Fulko lauerte hinter seinem Weinpokal. Er misstraute mir, er wollte das Gespräch in seine Richtung lenken, mich beeinflussen. Ich spürte es und wurde wachsam.

»Kann ich meinen Diener heute noch einmal sehen?«

»Selbstverständlich. Später.« Ein langer Blick, rätselhaft, unergründlich. »Nun, wenn Ihr Euch mir nicht anvertrauen wollt... Vergesst jedoch nicht, Gottes Gnade ist unermesslich, und ich habe immer ein offenes Ohr für Euch.« Langsam nahm er einen Schluck und fragte dann ganz beiläufig: »War Euch eigentlich bekannt, dass in der Heimat Eures Sklaven Menschenopfer dargebracht werden?«

Ich riss die Augen auf.

»Sie schlitzen unschuldigen Menschenkindern die Kehle auf und hängen sie an Bäume, wo sie jämmerlich verbluten. Das Blut fangen sie in goldenen Schalen auf und bespritzen damit die Holzstatuen ihrer Götzen. Sicher habt Ihr den grauenhaften Götzen gesehen, den wir in der Burg fanden. Man sagt, sie sollen vom Blut gnädig gestimmt werden...« Er sah mich von der Seite an. »Ihr könnt froh sein, dass Ihr noch lebt, Alienor. Er ist ein Barbar, sein Geschäft ist das Töten, vergesst das nicht. Ihr kennt doch die alten Geschichten über die Mordbrenner aus dem Norden, die unser Land so schrecklich verwüstet haben. Sie metzelten Kinder dahin, misshandelten Frauen und zündeten Kirchen an. *Er ist einer von ihnen!* Ein grausamer Mensch, dessen Götter über Krieg und Vernichtung gebieten; ein Ehrloser, der Leben nimmt, ohne darüber nachzudenken! Sein Volk lebt in Sünde, Schande und Vielweiberei! Ich weiß es, ein Mitbruder hat sie gesehen, wie sie zügellos übereinander herfallen, wie sie töten und morden, ohne mit der Wimper zu zucken, wie sie Gott lästern und auf das Kreuz Christi spucken! Er hat gesehen, wie sich ganze Sippen in Blutfehden gegenseitig auslöschen, und wie die Überlebenden hernach auf den Leichen tanzen...« Rasch kam er um den Tisch herum und raunte mir ins Ohr: »Beichte, Mädchen! Komm, wann es dir beliebt, und beichte, ich spreche dich los. Rette deine jungfräuliche Seele, Kind, ich beschwöre ich...«

Als ich allein war, fühlte ich mich wie betäubt. Eine dicke Glocke war über mich gestülpt worden, und ich hörte nichts als mein rasendes Herz. Menschenopfer, Vielweiberei, Sünde. Der Fisch stieß mir auf. Mir wurde übel, am liebsten hätte ich mich seiner entledigt, doch den Gefallen tat er mir nicht. Ich vergrub den Kopf in den Armen und versuchte, zur Ruhe zu kommen. Erik ein Mörder. Unglaublich. Nein. Ich würde ihn selbst fragen, er musste mir darauf antworten! Menschenopfer...

Irgendwann, es dämmerte draußen schon, und der Regen hatte etwas nachgelassen, klopfte es an die Tür des Gästehauses. Ich muss wohl am Tisch eingeschlafen sein, jedenfalls war ich am ganzen Körper steif, als ich öffnete. Der Abt stand mit hochmütigem Gesichtsausdruck vor der Tür.

»Ihr wolltet Euren Sklaven sehen, Alienor. Ich habe wenig Hoffnung, dass er die Nacht überlebt, er fiebert stark. Aber überzeugt Euch selbst.«

Ich warf mir einen Umhang um und folgte ihm in die nasse, kalte Außenwelt. Eine prachtvolle Dogge mit schneeweißem Fell trabte neben uns her.

»Meinen guten Hector kennt Ihr sicher noch. Ein Geschenk aus der Zucht Seiner Eminenz, des Erzbischofs. Der Hund wird Eurem Diener heute Nacht Gesellschaft leisten«, bemerkte der Abt und beschleunigte seine Schritte.

Sie hatten Erik einen weißen Leinenkittel angezogen, doch so viel schlechter, wie ich nach den Worten des Abtes erwartet hatte, ging es ihm gar nicht. Er hatte ein wenig geschlafen, trotzdem war ich erschrocken über sein erschöpftes Gesicht.

»Ist das Fräulein gut untergebracht? Hat sie etwas gegessen?« Seine Fragen klangen herausfordernd.

Der Abt kniff die Augen zusammen. »Ich wüsste nicht, was dich das anginge, Heide. Im Übrigen lass dir sagen, dass es in meinem Kloster niemals an Gastfreundschaft gefehlt hat – für den, der es verdient. Das Fräulein ist also bestens versorgt.«

Ich spürte es wieder, dieses Böse, das ich nie begreifen würde, das aber die ganze Atmosphäre hier im Spital vergiftete. Wie zwei Raubtiere standen sie sich gegenüber, der Abt eiskalt und unnahbar in seiner schwarzen Kutte, Erik kochend vor unterdrücktem Hass und hilflos im Bett. Ich stand zwischen ihnen und wusste nicht, wo ich hinschauen sollte. Mir war immer noch übel. Der Karpfen schien direkt hinter meinem Gaumen zu lauern. Die Behauptungen des Abtes bohrten sich durch meine Gedanken; ich wollte so viel fragen, doch brachte ich keinen Ton heraus. Forschend glitt Eriks Blick von meinen verkrampften Händen hoch zu meinem Gesicht. Sie metzeln Kinder, misshandeln Frauen... ein Mörder!

Als hätte er meinen stummen Schrei vernommen, schimmerten seine Augen mit einem Mal verständnisvoll – oder bildete ich mir das nur ein? Die Dogge hatte sich neben dem Bett niedergelassen. Erik tätschelte ihren Kopf, ohne mich aus den Augen zu lassen.

»Hector kann dir heute Nacht Gesellschaft leisten. Und wir werden später im Gottesdienst ein Gebet für dich sprechen.« Mit hochgezogenen Augenbrauen wandte Fulko sich zum Gehen. »Der Herr habe Erbarmen mit dir Unwürdigem. Kommt, meine Liebe.« Ich biss mir auf die Lippen. Das Gefühl, dass mir jemand die Fäden aus der Hand genommen hatte, wurde immer stärker. Ich wollte nicht gehen, ich wollte bleiben und Erik all die Fragen stellen, die mir seit dem Nachmittag auf der Zunge brannten. Menschenopfer… Da zwinkerte er mir aufmunternd zu.

»Geht schon, Gräfin«, flüsterte er.

Alles andere als beruhigt folgte ich dem Abt. Der meinte draußen: »Er wird diese Nacht nicht überleben, wie ich Euch bereits gesagt hatte. Kommt zur heiligen Messe und betet für seine Seele, wenn Ihr mögt. Die Glocken werden Euch rufen.« Würdevoll ordnete er sein Skapulier und sagte dann etwas freundlicher: »Wie ich hörte, steht es gut um die Burg Eures Vaters. Es wurde Feuer in den Belagerungstürmen gesehen. Sicher könnt Ihr bald heimkehren, mein Kind.« Damit neigte er den Kopf und verließ mich. Nachdenklich sah ich ihm hinterher. Seit ich das Kloster betreten hatte, waren meine Sinne auffällig geschärft, wie bei einem Krieger auf feindlichem Gebiet. War ich auf feindlichem Gebiet?

Vorsichtig drückte ich die Türklinke herunter und schob mich durch den Türspalt zurück ins Hospital. Die Mönche waren fort. Hector kam auf mich zugelaufen und beschnupperte mich ausgiebig. Wir kannten uns, vor ihm brauchte ich keine Angst zu haben, und so zauste ich einen Augenblick seine langen, weichen Ohren. Erik hatte sich halb auf die Seite gelegt und schien zu schlafen. Leise hockte ich mich in einigem Abstand neben das Bett und starrte in seine müden Züge. Schatten lagen unter den geschlossenen Augen und ließen das Gesicht noch ausgezehrter wirken. O Königssohn, wirst du es schaffen, gesund zu werden und heimzukehren? Oder musst du dein Leben in Sklaverei beenden? Gott, hilf mir, dachte ich und schluckte. Hilf mir, mach ihn gesund und lass mich die schwere Schuld abtragen…

»Ihr habt ein anhängliches Wesen, Gräfin.« Er hatte die Augen geöffnet und sah mich verwundert an. Der Hund beschlabberte mich mit seiner riesigen Zunge und legte fordernd seine Pfote auf meinen Arm. »Er mag Euch. Mich würde er wahrscheinlich zerreißen, wenn ich nur versuchte, aufzustehen.« Hechelnd sah Hector zu ihm hoch. »Mein neuer Kerkermeister...« Dem hing lässig die Zunge aus dem Maul, wo weiße Reißzähne gefährlich aufblitzten.

»Erik, das ist kein Gefängnis – sie nennen es Spital, ein Ort, wo man Kranke pflegt –«

»Das eine schließt das andere nicht aus, Gräfin. Ich glaube nicht, dass ich lange hier bleiben will...« Ich massierte meine eisigen Hände. Die alte Unruhe war in seinen Blick zurückgekehrt, und irgendwie ließ ich mich davon anstecken – wie war das nur möglich, an diesem Ort der Kontemplation?

Der Wind pfiff eisig durch die Fensterscharten. Schaudernd versuchte Erik das dünne Laken über seine Schulter zu ziehen. Ich nahm die Decke vom Nachbarbett und breitete sie über ihn.

»Haben sie dir zu essen gebracht?«

Er schüttelte den Kopf. »Nach der Messe, wenn das Dienstvolk Essen bekommt.« Darauf schwieg ich, schuldbewusst an den Karpfen denkend, der mich immer noch quälte. Auf dem Kaminsims stand ein Krug mit Wasser. Ich goss etwas davon in den Zinnbecher und stellte ihn neben das Bett. »Geht, Alienor. Wenn der Abt hört, dass Ihr allein hier wart, wird er Euch einsperren. Es ist genug Schlimmes passiert. Geht jetzt.« Unschlüssig stand ich auf. Menschenopfer. *Frag ihn, Alienor, frag ihn jetzt!* Er muss dir antworten.

»Erik.« Er zupfte an seiner Decke herum und vermied es, mich anzusehen. Schweißperlen standen wieder auf seiner Stirn. Wenn er doch starb... Ich musste in die Kirche, jetzt gleich. Nervös knetete ich meine Finger. »Erik, ich... ich wünsche mir nichts mehr, als dass du gesund wirst.«

Als ich schon an der Tür stand, hörte ich, wie er leise sagte: »Sprecht ein Gebet zu Eurem Gott für mich, *meyja*. Auf Euch wird er hören.«

Vor der Tür holte ich erst einmal tief Luft. Irgendwann musste ich ihn fragen. Wenn das hier alles überstanden war, wenn er wieder gesund war... Ich sah mich um. Der Regen hatte für eine Weile aufgehört, doch versprach der Himmel Nachschub. So viel Wasser – der Klosterhof sah jetzt schon aus wie unser Dorfweiher! Vorsichtig ging ich an den Gebäuden entlang zu den Ställen. Es war noch etwas Zeit bis zur Messe, und ich hatte nur wenig Lust, ins Gästehaus zurückzukehren. Wo der Abt wohl hin verschwunden war? Unstillbare Neugier – die größte Untugend des sündhaften Weibes – bewog mich, meine Schritte in Richtung seines Hauses zu lenken. Ich wanderte an den Ställen vorbei, sah den Leibeigenen beim Melken zu und streichelte einige Pferdenasen. Schließlich stand ich vor dem Steingebäude, in dem der Abt wohnte und auch seine hohen Gäste bewirtete. Des Teufels böse Kraft zog mich unwiderstehlich zum Haus. Niemand beobachtete mich, da der Regen wieder verstärkt auf die Erde prasselte und alle zusahen, dass sie im Trockenen blieben. *Was willst du vom Ehrwürdigen Vater, Mädchen?* schien die dunkle Silhouette der Kirche mich zu fragen. Mit klopfendem Herzen schlich ich mich am Haus entlang auf eins der schmalen Fenster zu. Von innen war es mit dicken Teppichen verhängt. Großer Gott, was wollte ich hier? Ich wollte weglaufen, doch meine Finger machten sich selbstständig und schoben den Teppich vorsichtig zur Seite.

Der Abt kniete vor einem kleinen Hausaltar ins Gebet versunken. Zuerst dachte ich, er zelebriere eine *missa speciale* in seiner Privatkapelle, vielleicht um Gottes Beistand für meinen Vater zu erbitten. Ich wollte mich schon zum Gehen wenden, als der Kleriker die Arme hob und laut aufstöhnte. Erschrocken fuhr ich zusammen. Und ich erkannte, was da auf dem Altar stand: die kleine hässliche Götzenfigur, von der Fulko eben gesprochen hatte! Sie war mit Stricken umwickelt und stand in einer Schale mit Weihwasser, damit der Dämon nicht aus ihr herausfahren konnte. Daneben sah ich etwas Goldglänzendes liegen, ein Schmuckstück? Fulko ballte die Fäuste. Stoßweise kamen Worte aus ihm heraus, deren Sinn ich nicht erfasste.

»O Herr! *Cum invocarem, exandivit me Deus justitiae meae,*

in tribulatione dilasti mihi. Miserere mei, et exandi orationem meam... Du hast ihn zu mir gesandt, dem Tode nahe, nicht wahr? Willst du mich prüfen? Herr, Allmächtiger, ich weiß nicht, ob ich Dir diesmal gehorchen kann... Auge um Auge und Zahn um Zahn – Deine heiligen Worte, nicht wahr? Herr, gestatte mir, Dein Wort zu erfüllen, nur dieses eine Mal! Ich will diesem Heiden geben, was sie uns damals gegeben haben. *Statue servo tuo eloquinum tuum in timore tuo...*« Er ließ sich mit ausgebreiteten Armen vornüber auf den Boden fallen und blieb regungslos liegen. Ich drückte mich gegen die Mauer. Hatte er den Verstand verloren? Plötzlich kam er mir vor wie ein Basilisk, der sich auf dem Boden wand und sein Gift versprühte, auf dass es alles vernichtete, was sich ihm in den Weg stellte... Ein Windstoß, so eisig, als hätte er ihn selber losgeschickt, ließ mich bis ins Mark erschaudern.

Der Wasserspeier auf dem Dach hatte mich inzwischen vollends nass gespritzt, und ich lief los, um mir im Gästehaus einen trockenen Umhang zu holen. Auf dem Rückweg – die Glocken der Klosterkirche läuteten schon kraftvoll – kam ich am Refektorium vorbei. Das Portal stand halb offen, es roch durchdringend nach Zwiebeln und Gerste. Ich schlich näher. In der Speisehalle der Mönche waren Stimmen zu hören. Vorsichtig lugte ich durch den Türspalt und erkannte Bruder Anselm, der auf einem Tablett ein kleines Abendessen zurechtlegte. Hinter seinem Rücken stand ein weiterer Mönch mit aufgezogener Kapuze. Er goss Wein aus einer Karaffe in einen irdenen Becher. Und dann beobachtete ich neugierig, wie er heimlich aus einem Döschen ein Pulver in das Gefäß schüttete und den Becher dann auf Anselms Tablett stellte.

»Er soll ausnahmsweise Wein haben, weil die Krankheit ihn peinigt. Bring ihm das gleich nach der Messe. Niemand soll mir vorwerfen, ich hätte nicht alles für diesen heidnischen Kranken getan...« Es war die Stimme des Abtes! Ich huschte von der Tür weg, nahm den unerlaubten Weg durch den Kräutergarten, zutiefst beunruhigt von dem, was ich beobachtet hatte.

Als der Abt die Kirche betrat, saß ich schon in der Besucherbank, um Andacht bemüht. Sie wollte sich nicht einstellen, stattdessen zogen die Ereignisse der letzten Stunde an mir vorüber und fesselten meine Gedanken. Die Mönche kamen hintereinander in den Chorraum und nahmen ihre Plätze ein. Feierlich intonierten sie einen Choral, dessen Klänge in den hohen Mauern widerhallten. Der Abt erhob sich von seinem erhöhten Platz und begann einen neuen Psalm. Mit seiner Stimme drängte sich die Szene aus dem Refektorium in mein Gedächtnis. Was war es nur, was ich nicht bemerkt hatte – oder spielte mir die Fantasie einen Streich?

Dutzende von Kerzen beleuchteten den wunderbaren steinernen Altar. Er war, wie es sich für die Fastenzeit gehörte, mit schwarzsamtenen Tüchern verkleidet. Lieber Himmel, in ein paar Tagen war Ostern, und ich war nicht zu Hause! Meine Gedanken schweiften ab, glitten an der Madonna mit dem Kinde vorbei, die meine Mutter gestiftet hatte, trudelten spielerisch im Kreis, tanzten über die Kerzen und landeten wieder bei Erik im Hospital. Ein Tablett mit Essen. Wein sollte der Sklave haben, weil die Krankheit ihn plagte. Wein für einen Heiden...

Ich hatte gar nicht bemerkt, dass der Gottesdienst vorüber war. Die Kapuzen tief ins Gesicht gezogen, wandelten die Mönche einer nach dem anderen aus der Kirche in den Kreuzgang, um sich nach einer kurzen Meditation zur Ruhe zu begeben. Die Stille im Gotteshaus brachte mich in die Gegenwart zurück. Der Abt war verschwunden – und Bruder Anselm auch.

Wie lange saß ich schon hier? Meine Beine trugen mich wie von selber über den Klosterhof und hinüber zum Spital. Der Wind trieb mir einen Regenschauer ins Gesicht, die Kapuze rutschte mir vom Kopf, dass das Wasser meine Haare durchtränkte und mir am Hals hinunterlief. Zum Spital, wo man jetzt ein Abendessen auftrug... Durch die schmalen Fenster glomm schwacher Lichtschein, die Tür war angelehnt. Und dann stand Bruder Anselm vor mir, in der Hand ein leeres Tablett. Unruhe erfasste mich. Ich versuchte, an ihm vorbei einen Blick in das Hospital zu erhaschen.

Ein Novize machte sich am Kamin zu schaffen. Erik saß aufrecht im Bett, den Becher in der Rechten und setzte eben zum Trinken an. Im selben Augenblick spülte eine Welle meinen Kopf leer. *Auge um Auge. Zahn um Zahn*, hallte grell das Echo wider. *Auge um Auge* – Gift.

Ich stieß einen Schrei aus, drängte den verdutzten Mönch zur Seite und stürzte in den Raum. Mit einem gewaltigen Satz flog ich auf Eriks Bett zu und schlug ihm den Becher aus der Hand. Es schepperte und klirrte, und an meinem Bauch wurde es unangenehm feucht – ich war mitten ins Essen gesegelt.

Erik packte mich am Kragen, zog mich hoch und versetzte mir mit dem Handrücken einen solchen Schlag auf die Wange, dass ich vor Schmerz aufjaulte.

»Bist du von allen guten Geistern verlassen, Weib?«, brüllte Erik und schüttelte mich wie eine nasse Katze. »Ich warte seit einer Ewigkeit auf mein verfluchtes Essen, und du hast nichts Besseres zu tun, als alles zu verschütten!«

»Der Wein!«, heulte ich. »Ich wollte doch nur –«

»Wenn ihr alle mich nur einmal in Ruhe lassen könntet! Wie viel mehr wollt ihr mich denn noch peinigen?«

»Aber Erik, ich – Gift – ich –«

»Verschwinde, lass mich in Frieden! *Nú er eigi viðsœmanda!* Wäre ich dir nur nicht gefolgt! Ich hasse euch alle, dieses Haus, diesen Geschorenen – und vor allem dich, *Kvennskratti*...«, spuckte er und warf mich grob vom Bett herunter. Kaum war der Platz dort frei, sprang die Dogge mit einem Satz über das Bett und stürzte sich auf das zu Boden gefallene Abendessen. Gierig fraß sie Fisch und Gerstenbrei und schlabberte sogar die Weinpfütze auf. Tränen verschleierten mir den Blick, ich schämte mich plötzlich furchtbar. Wie konnte ich mich nur so lächerlich machen! Der Abt, die Schrecken der letzten Tage – meine überreizten Nerven hatten mir einen dummen Streich gespielt... Gleich darauf war Bruder Anselm zur Stelle und half mir vom Boden hoch. »Ihr müsst Euch ausruhen, Fräulein. Kommt mit mir...«

»Erik...«, schluchzte ich hilflos, doch niemand hörte mir zu, denn schnaubend versuchte Erik, sich von den Decken zu befreien – den Blick auf die offene Tür gerichtet. »Ich bin die längste Zeit hier gewesen!«, und er hätte es vielleicht geschafft, sie zu erreichen, wenn sich nicht der Novize auf ihn gestürzt und ins Bett zurückgeworfen hätte. Verbissen rangen die beiden miteinander in den Decken, Erik hatte den Jungen an der Kehle gepackt, würgte ihn, der Junge heulte auf, versuchte, seinem Gegner den Finger ins Auge zu stechen, bevor ihn die Faust treffen konnte – Anselm ließ mich fallen, riss die Eisenstange, mit der sich die Spitaltür von innen verriegeln ließ, aus der Verankerung und sprang auf das Bett zu. Zu zweit drückten sie Erik die Stange auf die Kehle, er hustete, rang keuchend nach Luft, seine Arme ruderten Hilfe suchend umher, während der Junge vom Bett sprang und Eriks Hände schnell wie der Wind an das Lager fesselte. Schwer atmend wälzte Bruder Anselm sich von seinem Patienten herunter. »Wenn dich erneut der Veitstanz plagt, dann ruf mich nur«, knurrte er drohend. »In diesem Spital bestimme immer noch ich, wann der Patient es verlässt!« Erik hustete erstickt – sie hatten mit der Stange auf dem Halsring gelegen und ihm beinahe den Kehlkopf zerdrückt – und zerrte an seinen Fesseln.

Anselm strich mir beruhigend über den Kopf und zog mich vom Boden hoch.

»Und wenn du dich beruhigt hast, Heide, werde ich dir vielleicht noch einmal Essen bringen.« Er kniff die Augen zusammen und legte beschützend den dicken Arm um mich. »Einstweilen bleibst du hier liegen, wie es mir gefällt – dir muss man noch beibringen, Gastfreundschaft zu ehren...«

»Spar dir deinen Fraß, *skalli*«, röchelte Erik, »mir ist der Hunger vergangen...«

Ohne ein weiteres Wort schoben die Mönche mich zur Tür hinaus. Draußen schloss Anselm die Tür ab und hängte den Schlüssel sorgfältig an einen verborgenen Haken.

Der dicke Apothecarius war sehr lieb zu mir. Vorsichtig tupfte er mir das Blut aus dem Gesicht, da sich die Peitschenschramme durch die Ohrfeige wieder geöffnet hatte. Ich weinte an seiner Brust, und schließlich erbrach ich endlich den Karpfen, der mich seit der Unterredung mit dem Abt so geplagt hatte. Gemeinsam säuberten wir den Fußboden, und als er mich ins Bett brachte, servierte er mir noch ein Glas warmen Wein, in den er Johanniskrautblätter gebröselt hatte.

»Der Herr schenke Euch den Schlaf, den Ihr verdient, Fräulein. Durch den Wein werdet Ihr Euch erholen, so Gott will.« Damit segnete er mich und blies die Kerze aus. Ich hörte die Tür klappern, dann war es still. Der Regen trommelte gleichmäßig auf das Dach, und das monotone Geräusch wiegte mich in den Schlaf. Die Gedanken, die sich eben noch im Kreis gedreht hatten, hielten an und schienen sich aufzulösen, die wilde Szene von eben zerfloss vor meinem inneren Auge – und dann war ich auch schon eingeschlafen.

Mitten in der Nacht erwachte ich plötzlich und setzte mich im Bett auf. Alles war still, nur der Regen rauschte gleichmäßig, und ein leises Rumoren in der Ferne kündigte das nächste Gewitter an. Ich hatte Angst, bei Gewitter allein zu sein. Wenn es donnerte, kuschelten Emilia und ich uns immer eng aneinander und versuchten uns mit Geschichten abzulenken, während unsere Kammerfrauen meist auf den Knien lagen und beteten.

Was hatte ich da nur für ein dummes Zeug geträumt! Verschlafen rieb ich mir die Augen und tastete nach dem Öllicht. Die kleine Flamme in meiner Hand ließ die Welt gleich weniger bedrohlich wirken. Ich lehnte mich wieder in die Kissen zurück, zog die Decke eng um mich und begann über meinen Traum nachzudenken. Ein dunkler Gang voller ekliger, glitschiger Tiere, die sich um meine Beine ringelten... ich erinnerte mich daran, welche Angst sie mir einflößten... ich hatte mich Schutz suchend an eine große Hand geklammert, die Hand meines Vaters, der eine rußende Fackel trug. Wie albern, ausgerechnet hier von meinem Vater zu träumen. Eine unwirsche Bewegung ließ Öl aus der Lampe auf die Decke schwappen. Vorsichtig stellte ich sie auf den Hocker und griff nach dem Becher und nahm einen tiefen Schluck Wein.

Wie es Erik wohl ging – ob er noch böse mit mir war? Unwillkürlich glitt meine Hand an die Schramme: Noch mehr als der Schmerz hatte mich seine plötzliche Brutalität erschreckt. Und dieser Hass, so uferlos und alles verzehrend. Plötzlich verspürte ich den Wunsch, ihn zu sehen, ihm alles zu erklären und den Frieden wiederherzustellen, der zeitweise so trügerisch zwischen uns geherrscht hatte. Er war ein Lügengespinst, entstanden in der Zauberwelt des Waldes, wo keine Regel der Außenwelt Gültigkeit hatte, das wusste ich wohl. Wir hatten Erik bitteres Unrecht getan, niemals würde er das vergessen. Und doch sehnte ich mich jetzt nach einem seiner seltenen freundlichen Blicke wie ein Kind nach einer verwehrten Leckerei ... Ohne darüber nachzudenken, wie er mich empfangen würde und dass er mich vielleicht wieder schlagen würde, streifte ich mir das feuchte Kleid über den Kopf, schnürte den Gürtel und warf ein Tuch über die Schultern.

Der Klosterhof lag einsam und verlassen da. Die ganze Welt schien zu schlafen, außer mir, die ich wieder hellwach war und alle Sinne geschärft. Der Regen hatte fast aufgehört, doch das nächste Gewitter kam bedrohlich näher, denn der Himmel wurde von grellweißen Blitzen erhellt. Wie Spinnen mit eckigen, langen Beinen eilten sie über den Himmel, bereit, mit dem nächsten Donner zur Erde herunterzustoßen und Unheil anzurichten. Dort hinten, in den düsteren Wolken knurrte schon der Donner, polternder Vorbote von Wotans wilder Jagd, die gleich vorüberhetzen würde ... Nicht nach oben sehen. Nicht hinsehen, die Spinnen würden mich nicht finden, nein, Gott würde das nicht zulassen ... Voller Vertrauen auf Ihn sah ich zum Kirchturm. Und sank entsetzt in den Matsch – da war er wieder, der Schweifstern, grell und gleißend, ein Unglücksbote aus der Unendlichkeit, gleich über der Kirche!

»*Ave Maria gratia plena*«, murmelte ich und presste die Hände zusammen. Er verfolgte uns, er würde uns überall finden! »Geh weg! Geh weg von mir, ich will dich nicht!«, schrie ich ihn an. Sein Schweif schien zu erbeben, von fern erklang ein höhnisches Gelächter in meinen Ohren. Gleich darauf war er verschwunden, verschluckt von der Schwärze des Nachthimmels. Hatte ich es nur geträumt? »Herr, steh mir bei ... «

Allein die zuckenden Spinnen tanzten weiter über den Himmel. Verlor ich den Verstand? *Lauf, Alienor, bleib nicht hier!*

Bebend raffte ich mich auf und eilte am Refektorium vorbei zum Hospital. Die Laterne hing wieder neben der Tür, ein kleiner gelber Punkt, der wild im Wind schaukelte. Ich sammelte allen Mut für die Auseinandersetzung mit einem delirierenden Krieger, dessen Speise ich einem Hund vorgeworfen hatte, und ging auf das kleine Haus zu. Und dann hörte ich es.

Etwas knallte mit Wucht von innen gegen die Tür, ein Wutschrei, dann knallte es wieder und noch einmal. Drinnen wütete jemand wie von Sinnen – gütiger Himmel, was war passiert? Wieder wurde die Tür getroffen. Holz splitterte.

Plötzlich erinnerte ich mich an Bruder Anselm, als er mich hier herausbrachte – er hatte die Tür abgeschlossen! Der Schlüssel! Wo war der Schlüssel? Ich versuchte, mich zu konzentrieren, mich zu erinnern, wo er den Schlüssel hingetan hatte. Ganz sicher nicht an seinen Schlüsselbund. Die Tür erzitterte unter einem furchtbaren Schlag, wieder splitterte das Holz, und dann war in Kopfhöhe etwas Eisernes zu sehen, das sich durch das Holz bohrte. Ich verdoppelte meine Anstrengungen, meine Finger fuhren am Fensterrahmen entlang – der Schlüssel, er hatte ihn doch hier irgendwo aufgehängt! Auf Zehenspitzen stehend, ertastete ich Metall. Wieder ertönte ein Krachen, neben mir fiel die Laterne vom Haken und zerschellte am Boden, während die Eisenspitze gleich neben meinem Kopf durch das Holz drang... mit zitternden Händen suchte ich das Schlüsselloch, bevor der Besessene die Tür endgültig zerstört hatte. Ein erneuter Schrei, da, der Schlüssel drehte sich knarrend, mit einem Ruck drückte ich die schwere Tür auf – und konnte mich gerade noch zu Boden werfen, denn sonst hätte mich die Eisenstange, die wie ein Speer auf mich zuflog, mit tödlicher Sicherheit getroffen!

9. KAPITEL

Schwarz wird die Sonne, die Erde sinkt ins Meer,
Vom Himmel schwinden die heitern Sterne.
Glutwirbel umwühlen den allnährenden Weltbaum,
Die heiße Lohe beleckt den Himmel.
(Völuspá 57)

Scheppernd fiel die Stange neben mir zu Boden.

Ein laut krachender Donner antwortete von draußen. Ich klammerte mich an den Türrahmen und zwang mich hochzuschauen. Im selben Moment wünschte ich mich weit weg – denn was ich sah, ließ mir das Blut in den Adern gefrieren.

Auf dem gescheuerten Steinfußboden lag Hector, die Dogge des Abtes, inmitten einer riesigen Blutlache. Ihr einstmals so schlanker Leib war aufgedunsen und schwarz verfärbt. Dicke Schaumflocken hingen an ihrer Schnauze. Ein Ekel erregend süßlicher Geruch zog durch den Raum. Mitten im Leib des Tieres steckte ein langer Dolch, den ich an dem Elfenbeingriff als meinen eigenen erkannte.

Entsetzt ließ ich den Blick über die Szene vor mir wandern. An einem Paar schmutziger großer Füße in der Mitte des Raumes blieb er hängen. Ich träume, schoss es mir durch den Sinn, das ist ja alles gar nicht wahr. Erik stand da, nur mit der Hose bekleidet. Seine Augen waren schwarz, das Gesicht vor Wut verzerrt.

»Odin sei mir gnädig«, flüsterte er, »ich wusste, du gehörst zu ihnen...«

Keinen Zoll hatte ich mich vorgewagt. Er wird mich töten, dachte ich, ohne etwas dabei zu empfinden. Der Dämon der Rache hat ihn endgültig überwältigt – jetzt wird er mich umbringen. Aus. Vorbei. Der lange Weg durch den Wald, Angst, Schmerz und was immer zwischen uns gewesen war – Einbildung. Alles Einbildung. Tagträumerei. Hier hast du nun die Strafe für deinen

Hochmut, Alienor. Stirb durch die Hand deines barbarischen Sklaven.

Drohend langsam kam er auf mich zu. Seine Schritte erinnerten mich wieder an ein Raubtier, das jeden Moment zum Angriff übergehen würde. Genauso langsam erhob ich mich, die Hände an den Türrahmen geklammert. Ganz kampflos würde ich mich nicht ergeben... die Stange! Rasch hatte ich sie vom Boden aufgehoben und hielt sie ihm mit der Spitze entgegen, als wollte ich einen bissigen Hund abwehren.

»Fass mich nicht an«, stieß ich hervor. »Nur noch einen Schritt – wehe, du rührst mich an! Ich...« Unbeirrt ging er weiter auf mich zu. Seine Augen loderten. Noch nie war meine Furcht vor ihm größer gewesen als in diesem Moment, da er Schritt für Schritt auf mich zukam, bereit, mein Leben zu nehmen, seine Hände in mein Blut zu tauchen, als schäbigen Ersatz für hundertfach erduldete Schmach –

»Du wirst mir nichts tun...« Nervös stellte ich mich in Positur wie zum Kampf, als meine Stange auch schon seine Brust berührte. Das Eisen übertrug seine heftigen Atemzüge. Mit einem einzigen Ruck riss er mir die Stange aus der Hand und warf sie wie einen Zahnstocher verächtlich hinter sich. Wieder krachte ein Donner los, direkt über uns und so schrecklich wie niemals zuvor, es klang, als würde diesmal der Himmel bersten. Ich erschrak, wich zurück, doch zu spät. Er tat einen Schritt auf mich zu, seine Hände fuhren vor, während der Donner ohrenbetäubend meinen Kopf, meine Glieder füllte und mit solcher Macht durch mein Rückgrat in den Boden fuhr, dass ich erbebte... Seine Finger schlangen sich um meinen Hals, ehe ich zu schreien beginnen konnte, die Daumen drückten zu, ich hörte das Knirschen seiner Zähne, fasste flehend nach seinen Armen, und in Todesangst senkten sich meine Nägel in sein Fleisch.

Da ließ der Druck dieser übermächtigen Daumen nach, und ich bekam wieder Luft. Über uns grollte der Himmel nach dem gewaltigen Ausbruch noch nach, gefährlich wie ein wildes Tier. Ich fiel zitternd gegen den Türrahmen. Die Hände blieben, wo sie waren.

»*Niðingsvig!* Er wollte mich umbringen, hinterrücks wie ein Feigling umbringen«, zischte es über mir. Geräuschvoll rang ich nach Luft. Die Finger zitterten plötzlich, dann waren sie weg. Starr blickte ich zu Boden, kämpfte darum, auf den Beinen zu bleiben. Er drehte sich hastig um und durchmaß mit langen Schritten das Spital. Als ich hochsah, lehnte er, Kopf und Arm an den Vorsprung gestützt, am Kamin. Meine Hände fuhren an den Hals, der nach der unsanften Behandlung brannte. Fassungslos mit dem Kopf schüttelnd, starrte ich seinen Rücken an. Ein greller Blitz zuckte über den Himmel, gefolgt vom nächsten Donner, der den Himmel aufzubrechen suchte. Das kleine Haus erbebte. Verschreckt drückte ich mich an die Tür. Erik rührte sich nicht.

Ich spürte das dringende Verlangen, weit wegzulaufen und ihn endgültig seinem Schicksal zu überlassen. Doch anstatt hinauszugehen, schloss ich die zersplitterte Tür hinter mir und biss mir auf die zitternden Lippen. *Bleib. Bleib hier, Alienor.* Mein Fuß stieß gegen die Eisenstange, die mit einem metallischen Klirren davonrollte. Es musste geklärt werden, hier und jetzt.

»Warum?«, flüsterte ich. Er griff sich mit der Hand an den Bauch und schwankte. Fieberdelir? Nahm er mich überhaupt wahr? Einer unserer Bogenschützen war einst in Raserei wie ein Tier verendet. Ich fasste mir ein Herz und schlich auf ihn zu. Ein letzter Versuch.

»Ich muss weg hier, weg hier, weg hier…«, kam es erregt vom Kamin, gefolgt von einem Schwall Worte in seiner Muttersprache, der kurz darauf durch einen Hustenanfall erstickt wurde. Nach Luft ringend hielt er inne. Ich streckte die Hand aus, ohne ihn zu berühren, versuchte die Wand aus Feindschaft, die er wieder errichtet hatte, zu durchbrechen. Im selben Moment drehte er den Kopf und sah mich böse an.

»Da Ihr mich nicht gehen lasst, muss ich mein Wort brechen und Euch gegen Euren Willen verlassen. Doch zuerst wird er sterben, von meiner Hand, und er wird mir dabei ins Gesicht sehen können, wenn er seinen letzten Atemzug tut – in *mein* Gesicht wird der *niðingr* schauen!«, spuckte er. Ich zog meine Hand eilig wieder zurück. Wortlos starrten wir uns an. Sein Zorn flaute etwas ab, seine Miene glättete sich, und seine Augen wurden wieder so blau, dass mein Herz völlig grundlos zu klopfen begann.

Ich musste herausfinden, was vorgefallen war, ihn fragen, etwas sagen – fieberhaft suchte ich nach einem Anfang, möglichst harmlos, damit er in seinem Jähzorn nicht gleich wieder losschlug... einen Moment berührten seine Finger bebend die aufgebrochene Wunde in meinem Gesicht. Dann ballte er die Faust, dass die Adern auf seinem Unterarm hervortraten und die hässliche Schlange weckten. Vier blutende, leuchtend rote Kratzer zogen sich quer über ihren Leib. Er starrte sie an, darauf mich und wieder seinen Arm, als könne er nicht glauben, dass meine Finger dort Spuren hinterlassen hatten. Ich wurde mutlos. Wie sollte ich es anfangen, wie bei allen Heiligen... Mutter hätte die verfahrene Situation souverän beherrscht. Sie hatte immer das richtige Wort gefunden und es spielend geschafft, wütende Männergemüter durch ihren Liebreiz zu besänftigen. Tiefe Trauer kam über mich und biss mich ins Herz, als ich sie im Geiste vor mir stehen sah. Und hier war ich, ihre ungeratene Tochter, hässlich und zerlumpt und plump wie eine Bauerndirne...

»Sag doch einfach, was passiert ist«, brach es aus mir heraus, während ich mich bemühte, die aufsteigenden Tränen hinunterzuschlucken. Er drehte sich wieder zum Kamin um.

»Euer Ehrwürdiger Vater hat seinen eigenen Hund vergiftet. Er verreckte jämmerlich, nachdem er *mein* Abendessen gefressen hatte. Bei allen Göttern Asgards, Alienor, es hätte mich das Leben gekostet...« Seine Stimme versagte.

Ihr Heiligen steht mir bei. Es war keine Einbildung gewesen. Das Döschen mit dem Pulver. *Auge um Auge, Zahn um Zahn...* Noch vor wenigen Stunden erst hatte er Erik einen Ehrlosen genannt, der Leben nimmt, ohne darüber nachzudenken. Ungläubig fuhr ich mir durch die Haare. Mein Gott, vermutlich hatte Erik mit seiner heidnischen Seele immer noch mehr Ehre im Leib als dieser Mann Gottes, der nicht davor zurückschreckte, seinen Gegner auf derart niederträchtige Weise zu töten. Vergiftet! Wie sein Bruder, in einem anderen Leben – vergiftet! Das Wort schien in dem kalten Spital von den Wänden zurückzuprallen und um den

Hundekadaver zu kreisen, der in seinem Gestank auf den Fliesen lag, das stumme Opfer einer heimtückischen Tat. Vergiftet. Die Szene vorhin an der Tür wurde bedeutungslos.

Plötzlich riss er den Arm hoch und hämmerte mit der Faust wie von Sinnen gegen den Kamin.

»Einen Yngling tötet man nicht *so*!« Jäh fuhr sein Kopf wieder herum. »Ich werde jetzt gehen und tun, was ich tun muss. Und niemand wird mich aufhalten, Gräfin...«

»Erik, bitte bleib –«

»...auch Ihr nicht. Niemand. Er muss sterben!«

»Erik, nein, bitte lass uns...« Flehend legte ich meine Hand auf seinen Arm. Himmel, es würde ein Blutbad geben, viele der Klosterleibeigenen waren mit einer Waffe in der Hand kaum zu bremsen, und so mancher Mönch hatte vor seiner Profess im Dienst eines Kriegsherrn gestanden!

»Er hat versucht, mich hinterrücks zu ermorden!«, schrie er mich an und schüttelte ungeduldig meine Hand ab. »Ihr könnt mir nicht verbieten, das zu rächen!«

»Du kannst nicht gehen – du darfst ihn nicht töten...« Man musste ihn zurückhalten, er durfte nicht – »Herrgott, Erik, sei doch vernünftig...«

Er packte mich bei den Schultern. »*Meyja*, das versteht Ihr nicht. Er hat versucht, mich zu meucheln, auf eine Weise, wie es nicht einmal ein altes Weib versuchen würde... Gift! Gift, anstatt den ehrlichen Kampf zu suchen – Alienor, dies ist eine Schlangengrube, ich *muss* ihn töten, egal, was danach passiert! Meine Ehre, oder was mir von ihr noch geblieben ist, gebietet es – er *muss* sterben!«

»Du kannst keinen ehrlichen Kampf erwarten. Sie werden dich töten, Erik. Sie werden kein Mitleid mit dir haben. Du bist ein Heide, ein Barbar, für die Männer der Kirche bist du weniger als ein Tier – ein *Nichts*.« Wie zwei Widersacher starrten wir uns in die Augen, gierig darauf wartend, wer zuerst aufgeben würde.

»Wie Ihr schon sagtet: Um mein Leben schert sich niemand. *Er þat líkast at liðin sé mín orlog.* Aber ich werde möglichst viele von ihnen mit mir in den Tod nehmen«, sagte er gefährlich ruhig. »Verlasst Euch darauf – ich werde nicht allein sterben!«

»Und wenn ich dich inständig *bitte*, nicht zu gehen?« Damit befreite ich mich und trat einen Schritt zurück. »*Ich* schere mich um dein Leben.« Röte stieg mir ins Gesicht.

Statt des erwarteten Ausbruchs breitete sich Schweigen aus. Dann zornig ersticktes Murmeln in der fremden Sprache. Er kämpfte mit sich.

»Odin verfluche mich, wenn ich auf die Bitte einer Frau höre.« Böse funkelte er mich an. Ich zwang mich, dem Blick standzuhalten. Schweigend setzten wir uns, immer noch Auge in Auge, jeder auf ein Bett. Die Zeit, die eigentlich zu Taten drängte, spielte einen Moment keine Rolle mehr. Fast körperlich spürte ich, wie sich die Spannung auflöste, die den Raum zuvor erfüllt hatte. Ruhe kehrte ein, durch nichts gestört als durch das Rauschen der Bäume im Wind und den prasselnden Regen auf dem Dach. Selbst das Gewitter schien zu verschnaufen, denn der Donner grollte unentschlossen vor sich hin. Und ich spürte, wie die Ruhe auch von Erik Besitz ergriff. Seine Wut verebbte zusehends, schlich sich auf leisen Füßen durch eine geheime Pforte davon. Zurück blieb ein zu Tode erschöpfter Mann, dessen Gesicht von Schmerzen und Fieber grau und spitz geworden war. Meister Naphtali würde helfen können, doch der Weg zu ihm schien unendlich weit. Nach langer Zeit wagte ich eine Frage zu stellen.

»Der Hund – wann ist das passiert?« Ich musste auf die Antwort warten. Schließlich rieb er sich die Augen wie nach einem langen Schlaf und seufzte.

»Der Hund... Er hatte das ganze Essen weggeleckt und lief dann noch eine Weile umher, bevor er sich neben mein Bett legte. Ich brauchte lange, um mich von den Fesseln zu befreien, denn natürlich ist der Glatzkopf nicht wiedergekommen.« Erik dehnte die Finger, bis es knackte. »Irgendwann begann das Tier zu jaulen und wälzte sich auf dem Boden, sein Bauch wurde dick, es hatte Schaum vor dem Maul... er starb, ganz langsam. Ich konnte nicht mit ansehen, wie er sich quälte. Mit Eurem Messer habe ich ihn getötet.« Er stockte. »Bei allen Göttern, Alienor, wenn Ihr nicht gesprungen wärt – ich hätte vor Hunger wahrhaftig alles aufgegessen!« Ich zupfte an meinem Kleid herum. Irgendwie fürchtete ich mich davor, seinem Blick zu begegnen.

»Alienor, ich habe noch nie eine Frau geschlagen, noch nie – das müsst Ihr mir glauben.«

Dazu schwieg ich. Überflüssig zu sagen, dass ich ihm das nicht glaubte. Jähzornige Menschen schlagen alles, was ihnen in die Quere kommt, das hatte ich bei meinem Vater zur Genüge erlebt. Vater. Da war noch etwas anderes, was mich beschäftigte...

»An der Tür – Erik... wieso hast du... wieso hast du das getan? Warum...?« Und als ich den Kopf langsam hob, sah ich, wie er mich fassungslos anschaute und heftig den Kopf schüttelte.

»Ich – *eigi em ek þyrstr í líf þitt* – ich konnte nicht, ich wollte doch nicht...«, flüsterte er heiser.

»Warum – warum hast du mich angegriffen?«, fragte ich schüchtern und so leise, dass er es gerade noch hören konnte. Einen kurzen Moment wunderte ich mich über meinen Mut. Er krallte seine Nägel in die Oberschenkel und reckte sich ein wenig.

»Ich... ich war überzeugt – als Ihr – als die Tür...« Er schüttelte den Kopf und begann von vorne, diesmal mit harter Stimme.

»Als Ihr in der Tür standet, dachte ich, sie hätten Euch geschickt, um nach meiner Leiche zu sehen. Warum sonst solltet Ihr mitten in der Nacht allein durch das Kloster laufen?«

»*Das* hast du gedacht?« Ich schluckte, versuchte die Gefühle zu bezwingen, die in mir aufstiegen. Entsetzen. Enttäuschung. Trauer, die wie Säure brannte... Erik räusperte sich und stand auf. Gespenstisch klangen seine Schritte auf den Fliesen, als er auf die kaputte Tür zuging und dort einen Moment verharrte.

»Ich – sie hatten mich gefesselt und eingesperrt. Die Tür war verschlossen, von außen. Seit den Tagen im Kerker kann ich es nicht mehr ertragen, eingesperrt zu sein. Keinen Moment mehr – ich habe Angst, verrückt zu werden.« Langsam wandte er sich um und lehnte sich gegen die Tür. »Versteht Ihr das?« Ich nickte still. Mir war kalt geworden.

»Der Mönch war kaum fertig mit seinem Verband, da wurden die Schmerzen unerträglich«, sprach er stockend weiter und tastete nach den Querhölzern der Tür, als suchte er nach Halt. »Sie durchzogen mich wie Feuer, wie ein Flächenbrand, ich dachte – so also ist der Tod von Priesterhand. Fegefeuer in meinem Leib... Ich konnte kaum klar denken, als sie mich am Bett festbanden und Ihr ohne ein Wort mit ihnen gingt – wem außer Euch konnte ich denn trauen? Als dann der Hund so elend verreckte und ich merkte, dass sie auch die Tür verschlossen hatten, verlor ich vollends die Nerven.« Seine Hand griff nach dem Eisenring. »Wisst Ihr, was es bedeutet, seinem eigenen Tod ins Auge zu sehen? Ohne fliehen zu können?« Die Andeutung eines Lächelns durchzog sein müdes Gesicht. »Nein, natürlich nicht. Schätzt Euch glücklich, Gräfin, dass Ihr das nicht wisst.« Seine Worte verklangen im Raum, danach war es lange still. Keiner von uns rührte sich. Der Regen prasselte mit monotoner Gleichmäßigkeit auf das Dach, über dem Kamin tropfte Wasser aus einer lecken Stelle im Dach auf den Boden. Mit den Augen verfolgte ich das kleine Rinnsal, das gemächlich in Richtung Feuerstelle floss.

»Ich wollte nach dir sehen. Das Gewitter hat mich geweckt.« Meine Stimme klang seltsam hohl. So unwirklich, wie die ganze Situation – träumte ich am Ende alles nur? Ein Traum wie ein Gewitter, Furcht erregend und laut, und wenn man erwacht, scheint die Sonne wieder. Erik hustete unterdrückt. Kein Traum. Er sah mich lange und ernst an und nickte dann, immer wieder. Und plötzlich spürte ich, dass ihm eine Entschuldigung auf der Zunge lag, die Bitte, ich möge ihm die Szene an der Tür vergeben und die Unterstellung, mit der er mich so beleidigt hatte. Allein, er brachte sie nicht über die Lippen. Ich sah, wie er sich quälte, dieser tapfere Krieger auf bloßen Füßen, wie er seinen Stolz zu überwinden suchte... Das halbe Spital lag zwischen uns, sicher zehn Schritt, die mir vorkamen wie zehn Meilen und mehr. Und doch fühlte ich mich ihm so nah in diesem Moment, da er sprechen wollte und nicht konnte. Es rührte mich tief im Inneren, ohne dass ich es in Worte zu fassen vermochte. Vergebung ist wohl zuallererst ein Werk der Gedanken...

Ob er sich des stummen Gesprächs, das wir gerade geführt hatten, bewusst war? Jedenfalls wagte er ein winziges reumütiges Lächeln. Ich kaute auf meiner Lippe herum und erwiderte das Lächeln. Erleichtert atmete er auf. Draußen rauschte der Regen, und emsig arbeiteten sich die Tropfen durch das Leck im Dach. Beunruhigt sah ich an die Decke. So morsch – irgendwann würde sie herabstürzen. Das Feuer im Kamin war erloschen, und mich fröstelte in meinem feuchten Kleid.

»Geht wieder in Euer Gemach, Gräfin. Das Gewitter wird bald vorüber sein.«

»Und du? Du kannst nicht hier bleiben«, wandte ich ein und drehte mich wieder herum. Erik rührte sich nicht von der Tür.

»Wie ich schon sagte. Ich bleibe auch nicht hier.«

»Aber –«

»Ihr habt mir die Tür geöffnet – dafür sei Euch gedankt –, und ich werde das Kloster noch heute Nacht verlassen.«

»Du willst… aber –«

»Ihr habt gerade selbst gesagt, dass ich nicht hier bleiben kann. Es wäre mein sicherer Tod.« Er löste sich von der Tür und kam näher, Schritt für Schritt. Seine nackten Füße waren blau vor Kälte. »Ihr habt versucht, mir zu helfen. Dafür danke ich Euch. Zwingt mich nicht, mein Wort zu brechen – tut das nicht, bitte. Lasst mich gehen, Alienor.« Er stand vor mir und sah auf mich herunter. Seine Arme hingen kraftlos herab, nichts war mehr übrig von der Brutalität, mit der er die Eisenstange geworfen und mich gewürgt hatte.

»Lasst mich gehen.«

»Erik, du –«

»Bitte.« Er ballte die Fäuste in Ungeduld. Die widerlichen schwarzen Schlangen erwachten zum Leben, sie zuckten und wanden sich in der Düsternis, eklige Tiere, schleimiges Gewürm –

»Allmächtiger!« Starr saß ich da. Mein Traum. Die Schlangen. Gewürm. Spinnen, Käfer, Ratten. Vater. Als hätte mir jemand einen dichten Schleier vom Gesicht gezogen, wusste ich plötzlich, was ich im Traum gesehen hatte!

»Was verlangt Ihr? Dass ich mich Euch zu Füßen werfe? Wahrhaftig –«

»Der Gang… der Gang! Heilige Maria – der Gang!«, stammelte ich und fuhr mir über die Augen. Erik hatte sich auf dem gegenüberliegenden Bett niedergelassen und beobachtete mich mit gerunzelter Stirn. Ich sah unbeirrt auf seine Arme und wusste nun ganz genau, von welchem Gang ich geträumt hatte... vor vielen Jahren war ich ihn selbst entlanggegangen, an der Hand meines Vaters.

»Erik, ich kann dich zu Meister Naphtali bringen, noch heute Nacht!«

Darauf ließ er ein kurzes, hartes Lachen hören. »Ihr beliebt zu spaßen, Gräfin. Habt Ihr den Kriegsherrn vergessen, der Eure Burg belagert?« Die falsche Anrede, der Titel, der mir nicht zustand, zerrte einmal mehr an meinen Nerven.

»Spotte nicht... es gibt einen Geheimgang!«

Jetzt lachte er gönnerhaft. »*Meyja*, wisst Ihr denn nicht, dass die allermeisten Geheimgänge nur in der Fantasie der Menschen existieren? Weil man sich schöne Geschichten darüber erzählen kann?«

»Es gibt ihn«, beharrte ich, den Tränen nahe. »Ich bin ihn selber gegangen. Glaub mir.«

»Wann?«

»Als kleines Mädchen, mit meinem Vater. Er verläuft zwischen dem Kloster und der Burg.«

Erik beugte sich vor, nun mit ernster Miene.

»Redet weiter. Was ist mit dem Gang?«

»Unsere Burg ist auf einem ehemaligen Kupferbergwerk errichtet, der ganze Berg ist von Gängen ausgehöhlt. Einen dieser Gänge ließen meine Eltern von den Baumeistern bis zum Kloster verlängern, als Fluchtweg. Ich bin ihn einmal mit meinem Vater gegangen. Er endet unter dem Burgfried.« Eriks Augen blitzten.

»Und wo beginnt er?«

Ja, wo begann er? Ich fixierte die Schlange, versuchte, mich an meinen Traum zu erinnern, den Weg zurückzuverfolgen... der schlammige Boden, die schrecklichen Tiere, Kerzenlicht und ein Geruch –

»Weihrauch! Der Eingang liegt in der Kirche!«

»Jetzt macht Ihr Spaß, Alienor.«

»Nein, glaub mir doch!« Ich war ganz aufgeregt, meine Gedanken kreisten angestrengt um den Eingang, der irgendwo in der Kirche lag, irgendwo... aber wo? Die Schlange schien mir aufmunternd zuzublinzeln. *Weiter, Alienor, denk nach!* Erik saß ganz still und sah mich an, ohne ein weiteres Wort des Widerspruchs. Es war, als versuchte er, behutsam in meine Gedanken einzudringen, um mit mir den Weg zu suchen, den ich allein nicht fand, den Weg, der für ihn – so musste er inzwischen begriffen haben – die einzige Chance auf Weiterleben bedeutete. Ich verkrampfte meine Hände und schloss die Augen. *Konzentrier dich!* Das Betgestühl. Das Taufbecken. Die Marienstatue. Der Kreuzgang – Röte stieg mir ins Gesicht – wo war der Eingang? Die Altarstufen. Der Altar... der Altar! Eine schwarz bemalte Hand schwebte vor meiner Nase, einladend ausgestreckt.

»Komm«, sagte er. »Gehen wir.« Wortlos sah ich ihn an, erleichtert und auch glücklich, dass er mich begleiten und von Meister Naphtali die dringend nötige Hilfe annehmen würde. Alles würde gut werden, er würde wieder gesund werden und heimkehren. Gott würde mir, so hoffte ich, einen Teil meiner schweren Schuld erlassen.

Ich wartete an der Tür, während Erik sein Hospitalhemd anzog, es in die Hose stopfte und dann in die durchlöcherten Schuhe stieg. Mit einer energischen Handbewegung zog er das Messer aus dem Hundeleib und wischte die Klinge am Strohsack seines Bettes ab.

»Nun kannst du mich nicht mehr daran hindern zu flüchten«, murmelte er. »Dein Herr soll es bereuen, sich mich zum Feinde gemacht zu haben.«

»Erik...«

»*Kivð ekki.* Wir Nordmänner sind geduldige Rächer. Auch meine Rache soll warten, aber ihre Stunde wird kommen, so wahr ich hier stehe, *seljr ek trú mína til þat.*« Seine Augen glommen auf. Gefährlich schimmerte das Messer in seiner Hand, als er es hinter seine Hosenkordel steckte. Mich schauderte. Dieser Sohn eines Barbarenkönigs musste ein furchtbarer Gegner sein...

»*Er* hat dich hier im Kloster geschlagen, nicht wahr?«, fragte ich leise. Erik nickte nur grimmig und wandte sich ab. Einen Moment kam es mir so vor, als leuchteten die Kreuze, die der Benediktinerabt im Kerker in seinen Rücken geschnitten hatte, blutrot durch den dünnen Stoff seines Hemdes. Schließlich riss er sich zusammen, öffnete die Spitaltür und sog tief die feuchte Nachtluft ein – Freiheit! Im selben Augenblick zuckte ein Blitz über den rabenschwarzen Himmel. Das Gewitter war zurückgekehrt und teilte mit unverminderter Wucht seine Schläge über dem Kloster aus; ein Grollen hing in der Luft, und ein Blitz tauchte den Schlammsee, der sich seit dem Regen an der Stelle des Klosterhofs befand, in gleißendes Licht. War es der Schweifstern, der Unglücksbote, der uns diese Nacht wie zum Jüngsten Gericht bescherte? Brachte er den Zorn Gottes über uns – über mich, für mein sündiges Verhalten, oder gar über den Abt, für seinen Mordversuch…? Ich fürchtete mich davor, ihn wieder am Himmel zu finden. Ein furchtbarer Donner krachte so nah, dass ich glaubte, der Herr der wilden Jagd stünde hinter mir und ich könne, wenn ich es nur wagte, in seine hässliche, schwarze Fratze sehen. Schreiend hielt ich mir die Ohren zu und taumelte gegen die Wand.

»He, habt Ihr etwa Angst vor dem Gewitter?« Erik packte mich an der Schulter. »Ihr bietet Eurem Vater die Stirn und verkriecht Euch, wenn es donnert? Hier habt Ihr meine Hand, haltet Euch daran fest, wenn Ihr wollt.« Sie war fest und warm, und es war, als hätte der Donner wenigstens über sie keine Macht. Das dumpfe Nachgrollen noch im Ohr, packte ich sie fester und ließ vorsichtig meinen Blick über den Hof schweifen, während Erik die schwere Tür zuzog. Die Stallungen, das Abtshaus, die Kirche, über der eben noch – gütiger Himmel, *die Kirche*!

»Die Kirche! Erik, sie doch! Jesus Maria…«

Sie brannte. Lichterloh. Ich spürte, wie er hinter mir erstarrte.

»Der Blitz muss eingeschlagen haben«, murmelte er, ungläubig auf die Flammen starrend, die trotz des Regens leckend aus dem hölzernen Dachstuhl hervorschlugen und gespenstisch vor dem dunklen Nachthimmel aufleuchteten.

»*Er nú mjok prongt at oss*. Rasch, wir schaffen es vielleicht noch!«

»Der Feuerdrache! Erik, ich habe ihn wieder gesehen, er verfolgt uns, er war hier, über dem Kloster –« Angst hatte mich im Griff, ich versuchte, mich von seiner Hand loszumachen, um wegzulaufen, weg –

»Was habt Ihr gesehen?«

»Der schreckliche Stern war hier! Lass mich –«

»Wenn wir noch lange zögern, ist es zu spät!« Ohne ein weiteres Wort ergriff er meinen Arm und zog mich im Laufschritt zur Kirche. Je näher wir dem Gebäude kamen, desto lauter wurde das Brausen, das das wütende Feuer hervorrief – als säße gleich hinter der Kirche eine Feuer speiende Bestie, deren Kopf bis in den Himmel reichte und die nur darauf wartete, dass sich ein Unvorsichtiger in ihre Nähe wagte.

»Erik, wo willst du hin?!«

»Hinein!«

»Um Gottes willen, bist du von Sinnen –«

»*Bralla*, lauf!«

Vom Dormitorium gellte ein entsetzter Schrei: »Feuer! Herr Jesus – die Kirche brennt!«

Die Bestie schäumte, und ein Funkenregen ging über dem Kirchturm nieder. Gleich darauf wurde das Kloster munter. Die ersten verschlafenen Gestalten erschienen schwankend auf dem von Feuer und Wetterleuchten erhellten Hof, und begafften fassungslos die Flammen, die sich in den Himmel reckten. Das Gebäude, in dem sie sich an Mitternacht zur Vigil versammeln sollten, brannte wie ein riesiger Scheiterhaufen, angezündet von den Mächten des Bösen, und schwarz wie die Ausdünstung der Hölle stieg der Qualm in die Höhe. Wieder erhellte ein blendend weißer Blitz den Nachthimmel, diesmal über dem Wohnhaus des Abtes, gefolgt von einem bösartig knurrenden Donner, der sich nach kurzem Zögern krachend entlud.

»Ich will nicht«, heulte ich, drehte mich um, wollte fortlaufen, doch Erik hielt mich fest.

»Alienor, kommt jetzt. Noch hat uns niemand bemerkt.« Wir befanden uns einige Meter vor dem imposanten Portal, ich konnte die Hitze des Feuers bereits in meinem Gesicht fühlen. Zitternd schüttelte ich den Kopf und blieb stehen.

»Ich gehe da nicht rein, Erik, ich – der Unglücksstern ist hier, ich kann nicht...« Ich presste meine Hand auf den Mund, als könnte sie die Furcht dort einsperren, spürte kaum, wie Erik mir das Tuch abnahm. Er tauchte es in eine Pfütze und legte es mir triefend nass wieder um die Schultern. Die Schreie der Mönche, undeutlich und verwaschen, kamen näher. Auch Eriks Hemd schwamm nun in der Wasserlache, ungeduldig zog er es hin und her, um es zu durchtränken, bevor er es wieder überstreifte. Jemand läutete aus Leibeskräften eine Sturmglocke, doch das blecherne Stimmchen der Glocke kam nicht gegen den Lärm an. Wie ein gehetztes Tier sah ich mich nach allen Seiten um, bereit zu kopfloser Flucht. All meine Sinne wehrten sich gegen den Brandgeruch, der übermächtig wurde, nun, da wir direkt neben dem Feuer standen. Es würde uns verzehren, mit Haut und Haaren, würde nichts von uns übrig lassen als Knochen und weißen Staub.

»Alienor.« Erik schüttelte mich aus der Erstarrung. »Alienor. Noch ist es nicht zu spät! Lasst es uns versuchen –«

»Nein!« Ich versuchte, mich loszureißen. »Du willst mich umbringen! Lass mich los, lass mich!«

Da nahm er mein Gesicht in seine Hände, als wäre das ganz selbstverständlich, und zwang mich, ihn anzuschauen.

»*Bera traust til mik!* Alienor, ich habe geschworen, Euer Leben zu schützen – glaubt Ihr im Ernst, ich würde Euch in dieses Feuer führen, wenn ich wüsste, dass es unser Ende wäre? Ich will *leben*! Und ich will, dass Ihr lebt! Bitte, reißt Euch zusammen, Euer Gott wird seine Hand schützend über uns halten, schließlich ist es Sein Haus...«

»Da steht jemand! Seht doch!«, schrie jemand in unmittelbarer Nähe.

Eriks Gesicht schimmerte im Feuerschein, und als er mir fürsorglich das nasse Tuch über den Kopf zog und mir die Enden in die Hände drückte, war es, als strömte ein wenig von seiner Kraft und Zuversicht auch in mich, nur ein wenig, aber ich konnte nun ruhiger atmen und Hoffnung schöpfen. Ich blickte in seine Augen – und wäre ihm in diesem Augenblick überallhin gefolgt. Der Elfenkönig hatte wirklich die Macht, diese Flammen zu besiegen.

Wir fassten uns bei den Händen und rannten, so schnell wir konnten, zur brennenden Kirche.

Kurz bevor wir hineinschlüpften, rissen die Wolken auf und ließen den Schweifstern erneut über dem Kloster erscheinen. Der Mönch an der Sturmglocke, der ihn zuerst sah, fiel auf die Knie und schrie seine Gebete dem unbarmherzigen Himmel entgegen, und bald riefen auch die, die sinnlos mit Wasserkübeln herumirrten, dass der Unglücksstern den Leibhaftigen direkt vor der Kirche ausgespien hatte und er jetzt zwischen den Mauern tobte und wütete… Rasch liefen wir in die Kirche hinein und schlugen die Tür hinter uns zu.

Der unheimliche Himmelsbote, der im ganzen Land gesehen worden war, hatte in der Einsamkeit der Eifelberge eine erste schreckliche Spur gelegt…

Die Flammen hatten den Innenraum des Gotteshauses bereits erreicht. Just als wir den Eingang hinter uns gelassen hatten, löste sich vom Dachstuhl ein brennender Holzbalken und krachte polternd in die Tiefe. Er fiel mitten in das Betgestühl, wo ich am Nachmittag noch andächtig gekniet hatte. Trocken, wie es war, fing es augenblicklich Feuer. Auf die weißen Leintücher, die die kalten Mauern bedeckten, regnete ein Funkenregen nieder und ließ sie in Flammen aufgehen. Es war heiß, unerträglich heiß, mein Gesicht brannte, der Schweiß lief mir in Strömen herab. Unsere Schritte, unser Keuchen, alles ging unter im Brüllen des Feuers, das von den Wänden zurückgeworfen wurde und wie ein unheimlicher Spielball durch die Kirche tanzte, vor, zurück, vor, zurück, und immer dicht an unseren Ohren…

»Wo ist der Eingang? Der Eingang!«, schrie Erik mir zu. Ich deutete zum Altar. Lieber Himmel, wenn wir ihn nicht fanden… Ich musste husten, die Luft wurde knapp. Qualm, überall Qualm und Funken, über uns barst mit ohrenbetäubendem Lärm ein Teil des Dachstuhls, Holzteile schaukelten brennend in der Luft. Im Mittelgang hatte sich einer der Dachbalken in eine frisch ausgehobene Grabstelle gebohrt. Zwischen ihr und dem brennenden Betgestühl gab es nur eine kleine Lücke, durch die Erik mich zog.

Das nasse Tuch rutschte mir vom Kopf, blieb hinter uns liegen. Ich zwang mich, die nackte Angst, die mich bei der Vorstellung überkam, hier bei lebendigem Leib zu verbrennen, zurückzudrängen. Wie eine Fessel umschlossen Eriks Finger meine Hand, unerbittlich trieb er mich vorwärts.

Endlich hatten wir den Chorraum erreicht und hielten hustend und spuckend an. Auf den Stufen zum Altar lag die verkohlte Leiche eines Mönchs. An seiner Kutte züngelten Flammen. Schwarz stach seine wie im Krampf erhobene Hand gegen die hellen Sandsteinstufen ab. Der Blitz musste ihn mitten im Ewigen Gebet getroffen haben.

Erik versperrte mir die Sicht auf den Toten und drängte mich zum Altar. »Such den Eingang!«, hörte ich ihn. Der Eingang – wie war das nur gewesen? Ein Loch im Altar, eine Bodenplatte? Ich rang nach Luft, schaute wieder zu dem Toten hin. Erik verschwand plötzlich von meiner Seite. Mit aufgerissenen Augen verfolgte ich, wie er mit einem Ruck das kostbar bestickte Altartuch vom Hochaltar riss und hinüber zum Taufbecken jagte. Er stemmte den steinernen Deckel herunter, der zu meinem Entsetzen in tausend Stücke zerschellte, spritzte Wasser auf seine Kleider, tauchte dann den Stoff in das Becken und zog ihn voll gesogen wieder heraus. Verständnislos sah ich ihm zu. Weihwasser... Gerade machte er sich wieder auf den Rückweg. Vorsichtig umging er die brennenden Holzstücke auf dem Steinfußboden und warf immer wieder einen besorgten Blick an die Decke. Ich ließ mich auf die Knie nieder und suchte mit den Händen nach der Bodenplatte, die doch hier irgendwo sein musste, grübelte fieberhaft nach einem Hinweis in meinem Traum, war da nicht –

»*Varask!*« Ein entsetzter Schrei gellte durch den Feuerlärm. Ich hob den Kopf, sah Eriks schreckverzerrtes Gesicht, gleich darauf verschwand es. Er warf sich mit voller Wucht auf mich, riss mich von den Knien, wir flogen und kullerten über den harten Stein in eine Ecke, ich fühlte ein nasses Tuch an Hals und Rücken, rang verzweifelt nach Atem, weil auf mir das Gewicht einer ganzen Person lastete, die mich zu Boden drückte...

Gleich darauf rollte sich Erik von mir herunter, kniete sich keuchend neben mich und schüttelte mich. Alles tat mir weh, jeder Knochen. Vorsichtig drehte ich mich herum. An der Stelle, wo ich eben noch gesessen hatte, lag nun ein meterlanger, lodernder Holzbalken – die auf dem Altar verbliebenen Leintücher und der Psalter hatten Feuer gefangen und brannten lichterloh. Ich schloss die Augen. Etwas Kühles, Nasses berührte mein Gesicht. Erik zog mich hoch und schrie mir irgendetwas zu, aber bei dem Lärm, den das Feuer verursachte, verstand ich kein Wort. Mit flinken Fingern wickelte er mich in das nasse Altartuch und drückte mir einen Zipfel davon vor Mund und Nase. Ich erwachte wieder zum Leben.

Der brennende Balken versperrte nun einen Teil des Altars – wenn aber die Platte darunter lag? Wir rutschten auf unseren Knien herum und tasteten ratlos den Boden ab.

Und dann hatte er etwas gefunden. Neben dem Altar, wo durch Gottes Fügung noch alles frei lag, hatte er eine Platte entdeckt, auf der in breiten Lettern die Worte HIC JACET FRIDUS QUONDAM ABBAS LOCIS ISTIUS eingemeißelt waren – die Grabplatte des alten Abtes! Erik hatte einen hölzernen Pflock in der Platte ertastet und zog ihn rasch heraus. Hitze und der Qualm waren mittlerweile unerträglich geworden. Hustend und spuckend machte er sich ans Werk. Ich rückte dicht neben ihn und hielt ihm einen Teil der Altardecke vors Gesicht. So nah bei ihm spürte ich seine Anstrengung, seine Angst, nicht schnell genug zu sein, denn über uns krachte es erneut, und hinter uns fraßen sich die Flammen gierig durch die Kirche.

Da hob sich die Platte einen Spalt. War es die richtige Stelle, oder würden wir ein vermodertes Skelett darunter finden? Eriks Arme waren aufs Äußerste angespannt, als er den Stein mit drei Fingern lupfte. Ich schob meine Hände in die Lücke – betend, dass ihn nicht ausgerechnet jetzt die Kraft verließ – und zog mit, so sehr ich konnte. Als genügend Platz war, packte Erik die Platte mit beiden Händen und wuchtete sie von der Öffnung weg. Hastig blickte Erik um sich. Er suchte nach Licht, denn ohne Licht würden wir unseren Weg nie finden. Die Kerze vor dem Tabernakel war als Einzige in der ganzen Kirche wundersamerweise noch nicht geschmolzen, und Erik zögerte nicht, sie vom Ständer zu reißen. Währenddessen glitt mein Blick über die steinerne Front des Altars. Alles wäre zerstört, mein Gott, alles, was hier je zur Ehre des Allerhöchsten errichtet worden war, alles ... Hinter dem schmiedeeisernen Törchen schimmerte es golden. Der Reliquienschrein! Gütiger Himmel – er würde mit verbrennen! Ohne nachzudenken, begann ich an dem Törchen zu rütteln, das das Sepulcrum verschloss. Die Reliquien – ich durfte sie nicht den Flammen überlassen ... Erik riss mich vom brennenden Altar weg.

»Los, runter! Ab in das Loch!«

»Der Kasten – wir müssen ihn mitnehmen!« Drängend deutete ich auf den Altar. Erik verdrehte die Augen. Fluchend drückte er mir die Kerze in die Hand und schob mich zur Seite. Er packte das Törchen, stemmte den Fuß gegen den Altar – ich schloss entsetzt die Augen. Momente später hielt ich meinen Kasten in der Hand.

»Jetzt steigt endlich dort runter, beim Thor, wie lange wollt ihr denn noch warten?!« Die Kirche sah aus, als ob sie jeden Moment zusammenstürzen würde. Mittlerweile war mir von dem dichten Qualm so übel und schwindelig, dass ich keinen Moment zögerte, in das düstere Loch hinabzusteigen. Schlimmer konnte es nicht mehr werden. Kalte, muffige Luft schlug mir entgegen, als streifte ein Todeshauch mein Gesicht ...

»Schneller, Alienor, könnt Ihr nicht schneller?« Erik duckte sich gegen den Altar und wehrte mit dem Törchen ein brennendes Holzstück ab, das über den glatten Boden auf den Abstieg zugesegelt kam.

Bevor ich ganz verschwand, sah ich noch, wie das Tabernakel, das meine Eltern vor Jahren gestiftet hatten, vom Sockel in einen brennenden Holzstoß fiel. Die blitzenden Edelsteine, mit denen man es verziert hatte, verschwanden in den unersättlichen Flammen, Funken sprühten hoch. Wenn diese Nacht vorüber war, wäre von dem Silberkasten und seinem heiligen Inhalt nichts mehr übrig ...

Die Treppe mit ihren viel zu schmalen Stufen war im Lauf der Jahre lebensgefährlich glitschig geworden. Um ein Haar wäre ich ausgerutscht und in die Tiefe gestürzt. Zitternd presste ich den kostbaren Reliquienkasten an mich und kämpfte um mein Gleichgewicht. Erik setzte bereits den Fuß auf die oberste Stufe. Geschickt schlängelte er sich durch das Loch.

»Du musst die Platte wieder zurückschieben«, keuchte ich und hob die dicke Kerze etwas höher, damit ich ihn sehen konnte.

»*Ertu olr?!* Pass doch mit dem Feuer auf!«, fauchte er mich an. Keuchend zerrte er die Steinplatte über die Öffnung, bis sie mit lautem Knirschen an ihrem Platz einrastete. Keinen Augenblick zu früh, denn gleich darauf stürzte das Kirchendach über dem Chorraum ein. Der Steinfußboden erzitterte unter dem Aufprall, während über unseren Köpfen ein Feuersturm durch die Kirche raste und Gottes Haus vernichtete.

Wir beeilten uns, das Ende der Treppe zu erreichen. Endlos schien sie zu sein und in die unheimlichen Tiefen der Erde zu führen. Ich zählte fünfzehn Stufen, bevor meine Füße sicheren Boden spürten. Momente später stand Erik schwer atmend neben mir.

»Was für ein grässliches Loch!«, keuchte er, den Kopf erschöpft an die schmierige Wand lehnend. »Seid Ihr sicher, dass dies ein Weg ist?« Ich nickte nur und verlagerte den schweren vergoldeten Kasten.

»Wir werden ersticken...« Ich hörte, wie er nach Luft rang. In der Tat legte sich die modrige Luft nach all dem Qualm wie ein doppelt schwerer Alp auf die Brust, klammerte sich mit langen Klauen an der Lunge fest und machte das Atmen zur Qual.

»Es gibt Entlüftungslöcher«, wandte ich schüchtern ein und wagte einen Blick um mich herum. In der Ecke lagen menschliche Knochen säuberlich aufgestapelt, rechts die großen, links die kleinen. Totenschädel grinsten uns aus leeren Augenhöhlen an. Das Kloster nutzte diesen Gang wohl auch als Beinhaus. Die ungewohnte Nähe zu den Toten flößte mir Unbehagen ein.

Erik befühlte die Totenschädel. Nervös trat er von einem Fuß auf den anderen und tastete mit den Händen die Wände ab. »Wie im Kerker«, murmelte er, »wie im Kerker Eures Vaters.« Unruhig fuhr seine Hand an der schmierigen Treppe entlang. »*Kviksetja.* Ein Grab, ein schwarzes Grab, das mich verschlingt, diesmal für immer...«

»Erik.« Ich griff nach seinem Arm. »Erik, wir werden hier herauskommen.«

Er wich erschrocken zurück, schnappte nach Luft. »Wenn Ihr es sagt... Ich hasse es, eingesperrt zu sein, ich kann es kaum ertragen...« Das kleine Licht der Kerze, die ich mit etwas Wachs auf dem Boden befestigt hatte, flackerte unruhig. Plötzlich hatte ich Angst, dass sie hier erlöschen könnte. Aus der Hitze des Feuers in die eisige Grabeskälte – frierend schlang ich den freien Arm um die Taille. Der Reliquienkasten schien immer schwerer zu werden.

»Was ist in dem Kasten drin, dass er unbedingt mitgeschleppt werden musste? Der Kirchenschatz vielleicht? Das Gold der Geschorenen? Blutiges Gold, den Hörigen aus dem Leib geschnitten?« Seine Stimme klang gepresst und troff vor Gehässigkeit. Ich spürte, dass er mit den bösen Fragen nur von seiner Kerkerangst abzulenken versuchte, die ihn in diesem Gefängnis zu überwältigen drohte. Trotzdem störten mich seine Worte, schließlich hielt ich eine Reliquie in den Händen.

»Das geht dich nichts an.«

»Es geht mich sehr wohl etwas an, schließlich habe ich Euch den Kasten geholt! Wenn es Gold ist, gehört es mir, als Preis für den feigsten aller Mordversuche. Gebt her.« Mit beiden Händen griff er nach dem Kasten.

»Lass los! Erik, sei nicht närrisch! Es ist kein Gold!«

»Kein Gold? Was denn dann?«, fragte er enttäuscht.

»Ein Stück vom Gewand des heiligen Leonhard und... und ein Finger der –«

»Was? Wegen eines Knochens riskiere ich mein Leben? Für einen vermoderten alten *Knochen*?« Seine Arme fielen herab. »Bei Odin...«

»Kein vermoderter Knochen, eine Reliquie, sie ist heilig!«

Erik lachte böse auf und verschränkte die Arme vor der Brust. »Zweifellos einer von den vielen tausend Fingern der heiligen Wie-war-noch-ihr-Name, der Lahme sehend und Blinde gehend macht, für ein paar Kreuzer auf einem Jahrmarkt erstanden. Lasst ihn doch hier, bei den Fingern der toten Mönche, dann langweilt er sich nicht.« Sein gemeiner Spott trieb mir die Tränen in die

Augen. Selbst hier, tief unter der Erde, suchte er Streit. Wortlos drehte ich mich um und wollte losgehen, in das Dunkel des alten Bergwerksganges, um ihn bloß nicht mehr sehen zu müssen.

»Alienor – wartet doch!« Er hielt mich am Kleid fest. »Lauft nicht alleine los. Ich...« Langsam drehte ich mich um. Mir war kalt, und ich fühlte eine so grenzenlose Erschöpfung in mir, dass ich mich am liebsten gleich hier auf den Boden gelegt hätte. »Wir – wir wollen nicht die Nerven verlieren, Ihr nicht, und ich auch nicht.« Es klang wie eine Selbstbeschwörung.

»Der Kasten. Lasst mich den Kasten für Euch tragen.« Mit zitternden Fingern entwand er ihn mir. Ich fuhr fröstelnd zusammen. Erik stellte den Kasten auf den Boden und schob mir das nasse Altartuch von den Schultern. Platschend fiel es zu Boden.

»*Hinn krossfesti* konnte nicht zulassen, dass Euch etwas zustößt, so nass, wie ihr von seinem heiligen Wasser wart«, meinte er atemlos. Ich war es müde, schon wieder mit ihm zu streiten. Ich wollte ihn einen verdammten Gotteslästerer schimpfen, der das Wasser entweiht, das Becken zerstört und über eine Reliquie gespottet hatte, doch ich war zu müde – und ich kam auch nicht dazu, denn er legte plötzlich seine Arme um mich, zog mich an sich und verharrte so einen langen Augenblick. Nichts rührte sich an diesem dunklen, von der Welt abgeschnittenen Ort. Die Stille lärmte in meinen Ohren und vermischte sich mit dem Rauschen des Feuers, das in meinem Kopf immer noch wütete, wie ein eiserner Ring schien sie sich um meine Stirn zu schließen. Der Mann, dem nach einem Streit nie auch nur der Ansatz einer Entschuldigung über die Lippen kam, schenkte mir ungefragt ein paar schweigsame Momente des Kräftesammelns, als wüsste er genau, dass ich nicht mehr konnte... Der Lärm versickerte. Feuchte Kleider, Kälte und Brandgeruch verloren an Bedeutung, denn wir stützten uns gegenseitig. Nach und nach wich die Spannung. Ruhe senkte sich auf meinen Körper, und ich konnte trotz der muffigen Luft wieder durchatmen.

Erik hatte sich die ganze Zeit nicht gerührt. Jetzt holte er tief Luft und ließ mich zögernd los.

»Vielleicht sollten wir gehen, bevor die Kerze erlischt«, murmelte er und bückte sich, um den Reliquienschrein hochzuheben. Ich nickte hastig und leuchtete mit der Kerze den Gang hinab. Er war schrecklich eng und niedrig, Erik würde den ganzen Weg – wie weit er auch sein mochte – gebückt zurücklegen müssen. Zu meinen Füßen wimmelte allerhand Getier herum. Ich fürchtete mich vor Schlangen und Spinnen und war daher heilfroh, dass meine Stiefel nicht so große Löcher wie Eriks Schuhe hatten. Gott, wann wäre es endlich vorbei? Ausruhen, tagelang schlafen… Der rasselnde Husten aus Eriks Richtung mahnte mich, dass es höchste Zeit war aufzubrechen.

Von den Wänden lief das Regenwasser in Strömen herunter, und unsere Füße traten immer wieder in tiefe Pfützen. Es tropfte auf unsere Köpfe, rieselte durch unsere Haare, rann uns am Hals herunter in die Kleider. Mit den Händen fuhren wir an den bemoosten Wänden entlang, auf der Suche nach einem Halt, nach irgendetwas, was man greifen konnte, doch zwischen unseren kalten Fingern blieb nur glitschiger Schleim hängen. Ich ekelte mich so vor diesen feuchten Moospflanzen, doch noch mehr fürchtete ich mich davor, die Orientierung zu verlieren. Herabhängende Wurzelfasern streiften mein Gesicht und verhakten sich in den Haaren. In Panik schlug ich um mich, fuchtelte mit der Kerze herum, um Tiere abzuwehren – bis ich meinen Irrtum erkannte. Endlos dehnte sich der dunkle Gang vor uns. Wie weit mochte es noch sein? Die Angst, unter diesen muffigen Erdmassen zu ersticken oder lebendig begraben zu werden, verfolgte uns auf Schritt und Tritt. Erik bat um eine Pause und lehnte sich erschöpft gegen die Wand. Dumpf brodelte es in seiner Lunge, als er Atem schöpfte. Er musste es schaffen, ich konnte ihn doch nicht in diesem Erdloch zurücklassen… Etwas Schwarzes huschte gespenstisch über meine Füße, ich schrie auf – eine fette Ratte gab Fersengeld. Als wir verschnauft hatten, hielt ich die Kerze noch höher, um ja nichts vom Fußboden und seinen widerlichen Bewohnern sehen zu müssen. Je länger wir liefen, desto stärker wurde der Modergeruch. Hinter mir hörte ich Eriks Keuchen und seinen unsicheren Schritt. Heilige Maria Gottesmutter, steh uns bei, hilf uns ans Licht…

Der Gang hatte ein Ende. Er endete, wie er angefangen hatte: mit fünfzehn Stufen, die uns in die Oberwelt führen sollten. Vorsichtig stiegen wir hoch und fanden uns am Ende vor einem groben Gitter wieder. Dunkel erinnerte ich mich, dieses Gitter einmal im Kerker gesehen zu haben, vor langer Zeit… im Kerker – wir waren zu Hause! Erik sackte auf der obersten Stufe zusammen. Mit einer Hand schob er den Reliquienkasten von sich, um sich gleich darauf an den Gitterstäben festzuhalten. Im schwachen Licht der Kerze sah ich, dass er dicke Schweißperlen auf der Stirn stehen hatte. Meine Hände tasteten nach dem Schloss.

»Jesus Maria – es ist abgeschlossen!«

»Abgeschlossen?« Er zog sich am Gitter hoch, versuchte es selber. »Odin sei uns gnädig – *Oll strá vilja oss stanga*…« Seine Stimme erstarb. Totenstille.

»Wieso ist hier niemand? Ich will raus hier, sofort, ich will…« Das metallische Scheppern der Gitterstäbe, an denen ich wie besessen rüttelte, hallte gespenstisch in der dunklen Höhle wieder. Niemand da. Der Kerker war leer, verlassen. Kein Licht, kein Geräusch. Keine Menschenseele. Allmächtiger… Einen entsetzlichen Moment lang stellte ich mir vor, dass alle auf der Burg tot seien, dass Clemens sie überwältigt und ausgeräuchert hatte, ich sah die stolze Burg in Trümmern liegen, sah verbranntes Holz und Leichen, Berge von verkohlten Leichen, und einen riesigen Trümmerberg an der Stelle, an der sich einst der mächtige Donjon erhoben hatte…

»Hilfe!«, schrie ich und zerrte wie wild am Gitter. Mein Herz klopfte zum Zerspringen. Alle tot – und ich saß hier mit einem Sterbenden, allein, und es gab keinen Weg, den ich gehen konnte, weder vor noch zurück… »Ich will raus hier, holt mich raus!«

»Alienor, hört auf zu schreien.« Er zupfte an meinem Kleid und hustete. »Beruhigt Euch.«

»Beruhigen?« Völlig außer mir fuhr ich herum. »Siehst du denn nicht, dass wir in der Falle sitzen? Niemand ist im Keller, *niemand*! Und kein Mensch wird auf die Idee kommen, hier nach uns zu suchen, solange sie dort oben kämpfen – begreifst du das nicht?«

»Alienor, wir –«

»Wenn uns niemand findet, wirst du sterben – *und dann bin ich allein!*«

»Ich habe nicht vor zu sterben«, sagte er ruhig. Seine Nervosität von vorhin schien wie weggeblasen, aber vielleicht hatte auch die Erschöpfung sie besiegt. »Setzt Euch.«

»Aber – aber was machen wir denn jetzt?« Meine Stimme zitterte, erfolglos versuchte ich, die Tränen zurückzuhalten.

»Warten.«

»Warten…« Neben meinem Bein quiekte es. Ich fühlte einen Tierkörper an meinem Stiefel, winzige Krallen streiften meine Haut, wollten sich in den Stiefel hinabhangeln – eine Ratte auf der Suche nach Körperwärme. Entsetzt schüttelte ich den Fuß, fühlte ihre feuchte Schnauze im Stiefel – ich schrie und verlor das Gleichgewicht auf der schmalen Stufe. Meine Hände griffen ins Leere, Erik konnte mich gerade noch festhalten. Halb kippte ich über ihn, krallte mich an seinen Beinen fest, als mir die Kerze aus der Hand rutschte. Sie schlug auf der Treppe auf, man hörte sie brechen, bevor sie in die Tiefe polterte und erlosch. Mit einem Schlag war es stockdunkel.

»Und jetzt?« Wie dünn meine Stimme war… und wie unheimlich jedes Geräusch widerhallte. Erik half mir beim Aufstehen. Das Dunkel war so undurchdringlich, so allumfassend, wurde von keiner, auch nicht der allerkleinsten Lichtquelle erhellt. Meine Knie zitterten, als ich mich auf die Treppe hockte. Die Steinstufen waren kalt und abweisend, ich fühlte mich nackt in meinem nassen Kleid, nackt und so allein.

»Alienor?« Er saß gleich neben mir in die Ecke gekauert, und doch so weit weg in der Dunkelheit. »*Meyja*, es wird jemand kommen, glaubt mir.« Ich fühlte die Tränen nur, weil sie in meinem Gesicht brennend heiße Spuren hinterließen. Niemand würde kommen.

Die Zeit zerrann, tropfte zäh wie Sirup die Stufen hinunter und zerfloss in der unendlichen Dunkelheit. Die einzigen Geräusche, die die unheimliche Stille durchbrachen, waren Eriks Husten und mein Schniefen.

»Habt Ihr Angst?«, fragte er leise.

»Ja...«, flüsterte ich. Großer Gott, ich *bestand* nur noch aus Angst.

»Man – man sagt, der Gott der Christen sei ein barmherziger Gott.« Stöhnend veränderte er seine kauernde Haltung. »Er hat die ganze Zeit seine Hand über Euch gehalten... er wird Euch auch sicher nach Hause geleiten.« Ein Steinchen, von seinem Fuß losgetreten, hüpfte die Stufen hinab. Wir lauschten ihm nach. Dann war es wieder still.

»Habt Ihr kein Vertrauen zu Eurem Gott?«

»Ich – ich weiß nicht. Es ist so dunkel, ich weiß nichts mehr... Erik, ich habe den Stern wieder gesehen, über der Kirche! Er ist über uns! Glaubst du – glaubst du, dass das das Ende der Welt nahe ist?« Gott, war meine Stimme klein.

»Nein, Alienor.«

»Aber du hast vom Unglücksboten gesprochen – und nun war er wieder da und hat das Feuer gebracht. Und uns vielleicht den Tod...«

»Nein, Alienor. Ich glaube, dass das Leben so weitergeht, wie es uns vom Schicksal bestimmt ist. Wir müssen dieses Schicksal annehmen, wenn wir nicht die Kraft aufbringen, es zu verändern.« Ich erschauderte. Nicht einmal hier verschone er mich mit seinen heidnischen Göttern, nicht einmal im Angesicht –

»Warum sucht Ihr nicht Zuflucht bei dem, dessen Namen Ihr stets auf Euren Lippen tragt?«, fragte er da leise, als hätte er meine Gedanken erraten. »Wisst Ihr, einst brachte man mir ein Lied der Christen bei. Es ist lange her, doch die Worte blieben mir im Gedächtnis haften, weil sie von so tiefer Inbrunst zeugten.«

»Wwwas meinst du?«

Erik zögerte einen Moment.

»Man lehrte es mich auf Französisch... aber ich kann es Euch übersetzen. ›Der Herr ist mein Hirte, mir wird nichts mangeln. Er weidet mich auf grüner Aue und führt mich zum frischen Wasser. Er erquicket meine Seele. Und ob ich – und ob ich schon wanderte im finsteren Tal, fürchte ich kein Unglück...‹« Er stockte.

»›Denn du bist bei mir, dein Stecken und Stab trösten mich‹«, führte ich es leise zu Ende.

»Ja.« Verhalten keuchte er. »›Er weidet mich auf grüner Aue‹... Euer Gott wird nicht zulassen, dass Euch etwas zustößt.« Das Scharren seiner Schuhe verriet, dass er versuchte, die Beine auszustrecken.

»Glaubst du an Ihn?« Mir wurde bewusst, dass er meine geflüsterten Worte verstanden hatte, und auch der Schreck, der mir bei der Frage durch die Glieder fuhr, war ihm nicht entgangen. Trotzdem schwieg er eine Zeit.

»Gott fängt da an, wo das Vertrauen in die eigene Kraft aufhört«, sagte er schließlich langsam. »Wo die Verzweiflung wie eine Welle über den Menschen rollt, dass ihm der Atem wegbleibt, da irgendwo muss Gott sein...«

»Warst du schon mal dort?«

»Ja, einmal war ich dort. Und vielleicht hätte er mich sogar gefunden, wenn Ihr ihm nicht zuvorgekommen wärt.« Ich spürte, wie er lächelte.

»Du weißt so viel über Ihn –«

»Aber ich glaube nicht an ihn. Und wenn es ihn gibt, ist er wie ein König ohne Reich. Die Christen nennen ihn den Gott der Liebe – aber in dieser Welt voller Kampf und Grausamkeit gibt es keine Liebe. Ihn um Hilfe anzuflehen ist sinnlos für mich. Bitte, *kærra*, fragt nicht weiter. Es hat keinen Sinn, wir würden uns nur streiten.«

Ich hörte, wie der Kasten über die Steine scharrte und er mit der Hand über das edle Metall strich.

»Bitte – bitte lass –« Warm legte sich seine Hand auf meinen Arm. »Glaubt Ihr, ich würde Euren Kasten bis hierher schleppen, um ihn dann – Oh, Alienor!« Er schnaubte belustigt. »Erzählt mir lieber etwas über seinen Inhalt. Hmm?« Seine Hand war liegen geblieben, und irgendwie schöpfte ich daraus Mut. Ich spürte jeden Einzelnen der langen Finger, die Gelenke, den weichen Daumenballen, bevor Leinenfetzen die verbrannte Handinnenfläche bedeckten...

»Sie – die Mönche bewahren Reliquien darin auf, von den Schutzheiligen des Klosters.«

»Erzählt mir von ihnen, Alienor.« Aufmunternd drückten seine Finger meinen Arm, und fast meinte ich, seine Augen aufblitzen zu sehen.

»Das Kloster ist nach – nach dem heiligen Leonhard benannt, einem Patensohn von König Chlodwig. Er – man sagt, er habe nicht Bischof werden wollen, sondern sei in die Einsamkeit der Wälder gegangen, um nach Gottes Willen zu leben. Und weil er vom König Privilegien für die Gefängnisse erhielt, nennt man – man nennt ihn den Gefangenenbefreier...« Ich hörte, wie er die Luft anhielt, und wie sein Kiefer mahlte, und bevor er etwas sagen konnte, fuhr ich hastig fort: »Die heilige Ursula ist die andere Schutzheilige, und sie sagen, dass der Finger in dem Kasten schon einige Wunder vollbracht hat. Sie – sie war eine englische Königstochter, und als ein heidnischer Prinz um ihre Hand anhielt, da – da vertröstete sie ihn auf drei Jahre, und nur wenn er sich zum Christentum bekehrte. Pater Arnoldus sagt, dass sie ihn gar nicht heiraten wollte, weil sie ihren Leib für Gott bewahrte. Und um das zu bekräftigen, ging sie mit ihren Jungfrauen auf Pilgerfahrt nach Rom. Und – und als sie auf der Rückreise in Köln vor Anker gingen, wurden sie von den Hunnen überfallen, und als sie auch den Anführer der Hunnen nicht heiraten wollte, wurde sie mit all ihren Jungfrauen – getötet. Man tötete sie mit Pfeilen.«

Die Hand auf meinem Arm war verschwunden. Erik hustete verhalten.

»Ob sie glücklicher geworden wäre, wenn sie den Barbarenprinzen genommen hätte?«, hörte ich ihn leise fragen.

»Sie gehört zu den Glückseligen im Himmel, kann man glücklicher sein?«

»Kommt darauf an, wann Ihr Euer Glück haben wollt, jetzt oder irgendwann nach Eurem Tod.« Wieder hustete er. »Ich für meinen Teil möchte das Glück lieber kennen gelernt haben, bevor die tödlichen Pfeile mich treffen...«

Ich schlang die Arme um den Bauch und steckte die Nase zwischen die Knie, bis mir einfiel, dass er meine Verlegenheit in der Dunkelheit gar nicht sehen konnte. Seine Bemerkung am Feuer, kurz bevor wir den Schweifstern gesehen hatten, kam mir in den

Sinn. Der Mensch hat nur ein Leben. Wie einfältig musste ihm Ursula da vorkommen, dass sie es ihrer Keuschheit opferte...

Stoff raschelte, und sein Schnaufen wurde heftiger.

»Was – was tust du, Erik?«, fragte ich bange. Mir war, als hörte ich Leinen reißen, und der stechende Geruch aus seiner Verletzung drang an meine Nase. »Was tust du da?«

»Ich muss – das verdammte Zugpflaster lockern« – wieder krachte ein Leinenstreifen –, »es bringt mich um...« Der Geruch war Ekel erregend. Die Vorstellung, wie er an diesem schrecklichen Loch herumfingerte, ließ eine Woge der Übelkeit in mir hochwallen. Trotzdem rutschte ich näher. »Lass mich das machen.«

»Geht weg! Fasst es nicht an, Alienor, es ist böse...«

Ich floh in meine Ecke und hielt mir Ohren und Nase zu, um nichts zu hören, nichts zu riechen... Gott, hast Du mich vergessen?

»Was für eine Idee«, murmelte er irgendwann. »Was für eine Idee, solch einen tiefen Gang zu bauen...«

»Es war ein Bergwerk. Vor langer Zeit haben hier Menschen gearbeitet, sagt Vater.« Fast war mir, als hörte ich ihre Stimmen in der Ferne, ein Echo aus vergangenen Tagen, und die metallischen Geräusche der Schaufeln und Hämmer, mit denen sie sich durch die Erde gruben.

»Mir kommt es vor wie der Anfang aller Zeiten«, meinte er. »Wisst Ihr, im Norden erzählt man sich eine andere Schöpfungsgeschichte. Es gibt keinen Adam und keine Eva. Und es gibt auch keinen Apfel.« Er hustete. »Soll ich Euch von den Reifriesen erzählen?«

Ich duckte mich in meine Ecke. Noch mehr heidnische Geschichten. Doch dann schlug ich alle Zweifel in den Wind: Seine Stimme hatte die Waldgeister gebannt. Sie würde mich auch hier beschützen.

»Erzähl mir von den Riesen.«

»Die ersten Lebewesen entstanden aus den giftigen Tautropfen, die das Eis des Nordens verließen, als Hitze zu der Kälte kam.

Man nennt sie die Reifriesen, ein grimmiges Geschlecht. Der Erste von ihnen hieß Ymir. Aus seinen Achseln wuchsen Mann und Frau, sein rechter Fuß zeugte mit dem linken Fuß einen Sohn. Ymir wurde von der Reifkuh Audhumla genährt, die die Reifsteine ableckte. Aus diesen Steinen wurde ein Mann, Beri genannt, der einen Sohn, Bor, hervorbrachte. Bor bekam Bestla zur Frau, und ihre Söhne hießen Odin, Wili und We, die Lenker des Himmels.«

»Odin, der Einäugige«, flüsterte ich. Den der Abt gefesselt auf seinem Altar stehen hatte…

»Genau jener. Ihr habt gut aufgepasst. Aber hört weiter. Bors Söhne erschlugen den Riesen Ymir. Von seinem Blut gab es eine schreckliche Sintflut, in der bis auf einen alle Reifriesen ertranken. Und von Ymir, dem Urriesen, wurde die Erde, wie wir sie kennen, erschaffen. Aus seinem Fleisch wurde das Land, aus seinem Blut die Meere, aus Knochen wurden die Berge. Aus seinem Schädel schufen sie den Himmel, der an vier Ecken von einem Zwerg gehalten wird. Ymirs Gehirn warfen sie in die Luft, und daraus wurden die Wolken. Als Bors Söhne mit all dem fertig waren, fanden sie am Meeresufer zwei Baumstämme, und aus denen formten sie ein Menschenpaar. Ask und Embla, das waren die ersten Menschen.«

»Das ist keine schöne Geschichte. Die Welt der Heiden begann mit einem Totschlag!« Ich schnäuzte mich in den Ärmel. Am Ende waren die schrecklichen Geschichten der Alten doch alle wahr…

»Und was erzählt man den Christen? Ihre Welt begann mit einer neugierigen Frau, die schuld war, dass ihr Mann das Paradies verlassen musste.« Darauf wusste ich nichts zu erwidern.

Nach unendlicher Zeit streckte ich die Beine. Wie lange saßen wir schon hier? Erik hustete.

»Glaubst du wirklich, dass uns jemand findet?« Ich starrte in das Dunkel. Schwarz, schwarz, schwarz. Es kam mir vor wie ein unheimliches Tier, mit vielen tausend Klauen, bereit, uns anzufallen und zu verschlingen. Ja, es würde uns verschlucken, und keine Spur würde von uns zurückbleiben, niemand würde wissen, dass wir hier gesessen hatten…

»Jesus Maria!«, würgte ich hervor und rieb mir die Augen. Vielleicht war ich ja auch blind geworden! Schwarz, schwarz und abermals schwarz ringsum, nicht den kleinsten Lichtschein nahm ich wahr. Blind. Ich merkte kaum, wie meine Zähne klapperten. Blind und zum Tode verurteilt...

Eine Hand tastete nach mir, und dann legte sich etwas um meine Schultern. Ein Hemd. »Þik kell. Nehmt das, Gräfin. Es ist zu kalt für Euch.«

»Und du?«, flüsterte ich. Das Hemd war feucht, und es roch durchdringend nach Rauch und bösen Säften, ich schwankte zwischen Ekel und Dankbarkeit. Doch dann zog ich es enger um mich, denn gleichzeitig barg es die Wärme seines Trägers.

»Áttu engan stað við atkalt komi á þik. Mich wärmt das Fieber, keine Sorge. Habt noch ein wenig Geduld, man wird uns finden.«

»Es – es ist so schrecklich dunkel...« Ich hörte, wie er vorsichtig näher rückte.

»Als ob man blind ist, nicht wahr?« Seine Hand griff nach meiner und hielt sie fest. »Aber wir sind nicht blind, Alienor. Glaubt mir, wenn das Licht kommt, werden wir für eine kurze Weile wie geblendet sein, bevor wir wieder alles sehen. Ich... soll ich Euch noch eine Geschichte erzählen?« Stumm nickte ich. *Ja, lenk mich ab, bitte lenk mich ab...*

»Als ich ein Junge war, bin ich mit meiner kleinen Schwester einmal in eine Bärenhöhle hineingelaufen. Wir hatten uns versteckt und waren ganz stolz, dass die Spielkameraden uns nicht fanden. In dieser Höhle war es genauso finster wie hier, und es stank, doch über den Grund machten wir uns keine Gedanken. Sigrun hatte furchtbare Angst. Ich erzählte ihr von einem Schatz, den wir am Ende des Ganges finden würden – und dann stand da plötzlich dieser Bär vor uns. Man sah ihn kaum, aber man roch ihn, man nahm ihn mit allen Sinnen wahr... bei Odin, ich hätte vor Angst fast in die Hose gemacht!« Er gluckste leise in sich hinein. Ich klammerte mich an seine heiße Hand. Sie war das einzig Wirkliche in dieser Finsternis.

»Sigrun fing an zu schreien. Sie schrie und schrie, ihre Kinderstimme klang ganz spitz und hoch, es muss dem Bären in den Ohren weh getan haben, jedenfalls erschrak er, und wir konnten weglaufen. Noch nie in meinem Leben bin ich so gerannt... Mein Vater erlegte den Bären noch am selben Tag mit seiner Streitaxt. Er spaltete ihm den Schädel, und ich habe viele Jahre auf diesem Bärenfell geschlafen.« Nachdenklich rieb er meine Finger zwischen seinen Händen. »Ich sehe ihn noch vor mir, ein Riese von einem Bären, zwei Köpfe größer als jeder Mann, und die Axt, die ihm den Schädel entzweihieb...«

»Eine Axt? Ihr geht mit Äxten zur Jagd?«

»Es war eine Streitaxt. Ein Kriegsgerät. Man tötet damit Menschen.«

»Mit... *Äxten*?«

»Ein schneller Tod, wenn man es richtig macht. Mein Vater...«

»*Barbar!*« Ich entriss ihm meine Hand und kauerte mich gegen die Wand. Er zog die Nase hoch und schluckte. Dann war es lange still. Äxte. Ich sah die Äxte, die unsere Knechte zum Holzhacken benutzten, und stellte sie mir im Kopf eines Menschen vor. Die lange blitzende Klinge, bis zur Nase musste sie... »Heilige Jungfrau«, murmelte ich. Blut spritzte aus dem Kopf – und dann war es wieder da, das Bild, das der Abt gestern in der Stille des Gästehauses heraufbeschworen hatte! Blut, und Menschen, die an Bäumen hingen, blutleer, grausamen Göttern geopfert –

»Erik!« Er antwortete nicht. *Tu's, frag ihn jetzt.* Jetzt oder nie, *tu's jetzt!*

»Erik... ich... du... du musst mir etwas sagen.«

»Was?«, brummte er.

»Erik, hast du schon mal einen Menschen getötet?« Er lachte unfreundlich auf. »Natürlich. Eine ganze Menge. Schließlich bin ich ein Wilder, der sich seine Zeit damit vertreibt –«

»Nein, ich meine doch nur... ach, zum Henker!« Ich drehte den Kopf zur Wand. Es war hoffnungslos, nie würden wir uns verstehen.

»Ich kann Euch sagen, wann ich den Letzten getötet habe. Es war in der Höhle, mit Eurer Hilfe, Gräfin, ohne die ich vermutlich nicht mehr leben würde.« Der bittere Hohn war verschwunden, und der Klang seiner Stimme berührte mich im Innersten. »Warum wollt Ihr das wissen?«

Das kalte Mauerwerk roch aufdringlich nach Schimmel, als ich die Stirn dagegenlehnte. »Und ... hast du jemandem die Kehle aufgeschlitzt, um ... und Blut aufgefangen?« Er hatte mein Flüstern an der Wand gehört, denn hart bohrten sich seine Finger in meinen Arm.

»Wer hat Euch das erzählt? Was wisst Ihr über Blutopfer, Gräfin? Wer spricht darüber?« Er schüttelte mich, dann ließ er mich abrupt los. »Der Geschorene hat es Euch erzählt. Nicht wahr? Hat er das?«

Langes Schweigen. Ich hörte ihn schnaufen, und dann knackten seine Knöchel wieder, wie immer, wenn er ungehalten war.

»Lasst mich nur sagen, Alienor«, meinte er schließlich heiser, »dass es in meinem Land Feste gibt, von denen ein Christenmädchen besser nichts weiß. Vergesst, was Ihr gehört habt.«

»Sie schlachten Menschen«, flüsterte ich. »Hast du auch –«

»Ich war noch ein Kind, ich habe nie teilgenommen«, unterbrach er mich.

»Sie schlachten Menschen, Erik ...«, flüsterte ich wieder. »Sag es mir, sie schlachten sie und ...« Entsetzen schüttelte mich, und ich drückte mich flach wie Pergament gegen die schmierige Wand. Er musste es gemerkt haben.

»Die Menschen des Nordens«, begann er schließlich, »die Menschen des Nordens glauben nicht an einen Gott wie die Christen. In Asgard wohnen viele Götter, die verehrt werden, und jeder ist anders. Da ist der Gott des Krieges – Thor, der Hammerträger. Jener Hammer, den man mir weggenommen hat und den Ihr an Eurer Kette tragt. Mjölnir erzeugt Donner und Blitz und ist mächtiger als das Kreuz des Weißen Krist –«

»Was –«

»Lasst mich fertig reden. Ihr habt mich gefragt, Ihr werdet mich nun bis zum Schluss anhören«, unterbrach er mich ärgerlich. »Neben Thor ist da der listige Odin, der Einäugige, der uns die Runen schenkte. Und es gibt einen Gott der Fruchtbarkeit, der heißt Freyr. Sie sind die Hauptgötter, die Mächtigsten in Asgard, der Götterwohnstatt, und die Menschen glauben, dass sie mit Blut gestärkt werden müssen. Wenn man von einem Gott etwas erbittet, muss man ihm auch etwas geben. Und deshalb treffen sich die Menschen des Sveareiches alle neun Jahre mit den anderen Stämmen Schwedens und feiern ein großes Fest mit den Göttern, wo für Sieg und Fruchtbarkeit gebetet wird.« Ich hörte, wie er sich seufzend durch die Haare fuhr. »In meiner Heimatstadt Uppsala steht der Tempel, wo man sich zum Neunjahresopfer trifft und den Göttern opfert.«

»Auch Menschen…«

»Alienor, bitte vergesst das –«

»Wer schlachtet sie?« Wie seltsam – so sehr mich die Dunkelheit eben noch geängstigt hatte, so bot sie mir nun Schutz, diese Fragen zu stellen. Ich war sicher, unter normalen Umständen hätte Erik mir niemals eine Antwort gegeben. Doch so – das Dunkel ließ uns gesichtslos werden, es verbarg Tränen, Ekel und Furcht… und meine abstoßende Gier, mehr von den grausamen Riten seines Volkes zu erfahren, von Menschen, die ich mir plötzlich wieder vorstellte wie Wilde, halb nackte, rohe Wesen.

»Es werden Tiere geopfert. Pferde, Kühe, Schafe, Hunde – alles, was dem Menschen heilig ist, wird den Göttern angeboten.«

»Aber die Menschenopfer…«, flüsterte ich. Er musste es mir sagen, er durfte nicht ausweichen!

Erik holte tief Luft. »Wenn das Land in allergrößter Not ist. Wenn Hunger, Krieg oder Seuchen das Volk bedrohen, kann das Blut eines Menschen vielleicht die Götter besänftigen… Alienor, das ist viele, viele Jahre nicht vorgekommen.«

»Wer tut es, Erik?«

»Der König ist der Oberpriester.« Der König.

»Jeder König?«

»Jeder.«

»Und du bist der Sohn eines Königs…«

»Aber ich bin nicht der König! Außerdem ist meine Mutter Christin. Wenn Ihr das vielleicht auch nicht glauben mögt, aber sie ist eine fromme Frau. Die Christen zahlen dem Tempel eine Steuer und sind dadurch vom Opfer befreit.« Ich hörte, wie er zu mir herüberrutschte, und machte mich klein an der Wand. Er sollte sitzen bleiben, er verletzte den schützenden Mantel der Dunkelheit, wenn er sich näherte...

»Gräfin, vergesst, was Ihr gehört habt. Es ist zu weit weg für Euch und – und Ihr wisst zu wenig. Ihr wisst gar nichts.« Ich schwieg. Und dann war mir, als begäbe er sich wieder leise in seine Ecke, beunruhigt darüber, was er von sich preisgegeben hatte. Und er würde mir nie mehr etwas erzählen, da war ich mir plötzlich sicher. Ich schlang die Arme wieder Wärme suchend um meine Knie. Aus dem nassen Kleid drang die Kälte in meinen ganzen Körper, und ohne dass ich etwas dagegen tun konnte, klapperten meine Zähne. *Vergesst, was Ihr gehört habt.* Vergessen. Welch köstlicher Klang in diesem Wort lag... ich würde vergessen, wenn ich zu Hause war. Alles, was ich erlebt hatte, alles, was mit ihm zusammenhing, *alles*!

Die Stille rauschte unheimlich. Warum kam niemand, um das Dunkel zu erhellen? Wieder rieb ich mir die Augen. Schwarz, schwarz, schwarz. War so das Sterben? Einfach kalt werden, jedes Gefühl verlieren, während der Geist sich den Weg ins Jenseits bahnt? Der Tod wohnte in diesen Mauern, ich fühlte mich von ihm bedroht, von seiner Kälte und von der ekelhaften Nässe, die auch Eriks Hemd schwer wie ein Alb auf meinen Schultern lasten ließ – plötzlich sehnte ich mich wie verrückt danach, bei ihm zu sitzen, seine Bewegungen neben mir zu spüren, und seine Wärme, die auch für mich reichen würde... Doch eher würde ich sterben, als mich aus meiner Ecke herauszuwagen. Ich starrte in das Dunkel, wo er sitzen musste. Schlief er? Es war so still. Totenstill. Großer Gott. Mir lief es kalt den Rücken herab.

»Erik...?«

»Ich bin hier, Alienor.« Die Stimme klang nah. Seine Hand berührte meinen Arm. Er hatte die ganze Zeit dicht neben mir gesessen.

10. KAPITEL

Und ob ich schon wanderte im finstern Tal,
fürchte ich kein Unglück.
(Psalm 23,4)

Eine Tür quietschte. Mein Herz raste plötzlich. Leichtfüßige Schritte kamen die Kellertreppe herunter. Jemand zog vernehmlich die Nase hoch. Ich fuhr herum.

»*Láta hljótt um pik* – still!«

»Aber da ist jemand!« Einen Moment lauschten wir beide atemlos. Wieder zog der Ankömmling die Nase hoch und spuckte den Ertrag auf den Boden.

»Hermann«, flüsterte Erik. »Das ist Hermann!«

Langsam zog ich mich am Gitter hoch. Die Schritte kamen näher, bogen um die Ecke, ich sah eine Öllampe schaukeln.

»Hermann!«, schrie ich das Licht an und hoffte, dass er es wirklich war. Das Licht hielt inne. Ich roch das Lampenöl, es war parfümiert mit allen wohlriechenden Geheimnissen des fernen Orients – Öl von Meister Naphtali. Selbst am Ende der Welt hätte ich es wieder erkannt.

»Herrin…?« Das kleine Licht tanzte in der Dunkelheit zögernd auf uns zu.

»Hermann? Hermann, hier sind wir, schnell!« Wie rasend rüttelte ich an den Gitterstäben. »Das Gitter ist verschlossen, ich habe keinen Schlüssel, Hermann – o bitte, hol mich hier raus…«

»Barmherzige Muttergottes – Ihr seid es wirklich! Bei meiner Seel', alle hielten Euch für tot…« Im warmen Licht der Öllampe sah ich sein fassungsloses Gesicht. Vorsichtig berührte er meine Hand am Gitter, strich über meine Finger, als hätte er Angst, ich sei ein Trugbild und würde wieder verschwinden. Verzweifelt angelte ich nach ihm, packte seinen Arm und rüttelte erneut am Gitter, warum schloss er nicht auf, ich konnte es keinen Moment länger ertragen...

»Der – der Meister hat den Schlüssel, ich – gleich gehe ich ihn holen, Herrin«, stotterte er aufgeregt, »habt noch ein wenig Geduld, gleich bin ich –«

»Er soll selbst kommen, Erik; Hans ist bei mir und braucht Hilfe, bitte sag ihm das! O Gott, holt uns hier raus, ich kann nicht mehr...« Ich klammerte mich an die Gitterstäbe, als wären sie meine letzte Rettung. Im Laufschritt verschwand Hermann um die Ecke. Seine Schritte verklangen, und es wurde wieder dunkel. Dunkel! Er hatte das Licht mitgenommen... Reglos hing ich am Gitter, meine Finger schmerzten von der Anspannung. Ein Luftzug streifte eisig mein Gesicht – vielleicht von oben, wo Hermann das Burgfriedtor geöffnet und wieder geschlossen hatte. Von oben, wo Licht und Wärme waren, wo das Leben war, Menschen auf mich warteten... ein trockenes Schluchzen stieg in mir hoch. Die erneute Dunkelheit war unerträglich, der Kerkermuff griff mit verwesenden Fingern nach mir, erstickte jeden Versuch zu atmen, und die feuchten Mauern, die ich nur erahnte, rückten näher und näher, von allen Seiten, gierig, mich einzuschließen.

»Holt mich hier raus!!!«

Im kalten Kerker herrschte Totenstille, ein tiefes Grab, das mich lebendig verschlang, ein schwarzes Nichts, leblos, gleichgültig.

»Holt mich hier raus, bitte...« Schluchzend lehnte ich den Kopf an das Gitter und schloss die Augen. Schwarz, schwarz, undurchdringlich schwarz, und so still...

Und dann spürte ich ihn neben mir. Schweigend bog Erik meine verkrampften Finger auf und löste sie von den Gitterstäben.

»Komm«, sagte er. »Warte mit mir.« Und er zog mich herunter auf die Stufe, wo er gesessen hatte.

»Lass mich« – ich wehrte mich heftig –, »lass mich, ich will raus hier, warum holen sie uns nicht, verflucht...« Als ich nach ihm schlagen wollte – nach ihm und allen Geistern der Dunkelheit, die mich gickernd und gackernd umschwirrten und verspotteten –, fing er mit erstaunlicher Kraft meine Arme ein und zwang mich auf der nächst tieferen Stufe zwischen seine Knie. Verzweifelt schluchzend versuchte ich, mich zu befreien, doch seine Hände hielten mich eisern fest. »Lass mich los – ich werde verrückt hier, ich will weg – weg – weg... warum kommen sie nicht... helft mir doch...«

»Schsch... Sitz ruhig. *Hljóðr* – ganz ruhig«, drang da Eriks flüsternde Stimme zu mir vor. »Dein Schreien kann nichts ändern. Nichts. Niemals kann Schreien etwas ändern, das habe ich hier gelernt... Und ich kenne die Geister, die du siehst, ich kenne sie alle, *kærra*.« Versuchsweise ließ er meine Rechte los. »Die Geister, die aus der Schwärze kommen wie eine Meute hungriger Wölfe...« Atemlos lauschte ich, denn seine Stimme wurde immer leiser, und sie zitterte so eigenartig. »Geister, die dich lachend umtanzen und dich durch die Zelle jagen, rund herum, ohne Pause, die dein Wasser verschütten und den Brotkanten wegnehmen, wegen denen du dir vor Hunger den Kopf an der Wand blutig stößt; die Geister, die dich vor Einsamkeit schreien lassen, nur um etwas zu hören, und du schreist schließlich, bis du keine Stimme mehr hast... und wenn du nicht mehr kannst, wenn du glaubst, das Ende ist nahe, schütten sie eiskaltes Wasser über dich und schleppen dich nach nebenan, wo Feuer und eiserne Gerätschaften auf dich warten, und jeden Tag hältst du es ein wenig länger aus, weil die Pein dich fliegen lehrt und du langsam vergisst, wer du bist, woher du kommst... Und du beginnst das Fliegen zu lieben, das Gefühl, keinen Körper mehr zu haben, du erwartest ihre Fesseln und Geräte wie die Jungfrau den Bräutigam in der Hochzeitsnacht, zitternd vor Angst und gleichzeitig voller Begierde auf den Schmerz, du begrüßt sie wie alte Bekannte – Peitschen, Messer, glühende Zangen und die hölzerne Bank, die dich umarmt – und du wirst süchtig danach, ihnen zuzuschauen, wie sie immer weniger Macht über dich haben... Doch jedes Mal tauchst du aus der gnadenvollen Umarmung der Ohnmacht wieder auf, deine Flügel brechen ab, du fällst auf den harten Boden, ins Tal der Schmerzen, und dann sind sie wieder da, die Geister der Dunkelheit, und jagen dich, jagen dich, jagen...« Seine Stimme brach.

Wie erstarrt saß ich da. Kein Gedanke mehr an weglaufen. Erst nach und nach begriff ich, dass es seine Erlebnisse waren, von denen er sprach, die Erlebnisse in diesem Keller, gleich nebenan in einer dieser düsteren, feuchten Gefängniszellen voller Ratten und Gestank. Die Erinnerung daran überwältigte ihn so sehr, dass er kaum merkte, zu wem er sprach. Er saß dicht hinter mir, bebend und brennend im Fieber, raufte seine Haare, um sich die Bilder aus dem Kopf zu reißen. Allmächtiger – was war meine Angst gegen seine furchtbaren Qualen... Ich berührte seine Hand, die über meiner Schulter lag, um ihn zurückzuholen aus seinen Albträumen. Da schlang er seine Arme von hinten um mich und drückte sein Gesicht in meinen verfilzten Schopf.

»*Eindœmin eru verst*. Alles lässt sich ertragen, wenn man nicht allein sein muss, glaub mir. Alles.«

Ganz still saßen wir auf der Treppe, aneinander gedrängt, die Arme ineinander verschränkt, ich spürte seinen Atem, seinen heißen Körper an meinem Rücken, fühlte sein Herz klopfen, als gehörte es zu mir... Das ewige Dunkel ließ uns zu einer Person verschmelzen. Kälte und Angst – eben noch so übermächtig – verflüchtigten sich. Verstohlen rückte ich noch ein Stück näher zu ihm, ganz vorsichtig, damit er es nicht merkte. Ich konzentrierte mich auf seine Atemzüge und schloss die Augen. *Alles lässt sich ertragen, wenn man nicht allein ist.* Gütige Jungfrau – die Welt schien in Ordnung, solange er mich nur so fest hielt...

»Alienor, liebes Kind!« Eilige Schritte hasteten näher. Das Quietschen der Kellertür hatten wir beide nicht gehört. Ich schlug die Augen auf und sah das Öllicht wieder herantanzen. Hinter einer Fackel erkannte ich Meister Naphtalis besorgtes Gesicht. Erik nahm seine Arme weg, und ich sprang auf. Der Arzt stocherte schon mit einem Schlüssel im Schlüsselloch herum. Mit beiden Händen umfasste ich die Gitterstäbe, um die Tür sofort aufdrücken zu können. Es knackte im Schloss, der Schlüssel drehte sich, und einen Moment später fiel ich dem kleinen Arzt vor Erleichterung aufheulend um den Hals.

»Alienor, Kind, ich bin so froh, dass dir nichts passiert ist!« Innig drückte er mich an sich. Hinter ihm tauchte eine weitere Gestalt geisterhaft aus dem Dunkel auf. Tassiah, der stumme Diener Naphtalis, war von Hermann aus dem Laboratorium gerufen worden. Er schleppte eine hölzerne Trage.

»O bitte, macht schnell...« Mit vereinten Kräften zogen die Diener Erik auf die Trage. Bleich schimmerte sein Gesicht im Halbdunkel. »Wir haben einen so weiten Weg hinter uns...«

»Dem Ewigen sei Dank, dass ihr am Leben seid, alles andere ist unwichtig. Rasch, lasst uns ins Labor eilen, damit uns niemand bemerkt. Dein Vater war außer sich vor Zorn, als er erfuhr, dass dieser Mann möglicherweise noch lebt. Er schwor vor Zeugen, ihn diesmal öffentlich zu rädern wie einen gemeinen Dieb...« Mit diesen Worten zog der Arzt einen weiteren Schlüssel aus seinem Kaftan und schloss die Tür zu seinem geheimnisvollen Laboratorium auf. Ich hielt die Luft an. Wie oft hatte ich schon an dieser Tür gestanden, wenn ich Medizin für Emilia holte, hatte den Duft von Ölen, Kräutern und scharfen Flüssigkeiten erschnuppert, hatte seine Diener hantieren hören, doch nie etwas sehen können.

»Hier wird uns niemand finden, nur ich besitze einen Schlüssel. Tretet ein.« Flüchtig küsste er die Mesusa am Türrahmen und hielt den Vorhang zur Seite, als sie die Bahre hineintrugen.

Der durchdringende Geruch nach Gewürzen und Medizin schlug mir entgegen. Hier schienen Meister Naphtalis Geschichten aus dem Orient ihren Ursprung zu haben. Auf einem großen Tisch war eine verwirrende Gerätemenagerie aufgebaut, in durchsichtigen Kolben leuchteten rote und blaue Flüssigkeiten. Ich wusste, dass man das Kolbenmaterial Glas nannte, es war sehr kostbar und hatte auf verschlungenen Pfaden seinen Weg in unsere Eifelburg gefunden. Ein kleines Feuer brannte und erhitzte ein kesselförmiges Gefäß, das Tassiah, der sich keinen Deut um die Belagerung zu scheren schien, beaufsichtigt hatte, daneben lagen auf einem samtenen Tuch sorgfältig ausgebreitet bunte Steine, Gold- und Bleiklumpen. Ein hohes Regal an der Wand quoll fast über vor Töpfen und tönernen Amphoren, Keramiktiegeln und Beutelchen mit Kräutern und orientalischen Heilmitteln, Pergamentröllchen. Von dem betäubenden Duft wurde mir ganz schwindelig. Benommen lehnte ich mich gegen die Felswand. Neben dem Regal stapelten sich in einer geöffneten Truhe Bücher und Folianten, ein beeindruckendes Arsenal des Wissens. In der Ecke stand ein Lesepult, auf dem ein dicker Foliant aufgeschlagen lag. Im Hintergrund erkannte ich einen Kamin. Der Rauchabzug musste irgendwie mit der Küche in Verbindung stehen... was für ein riesiges Feuer man hier anfachen konnte!

Der Arzt entzündete rasch einige Öllampen und öffnete dann an der gegenüberliegenden Wand eine Tür, die im Fels verborgen war. Sie gab den Blick auf eine Höhle frei, in der die Diener Erik auf eine Matte betteten. Verwundert über das geheimnisvolle Innenleben der Burg, die ich doch in allen Winkeln zu kennen glaubte, folgte ich ihnen. Naphtali sorgte umgehend für ausreichende Beleuchtung und erteilte einige leise Anweisungen. Hermann und Tassiah verschwanden im Laboratorium, um eifrig dort herumzukramen. Ohne sich um meine Anwesenheit zu kümmern, begann der Arzt, Erik zu entkleiden. Dann wickelte er Bruder Anselms Verband ab und betrachtete die Verletzung. Schließlich hob er den Kopf.

»Es ist ein Wunder, dass ihr es geschafft habt, hierher zu kommen. Und ich weiß nicht, ob ich viel tun kann. Die Wunde scheint sehr tief zu sein, vielleicht hat sich ein Brand entwickelt. Dieser Geruch.« Er tauchte einen Finger in den Eiter, führte eine Probe davon an die Nase. »Hhm. *Pues.* Aber nicht nur, wie mir scheint – es könnte auch das Gedärm...« Nachdenklich wiegte er den weißhaarigen Kopf. Erik sah ihn stumm an. Dann glitt sein Blick zu mir herüber und von da aus beinahe gleichgültig ins Leere. Es ist ihm egal, schoss es mir durch den Kopf, er hat mich nach Hause gebracht, seine Aufgabe erfüllt – es ist ihm egal, wie es weitergeht!

»Ich... ich habe die Wunde ausgebrannt...«, stotterte ich. »Mit einem Dolch.«

»Hmm. Leider ist die Krankheit wiedergekommen, wie es meistens geschieht... Und dieser Verband hier ist sicher von dem dicken Klosterbarbier gemacht worden. Anselmus heißt er, nicht wahr?« Kopfschüttelnd schob er die verschmutzten Lumpen beiseite. »Die Christen werden nie lernen, wie man die Heilkunde betreibt. Aber da sie sich beharrlich weigern, das Skalpell zu benutzen, werden ihnen auch weiterhin die Menschen unter den Händen sterben.« Er wandte sich an Erik. »Ich werde einen chirurgischen Eingriff vornehmen müssen, wobei ich dir nichts versprechen kann. Bist du einverstanden?« Erik nickte nur.

Ich sank neben die Bahre. So weit waren wir gelaufen, und alles sollte umsonst gewesen sein? Das wollte ich nicht glauben. So grausam konnte – durfte! – Gott nicht sein. Mit einem feuchten Tuch wischte ich über Eriks verschwitzte Stirn. Die Nacht in dem Gasthaus fiel mir wieder ein, und wie nahe er dem Tode dort gewesen war. Seine Worte über das Dunkel und die Einsamkeit des Sterbens. Ich nahm seine Hand. Vielleicht gab es auch hier einen Gott, der sich seiner erbarmte...

»Und... und ob ich schon wanderte im finsteren Tal, fürchte ich kein Unglück, denn du bist bei mir... Er wird dir helfen, Erik.«

Erik drehte den Kopf zu mir. Er entzog mir seine Hand und schloss die Augen, ohne ein Wort zu sagen. Ich kämpfte mit den Tränen. Er wollte Ihn nicht, und auch Seine Hilfe wollte er nicht. Das Schicksal annehmen, wie es kommt, davon hatte er gesprochen. Sterben, wenn es bestimmt ist. O nein, so leicht würde ich mir meine Buße nicht nehmen lassen! Und so richtete ich meine Gedanken auf die heilige Jungfrau, die Gnadenreiche, die den Gepeinigten ihre Hand reichte... »*Ave Maria, gratia plena –*« Mochte er von mir denken, was er wollte. »*Dominus tecum, benedicta tu –*« Kaum gelang es mir, mich auf die lateinischen Worte zu konzentrieren.

Hermann brachte Tücher und mehrere Schüsseln mit dampfendem Wasser. Naphtali wusch sich sorgfältig die Hände und trocknete sie ab. »*Dominus tecum, benedicta tu in mulieribus et benedictus – benedictus fructus –*« Mir war schlecht vor Aufregung. Der Maure stellte ein Tablett mit metallenen Instrumenten bereit und hockte sich neben den Arzt. »*Fructus ventris tui –*« Auf der Wunde, inzwischen dunkelgrau verfärbt, stand der Eiter, und er verbreitete einen geradezu widerlichen Geruch.

»*Pues bonum et laudabile.*« Mit zwei Fingern testete er die Konsistenz des Eiters. »Nach all den Jahren der Heilkunde bin ich mir immer weniger sicher, ob *Pues* wirklich gut ist. Ob die Säftelehre Galens hier nicht falsch interpretiert wird... Na, wir wollen jetzt schneiden. Auch wenn Vollmond ist.« Er lächelte verschmitzt. »In der Chirurgie halte ich es mit dem ehrwürdigen Abbas al-Magusi, der sich nie nach den Sternen gerichtet hat und dennoch ein hervorragender *hakim* war.«

Aus seinem Medizinkasten entnahm er einen kleinen Schwamm und tauchte ihn in heißes Wasser. »Gib mir das *bendj*.« Tassiah reichte ihm zwei Phiolen, aus denen er tropfenweise eine dunkle Flüssigkeit in den feuchten Schwamm abzählte. »Das dürfte genügen. Du wirst keine Schmerzen verspüren, mein Junge, das verspreche ich dir.«

Tassiah steckte den Schwamm in Eriks Mund. »Atme tief und ruhig, dann wirst du einschlafen«, hörte ich Naphtalis Stimme. Nach ein paar Atemzügen riss Erik die Augen auf. »Mein Herz, *læknari*«, stammelte er, »mein Herz geht so wild...« Seine Beine rutschten unruhig auf der Matte herum, er suchte auf dem Boden nach Halt, um sich aufzurichten. »*Hjálp – Hjálp lífi mínu* – wie wird mir, *læknari*, mein Herz – wo seid Ihr...« Er packte meinen Arm, zog mich zu sich herab, und ich sah in seine angstvoll geweiteten Augen.

»Es zerspringt! Hilf mir –«

»Ruhig, Junge. Gleich wirst du schlafen.« Naphtali legte ihm beruhigend die Hand auf die Stirn.

»*Er þat mitt lífsdœgr hit efsta*, alles dreht sich... alles versinkt um mich – *meistari* –« Er versuchte, nach Naphtali zu greifen, doch der Arm sank ihm herab und seine Stimme versagte.

»Was habt Ihr getan?«, flüsterte ich fassungslos. »Herr im Himmel, was habt Ihr...« Erik bewegte sich nicht mehr.

»Er schläft jetzt. Vielleicht war es ein Tropfen zu viel, dass er solche Angst bekam. Aber er schläft tief. Wir wollen nun beginnen, die Zeit drängt.«

Instrumente klirrten, Wasser plätscherte. Ich machte Hermann Platz und kauerte mich neben Eriks Kopf. Die Schlange auf seiner Hand, sonst voller Leben im Spiel der Sehnen, lag starr.

»Wird er wieder wach, Meister?«, fragte ich bange.

»Wenn ich fertig bin, werde ich ihn zu wecken wissen, Alienor. Überlasse mich nun meiner Arbeit.« Er runzelte die Stirn, sortierte aufs Neue seine Instrumente. »Herr, großer Gott. Tue Deinen Willen oben, und gib die Ruhe des Geistes denen, die Dich fürchten auf Erden.« Seine zerfurchten Hände krampften sich einen Moment im Gebet zusammen. »*Atah Gibor le-Olam'*.«

Hermann und Tassiah schoben ein schmales Kissen unter Eriks Rücken, sodass die verwundete Seite höher zu liegen kam. Von oben und unten drückte Naphtali nun die Wundränder zusammen. Der Eiter rann stoßweise über den Bauch und sammelte sich im Bauchnabel. Mit säuberlich gerollten Scharpiebäuschen, die Tassiah ihm reichte, reinigte Naphtali die Wunde von innen und von außen, worauf Hermann die besudelten Bäusche ins Feuer warf. Eine schmale silberne Sonde half dem Juden, die Tiefe der Verletzung zu bestimmen. Ich sah, wie er ein gebogenes Messer in die Wunde tauchte und innen einen kleinen Schnitt ausführte. Tassiah dehnte die Bauchdecke mit zwei Haken, und Naphtali leuchtete in die Öffnung hinein. Nickend brummte er vor sich hin, als sähe er einen Verdacht bestätigt. Eine der Wasserschüsseln wurde näher gerückt. Der Arzt tauchte seine Hände in die nach Honig riechende Flüssigkeit und griff nun mit drei Fingern tief in die Wunde hinein.

Mir wurde übel. Ich wandte mich ab, versuchte, Eriks Kopf bequemer zu betten und kämpfte tapfer gegen den Brechreiz an. In seinen Fingern hielt Naphtali ein Teil des Gedärms. Behutsam zog er es ein Stück weiter aus der Wunde, glänzendes, rosa Fleisch, rund und glatt und feucht. Ich wusste, es war Sünde, was der Arzt hier tat. Er rührte an die innersten, göttlichen Geheimnisse des Menschen, und mein Beichtvater würde ihn dafür bis in alle Ewigkeit verdammen. Dennoch hielt ich die Luft an und wagte noch einen Blick.

Das glitschige Fleisch entwand sich seinen Fingern, wollte in die schützende Bauchhöhle zurückgleiten, doch flink bohrte er einen Finger hinter das Gedärm und hielt es wie eine Schlinge. Und ich sah, was er gesucht hatte: An der Unterseite klaffte die Stelle, in die die Lanze gedrungen war.

»Das Bauchfell war durchstoßen, und hier ist der Darm verletzt. Das konnte man riechen«, erklärte er kurz.

Eine Welle der Übelkeit stieg in mir hoch, als ich ihn erneut mit dem gebogenen Messer hantieren sah, Blut floss, dann roch es durchdringend nach verbranntem Fleisch, und immer wieder wusch Tassiah mit einem nassen Bausch über das Darmstück zwischen Naphtalis Fingern.

Hermann holte derweil eine scharfe Nadel aus dem Kohlebecken und suchte nach einem geeigneten Faden. Eine Lanzette klirrte zu Boden. Naphtali sah hoch. Auf seiner Stirn standen Schweißperlen.

»Keinen Faden. Bring mir das Glas aus Kairo, rasch. Das, was mir der *hakim* von der Universität Al-Azhar geschickt hat.« Im Nu war Hermann zurück, in den Händen eine verschlossene Glasvase, in der ich zu meinem Entsetzen Bewegung sah: Es kribbelte und wuselte hin und her, durcheinander, übereinander.

»Was habt ihr vor?«, schrie ich auf.

»Sie werden mir helfen, den Darm zu nähen.« Naphtali hielt das Glas gegen das Licht. »Das sind Ameisen aus Ägypten, derer sich schon der berühmte *hakim* Abu Al-Qasim bedient hat. Sieh jetzt her, wenn du kannst, Mädchen. Du wirst es in deinem Leben kein zweites Mal zu sehen bekommen.« Tassiah übernahm das Darmstück, während Hermann das Glas öffnete. Mit einer Pinzette holte der Arzt eine der Ameisen heraus. Er fügte die gesäuberten Wundränder aneinander und presste sie mit einer weiteren Pinzette zusammen. Und dann sah ich, wie die Ameise sich in dem Fleisch verbiss, ein Skalpell blitzte auf, und Naphtali hielt den kopflosen Körper der Ameise in seinem Instrument.

»Gott gibt Euch eine ruhige Hand, Meister«, murmelte Hermann und hob das nächste Tier heraus, mit dem sie ebenso verfuhren. Mit einer Mischung aus Ekel und Staunen beobachtete ich, wie entlang der Wunde eine Reihe von Ameisenköpfen entstand, Köpfchen an Köpfchen, wie eine grausige Perlenkette…

Der Arzt kontrollierte den Sitz eines jeden Kopfes, bevor er das Darmstück erneut mit Honigwasser netzte und dann in die Öffnung zurückgleiten ließ. Hermann hatte Nadel und Faden vorbereitet, und er vernähte mit zierlichen Stichen das Bauchfell an zwei Stellen.

»Wir wollen den Wunden ein wenig Zeit zur Reinigung geben, bevor wir sie ganz zunähen«, erklärte er dann. Tassiah reichte ihm dazu eine kleine Amphore, aus der violett glänzende Kristalle auf seine Hand rollten. Er streute sie in einen Becher Honigwasser. Es zischte leise, und dann färbte sich das Wasser tiefrot.

»Teufelswerk«, flüsterte ich erschrocken.

»Wundkristall«, lächelte Naphtali und stöpselte die Amphore wieder zu. Vorsichtig goss er die Flüssigkeit in das Loch, tupfte weg, was herauslief, und spülte so die Wunde, bis der Becher leer war. In der Zwischenzeit hatte Tassiah Krüge vor sich aufgereiht. Er entnahm jedem von ihnen Blätter oder Samen und zerstieß sie in einem Mörser. Naphtali nickte. Kein Wort war zwischen ihnen gefallen, Hand in Hand arbeiteten sie, bereiteten aus Öl und Wachs eine Salbe, und es war, als könnte der stumme, dunkle Mann jeden Gedanken seines Meisters lesen, jeden Wunsch nach einem weiteren Kraut erraten und umgehend erfüllen. Wie viele Male mochten sie in dieser stillen Weise schon Leben gerettet haben? Fast andächtig sah ich zu, wie Tassiah mit Augenmaß eine Tamponade herstellte und sie mit der Salbe bestrich, worauf Naphtali sie in der Wunde versenkte. Sauberes Linnen wurde in einem Aufguss aus Pfennigkraut, Arnika und Beinwell getränkt und als Umschlag über die Öffnung gelegt.

Eriks Hand fing an zu zucken. Er bewegte seine Beine, stöhnte leise. Hermann hatte das Schwämmchen aus seinem Mund entfernt und durch einen Schwamm mit Essig ersetzt, der ihn aus der Betäubung wecken sollte. Währenddessen reinigte Naphtali die Verletzungen, die von dem Kampf in der Höhle herrührten, nähte, was genäht werden musste, versorgte sie mit Salben und Wundpasten und ließ seinen Patienten zur Ader. Der Maure malte derweil mit dunkelroter Farbe ein Pentagramm auf Eriks Bauch. Ich kannte dieses Zeichen, ich hatte es schon mehrfach auf Emilias Brust gesehen, wenn der Jude sie gegen Atemnot behandelt hatte. Der Drudenfuß sollte die Dämonen abwehren, und Maia hatte es jedes Mal hastig weggewischt und »heidnisches Zeug« gemurmelt.

»Was in meiner Macht stand, ist vollbracht.« Tassiah half seinem Meister aufzustehen. »Das Fieber wird bald steigen, packt ihn in nasse Tücher, wenn es so weit ist.« Er winkte mich zu sich. »Ich möchte, dass du bei ihm wachst und Tassiah zur Hand gehst.«

»Wird er – wird er wieder gesund werden?« Meine Knie waren weich wie Grütze. Naphtali hob die Brauen und legte mir den Arm um die Schultern. »›Selbst wenn schon ein scharfes Schwert am Hals des Menschen angesetzt ist, soll er an der Barmherzigkeit nicht zweifeln‹, heißt es im Berachot. Allein Gott hat alle Macht über das Leben. Wir können nur beten und Seine Entscheidung annehmen.« Liebevoll strich er über mein zerzaustes Haar. »Sei mein Gast, Alienor. Bei mir bist du sicher. Auf der Burg toben immer noch heftige Kämpfe. Sei mein lieber Gast und versuch, zur Ruhe zu kommen. Und heute Nacht wirst du mir erzählen, was geschehen ist.« Er drehte mein verunstaltetes Gesicht ins Licht. »Das will ich noch anschauen, bevor ich gehe. Und zeige mir, wo du noch verwundet bist.«

Es tat gut, sich seinen kundigen Händen zu überlassen, Händen, die das Wissen der ganzen Welt in sich zu tragen schienen und die Angst und Schmerz von der Seele nehmen konnten…

»Ich befürchte, dass du Narben zurückbehalten wirst«, meinte er schließlich mit Blick auf mein Gesicht. »Tassiah soll dir eine Salbe anrühren –« Halblaut sagte er etwas zu seinem Diener, der verstehend nickte. »Solche Narben gehören nicht in das Gesicht einer Grafentochter. Lilienöl und Leinöl werden helfen, deine Haut wieder glatt zu machen. Aber nun muss ich hinauf in die Burg, auch dort gibt es Arbeit für mich.« Er hängte sich seinen Medizinkasten um und griff nach der Arztkappe.

»Hermann und Tassiah sollen dir jeden Wunsch erfüllen. Nur Mut, mein Kind, ich denke, dein Diener könnte es schaffen. Weißt du, das Land, in dem er geboren wurde, liegt weit oben im Norden. Ein unwirtliches Land, mit langen und sehr kalten Wintern voller Entbehrungen und Hunger. Die Menschen, die dort leben, sind zäh.« Er strich mir eine Locke aus dem Gesicht. »Erik hat eine gute Kondition und überdies mehr Lebenswillen als wir alle zusammen. So schnell stirbt ein Nordmann nicht.«

»Was wisst Ihr –«, fragte ich ungläubig und zupfte meine Tunika gerade.

»Im dunklen Keller leuchtet die Wahrheit umso heller...« Naphtalis Gesicht verdüsterte sich. »Fasse dich in Geduld, Mädchen. Wir werden noch viel Zeit zum Erzählen haben.« Und seine Schritte verklangen.

Die beiden Diener hatten Erik unterdessen auf eine Matratze gelegt und die durchgeschwitzten Laken erneuert. Wie der Arzt prophezeit hatte, kam das Fieber wieder, zauberte eine unnatürliche Röte auf seine Wangen und ließ ihn unruhig werden.

Hermann bereitete mir aus Decken und Kissen ein weiches Lager an der Felswand und brachte mir trockene Kleider. »Ihr habt sicher Hunger, Herrin. Ich werde Euch etwas zu essen machen, dass Ihr wieder zu Kräften kommt.«

Tassiah rührte im Labor eine neue Salbe. Ich hörte ihn mit Tiegeln klappern. Hermann erzählte mir leise, dass er schon seit vielen Jahren in Naphtalis Diensten stand. Als taubstummer Sohn einer Konkubine im Fatimidenpalast zu Kairo geboren, hatte man ihn seiner geschickten Hände wegen dem Leibarzt des Kalifen als Diener zugeteilt.

»Und dann gab es da diese Frau, deretwegen er in Schwierigkeiten geriet«, raunte er mir zu, während er den Becher mit Bier voll goss. »Eine verschleierte Prinzessin, eine wunderschöne Frau, sagt der Meister. Zahiré hieß sie. Er wurde im Haremsgarten erwischt und musste vor den Schergen des Kalifen fliehen. Der Meister fand ihn auf dem Basar in Granada, wo er, zerlumpt und ausgehungert, Wundsalben und Schönheitspflästerchen feilbot. Das ist jetzt viele Jahre her. Aber –« er beugte sich vertraulich zu mir herüber, als der Maure die Höhle wieder betrat –, »aber ich glaube, die Frau hat er nie vergessen!«

Tassiah trat auf mich zu, den Tiegel in der Hand, und deutete auf meine Nase. Und seltsam berührt betrachtete ich das Gesicht des Mannes, der niemals sprach und der nun konzentriert Salbe auf die Wunde strich. Eine verschleierte Frau hielt sein Herz gefangen ...

»Zahiré«, flüsterte ich die fremd klingenden Silben vor mich hin. »Za – Zahiré – Zahiré.«

Tassiahs Gesichtsausdruck veränderte sich. Und dann legte er sanft seine Hand auf meine Wange und lächelte traurig, als hätte er den Namen verstanden.

Ich half Hermann, Erik Wadenwickel anzulegen, als das Fieber so hoch stieg, dass er sich wild in den Laken herumwarf. Das Quellwasser war kühl und schien nach einer Weile sein Blut tatsächlich zu besänftigen. Tassiah saß bei uns und zupfte Scharpie. Wie schwarzer Siegellack schimmerte sein Haar im Kerzenschein. Der kurze Bart wirkte sehr gepflegt. Sein fein geschnittenes Gesicht lag im Dunkeln, doch sah ich, wie er seine Lippen bewegte, während er sich nach einer unhörbaren Melodie wiegte.

»Er kann von Euren Lippen ablesen, Herrin«, sagte Hermann leise. »Er versteht alles, was Ihr sagt. Und dann hat der Meister noch eine Zeichensprache erfunden, mit der wir uns verständigen.«

Mit schnellen Bewegungen zupften die braunen Finger Scharpie und rollten es in akkurate, kleine Knäuel zusammen. Ob die Verwundeten oben ahnten, dass ein Ungläubiger ihr Verbandszeug hergestellt hatte? Tassiah wurde bewusst, dass er beobachtet wurde. Ich lächelte ihm schüchtern zu. Daraufhin legte er die Hand an sein Herz und neigte nur ernst den Kopf.

In der Höhle des Juden verließ mich jedes Zeitgefühl. Sie war eine andere Welt, fernab von Vater und der Burg. Tag und Nacht schienen gleich, denn es gab nur das Licht von Kerze und Öllampe, die die Höhle spärlich erhellten. Tassiah half mir mit geschickten Händen, den Verletzten zu pflegen. Hatte ich zunächst noch Furcht vor ihm empfunden, vor seiner Stummheit, der dunklen Haut und dem fremden Gott, den er anbetete, so lernte ich ihn bald schätzen, seine Ruhe und Besonnenheit und sein medizinisches Können. Er lehrte mich die Verbandspflege und nahm mir meine Scheu vor der tiefen Wunde unseres Patienten. Mit steigender Faszination betrachtete ich die violetten Steinchen, die Naphtali Wundkristall genannt hatte. Man konnte zusehen, wie sie das schlechte Fleisch reinigten. Und wenn die kleinen, spitzen Körnchen in meiner Handfläche lagen und im Lampenschein geheimnisvoll funkelten, dachte ich so manches Mal bei mir, ob der Jude nicht doch ein Zauberer war...

Am nächsten Tag entschied der Arzt, dass die Bauchwunde geschlossen werden müsse. Sie betäubten Erik wieder mit dem getränkten Schwämmchen, und ich kroch hinter ihn und hielt seine Arme fest, damit er nicht um sich schlug.

»Ich wage es nicht, länger zu warten, wenn das Fieber nicht sinkt«, erläuterte Naphtali mit einem besorgten Blick auf Eriks Gesicht. Sein Kopf lag in meinem Schoß, und als das Mittel zu wirken begann, wurden seine Arme schlaff. Wieder hatte ich Angst, er würde nie mehr die Augen aufschlagen.

Naphtali säuberte die Wunde ein letztes Mal mit dem angesetzten Kräutersud und fuhr dann mit einem in starken Wein getränkten Bausch hinein. Tassiah badete einen langen Faden in der Kräuterbrühe und fädelte ihn in eine Nadel ein. Mit wenigen Stichen wurde das Bauchfell endgültig zusammengezogen. Und dann beobachtete ich, wie die runzeligen Hände des alten Mannes mit der Nadel über den Bauch tanzten, hin und her, wie das Schiffchen eines Webers, und wie sich ein Fadenkreuz über das große schwarze Loch legte.

»Und die Ameisen...?«, entfuhr es mir. Er befestigte das Fadenende mit einer Art Knopf und schnitt die Nadel ab. Sein Diener bereitete den Verband vor.

»Die Ameisenköpfe werden verschwinden. Wenn sie ihren Zweck erfüllt haben, werden sie sich in den Körpersäften auflösen und verschwinden«, lächelte er. »Gib ihm jetzt den Essig.« Ich tränkte ein Schwämmchen mit Essig und wechselte es, wie ich es bei Hermann gesehen hatte. Nach einer Weile verzog sich Eriks Gesicht. Die Schmerzen eroberten seinen Körper zurück. Naphtali räumte seine Instrumente zusammen, während Tassiah mich von meinem Platz vertrieb, um Erik eine beruhigende Tinktur auf die Stirn zu reiben. Das Stöhnen wurde wieder schwächer.

»Auf Mandragora spricht er besser an«, murmelte Naphtali und machte Tassiah ein Zeichen weiterzumachen. »Wenn nur das Fieber sinken würde...«

Die Hitze hielt seinen Körper umschlungen wie eine Spinne ihr Opfer. Sie ließ ihn im Delir unberechenbar werden, und sie brachte sein Blut so zum Kochen, dass er wild um sich schlug. Brustwickel aus Fünffingerkraut und Lindenblüten riss er sich herunter, und auch den Verband konnte man oft nur wechseln, wenn zwei von uns ihn fest hielten. Hermann wurde beim Anlegen der Wadenwickel derart getreten, dass sein linkes Auge blau anlief.

Manchmal gelang es mir, ihm in Honigwasser gekochten Andorn gegen den Husten einzuflößen. Wenn ich den Arm unter seinen Kopf schob und den Becher an seine Lippen drückte, erschrak ich über die trüben Augen, die mich beim Schlucken ratlos ansahen. Er wusste nicht, wo er war, und noch viel weniger, wer bei ihm saß.

Die Pflege des Fieberkranken erschöpfte mich zu Tode: Eriks Zustand wechselte ständig zwischen höchster Erregung und Apathie und ließ die Sorge um ihn nicht enden. Wenn er verschwitzt war, wuschen wir ihn und beseitigten seine Ausscheidungen. Leintücher und Laken mussten gesäubert werden; Tassiah zeigte mir, wie sie in einem Kessel über dem Feuer gekocht wurden, damit alle bösen Dämpfe getilgt wurden. Stunde um Stunde wechselten wir die kalten Tücher, in die wir ihn eingeschlagen hatten, und rieben seinen Körper mit Lavendelwasser ab, doch das Fieber sank nicht. Naphtalis Gesicht wurde immer besorgter, wenn er die Verletzten im Donjon in Hermanns Obhut ließ und bei uns hereinschaute. Einmal setzte er sich eine Weile ans Lager seines Patienten und lauschte dem unverständlichen Gemurmel. Vorsichtig hockte ich mich neben ihn.

»Verliert er den Verstand?«, fragte ich und betrachtete bang Eriks hochroten Kopf, der auf der Matte hin und her rollte. Der Jude räusperte sich.

»Nein. Er kämpft mit den Geistern seines Volkes.« Im selben Augenblick öffnete Erik die Augen, erblickte mich, fuhr mit einem

Schrei hoch und griff mir an die Kehle, ohne dass ich ihm noch ausweichen konnte! Mit der anderen Hand versuchte er, nach mir zu schlagen. Sein wildes Lallen klang mir noch in den Ohren, als Tassiah sich schon längst auf ihn gestürzt und ihn mit einem gezielten Schlag gegen die Schläfe betäubt hatte.

Hustend und keuchend hatte ich mich in die äußerste Ecke der Höhle geflüchtet, wo Naphtali mich nun aufsuchte.

»Ich werde etwas anderes anrühren müssen, um ihn ruhig zu stellen«, meinte er und legte mir den Arm um die Schultern. »Das *bendj* verfehlt in dieser Dosierung seine Wirkung. Vielleicht sollte ich Mandragora zusammen mit den Kräutern ansetzen, die mir dieser Mann aus Cathay gegeben hat...«

»Warum tut er so etwas?« Mit dem Handrücken wischte ich mir die Tränen aus dem Gesicht und spähte hinüber zum Lager. Erik lag still da, Tassiah saß neben ihm und wachte. Mir kam eine schreckliche Idee.

»Meister – könnten es die Ameisen sein? Könnten sie –«

»*Fylgia*«, unterbrach Naphtali mich und setzte sich bequemer hin. »Er kämpft gegen seine *fylgia*, das muss es sein.«

»Aber die Ameisen –«

»Denk nicht an sie, Alienor. Sie dienen der Heilung, weiter nichts. Es ist seine *fylgia*, die ihm Pein bereitet.« Ganz hatte er mich nicht überzeugt. Doch das andere Wort kam mir bekannt vor.

»*Fylgia*. Was bedeutet das?«

»Als junger Mann verbrachte ich einige Zeit in den Nordlanden. Ich war am Hofe Annund Jakobs, eines Königs, der damals Eriks Volk beherrschte. Dort lernte ich viel über die Menschen des Nordens und über ihren Glauben.« Er zögerte. »Ich sollte darüber nicht zu dir sprechen, dein Beichtvater wäre entsetzt, wenn er –«

»Aber Erik hat mir auch schon manches erzählt«, unterbrach ich ihn. »Ich habe ihn ja selbst danach gefragt. Alles, was er mir erzählte, war so – so fremd...« Ich schauderte. Thor. Und der Hammer. Und der Einäugige, der am Baum hing und Raben in die Welt entsandte. »Nie könnte ich Pater Arnoldus etwas davon sagen!« Er würde sich weigern, mir als Beichtvater zur Seite zu stehen, würde mich vielleicht sogar verfluchen, wenn ich ihm erzählte, was der Arzt in Eriks Bauch getan hatte. Ein verstehendes Lächeln glitt über Naphtalis runzeliges Gesicht.

»Das ist vielleicht auch besser so. Er ist ein sehr frommer Mann, es würde ihn nur erschrecken. Nun, als ich im Norden war, lernte ich, dass der Mensch des Nordens einen Schutzgeist hat, der allezeit bei ihm ist, wie ein Seelenwesen, das sich vom Leib des Menschen losgelöst hat und ihn durch Gut und Böse führt.«

»Ja, davon hat er einmal gesprochen. Einen Folgegeist nannte er es. Ich verstand nicht, was er meinte. Ist es wie ein Schutzengel?«

»Nein, kein Schutzengel. Man kann es nicht vergleichen. Die *fylgia* ist sozusagen das Glück des einzelnen Menschen. Mit dem Tod kann dieses Glück auf einen anderen Menschen übergehen. Und wenn ein Mensch seinen Tod nahen fühlt – so habe ich mir damals sagen lassen –, muss es wohl so sein, dass er seine *fylgia* sieht. Sie erscheint ihm leibhaftig, manchem in Tiergestalt – sie erzählten von Rehen oder Böcken –, und vielen Menschen erscheint sie in Gestalt einer Frau. Wenn du die *fylgia* siehst, weißt du, dein Tod ist nahe.« Naphtali versank in Gedanken. Erik hatte im Gasthaus einen Geist gesehen, und nun schon wieder. Mir lief es kalt den Rücken hinab. Eine Kuh, der Einäugige, *Böcke!* Den Heiden erschien der Teufel, bevor sie starben!

»Ein Mann erzählte mir die Geschichte von Hallfred, dem Dichter«, sprach Naphtali schließlich weiter. »Hallfred starb auf einer Schiffreise nach Island, hoch im Norden, wo die Welt zu Ende ist. Und als sein Tod sich näherte, da sahen sie eine Frau hinter dem Schiff herschreiten, eine große Frau, bekleidet mit einem Harnisch, und sie ging auf dem Wasser, als wäre es fester Boden. Hallfred erkannte sie als seine *fylgia*, und er sprach: ›Ich sage mich los von dir, geh und suche dir einen Nachfolger!‹ Da wandte sie sich an Hallfreds Sohn und fragte: ›Willst du mich willkommen heißen?‹, und der erwiderte: ›Bei mir bist du willkommen.‹ Da verschwand die Frau. Und Hallfred gab seinem Sohn sein Schwert und starb. Verstehst du, mit seinem Schwert vererbte Hallfred auch sein Glück. Und erst dann konnte er in Frieden sterben.« Unverwandt starrte er auf Eriks Lager.

»Erik muss dich für seine *fylgia* gehalten haben. Und weil er nicht sterben will, hat er sich zur Wehr gesetzt, hat versucht, die *fylgia* zu vertreiben. Viele versuchen das, so sagten sie mir damals, doch kaum einem Menschen gelingt es je. Vielleicht ... vielleicht, weil dieser hier ein Liebling seiner Götter ist.« Naphtali sah mir in die Augen. »Habe ich dir jetzt Angst gemacht, Mädchen? Sicher muss ich für meine unbedachten Worte hundert Jahre im Fegefeuer des ehrwürdigen Paters schmoren. Aber ich dachte, es könnte dich interessieren. So, und nun werde ich nach diesen Kräutern aus Cathay suchen. Wollen doch mal sehen, ob wir dem jungen Mann nicht etwas Ruhe verschaffen können ...« Murmelnd entfernte er sich und überließ mich meinen Gedanken.

Seine Worte gingen mir nicht mehr aus dem Sinn. Die Geister des Nordens schwirrten in meinem Kopf herum wie aufgeregte Vögel, Thor und Odin, die schwarzen Götter, stierten mich böse an und lachten dann hämisch über meine Ängste. Du hasenherziges Christenmädchen, du fürchtest dich vor dem Erhängten! *In meinem Land gibt es Feste, von denen ein Christenmädchen besser nichts weiß ...*

Erst am Nachmittag wagte ich mich wieder an das Bett des Barbarenprinzen. Naphtalis geheimnisvolle Tinkturen hatten endlich ihre Wirkung getan, er schlief friedlich wie ein Kind. *»Kaum einem Menschen gelingt es, seinen Todesgeist zu vertreiben.«* War es ihm gelungen? Konnte man etwa seinen eigenen Tod verjagen? Gegen ihn ankämpfen, bis er sich tatsächlich von dannen trollte? Welch sündhafter Gedanke! Gott allein bestimmte die Stunde ... Doch dann wollte es mir fast so scheinen – nach allem, was ich mit diesem Mann erlebt hatte –, dass es kaum etwas gab, was er nicht schaffen könnte. Und mochte es nun an den Kräutern liegen oder daran, dass er die finsteren Götter wirklich von der Notwendigkeit seines Weiterlebens überzeugt hatte – das Fieber jedenfalls sank. Tassiah nickte bestätigend, als er mir half, das Laken zu wechseln.

Nun, da die Krisis überwunden schien, ließ Erik alles mit sich geschehen. Und so still, wie er dort lag, ähnelte er in nichts mehr dem Mann, den ich kannte, jenem scharfzüngigen Zweifler, der es voller Vertrauen in die eigene Kraft schaffte, Geister zu vertreiben. Die Kräutergeister, die bösen Schatten seiner Vergangenheit, die Grete heraufbeschworen hatte, und nun die Todesbotin, für die er mich im Fieberwahn gehalten hatte – es war ihm gelungen, sie zu bannen. Oder etwa nicht? Furchtsam glitt mein Blick von seinem Gesicht hinüber in die weite Höhle. War es der kalte Stein, die Dunkelheit, war es die Einsamkeit, die mir vorgaukelten, dass die heidnischen Wesen sich immer noch in der Nähe befanden? Dass sie irgendwo hinter einem Felsvorsprung lauerten und nur darauf warteten, ihr Opfer doch noch in die Klauen zu bekommen…

Am liebsten hätte ich die Höhle mit tausend Kerzen in einen Festsaal verwandelt und alle Geister wie eine Schar Hühner verscheucht. Ob sie sich von einer Christin verscheuchen ließen? Oder bekäme ich eines Tages ihre Rache zu spüren, weil ich mich in das Schicksal eines der ihren eingemischt hatte? Die Stunden versickerten im Staub der Höhle, während ich allein an dem Lager saß und über diesen Menschen nachsann, der durch eine schicksalshafte Begebenheit an mich gekettet worden war und den ich besser kennen gelernt hatte, als ihm wahrscheinlich lieb war. Der Tod hatte ihn verschont, die Geister der Unterwelt waren gebannt. Vielleicht war es aber auch Gott selbst gewesen, der ihm die Hand zum Leben gereicht hatte, barmherzig und großmütig…

Plötzlich war es nicht mehr so wichtig, was er glaubte, wen oder was er anbetete. Die warnenden Stimmen meiner Beichtväter verstummten. Vorsichtig goss ich Öl in die Lampe. Und mit dem Anwachsen der Flamme verlor die Dunkelheit ihren Schrecken. Ein friedliches Gefühl breitete sich in mir aus, als ich das bleiche Gesicht vor mir betrachtete. Heide oder Christ – wo war hier der Unterschied? Ich hatte gelernt, dass der, den wir mit Schaudern »Barbar« nannten, ein verlässlicherer Helfer in der Not war, als so mancher Christ es sein mochte. Immer wieder kam mir Fulkos verzerrtes Gesicht in den Sinn, jener schreckliche Moment während des Wolkenbruchs, wo er Erik das Asyl – das Allermindeste, was man einem Not leidenden Menschen zu gewähren hat – abgeschlagen, ihn im Stall wie ein Tier krepieren lassen wollte. Und er hatte nicht einmal mit der Wimper gezuckt... War das nicht ebenso barbarisch wie das, was ich über die nordischen Opferfeste erfahren hatte? Wie Nebelschwaden, die der wärmenden Sonne entgegenstrebten, lösten sich die Geschichten auf. Was immer Erik und mich getrennt hatte, es war verschwunden – und aus dem Furcht erregenden Fremden war ein Freund geworden. Von ganzem Herzen dankte ich Gott, dass er ihn am Leben gelassen hatte. Vielleicht würde der Allmächtige mir gestatten, die schwere Schuld abzutragen.

An diesem Abend, als es Erik besser ging, bedeutete Tassiah mir, ihm zu folgen. Wir verließen die Höhle durch einen schmalen Gang und traten nach einigen Schritten ins Freie, wo sich zu meinem größten Erstaunen ein Garten an den Hang schmiegte. Ein Gemüsegarten, ein paar Rosenstöcke und ein kleiner, vom Bach gespeister Teich in der Mitte, mehr umfasste die Anlage nicht, und doch wirkte sie auf mich wie ein Ausläufer des Paradieses. Irgendwo in der Dunkelheit blökten Schafe. Ein Huhn rannte gackernd an uns vorbei. Naphtali und seine Diener hatten hier im Verborgenen ihren eigenen Haushalt.

In einem halb offenen Zelt aus Tierhäuten brannte ein Kohlebecken und verbreitete angenehme Wärme. Tassiah bot mir einen Platz auf den Kissen an und verschwand in einer strohgedeckten Hütte.

»Wir dachten uns, Ihr würdet Euch über ein gepflegtes Abendessen freuen, Herrin.« Hermann tauchte aus dem Schatten auf. »Tassiah wohnt hier draußen, und es ist ihm eine Ehre, Euch zu bewirten.« Er grinste. »Das solltet Ihr Eurem Pater freilich nicht erzählen.«

»Und du? Hast du keine Angst um dein Seelenheil?«, fragte ich leise.

»Was ist schlimmer, Herrin – Hunger oder Angst?« Ernst goss er mir Wein in den Becher. »Gott, der Allmächtige, der Ewige,

Allah – wenn ich zu essen bekomme, ist es mir egal, welchem Gott ich dafür danke.«

In der Nacht, als die Kämpfe auf der Burg abgeflaut waren, saßen wir im Schein einer Öllampe zusammen und tauchten unser Brot in die Suppe, die Tassiah uns gekocht hatte. Sie war scharf und heiß und half, die Kälte in mir zu vertreiben. Auf Naphtalis behutsame Fragen hin erzählte ich, was uns in den letzten Tagen zugestoßen war. Es tat gut, darüber zu reden, und als ich mich danach auf meinem Lager ausstreckte, kam es mir vor, als lägen Jahre zwischen den unglaublichen Erlebnissen und der Gegenwart.

Die beiden Diener hatten Erik auf der Trage ins Zelt gebracht, doch auch von diesem Umzug erwachte er nicht. Sein Geist schwankte zwischen Ohnmacht und einem Dämmerzustand, aus dem aufzutauchen er nicht die Kraft zu besitzen schien. Naphtali hatte das *bendj* durch eine belebende Tinktur ersetzt, die ihn gleichzeitig zum Trinken animieren sollte. Wie ein trotziges Kind wehrte er sich gegen den Becher, wandte den Kopf ab und presste die Lippen zusammen. Kleine Triumphe waren mir nur vergönnt, wenn es mir gelang, ihn zu überlisten. Und manchmal, wenn er dann durstig trank, schimmerten seine Augen beinahe so, als würden sie mich erkennen, bevor sie ihm wieder zufielen. Doch die Dämonen der Krankheit hielten ihn weiterhin unbarmherzig umklammert. Der alte Jude versuchte, mir Mut zu machen.

»Er wird aufwachen, Kind. Wir müssen Geduld haben und ihn viel trinken lassen. Zu lange hat er seinen Körper gequält – dieser rächt sich nun mit tiefer Erschöpfung.« Er reichte mir eine von Tassiahs kandierten Feigen, die ich schätzen gelernt hatte. »Dein Vater verlangte heute Nacht von mir, dass ich für ihn einen Blick auf die Sterne werfe, um sein Kriegsglück einzuschätzen. Und nicht nur Mars stand aufsteigend im ersten Haus – auch Venus war klar und hell dort zu sehen.« Vorsichtig strich er über die Stirn des Schlafenden. »Glaub mir, der Allmächtige hält Seine Hand über diesen Mann. Er oder die Götter, von denen sein Talisman erzählt...«

Naphtali nahm die Silberplatte, die auf der verschwitzten Brust klebte, in die Hand.

»Kennt Ihr die Bedeutung?«, fragte ich neugierig. Das Amulett war mir immer wieder aufgefallen, wenn es hervorblitzte, aber ich hatte nach seiner düsteren Bemerkung am Lagerfeuer keinen Mut mehr gehabt zu fragen. Eine böse Prophezeiung, die sein Leben überschattete – Grete hatte es auch gewusst. Grete! Ihr Schrei klang mir immer noch im Ohr, bevor sie uns davonjagte, aus Angst, das Unheil könnte auch auf sie kommen...

Naphtalis Daumen glitt über die eingeritzten Zeichen.

»Runen wirst du finden...«, murmelte er abwesend.

»Was meint Ihr?«

Er hob den Kopf. Seine Augen waren hell und wirkten uralt. »Im Norden lernte ich ein Lied, in dem es heißt:

›Runen wirst du finden und ratbare Stäbe,

Sehr starke Stäbe,

Sehr mächtige Stäbe,

Die Fimbulthul färbte.

Und die großen Götter schufen

Und der hehrste der Herrscher ritzte.‹«

Wieder glitt sein Daumen über die Zeichen. »Das Lied handelt vom obersten ihrer Götter, der sich am Baum opferte und dem dafür die Runenzeichen mit ihrer Magie geschenkt wurden...«

»Den kenne ich«, unterbrach ich ihn verwundert. Erstaunt hob er die Brauen. »Erik erzählte mir von ihm. ›Ich hing am windigen Baum neun lange Nächte, vom Speer verwundet‹...«

»... dem Odin geweiht, mir selber ich selbst«, ergänzte der Jude leise. »*Das* hat er dir erzählt?«

»Wisst Ihr, was die Zeichen bedeuten?«, fragte ich wieder.

Naphtali schüttelte den Kopf. »Nein. Eine Prophezeiung? Ich weiß, dass die weisen Frauen des Nordens das zweite Gesicht haben:

›Viel weiß die Weise, sieht weit voraus,

der Welt Untergang, der Asen Fall.‹

So heißt es in dem Lied der Seherin. Aber wie auch immer, das Amulett muss sehr wichtig für ihn sein. Er hat es im Kerker schon eifersüchtig bewacht, und als dein Vater es ihm wegnahm, wurde er sehr zornig. Das brachte den Grafen auf die Idee, ihn mit der Kette zu reizen. Als er dennoch nicht erfuhr, was er wissen wollte, brachte er ihn in die Folterkammer...« Er seufzte. »Wenn sie nur richtig zugehört hätten, wäre ihnen doch aufgefallen, dass er die Sprache der Gräfin benutzte. *Je vos maudis*, schrie er ein ums andere Mal, *je vos maudis*...«

»Woher wisst Ihr das alles?«, fragte ich erstaunt.

»Hier im Keller zu arbeiten und die Schreie der Gefolterten anhören zu müssen, lässt mir jedes Mal das Herz bluten. Ich stand vor der Tür, flehte den Höchsten um Gnade an, doch was konnte ich tun?« Traurig sah er mich an. »Grausame Dämonen wohnen in der Seele deines Vaters, und wehe dem, der seinen Willen kreuzt und sie entfesselt. Ich glaube fast, dass nur ein Schlachtfeld seinen Blutdurst sättigen kann. Der Abt von St. Leonhard war bei ihm, jedes Mal. Und wenn ich auch seine Gebete vernahm, so wollte es mir doch manchmal scheinen, als ob... als ob auch er seine Hand gegen den Gefangenen erhob.« Naphtalis Augen flackerten. »Der Allmächtige sei mir gnädig, aber so schien es mir.« Ich zupfte nervös an meinem Hemd.

»Wisst Ihr, dasselbe hat Erik auch behauptet. Er hat Narben auf dem Rücken...«

»Kreuze«, sagte der Jude herausfordernd.

»Glaubt Ihr wirklich, Vater Fulko würde so etwas tun?« *Frag nicht, Alienor.* In meinem Herzen kannte ich die Antwort bereits.

»An manchen Tagen...« Er hob den Kopf und sah mich entmutigt an. »An manchen Tagen verhüllt der ewig Allwissende sein Haupt, damit Er die Schlechtigkeit des Menschen nicht mit ansehen muss.« Sachte legte er seine Hand auf Eriks Stirn. »Als sie ihn zu mir brachten, damit ich ihn zusammenflicke, ließ ich mir dieses Amulett vom Kämmerer geben. Ich erzählte ihm, dass ich es für einen Heilzauber bräuchte. Da wagte er gar nicht erst, den Grafen zu fragen.« Ein listiges Lächeln glitt über seine Züge.

»Und – und habt Ihr denn gezaubert?«, flüsterte ich.

Belustigt sah er mich an. »All mein Zauber steckt in diesem Medizinkasten. Und manches auch in den Folianten. Meine Heilkunst ist die Kunst des großen Ibn Sina, und das hat nichts mit Zauberei zu tun. Aber die Leute glauben ja das, was sie glauben wollen, nicht wahr? Nun, als Erik das Amulett sah, riss er es mir aus den Händen. Ich denke, dass es besprochen oder gesegnet wurde, vielleicht von einer der weisen Frauen.«

»Es hat ihm das Leben gerettet, die Lanze ist daran abgerutscht«, meinte ich, mich über die Platte beugend. In jedem Fall war es eine hervorragende Silberschmiedearbeit. »Woher wisst Ihr eigentlich so viel über ihn?«

»Na, er verbrachte doch ziemlich viel Zeit bei mir, nachdem ich seine Wunden versorgt hatte. Wir fütterten ihn mit Weizenbrei und gekochten Früchten, er konnte ja kaum noch gehen vor Schwäche. Und anfangs duldete er niemanden in seiner Nähe. Nachts quälten ihn wilde Träume, und oft saß ich neben ihm, um aufzupassen, dass er sich nicht selbst verletzte. Seine Träume verrieten mir seine vornehme Herkunft. Und auch, dass du ihn im Kerker besucht hast.« Ich wurde rot. »Weil mir die *lingua danica* geläufig ist, gelang es mir schließlich, sein Vertrauen zu gewinnen. Wir brachten ihm unsere Sprache bei und staunten, wie schnell er lernte. Seine Zunge ist gewandt wie die eines Gauklers, er beherrscht das Französische und sogar ein wenig Angelsächsisch.« Naphtali betrachtete seinen Patienten mit einer Art väterlichem Stolz. »Dann kam der Befehl deines Vaters, den Gefangenen zu mir zu bringen. Er sei zu rasieren und auf immer seines Bartwuchses zu berauben. Dafür gibt es eine Tinktur von den Inseln des *mare nostrum*… Wie schwer fiel mir diese Tat! Die Männer des Nordens sind so stolz auf ihre stattlichen Bärte, manche flechten sogar Perlen und bunte Bänder hinein. So, wie er nun aussieht, wird man ihn daheim kaum als Sohn eines Königs dulden… Der Ewige sei uns gnädig, wir mussten ihn fesseln für die Prozedur, er hätte uns vor Wut sonst alle zusammengeschlagen. Bei der Gelegenheit entdeckte ich übrigens diese schwarzen Zeichen auf seinem Kopf. Du weißt, welche ich meine?« Ich nickte atemlos.

»Die Leute auf der Burg sagen, er sei verhext. Sie nennen sie Teufelsmale…« Ich dachte daran, wie die Mägde sich anfangs versteckt und die Kinder ihn mit Mist beworfen hatten, wenn er sich aus den Ställen ans Licht wagte. Und wie Pater Arnoldus mich wieder und wieder vor dem Heiden gewarnt hatte, wie er mich angefleht hatte, ihn Vater zurückzugeben, und wie er jedes Mal, wenn der Pferdebursche die Pferde sattelte, in die Kapelle gelaufen war, um für meine Seele zu beten...

Verhext? Natürlich nicht. Vielleicht ist es auch eine Weissagung. Ich kann die Zeichen zwar lesen, doch ergeben sie keinen Sinn. Die Runen sind voller Magie; nur wenige haben die Macht, damit umzugehen...« Er fuhr sich mit der Hand über die Augen und verharrte einen Moment. Dann sahen seine wasserhellen Augen mich ernst an. »Jedenfalls haben seine Götter mit ihm etwas Besonderes vor, wenn die weisen Frauen seine Haut als Runenspiegel nehmen. Nach allem, was ich damals im Norden gelernt habe, bin ich davon überzeugt. Und dein Vater hat sich schwer versündigt...«

Drei Tage und drei Nächte fochten wir einen ebenso erbitterten Kampf gegen Fieber und Krankheit, wie die Ritter oben gegen die Angreifer aus Heimbach. Hermann hielt mich über das Schlachtgetümmel auf dem Laufenden. Im irrigen Vertrauen auf seine Rammböcke musste Clemens eine Niederlage nach der anderen hinnehmen, und die neuen Belagerungsmaschinen erwiesen ihm keinen großen Dienst, war doch sein Plan, die Burg im Sturm zu nehmen, schon im Ansatz gescheitert. Unseren Bogenschützen war es bereits gelungen, zwei der ungelenken Türme mit Pechpfeilen in Brand zu setzen.

»Das hättet Ihr sehen müssen, Herrin!« Hermann reckte sich und hob die Arme. »Wie Ungeheuer stehen die Türme da draußen, endlos in den Himmel ragend, und unsere Leute dachten schon, diesmal schafft Clemens es, diesmal müssen wir unser Tor öffnen. Aber nein! Gabriel schlich sich mit zwei seiner Männer auf das Dach des Donjon, und dort krochen sie bis an den äußeren Rand, durch einen Pfeilhagel, wie Ihr ihn Euch kaum vorstellen könnt, tausende und abertausende Heimbacher Pfeile gingen auf die Burg nieder, denn natürlich hatten Clemens' Leute bemerkt, dass jemand auf dem Dach war – überall steckten Pfeile, im Dach, in den Türen, und Leute wurden verletzt, fragt nur Meister Naphtali, wie viele wir heute verbunden haben!«

»Na, übertreib mal nicht, Junge«, brummte der Jude und füllte die Säckchen in seinem Medizinkasten auf.

»Aber es waren mehr als gestern, Meister! Und zwei Tote haben wir auch gefunden, neben dem Brunnen. Einer hatte den Pfeil mitten im Bauch stecken –«

»Wie ging es mit Gabriel weiter?«, unterbrach ich ihn und verkniff mir, nach den Namen der Toten zu fragen. Jetzt war nicht die Zeit, Tote zu beweinen.

»Gabriel saß also dort oben auf dem Donjon. Sie hatten Pech in einem Ledersäckchen mitgebracht, und während einer von ihnen das Pech um die Pfeilspitzen schmierte, versuchte der andere, mit dem Feuerstein Funken zu schlagen, um das Pech in Brand zu setzen. Ich konnte alles genau sehen, Herrin, ich saß ja im Eingang der Halle! Was für eine Kunst, so hoch oben im Wind ein Feuer zu machen! Er schlug auf den Stein, schlug und schlug, und immer kam ein Windstoß und löschte das Feuer… Aber Herr Gabriel, was wären wir ohne Herrn Gabriel! Er setzte sich hin, mutig wie sonst keiner, öffnete seinen Rock, und im Schutz seiner breiten Brust gelang es, das Pech zum Brennen zu bringen! Und Gott hielt seine Hand über Euren tapferen Bogenschützen, denn keiner der Pfeile traf ihn!«

»So ein Leichtsinn… ich sah mich schon einen weiteren Pfeil herausschneiden.« Naphtali runzelte die Stirn. »G'tt muss den Jungen wirklich lieben.«

»Er ist ja auch ein kühner Kämpfer. Hört weiter –« Hastig schluckte Hermann das Bier hinunter, das ich ihm eingegossen hatte, und mir wollte scheinen, dass mein Kinderfreund mit jedem Schluck ein bisschen mehr zum Helden wurde…

»Einer hielt also den Schild von rechts, um Gabriel zu schützen. Einer lag links neben ihm und reichte ihm die brennenden Pfeile, die er anlegte, sorgfältig zielte – und dann flogen sie durch die Luft, so hoch –«, seine Arme beschrieben einen weiten Bogen, dem er mit weit aufgerissenen Augen folgte, »– und wie von Geisterhand gelenkt, unbeirrbar auf ihr Ziel zu, mitten in einen der

Belagerungstürme, und ein Zweiter, ein Stück weit oberhalb, und ein Dritter ins Dach, und ein Vierter –«

»Und keinen von ihnen hast du gesehen, mein Sohn«, warf der Jude amüsiert ein.

»Aber alle haben es erzählt! Und der Turm fing Feuer, Flammen stiegen in den Himmel, und Kämpfer fielen herab wie reife Pflaumen, schreiend, manche brennend, und dann kippte der Turm, kippte, langsam, wie ein gefällter Baum – wooooohm –«, die Arme sanken in den Sand –, »und gegen den zweiten Turm! Der wackelte, schwankte wie ein betrunkener Riese, die Leute schrien vor Angst, Feuer sprang über, Gabriel schoss Pfeil auf Pfeil, entzündete auch hier das Dach, ein kräftiger Windstoß, und der Turm senkte sich über die Hütten der Vorburg den Hang hinab, es krachte, und mit ohrenbetäubendem Lärm polterten die Einzelteile in alle Richtungen, Männer, Pferde, alles lief durcheinander, und auf der Burg ein Johlen, angestimmt von Eurem Herrn Vater, der gleich darauf kübelweise Pech und Mist über die Palisade kippen ließ – das hättet Ihr sehen sollen!« Sein rundes Gesicht war hochrot vor Aufregung, die Augen glänzten, und der Bierkrug war leer. Tassiah grinste vor sich hin.

»Sind denn alle Hütten der Vorburg zerstört?«, fragte ich besorgt. »Wenn der brennende Turm darüber gestürzt ist…«

»Die, die es gesehen haben, sagen, es gäbe viel zu reparieren. Einige Hütten seien völlig zerstört.« Naphtali klappte seinen Kasten zu. »Aber ist nicht alles leichter zu ersetzen als ein Menschenleben?«

»Wie viele?« Die Stimme wollte mir versagen. Er strich über meinen Arm.

»Dein Vater hat für gute Deckung sorgen können. Bislang zählte ich erst vier Tote. In der Halle liegen die Verletzten, die Frauen kümmern sich um sie, es dürften wohl um die fünfzehn sein. So G'tt will, werden die Kämpfe nicht mehr lange andauern.«

»Clemens sollte gleich wieder abrücken«, meinte Hermann respektlos. »Er begreift ja doch nicht, dass er diese Burg nicht einnehmen kann. So viele Leute hat er bei seinen Kämpfen schon verloren…«

Sehr viele Leute, fürwahr. Von der Palisade aus hatten wir oft zugesehen, wie nach dem Kampf Priester durch den Sumpf von Unrat, Pech und Leichenteilen gestiegen waren und die Toten gesegnet hatten, bevor sie auf Karretten verladen und in ihre Heimat abtransportiert wurden. Ein trauriger Zug, gefolgt von müden Kämpfern in zerrissenen Kleidern, oft ohne Waffen, und einen langen, hungrigen Weg vor sich, weil der geschlagene Clemens es seinen Männern selbst überließ, für ihr leibliches Wohl zu sorgen. Und dann waren da unsere Bauern, die in zerstörte Häuser und zertrampelte Gärten zurückkehren mussten. Plündernd und raubend verwüsteten enttäuschte Ritter ein Dorf nach dem anderen, um sich, nach entgangener Kriegsbeute, an den Schwächsten schadlos zu halten. Und so manches Mal ging mir durch den Kopf, wie ungerecht es doch war, dass die Bauern und die Armen so unter den Kriegen der Mächtigen zu leiden hatten…

Zum ersten Mal in meinem Leben verbrachte ich die Passionstage nicht, wie es sich für einen frommen Christenmenschen gehörte, in der Kirche. Stattdessen verlebte ich das wohl merkwürdigste Osterfest meines Lebens.

Am Abend nach Karfreitag lud Meister Naphtali uns alle drei in das Zelt ein. Zusammen mit Tassiah hatte er einige Zeit an der Kochstelle verbracht, bevor sie Tabletts mit Essen hereinbrachten.

»Es ist der Pessachabend«, flüsterte Hermann mir zu. »Der Krieg Eures Vaters hat ihn daran gehindert, nach Köln zu reiten.«

Naphtali legte drei flache Brote in die Mitte und setzte sich zu uns. Sein Gesicht trug einen schwermütigen Ausdruck. Schweigend goss er Wein in unsere Becher und stellte einen weiteren vollen Becher an den Rand der Decke.

»Was ich heute tue, würden meine Brüder in Köln als schwere Verfehlung bezeichnen«, begann er, und seine Stimme zitterte leicht. »Doch ich werde den *seder* mit Euch feiern, denn kein Mensch soll am heutigen Abend allein sein. Ich lade Euch ein, das ungesäuerte Brot mit mir zu teilen. Vielleicht ist es das letzte Mal, dass ich es esse.«

Er schloss die Augen und murmelte Worte in der alten Sprache seines Volkes, ein leiser Singsang, bei dem es mir kalt über den Rücken lief...

»Gepriesen seist du, Ewiger, König der Welt, der uns am Leben erhält«, beendete er sein Gebet in unserer Sprache, »der uns am Leben und bei Wohlsinn erhalten und uns diese festliche Zeit hat erreichen lassen.« Danach wusch er sich die Hände mit Wasser aus einer Karaffe. Er tunkte ein Sträußchen Kräuter in eine Schale Wasser und aß es, während er weiter vor sich hin murmelte. Dann teilte er eines der Brotstücke in zwei ungleiche Teile und wickelte das größere davon in ein weißes Tuch.

»Am Sederabend erinnern sich die Juden daran, wie das Volk Israel der Sklaverei in Ägypten entkam. Lasst mich Euch davon erzählen, wie es Sitte ist.« Er legt die Hände in den Schoß und senkte den Kopf.

»Und *Elohim* sprach zu Abraham: ›Du sollst wissen, dass deine Nachkommen Fremdlinge sein werden in einem Land, das nicht das ihre ist. Und dort wird man sie zu dienen zwingen und plagen vierhundert Jahre.‹ Und er schloss einen Bund mit Abraham, dem Vater aller Menschen, und versprach ihm das Land Kanaan zu ewigem Besitz. Und Abraham zeugte Isaak, und Isaaks Söhne hießen Esau und Jakob. Und Jakobs Söhne kamen nach Ägypten und wurden dort ein großes Volk. So groß, dass die Ägypter sich vor ihm fürchteten und es zu unterdrücken begannen. Sie knechteten das Volk Israel und zwangen es zu Frondiensten Tag und Nacht. Auch Moses, den des Pharaos Tochter aus dem Wasser rettete, wurde in der Knechtschaft geboren. *Elohim*, der Herr, war mit Moses und ersah ihn dazu aus, das Volk aus der Sklaverei zu führen.« Tassiah reichte seinem Herrn den Becher. Er schien tatsächlich jedes Wort von den Lippen seines Herrn ablesen zu können.

»Doch der Pharao wollte sie nicht ziehen lassen. Da ließ der Ewige, unser Herr, zehn Plagen über das Land der Ägypter kommen – Blut statt Wasser floss in den Brunnen der Ägypter, Frösche, Stechmücken und Fliegen verheerten das Land, Pest und Blattern befielen Vieh und Mensch, Hagel und Heuschrecken vernichteten die Ernte, und drei schreckliche Tage herrschte Finsternis im ganzen Land. Als letzte Plage aber, so kündigte der Herr an, wolle er alle männlichen Erstgeborenen, ob Mensch oder Tier, töten.« Erik bewegte sich unruhig auf seinem Lager. Ich zog die Decke wieder gerade und fragte mich, ob er Naphtalis leise Stimme wohl hören konnte.

»In jener Nacht, an die wir uns heute erinnern, sollten die Israeliten ein Lamm schlachten und mit seinem Blute die Türpfosten bestreichen, auf dass das Schwert des Herrn an ihrem Hause vorüberziehe. Gegürtet und den Stab in der Hand, sollten sie ungesäuertes Brot vor dem Pessachmahle verzehren. So wies der Herr sein Volk an, und so geschieht es noch heute. Und als *Elohim,* der Richtende, die Ägypter schlug und all die Erstgeborenen tötete, des Pharaos Sohn wie den Sohn der geringsten Magd, da erlaubte der Pharao den Israeliten endlich, das Land zu verlassen, um nach Kanaan zu ziehen, wo Milch und Honig flossen – das Land der Verheißung.« Naphtali hob den Kopf und sah uns an.

»Und das soll uns wie ein Zeichen auf unserer Haut sein und wie ein Merkzeichen zwischen unseren Augen, denn der Herr hat uns mit mächtiger Hand aus Ägypten geführt.« Er brach das Brot durch, verteilte es und gab uns auch von den Kräutern. Die Worte, mit denen er alles segnete, verstand ich nicht, und das Brot, das ich aß, schmeckte fremd. Doch wagte ich kaum, mich zu bewegen, aus Angst, den Zauber, den seine Stimme über uns geworfen hatte, zu vertreiben.

Als Tassiah irgendwann tief in der Nacht alle Schalen und Näpfe des üppigen Mahles fortgeräumt hatte und Naphtali das beiseite gelegte Brotstück mit uns teilte, wirkte der alte Mann seltsam gelöst.

»Dies war das erste Mal in meinem Leben, dass ich den *seder* nicht mit meinen Brüdern feiern konnte«, sagte er und lächelte. »Und ich danke Euch, dass Ihr bei mir wart. Der Ewige wird mir vergeben, dass ich die Gesetze nicht so befolgt habe, wie es die Thora vorschreibt.« Er goss die Becher ein drittes Mal mit Wein voll und sprach den Segen. Diesmal versuchte ich, Erik etwas mit Wasser vermischten Wein einzuflößen. Als er den Becher an seinem Mund spürte, schlug er die Augen auf. Sie waren klar und fieberfrei. Und ich war mir sicher, dass er mich erkannte.

Er nahm mir den Becher aus der Hand und trank mit vorsichtigen Schlucken.

»Erik«, flüsterte ich atemlos, »du bist wach...« Sein Blick hing an meiner Tunika, während er trank, doch zeigte er keine Reaktion auf meine Worte. Ich sah zu den anderen hin. Sie waren mit ihrem Brot und dem Wein beschäftigt. Als ich mich Erik wieder zuwandte, lag der leere Becher neben ihm auf dem Boden. Seine Augen waren geschlossen.

»Schütte Deinen Grimm über die Völker aus, die Dich nicht anerkennen!« Naphtali stand mit ausgebreiteten Armen in der Zeltöffnung. Keiner von ihnen hatte gesehen, was ich gesehen hatte. Ich rieb mir die Augen. Oder hatte ich vielleicht nur geträumt? Erik schien tief zu schlafen.

»Wach doch endlich auf«, murmelte ich niedergeschlagen.

»Schütte Deinen Grimm aus über die Reiche, die Deinen Namen nicht anrufen, denn sie haben Jakob verzehrt und seine Wohnung verwüstet! Schütte Deinen Grimm auf sie, Dein brennender Zorn treffe sie! Verfolge sie mit Eifern und vertilge sie unter dem Himmel des Ewigen!«

Der Grimm in seiner Stimme erschreckte mich. *Brennender Zorn treffe sie*. Welche Dämonen mochten seine Seele bedrängen? Er ließ die Arme sinken und schaute aufmerksam in die sternklare Nacht.

»*Leschana Haba be' Jeruscholajim!*« Wie ein Versprechen hallten die Worte im Zelt nach, als der alte Jude schon längst in seine Gemächer gegangen war.

In dieser Nacht vor Ostern, in der sich tiefer Friede in die Herzen gesenkt hatte, in der sogar Tassiah zum Schlafen in seiner Hütte verschwunden war, lag ich hellwach vor dem Reliquienkasten auf den Knien und suchte Gott mit meinen Gedanken. Das Kohlebecken, von Tassiah sonst stets in Gang gehalten, war ausgegangen, und ich fror erbärmlich.

Was hatte ich Ihm zu sagen? Was wog die Nichteinhaltung der Kartage, der Fastengebote und der Gebete gegen die Tatsache, einem Heiden geholfen zu haben? Verzweiflung wollte mich überwältigen, Verzweiflung und tiefe Ratlosigkeit. Der Kasten vor mir glänzte kalt. Ich legte die Hand auf den Deckel, nahm die andere zur Hilfe, wie um die heilige Ursula zu beschwören. Die Kälte des Deckels drang bis in meine Knochen. Kein Wort war in mir, und Gott schwieg. Tränen quollen mir aus den Augen, tropften auf das Edelmetall, rannen von dort in den Staub der Höhle.

Gott schwieg.

Ich erwachte vom Klappern meiner eigenen Zähne. Mein Gesicht war geschwollen und heiß vom Salz der Tränen, der Arm, auf dem ich im Staub gelegen hatte, steif. Stille umgab mich. Naphtali und Tassiah schliefen, und Hermann sah in der Burg nach den Verletzten. Vorsichtig versuchte ich, mich hinzusetzen, und wischte mir mit der schmutzigen Hand übers Gesicht. Die Öllampe war fast ausgebrannt und erhellte das Krankenlager nur spärlich.

Groß und dunkel waren Eriks Augen auf mich gerichtet.

»Habt Ihr mit Eurem Gott gekämpft?« Seine Stimme war heiser. Der Spott, den ich heraushörte, verletzte mich. Ich rieb mir das Gesicht und goss Öl aus der Kanne in die Lampe. Als das Licht aufblühte, wandte er sich mit zugekniffenen Augen ab. Ich rutschte näher, wusste nicht, was ich sagen sollte. In meinem Hals wuchs ein Kloß heran. Wie lange mochte er mich beobachtet haben – wie lange war er schon bei Bewusstsein, ohne dass wir es bemerkt hatten?

»Was treibt Ihr hier überhaupt?« Wieder sah er mich an, und im selben Moment spürte ich, wie er sich, aus einem Grund, der mir verborgen blieb, zurückzog. Sein Blick wurde kalt.

»Warum seid Ihr nicht bei Eurem Vater in der Burg?« Es war verrückt, aber gerade jetzt musste ich an die Nacht im Gasthaus denken, was für ein Gefühl es war, ihn erwachen zu sehen. Und hier –

»Es ist Krieg, Erik«, sagte ich leise. »Wir werden belagert, weißt du das nicht mehr?« Er brummte unverständlich vor sich hin. Seine Hand fuhr nervös über die Decke, die verrutscht war.

»Kannst – kannst du dich erinnern…«

»Ich bin kein altersschwacher Greis, Gräfin!«, unterbrach er mich ärgerlich und versuchte, sich aufzusetzen. Gleich darauf stöhnte er jedoch und legte sich seufzend wieder hin.

»Hast du Schmerzen?«

»Beim Thor, ich wünschte, Euer Vater hätte nur die Hälfte davon...« Jetzt zog er die Decke ein Stück herunter, um seinen Bauch zu betrachten. Der Verband war feucht und verfärbt.

»Der Meister sagt, dass es gut heilen wird, wenn es regelmäßig verbunden wird. Lass mich machen, es dauert nicht lange«, meinte ich und griff nach der Decke, um den Verband ganz freizulegen. Er krallte die Finger in den Stoff und hielt ihn fest.

»*Konur skulu mér ekki! Vei mér* – verschwindet, der Jude soll das machen! Der versteht sein Handwerk!« Seine blauen Augen funkelten mich an. Und ich verstand. Er hasste mich wegen seiner Hilflosigkeit, wegen der Tage und Nächte, in denen er auf meine Hilfe angewiesen gewesen war, in denen es kein Geheimnis zwischen Pflegerin und Patient mehr gab, weil der Körper Scham und Verstellung nicht kennt. Das Wissen um diese Hilflosigkeit hatte ihn zur alten Gegnerschaft zurückfinden lassen, er suchte den Streit, verletzte mich absichtlich. Was immer wir erlebt hatten, es war nun vorbei – wir standen wieder in feindlichen Lagern. Die Wirklichkeit hielt Einzug in die Abgeschiedenheit meiner Märchenwelt.

Langsam stand ich auf und verließ die Höhle.

Draußen war der Tag bereits angebrochen. Die Sonne spitzte zwischen den Bäumen hervor und ließ den Teich schillern. Tassiah lag vor seiner Hütte auf den Knien und betete. Ich wollte ihn nicht stören und hockte mich daher in den Zelteingang, um die Ruhe des Gartens in mich aufzunehmen.

Und irgendwann kamen sie, die Worte des Gebets, nach denen ich mich so verzehrt hatte, sie erfüllten meinen Kopf und ließen mein Herz erzittern. Ich dankte Gott dafür, dass Er ihn hatte überleben lassen, ihn, den ich in einem unbedachten Augenblick Freund genannt hatte, dass Er mich gerettet hatte, und ich bat Ihn um Nachsicht für meine Verfehlungen.

»Kapitulation! Sie haben kapituliert! Clemens bläst zum Rückzug, hurra!«

Hermann kam aus der Höhle gerannt und vollführte auf der Wiese einen Freudentanz.

»Herrin, kommt, feiert mit uns – der Heimbacher hat kapituliert!« Tassiah beendete sichtlich verärgert sein Gebet, rollte seinen Teppich zusammen, bevor er Hermann in die Höhle folgte.

Naphtali schenkte gerade Wein in silberne Becher, als ich mich durch den schmalen Gang zwängte.

»Trink, Mädchen, stoß mit mir darauf an, dass der Ewige meine Gebete erhört und den Krieg beendet hat!« Warm strahlten seine alten Augen, und seine Hände zitterten vor Aufregung. »Ein Emissär mit weißer Fahne kam zur Burg geritten und meldete, dass Clemens gestern Abend von einem Pfeil schwer verletzt wurde.«

»Sie erzählen, dass er die ganze Nacht mit dem Teufel gerungen hat«, fügte Hermann hinzu und genehmigte sich noch einen Schluck. »Und heute Morgen war seine Angst vor Gottes Strafe und Verdammnis so groß, dass er zum Abmarsch blasen ließ. Möge der Pfeil in seiner schwarzen Brust verrotten –«

»Still jetzt, Junge«, unterbrach der Arzt seinen Gehilfen und nahm ihm den Becher aus der Hand. »Was von den Belagerungstürmen übrig ist, haben sie zerhackt und verbrannt, und auch die Zelte werden abgebrochen und auf Wagen verladen. Schon heute Morgen können die Leute in die Vorburg zurück! Der Herr ist mit uns – er hat den Krieg beendet und meinen Gast erweckt!« Der saß mit dem Rücken gegen die Felswand und prostete Naphtali mit einem Becher stumm zu.

Der Wein brannte in meiner Kehle; vielleicht waren es auch ungeweinte Tränen.

»Stärke dich, Alienor.« Naphtali reichte mir einen Kanten helles Brot. »Iss. Du wirst deine Kräfte brauchen. Ich habe deinem Vater gesagt, dass du auf der Burg bist. Er erwartet dich.«

Eindringlich sah er mich an. »Du musst nun tapfer sein.«

Ich trank den bitteren Wein aus und starrte vor mich hin. Vater.

»Ich riet ihm, dir ein wenig Zeit zu lassen, bevor er dich befragt.«

»Was – was soll ich ihm sagen ...?«

»Dein Sklave ist tot.«

»Tot?« Erschrocken glitt mein Blick von ihm zu Erik, der wachsam unser Gespräch verfolgte. Sein Blick war finster.

»Dein Sklave ist seinen schweren Verletzungen erlegen.«

Mir stockte der Atem. Eine kalte Hand griff nach meinem Herzen. »Aber er lebt doch...«

»Für diese Welt lebt er nicht mehr. Er ist tot, und ich habe ihn verbrannt, wie es bei den Heiden des Nordens Sitte ist. Genau das wirst du deinem Vater sagen, hörst du? Alienor, sei vernünftig. Die Wahrheit kann uns alle an den Galgen bringen, und du weißt das.« Zärtlich strich er über meine ungewaschenen Haare. »Du kannst dich glücklich schätzen, wenn der Graf deine tagelange Abwesenheit nicht allzu hart bestraft. Nach allem, was du mir erzählt hast, gibt es Gründe genug, dir ungebührliches Verhalten vorzuwerfen.« Er nahm mir den leeren Becher ab, bevor ich ihn fallen lassen konnte. »Die Regeln der Menschen sind leider oft anders als die Gebote der Menschlichkeit. Und ehe man sich's versieht, bezahlt man für die guten Taten, während Schlechtigkeit ungesühnt bleibt. Der Allmächtige weiß, dass du recht gehandelt hast, und zumindest Er wird es dir lohnen.«

Verstohlen rieb ich mir die Arme. »Was... was wird Vater mit mir machen? Was glaubt Ihr?«

»Ich denke nicht, dass er dich hart straft. Du bist schließlich das einzige Kind, das er noch verheiraten kann.« Dasselbe hatte Erik im Wald gesagt. »Trotzdem wirst du auf der Hut sein müssen. Versuch zu vergessen, was vorgefallen ist. Alles, hörst du? Lass Erik aus dem Spiel. Er ist tot, gestorben am Wundbrand nach dem Kampf in Heimbach. Deinen Reitknecht gibt es nicht mehr.«

Ich sah an dem kleinen Arzt vorbei auf den Sohn des nordischen Königs. Nein, meinen Reitknecht gab es schon lange nicht mehr...

»Liebes, lass dich von ihnen nicht ins Bockshorn jagen. Sie werden es nicht wagen, dir etwas zu Leide zu tun. Und vergiss meinen Gast – allein dadurch kannst du ihn schützen«, sprach Naphtali eindringlich. »Wenn er wieder zu Kräften gekommen ist, werde ich dafür sorgen, dass er die Burg heimlich verlassen kann.« Erik hatte sich mit dem Gesicht zur Wand wieder hingelegt. *Frei wie ein Vogel. Niemand wird mich aufhalten.*

Seine Worte, mehr als einmal ausgesprochen, kamen mir wieder in den Sinn. Laut wie eine Sackpfeife dröhnten sie in meinem Kopf. Nie hätte ich sie vergessen dürfen, nie… Noch einmal sah ich hinüber zu Erik. Er rührte sich nicht, doch allein sein Rücken sprach von unendlichem Triumph.

Der Krieg war vorüber. Wortlos drehte ich mich um und verließ die Höhle.

Das Jubeln der Kämpfer war schon von weitem zu hören, als ich müde und zerzaust den Burghof betrat. Aufgeregt liefen alle durcheinander, Ritter warfen ihre Helme in die Luft, Mägde sangen und tanzten zwischen den Männern umher. Tonkrüge mit Selbstgebranntem machten die Runde. Ein großes Feuer war im Burghof entzündet worden, schon wurden die ersten Fässer mit Bier herangerollt. Die Dörfler, die mit Sack und Pack Schutz in der Burg gesucht hatten, sortierten ihre Habe und machten sich erleichtert auf den Weg nach Hause, um zu sehen, was übrig geblieben war. Die Wachen zogen gerade die Flügel des großen Burgtores auf. Der Hohlweg, der die Burg mit der Vorburg verband, war übersät mit brennenden und verkohlten Strohbündeln und Pferdemist. Das große Aufräumen würde Tage in Anspruch nehmen, und für viele der kleinen Leute würde es noch länger dauern, bis sie wieder ein Zuhause hatten.

Da trat mein Vater aus der großen Halle, das Gesicht von Rauch geschwärzt. Seine Augen blitzten mutwillig. Er reckte sich selbstbewusst und ließ sich als Sieger feiern. Richard, in ähnlichem Aufzug, stand neben ihm und schwang sein Schwert. Eine unbändige Lust an Leben und Kampf ging von den beiden aus. Für mich war der Kampf noch nicht zu Ende. Ich musste mich nun wappnen. Ich warf den Kopf in den Nacken, ging auf die beiden zu. Vater erblickte mich, erkannte mich und wollte zuerst nicht glauben, was er da sah. Dann wurde sein Blick stahlhart. Richard flüsterte ihm etwas zu, doch er stieß ihn zur Seite.

»Geh dich waschen, du siehst ja aus wie eine Bettlerin. Und

dann warte gefälligst im Frauenturm, bis ich dich rufen lasse!«, herrschte er mich an. Es war nicht nötig, etwas zu erwidern. Ich gehorchte diesmal einfach.

Meine Kammerfrau Maia nahm mich an der Tür in Empfang und führte mich ins Badehaus. Sie stellte keine Fragen, sie bereitete mir einfach das Bad, wie schon so viele Male, zog mich aus und half mir in den Bottich. Das heiße Wasser verströmte wohltuenden Duft nach Rosmarin und Verbenen, hüllte mich ein und schenkte mir nach langer Zeit wieder etwas Entspannung. Frisch gewaschen, gesalbt und massiert lag ich bald darauf im Himmelbett, und die Welt um mich herum versank.

11. KAPITEL

*Wie ich wohl gesehen habe, die da Mühe pflügten
und Unheil säeten, ernteten sie auch ein.*
(Hiob 4,8)

Die Bewohner von Burg Sassenberg feierten das Fest der Auferstehung ungewöhnlich ausgelassen, so stolz machte sie der errungene Sieg. Tag und Nacht ertönte Musik aus dem Burghof, Bier und Met flossen in Strömen, von den beiden Ochsen, die man in aller Eile geschlachtet hatte, waren bald nur noch Skelette am Spieß übrig. Die Leute tanzten und lachten, bis sie vor Erschöpfung umfielen und unter irgendeiner Bank ihren Rausch ausschliefen. In der Festhalle wurden feiner Burgunderwein, Met und Speisen an die Edelleute verteilt, obwohl die Speisekammern fast leer waren und Frau Gertrudis die Hände rang vor Sorge darüber, wie sie die hungrige Burg durchs Frühjahr bringen sollte. In Siegerlaune konnte mein Vater jedoch durchaus großzügig sein und sparte auch nicht mit Geschenken an seine Gefolgsleute. Es war jedoch mehr als fraglich, ob er diese Großzügigkeit auch auf seine älteste Tochter ausdehnen würde...

Doch all das zog an mir vorüber, denn fast zwei Tage lag ich im Bett und schlief. Maia umsorgte mich liebevoll, fütterte mich mit Milchbrei und Birnenmus, wenn ich erwachte, vor allem aber unterließ sie es, mich mit Fragen zu quälen.

Um die Mittagszeit des dritten Tages ließ Vater mich endlich rufen. Maia hatte mich vor den großen Bronzespiegel gesetzt und kämpfte mit meinen verfilzten Haaren. »Herr Jesus, wie Ihr nur ausseht! Jemand hat in Eurem Haar herumgeschnitten! Und gebrannt habt Ihr auch, hier, und hier... das muss ich alles abschneiden!« Mit dem Messer versuchte sie zu retten, was zu retten war, und als sie fertig war, erkannte ich mich im Spiegel kaum wieder. Von der alten Haarfülle waren nur noch kinnlange Löckchen geblieben, und so, wie sie mein Gesicht umrahmten, sah ich aus wie Vaters Schildknappe.

»Es wird wieder wachsen, Mädchen«, versuchte Maia mich zu beruhigen. »Einstweilen werdet Ihr all Eure hübschen Schleier und Tücher tragen, und niemandem wird etwas auffallen.« Schleier. Tücher. Ich fand mich noch hässlicher als vorher und drehte den Kopf weg. Ihre flinken Finger kneteten Mandelöl in mein Haar, bevor sie ein Netz aus Silberfäden darum schlang, und es mit einer silbernen Spange auf dem Scheitel befestigte.

»Schaut, so seht Ihr aus wie eine Dame. Nun noch das Tuch, und Eure grüne Tunika, und Ihr werdet sehen, dass Euer Vater Eurem Liebreiz nicht wird widerstehen können.« Befriedigt besah sie sich ihr Werk. Ich strich das feine Leinen glatt und drehte mich für sie vor dem Spiegel. Es sah wirklich hübsch aus, was sie gezaubert hatte. Leider wusste ich, dass Vater für den Liebreiz seiner Ältesten nicht empfänglich war. Bei dem, was mich erwartete, waren andere Waffen gefragt. Unwillkürlich tastete ich nach dem Dolch, den ich sonst immer in der Tasche trug. Doch der lag im Keller am Krankenlager. Weit weg.

Die Herren nahmen gerade die erste Mahlzeit des Tages ein, Suppe, Brot und Mehlspeisen, und lauschten den Liedern eines buckeligen Barden. Vater trug seine besten Kleider, und auch Onkel Richard prangte in blauem Samt an der Tafel. Um sie herum waren die Gefolgsleute versammelt, die im Kampf ihre Tapferkeit bewiesen hatten, und schlürften lautstark aus ihren Schüsseln.

Als man mich meldete, brachte Vater den Barden mit einer Handbewegung zum Schweigen. Geduckt schlich der Mann hinaus, sein magerer Hund humpelte hinterher. In der Halle kehrte Stille ein. Eine Weile ließ mein Vater seinen Blick neugierig über meine Gestalt wandern. Meine Kleidung war sauber, die Schuhe geputzt, und unter dem Tuch lugten wie immer einige Löckchen vorwitzig heraus. Von der Schramme hatte Maia sorgfältig die

Blutkruste abgewaschen und sie danach unter einem Hauch Schminke versteckt. Alles sah ordentlich aus. Doch war ich mir sicher, dass den Adleraugen des Freigrafen nicht die geringste Kleinigkeit entging...

Vater räusperte sich vernehmlich.

»Hast du mir nichts zu sagen?« Er faltete die Hände über seinem Bauch und lehnte sich zurück. Der hohe Lehnstuhl knackte. Seine Stimme klang freundlich – zu freundlich für den Anlass. Die Herren setzten sich zurecht und starrten uns voll unverhohlener Neugier an. Dinge wie die, die man nun erwartete, geschahen ja viel zu selten. Er will es vor Zuschauern haben. Bringen wir es hinter uns, dachte ich.

»Ich bitte um Verzeihung, dass ich so lange ohne Nachricht ausgeblieben bin.« Einen Moment war es ruhig. Vater lächelte.

»Sie bittet um Verzeihung – ist meine Tochter nicht rührend?« Und dann tobte er ohne Vorwarnung los.

»Weib, wo nimmst du die Dreistigkeit her, allein und ohne mein Einverständnis die Burg zu verlassen?« Seine mächtige Stimme hallte unheimlich in den Mauern wider.

»Ich...« Verflixt! Kein einziges Wort fiel mir ein.

»Na, was? Ich warte. Und ich warte auf einen äußerst triftigen Grund, also denke gut nach.« Vater verschränkte die Arme vor der Brust und reckte herausfordernd sein bärtiges Kinn.

»Ich... ich hatte Nachricht, dass mein Diener noch lebte. Ich wollte ihn holen.«

»Du hattest was?« Er beugte sich vor und kniff die Augen zusammen.

»Er war verletzt worden und –«

»Von wem hattest du Nachricht? Von wem?!« Heilige Mutter Gottes, ich würde Gabriel noch mit hineinziehen!

»Ein Freund in der – in der Wache –«

»Ein Freund in der Wache?« Jemand prustete los, erstickte das Geräusch jedoch schleunigst wieder, als Vater aufsprang, polternd den Stuhl umstieß und sich bedrohlich aufrichtete.

»Ein Freund in der Wache? Ein *Freund?* Ich höre wohl schlecht. Du hast in der Wache keine Freunde zu haben! Du hast überhaupt keine Freunde zu haben, du bist ein Frauenzimmer und hast dich verdammt noch mal hinter deinem Webrahmen aufzuhalten –«

Wut stieg in mir hoch. »Immerhin habe ich Euch die Nachricht von dem Angriff gebracht«, versuchte ich aufzutrumpfen.

»Das interessiert hier nicht! Deine krankhafte Neugier ist von Interesse, und dass du eine elende Herumtreiberin bist! Ich muss mich schämen für dich bis ans Ende meiner Tage! Ein züchtiges Fräulein verlässt die Burg nicht, vor einem Kampf schon gar nicht! Außerdem gab es hier weiß Gott genug zu tun!«

Leider hatte er ja Recht. Ich hatte das Gefühl, unter seinen verletzenden Anschuldigungen zu schrumpfen. Schnaubend legte er die Hände auf den Rücken und kam von der Empore herunter. Die Sporen seiner Lederstiefel klirrten bedrohlich, als er zweimal um mich herumwanderte. Dicht vor mir blieb er stehen.

»Warum sagtest du, verließest du die Burg?« Ich roch seinen säuerlichen Atem. Er hatte dem Met zugesprochen, äußerste Vorsicht war geboten...

»Mein Diener lag schwer verletzt auf feindlichem Gebiet, ich wollte ihn holen«, erklärte ich mit fester Stimme.

»Aha.« Er drehte noch eine Runde. »Kommen wir der Sache etwas näher. Der Diener.« Und dann brüllte er los, dass mir Hören und Sehen verging. »Dachte ich's mir doch, dass dieser vermaledeite Hurenbock dahinter steckt! Bei allen Heiligen, mit meinen Händen werde ich ihm die Eingeweide herausreißen, bevor ich ihn aufs Rad flechten lasse! Auf der Stelle sagst du mir, wo er ist!« Mit den Fäusten packte er mich am Ausschnitt und schüttelte mich wie eine Katze hin und her. »Ich werde es ihm heimzahlen, dass er meine Tochter entführt hat, dieser Elende, er wird an seinen dreimal verfluchten Eiern baumeln und um sein Leben strampeln – *sag mir jetzt, wo er ist!*« Voller Ekel fühlte ich, wie seine Spucke mein Gesicht benetzte. »Sag mir, verfluchtes –«

»Herr, mäßigt Euch!« Die Stimme meines Beichtvaters klang schrill vor Empörung.

Vater ließ mich abrupt los und wandte sich der Empore zu. »Nun, meine Herren, das ist allerdings eine ernste Sache, die wir hier zu verhandeln haben. Meine eigene Tochter hat Umgang mit niedrigstem Pack, so genannte Freunde in der Wache und einen heidnischen Sklaven, mit dem sie sich im Wald herumtreibt und den sie mit ihrer Zunge schützt – ich kann kaum glauben, dass dies alles an meinem Hof geschehen sein soll...«

Die Augen einiger Herren glitzerten. Niemand wagte einzuwerfen, dass der Graf selbst mir den heidnischen Sklaven für Ausritte zur Verfügung gestellt, ja geradezu aufgedrängt hatte. Ein Skandal bahnte sich an, oh, und was für ein deftiger! Die Grafentochter und der Heide – köstlich! Fast alle kannten den Furcht einflößenden Hünen, der beharrlich den Segen des Priesters verweigerte und einen der Pferdeknechte so zusammengeschlagen hatte, dass er immer noch hinkte, jener unheimliche Mensch, den der Graf auf der Folterbank fast zu Tode gequält hatte und der trotzdem geschwiegen hatte – sollte er sich aus Rache nun tatsächlich die Tochter des Grafen gegriffen haben... Gott stehe ihrer Seele bei! Der Kämmerer murmelte bereits ein Ave Maria, und aus Herrn Gerhards Augen traf mich ein erschrockener Blick. Ich schluckte die Tränen herunter und reckte das Kinn.

»Du kannst es mir ruhig sagen, ich finde es ja sowieso heraus. Ich finde alles heraus.« Böse sah mein Vater mich an. »Wo wart ihr, was habt ihr gemacht? Meine Tochter entführt man nicht einfach so – er wird dafür mit seinem Leben bezahlen!« Langsam schwante mir, aus welcher Ecke das Ungemach drohte: Vater dachte an meine weibliche Unversehrtheit – natürlich, das wertvollste Gut einer Frau in den Augen ihres Vormunds und Beschützers. Was immer er mit mir vorhatte – durch diese unüberlegte Geschichte gefährdete ich seine Pläne und vielleicht die Zukunft der ganzen Burg. Ich biss mir auf die Lippen.

»Na, suchst du nach Worten? Keine Ausflüchte, ich will die Wahrheit hören!«

Die Wahrheit. Erik hatte sich mir nicht unsittlich genähert, obwohl sich ihm im Wald genug Gelegenheiten geboten hatten. Vielleicht war ihm diese Art von Rache zu billig gewesen – die Tochter seines Widersachers zu nehmen und damit den Vater bis ins Mark zu treffen. Ich dachte an unser notgedrungen enges Zusammenleben in jenen Tagen und fühlte, wie ich rot anlief.

»Er hat mir nichts getan.« Ein Kichern kam von der Empore. Für das neugierige Publikum musste mein roter Kopf ja Bände sprechen. Herausfordernde Blicke glitten über meine Tunika, als könnte man die vermutete Unzucht wie Teufelsmale durch den Stoff leuchten sehen.

»Er hat mir nichts getan«, äffte Vater mich nach. »Ich will es von ihm selber hören, er soll es mir ins Gesicht sagen und genauso rot anlaufen wie du! Zum Teufel, wo ist er? Du weißt es doch, und ich kann riechen, dass du seinen Namen weißt! Sag es mir!« Seine Augen, nah vor meinem Gesicht, glommen gierig auf. »Sag mir seinen Namen...« Vaters allwissende Nase jagte mir Angst ein.

»Er hat mir nichts getan, er hat nur seine Pflicht erfüllt«, beharrte ich indes.

»Seine *Pflicht?* Was für eine Pflicht?«

»Er schwor, mich zu beschützen, Vater, und das hat er getan. Er hat mich nach Hause gebracht.«

»Beschützen nennt man das jetzt!« Höhnisch lachte er mir ins Gesicht. »Beschützen! Und nach Hause gebracht – ich denke, er war schwer verwundet?«

»War er auch –«

»So, wo ist er dann? Mach den Mund auf! Sag es mir. Ich werde es ja doch irgendwie erfahren! Ich erfahre alles. Alles! Ihr versteckt ihn vor mir, am Ende unter euren Weiberröcken? Hat der Jude euch geholfen? Er hat auch diese Silberkette damals unter einem Vorwand holen lassen – du siehst, ich erfahre wirklich alles!« Aus den Augenwinkeln sah ich, wie der Kämmerer seine hochroten Wangen hinter dem Bierpokal verbarg, als ginge die Kette ihn als Allerletzten etwas an. »Du tust besser daran, mir zu geben, was ich haben will, Mädchen.« Ich hielt seinem Blick stand und schwieg. Da drehte er sich zu seinen Männern um.

»Meine Tochter schützt einen Sklaven mit ihrer Zunge – vielleicht sollte man sie ihr herausschneiden, um sie *mores* zu lehren.« Die Dämonen der Grausamkeit, gegen die schon meine Mutter nichts hatte ausrichten können, schienen Vater zu überwältigen. Seine Rechte griff nach dem Messer.

»Nun? Rede, wenn dir dein Leben lieb ist!«

»Er hat mir nicht das Geringste getan«, – ich holte tief Luft –, »und außerdem – er ist tot.«

Schweigen. Vater ließ meinen Ärmel los, den er fast zerfetzt hätte.

»Tot? Was meinst du mit tot? Nun rede schon, wieso ist er tot? Zeig mir seinen Leichnam, dann will ich es glauben!«

»Er ist seinen schweren Verletzungen am Ostersonntag erlegen«, erklärte ich, wie der Arzt mich angewiesen hatte. »Wundbrand. Der Jude sagt, es war der Wundbrand. Es – es hat furchtbar gestunken.« Mich schauderte am ganzen Körper bei dieser Lüge – ganz sicher brachte es furchtbares Unglück, jemanden für tot zu erklären… und dann fiel mir die Prophezeiung der Grete ein! Gott kannte wirklich kein Erbarmen mit ihm… Tod und Unheil, diesmal aus meinem Munde – heilige Jungfrau Maria, nimm diese Sünde von mir!

»Schafft mir diesen Juden her!«, bellte Vater. Heimlich atmete ich auf. Dem Juden würde er Glauben schenken, seine Aussage würde mich endgültig entlasten und das Interesse vom unerlaubten Ausflug und dem Freund in der Burgwache ablenken. So dachte ich wenigstens. Als Naphtali in seinem makellos weißen Kaftan den Saal betrat, ging ein leises Raunen durch die Leute. Er sah Ehrfurcht gebietend aus mit seinem Gelehrtenhut und dem langen weißen Bart. Ich merkte, wie Vater den Tonfall änderte, seine Wut und seinen Ärger meisterhaft zurückhielt und den Juden fast freundlich nach den Vorkommnissen befragte.

Naphtali dankte für das Interesse und beschrieb dann ausführlich, wie der Barbar an seinen stinkenden Wunden, schreiend und tobend vor Qual, fast wie ein Tier gestorben war. Die Leiche sei wegen des Gestankes, aber auch, weil es bei den Barbaren so Sitte sei, unverzüglich in seinem großen Laborkamin verbrannt worden, die Asche habe er noch in derselben Nacht in alle Winde verstreut. Ekel zeichnete sich auf den Gesichtern seiner Zuhörer ab. Jedermann kannte den Wundbrand mit seinen üblen Gerüchen und fürchtete ihn, weil er nicht zwischen reich oder arm, tapfer oder feige unterschied. Vater hörte schweigend bis zum Schluss zu. Dann wanderte er wieder um uns herum. Waren wir erlöst? Was, wenn er uns nicht glaubte?

Direkt vor dem Arzt blieb er stehen; fast berührte seine Nase die des alten Mannes. »Schwöre mir, dass du die Wahrheit gesagt hast. Schwöre beim Gott deines Volkes, Jude.«

Naphtali wich seinem Blick nicht aus. Ich sah, wie er sich reckte. »Wenn Ihr denn meinen Schwur annehmen wollt, Herr? Mein Gewissen ist rein wie das eines Kindes, soviel kann ich Euch versichern.« Er hob die Hand, sah dem Grafen in die Augen. »*Atah Gibor le-Olam* ' – gepriesen seist Du in Ewigkeit, o Herr. Ich schwöre bei meinem Blut und beim Ewigen, der alles weiß und alles sieht, der die Ungerechten straft und die Gerechten zu sich holt, dass ich die Wahrheit gesprochen habe. Euren heidnischen Sklaven, den Reitknecht des Fräuleins, gibt es nicht mehr.« Von der Empore kamen erstaunte Rufe. Der Jude hatte geschworen! Unter normalen Umständen würde ein Jude es niemals wagen zu schwören – kein vernünftiger Christenmensch schenkte einem Juden Glauben. Doch dieser hier war etwas anderes. So mancher im Saal zollte ihm zumindest Respekt. Meister Naphtali hatte sich als Alchemist und Heilkundiger einen Namen gemacht und war in der ganzen Kölner Gegend bekannt. Vater seinerseits bildete sich viel darauf ein, dass er diesen berühmten Mann – Jude oder nicht – auf seiner Burg beherbergte. Mir dagegen wurde schwindlig. Lieber Gott – Meister Naphtali hatte einen Meineid geschworen, wusste er überhaupt, was er da getan hatte? Auf Meineid stand die Todesstrafe! Er musste sich unserer Sache sehr sicher sein...

Vater war beeindruckt und dachte nach. Ich konnte förmlich sehen, wie es hinter seiner Stirn arbeitete. Naphtalis Gegenwart gab mir Kraft. Wenn er meinem Vater so entgegentreten konnte, war ich auch dazu fähig.

»Du kannst gehen.« Mit einer Handbewegung war der Jude entlassen.

Vater zog mich in den Schatten einer Säule und wanderte dort ein weiteres Mal um mich herum. Die Herren reckten ihre Hälse, unmutig, dass man ihnen dieses vorenthielt. Da wurde Gemurmel laut, die Tür klappte erneut und ein Schwert klirrte auf den Haufen, wo man in Friedenszeiten die Waffen ablegte. Aus den Augenwinkeln sah ich einen roten Mantel. Vater nickte dem Neuankömmling zu, der, wie ich erfahren hatte, nicht an den Kämpfen teilgenommen hatte, weil ihn dringende Geschäfte an den Hof des Erzbischofs gerufen hatten.

»Nimm das Tuch herunter. Von deinem Kopf, nun mach schon.«
Langsam zog ich es von den Haaren.

»Was hast du mit deinen Haaren gemacht? Führen wir wieder eine neue Mode ein?« Er fasste in die Locken unter dem Silbernetz, als untersuchte er die Mähne eines seiner Pferde.

»Sie sind verbrannt. Ich musste sie abschneiden.«

»So, verbrannt. Und diese hübsche Verzierung in deinem Gesicht? Wo hast du die her?« Er beugte sich näher zu mir und raunte wütend. »Du siehst aus wie ein Räuberweib! Wie kannst du es wagen, dich so zurichten zu lassen! Deine arme Mutter würde sich im Grabe umdrehen, wenn sie dich so sehen könnte!« Davon war ich allerdings auch überzeugt.

»Meister Naphtali mischte mir eine Salbe –«

»Dann bete zur Heiligen Jungfrau, dass sie unverzüglich wirkt.« Etwas hastig legte er mir das Tuch wieder über den Kopf. »Du kannst von Glück sagen, wenn dein zukünftiger Bräutigam dich so, wie du aussiehst, noch haben will, ohne dass ich den Preis erhöhen muss.« Ich traute meinen Ohren nicht. Welcher Bräutigam? Bevor ich irgendeinen Einwand machen konnte, zog Vater mich wieder vor die Empore und erhob seine Stimme.

»Meine Herren, mir scheint, eine weitere Klärung der Vorgänge wird nicht möglich sein, da der Hauptschuldige, wie wir gehört haben, nicht mehr unter den Lebenden weilt. Als guter Christ will ich daher gnädig sein und bei den Verfehlungen meiner Tochter Nachsicht üben. Mag sein, dass es ihr nach dem Tode meiner über alles geliebten Frau an Zucht und Ordnung gefehlt hat. Es mag auch sein, dass sie in kindlicher Fehlsicht aufgebrochen war, um zu tun, was sie getan hat. Auf schmerzvolle Art hat der Herr mir klar gemacht, dass ich diesen barbarischen Fremden gleich hätte töten sollen, ganz wie es mir von den Geistlichen geraten worden ist...« Nachdenklich sah er mich von der Seite an. »Sie, die ihre liebe Mutter so früh verloren hat, bedarf der besonderen Aufmerksamkeit und Führung durch einen Mann. Der Allmächtige lehrte mich, dass man eine Frau niemals allein lassen darf. Ich muss mir vorwerfen, Seine Worte vergessen zu haben. Meine Tochter, ich habe mich daher entschlossen, dich endgültig deiner Bestimmung als Frau zuzuführen und der Werbung des Herrn von Kuchenheym stattzugeben. Er hat bereits vor längerer Zeit um deine Hand angehalten, wie du dich sicher erinnerst. Eine Verbindung unserer beiden Häuser...« Ich sah zur Empore. Ein roter Mantel schaukelte über der Lehne, Augen glänzten, Pokale wurden gefüllt. In meinen Ohren begann es zu rauschen.

»Aber Vater –«

»Eine Verbindung unserer beiden Häuser ist mehr als vorteilhaft, kommt doch meine eigene Braut aus der benachbarten Grafschaft. Wir werden den Hochzeitstermin gleich heute Mittag besprechen.« Ein blonder, sorgfältig gestutzter Bart an der Tafel verbeugte sich nach allen Seiten und hob seinen Becher. Kuchenheym. Der zudringliche Kerl mit der großen Nase. Ein Niemand aus der Eifel, dem ein paar Weinberge gehörten. Ein aufgeblasener Vasall, der froh sein musste, eine begüterte Frau zu bekommen; einer, der jede vornehm Geborene nehmen würde, gleichgültig, wie viele Schrammen ihr Gesicht verunzierten... Ich presste die Hand vor den Mund. Nein, es war nicht wahr, es war alles ein Traum, ein böser Traum.

Auf der Empore ließ der Bräutigam sich derweil feiern. Glückwünsche, zotige Bemerkungen und Händeklatschen waren zu hören, die Herren stießen wieder und wieder mit ihm an und prosteten Vater zu. Ein weiteres Fest in Sicht, wie wundervoll! Noch war man vollgefressen vom letzten Fest, da lockte schon das nächste! Vater war neben mir stehen geblieben und machte ein zufriedenes Gesicht. Nun, nachdem die Hochzeit beschlossene Sache war, würde er mir meine Untaten auch nicht nachtragen. Mir hatte es die Sprache verschlagen. Betäubt saß ich auf dem Hocker, den ein Diener mir untergeschoben hatte. Vater hatte es einfach beschlossen. Und wie klug der Zeitpunkt gewählt war. Mit der angekündigten Hochzeit hatte er das Interesse von meinem unerlaubten Ausflug geschickt abgelenkt – gut überlegt von diesem alten Schlitzohr! Vermutlich hatte er große Befürchtungen, was bei eingehender Befragung alles ans Tageslicht kommen könnte. Womöglich hätte der kostbare Bräutigam, der von meiner Befragung glücklicherweise nichts mitbekommen hatte, dann doch das Weite gesucht. Die Geschichte hätte im ganzen Rheinland die Runde gemacht, das Gelächter über den Freigrafen, der seine eigene Tochter nicht im Zaum halten konnte, wäre vernichtend gewesen. Und wenn erst der Kaiser davon erfuhr! Seine strenge Mutter hätte dafür gesorgt, dass ich bis an mein Lebensende hinter Klostermauern verschwand... Eigentlich hatte Vater unser beider Gesicht mit diesem Schachzug gewahrt. Aber musste ich ihm dafür dankbar sein? Ich starrte auf die Empore. Nebel rauschte durch meinen Kopf, an Armen und Beinen hingen Bleigewichte, die mich zu Boden zogen. Der rote Mantel schien auf mich zuzuschweben, um sich über mich zu werfen, rot wie frisches Blut, triefend, stinkend und feucht von der Begierde eines geilen Weinbauern...

Mit Wucht wurde da die große Türe aufgestoßen. Das Stimmengewirr brach ab. »*Deus hic* – Mein lieber Graf, Euer Bediensteter wollte uns tatsächlich nicht vorlassen. Ihr seiet beschäftigt – das mochte ich nicht glauben. Sicher war es ein Scherz. *Deus hic,* lieber Graf von Sassenberg.« Vater fuhr herum. Im Eingangsportal stand in prächtige Farben gekleidet der Vertreter des Erzbischofs Anno, der Archidiakon Herwig von Köln. Wir hatten ihn schon einmal bewirtet, damals als die Kirche der Abtei eingeweiht worden war, und ich erinnerte mich noch gut an den großen Mann mit den feinen Händen.

»Als wir Nachricht vom Angriff aus Heimbach erhielten, machten wir uns sofort auf den Weg, lieber Graf. Und der Allmächtige erhörte unsere Gebete, denn Er schenkte Euch den Sieg, wie ich hörte. Die Ungeheuerlichkeit des Heimbachers duldet nun keinen Aufschub, nicht wahr?« Mit hochrotem Kopf sank Vater vor ihm auf die Knie und küsste den dargebotenen Ring. Ich hörte, wie er Entschuldigungen für die Unaufmerksamkeit seiner Leute hervorsprudelte, natürlich sei er für so hohen Besuch niemals zu beschäftigt... Herwig lächelte gnädig.

Gleich morgen würden Köpfe rollen, nämlich derjenigen in der Burgwache, die es versäumt hatten, Nachricht zu bringen, damit man dem Würdenträger entgegenreite – entweder weil sie vom Festessen noch immer unter den Tischen lagen, oder weil sie es tatsächlich nicht gewagt hatten zu stören. Denn Vater stört man nicht so einfach...

Die Halle füllte sich mit Dienern, Priestern und Mönchen aus dem Kloster in wehenden weißen und schwarzen Gewändern, der Geruch nach Weihrauch verdrängte die Essensdüfte, irgendwo schwankte ein silbernes Kreuz auf einem langen Stecken. Ein Stuhl wurde für den Archidiakon herbeigeschafft, und die auf der Empore Versammelten beeilten sich, herunterzukommen und dem Kirchenmann ihre Aufwartung zu machen. Mägde rannten eilfertig mit Metkannen herum, um die Becher für den Minnetrunk zu füllen. Anstatt mich an der Begrüßung zu beteiligen, wie es sich für eine Dame gehört hätte, war ich mit meinem Hocker hinter die Säule geflohen und betrachtete nun das Treiben, ohne davon berührt zu werden.

Vater nutzte den Begrüßungsrummel, um kurz von der Seite seines Gastes zu weichen, doch ich bemerkte ihn erst, als sich seine Hand schwer auf meine Schulter legte.

»Haltung, meine Liebe. Du wirst gleich den Archidiakon als strahlende Braut begrüßen –«

»Ach Vater, lass mich doch«, murmelte ich.

»Mein liebes Kind – nach allem, was passiert ist, darfst du froh sein, dass Herr Hugo dich noch heiraten will. Er hat sich schließlich ernsthaft um dich bemüht. Wie du vielleicht bemerkt haben dürftest, war es ausgesprochen schwierig, einen Mann für dich zu finden, du hattest ja an jedem etwas auszusetzen! Ich war dieses Spiels überdrüssig, und habe mich daher für den entschieden, der meinen Plänen am förderlichsten erschien, und – zum Kuckuck! – so sollte es schließlich auch sein! Deine Mutter wäre außer sich, wenn sie wüsste, dass du immer noch unverheiratet bist.« Nachdenklich kraulte er sich den Bart. Sein kurzes Schweigen verriet mir, dass Mutter auch mit ihm nicht zufrieden gewesen wäre.

»Nun sei fröhlich.« Damit zog er mich vom Hocker und wies auf meinen Auserwählten auf der Empore. »Sieh nur, der ist wenigstens jung und stark und auch im Bett sicher kein Trauerkloß. Du hast es wirklich gut getroffen, Mädchen. Und wenn seine Rute hält, was sie verspricht« – er grinste –, »sollst du wohl jedes Mal ordentlich empfangen.«

Ich wünschte der Rute des Vasallen von Kuchenheym die Blattern und mich selbst in die Wüste, wo dieser Albtraum ein Ende nehmen konnte. Doch diesen Gefallen tat mir der Herr nicht, Vater schob sich hinter mich.

»Alienor« – er zog mein Tuch vom Ohr weg –, »Alienor, nun, da dein Diener tot ist, kannst du dein Schweigen doch brechen und mir sagen, was ich wissen will.« Er hatte es nicht vergessen. Die Niederlage im Kerker fuchste den Grafen immer noch...

»Sag es mir endlich, es kann ihm ja nicht mehr schaden. Sag es mir, sei ein braves Mädchen«, drang seine Stimme durch die Nebel an mein Ohr. Ich schloss die Augen. Erik. Wie ein fernes Echo klang sein Name in meinen Kopf. Nein, schaden konnte es ihm nicht mehr. Er war frei, bald würde er gehen können, wohin er wollte, und so hatte er sich auch zuletzt benommen. Seine spöttische Stimme fiel mir ein, und die verächtlichen Blicke, bevor er mir endgültig den Rücken zugedreht hatte. Was gab es eigentlich noch wieder gutzumachen? Erik hatte mir selbst das nicht lassen wollen.

»Sag es mir, Mädchen. Ich will wissen, wen ich beherbergt habe. Was für einen Edelmann?« Die eindringliche Stimme ließ nicht locker. Ich zog die Nase hoch.

»Er – er war...« *Verräterin!*

»Was war er? Sag es mir!« Auge um Auge, dachte ich mit einem Würgen. Ich *werde* dich verraten. Mein Kopf schmerzte, als wollte er platzen. Ich werde – ich *will* dich verraten, mich ein wenig an meiner Rache laben, nur ein wenig...

»Er – er war von allerhöchster Geburt.« Ich wandte den Kopf, sah meinem Vater in die Augen und fühlte mich noch schlechter.

»Vater, du hattest wahrhaftig den Sohn eines Königs unter deinem Dach.« Seine Augen wurden groß und größer, er öffnete den Mund, ich sah seine faulen Zähne, sah die Zunge sich unruhig in ihrem Bett winden.

Im selben Moment ertönte von der Empore ein Schrei.

»*Zauberei!* Das Zauberweib, da steht sie, seht doch – schnell, Weihwasser, ich sehe sie, rasch...« Der Rest ging in dem nun entstandenen Tumult unter. »Ein Zauberweib, hier im Saal – wo, wo nur, sagt doch, wo?« Sie sprangen aufgeregt umher, rangen die Hände und wussten nicht, wo und was sie suchen sollten. Mägde flohen in die Küche, Mönche sanken auf die Knie, um das Erbarmen des Allmächtigen herbeizuflehen, bevor sie mit ihren Künsten Unheil stiften könnte... ein Gesicht in den Menschenmassen erkannte ich jedoch sofort: Fulko, den Abt von St. Leonhard. Bleich, mit weit aufgerissenen Augen, stierte er mich an, und sein dürrer Finger deutete auf meine Person.

»Du Zauberin, Teufelin, du stehst mit IHM im Bunde, jetzt weiß ich es sicher...«, gellte seine Stimme durch den Saal. Es war mäuschenstill geworden. Alle starrten mich, auf die der Finger des heiligen Mannes gerichtet war, mit einer Mischung aus Ungläubigkeit und Furcht an. Ihr Heiligen – was würde heute denn noch alles geschehen? Vaters Hand grub sich in meine Schulter.

»Was sagst du, Vetter? Du beschuldigst *meine* Tochter der Zauberei?«, donnerte er.

»So ist es, jetzt bin ich mir sicher, sie und dieser Teufel – meine schöne Kirche, *sie* haben sie zerstört, verbrannt, in Schutt und Asche gelegt, diese beiden...« Fulko trat noch einen Schritt näher. Es war, als hielten alle Menschen in der Halle im selben Zug den Atem an. Die Mauern schwiegen, und selbst das morsche Gebälk knarrte für einen Moment nicht mehr. Es herrschte fassungslose Stille. Er hatte die Tochter des Freigrafen der Kirchenverbrennung bezichtigt! Der Archidiakon fasste sich als Erster. Langsam erhob er sich von seinem Stuhl und trat zu uns.

»Was hören wir? In der heiligen Osteroktav ist hier von Zauberern die Rede? Erklärt Euch, Bruder«, mischte er sich mit ruhiger Stimme ein, ohne seine kalten grauen Augen von mir zu lassen.

»Sie hat meine Kirche angezündet, sie und dieser heidnische Teufel, der leibhaftig im Kloster –«

»Haltet ein, Bruder.« Mit einer Bewegung schnitt Herwig dem völlig aufgelösten Abt das Wort ab. »Das ist eine sehr ernste Beschuldigung. Ihr werdet das näher erklären müssen. Hmm... Mein lieber Graf, eigentlich wollten wir Euch ja nur unsere Aufwartung machen, um dann nach Heimbach weiterzureisen und Clemens, dem Gottlosen, Strafe und Buße aufzuerlegen. Der Heilige Vater wird unverzüglich das Interdikt gegen ihn verhängen, da könnt Ihr sicher sein.« Nachdenklich sah er mich von oben bis unten an. »Zudem feiern wir die Osteroktav, in der niemand richten soll – aber wir denken, man muss dieser Anschuldigung auf den Grund gehen. So mag es wohl in Eurem Sinne sein, wenn wir eine Ausnahme machen, schließlich handelt es sich um Euer eigen Fleisch und Blut.« Ein Subdiakon eilte herbei, und halblaut besprachen die beiden sich. Vater hatte seine Hand nicht von meiner Schulter genommen, fast tröstete sie mich, obwohl ich, verwirrt, wie ich immer noch war, kaum die Hälfte verstanden hatte. Zauberei?

»Er geht zu weit, das kann ich nicht dulden«, zischte es neben mir. »Diesmal ist er zu weit gegangen...«

Die Männer des Diakons eilten geschäftig durch die Halle. Tische und Lehnstühle wurden hin- und hergeschoben, Mägde fegten in ungewohnter Schnelligkeit Essensreste in die Binsen und jagten die Hunde hinaus. Das Kreuz wurde neben den größten Tisch gestellt, und der Archidiakon nahm in dem gepolsterten Lehnstuhl Platz. Vaters Fingernägel bohrten sich schmerzhaft in meine Schulter. Sie waren das Verbindungsstück zur Gegenwart – und sie holten mich aus dem Zustand der Erstarrung zurück.

»Alienor, du bist doch unschuldig – sag, dass du unschuldig bist.« Seine Stimme klang so beunruhigt. Natürlich war ich unschuldig, wussten sie das denn nicht? Jemand drückte mir einen Becher in die Hand, ich schluckte gehorsam – und wachte auf.

Vor uns war ein bischöfliches Sendgericht aufgebaut worden, vertreten durch den Archidiakon von Köln. Soeben wurden sieben ehrenvolle Männer aus beiden Gefolgschaften feierlich vereidigt und nahmen an der langen Tafel Platz. Aller Augen waren auf mich gerichtet.

Herwig von Köln erhob sich. Bedächtig schob er seinen Hut zurecht. Dann schlug er ein großes Kreuzzeichen über allen und wandte sich an mich.

»*In nomine patris et filii et spiritu sancti, amen.* Alienor von Sassenberg, trete vor an den Tisch des Gerichtes.« Vater gab mir einen ermunternden Schubs. Ihm hatte man an der Seite einen Platz reserviert, wohin er sich nun begab. Einer der Diener brachte mich nach vorne.

»Ihr seid Alienor, die Tochter des Freigrafen zu Sassenberg?«
Ich nickte stumm.

»Es wurde eine schwer wiegende Klage gegen Euch vorgebracht, so schwer wiegend, dass wir uns entschlossen haben, das Gebot, kein Gericht in der Osteroktav zu halten, zu brechen. Da seine Eminenz, der Erzbischof, zurzeit nicht in Köln, sondern im Gefolge Seiner Majestät des Kaisers weilt, die Sache jedoch keinerlei Aufschub duldet, werden wir sie gleich hier verhandeln, Gott möge uns vergeben.« Er hielt inne und sah mir ins Gesicht.

»Seid Ihr bereit, Euch wegen der Anklage zu verantworten?«
Ich konnte ihn nur dumm anstarren, alles ging so schnell und durcheinander … verwirrt strich ich mir über die Stirn.

»Frau, Ihr seid zauberischer Taten angeklagt durch Fulko, den Abt von St. Leonhard. Bringt Eure Anklage vor, Bruder.« Herwig ließ sich wieder auf seinem Stuhl nieder. Ich stand immer noch ratlos vor dem Tisch. *Zauberei?!*

»Sie – sie und dieser Mann, den sie ihren Knappen und Reitknecht nannte, dieser Fremde, dessen Herkunft niemand kennt, zusammen haben sie die Kirche angezündet, um durch das Feuer leichter zur Hölle fahren zu können. Wie Ihr selber gesehen habt, ist die Kirche bis auf die Grundmauern abgebrannt, mit allem, was darinnen war, mit all den Herrlichkeiten, die wir zum Ruhme Gottes –«

»Man hat den Teufel leibhaftig mit ihr zusammen gesehen!«, rief ein Mönch aufgeregt dazwischen. »Erst hat er ihr den Teufelskuss gegeben, dann zog er sie in die brennende Kirche, und ihre Hand lag in der seinen. Bruder Adam kann es bezeugen!«

»Es war die Nacht des Schweifsterns«, raunte ein anderer. »Der Himmelsbote säte das Unglück –«

»Er sank auf das Kirchenschiff nieder und öffnete ihnen mit lodernder Hand das Portal –«

»Er hat den Teufel ausgespien, Ehrwürdiger, und sie ist mit ihm gegangen!«

Herwig kraulte sich das Kinn.

»Auch in Köln sah man den Schweifstern sehr deutlich am Himmel, und die Sterndeuter befürchteten Schlimmes. Als wir abreisten, sagte man uns, der Kaiser läge bereits im Fieber …«

»Er stand über *unserer* Kirche, Herr!« Bruder Bibliothecarius meldete sich erregt zu Wort. »Unsere Abtei hat er sich ausgesucht, das Unheil abzuladen! Sie ist verflucht!« Einige seiner Mitbrüder lagen wieder auf den Knien, als könnte das jetzt noch helfen. »Und er sandte das Feuer, in das der Mann und diese Frau hineinliefen. Das geschah, kurz bevor man zur Vigil läutete, einige Brüder waren schon wach und haben es genau gesehen.«

»Aber Ihr behauptet, diese Frau habe die Kirche angesteckt.«

»Nein, der Stern war es!«

»Sie war es! Sie hat –«

»Ich habe sie nicht in Brand gesteckt!«, schrie ich dazwischen – unfassbar, was man mir da vorwarf! »In dieser Nacht gab es ein Gewitter und –«

»Und wer hat das alles bewirkt?«, höhnte der Abt. »Euer teuflischer Freund natürlich, jeder weiß, dass Feuer des Teufels Element ist! Auf seinen Befehl kamen der Feuerdrache samt Wotans heidnischen Heerscharen herbeigeeilt, um Gottes heilige Kirche und das Werk der Christen zu zerstören! Da waren allein dunkle Mächte am Werk –«

»Das Gewitter ist gekommen und hat die Kirche in Brand gesetzt«, beharrte ich und zerriss in meiner Erregung das Tuch, das ich mir vor dem Gericht vom Kopf gezogen hatte. Heidnische

Heerscharen. Was, wenn er Recht hatte? Ich wurde unsicher. Was wusste ich schon von dem Heiden und seiner Macht über die Gestalten der Finsternis? Er hatte mich durch das Feuer gebracht, um bei Naphtali Hilfe zu finden – hatte er es am Ende auch verursacht, vielleicht um seine Spur zu verwischen? Zweifel begannen an mir zu nagen, mich auszuhöhlen – er hatte mich doch benutzt, meine Hilfe, mein Wissen um den Gang –, was, wenn er das Feuer wirklich gelegt hatte?

Herwig unterbrach den Streit. »Ein Gewitter kam, und ein Blitz, von wem auch immer gelenkt, traf die Kirche –«

»*Er* hat ihn gelenkt, mit seinen verhexten, bemalten Händen! Der Unglücksstern stand über der Kirche, markierte ihm das Ziel, und dann ließ er den Blitz zuschlagen...«

»Was geschah dann?«

»Zusammen sind sie in das Feuer gelaufen, das halbe Kloster war ja Zeuge, wie sie Hand in Hand die Flammen betraten –«

»Ich habe den Teufelskuss gesehen, ganz deutlich!«, kreischte einer dazwischen.

»Ein Sukkubus, vor dem Portal, dort haben sie es getrieben, im Stehen, wie die Ziegen, und geschrien hat sie vor Lust –«

»Liebe Brüder, bleibt bei der Sache«, ermahnte Herwig und vermied es, in mein angesichts der Lügen schamrotes Gesicht zu sehen. Fast hatte ich das Gefühl, dass er mir wohlgesonnen war. »Was habt Ihr wirklich gesehen?«

»Und dann hat *sie* ihre Künste angewandt. Sie hat meinen Hund getötet, der den Mann bewachen sollte. Ein Feuer hat ihn verschlungen, allein verbranntes Fleisch blieb übrig! Dann ist sie durch die Flammen in die Burg geflogen –«

»Geflogen!«, raunte es im Publikum. »Die Tochter des Grafen kann fliegen!« Eine Magd schrie auf und versteckte sich unter dem Tisch.

»Mit Flügeln, die sie sich im Hospital angehext hat!«

»Bruder, wir bitten Euch! Jetzt fantasiert Ihr!« Herwig hieb die Faust auf den Tisch. »Reißt Euch zusammen und sprecht uns nicht von Zauberinnen, wo keine sind!«

»Wir fanden ihren Zauberstab auf dem Boden neben dem toten Hund. Was braucht Ihr noch mehr Beweise?« Fulko erhob sich langsam. »Und sie hat diesen Teufelssohn mitgenommen.« Seine schwarzen Augen glänzten triumphierend.

»Oder wie gedenkt Ihr zu erklären, dass Ihr in jener Nacht noch im Kloster wart, Euch in meiner Gegenwart den Bauch gefüllt habt und wenige Tage später in der Burg auftaucht, als wäre nichts geschehen? Keine Menschenseele hat Euch gehen sehen, weder durch die Klosterpforte noch durch das heiß umkämpfte Burgtor!« Er packte sein Kreuz und hielt es mir entgegen. »Ihr seid eine Zauberin – ein Teufelsmal leuchtet seit jener Nacht mitten in Eurem Gesicht, jeder hier kann es sehen! Ihr seid ein Zauberweib, Ihr lauft in eine brennende Kirche, anstatt davor niederzuknien und um Gottes Beistand zu beten, Ihr...« Falls er noch mehr sagte, so ging es im aufkommenden Tumult unter. Feuer, und ein Teufelsmal! Die Beweise waren überdeutlich!

»Habt Ihr etwas dazu zu sagen?« Herwig winkte mich zu sich. Heimlich beugte er sich vor, um mein Gesicht und das vermeintliche Teufelsmal betrachten zu können. Doch ich bemerkte seinen wissbegierigen Blick kaum; fassungslos hatte ich Fulkos Rede verfolgt. Die Dinge, die er da zu sagen wagte, klangen zu abwegig – er wollte mir allen Ernstes den Kirchenbrand anhängen! Ohnmächtiger Zorn stieg in mir hoch.

Mit geballten Fäusten schlich ich auf den Schwarzgewandeten zu.

»Ich habe die Kirche nicht angezündet«, zischte ich. »Der Unglücksstern stand über Eurem Kloster, und dann ist der Blitz eingeschlagen, das ist wahr, Allerehrwürdigster Vater. Doch nicht der Teufel ist in die Kirche gerannt, sondern mein Diener und ich, und das auch nur zu dem Zweck, unser Leben zu retten!« Der Vertreter des Erzbischofs lehnte sich vor.

»Zu retten? Gott möge Euch Eure Ausbrüche vergeben – wovor glaubt Ihr Euch retten zu müssen, junge Frau?«, unterbrach Herwig stirnrunzelnd. Überrascht sah ich auf, mitten in seine hellen Augen. Und mir war, als übermittelten sie mir eine Warnung – *hüte deine Zunge, Mädchen!* Der Giftanschlag! So viel wusste ich auch, dass niemals ein Niederer einen Höherstehenden anklagen darf, und schon gar nicht eine Frau einen Kleriker – niemand würde mir glauben, wenn ich den Abt der Giftmischerei bezichtigte. Fulkos gieriger Blick klebte an mir. Vermutlich wartete er schon auf den Fehler, den ich nun begehen würde. Es war sehr still um uns herum.

»Was hat Euch dazu gebracht, ins Feuer zu gehen?«

»Mein Gefährte war schwer verletzt und brauchte einen Arzt. Wir mussten zu dem Juden gelangen«, sagte ich einfach. Schweigen.

»Was für ein Gefährte?« Herwig schien den Faden verloren zu haben.

Fulko hieb die Faust auf den Tisch und fuhr aus seinem Stuhl hoch. »Bei Gott, der Heide, der Barbar, in *meinem* Kloster war er doch, er –«

»Ihr habt einen *Barbaren* bei Euch aufgenommen?« Der Archidiakon traute seinen Ohren nicht. »Einen Heiden? In Gottes Kloster? Wann?!«

»SIE hat mich gebeten, auf Knien hat sie mich angefleht! SIE hat um Asyl gebeten, wie sollte ich denn ahnen, was sie vorhat? SIE allein hat ihn ins Kloster gebracht – diese Frau hat mich überlistet!«

»Euer Diener war dieser Barbar?« Herwig lief rot an und griff sich an den Hals. »Ihr hattet einen Barbaren als Diener? Ja, wisst Ihr denn nicht, dass…«

»Ehrwürdiger, dieser Mann hat ebenso treu gehandelt wie ein Christ, als er uns von der geplanten Belagerung unterrichtete«, unterbrach ich ihn. Aus irgendeiner verborgenen Quelle floss mir neuer Mut zu. »Und in unseren Diensten wurde er so schwer verwundet, dass er einen Arzt brauchte.« Aus dem Augenwinkel sah ich, wie mein Vater die Binsen vor sich auf dem Boden zählte. Fast spürte ich seinen dringenden Wunsch, diese Befragung möge doch endlich beendet werden… »Die Burg lag unter Beschuss, wo sollten wir denn anders hingehen als ins Kloster! Ich habe nur um Asyl gebeten, und es wurde mir gewährt«, versuchte ich mich zu rechtfertigen.

»Aber sie…«, begann der Abt erbost. Herwig gebot Schweigen.

»Wir möchten jetzt, dass das Mädchen uns alles genau erzählt. Auch wenn sie nur eine Frau ist, hat sie doch das Recht, ihre Version dazu abzugeben. Beginnt, mein Kind.« In der Zuhörerschaft murmelte und murrte es. So manchem mochte es nicht behagen, dass einer Frau das Wort erteilt wurde. Der Archidiakon lehnte sich indes zurück und faltete die beringten Finger. Ich schluckte. Mir war klar, dass ich Gott auf Knien für das Wohlwollen dieses Rotgekleideten danken musste. Und so begann ich stockend, dem Kirchenmann zu erklären, wie wir in das Kloster gelangt waren, berichtete von dem Unwetter und von Eriks beinahe tödlicher Verletzung.

»Seine Schmerzen wurden schlimmer, da beschlossen wir in der Nacht, hinüber in die Burg zu gehen, um Meister Naphtali um Hilfe zu bitten. Er ist ein sehr guter Arzt –«

»Willst du Unwürdige etwa behaupten, Bruder Anselm sei kein guter Arzt?«, giftete Fulko.

»Mein Diener verlangte nach arabischer Heilkunde«, erwiderte ich abwehrend. »Der Bruder Apothecarius weigerte sich zu schneiden, wo es nötig war –«

»Was versteht Ihr denn davon!«

»Ich weiß, wie Meister Naphtali die Heilkunde betreibt!«

»Da seht Ihr es – sie geht lieber zu einem Juden, einem Christusmörder, der keinen Respekt vor dem menschlichen Körper hat!«

»Bitte – haben wir recht verstanden: Es handelte sich um einen... einen Sklaven? Ihr macht solch ein Aufhebens um einen Sklaven?« Herwig schüttelte ungläubig den Kopf.

»Er war mir sehr ergeben.« Ich zuckte mit den Schultern: »Mein Vater hatte ihn mir geschenkt.« Dessen Gesicht war immer noch blass, aber er nickte bestätigend. Die Blicke der Herren wanderten interessiert hin und her.

»Nun...« Der Archidiakon schob seinen Becher von einer Seite auf die andere. »Vielleicht solltet Ihr in Zukunft Eure Geschenke etwas bedächtiger aussuchen, Graf. Ein Psalter oder ein feines Messbuch wären wohl eher dazu angetan, Eurer Tochter gottesfürchtige Zügel anzulegen. Aber erzählt, Fräulein, wie ging es dann weiter?«

»Ich – ich erinnerte mich an einen Gang, der vom Kloster zur Burg führt –«

»*Zauberwerk.*« Fulkos eisige Stimme ließ die Luft gefrieren, die ich einatmen wollte. »Das sollte Euch Beweis genug sein, Ehrwürdiger. Nie hat sie diesen Gang zu Gesicht bekommen, er war geheim, nur der Freigraf und ich wissen von seiner Existenz!«

»Meine Tochter kennt ihn ebenfalls«, unterbrach Vater seinen Vetter ungehalten. »Ich selber habe ihn ihr gezeigt, vor Jahren, mich wundert nur, dass sie es noch wusste.«

»Was für ein Gang?«, fragte Herwig interessiert und beugte sich vor.

»Er führt in unseren Keller und... der Eingang liegt in der Kirche. Neben dem Altar.« Ich sah ihm ins Gesicht.

»Und durch diesen Gang seid Ihr in die Burg gelangt?«
Ich nickte.
Sie steckten die Köpfe zusammen und tuschelten leise miteinander. Sodann wurden drei der sieben vereidigten Männer zusammen mit meinem Vater als Hausherrn losgeschickt, um sich von der Richtigkeit meiner Behauptung zu überzeugen.

»Habt Ihr einen Zeugen für Eure Behauptungen?«

»Hermann hat uns gefunden, hinter dem Gitter. Und der Arzt, und Tassiah...« Leise ließ er sich über die Identität der Genannten informieren und befahl auch sie zu sich.

»Sonst jemand? Im Kloster? Wer hat Euch gesehen?« Ich schüttelte den Kopf. Nein, ich würde nichts sagen von dem Gift, es hatte keinen Sinn.

»Irgendetwas, was Ihr vielleicht übersehen habt? Fräulein, der Vorwurf lautet auf Zauberei, denkt daran.« Herwigs Stimme klang eindringlich. Grübelnd ließ ich meinen Blick über das reich gekleidete Gericht wandern. Selbst auf Reisen trugen die Herren prächtige Stoffe mit feinsten Goldstickereien...

»Das Altartuch!« schrie ich fast auf. Lieber Gott –

»Das Altartuch?«

»Mein Diener wickelte mich zum Schutz in ein nasses Tuch, als wir den Eingang suchten. Die Kirche brannte bereits lichterloh...«

»Was war das für ein Tuch?«

»Es lag auf dem« – Gütiger Himmel, war ich dumm –, »es lag auf dem Altar, unter dem Psalter –«

»Und er hat es genommen?« Mit gesenktem Kopf nickte ich. Ich wusste, was jetzt kommen musste. Herwig stand langsam auf. Seine Augen wurden schmal.

»Der Barbar hat das heilige Korporale genommen? Er hat es nass gemacht? In der brennenden Kirche? Und womit konnte er es in einer brennenden Kirche nass machen? Womit? Sagt es mir!«

»Im Weihwasserbecken, hoher Herr«, flüsterte ich.

»Dessen Trümmer wir noch fanden!«, fuhr der Abt dazwischen. »Selbst den Altar hat er zerstört!«

Die Reliquie! »Das ist nicht wahr, er hat den Reliquienkasten für mich herausgeholt, damit er nicht verbrennt!«, rief ich beinahe weinend. Wir hatten doch nichts Schlechtes getan! Nun, wie schlecht, das sollte ich erfahren…

Der Kölner war sprachlos. Er spielte mit seinen Ringen, drehte sie bald nach hier, bald nach dort. Keiner der Vereidigten wagte einen Einwurf. Im Publikum war es still geworden. Hier wusste wohl letzlich niemand, wie dieser Tatbestand zu bewerten sei, also lauschten alle auf das Äußerste gespannt, wie der Richter aus Köln entscheiden würde. Atemlos wartete ich auf ein Wort von ihm, gleichgültig, ob erlösend oder verdammend – nur ein Wort!

»Wisst Ihr eigentlich, was Ihr da getan habt?«, fragte er langsam. »Ihr habt es zugelassen, dass ein Heide mit seinen schmutzigen Fingern eine Kirche des Allerhöchsten – *entweiht?* Und Ihr habt tatenlos zugesehen?«

Ich schlug die Hand vor den Mund und sah ihn entsetzt an. »Aber – aber er hat mir so doch das Leben gerettet, ich wäre sonst verbrannt! Das Feuer war überall, wir konnten nicht mehr hinaus, überall Flammen…« Tränen liefen mir über das Gesicht. Erschüttert sah ich von einer ernsten Miene zur anderen und verstand die Welt nicht mehr. Obwohl es eigentlich sehr einfach war: Was galt schon mein Leben gegen die Entweihung einer Kirche – im Gegenteil, der Feuertod wäre eine gerechte Strafe für meinen weiblichen Ungehorsam gewesen, ein Urteil des Allerhöchsten Richters...

Im selben Moment betrat die Kellerabordnung die Halle. Reichlich schmutzig sahen die Herren aus, einige von ihnen hatten noch Wurzeln in den Haaren, und ihre lehmigen Füße hinterließen Spuren auf den Binsen. Herr Gerhard, der mitgegangen war, hielt etwas in der Hand.

»Das haben wir auf dem Boden im Gang gefunden, Ehrwürdiger Herr.« Angewidert betrachtete Herwig das stinkende, schmutzige Etwas auf seinem Tisch. Ich dagegen erkannte es sofort – es war mein Altartuch!

»Seht doch, die Stickerei, man kann sie sehen, hier.« Aufgeregt nestelte ich den schimmelnden Stoff auseinander und deutete auf die wie zum Hohn glänzenden Goldfäden. Mein Beichtvater stand auf und legte seine Hand auf den Arm des Kölners.

»Wenn dieses heilige Tuch sie mit Weihwasser benetzte, stand sie doch unter dem Schutz des Allmächtigen«, gab er zu bedenken.

»Was nützt das Weihwasser, wenn ein Barbar es entweiht hat?«, wandte der Adlatus des Archidiakons ein. »Dann ist es nur noch Wasser wie das, was Ihr gerade trinkt.«

»Und wenn der Mann es gar nicht berührt hat? Wenn er das Tuch an den Enden packte und eintauchte? Ihr wisst, die Heiden fürchten das Weihwasser!« Dazu murmelten einige der Richter beifällig.

Herwig hielt sich ein parfümiertes Tüchlein vor die Nase und wandte sich an den Ankläger. »Ist dies Euer Korporale?« Grimmig nickte Fulko.

»Verbrennt es, rasch, der Barbarengeruch ist unerträglich. Benutzt reichlich Weihwasser, und sprecht einen Psalm über den Flammen«, winkte Herwig hinter seinem Tüchlein. »Wo ist die Reliquie?«

»Im Keller«, sagte ich leise.

»Gebe Gott, dass sie besser aussieht als dieses Tuch, vielleicht ist ja noch etwas zu retten... geh, hol mir jemand diesen Kasten, ich will ihn mir ansehen. Und bringt auch den Arzt mit.«

Ein Diener schob mir auf ein Zeichen des Archidiakons einen Stuhl unter – ein Signal, dass er mir immer noch gewogen war? Auch ein Becher Wasser wurde mir zur Erfrischung gereicht. Ich trank ihn langsam aus und bemühte mich, den Mann aus meinen Gedanken zu vertreiben, dessen Schicksal mich hierher geführt hatte. Welche Ironie – doch nur seinetwegen saß ich hier und kämpfte gegen Feuerdrachen und die Bosheit eines Vertreters Gottes. War am Ende das die Buße, die Gott mir auferlegte?

Wieder ging die Tür auf, und der jüdische Arzt und seine beiden Gehilfen traten ein. Hermann trug den goldenen Kasten mit der Reliquie vor sich her. Beim Anblick des Schwarzen bekreuzigten sich einige der Anwesenden hastig. War ihnen der Jude eben noch fast vertrauenswürdig erschienen, so machte das Auftauchen dieser Kreatur alles wieder zunichte. Was brauchte man mehr Beweise dafür, dass hier der Teufel mit im Spiel war? Der Archidiakon brachte die Menge zum Schweigen.

»Stellt sie hierher, auf den Tisch.« Von Fulkos Seite kamen erstaunte Laute. Sein wundersamer Finger war tatsächlich unversehrt! Meister Naphtali erklärte, wie sie uns vor dem Gitter gefunden hatten. Und dann ließ er es sich nicht nehmen, die grausige Geschichte vom Tod des Barbaren zu wiederholen. Schweigend und für den Geschmack so mancher Zuhörer viel zu geduldig hörte Herwig dem Juden zu. Immer wieder glitt sein Blick zu mir herüber, in mein Gesicht, an meiner mageren Gestalt herunter. Was hatte ich von ihm zu erwarten?

»*Quaestio quid iuris* – deshalb wird das Gericht sich nun zur Beratung zusammensetzen. Man möge so lange den Saal verlassen.« Sein letzter Blick galt mir.

Herr Stephan schob mich in die Kammer meines Vaters, die direkt neben der Halle lag.

»Das wird Euch eine Lehre sein, wertes Fräulein«, konnte er sich nicht verkneifen zu sagen.

»Und ich hoffe, er straft Euch recht streng. Eure arme Mutter würde sich im Grab herumdrehen, wüsste sie um Euer Treiben…«

Wortlos drehte ich ihm den Rücken zu und betrachtete das

Tryptichon in der Mauernische. Dem Kammerherrn meines Vaters war ich ein Dorn im Auge, seit ich ihn beim Abzweigen von Seife und Lilienöl erwischt hatte. Seine Sorge um mein Seelenheil war demzufolge eher unfrommer Natur, und so schenkte ich ihm keine Beachtung. Was der Allmächtige wohl mit mir vorhaben mochte? Ich kniete vor dem Bild und haderte mit mir, anstatt im Gebet Befreiung zu suchen – und da war die Beratungsfrist auch schon um.

Die Herren des hohen Gerichts standen bereits zur Urteilsverkündung. Herwig von Köln redete leise auf meinen Vater ein, dessen Blick immer wieder zu mir herüberglitt. Schließlich nickte er und begab sich zu seinem Platz. Ein Diakon leierte lateinische Gebete herunter und schwenkte sein Weihrauchgefäß. Er segnete das Gericht und alle anderen und stellte sich dann an der Seite des Raumes auf. Weihrauchschwaden zogen an mir vorüber. Ihr Geruch verursachte mir Übelkeit.

»*In nomine patris et filii et spiritu sancti, amen.* Das Gericht seiner Eminenz des Erzbischofs von Köln spricht sein Urteil. Alienor von Sassenberg, hört, was wir Euch zu sagen haben. Die Anklage auf Zauberei wird fallen gelassen. Die Beweise für Eure Unschuld haben uns überzeugt.« Ich schloss die Augen.

»Die Anklage auf Missbrauch des Asylrechts müssen wir hingegen nachträglich gegen Euch erheben. Nachweislich habt Ihr wider besseres Wissen einen heidnischen Barbaren in ein Kloster unseres Allerhöchsten gebracht, Ihr habt ferner zugelassen, dass er die Kirche durch seine Anwesenheit besudelt und entehrt und dass er liturgische Gegenstände wie das Korporale des Hochaltars, den Altar selber, das Taufbecken und das Weihwasser entweihte. Zu allem Überfluss hat er seine schmutzigen Hände auch noch auf die wundersamen Reliquien des Klosters gelegt. Die müssen wir nun mit nach Köln nehmen; nur Seine Eminenz der Erzbischof kann entscheiden, was damit geschehen soll und ob sie noch zu retten sind. Ihr hättet all das verhindern können und habt es dennoch nicht getan. Dafür erlegen wir Euch Buße auf. Ihr sollt fasten vier Jahre lang und Eure Sünden bereuen.«

Vier Jahre! Es gelang mir, Haltung zu bewahren, während hinter mir im Publikum schon erregt getuschelt wurde... zu viel – zu wenig –, büßen soll sie, wenn sie zaubern kann –

»Und Ihr solltet diese Buße sehr ernst nehmen, junge Frau. Ihr habt Euch nicht nur an der heiligen Mutter Kirche schwer versündigt, sondern auch an Eurem Vater. *Ira et acedia, curiositas, neglegentia et delectatio* – Ihr habt den Sündenkatalog beinahe vollständig auf Euer Gewissen geladen! Stolz und Hochmut ließen Euch den Pfad der weiblichen Tugenden verlassen, stattdessen triebt Ihr Euch tagelang mit einem heidnischen Sklaven in den Wäldern herum – *lass mich ausreden*, Weib, und lerne zu schweigen! Der Herr gebe, dass nur Schwäche Euer Verhalten diktierte, und nicht Mutwillen! Nutzt die Zeit Eurer Buße, Euch auf die Tugenden Eurer lieben Mutter zu besinnen, und übt Euch endlich in Bescheidenheit und Mäßigung, wie es sich für eine Jungfrau aus gutem Hause geziemt.« Herwigs Gesicht wurde freundlicher.

»Nun hat Euer Vater uns erzählt, dass Ihr in diesem Sommer Eurer Vermählung entgegenseht. Daher wollen wir Euch nur die Karenen, die vierzig strengen Bußtage auferlegen, den Rest Eurer Fastenbuße mögt Ihr bis zu Eurer Hochzeit mit entsprechend errechneter *Redemption* ersetzen. Pater Arnoldus wird Euch dabei behilflich sein. Und nun büßt inbrünstig und bessert Euch, liebes Kind, dann wird auch der Herr sein Wohlgefallen an Euch haben.« Herwig setzte sich aufseufzend nieder. Die Herren murmelten beifällig. Von diesem in aller Eile inszenierten Prozess würde man noch Jahre sprechen, ebenso von der Grafentochter, die einen Heiden geschützt hatte – lieber Himmel!

Um Haltung bemüht, saß ich auf meinem Hocker, den der Kammerherr mir wieder untergeschoben hatte. Die Moralpredigt des Archidiakons klang schrill in meinen Ohren. Stolz und Hochmut. Mäßigung. Bescheidenheit. Bessere dich.

Ich seufzte unglücklich auf.

12. KAPITEL

*Denn wenn ich essen soll, muss ich seufzen und
mein Heulen fähret heraus wie Wasser.*
(Hiob 3,24)

Und was ist mit mir?!«, ertönte da eine laute Stimme aus dem Hintergrund. Alle Köpfe fuhren herum.

»Woher weiß ich, nach allem, was ich hier mit anhören musste, ob sie wirklich noch unberührt ist? *Ich* bin der Bräutigam, ich habe ein Recht, es zu wissen!« Und ebenjener trat, auch unter dem roten Mantel in prachtvolle Gewänder gehüllt, ein goldenes Kreuz auf der breiten Brust, zum Tisch des Gerichts. Haar und Bart waren nach der Mode geschnitten, der Geruch von feinem Duftwasser umgab ihn, allein die dicke rote Nase mit der großporigen Oberfläche verriet die Leidenschaft dieses Mannes. Herr, mach mich stark, dachte ich.

»Wer kann es mir garantieren? Hat er, oder hat er nicht?«

»Er hat nicht!«, schrie ich in das blasierte Gesicht vor mir und zerrte an meiner Tunika.

»Wie könnt Ihr das jetzt noch anzweifeln, wie könnt Ihr –«, protestierte mein Vater.

»Ich kann und ich tue es! Man hat mir alles erzählt – sie war Tage mit ihm im Wald allein, und ich will es wissen!«

»Ich schwöre, dass ich unschuldig bin, glaubt es mir, ich –« Eine Frau schwört nicht, Alienor. Niemals schwört eine Frau. Sie beweist ihre Unschuld.

Herwig sah von einem zum anderen. »Wir dachten, wir seien fertig«, lächelte er. »Nun – offenbar doch nicht. Wer seid Ihr denn?«

Mein soeben Anverlobter reckte sich. »Ich bin Hugo von Kuchenheym, und diese Frau wurde mir zum Eheweib versprochen. Doch bevor ich sie vor Gott dazu mache, will ich wissen, ob sie noch unberührt ist oder ob sie Unzucht mit diesem Barbarenbock getrieben hat. Das werdet Ihr mir kaum verübeln, Hoher Herr.« Er trat so nahe auf mich zu, dass ich seinen Atem im Gesicht spürte. Sein goldenes Kreuz blitzte im Licht der Hängefackeln. Ich kniff die Augen zusammen. Zwei breite Finger legten sich unter mein Kinn.

»Ich will, dass Ihr es beweist, Fräulein.« Das glänzende Kreuz schaukelte aufreizend hin und her. Wie gelähmt starrte ich auf den Rubin, der seine Mitte zierte. Hugo von Kuchenheym folgte meinem Blick.

»Beweist es mir, Frau«, wiederholte er und senkte seine Stimme. »Beweist, dass Ihr unschuldig seid, und Ihr sollt dieses Kreuz als Pfand meiner Wertschätzung erhalten.« Mir blieb das Wort im Halse stecken.

Herwig seufzte. Vermutlich hatte er sich schon auf ein feines Abendessen gefreut. »Eine ernste Sache, junger Mann.«

»Sehr ernst, Hoher Herr, und doch nur eine Kleinigkeit, wenn sie unschuldig ist. Oder wolltet Ihr eine Frau, die schon von einem anderen besprungen wurde?« Er lachte spöttisch.

»Ihr seid unverschämt!«, stieß ich zutiefst verletzt hervor. Da glitt seine Hand von meinem Kinn hinab zur Schulter und zog von dort aus die bestickte Kante meines Ausschnittes nach, herausfordernd langsam. Ich spürte seinen Finger durch den Kleiderstoff, und wo er entlangfuhr, wuchs mir vor Abscheu eine Gänsehaut. Er hatte sich unmittelbar vor mir aufgebaut, gleich hinter mir stand der Archidiakon – ich fühlte mich wie ein Tier in der Falle und rang nach Luft.

»Lasst mich, Herr, lasst mich und glaubt mir –«

»Edles Fräulein.« Der Finger war in der Mitte des Ausschnitts angelangt, und niemand außer mir merkte, wie er nun langsam tiefer rutschte. Seine Stimme wurde leise und drohend. »Edles Fräulein, Ihr wisst ebenso gut wie ich, dass Ihr nicht gerade die Schönste im Rheinland seid. Wer will schon eine Frau, der man ein Teufelsmal im Gesicht nachsagt? Aber Ihr seid kräftig und gesund genug, um mir viele Söhne zu schenken, und Ihr seid reich. Euch will ich haben – unversehrt. Ich will nicht das, was ein anderer mir übrig ließ, versteht Ihr?« Seine vollen Lippen verzogen sich zu einem Lächeln, während der Finger sich ganz leicht zwischen meine Brüste bohrte. »Ich kann Euch zwingen, Eure Unschuld unter Beweis zu stellen, Fräulein.« Damit trat er einen Schritt zurück und legte die Hände auf den Rücken. Er hatte mir nichts getan, und doch hatte ich das Gefühl, nackt vor ihm zu stehen. Seine Augen wanderten in schamloser Weise über meinen Leib, als taxierte er eine Zuchtstute... Ich begann zu zittern und schloss die Augen.

Der Archidiakon räusperte sich. »Gott sei uns allen gnädig«, murmelte er und ließ seinen Blick von einem zum andern wandern. »Ihr fordert – Ihr – nun, da Ihr allen Ernstes die jungfräuliche Unschuld Eurer Braut anzweifelt –« Fast mitleidig blieb sein Blick an mir hängen. »Da der Beschuldigte sich der peinlichen Befragung durch ein vorzeitiges Ableben entzogen hat – seht Ihr, liebes Kind –« Sein Adamsapfel sprang auf und nieder, als er nach den richtigen Worten suchte. Ich verstand nicht, weshalb er auf einmal so nervös geworden war. »Allein Gott der Allmächtige kann Eure Unschuld bezeugen – Er soll sein Urteil sprechen!« Der Kirchenmann hatte sich wieder gefangen und straffte sich.

»Alienor, Tochter des Freigrafen, seid Ihr bereit, Euch einem Gottesurteil zu unterwerfen?«

»Nein!«, entfuhr es mir. »Ich bin unschuldig! Der tote Mann hat mich doch nie berührt.« Ein Raunen ging durch die Zuhörerschaft, jemand lachte. Wie eine Schlange schlüpfte mir die Lüge aus dem Mund, kalt und glatt. Er *hatte* mich berührt, hatte meine Seele verzaubert... »Und Euch werde ich nicht heiraten!«

»Gott straft unseren Grafen mit diesem Frauenzimmer«, hörte ich hinter mir einen der Ritter seufzen. Bevor ich jedoch weitersprechen konnte, legte sich schwer eine Hand auf meine Schulter.

»Du wirst tun, was der ehrwürdige Herr von dir verlangt. Du wirst dich dem Urteil unterwerfen und jeden Zweifel an deiner Unschuld beseitigen –«

»Vater, zwingt mich nicht, in Mutters Namen, zwingt mich

nicht...« Für einen Moment erstarrte er, Mutters Name und ihre Liebe standen zwischen uns. Er lief rot an.

»Lass sie aus dem Spiel«, presste er schließlich hervor. »Bei Gott, sie hätte dich deine Pflichten beizeiten gelehrt...«

»Warum habt Ihr mich nicht gefragt, Vater?«

»Du bist das einzige Kind, das ich noch verheiraten kann, und ich werde mir von dir nicht vorschreiben lassen, wie das zu geschehen hat!« Er trat näher und senkte die Stimme. »Es geht hier um die Zukunft meiner Grafschaft, Alienor, und nicht etwa darum, was dir gefallen könnte. Nimm das endlich zur Kenntnis! Ich bin nicht bereit, weiter darüber zu reden, noch dazu vor deinem Bräutigam und diesem Publikum – schämst du dich eigentlich nicht, dich so lächerlich zu machen?« Sein Gesicht war hochrot vor Ärger. Tränen schossen mir in die Augen. Vielleicht zum ersten Mal in meinem Leben wurde mir klar, dass ich das Eigentum meines Vaters war, dass er tatsächlich nach Belieben über mich und mein Schicksal verfügen konnte...

»Ehrwürdigster, helft mir!« Ich sank vor dem Archidiakon auf die Knie, ergriff seine Hände und drückte sie an mein Gesicht. »Helft mir, nehmt mich mit zu den Armen Schwestern, ich bitte Euch! Lasst mich die Gelübde ablegen –«

»Nichts dergleichen wirst du tun!« Vater versuchte, mich von dem Kirchenmann wegzureißen. »Eine Tochter ist mir bereits im Kloster gestorben, das genügt! Dein Weg soll ein anderer sein –«

»Lasst mich die Gelübde ablegen, Herr«, weinte ich in seine Hand, »nehmt mich bitte mit...« Neben uns räusperte sich jemand amüsiert.

»Eine hübsche kleine Vorstellung, meine Liebe.« Von Kuchenheym neigte den Kopf und lächelte mich an. »Doch werdet Ihr ein Leben mit mir sehr bald dem einer Braut Christi vorziehen. Ich bezweifle, dass Ihr für das Gebet geschaffen seid, Fräulein!«

»Schweigt jetzt, Herr!« Der Kölner hob mich auf und sah mir stirnrunzelnd ins verheulte Gesicht. »Ihre Sinne sind verwirrt, Graf. Lasst uns ein Wort allein mit ihr reden.« Damit zog er mich in den Schatten einer Säule, wo wir ungestört waren.

»Trocknet Eure Tränen, Kind, und beruhigt Euch.« Höflich sah er weg, als ich mir die Nase putzte und die Augen wischte. »Ich kannte Eure Mutter gut, sie war eine gottesfürchtige, feine Frau. Beruft Euch niemals auf sie, wenn Ihr ein solch bockiges Verhalten an den Tag legt, Alienor. Sie hätte Euer Verhalten zutiefst missbilligt, glaubt mir.« Ich sah ihn an und nickte langsam. Mutter wäre entsetzt gewesen.

»Aber...« Er zögerte. »Euch ist doch klar, dass Ihr Euch diesem Gottesurteil unterwerfen müsst? Ganz gleich, welchem Mann Euer Vater Euch verspricht – Zweifel an Eurer Unschuld kann nach der Geschichte, die ich zu hören bekam, jeder äußern. Es muss Euch doch ein heiliges Bedürfnis sein, diese Zweifel vor Gott und der Welt aus dem Weg zu räumen!«

»Ja, Ehrwürdiger Herr«, flüsterte ich und senkte den Kopf.

»Was bedrückt Euch, Kind? Mit welcher Last hat Eure Seele zu kämpfen?« Er legte seine Hand unter mein Kinn und sah mir prüfend in die Augen. »Ist es der heidnische Diener? Sprecht, Alienor – soll ich Euch die Beichte abnehmen?«

Ein dicker Kloß saß mir im Hals und presste mir die Luft ab. Da ich nach seinem Geschmack zu lange mit der Antwort zögerte, nahm er die Hand weg und trat zurück, um mich zu betrachten. »Der Pesthauch der Sünde schwebt über Euch, edles Fräulein. Wie kann Gott in Euer Antlitz schauen, wenn es davon verdüstert wird? Ich beschwöre Euch – reinigt Euch, bevor Ihr Sein Urteil erwartet!« Als ich dazu immer noch schwieg, ergriff er meine Hand und drückte sie. »Gott nehme sich Eurer verstörten Seele an, mein Kind. Ihr werdet die Tage vor dem Ordal brauchen, um Euch wieder zu finden, und ich will zum Herrn beten, dass Ihr Frieden findet. Nutzt die Zeit, durch Fasten Euren Körper zu läutern, damit der Geist des Allmächtigen Eingang in Euch findet.« Aufmunternd strich er mir über die heiße Wange.

»Und wenn alles überstanden ist, werdet Ihr eine gehorsame Tochter sein und tun, was Euer Vater verlangt. Seid dem Herrn von Kuchenheym eine gute Gattin, so wie Eure Mutter es dem Grafen war, und –«

»Nein«, keuchte ich, »ich kann nicht, Herr, ich kann das nicht, ich will nicht –«

Sein Gesicht verfinsterte sich. »Eben erst ermahnte ich Euch zu Gehorsam und Mäßigung, und schon erhebt Ihr wieder im Protest Eure Stimme! Ihr enttäuscht mich, Alienor! Man kann es wohl für Euch nicht oft genug wiederholen – die Frau hat dem Manne zu gehorchen und sich all seinen Entscheidungen zu beugen! Ergebt Euch endlich in Euer selbst verschuldetes Schicksal und bedenkt, was für harte Strafen ich über Euch hätte verhängen können!«

Damit verließ er mich, und ich hörte, wie er zum Publikum sprach: »Das Gottesordal soll für Freitagmorgen nach der Hauptmesse festgesetzt werden. Die Probandin wird sich, geschoren und angetan mit dem härenen Hemd, im Beisein aller hier Versammelten im Weiher unterhalb der Burg der Kaltwasserprobe unterziehen. Bis dahin soll sie in Abgeschiedenheit fasten und beten, wie es das kirchliche Gesetz verlangt. Gott sei mit Euch, edles Fräulein.« Er sah mich an. »Wir werden für Euch beten.«

In der Halle wurde es unruhig. So mancher schien nicht mehr zu wissen, wie er mir begegnen sollte, hier und da senkten Leute den Blick, als ich an ihnen vorbei die Halle verließ, langsam und immer noch unfähig, einen klaren Gedanken zu fassen. »Hat sie's getan?« – »Ist sie entehrt?« – »Glaubt ihr ihren Worten?«, tuschelte es hinter mir her. Eine Frau bekreuzigte sich hastig, bevor sie sich von mir wegdrehte. »Seht das Mal in ihrem Gesicht!« – »Wie erklärt man sich das Mal?« – »Was, wenn sie gelogen hat?« – »Das Mal, seht das Mal!« Niemand wagte, das Wort an mich zu richten, es war, als hätte der schreckliche Vorwurf des Kuchenheymers mich zu einer Unberührbaren gemacht...

Hinter mir löste sich das Gericht auf, und Knechte stellten die Schragentische für das Abendessen auf. Ich hätte ihnen Anweisungen erteilen müssen, und sicher wartete Frau Gertrudis bereits im Küchenhaus auf mich, um mit meinem Schlüssel den Gewürzschrank öffnen zu können. Doch nichts war heute so, wie ich es kannte.

Mit weichen Knien sank ich auf die Brunnenbank. Ein Sturm war über mich hinweggefegt. Meine Welt lag in Trümmern.

Das, was ich bisher immer durch Trotz oder Tränen hatte verhindern können, war geschehen – Vater hatte mich einem Mann versprochen und den Tag der Hochzeit festgelegt. Ich würde den Weg aller Frauen gehen, würde die Haare aufbinden, den Schleier der Verheirateten anlegen, und den Schlüssel des Gatten an der Hüfte tragen. Ich würde ihm gehorchen, Nacht für Nacht seinen Samen empfangen, seine Kinder gebären, jedes Jahr eins, bis ich wie Mutter daran sterben würde...

Mich fröstelte. Seit wann die Entscheidung wohl schon feststand? Ich war wirklich mehr als alt genug, um endlich meine Pflicht als Ehefrau zu erfüllen. Niemanden schien es zu stören, dass der Bräutigam kein Angehöriger des Hochadels war, solange er nur in die Pläne des Freigrafen passte.

Wie eine Speckschwarte schmiegten sich die Ländereien des Kuchenheymers an das Sassenbergische Territorium. Der Vasall konnte sich fruchtbarer Äcker und fischreicher Seen rühmen, und die Bodenqualität seiner Hügel am Rande der Eifel war so herausragend, dass es gelang, Rebstöcke anzubauen, deren Trauben einen trockenen, aber recht schmackhaften Wein ergaben. Einer der bevorzugten Reisewege des Kaisers, wenn er sich von Aachen nach Trier begab, führte an der Burg des Kuchenheymers vorbei, und man erzählte sich, dass der Herrscher bereits zweimal bei ihm zu Gast gewessen sei.

Ich sah die gedrungene Gestalt des Ritters vor mir. Sein weißblondes Haar und die rote Nase. Fahle Augen, denen nichts entging, Fäuste, die zupacken konnten... ein selbstgefälliger Untertan, der Vater nach dem Mund reden und ihm jederzeit sein Schwert und seine Leute zur Verfügung stellen würde – gegen ein paar Morgen Land und die Hand seiner Tochter. Diese Hand garantierte ihm einen festen Platz an der Sassenbergischen Tafel, wahrscheinlich sogar unmittelbar neben dem Freigrafen. Noch ein Speichellecker mehr auf der Burg, einer von denen, die mich immer schon angewidert hatten, rechthaberische Männer ohne Rückgrat, dafür mit umso mehr Stimmgewalt... und einer von ihnen sollte mein Gatte werden! Ich konnte nicht sagen, was mich schlimmer traf, der Schock angesichts der unerwarteten Entscheidung meines Vaters oder die Demütigung, einen Mann unter meinem Stand heiraten zu müssen!

Wie ein einziger Nachmittag doch ein Leben verändern kann! Die grinsenden Gesichter der Leute tanzten vor mir auf und ab – erst hielten sie mich für eine Zauberin, und nun für eine Hure! Geschändet, entehrt... Verzweifelt rieb ich mir das Gesicht, bis die Haut brannte.

In Wellen breitete sich der Lärm des beginnenden Festmahls aus. Das Hallentor wurde aufgestoßen, Bedienstete liefen über den Burghof und ließen Metfässer über die groben Steine holpern. Aus dem Küchengebäude klang zum Kesselgeklapper laut das Palaver der Mägde, Frau Gertrudis und der Gewürzschlüssel. Nein, ich konnte mich nicht überwinden, in die Küche zu gehen, mich ihren neugierigen Blicken auszusetzen oder gar Fragen zu beantworten! Was mir widerfahren war, vermochte ich noch mit niemandem zu teilen, und so floh ich schließlich an den einzigen Ort, wo man mich sicher nicht suchen würde – in den Pferdestall.

Die Wärme von Mist und Pferdeleibern hüllte mich ein, ihr schwerer Geruch legte sich wie eine Decke auf mein Gemüt. Gelassen schnoberten die Tiere im Heu. Der große Braune mit der Blesse, der Zelter, den der Stallmeister für mich ausbildete, daneben der Schimmel, der im Winter fast gestorben wäre. Leise brummte er zur Begrüßung. Ich lehnte mich gegen die Stallwand und gab mich für einen Moment ganz dem bedächtigen Mahlgeräusch hin.

Des Grafen Abmachung hing wie eine düstere Drohung über mir. *Verheiratet!* hallte es in meinem Kopf. *Verheiratet! Verkauft...*

Selbst das Gottesurteil verlor dagegen seinen Schrecken. Schon oft hatte ich gehört, wie man Leute dazu brachte, über glühende Eisen zu laufen oder Ringe aus siedendem Wasser herauszuholen. Und immer wieder erzählte man sich, dass Gott sie schützte und sie diese Proben unversehrt überstehen ließ. Für mich hatte man den Gang ins Wasser ausersehen. Das reinste aller natürlichen Elemente würde ein schuldhaftes Wesen abstoßen – nur der Unschuldige konnte in den Tiefen des Wassers versinken. Ich zweifelte keinen Moment daran, dass ich die Probe bestehen würde.

Unsicher tastete ich mich an der Stallwand entlang. Ein kleiner Junge, der den Fohlen zugesehen hatte, flüchtete auf den Hof, als er mich sah. Der Geruch von Leder stahl sich in meine Nase: Ich hatte die Sattelkammer erreicht. Mein Fuß stieß gegen den Strohballen, auf dem alles angefangen hatte – jener Abend, als Erik mir von seiner Entdeckung in Heimbach berichtete, lag plötzlich wieder klar vor mir. Ich sank ins Stroh und vergrub mein Gesicht in den Händen. Wo hatte dieser Abend mich hingeführt…

Eine ungewollte Ehe und ein Gottesurteil, und beides hatte ich mir selbst eingebrockt. *Rebellische Frau* hatte der Mann aus dem Norden mich genannt. *Ihr reitet Euch ins Verderben*. Ich rieb mir die Augen. Immer wieder drängte er sich in meinen Kopf, machte sich dort breit und verhinderte, dass ich einen Gedanken zu Ende führen konnte. Jedes Mal brach er entzwei und segelte wie eine abgebrochene Feder durch die Luft, ohne sein Ziel zu erreichen.

»*Domine ad adiuvandum*«, murmelte ich verstört. Wenn Gott mir seine Hilfe gewährte, wenn Er mich die Prüfung bestehen ließ, würde ich dann die Kraft haben, Kuchenheym die Hand zum Ehebund zu reichen? Seine Gattin werden, uneingeschränkt über seinen Haushalt herrschen, vielleicht eines Tages den Kaiser bewirten… Wieder rief ich mir den vierschrötigen, gut gekleideten Vasallen ins Gedächtnis. Vater hatte Recht, es gab schlimmere Männer, viele waren älter und ärmer. Von Kuchenheym würde es mir leicht machen, wenn ich ihm erst bewiesen hatte, dass es nichts an mir auszusetzen gab. Ein ehrbares Leben, wenn auch nicht ganz standesgemäß, aber ein Leben ohne materielle Sorgen, ohne Hunger und geflickte Kleider.

Du kannst es, summte es in mir. Du kannst es, du musst es nur wollen. Das Urteil bestehen, den verlangten Beweis erbringen, der mir den Weg in die Gesellschaft zurück ebnen würde. Alles vergessen, was hinter mir lag, jene Tage der Angst und Gottlosigkeit, vergessen auch die Schmerzen und die heidnischen Geschichten, von denen ich geträumt hatte, und den vergessen, der sie mir erzählt hatte.

Unter dem Stroh hatte ich Stoff ertastet. Ich zog daran und hielt schließlich einen Umhang in den Händen, dunkelblaues Tuch, mit Feh gefüttert – und plötzlich stand der, der diesen Umhang getragen hatte, neben dem Herrn von Kuchenheym. Er war schmal und von Krankheit gezeichnet, doch wie damals im Traum schien er zu wachsen, schob den Kuchenheymer beiseite, verdunkelte meine Welt, allein sein Blick traf mich, grub sich tief in mein Herz.

Ich saß starr. Der Umhang entglitt meinen Händen. »*Domine – me festina.*« Der vermeintliche Weg war kein Weg. Ich konnte Kuchenheym nicht die Hand reichen. Und auch der letzte Ausweg, eine Flucht unter den Schleier zu den Armen Schwestern, war mir verwehrt. »*Me festina*«.

Es gab jemanden, der jeden weiteren Schritt verhinderte, der mich durch das, was wir ihm angetan hatten, fest an sich band. Und hatte er auch im Moment seines Erwachens die alte Gegnerschaft wieder hergestellt, hatte mich seine Geringschätzung auch wie ein nasser Lappen ins Gesicht getroffen, so konnte er doch die Tage davor nicht ungeschehen machen. Unbemerkt hatte sich zwischen uns ein zweites Band geschlungen, es zog sich von der schmutzigen Strohschütte im Gasthaus durch verborgene Waldpfade hin zur Abtei, wo er in jener Nacht seine Fluchtpläne fallen ließ und stattdessen mit mir an den Ort seiner Pein zurückkehrte. Ich erinnerte mich an sein rußgeschwärztes Gesicht, und an seine Augen, die im Kerzenlicht tief unter der Erde wie zwei blaue Sonnenrädchen strahlten, als er mir den Reliquienkasten abnahm, während über unseren Köpfen eine Feuerlawine alles, was hinter uns lag, vernichtete…

Den Fehpelz an mich gedrückt, kauerte ich mich an die Stallwand. Es war nicht länger Mitleid oder Sühne, was mich an ihn fesselte. Mühsam schluckte ich. Und es war auch nicht Freundschaft gewesen, die mich im Keller um sein Leben kämpfen ließ. Mein Herz begann zu rasen, ich fühlte das Stampfen bis in die Fingerspitzen. Nicht Freundschaft, nein. »*Domines me festina.*« Ich starrte in das Dunkel, wo die Wahrheit zu leuchten begann. Ohne ihn war die Welt grau, trostlos ohne sein Lächeln, öde ohne seine energische Stimme, ja selbst ohne seinen Spott, der mich zuweilen so tief getroffen hatte – fast unmöglich erschien mir der nächste

Atemzug ohne einen Blick in seine Augen, ohne den Geruch seines Körpers. Ich japste nach Luft, drückte mein heißes Gesicht in den Umhang, hustete und schluchzte dampfende Tränen aus der Tiefe meines Leibes, in dem sich ein ganzes Bienennest zu befinden schien. Und je heller die Wahrheit leuchtete, desto eifriger schwärmten sie aus, summten bis in den hintersten Winkel, in die letzte Zehenspitze, und brachten meinen Körper zum Klingen ...

Jesus Christus, ich liebte diesen Mann, den es in meinem Leben gar nicht geben durfte, einen Totgesagten, der mich zudem nicht mehr sehen wollte, ich begehrte ihn, erinnerte mich ohne Scham daran, welch tragische Lust die Pflege seines siechen Körpers in mir geweckt hatte und wie ich von dessen Genesung geträumt hatte – ich liebte, obwohl sich meine Vernunft dagegen zu sträuben begann, ich liebte mit jeder Faser meines Körpers, sehnte mich nach diesem Menschen wie eine Verdurstende nach Wasser!

Sanft strich das Fehfell über meine tränennasse Wange. Die unzähligen Härchen verwandelten sich in Hände und liebkosten mein Gesicht, während ich mich versonnen hin und her wiegte. Augenblicke großer Vertrautheit wurden wach – jener Abend hier im Stall, die Stunde, als ich ihn im Gasthaus verließ –, Erinnerungsfetzen, Worte, Bilder ohne Zusammenhang rieselten auf mich nieder wie warmer Sommerregen und konnten doch den Brand in meinem Leib nicht löschen. Ich hätte meine rechte Hand dafür gegeben, wieder neben ihm im Wald zu sitzen und seinen heidnischen Lügenmärchen zu lauschen, seiner melodischen Stimme, die mit dem Rauschen der Bäume eins wurde und mich in den Schlaf lullte. Leise summend träumte ich vor mich hin, vergaß die Zeit, träumte mich durch die Tage, die ich mit ihm verbracht hatte, träumte von glitzernden Bächen und Sonnenstrahlen, die sein Haar verwandelten, und von dem unermesslichen Glück, ihn nach der Krankheit am Leben zu wissen ...

Und damit erwachte ich. Das Leuchten im Stall erlosch.

Er hatte überlebt und würde die Burg verlassen, bald schon, ohne einen Gedanken an mich zu verschwenden. Diese Idee schmerzte sehr, doch ich probierte sie erneut aus, wie um mich selbst zu opfern, zu schauen, wie viel Schmerz ich aushielt... Er wird gehen. Ohne ein Wort, ohne einen Blick – nie seine Haut gespürt, seine Lippen geschmeckt... Wie ein Rinnsal aus Tränen lief die Trauer, bahnte sich ihren Weg durch alle Vernunft und besseres Wissen, bis sie zu einem reißenden Strom wurde, in dem ich versank.

Ich schlug die Hände vors Gesicht und weinte.

»Alienor! Alienor! Kind, wo seid Ihr? Antwortet doch!«

Maias Stimme klang heiser, als riefe sie schon lange nach mir. Ihre Holzschuhe klapperten über das Pflaster im Hof, als sie das Küchenvolk nach meinem Verbleib befragte. Niemand hatte mich gesehen. Niemand wollte mich gesehen haben, das spürte ich. Sie misstrauten mir. Abergläubische Mägde, geschwätzige Küchenmädchen, sie würden keine meiner Anordnungen befolgen, solange ich in Ungnade gefallen war. Fast sehnte ich das Gottesurteil herbei, um ihnen allen, selbst dem letzten Gänsejungen, zu beweisen, dass ich unschuldig war und in jeder Beziehung reinen Herzens.

»Alienor! Liebes Kind, wo seid Ihr denn?« Sie stand vor dem Stall. Langsam wischte ich mir mit der Fellseite des Umhangs die Tränen aus dem Gesicht, vergrub mich ein letztes Mal in die weichen Haare, die wie eine Hand über meine Haut fuhren... Und dann versteckte ich den Umhang wieder im Stroh, in der Ecke, wo ich ihn gefunden hatte und wo Erik seine Nächte als Stallbursche verbracht hatte. Ich holte tief Luft und stand auf. Die kürzeste Minnegeschichte der Welt begann und endete hier im Stall und hatte weniger als eine Messe lang gedauert.

Meine Fingernägel bohrten sich wie kleine, spitze Messer in die Handflächen, als ich den Stall verließ. Der Kiefer tat mir weh.

»Alienor! Barmherzige Muttergottes, wo habt Ihr gesteckt! Überall habe ich Euch gesucht – Mädchen!« Maia schloss mich in die Arme und weinte vor Erleichterung. »Euer Bräutigam hat den Wunsch geäußert, Euch noch einmal zu sehen, bevor Ihr Euch in Klausur zurückzieht. Kommt, ich will Euch ein wenig herrichten, kommt!«

Mein Bräutigam wollte mich sehen. Ich folgte Maia in den Frauenturm. Meine Lippe schmeckte nach Blut.

»Euer Tuch, wo habt Ihr es denn schon wieder verloren? Und wo seid Ihr gewesen – was habe ich nach Euch gesucht ...« Unermüdlich plapperte sie vor sich hin, wuselte durch die Kemenate, kramte in der Truhe, behängte mich mit Kleidungsstücken und Ketten, zog sie wieder aus, um sie gegen andere zu vertauschen, kämmte mein Haar aus der Stirn und zupfte Locken hervor, bis sie alle wieder in der Stirn hingen.

»Ihr sagt ja kein Wort! Seid Ihr denn nicht überglücklich, wie sich alles zum Guten gewendet hat?« Sie legte den Pinsel zur Seite, packte mein Ohr und zwang mich, ihr in die Augen zu schauen. »Er hätte Euch ertränken lassen können!«, zischte sie. »Und das wisst Ihr. Stattdessen habt Ihr nun einen Mann, der Euch auf seinen Händen durch dieses Burgtor tragen wird, und sei es nur wegen der Ländereien und dem Ansehen, das er durch Euch bekommt. Seid gefälligst dankbar!«

Grübelnd betrachtete ich mich im Bronzespiegel, als sie mit meinem Gesicht fertig war. Mein Bräutigam wollte mich sehen.

Die Bienen in meinem Bauch hatten sich in Hornissen verwandelt und stachen wie mit einem einzigen Stachel. Beißend kroch der Schmerz die Speiseröhre hinauf. Wie viel mehr würde ich ertragen können?

»Lass mich allein gehen. Gisela ist in der Halle, sie kann bei mir bleiben.« Kopfschüttelnd sah meine alte Kammerfrau mir hinterher, wie ich die Stiege hinunterkletterte und im Dunkel des Hofes verschwand.

Dort draußen holte ich tief Luft – und lenkte meine Schritte nicht zur Halle, sondern stahl mich an der Mauer entlang zum Donjon hinüber und verschwand hinter dem schweren Portal. Die Wachstube war verwaist, auch der letzte Schildknappe saß drinnen in der Halle und zechte. Auf der Treppe, die in die Verliese führte, lag eine dicke Moosschicht. Fast wäre ich ausgerutscht, konnte mich aber im letzten Moment an einem Mauervorsprung festhalten. Nasser, grüner Schleim überzog meine Finger. Wie ein kalter Schleier legte sich die modrige Luft des Kerkergeschosses auf meine Brust. Im hintersten Winkel rasselte der Schlüssel des Knechtes, der um diese Zeit Essen an die Gefangenen verteilte. Vater hatte Heimbacher Geiseln eingekerkert, die er nur gegen ein gutes Lösegeld freilassen würde, tapfere Männer, denen es während der Kämpfe gelungen war, über Leitern in die Burg einzudringen, und die nun hier langsam verrotteten. Kaum jemand konnte sich vorstellen, dass Clemens sie auslösen würde. Auf Zehenspitzen stahl ich mich durch den Gang am Wachverschlag vorbei auf Naphtalis Tür zu. Die Kälte hatte mich im Nacken gepackt wie eine Katze, fast roch ich ihren stinkenden Atem.

Geheimnisvoll blinkte das Pentagramm über dem Türknauf, als ich zögernd den Klopfer ergriff und ihn dann gegen das Holz fallen ließ. Hermann öffnete die Tür und ließ mich ein.

»Wir haben dich schon erwartet, Mädchen.« Hinter Rauchschwaden, die den Versuchstisch umwölkten, tauchte der alte Jude auf, den Rührstab noch in der Hand. Hermann drosselte das Feuer unter einem der Glaskolben und öffnete ein Ventil, aus dem sogleich unter Pfeifen weißer Dampf entwich. Naphtali beobachtete die Flüssigkeit im Kolben und nickte. »Diesmal wird das Destillat intensiver werden. Mach weiter wie besprochen.« Er rollte ein Pergament zusammen, packte es in die Kiste und kam dann auf mich zu.

»Wie ich sehe, sitzt dein Kopf noch auf den Schultern, und hübscher als zuvor. Doch wie ich Albert kenne, hat er sich davon nicht rühren lassen.« Mit einer Hand drehte er mein Gesicht zu sich. »Dein Herz ist in Aufruhr.« Obwohl ich doch um jeden Preis Haltung bewahren wollte, stiegen mir wieder Tränen in die Augen. Ich bohrte die Fäuste in die Augenhöhlen, um das Schluchzen zu ersticken, krallte die Nägel in die Haut – Naphtali nahm mich in die Arme und wiegte mich wie ein Kind. Leise tröstete er mich mit Worten in seiner alten Sprache, entfernte das Tuch von meinem Kopf und strich mir beruhigend über die Haare. Der weise alte Mann schien das Leid, das mich verzehrte, zu kennen, wie er von Anbeginn der Tage die Ursachen meiner Tränen gekannt hatte, und seine Anteilnahme legte sich wie Balsam auf meine Seele.

»Trockne deine Tränen, Mädchen.« Aufmunternd bot er mir

irgendwann Platz in seinem Lehnstuhl an. Hermann reichte mir einen Becher Milch. Sie war heiß und duftete nach Zimt, Ingwer und Kardamom. »Trink, das bringt dich auf andere Gedanken. Denn wenn du möchtest, kannst du unseren Gast besuchen. Er ist auf dem Wege der Besserung. Und er hat nach dir gefragt.«

Heiß rann die Milch meine Kehle hinab. Gefragt hatte er nach mir. Mein Magen brannte. Ich war mir mit einem Mal nicht mehr sicher, ob ich die Begegnung wirklich wollte, doch Naphtali rückte bereits die Truhe von der Wand ab und zog den Teppich zur Seite. »Geh nur«, sagte er. »Wir haben unser Versteck ein wenig gesichert. Du kannst klopfen, wenn du wieder fort willst.«

Mit pochendem Herz trat ich durch die schmale Pforte und schloss die Tür hinter mir. Tassiah erhob sich gerade vom Kohlebecken, wo er Salbe zusammengestellt und Scharpie gezupft hatte. In Reih und Glied standen die Töpfchen voller Kräuter, Samen und Tinkturen, das Verbandzeug lag ordentlich gefaltet auf einem Tablett, und die Instrumentenkiste glänzte im Lampenschein. War es wirklich erst wenige Tage her, dass ich hier gesessen hatte? Wie fremd diese Welt auf einmal wirkte.

»Ich rechnete nicht damit, Euch so schnell wieder zu sehen, Gräfin.«

Erik ließ den Becher sinken, aus dem er gerade getrunken hatte, und sah mich an. Gewaschen und gekämmt ähnelte er kaum noch dem verschwitzten Fieberkranken, den ich zurückgelassen hatte. Kurze dunkelblonde Haare umrahmten das schmal gewordene Gesicht und fielen ihm, als er sich vorbeugte, in die Augen. Mein Herz krampfte sich bei seinem Anblick zusammen, doch ich drängte die heftigen Gefühle mit Macht zurück.

»Wollt Ihr Euch nicht setzen? Vielleicht mögt Ihr einen Becher Wein? Euer Vater verbirgt wahre Schätze in seinen Fässern, das hätte ich bei diesem Grobian nicht vermutet.« Er hielt inne. Ich war, ohne ihn zu unterbrechen, an die Tür zurückgegangen und rüttelte am Knauf, doch niemand öffnete. Tränen verschleierten meinen Blick.

»Seid so gut und teilt diesen Becher mit mir, Fräulein. Ich habe wirklich auf Euch gewartet.« Seine Stimme hatte jeden ironischen Unterton verloren. Langsam drehte ich mich um, konnte ihn vor lauter Tränen nicht erkennen. Hier war es, wonach ich gesucht hatte. Eine Prüfung, Schmerzprobe, ein Versuch, mich hart zu machen gegen das, was noch kommen würde...

»Setzt Euch und trinkt mit mir.« Wein gluckerte in einen Becher. »Dieser Tropfen ist eines Fürsten würdig – er wird Euch gut tun, Alienor.« Ich hungerte inzwischen so sehr nach Freundlichkeit, dass ich keinen weiteren Gedanken mehr verschwendete, sondern mein Gesicht abwischte und mich in gebührendem Abstand auf Tassiahs Kissen niederließ.

»Trinkt, Alienor.« Er reichte mir den Becher und sah mir zu, wie ich ihn Schluck für Schluck leerte. Der Wein rann mir mit einem leichten Brennen die Kehle hinab und betäubte den Schmerz in mir. Erik räusperte sich verlegen.

»Verzeiht den unfreundlichen Empfang. Ich – ich fühle mich so eingeengt hier unten. Sie wollten nicht, dass ich draußen liege, weil nach den Kämpfen allerhand Volk herumzieht.« Er lächelte versonnen. »Meister Naphtali ist sehr besorgt um meine Sicherheit.«

Stumm nickte ich. Sonst selten um ein Wort verlegen, wusste ich plötzlich nicht mehr, was ich sagen, worüber ich mit ihm reden sollte.

»Lasst mich Euren Becher auffüllen.« Diesmal war er randvoll, lief über, es tropfte auf mein Obergewand, als er ihn mir reichte, und diesmal setzte ich erst ab, als er leer war. Der Wein erzeugte eine ungeahnte Leichtigkeit in meinem Kopf und machte mir gleichzeitig die Glieder schwer. Ich wischte mir über die Lippen und starrte den nassen Kleidersaum an.

»Ihr – Ihr habt wohl Grund, Euch zu betrinken?« Als ich nicht antwortete, schob er die Karaffe weg. »Wie ich hörte, hattet Ihr ein Gespräch mit Eurem Vater. Der Jude erzählte –«

»Wie du siehst, hat er mich nicht davongejagt.« Ich hob den Kopf. »Ich trage gräfliche Kleider und meinen Schmuck – wie du siehst, ist es vorbei.« Noch ehe ich die Worte ausgesprochen hatte, war mir klar geworden, dass er nie erfahren durfte, was in der

Halle geschehen war. Wie ich um meinen Ruf hatte kämpfen müssen. Wie allein ich mich dort gefühlt hatte. Und wie sehr ich ihn herbeigesehnt hatte, seine Energie und Zuversicht selbst in aussichtslosen Situationen... nie durfte er das erfahren! Denn schon bald würde er dieser Burg für immer den Rücken kehren. Bei dem Gedanken brach mir fast das Herz. Vielleicht wollte ich gerade deswegen um jeden Preis mein Gesicht wahren.

»So – so habt Ihr ihn also überzeugen können, dass es mich nicht mehr gibt?«

»Er glaubt die Geschichte mit dem Feuer. Niemand käme auf die Idee, dich hier zu vermuten.«

»Gut. Sehr gut.« Er lehnte sich zurück und sah mich lauernd an. »Und Ihr? Was ist mit Euch, Alienor?«

»Was soll mit mir sein? Was willst du hören?«

»Was ich hören will?« Seine Augen wurden dunkel vor Ärger, die Brauen trafen im Gewitter aufeinander. »Ich habe mich höflich nach Eurem Befinden erkundigt! Gräfin, wenn Euch dieses Gespräch zuwider ist, dann geht – geht jetzt!«

Ich blitzte ihn an und stand auf. »Es ist mir sogar sehr zuwider!« Hatte ich heute nicht schon genug Rede und Antwort stehen müssen? Erbost verließ ich die Höhle durch den schmalen Gang, der zum Garten führte.

Ein Meer von Glockenblumen wiegte sich im Schein einer Öllampe, und die Oberfläche des Teichs kräuselte sich im Wind. Tassiah brachte mir eine gepolsterte Matte und Kissen, und ich ließ mich nieder. Es hatte einfach keinen Zweck. Seine Angriffslust ließ jede Begegnung zur Qual für mich werden – ich brauchte meine Kraft doch für wichtigere Dinge...

Hinter mir raschelte es.

»Der Jude wurde zu Eurem Vater gerufen und verhört. Geschah das unter vier Augen?« Erik kniete sich unter sichtlichen Schmerzen auf das andere Ende der Matte. Ich sah, wie er im kühlen Wind schauderte und sein Hemd zusammenzog. »Wer war noch dabei? Wollt Ihr mir nicht wenigstens das sagen, Alienor?« Er würde nicht aufgeben. Ich starrte auf den schwarzen Teich.

Seine Nähe machte mich beklommen, ließ die Sehnsucht aufflackern, die ich doch zu verdrängen suchte.

»Es war ein öffentliches Verhör«, sagte ich schließlich. »Vater befragte mich im Saal vor allen Leuten. Ich habe ihm erzählt, was geschehen war und warum es so kam, und der Jude bestätigte meine Geschichte.« Dann wagte ich einen Blick in sein Gesicht. »Das war alles.«

»Das war alles«, wiederholte er langsam und beugte sich vor. »Ein öffentliches Verhör – das war alles? Keine Strafe, keine Buße?«

Ich reckte mich. »Mein Vater hat mich nicht gestraft. Das konnte er gar nicht, weil der Hochzeitstermin schon feststand.« Ich verschränkte die Finger, wie um mich selber zu spüren, wenn ich es aussprach. »Im Sommer werde ich die Frau des Herrn von Kuchenheym.« Der ganze Garten schien hiernach die Luft anzuhalten, und ich meinte, mein Herz in dieser Stille klopfen zu hören. Erik rührte sich nicht. Sein Gesicht verriet keine Regung, sosehr ich auch danach suchte. Tassiah huschte herbei und legte ihm eine Decke um die Schultern, und mir kam es vor wie eine Ewigkeit, bis er danach griff und sie enger zog.

»*Ganga mál sem audnar*«, murmelte er. »*Augu þína standa fram...*« Ich beobachtete, wie er sich vorsichtig hinsetzte und die Beine kreuzte. »*Ganga mál...* Und alles wendet sich zum Guten für Euch. Euer Vater verzeiht Euch, und am Ende gibt es eine Hochzeit. Das ist ja wie im Märchen, wunderbar, ich gratuliere, Gräfin.«

»Danke«, erwiderte ich trotzig, ohne mir anmerken zu lassen, wie sehr mich sein Sarkasmus verletzte. »Nun weißt du alles, was es zu wissen gibt.« Darauf schwieg er; sein Gesicht lag im Dunkel. Ich ertrug dieses Spiel, das ich selbst begonnen hatte, nicht länger, und so machte ich Anstalten aufzustehen –

»*Blót ok bólvan* – Ihr lügt!!!« Hart umschlossen seine Finger meinen Arm. »Ihr konntet noch nie lügen, versucht es also gar nicht erst!« Im Lampenlicht glitzerten seine Augen böse. »Sagt mir endlich die Wahrheit!« Sein Griff wurde härter, ich versuchte, ihm den Arm zu entziehen, wehrte mich, kämpfte auf den Knien um Gleichgewicht und stieß dabei die Öllampe um. Erik ließ mich los. Das feuchte Gras rauchte, als die Flammen mit dem Öl zwischen den Halmen hindurch in den Teich rannen, wo sie mit einem Zischen erloschen. Gnadenlos beleuchtete das Mondlicht nun, was die Schatten vorher verborgen hatten – ein bleiches Gesicht, tiefe Ränder unter den Augen. Ich rieb mir den Arm. Er atmete heftig, und ich spürte seine Wut auf mich, die sich ihm widersetzte, auf die Krankheit, die ihn schwächte, auf meinen Vater, der an allem Übel schuld war…

»Was willst du noch wissen? Wer neben ihm saß?« Erregt fuhr ich mir durch die Haare, ballte die Fäuste. »Dass er mich angebrüllt hat? Dass ich zurückgebrüllt habe, vor allen Leuten, und dass die Grafschaft von diesem verdammten Tag noch lange sprechen wird?«

Der Hauch eines fassungslosen Lächelns glitt über sein Gesicht. »*Lykill gengr at lási* – dieses Theater kann ich mir gut vorstellen… Aber der Jude! Warum musste er zum zweiten Mal nach oben, was wollten sie von ihm? Und der goldene Kasten –«

»Der gehört in eine Kirche, falls du dich erinnerst, Heide!«

»Aber was hat der Bischof hier zu suchen?«, zischte er und kroch näher, und ich sah, wie Zorn und Schmerz sein Gesicht zurückeroberten. »Ich weiß, dass ein *hyrningr* auf der Burg ist – was geht da oben vor? Ihr lügt, ich sehe, dass Ihr lügt, dass Ihr etwas verbergt…«

Ich wandte mich ab, erschöpft von all den Kämpfen, die dieser Tag von mir forderte.

»Euch verdanke ich mein Leben, *meyja*.« Er kniete dicht vor mir, ich spürte es mit allen Sinnen, noch bevor ich ihn sah. »Und ich habe vor allen anderen ein Recht zu wissen, was mit Euch geschieht.« Zögernd hob ich den Kopf. Seine Augen schimmerten dunkel und voller Leben – nie würde er erfahren, dass sie mich fast um den Verstand gebracht hatten.

»Quäl mich nicht, Erik. Ich werde mich nach christlichem Ritus reinigen, und dann ist alles vergessen.« Vergessen. All die Angst, die mich in der Halle schier verzehrt hatte, drohte wieder hochzukommen, mich zu überwältigen, vor seinen Augen – nein, das durfte nicht sein, ich musste stark bleiben –

»*Hví ertu illa leikinn*...« Mit zwei Fingern berührte er den roten Streifen, der mein Gesicht durchzog, und den Maias Farbe nicht ganz verbergen konnte. Ich erzitterte unter dieser plötzlich intimen Berührung. »Von was soll der Weiße Krist Euch reinigen?« Seine Stimme war kaum zu vernehmen. Ich wandte mich ab und rang um Haltung.

»Ich – ich wurde gebeten, mich einer Wasserprobe zu unterziehen, bevor ich die Ehe mit dem Kuchenheymer eingehe.« Nach diesen Worten war es sehr lange still, doch wagte ich nicht, mich umzudrehen.

»*Skirsla* – eine Wasserprobe. Eine Wasserprobe ist ein Gottesurteil, Gräfin. Nehmt Ihr mich auf den Arm?!« Er riss mich herum. »Was wirft man Euch vor? *Eigi var ek of mikill vid þik, aldri – aldri!* Beim Thor, Ihr seid so unschuldig wie ein Lamm – wer wagt es, das anzuzweifeln?«

»Natürlich bin ich unschuldig, deshalb werde ich diese Probe ja auch bestehen. Zweifelst *du* etwa daran?« Ich machte mich los. »Wie soll ich meinen Ruf denn sonst vor aller Welt wiederherstellen? Sie verlangen es, und sie werden es bekommen –«

»Wer verlangt es, Alienor? Wer? Euer Vater?« Seine Augen begannen zu sprühen vor Hass. »Möge sein Geschlecht auf ewig verdorren, damit er sein Schwert vergraben muss –«

»Mein Vater hat damit nichts zu tun, Erik. Er hat mich sogar verteidigt.« Und dann legte ich meine Hand auf die Schlange, die seinen Arm bewohnte. »Schweig jetzt, bitte. Mein Gott weiß, dass ich unschuldig bin, er wird bei mir sein. Und jetzt muss ich gehen.«

Ich raffte meine Tunika, damit sie im Abendtau nicht nass wurde, und ging auf den Höhleneingang zu. Das Gespräch mit ihm hatte mich sehr aufgeregt – guter Gott, wie sollte ich Ruhe finden, vor diesen Augen, und seinem Geruch, der mir noch in der Nase hing...?

»Alienor!« Er war hinter mir, keuchend, die Hand in die Seite gedrückt, und hielt mich am Kleid fest. »Alienor, wartet, bleibt noch einen Moment.« Widerstrebend drehte ich mich um. Noch ein Schritt, und er versperrte mir den Eingang. Sein Gesicht war leichenblass.

»Hört mich an. Wenn Ihr – wenn Ihr ins Wasser geht – holt tief Luft vorher. Holt Luft und atmet sie langsam unter Wasser wieder aus, dann sinkt Ihr von selbst – und nur dann! Vergesst das nicht – Luft holen und langsam ausatmen, damit Ihr nicht erstickt…« Ich starrte ihn an, erschrocken über diesen Ausbruch und die Dringlichkeit in seiner Stimme. Und dann nahm er meine Hand und umschloss sie mit allen Fingern. »Versprecht es mir, Alienor – versprecht mir, genau das zu tun! Ein Gottesurteil ist von Menschen gemacht – Euer Gott wird Euch nicht beistehen. Das müsst Ihr selbst tun. Eure Kraft – und daran müsst Ihr fest glauben –, einzig und allein *Eure* Kraft wird Euch helfen, versteht Ihr?« Ungläubig starrte ich ihn an und entriss ihm meine Hand.

»Was redest du da, Heide? Verschwinde, lass mich durch!«

Er packte meine Arme und hielt sie fest. »Erinnert Euch, was ich im Wald zu Euch sagte! Ihr lebt jetzt, und Ihr habt nur dieses eine Leben – es liegt in Eurer Hand, was Ihr damit anfangt!«

»Der Teufel spricht aus deinem Mund…«, flüsterte ich entsetzt und versuchte, mich zu befreien. Er zog mich näher.

»*Kærra*, ich habe Menschen ertrinken sehen, vor meinen Augen. Und alle sind sie wieder nach oben getrieben, jeder einzelne Leichnam! Dem Wasser ist es gleichgültig, wie unschuldig das Opfer ist! Bitte hört auf mich – so lange noch Luft in Euch ist, werdet Ihr nicht versinken…« Mein Widerstand erlahmte. Unter meinen Füßen schwankte der Boden. Das klare Wasser färbte sich schwarz und wurde durch die Worte des Heiden zur Bedrohung für mein Leben.

»*Hva kennisk þér til* – fürchtet Ihr Euch?«, fragte er irgendwann, ohne mich loszulassen, als hätte er das Beben unter mir bemerkt. Ich nickte nur. Das Wasser rollte in schwarzen Wellen durch meine Fantasie und drohte mich zu verschlingen, um mich gleich darauf wieder auszuspucken, vor die Füße der Kirchenmänner, die triumphierend meine erwiesene Schuld in alle Welt hinausposaunten…

»Wenn Ihr meine Worte beherzigt, wird Euch nichts geschehen. Konzentriert Euch auf etwas, wenn Ihr ins Wasser geht, ganz gleich, worauf – Ihr dürft nicht in Panik ausbrechen, hört Ihr? Ruhig atmen, ruhig und konzentriert –«

»Ich bin doch unschuldig«, murmelte ich verwirrt vor mich hin, »unschuldig, bin unschuldig...« Ohne den Blick von mir zu lassen, schob er meine Hand unter sein Hemd, auf seine Brust, und hielt sie dort fest. Ich spürte die Adlerkralle meines Vaters – und Eriks Herzschlag, heftig wie eine Trommel, und mir brannten die Finger.

»Konzentriert Euch darauf, Alienor«, sagte er leise. »Es wird in jener Stunde nur für Euch schlagen.« Ich sah in seine Augen, öffnete mich, tauchte ein in das tiefe Blau, verlor mich darin...

Jemand räusperte sich hinter uns. Wir schraken zusammen.

»Man sucht dich bereits, Alienor.« Meister Naphtali hob die Lampe höher und leuchtete mir ins Gesicht. »Dein Bräutigam wollte dich sehen.«

Ich habe ihn bereits gesehen, fuhr es mir durch den Kopf, und ich merkte, wie ich rot anlief. Hastig riss ich mich los und machte ein paar Schritte in den Gang hinein, als ich seine Stimme noch einmal hörte.

»Werdet Ihr mich wohl wieder besuchen, Gräfin?« Langsam drehte ich mich um. In meinen Fingern loderte ein Feuer, da, wo sie ihn berührt hatten, und mir war ganz seltsam zu Mute.

»Werdet Ihr wiederkommen?«, drängte er. Und ich nickte stumm.

»Ich warte auf Euch, Gräfin.« Das Mondlicht färbte sein Gesicht schneeweiß, und seine Augen brannten wie zwei Kohlestücke. Sie verfolgten mich bis in meine Kemenate.

13. KAPITEL

Weh' dem, der allein ist, wenn er fällt!
So ist kein anderer da, der ihm aufhelfe.
(Prediger 4,10)

Maia erwartete mich bereits an der Tür zum Frauenturm.

»Wo habt Ihr gesteckt, Herrin? Der edle Herr von Kuchenheym wartete vergebens auf Euch und ist nun zu Bett gegangen. Gisela hat Euch in jedem Winkel gesucht!«, sagte sie mit vorwurfsvoller Stimme und schloss die Tür hinter mir ab. »Durch Euer trotziges Verhalten macht Ihr alles nur noch schlimmer, seht Ihr das denn nicht?«

»Ach, Maia«, murmelte ich. Da nahm sie meinen Arm und führte mich die Stiege hoch.

»Liebes Mädchen, Ihr seid ja ganz durcheinander. Kommt und esst Euch noch einmal satt, ich habe feine Dinge aus der Küche kommen lassen.« In der Kammer drückte sie mich auf die Bank und schob ein Tablett mit Schüsseln und Näpfen heran. »Esst, Liebes. Dann schlaft Ihr gut und könnt Euch morgen Eurem Herrn und Allmächtigen widmen.« Erwartungsvoll hockte sie sich auf den Schemel. Ich vermied es, sie anzusehen, und starrte stattdessen in die Suppenschüssel. Seine Augen gingen mir nicht mehr aus dem Sinn.

Als sie mich zu Bett brachte, sprach sie kein Wort, zutiefst beleidigt, weil ich kaum etwas von den heimlich besorgten Speisen angerührt hatte. Nicht einmal die Kerze ließ sie brennen, als sie mich verließ, um sich nebenan bei Gisela und Emilia zur Ruhe zu legen.

Natürlich fand ich keinen Schlaf und wälzte mich in der Dunkelheit unruhig von einer Seite auf die andere. Durch den Fensterspalt, den wir im Frühling nicht mehr mit Teppichen verhängten, drang das fahle Mondlicht und zauberte Schatten an die Wand. Ich setzte mich auf. Eine Katze schrie in der Nacht. Aus der Nachbarkammer erklang stotterndes Schnarchen – Gisela hatte wohl wieder zu viel getrunken.

Seufzend zog ich die Knie an und wickelte das Fell enger um meinen Körper. Ob Vater auch nicht schlafen konnte? Mir wurde bewusst, wie aberwitzig die mir auferlegte Wasserprüfung war. Da war ich ausgezogen, um wieder gutzumachen, wo er schwer gesündigt hatte, hatte ein Menschenleben gerettet, und nun saß ich selbst auf der Anklagebank! Je länger ich darüber nachdachte, desto weniger verstand ich. Wie konnte Gott zulassen, dass sie *mich* verurteilten? Die Unruhe in meinem Kopf trieb mich aus dem Bett. Leise, um niemanden zu wecken, hüllte ich mich in einen wollenen Umhang, entzündete einen Kerzenstummel und stieg auf das Dach des Frauenhauses. Hier konnte ich den Nachthimmel in seiner ganzen Pracht sehen, den Mond und meine geliebten Sternbilder – ferne Bilder der Ewigkeit, die die irdischen Probleme so unbedeutend erscheinen ließen. Und doch entschied der Mensch, was bedeutend war und was nicht. Auf einen bloßen Verdacht hin schickten sie mich ins Wasser. Ich zog mir den Umhang über den Kopf und starrte in die Dunkelheit unter mir.

War es denn nicht wichtiger, dass Erik lebte, dass mein Vater sich nicht auch noch eines Mordes schuldig gemacht hatte? Ich seufzte auf. Warum glaubten sie mir nicht einfach? Warum hackten die Priester so auf einer Frau herum? Fulkos triumphierender Blick fiel mir ein, und frierend zog ich den Umhang enger um mich. Mein Vertrauen in diesen Mann war zutiefst erschüttert worden. In mir begannen sich Fragen zu regen: Wie konnte er unbehelligt einem Menschen nach dem Leben trachten? Wie konnte ein Priester es sich anmaßen, über Leben und Tod zu richten, und gleichzeitig von Gottes Liebe und dem siebenten Gebot predigen? Wie konnte es sein, dass ein Mann sich die Hände beschmutzen konnte, ohne Strafe fürchten zu müssen? Und mich stellten sie vor Gericht – mehr noch, Fulko wagte es, mich zauberischer Kräfte zu verdächtigen, mich vor allen Leuten eine Zauberin zu nennen!

Die ohnmächtige Wut über diese Ungerechtigkeit trieb mir die Tränen in die Augen.

Ich rieb mir fröstelnd die Arme, fuhr die Schulter hoch zum Hals, verfing mich in den kurzen Haaren. Ein Schauder lief mir den Rücken hinab. Ich lehnte mich zurück, spielte mit einer Locke, genoss das sanfte Kitzeln im Nacken. Und dann tastete ich über die Wange, bis ich jenen Streifen wieder fand, der mein Gesicht zerteilte. Mein Finger wanderte die Narbe entlang, leicht wie eine Feder, wie die Finger dessen, der mich nicht schlafen ließ... Verschämt versteckte ich die Hände unter dem Fell und schluckte.

Wo endet die Unschuld? Nach dem Urteilsspruch von heute Nachmittag war ausschlaggebend, was eine Frau mit ihrem Körper tut. Was aber war mit den Gedanken? Meister Naphtali pflegte immer zu sagen, dass alle Dinge, die guten wie die schlechten, im Kopf des Menschen begannen. Seit ich aus dem Keller gekommen war, kreisten meine Gedanken um diesen Mann, um seine Stimme, seinen Blick, um jenen Moment, da ich sein trommelndes Herz spürte, und um seine Hände, die mir Halt gegeben hatten. Konnte ich denn vor Gottes allwissendem Auge überhaupt noch unschuldig sein, wenn ich mich gleichzeitig in unkeuscher Sehnsucht verzehrte, wenn die Erinnerung an unsere Nähe eine Gänsehaut hervorrief, als hätte er selbst mich berührt? Mein Körper war unversehrt, doch mit dem Kopf hatte ich bereits tausendfach gesündigt. Die Kirche verglich die Heiden mit bösen Tieren, hinterlistig, gefährlich, jeder Einzelne war ein Geschöpf des Teufels. Ich begehrte einen von ihnen – musste Gottes Urteil über mich nicht schon längst feststehen?

Meine Nase lief, und ich schnäuzte mich in den Hemdärmel. Was würde mit mir geschehen, wenn man mich für schuldig befand? Würde man mich verstoßen, verjagen, lebendig begraben? Unzucht mit einem Heiden galt schlimmer als Sodomie und konnte nicht hart genug bestraft werden. Im Geiste sah ich mich schon im Kerker des Kölner Erzbischofs, sah einen geschundenen, gequälten Körper, den Tod herbeiwünschend... wie jener Mensch, den ich am Fest des heiligen Stephanus davor bewahrt hatte. Eine Wolke der Schmach würde auch über meine Familie ziehen, man würde über meinen Vater lachen, der so dumm war, einen Heiden bei sich aufzunehmen, würde am Ende auch ihn dafür strafen.

Erik durfte von alldem nichts erfahren. Ich rieb mir die Augen, bis sie brannten. Seine Reaktion in Naphtalis Garten ließ mich ahnen, dass ich ihm nicht gleichgültig war. Und doch mussten sich unsere Wege trennen, nichts sollte jetzt seine Heimkehr in das kalte Land im Norden noch verzögern. Bestand ich die Prüfung, so war mein weiteres Leben vorgezeichnet – als Frau des Kuchenheymers auf einer Burg im Rheintal, vermögend und vielleicht sogar eines fernen Tages glücklich. Befand Gott mich jedoch für schuldig –

Meine Lippe schmeckte nach Blut. Nichts sollte er je erfahren. Meine tiefen Gefühle für ihn, was immer mich nach dem Urteil erwartete, nichts davon durfte ihn aufhalten. Seine Heimkehr war mein Sühnewerk, und ich wollte es vollendet wissen.

Lange saß ich auf der Bank hoch über der Burg und ließ die Gedanken wandern, und ich fragte mich, was der Allmächtige hier wohl für ein Spiel mit mir trieb, dass er Feuer legte an mein Herz und mich dann ins Wasser schickte. Kein Wasser der Welt konnte diesen Brand löschen! Ich legte den Kopf in den Nacken, und die Sterne schienen näher zu sein als sonst. Das Firmament wirkte nicht mehr Furcht einflößend, sondern friedlich, und meine Liebe lag eingebettet in seine Unendlichkeit.

Deine Wege sind Dein Geheimnis, dachte ich schließlich. Du allein bestimmst, was geschieht, Dir vertraue ich mich an, Herr. Und ich kniete nieder auf dem bemoosten Steinboden und betete inbrünstig um Seinen Beistand. Vielleicht erhörte Er mich, denn als im Osten die Sonne aufging und ich auf der Bank einschlummerte, war meine Angst verflogen.

Maia fand mich auf dem Dach und schimpfte los, bevor ich die Augen aufgeschlagen hatte. Ich würde mir in der Kälte den Tod holen, ob ich denn närrisch geworden sei, langsam würde sie dem Benediktinerabt Glauben schenken, dass der Leibhaftige mich besucht hätte.

Staunend hörte ich, was auf der Burg die Runde machte. Man hatte in der Nacht ein geheimnisvolles Licht im Frauenturm gesehen, blutrot und flackernd – »Aber ich habe doch die Lampe mitgenommen, damit Er Euch nicht findet«, rechtfertigte sich meine Kammerfrau sogleich –, und ein Gespenst aus Asche hatte die Pferde im Stall so sehr erschreckt, dass eine Stute am Morgen eine Totgeburt zur Welt gebracht hatte. Der Aschenmann wurde von den Stallburschen als der verbrannte Heide erkannt, und er würde sein Unwesen treiben bis zum Tag des Ordals, wo er mir bis ans Ufer folgen würde. »Und dann wird sich die Asche im Wasser auflösen, und Sassenberg ist befreit von diesem Teufel«, zischte Maia und zerrte mich die Stiege in meine Kammer hinab. »Deshalb werdet Ihr Eure Kammer nicht verlassen, es sei denn zum Gottesdienst, und der Priester wird bei Euch sein Tag und Nacht, um Euch vor ihm zu schützen. So hat es der mächtige Herr aus Köln heute Morgen angeordnet. Und jetzt sputet Euch, der Pater wartet bereits.« Damit stülpte sie mir ein einfaches Hemd über den Kopf, entwirrte reichlich grob und ohne die gewohnte Sorgfalt mein Haar und brachte mich in die Spinnstube, wo mein Beichtvater bereits auf mich wartete.

Er segnete mich, dann begleitete er mich in die Burgkapelle, wo er die Frühmesse zelebrierte. Man konnte die Anspannung der Anwesenden fast mit Händen greifen, ihre Blicke, hämisch, gierig, hier und da auch mitleidig, wetzten sich an mir, durchbohrten meinen Rücken – schuldig oder unschuldig? Hatte sie es getan? Sich dem Barbaren hingegeben, einem Wilden, hatte sie es wirklich gewagt? Noch nie hatte es auf dieser kleinen Eifelburg ein Gottesurteil gegeben! Ich war froh, wieder in die Abgeschiedenheit meines Turms zurückzukehren, wo nur der Pater meiner harrte und es vermied, mich direkt anzusehen.

Die Tage der Klausur zogen an mir vorüber wie eine lange Prozession von Gebeten, Psalmen und Gesängen, sie versetzten mich in einen solchen Rauschzustand, dass ich am dritten Tag schließlich auch das Essen ablehnte und nur noch ein wenig Wasser zu mir nahm. Pater Arnoldus nickte zufrieden. Er erteilte mir am letzten Abend die Absolution nach einer langen und ausführlichen

Beichte, bei der ein letzter Rest von Verstand verhinderte, dass ich mein Geheimnis preisgab. Ich hatte es mit hartem Willen verstanden, Erik in diesen drei Tagen aus meinem Denken zu verbannen, um mich Gott ganz hingeben zu können, doch diese letzte Gewissensprüfung zauberte ihn so leicht wieder her, als hätte er die ganze Zeit hinter dem Vorhang gewartet.

»Trinkt, Fräulein.« Mein Beichtvater reichte mir einen Becher, dessen Inhalt er gerade gesegnet hatte. »Gottes Geist gebe Euch Kraft.« Er zwinkerte verlegen. »Mag das Dienstvolk auch weiter von Geistern und dem Teufel sprechen, ich bin von Eurer Unschuld überzeugt. Der Herr wird Euer Flehen erhört haben.« Ich starrte ihn an. Hatte er das wirklich? Kaum war der Pater verschwunden, kamen die Zweifel wieder, die ich doch glaubte, ausgeräumt zu haben, einer nach dem anderen... Welche Art von Unschuld verlangte der Allmächtige von mir? All die Sünden, die ich nicht gebeichtet hatte, und jene Schuld, zu der ich mich nicht bekennen konnte, weil Vater sie auf sich geladen hatte, sie wuchsen zu einem düsteren Berg vor mir auf und verschatteten das Licht, das ich doch zu sehen geglaubt hatte.

Und so verbrachte ich die letzte Nacht voller Angst und Zweifel, rannte auf und ab und raufte mir die Haare. Er würde mir doch nicht helfen, ich verdiente es nicht – was sollte ich nur tun? Mit jeder Stunde rückte das Ordal näher, und damit mein Ende, wie auch immer es aussehen mochte. Verzweifelt ließ ich mich an der Wand auf den Boden rutschen. Wie hatte er damals gefragt? *Wisst Ihr, was es bedeutet, seinem eigenen Tod ins Auge zu sehen? Ohne fliehen zu können?* Ja, Erik, jetzt weiß ich es. Die Sehnsucht nach ihm drohte mich zu ersticken, und ich verbarg mein tränennasses Gesicht in den Händen. Warum – warum, warum nur...?

Und dann war es, als hörte ich seine Stimme wieder, und diese unglaublichen Dinge, die er mir im Garten verraten hatte. »*Ein Gottesurteil ist von Menschen gemacht – Euer Gott wird Euch nicht beistehen. Einzig und allein Eure Kraft...*« Ich saß starr. Was, wenn er Recht hatte? Von Konzentration hatte er gesprochen, und von Ruhe, und dass alles von mir selbst abhinge. Ich schüttelte den Kopf, bis mir davon schwindlig wurde – ketzerische Gedanken, ich musste sie vertreiben! Den Kopf in die Hände gepresst, versuchte ich, sie wegzuschütteln, weg, weg…

Einzig und allein deine Kraft. Er hatte so oft Recht behalten, fast jedes Mal, wenn ich dachte, der Blitz müsse ihn treffen für seine Worte. Und wenn er wieder die Wahrheit sprach? Es gut mit mir meinte? Ratlos betrachtete ich die Hand, die seine Brust berührt hatte, und fühlte mit einem Mal das Pochen in mir – war dies mein eigenes Herz? Es war im Kopf, in den Armen und im Bauch, kraftvoll, regelmäßig und zuversichtlich. Ganz ruhig hockte ich auf dem Boden und lauschte dem Klang in mir. Und die Angst verschwand, zog den Schwanz ein wie ein Tier und entwich durch das Fenster. Hatte Gott mich doch noch gefunden?

Stundenlang saß ich am Fenster und atmete tief die kalte Nachtluft ein. Ein ungeahntes Glücksgefühl erfüllte mich, so als hätte Sein Hauch mich gestreift, aller Schmerz, alle Angst waren vergangen, seit mich der ruhige Schlag erfasst hatte, und ich fühlte mich so leicht wie ein Vogel.

Das Floß, an dem der Zimmermann den ganzen Tag über eifrig gearbeitet hatte, stand im Burghof. Es sollte meine Richter über das Wasser tragen. Vater hatte seine Fertigstellung persönlich überwacht, und seine besorgte Miene ging mir nicht aus dem Sinn. Zweifelte auch er an mir? Der österliche Schmuck an der Kapellentür und am Pferdestall welkte vor sich hin. Ostern war vorüber, ohne dass ich etwas davon mitbekommen hatte. Trotzdem fühlte ich, dass Gott mir nahe war, dass Er mir helfen würde und dass Er mir die Liebe nachsah, die ich in einem Winkel meines Herzens verbarg. Auch wenn sie ohne Hoffnung war, schaffte sie es immerhin, mich in diesen Stunden zu wärmen und die bösen Geister – Visionen und Prophezeiungen von Tod und Leid – zu vertreiben.

Nach einer durchwachten Nacht erwartete ich den Morgen fast heiter. Alles würde gut werden.

Maia kam, um mir das Haar abzuschneiden, wie es der Archidiakon befohlen hatte. Unbewegt sah ich zu, wie Strähne um Strähne zu Boden fiel, wie sie rötlich in der Morgensonne leuchteten – vielleicht traf es ja zu, was die Menschen glaubten, dass in den Haaren magische Kräfte steckten. Darauf wollte ich nicht angewiesen sein.

»Ach Mädchen, wie schrecklich, all die wunderbaren Flechten! Eure Mutter wird im Himmel für Euch weinen«, schluchzte Maia und kehrte den schimmernden Haufen zusammen. »Seht nur.« Ich wandte mich ab. Es war nicht wichtig. Halte die Regeln ein und beweise deine Unschuld – um dein Haar weinen kannst du später! Ungerührt band ich mir ein Leintuch um den kahlen Kopf und straffte mich.

»Lass uns gehen, Maia.«

Die Kapelle war bis auf den letzten Platz besetzt. Das Gottesurteil hatte fast den Anstrich eines Volksfestes bekommen. Ritter und Lehnsleute, Frauen und Mädchen, Leute aus dem Dorf, alle drehten sie sich neugierig um, als Pater Arnoldus mich in die Kirche geleitete. Seht, da kommt sie, die Sünderin, stolz und mit erhobenem Kopf – so weit kann es kommen mit einer feinen Dame, las ich aus ihren Blicken –, in den Staub mit ihr, und lasst sie Demut schmecken! Vater würdigte mich keines Blickes. Welche Schmach musste es für ihn bedeuten, sein eigen Fleisch und Blut so vorgeführt zu sehen! Ich nahm meinen Platz ein und bemühte mich, konzentriert der Messe zu folgen, die Pater Arnoldus gemeinsam mit dem Abt des Benediktinerklosters verlas. Herwig von Köln saß auf einem Ehrenplatz und ließ mich keinen Augenblick aus den Augen. Einige Mönche aus dem Kloster sangen Choräle und verliehen der Messe einen feierlichen Charakter. Ich konnte mich der Wirkung nicht entziehen: Das Herz ging mir auf. Wie hatte ich nur jemals an der Größe und Güte des Allmächtigen zweifeln können? Ich wusste nun ganz sicher, dass ich unschuldig war, und Er würde seine Hand über mich halten, egal, was Erik sagte.

»Erhebe dich, mein Kind.« Mein Beichtvater, der die Rolle des Ordalpriesters innehatte, stand vor mir, den Leib Christi in der Hand.

»Du hast nun die Möglichkeit zu beeiden, dass du unschuldig bist, oder aber deine Sünden zu beichten. Ich frage dich, Alienor, Tochter des Albert zu Sassenberg: Hast du Unzucht mit Hans, dem ausländischen Sklaven getrieben, der nun tot ist und seine Schuld nicht mehr eingestehen kann? Bedenke, unser Herr, der Allmächtige Gott, Herr über Leben und Tod, der jede Sünde sieht und sie dir dereinst vergelten wird, hört deine Worte!« Mit der Hostie in der Hand stand er Ehrfurcht gebietend vor mir; das Priestergewand aus feinstem Linnen fiel in reichen Falten an seinem Körper hinunter. Unzählige Kerzen brannten in der Kirche, und ließen die Goldstickerei an Gewand und Stola des Priesters wunderbar erglänzen.

Andächtig senkte ich den Kopf und kniete zu seinen Füßen nieder. Sie steckten in alten Ledersandalen, seine langen Zehennägel waren schwarz vor Schmutz und rochen unangenehm nach altem Käse. Einen Moment lang drohten sie, meine Andacht zu zerstören. Ich schloss die Augen.

»Vor Gott schwöre ich, dass ich unschuldig bin, dass mein Körper so rein ist, wie eine Jungfrau es nur sein kann, und dass alle vorgebrachten Anschuldigungen falsch sind«, sagte ich mit lauter Stimme, damit es jeder hören konnte. Unschuldig. So unschuldig, wie ihr es hören wollt. Ein Raunen ging durch die Gemeinde. Jetzt waren sie alle gespannt; sicher hatten viele auf eine ausführliche öffentliche Beichte gewartet. Die Gerüchteküche musste in den letzten Tagen heiß gebrodelt haben.

Arnoldus reichte mir die Hostie. »*Corpus Domini Nostri Jesu Christi fiat hodie ad probationem!*«, sang er. Eine fast heilige Kraft durchdrang mich. Ich wusste, Seine Hilfe war mir gewiss.

Nach der Messe machte sich ein feierlicher Zug auf den Weg hinunter ins Dorf, wo das Seeufer schon mit Teppichen und Fahnen hergerichtet war. Die Priester nahmen mich in die Mitte, und unter Bußpsalmgesängen verließen wir die Burg. All diese Feierlichkeit und Pracht berauschte mich, keinen Gedanken verschwendete ich an den, der mir hatte einreden wollen, ich müsse mir selbst helfen. Gott war groß, ich fühlte es mit jeder Faser meines Wesens. Auf dem steinigen Weg ins Dorf liefen meine Füße wie auf Wolken gebettet.

Der kleine See lag in der Sonne, die Fahnen der Heiligen flatterten im Wind. Die Zuschauer verteilten sich am Ufer, Vornehme nahmen auf eigens herbeigeschafften gepolsterten Stühlen Platz. Hunderte von kleinen Glöckchen klingelten in der Menschenmenge – die Männer hatten sie sich an die Beinkleider nähen lassen, um alle bösen Geister an diesem bedeutenden Tage abzuwehren. Das Floß hatte man bis auf die Stelle, wo ich stehen sollte, mit Teppichen ausgelegt.

Ein Ministrant schwenkte sein Weihrauchgefäß über der Gemeinde und über dem See. Dann reckte Arnoldus die Arme zum Himmel und rezitierte den Exorzismus über das Wasser, um auch ihm die bösen Geister auszutreiben.

»*Exorciso te creatura aquae in nomine Dei patris omnipotentis, et in nomine Jesu Christi filii ejus Domini nostri, ut fias aqua exorcizata ad efugandam omnem potestatem inimici, et omne phantasma diaboli, ut, hic homo…*« Sein Singsang erhob sich in die Lüfte, schwebte über uns und ließ mich erschaudern. Ergriffen sang die Gemeinde: »Amen!« Der Ministrant schwenkte erneut sein Weihrauchgefäß. Eine Brise trieb mir die Rauchschwaden ins Gesicht, und ihr heiliger Duft benebelte meinen Geist.

»*Adiuro te aqua in nomine Dei patris omnipotentis, qui te in principio creavit, quique te segregavit ab aquis superioribus et iussit deservire…*«, beschwor Arnoldus weiter das Wasser. Ich dachte an gar nichts, mir war ganz leicht zu Mute. Als er fertig war, bewegten sich die Männer hinter mir.

Herr Gerhard, unser Waffenmeister, half mir auf das schaukelnde Floß. Es folgten mein Vater, der Abt, Pater Arnoldus samt Ministrant und Weihrauchgefäß, der Herr von Kuchenheym als Kläger und der Archidiakon mit seinem Sekretär. Gabriel sollte das Floß mit der langen Stange lenken. Er reichte Herrn Gerhard das Seil und stieß das Floß vom Ufer ab. Flüchtig erhaschte ich ein Zwinkern seiner braunen Augen. Mein Freund hatte nicht vergessen, dass ich Vater seinen Namen verschwiegen hatte.

Unser Floß trieb in die Mitte des Sees. Vertraut drang der Duft des Wassers in meine Nase, erdig und ein wenig nach Algen riechend. Der See und ich, wir waren Vertraute, hatte ich doch hier als Kind meine ersten Schwimmversuche mit den Kindern aus dem Dorf gemacht, zum Entsetzen meiner Mutter… Gabriel bremste seine Fahrt und brachte mit einem provisorischen Anker das Floß zum Stehen. Pater Arnoldus legte mir beide Hände auf den Kopf. Singend führte er seine Beschwörungen fort.

»*Adiuro te homo et contestor per patrem et filium et spiritum sanctum et individuam trinitatem, et per omnes angelos et archangelos, et per omnes principatus et potestates, dominationes quoque et virtutes…*«

Ich schloss die Augen. Gott, verlass mich nicht, dachte ich. Mein Herz fing mit einem Mal an heftig zu klopfen, ich biss mir auf die Lippen. »*…quod si diabolo suadente celare disposueris, et culpabilis exinde es, evanescat…*« Kreischend stieß eine Ente aus der Luft auf unser Floß nieder. Über unseren Köpfen machte sie eine kühne Kehrtwende und flatterte zum Ufer. Ich fuhr erschrocken zusammen.

»*…quia Deus noster iudex est, cuius potestas in saecula saeculorum. Amen.*« Arnoldus nahm die Hände von meinem Kopf. Der Waffenmeister trat vor, das Seil in der Hand. »Ich muss Euch nun fesseln, Herrin, würdet Ihr bitte Euer Gewand ausziehen…«, bat er, verlegen den Blick senkend. Unter den neugierigen Blicken der Umstehenden zog ich das Büßergewand über den Kopf und ließ es zu Boden fallen. Das Kopftuch fiel hinterher. Hastig versuchte ich, Brust und Scham vor den Männern zu verbergen. Vor allem mein Bräutigam ließ seinen Blick begehrlich von oben nach unten wandern, aber auch die Priester mochten die Augen nicht von meiner Blöße wenden und schienen sich nicht daran zu stören, dass ich mich nicht wehren konnte. Ich starb beinahe vor Scham.

»Bitte Herrin, lasst Eure Hände herunter, ich möchte Euch nicht weh tun«, raunte der Herr über alle Waffen auf der Burg. Ob wenigstens er an meine Unschuld glaubte?

Ich legte die Arme an den Körper, schloss bebend die Augen und fühlte, wie er das dicke Seil um meinen Körper schlang. Erst um die Mitte mit einem Knoten, dann um die Brust, dann wickelte er akkurat meine Beine bis zu den Knöcheln ein. Seine sorgsamen Hände verursachten mir eine Gänsehaut. Noch nie hatte ein Mann mich ungefragt so berühren können… Ich biss die Zähne zusammen, dass der Kiefer knackte, und schluckte die Tränen herunter. So demütigend hatte ich es mir nicht ausgemalt. Je mehr Seil ich um mich spürte, desto schwerer wurde mir das Atmen. Plötzlich hatte ich das Gefühl, keine Luft mehr zu bekommen, ein tonnenschwerer Alb lastete auf meiner Brust. Ich konnte nicht mehr durchatmen. Die Lunge schmerzte, es stach und drückte, und dann kroch wie ein kaltes, nasses Tier langsam die Panik in mir hoch, stieg aus den Tiefen der Eingeweide in den Magen, zwängte sich die enge Speiseröhre hinauf, sich genüsslich in jede Biegung schmiegend, sie wuchs, wurde breiter, dicker, drückte auf die Luftröhre. Aus dem Magen stieg ein ekelhaft saures Brennen hoch, bis in den Mund, die Übelkeit kam in Wellen über mich – Gabriel konnte mich gerade noch stützen, als ich grüne Galle in den See erbrach. Fürsorglich wischte er mir den Mund ab und hielt mich fest. Meine Finger krallten sich in die zarte Haut des Oberschenkels, bis ein Nagel abbrach. Ich zitterte.

Wo war Gott? Wo war er, hatte er mich nun doch allein gelassen? Ich starrte auf das dunkle Wasser. Es war mir jetzt gänzlich fremd. Und dann ergriff mich eine derart primitive nackte Angst, dass ich schreien wollte... wo war Gott? Eine Hand legte sich beruhigend auf meine Schulter. Hektisch wand ich den Kopf – und sah direkt in das ernste Gesicht meines Vaters. Er war einer meiner Ankläger, hatte meine Unschuld mit angezweifelt, war mir nicht zu Hilfe geeilt, als ich ihn brauchte. Er konnte mir die Angst nun nicht nehmen, im Gegenteil. Pater Arnoldus murmelte lateinische Gebete, der Weihrauch nahm mir den Atem. Wieder stieg Übelkeit hoch, sauer und breit, überzog die Zunge mit Pelz – ich würde ersticken. *Ihr dürft nicht in Panik ausbrechen. Ruhig atmen, ruhig und konzentriert.* Wo kam sie her, diese Stimme, die ich doch nicht hören wollte? Wild sah ich mich um, doch um mich herum waren nur die Gesichter der Männer. Ich riss an meinen Fesseln, behinderte Herrn Gerhard in seinem Tun. *Habt keine Angst.*

»Geh weg«, murmelte ich verstört, »geh weg aus meinem Kopf, geh.«

»Ruhig, Herrin. Gleich bin ich fertig.« Der Waffenmeister sah hoch. Ich schloss die Augen, versuchte normal Luft zu holen. Geh, lass mich – *konzentriert Euch*. Lass mich, Heide – geh, mein Gott wird mich finden! Ich schwankte. Gabriel hielt mich fest, seine Hände waren tröstlich warm. Das Seil schien mir immer mehr die Luft abzuschnüren, Gott, warum half mir denn niemand?

Und dann hörte ich ein Herz schlagen. Ruhig und regelmäßig, ohne Anfang, ohne Ende. Ein Schlagen, so endlos wie der Himmel über mir. *Es wird in jener Stunde nur für Euch schlagen.* Mich schauderte. Nein – nein. *Gott* hatte mich gefunden, so musste es sein. Er war da, hielt mich...

Herr Gerhard hatte endlich den Knoten, der anzeigen sollte, wie tief ich zu sinken hatte, nach den Vorstellungen des Anklägers geknüpft und war bereit. Er fasste mich am Arm und führte mich an den Rand des Floßes.

Pater Arnoldus intonierte einen Psalm. Herr, wo bist du... Mein Herz schlug bis zum Hals, und meine Finger krampften sich unter den Fesseln zusammen.

»Ich lasse Euch nun hinunter, Herrin. Gott sei mit Euch«, hörte ich hinter mir. Ich biss die Lippen zusammen, spürte seine Hand an meiner Schulter –

Hol tief Luft! schrie etwas in mir, ich gehorchte, und im gleichen Moment bekam ich einen kleinen Stoß von hinten und fiel. Den Mund zu einem lautlosen Schrei aufgerissen, stürzte ich in die Tiefe – der Schock, als mich das kalte Wasser verschlang, die Massen wie eine Mauer über meinem Kopf zusammenbrachen, der Schwung mich in die Tiefe riss, war unbeschreiblich. Kopflos zerrte ich an meinen Fesseln, der Zwang, meine Gliedmaßen jetzt sofort auf der Stelle bewegen zu müssen, wurde immer übermächtiger – los, weg, auseinander – *auseinander* –, doch unerbittlich fest hielt das Seil mich umschlungen, kein Knoten löste sich, sie saßen alle fest, so fest, schnürten mich ab, meine Lungen wollten platzen, in der Panik riss ich den Mund auf, Luft, *Luft* – ich fühlte, wie es mich nach dem Fall wieder nach oben trieb, und öffnete die Augen. Durch die Wasseroberfläche sah ich die Sonne, und das Seil, an dem ich hing. Ich und mein Schicksal. *Einzig und allein Eure Kraft wird Euch helfen*. Verzweifelt strampelte ich gegen den

Auftrieb an, doch das beschleunigte ihn nur. *Einzig Eure Kraft…* Gurgelnd schluchzte ich auf, verbrauchte kostbare Luft. Luft – *dem Wasser ist es gleichgültig, wie unschuldig das Opfer ist.* Es brannte in meinen Augen, und kurz bevor ich die Wasseroberfläche erreichte, kniff ich sie zusammen, fest – o Gott, lass es für immer sein!

Und dann sah ich ihn vor mir, hörte seine Stimme, tat, was er befahl. Das Schlagen war wieder da, dumpf und dröhnend wie eine Trommel, bis in die Fingerspitzen. Ich öffnete den Mund und ließ Luft ab, dann noch etwas und noch einmal, langsam und regelmäßig, und ich merkte, wie ich sank. Ein Karpfen kam näher und beglotzte mich neugierig. Es wurde immer dunkler um mich herum, je tiefer ich sank. Die Luft aus meinen Lungen war längst verbraucht, doch die Stimme war immer noch da und hielt mich in Bann. In meiner Brust schlug die Ewigkeit wie eine Glocke. Das Seil war verschwunden, nichts engte mich ein. Ich hatte keine Angst mehr.

»Seid Ihr von Sinnen, sie so lange unter Wasser zu lassen? Seht selber, fast wäre sie ertrunken!«, polterte jemand direkt neben meinem Ohr. Es dröhnte und rauschte um mich herum, und mir war entsetzlich kalt. Ich schlug die Augen auf und sah als Erstes Herrn Gerhards besorgte Züge. Vater beugte sich mit zornrotem Gesicht über mich. Neben ihm stand der Herr von Kuchenheym, das Seil noch in der Hand. »Ich wollte ganz sicher sein, das könnt Ihr mir nicht verübeln«, sagte er achselzuckend. »Gebt zu, einen Moment sah es so aus, als würde sie auftauchen.« Er kniete neben mir nieder und nahm meinen Arm. »Seid Ihr wohlauf, Fräulein?« Wie zufällig verirrte sich seine Hand auf meine Schulter und rutschte auf das Seil, das meine Brust immer noch umschlungen hielt.

»Sicher friert das Fräulein.« Damit warf Gabriel seinen Umhang über mich und zog sein Messer, um das Seil zu durchtrennen. Eilig brachte Herr Hugo seine Hände vor den fahrigen Bewegungen meines Befreiers in Sicherheit. Ich hustete und spuckte und lachte gleichzeitig, und Tränen der Erleichterung rannen über meine Wangen, als ich meine Arme wieder bewegen konnte.

»Dein Bräutigam hat dich etwas gefragt«, zischte mein Vater, dem dieses Manöver nicht entgangen war. »Antworte ihm. Bist du wohlauf?« Ich hustete wieder – das Seewasser schmeckte widerlich – und sah Gabriel an. »Hätte der edle Herr mich nicht gerettet mit dem Seil, so wäre ich von dem anderen in die Tiefe gezogen worden!«, sagte ich mit todernster Miene. Gabriel biss sich auf die Lippen. Jemand hinter uns hielt erschreckt die Luft an.

»Sie weiß ja nicht, was sie sagt«, raunte Herr Gerhard.

»Es ist das Wasser –« Des Sekretärs Stimme klang heiser.

»Der Leibhaftige im See?« Der Ministrant war im Stimmbruch und kiekste vor Schreck noch mehr als sonst. »Ist der Leibhaftige wirklich in diesem See?«

»Unsinn!« Pater Arnoldus nahm ihm das Weihrauchgefäß ab, verteilte aber vorsichtshalber noch ein paar Wölkchen über dem See.

»Aber etwas hat gezogen«, beharrte ich. Kuchenheym sah beunruhigt von mir zu den Priestern.

»Hast du ihn gesehen?« Gabriel riss die Augen auf, obwohl er kaum ernst bleiben konnte.

»Es war rabenschwarz dort unten, aber –«

»Dummes Weibergeschwätz – natürlich ist der Teufel nicht hier im See! Hätten wir ihn sonst für diese heilige Handlung ausgesucht?« Der Kölner klatschte verärgert in die Hände. »Wir sahen, wie sie sank und wie das Seil locker im Wasser hing – und damit ist sie unschuldig, im Namen des Allmächtigen!«

Vater beobachtete mich mit einer gewissen Schärfe. »Deinen Mund wirst du jetzt halten«, brummte er und legte auch seinen Umhang über mich. Das Floß stieß am Ufer an, und fast erleichtert verfolgte er, wie der Kölner Kirchenmann vor die Versammelten trat und berichtete, wie die Probandin zwei Seillängen tief ins Wasser gesunken war und demzufolge ihre Unschuld vor Zeugen bewiesen habe. Der Hochzeit mit dem Herrn von Kuchenheym stehe nun nichts mehr im Wege. Das Letzte, was ich sah, bevor die Erschöpfung ihren Tribut forderte, war mein Beichtvater, der sein Weihwasser in einem unbeobachteten Moment über dem See verspritzte und hinter vorgehaltener Hand einen Psalm dazu murmelte.

Hände packten mich und legten mich auf eine eilends herbeigeschaffte Bahre, jemand breitete Felldecken über mich. Alles drängte sich an die Bahre, wollte mich berühren, die ich der Gnade Gottes teilhaftig geworden war und an deren Unschuld kaum jemand wirklich geglaubt hatte. Ich schloss die Augen. Eine bleierne Müdigkeit befiel mich. Kaum spürte ich, wie sie mich zur Burg zurücktrugen, in den Frauenturm brachten, wo Maia mich aus den feuchten Zudecken schälte und in warme Decken packte. Emilia lag irgendwann neben mir und streichelte mich in den Schlaf.

Währenddessen ging es in der Halle hoch her, wie ich später erfuhr. Nachdem meine Unschuld nun fast mit dem Tod durch Ertrinken erwiesen worden war – Hugo von Kuchenheym war nicht ganz schuldlos daran gewesen, hatte er als Ankläger doch das Seil in der Hand gehabt und nicht rechtzeitig hoch gezogen –, besiegelten der Bräutigam und mein Vater in der Halle feierlich den Vertrag, der meine Mitgift und seine Morgengabe festsetzte, sowie Aufwand und Kosten der Hochzeitsfeierlichkeiten.

Ich schlief wie ein Stein, den ganzen Tag und die folgende Nacht, tief und traumlos. Nur hin und wieder durchzogen Bilder meinen Schlaf, Bilder und Fragen, denen ich mich jedoch verschloss. Es war vorbei, vorbei, alles überstanden. Ich wollte nie wieder daran denken, an die Angst, die Panik, die Demütigungen und an die Zweifel, die der Gedanke an den Allmächtigen in mir ausgelöst hatten. Vergessen, vergessen...

Als ich endlich erwachte, mit Kopfschmerzen und einem schalen Geschmack im Mund, zog es mich, ohne dass ich über den Grund dafür nachdenken wollte, zu Naphtali in den Keller. Die Sonne hatte noch keine Schläfer geweckt. Blätter und Blüten trugen schwer am Tau, wie Perlen glitzerten die Tropfen in der morgendlichen Stille. Nur das Schnauben der Pferde im Stall war zu hören, als ich über den Hof auf den Bergfried zuschlich. In der Wachhalle lagen die Bogenschützen nach dem abendlichen Fest kreuz und quer durcheinander und schnarchten. Es roch nach Erbrochenem und Bier. Vorsichtig stieg ich über einen, der sich vor dem Kellerabstieg in einer Pfütze wälzte, und tastete mich in das Kellergewölbe hinunter. Der Kerkergehilfe schlief, an die Mauer gelehnt, mit offenem Mund. Mit jedem Schnarcher rann Speichel an seinem Kinn herunter und tropfte auf den feisten Bauch, auf den er so stolz war. Aus den Verliesen war nichts zu hören. Ich überlegte, ob ich ihnen Brot durch die Klappen werfen sollte, doch das schien mir dann zu riskant, schließlich führte der Glatzköpfige über seine vergammelten Vorräte Buch. Und ich musste mich nach allem, was geschehen war, sehr in Acht nehmen...

Naphtali war bereits wach. Ich fragte mich, wann er wohl schlief.

»Ein alter Mann kommt mit ein paar Stunden Schlaf aus«, meinte er nur und strich mir liebevoll über den Kopf. »Sie haben dir dein Haar genommen, nicht wahr? Aber du wirst sehen, es wird wieder wachsen, und dann wird es schöner als je zuvor sein.«

»Meint Ihr wirklich?« Ich zupfte mein Tuch zurecht. Jetzt, wo alles vorbei war, tat es mir um mein Haar wirklich Leid. Und wenn es nun nicht mehr wuchs...?

»Ich bin jedenfalls sehr froh, dich so munter zu sehen. Der Herr hat meine Gebete erhört.«

Dankend nahm ich einen großen Becher Gewürzmilch aus Tassiahs Händen entgegen und setzte mich in Naphtalis Lehnstuhl. In den vergangenen Wochen hatte ich dieses Labor mit seinen Düften und geheimnisvollen Dingen schätzen gelernt, hier verlor der Kerker seinen Schrecken. Im Kamin knackte ein Feuer, und aus einem Topf roch es verlockend nach einer von Tassiahs Suppen. Lächelnd kredenzte der Stumme mir eine Schüssel.

»Darf ich das noch?«, fragte ich den Juden zweifelnd. »Mir wurde strenges Fasten auferlegt.«

Der Speisegeruch ließ Bilder von fettem Braten und sahnigen Saucen vor meinen Augen entstehen, und mein entwöhnter Magen knurrte, dass es weh tat.

»Iss nur, Kind. Der Herr wird es da nicht so genau nehmen. Du musst zu Kräften kommen.«

Schmunzelnd sah er zu, wie ich mich ohne weiteres Zögern über die Suppe hermachte. »Und dann kannst du unseren Freund besuchen, er ist wach.«

Ich hielt inne. »Ich – heute lieber nicht –«

Naphtali sah mich prüfend an. »Mir schien, dass er auf deinen Besuch wartet.«

»Morgen.« Irgendetwas brannte in meinem Magen – war es die Suppe oder…? Gott, ich konnte ihm nicht ins Gesicht sehen! »Morgen gehe ich hin. Ganz bestimmt.«

Naphtali drehte sich wieder zum Versuchstisch und goss eine gelbe Flüssigkeit in den Kolben. Es zischte laut. Ich zuckte zusammen. Glänzende Blasen stiegen sprudelnd an die Oberfläche. »Ich dachte nur – jetzt, wo er sich erholt hat.« Es zischte wieder. »Er fieberte, musst du wissen.« Nach Zugabe von einigen durchscheinenden Kristallen färbte sich die Flüssigkeit in dem Kolben rötlich. Naphtali ließ einen kleinen Metallklumpen in den Kolben fallen, beobachtete ihn einige Momente und hieb dann enttäuscht mit der Faust auf den Tisch. »Wieder nichts. Mit diesem Versuch komme ich einfach nicht weiter. Ich bin sicher, die Pariser Schule irrt sich! Vielleicht sollte ich den Schwefel erst…« Murmelnd humpelte er um den Tisch herum und wühlte in der Truhe. Ich krallte meine Finger um die Stuhllehne.

»Fieber – warum hatte er Fieber?« Auf der Milch hatte sich inzwischen Haut gebildet. Angeekelt stieß ich sie mit dem Finger an den Becherrand und trank vorsichtig von der anderen Seite einen Schluck.

»Er verweigerte die Nahrung. Damit kam das Fieber.« Naphtali stützte die Hände auf den Tisch. »Du solltest ihn vielleicht doch heute besuchen gehen.« Der heiße Becher versengte meine Finger. Die Milchhaut hatte sich vom Rand gelöst und schwamm nun wie eine Insel in der Mitte. »Wenn Ihr meint…«, murmelte ich und sah hoch. Naphtalis wässrige Augen waren ernst und, wie mir schien, traurig.

»Ich musste ihm in die Hand versprechen, dich zu ihm zu bringen«, sagte er leise. Und dann rückte er die Truhe zur Seite und öffnete die Geheimtür.

Erik stand in einem dunklen Winkel seines steinernen Gefängnisses, dicht vor der Wand, verschwommen wie ein Schatten. Erst als sich meine Augen an das Halbdunkel gewöhnt hatten, erkannte ich, dass er die Hände auf den Fels gelegt hatte und mit dem Kopf leicht gegen den Stein schlug. Er ist verrückt, schoss es mir durch den Sinn, er hat den Verstand verloren! Da seufzte er auf, drehte sich um und lehnte sich mit geschlossenen Augen an die Wand. Rasch blickte ich zurück, doch die Tür hinter mir schloss sich gerade scharrend. Naphtali zwang mich tatsächlich hier zu bleiben.

»G-geht es dir wieder gut?«, würgte ich hervor. Das Dunkel gaukelte mir eine Bewegung vor, doch er stand nach wie vor da wie ein Stück Holz.

»Nein.« Schweigen. Ich fühlte unvermittelt Ärger hochwallen.

»Oh, dann –« Ich hasse dich, dachte ich. Wann verschwindest du endlich aus meinem Leben…?

Als ich wieder hochsah, stand er vor mir, mit zornrotem Gesicht.

»Was habt Ihr Euch eigentlich gedacht, verehrte Gräfin?«, fauchte er mich an. »Ich kenne jetzt die ganze Geschichte, und ich weiß, dass Ihr mich belogen habt! Ein Prozess war es, ein Strafgericht, in dem man Euch der Zauberei verdächtigte –«

»Hör auf!«, rief ich. »Ich will nichts mehr davon hören!«

»Alles weiß ich! Schweigt jetzt! Alles, der Jude musste mir alles erzählen, jedes Detail!« Seine Augen blitzten. »Ich weiß von den Vorwürfen und wessen bösartiger Zunge sie entsprungen sind! *Skalli, eitrormi, prífisk han aldri!* « Er spuckte aus und kam noch einen Schritt näher.

»Und ich weiß sogar, wem Ihr das Gottesurteil zu verdanken habt – diesem arroganten *vitlingr*, der die Nase hoch trägt und wie ein Pfau daherstolziert! Seid Ihr ihm nicht gut genug, dass er solche Beweise verlangt? Und Ihr wagt zu behaupten, nichts sei geschehen?!«

Seine Worte machten mich böse. Was bildete er sich ein?

»Du musst ja wirklich nicht alles wissen, oder?« Damit wollte ich mich zum Gehen wenden, doch er hielt mich fest.

»Wer glaubt Ihr, dass ich bin?«

Ich fegte seine Hand von meinem Ärmel.

»Du hast es mir einmal gesagt, ich bin nicht taub!«

»Lass mich gefälligst ausreden, Frau! Glaubst du im Ernst, ich bin ein Feigling, der sich unter Weiberröcken versteckt, wenn ein Mann gefordert ist? Ein *preklausr maðr*, der Frauen den Vortritt lässt? Dein verfluchter Vater hat mich ehrlos gemacht, doch kämpfen kann ich noch –«

»Es war aber nicht dein Kampf!«, schrie ich ihn an.

»Ich hätte ihn zu meinem gemacht, verflucht noch mal –«

»Wie ausgesprochen edel von dir«, höhnte ich. Erik stampfte durch die Höhle. Angewidert sah ich ihm nach. Wie zum Teufel schaffte er es immer wieder, dass am Ende ich an allem schuld war? Mir war zum Heulen.

»Edel! Ich hätte ihnen gezeigt, was edel ist, und sie hätten es nicht gewagt, eine unschuldige Frau ins Wasser zu schicken. *Kvennskrattinn þinn* – immerhin bin ich der Einzige, der deine Unschuld beeiden kann! Aber du, *fífla*, musst ja alles selber machen. Und was kommt dabei heraus? Es kostet dich fast das Leben, während ich in diesem Loch vor Sorge verrückt werde –«

»Seit wann machst *du* dir Sorgen um mich?«, fragte ich spöttisch und rückte mein Tuch gerade. Dieses Gespräch war sinnlos, Naphtali musste mir jetzt die Tür öffnen. Erik stand im Halbdunkel und schwieg.

»Ich habe mir Sorgen gemacht.« Er kam näher. Seine Stimme hatte sich verändert. »Ich bin vor Angst fast die Wände hochgegangen.« Als sein Gesicht im Licht erschien, sah ich, dass er lächelte. »Frag den Juden, er wird es dir bestätigen.« Sein Lächeln vertiefte sich, und dann holte er tief Luft. »*Ekki ætlaði ek at þat væri min yfirseta* – Aber ich liebe dich, Alienor. Beim Thor – ich liebe dich, soll ich mir da etwa keine Sorgen machen?« Fassungslos starrte ich ihn an. Erik rührte sich nicht.

»Ich sehe wirklich keinen Grund, warum du dich auch noch lustig über mich machen musst«, stieß ich schließlich hervor und hastete auf die rettende Tür zu, weg, fort von ihm ... Gleich darauf war er hinter mir und hielt mich fest.

»Du glaubst mir nicht?«, fragte er betroffen. Seine Hände waren feucht und zitterten leicht, als er nach meiner Hand angelte. »Bleib, hör mich wenigstens an! Bitte – lass uns in den Garten gehen, hier bekomme ich keine Luft. Bitte komm mit und hör mich an, Alienor. Nur einen Moment.«

Ich wandte den Kopf ab, wollte ihn nicht sehen, konnte nicht, seine pure Gegenwart machte mich doch schwach, meine Knie zitterten. »Lass mich gehen.«

Er ließ mich los. »Schenkt mir nur einen Augenblick Eurer kostbaren Zeit, Gräfin, danach braucht Ihr nicht wiederzukommen. Ich verspreche Euch ... verspreche Euch ... alles, was Ihr wollt.« Rückwärts ging er auf den Gang zu, die Hände beschwichtigend erhoben. »Nur einen Moment, Gräfin.« Ich sah, wie er sich zur Ruhe zwang, las bange Erwartung in seinem Blick, ob ich ihm folgen würde. Am Felsspalt wartete er auf mich, half mir hindurch und brachte mich in den Garten. Mein Herz klopfte unsinnig wild, als er sich mir gegenüber auf der Matte am Teich niederließ.

»Jetzt wartest du auf eine Erklärung und ... und ich Narr ...« Er schüttelte den Kopf und lächelte mich dann ein wenig hilflos an. »Ich finde kaum die Worte – *er svá vilt fyrir mér.*«

»Spiel nicht mit mir«, murmelte ich und knetete meine Finger.

»Ich spiele nicht ...« Ich spürte, wie er mich ansah, lange und regungslos, und wie er ruhiger wurde.

»Ich spiele nicht«, wiederholte er. In den Bäumen rauschte der Morgenwind, man konnte fast jedes einzelne Blatt hören.

»Unzählige Male hab ich mich verflucht«, begann er schließlich leise. »Jeden Tag. Jeden einzelnen Tag. Wenn ich morgens aufwachte und wusste, dass ich von dir geträumt hatte – abends, wenn ich nicht schlafen konnte, weil ich dich mir nicht aus dem Kopf schlagen konnte –, Alienor, ich liebe dich, seit ich dich zum ersten Mal sah. Jener Tag in diesem feuchten Kellerloch, die Ratten hatten es endlich geschafft, mich zu beißen – und ich konnte sie nicht mehr vertreiben, ich war am Ende. Dein Vater weiß, wie er Menschen peinigen muss, um sie zu zermürben. Er hatte mich besiegt, ich konnte nicht mehr. Ich wollte sterben.« Er fuhr sich mit beiden Händen durch das Haar, aufgewühlt von der Erinnerung.

»Als du vor mir standest, glaubte ich, Asgard habe mein Flehen erhört. Ich dachte, Odins Töchter kämen mich holen. Doch dein Mantel – dieser Mantel war so wirklich, wie du Wirklichkeit warst, ein Wesen aus Fleisch und Blut, das kostbare Fell so weich wie deine Haut, die ich nur einmal kurz berührt hatte – die halbe Nacht habe ich dieses Fell gestreichelt, Alienor, und ich fühlte das Leben zurückströmen in mich –, jedes Mal, wenn der Jude mich mit seinen Heilmitteln traktierte, malte ich mir aus, wie ich dich suchen und finden würde. Doch als Naphtali dann erzählte, was der Graf mit mir vorhatte, schwor ich mir, zuvor jedes einzelne Mitglied dieser Familie zu töten. Allein der Gedanke an Rache hielt mich aufrecht, ließ mich so schnell gesund werden. Und dann – dann kamst *du* an diesem von den Göttern verfluchten Tag in die Halle – *du,* Alienor –, *du* als Tochter dieses – dieses –« Die Stimme versagte ihm den Dienst. »Er hat mein Leben für alle Zeiten zerstört – wie oft hatte ich ein Messer in der Hand, um ihn zu töten, doch ich konnte nicht. Ich konnte es nicht! Und ich habe mich für diese Schwäche verachtet!« Schatten verdüsterten sein Gesicht, zauberten Furchen und Falten hinein und ließen es vorzeitig alt wirken.

»Der Stallbursche eines Provinzritters verliebt sich in die Tochter seines Todfeindes – was für ein Ende für den letzten Spross der Ynglinge!«

»Hör auf!« Meine Lippen zitterten. Warum musste er mich immer noch so beleidigen, warum?

»Lass es mich zu Ende bringen, Alienor, lass mich ausreden. Du warst die Hüterin meiner Gefangenschaft, meine Kerkermeisterin, und dein Gesicht« – bebend berührte er meine Wange –, »dein Gesicht war meine Fessel. Keinen Schritt wäre ich von deiner Seite gewichen, wenn du mich nicht fortgeschickt hättest. Den Schwur, den ich dir gab, schrieb ich mit meinem Blut, erinnerst du dich? Ich schrieb ihn täglich neu, wenn ich dich sah – trotz des Hasses, der an mir fraß wie ein bitteres Geschwür, Hass auf deinen Vater, auf meine Ohnmacht, auf seine Willkür – und auf dich und deine Leute, die ihr mich wie ein Stück Dreck...«

Ich schloss die Augen. Erinnerungen quälten mich, bohrten sich wie die Pfeile der Bogenschützen in mein Fleisch.

Erik beugte sich vor. »Und dann kamst du in dieses Gasthaus, einfach so, mitten im Krieg, und störtest mein einsames Sterben. Als du mich berührtest, habe ich mir gewünscht, ewig leben zu dürfen, Alienor...« Tränen glitzerten in seinen Augen. Sie brachten mich aus der Fassung. Ich hob die Hand, um sie wegzuwischen. Er fing meine Hand ein, bog sie weg, hielt sie so fest, dass es weh tat.

»Ich weiß, welche Schuldgefühle dich plagen. Und wenn du es nur deswegen getan hast – *kærra,* ich liebe dich trotzdem. Dein Gott wird dir die Vergebung schenken, die du suchst. Von mir hast du sie schon lange.«

Und dann kniete er vor mir und legte, wohl zum hundertsten Male, seine Hand auf jene Narbe, die unsere Geschichte bewahrte. Mein Gott, war ich denn so blind gewesen...?

»Freya sei mir gnädig«, lächelte er, »du fluchst nicht nur, du hast auch das Herz eines Kriegers, Alienor von Sassenberg. Ich würde mit dir durch die Hölle gehen, wenn es sein muss.«

»Da waren wir schon, Erik...« Unsere Finger trafen sich.

Ich glaube, ich habe geweint, als er mich küsste. Ich glaube, mein Gesicht war nass von Tränen, als in meinem Inneren etwas explodierte, ein Vulkan, der mit ungeheurer Kraft glühend heiße Lava in jeden Winkel meines Körpers versprengte – der peinigende Brand in mir war gelöscht und gleichzeitig umso heftiger entfacht. Ich glaube, wir klammerten uns aneinander wie zwei Ertrinkende, die von der Flut überrollt werden, keuchend, fast erstickend, bereit, der Welle unser Leben zu schenken, wenn sie uns nur nicht wieder voneinander trennte – nie wieder allein, nie wieder, keinen Herzschlag, keinen Atemzug lang, keinen Tag, keine Nacht, in Ewigkeit.

Und es war, als würde in mir ein neuer Mensch erwachen, den Kopf heben und sein Antlitz der Sonne zuwenden. Einer Sonne, die ihn auch in tiefster Dunkelheit und Kälte wärmen würde...

»Mach die Augen auf, *kærra*.« Wein gluckerte in einen Becher, und mein Gesicht wurde nass.

»Sieh mich an.« Ich zögerte. War alles nur ein Trugbild, eine gemeine Fantasie? Es tropfte erneut auf mich herab, auf die Stirn, Nase, Lider und ein Mund küsste begierig die Tropfen weg. »Du sollst mich anschauen.« Seine Augen strahlten so warm, wie ich es nie hatte sehen wollen. Sie machten mich schwindlig, zogen mir den Boden unter den Füßen weg…

»Ich habe Hunger, du auch?«

»Warum – warum hast du nichts gegessen?«

»Wie kann ich essen, wenn du fasten musst?«, entgegnete er entrüstet. »Ich wollte bei dir sein, wenigstens in Gedanken. Als der Jude mir erzählte, was wirklich dort oben auf dich wartet, verlor ich fast den Verstand. Nie hätte ich zugelassen –«

»Ich weiß.« Sanft strich ich über den Schlangenkopf. »Und es war nicht einfach, die Geschichte so zu verharmlosen, damit du sie mir glaubst.«

»Verharmlosen nennst du das?« Er packte mich bei den Ohren. »Jedenfalls war deine Geschichte nicht überzeugend genug. Und jetzt will ich essen.«

Ich rollte mich auf den Bauch und sah ihm nach, wie er im Felseingang verschwand. Warm war mir, bis in die Zehenspitzen. Die Sonne lugte vorwitzig um den Berg herum und beschien den kleinen Teich. Ein paar Fische tummelten sich im Wasser, ihre Schuppen glänzten auf, bevor sie in der Tiefe verschwanden. Langsam drehte ich mich wieder auf den Rücken und starrte in das gleißende Licht. Wie ein Augenblick die Welt verändern kann… Noch spürte ich seine Nähe, das Gefühl, das seine Hände auf meiner Haut hinterlassen hatten, den Hunger nach mehr und die Gewissheit, dass nur mit ihm jeder weitere Atemzug Sinn hatte.

Ich wollte bei dir sein. Wie eine Woge schwappte die Erinnerung an das Gottesurteil über mich, an die lüsternen Blicke der Männer und an das schwarze Wasser, das gierig darauf wartete, mich zu verschlingen. *Ich wollte bei dir sein.* Gott, den ich herbeigesehnt, die Stimme, die ich unter Wasser gehört hatte – wer war da bei mir gewesen?

Hastig vergrub ich mein Gesicht in einem Kissen. Vergessen, vergessen, *vergessen*...

»Der Jude hat mir gestanden, was du heute schon alles bei ihm vertilgt hast.« Schüsseln klirrten, als Erik sich mit einem Tablett neben mir niederließ. »Das wirst du dem *kanoki* beichten müssen.«

»Er braucht nicht alles zu wissen«, brummte ich in mein Kissen. Erik wälzte mich herum und bettete meinen Kopf in seinen Schoß. Dunkel schimmerten seine Augen. »Dann sündige jetzt mit mir, *elska*.« Und Bissen für Bissen fütterte er mich mit jenem Brot, das der stumme Mann aus Kairo so wunderbar locker und duftig herzustellen wusste, weil er sein Mehl selbst mit einer Handmühle fein mahlte und den Teig in besonderen Tontöpfen gären ließ.

»Hhm, dieser Maure ist ein Künstler! Solches Brot aß ich zuletzt an Wilhelms Hof, vor langer Zeit«, schwärmte Erik und schob mir ein letztes in Zimtbrei getauchtes Stück Brot in den Mund. Seinen Finger, den ich mit den Zähnen fing, musste er teuer auslösen.

Viel später lagen wir nebeneinander auf der Matte und sahen zu, wie die Fische um Krümel wetteiferten.

»Wer ist dieser Wilhelm, von dem du sprachst?« Ich verzierte den Rosenbusch mit meinem Tuch und stützte mich auf die Ellbogen.

»Wilhelm, Herzog der Normandie. Ich habe dort einige Jahre gelebt.«

»Ich hatte nie den Mut, dich zu fragen, wo du herkommst«, gestand ich.

Er grinste. »Kein Wort hättest du von mir gehört. Deines Vaters Plan war zu offensichtlich und du nicht gerade geschickt in deinen Versuchen, mich auszuhorchen.« Seine Hand strich über meinen Kopf.

»Nun siehst du aus wie ich, als wir uns in der Halle wieder sahen.«

»Ich weiß nicht, wie ich aussehe. Ich habe den Spiegel verhängt.« Ein Steinchen, ins Wasser geworfen, zerstörte auch den Teichspiegel, bevor ich mich darin hatte erkennen können. Erik legte sich auf den Rücken und sah mich an. »Dein Gesicht strahlt mir wie eine Sonne, es braucht keine Haare. Und goldgelockte Schönheiten gab es an Wilhelms Hof zuhauf.« Er lächelte. »Keine von ihnen hat mein Herz je besessen.« Ich rückte dicht neben ihn und legte den Kopf auf seine Brust. Mit der Hand fuhr ich unter sein Hemd, über den Verband hoch, bis ich den Adler ertastete.

»Weißt du, dass du Ameisen im Bauch hast?«

»Seit dem Christfest, *meyja*.«

»Nein, echte. Richtige große Ameisen. Meister Naphtali hat sie dir hineingetan, damit das Loch zusammenwächst.« Ich schüttelte mich.

»Und manchmal krabbeln sie noch«, flüsterte er. »Wenn ich dich sehe, krabbeln sie wie wild.«

Und sie krabbelten auch bei mir, oder waren es nur seine Hände...

»Soll ich dir eine Geschichte erzählen?« Er setzte sich auf und angelte nach dem Becher.

»Von Riesen? Und von Reifkühen und Einäugigen –«

»Du hast ein gutes Gedächtnis.« Erik lächelte mich liebevoll an. »Nein, keine Geschichte von Riesen. Ich will dir etwas erzählen, was außer Naphtali niemand weiß.« Er nahm meine Hand. »Ich will dir sagen, wo ich herkomme.« Langsam richtete ich mich auf. Der Moment, auf den ich seit – ja, seit unserem ersten Zusammentreffen gewartet hatte, war gekommen. Er wollte mich ins Vertrauen ziehen und hoffte auf meine Verschwiegenheit. Ich biss mir auf die Lippen. Gott sollte mich strafen, wenn ich ihn je enttäuschte...

»Mein Vater, König Emund Gamlesson, starb, als ich vierzehn Jahre alt war.« Seine Stimme war leise, und ich rückte näher, um ihn besser zu hören. »Das Thing, unsere Volksversammlung, wählte den Mann meiner Schwester, Stenkil Ragnvaldson, zum neuen König. Mich schickte die Familie bald darauf an den Hof des Normannenherzogs. Ob sie befürchteten, dass ich Stenkil stürze?« Er verzog das Gesicht. »Wer weiß. Ich bin ein temperamentvoller Mensch. Und ich kann mich noch erinnern, dass mich seine Wahl erboste, weil ich ihn nicht mochte. Er war so – so betulich. So besonnen. Tat nie etwas Unüberlegtes. Ein richtiger Langweiler auf dem Thron der Svear. Ja, ich denke, die Familie hat mich sicherheitshalber aus seiner Nähe entfernen wollen. Und so schickten sie mich an den Hof des Normannenherzogs, wo es eine Schule für junge Kämpfer gab und wo ein ordentlicher Ritter aus mir gemacht werden sollte.« Gedankenvoll zerpflückte er einen Grashalm.

»Das waren wirklich harte Jahre. Sie scheuchten uns von früh bis spät umher, und alle ließen sie mich ihre Verachtung für die Heiden aus dem Norden spüren, jeden Tag aufs Neue. Aber ich überstand es. Und Wilhelm mochte mich. Und als die fünf Jahre herum waren und ich mich in Kämpfen bewährt hatte, schenkte er mir ein Pferd samt Ausrüstung und Waffen, wie man es einem guten Freund gibt. Die hochnäsigen Herren bei Hofe staunten nicht schlecht...«

»Kennst du die Familie meiner Mutter?«, fragte ich leise. Er sah mich an und nickte.

»Deine Mutter muss eine schöne Frau gewesen sein. Ich hab einmal gehört, wie Leute von ihr sprachen. Wie gebildet sie war und wie klug, und wie mutig es von ihr gewesen war, den Hof zu verlassen und einem Ausländer in sein Land zu folgen. Eine außergewöhnliche Frau.« Er legte die Hand an meine Wange. »Und du bist ihre Tochter.«

Ich sah sie wieder vor mir, groß und schlank, ihr nachsichtiges Lächeln, wenn Vater tobte, und die Handbewegung, mit der sie Probleme vom Tisch fegte. Was würde sie wohl sagen, wenn sie ihre Tochter sehen könnte? Zu Füßen eines heidnischen Kriegers, das Herz überschäumend vor Glück...

»Da stand ich nun, ausgerüstet mit allem, was das Herz begehrt, und verspürte wenig Lust, nach Hause zu reisen. Am Hof hatte ich von so vielen Dingen gehört, die ich sehen wollte. Nun lag mir das christliche Abendland zu Füßen, die Welt wartete auf mich – wie konnte ich da ans Heimkehren denken?« Schwungvoll goss er unsere Becher voll. »Und so ritt ich los, immer der Nase nach, quer durch die Lande. Nach Paris, wo sich die Gelehrten streiten und wo große Kathedralen entstehen. Durch Aquitanien nach Süden an die duftende Küste. Dort habe ich uralte Städte wie Arles und Aix gesehen, wo vor tausend Jahren Römer gelebt haben. Ich war in Vezelay, wo die Christen die Freundin des Weißen Krist verehren, Maria Magdalena. In einer Grotte liegt auf Samt gebettet ein Schädel, umgeben von tausend Kerzen und Menschen, die beten und singen –«

»Und da warst *du?*«, fragte ich schockiert. Ein Heide an der Pilgerstätte – gütige Jungfrau!

»Wieso nicht? Meinst du, der Weiße Krist hat etwas dagegen gehabt? Es war sehr beeindruckend. Die Christen wissen zu feiern mit all ihren Kerzen und dem glitzernden Gold, das die Augen blind macht und die Herzen öffnet. Ich war sogar in Rom. Dort habe ich den gesehen, der sich Pontifex Maximus nennt.« Er hatte den Papst gesehen! »Hmm. Sie nennen ihn den Stellvertreter Gottes auf Erden. Wenn euer Gott ihm auch nur ein bisschen ähnlich ist, ist er mir nicht sehr sympathisch –« Ich wollte protestieren, doch er hielt mir den Mund zu.

»Lass mich weiterreden, *kærra*. Dieser Pontifex ist ein mächtiger Mann, mit harten Gesichtszügen – ich fand an ihm nichts von dem, was ich vom Weißen Krist weiß. Nichts. Einen Menschen wie ihn braucht die Welt nicht. Und seine Stadt ist furchtbar schmutzig. All die Ruinen, von denen die Menschen sich Geschichten erzählen, Unrat in den Gassen, und Ratten überall – und mittendrin Gelehrte, die den Hungernden vom ewigen Leben erzählen... Trotzdem, in Italien vergaß ich wahrhaftig die Zeit, so schön war es dort. Stolze Städte und Befestigungen, wunderschöne Frauen, Kirchen und der Duft von wilden Kräutern in den Bergen –« Er unterbrach sich beim Blick in mein Gesicht. »Du glaubst mir nicht.«

»Doch, nur...« Ich rang mit Worten.

»Du glaubst, ich erzähle dir Märchen, weil man mein Volk die blutrünstigen Wikinger nennt, ist es so? Du glaubst das, was dieser Glatzkopf dir mit fantasievollen Worten erzählt hat, nicht wahr? Alienor, meine Mutter ist getaufte Christin, und wir wohnen nicht in Höhlen, wie so mancher zu denken scheint. Schau dir nur Herzog Wilhelm an. In seinem Reich schaffen sie auf sein Geheiß die schönsten Bauten der Christenheit, atemberaubend hohe Kirchen – und doch stammt auch er von Rollo, dem Norweger ab. Daheim hatten wir sogar einen christlichen Pater, von dem wir Kinder Lesen und Schreiben gelernt haben.« Ich wagte nicht zu widersprechen. Wie eine Zecke hatten sich die Geschichten des Abtes in meinen Gedanken festgebissen. Sie opferten Menschen...

»Leider gelang es ihm nicht, meinen Vater von den Segnungen des Weißen Krist zu überzeugen. Vielmehr beging er die Dummheit, mit Gegnern meines Vaters eine Verschwörung anzuzetteln.« Die Nuss, mit der er gespielt hatte, rollte ins Gras. Erik sah ihr nachdenklich nach. »Vater ließ ihn töten.«

»Ihr habt einen Mönch getötet?«, fragte ich ungläubig.

»Das ist nicht weniger barbarisch als das, was dein Vater mit mir gemacht hat«, erwiderte er heftig. »Grausamkeit ist nicht den Heiden vorbehalten, meine Liebe, auch wenn eure Chronisten euch das immer weismachen wollen. Im Namen eures Gottes, den sie auch den Gott der Liebe nennen, geschehen viele Bluttaten –«

»Wie kannst du nur so was sagen.« Da legte er seine Hände um meinen Hals, warm und zärtlich, bevor er mich an sich zog.

»Ich will mich nicht mit dir darüber streiten, Alienor. Wer einmal anfängt, sich über den rechten Glauben zu streiten, dessen Welt kann sehr schnell in Trümmern liegen. Lass uns Frieden halten. Behalte du deinen Gott – und lass mir die meinen. Versprich mir das.« Seine Augen waren groß und ernst bei diesen Worten. Ich fühlte dunkel, dass er wusste, wovon er sprach, und so besiegelte ich mein Versprechen schließlich mit einem Kuss.

»Wo war ich stehen geblieben? In Italien, ja. Ich konnte mich kaum trennen. Und so wurde es Winter, als ich auf dem Weg nach Norden durch Lothringen kam, in eure Eifelwälder. Eine Räuberbande überfiel die Reisegruppe, der ich mich angeschlossen hatte. Sie nahmen uns, was wir hatten, und töteten danach alle Männer – ich hatte als Einziger das Glück, fliehen zu können. Tagelang irrte ich umher, ohne Pferd, ohne Waffe, voller Angst, den Räubern erneut in die Hände zu fallen. Um Hilfe bitten konnte ich

niemanden, ich war der Sprache des Landes ja nicht mächtig, und die Bauern sprechen kein Latein – wahrhaftig, die Götter müssen mich in jenen Tagen verflucht haben. Und dann fingen mich die Häscher deines Vaters, als ich gerade einem Hasen das Fell abzog. Sie haben mich verprügelt, dass mir Hören und Sehen verging.«
Ein schreckliches Bild stand vor meinen Augen; jenes Lumpenbündel voll Blut zwischen den erlegten Tieren.

»Auf Wilderei steht schlimme Strafe. Ich sah dich im Hof, ich dachte, du wärst tot.«

»So ähnlich muss es wohl sein, wenn man tot ist. Das dachte ich jedenfalls, bevor es dann noch schlimmer kam.« Einen Moment starrte er düster vor sich hin. Allmächtiger, er musste vor Rachegelüsten ja bald vergehen... »Sie warfen mich in diesen Kerker, wo ich deinen Vater von seiner besten Seite kennen lernte. Irgendwann erschien ein Mönch mit einem Holzkreuz. Als er den Ring an meinem Finger entdeckte, war das Gebet schnell vergessen. Er nahm ihn mir weg und verschwand wieder. Die Kette riss mir später dein Vater vom Hals.«

»Was für einen Ring?«, fragte ich neugierig.

»Meinen Siegelring natürlich. Ein breiter Goldreifen mit dem Zeichen unserer Familie.«

Mich beschlich eine ungute Ahnung. Ich erinnerte mich an ein blitzendes Schmuckstück, das ich in der Abtei gesehen hatte. Was, wenn Pater Arnoldus, der zweifelsohne der Mönch im Kerker gewesen war, auf dem Weg, eine arme Seele zu retten, den Ring seinem Abt abgeliefert hatte? Hing damit das rätselhafte Interesse des Abtes für den Fremdling zusammen, ein Interesse, das schließlich in einem Mordkomplott gipfelte?

»Ich frage mich immer noch, ob dein Vater vielleicht Lösegeld für mich verlangen wollte. Aber so, wie ich aussah, konnte doch niemand wissen, wer ich bin.«

Ich verbiss mir die Bemerkung, seine Haltung habe nicht gerade dazu beigetragen, dass man ihn für einen einfachen Mann hielt. Jeder hatte doch das Geheimnis um ihn herum gespürt, wochenlang hatte der Fremde aus dem Norden für Gespräche in allen Winkeln der Burg gesorgt. Die Männer redeten über seine unglaubliche Kraft, wenn sie sich mit ihm geprügelt hatten, die Frauen tuschelten, wie gut er doch aussah, die blonden Locken, und seine Arme, habt ihr die gesehen! Wenn ich das hörte, war ich so manches Mal in aller Heimlichkeit stolz gewesen, dass er *mein* Reitknecht war... Und doch hatten wir ihn gequält, verletzt, entehrt, Vater hatte es getan, und ich hatte es nicht verhindert, sondern meinen Nutzen daraus gezogen. Auf immer würde dieser Stachel mein Gewissen vergiften. Das Bewusstsein, dass wir Todsünde auf uns geladen hatten und eines Tages dafür würden bezahlen müssen, peinigte mich. Ich wandte mich ab und versuchte, die Tränen zu verdrängen.

»*Yfirbœtr liggr til alls*...« Hart schob sich seine Hand über meine Schulter. »Ich will nicht, dass du dir Vorwürfe machst, hörst du? Sieh mich an.« Er zwang mich, mich zu ihm umzudrehen.

»*Grátfog mær*, ich liebe dich – dich, die für mich geschwiegen und gelogen hat, die wegen mir ins Wasser gegangen ist und gerade ihren Gott und Beichtvater schamlos an der Nase herumführt – soll ich weitermachen?«

»Nein«, flüsterte ich, »sag jetzt gar nichts mehr.«

Und nur die Fische wurden Zeugen unseres beredten Schweigens – und Meister Naphtali, der uns irgendwann dabei störte.

»Alienor, es ist besser, wenn du jetzt gehst. Die Frühmesse ist vorüber, und deine Kammerzofe sucht dich sicher bereits. Hermann wird dich hinaufbegleiten«, mahnte er. Zögernd ließ Erik mich los. Er griff sich mein Tuch aus dem Rosenbusch und legte es mir über.

»Damit sie dich wieder erkennen.« Ich stand auf und ordnete mein Gewand. »Kommst du wieder, *kærra?*« Ich nickte vorsichtig. Da legte er eine Hand auf den Bauch. »Die Ameisen krabbeln wieder –«

»Spring in den Teich, mein Junge, dann geben sie Ruhe«, neckte der Jude ihn und nahm meinen Arm. An dem pflanzenverhangenen Felseingang drehte ich mich noch einmal um und erhaschte einen Blick auf ihn, wie er das schillernde Wasser vor sich betrachtete, verträumt, als könnte er nicht glauben, was geschehen war. *Wir träumen nicht, Erik.* Ich warf ihm eine stumme Kusshand zu.

Naphtali führte mich durch die Höhle und an seinem Versuchstisch vorbei zur Tür. Dort blieb er stehen und sah mich an. »Was habe ich alter Narr da zugelassen«, murmelte er. »Ihr – ihr könnt nicht… du – Mädchen, du musst sehr vorsichtig sein. Komm erst wieder, wenn ich dich rufen lasse.«

»Aber wie –«

»Ich bin sicher, dass man dich beobachten lässt. Du bringst ihn in größte Gefahr, wenn du hierher kommst. Geh jetzt, rasch.« Er öffnete die schwere Tür. »Ich lasse dich bald rufen.«

Mit zitternden Beinen stieg ich an die Erdoberfläche, zurück in mein altes Leben. Mein Herz hatte ich im Keller zurückgelassen.

Nach den ereignisreichen Tagen war es nicht einfach, sich wieder in das tägliche Einerlei zu finden. Hatte es tatsächlich einmal Zeiten gegeben, in denen mir dieses Leben normal erschienen war? Ein Leben, in dem mir nicht zwei blaue Augen den Schlaf raubten oder der Gedanke an einen Kuss Schauder über den Rücken jagte… Ich versuchte, mir nichts anmerken zu lassen. Die Kleidertruhen wurden gelüftet, das Vorratshaus geschrubbt. Kaum jemand sah, wie mir Mottenlöcher in den Gewändern entgingen und wie ich mich bei den Getreidesäcken wieder und wieder verzählte.

Pater Arnoldus schob meine offenkundige Zerstreutheit auf das Erlebnis der göttlichen Gnade, die mir am See zuteil geworden war. Er ermahnte mich, die Karenen recht ernst zu nehmen und meinen Körper zu kasteien, um Vergebung zu erlangen. Er gab mir auch ein härenes Hemd, das ich statt meines Untergewandes tragen sollte, und weil ich mich immer noch für schuldig hielt, zog ich es an und kratzte mich, bis die Haut wund wurde. Wenn wir in der Kapelle saßen und die Psalmen beteten, befragte er mich manchmal nach den Geschehnissen im Wald. Der kleine Pater schien meiner Prüfung im See inzwischen ebenso wenig Bedeutung beizumessen wie der, der bei Meister Naphtali saß und auf mich wartete. Die Geschichte vom Teufel im Dorfweiher hatte dank des Ministranten auf der Burg für Aufsehen gesorgt, und natürlich hatte man auch schon tote Fische gefunden, obwohl alle, die sich damit auskannten, beteuerten, dass sie damals keinen Ruß auf der Wasseroberfläche gesehen hätten. Pater Arnoldus hingegen hoffte auf eine Beichte, die ihm Gewissheit über meinen Seelenzustand verschaffen sollte. Ich beichtete ihm in der Stille unserer Kapelle manches, doch die Angst um Erik versiegelte meine Lippen, sobald die Rede auf den Barbaren kam…

14. KAPITEL

Siehe, meine Freundin, du bist schön!
Siehe, schön bist du! Deine Augen sind wie
Taubenaugen zwischen deinen Zöpfen.
Dein Haar ist wie die Ziegenherden,
die beschoren sind auf dem Berge Gilead.
(Hohelied 4,1)

Frage mich niemand, wie ich die Tage hinter mich brachte. Ich wagte es nicht, ohne Naphtalis Aufforderung den Weg zum Kerker einzuschlagen, aus Angst, den Schatz zu gefährden, der sich dort verbarg. Wie betrunken lief ich umher, bemüht, mich auf meine täglichen Aufgaben zu konzentrieren. Immer wieder musste ich mir sein Gesicht in Erinnerung rufen und seine Worte, und musste mich kneifen, weil ich glaubte zu fantasieren. Er hatte mich geküsst – müsste das nicht ein jeder sehen können? Gab es Spuren in meinem Gesicht, leuchtete es, glänzte es, hingen Perlen an meinen Wimpern? Ich fühlte mich beobachtet. Maia, mein Vater, Pater Arnoldus – alle sahen sie mich misstrauisch an, schienen in meinen Augen zu lesen von dem Glück, das mich mit jedem Atemzug erfüllte, und von der Sünde, die mich beherrschte… Einzig in den Nachtstunden, wenn ich wach im Bett lag und den ruhigen Atemzügen der Schlafenden lauschte, gestattete ich mir ohne Scham innige Gedanken an den Mann im Keller, dessen Antlitz mir Nacht für Nacht im Traum erschien und den wieder zu sehen ich mich so sehnte.

Die Zeit meiner Buße hatte unterdes begonnen, für mich stand nichts als Wasser und Brot zwischen den duftenden Speisen und dampfenden Näpfen. Der Anblick ließ mich kalt. In meinem Inneren fühlte ich einen Hunger ganz anderer und womöglich noch viel sündhafterer Art. Was die Buße betraf, so war ich von der Rechtmäßigkeit meiner Strafe überzeugt und bereit, sie bis zum letzten Vaterunser abzuleisten. Wenn Gott der Allmächtige nur

Erbarmen mit uns hatte und uns die schrecklichen Taten nachsah, die wir an dem Königssohn begangen hatten!

Penibel führte Pater Arnoldus in der Kapelle die Strichliste über die Psalmen, die ich bis zu meiner Hochzeit zu beten hatte – es waren weit über tausend. Eintausend Psalmen! Meine Knie schmerzten von der harten Holzbank im Betgestühl, wo ich viele Stunden der Buße verbrachte, das reich verzierte Kreuz des Erlösers vor Augen und Hoffnung auf Vergebung im Herzen. Das härene Hemd juckte erbarmungslos, und im Stillen verfluchte ich es bereits. Am Morgen war der Pater mit einem eisernen Gürtel gekommen, und ich hatte ihm versprochen, ihn wenigstens während des Gebetes über meiner wundgekratzten Taille zu tragen. Er drückte und scheuerte und lenkte mich allzu oft von meinen Psalmen ab.

Meine Gedanken schweiften umher. Ich dachte darüber nach, dass die Kirche es den Gläubigen leicht machte, ihre Sünden zu bereuen. Erst verdammt sie dich zu einer ewig langen Buße, dass du am Erdboden zerstört bist, und dann gibt sie dir die Möglichkeit, dich ganz einfach davon loszukaufen. Ein bisschen Selbstkasteiung, hier ein goldener Kelch, dort eine Spende an die Kirche oder ein kleines Stück fruchtbaren Landes – man war da nicht wählerisch. So viel ich wusste, hatte Vater meine Redemption bereits an das Kloster gezahlt. Und Gott soll mich strafen, aber es kam mir so vor, als lebten die Vertreter des Allmächtigen auf Erden von der Wiedergutmachung der Sünder nicht schlecht. Da warf mir der, der oben am Kreuz hing und für die Menschen litt, einen missbilligenden Blick zu. Schäme dich für solch lästerliche Gedanken, schien Er zu sagen, sie stehen einer Frau nicht an, weißt du das denn immer noch nicht? Du hast schlechten Umgang gehabt, das merke ich... Ich riss die Augen auf. Hatte er gerade gezwinkert? Nein, er hing noch genauso wie vorhin am Kreuz. War es ein Zeichen gewesen, mich noch mehr zu bemühen? Ich riss mich zusammen und faltete erneut die Hände.

Meine kleine Schwester schien als Einzige zu spüren, wie mir zumute war. Wir saßen in der Nachmittagssonne am Fenster, und ich kämmte ihr die Knoten aus den Haaren. Bekümmert strich sie über meinen kurz geschorenen Schopf.

»Nicht wahr, Alienor, du bist traurig, dass der blonde Mann tot ist. Aber du hast doch alles getan, um ihm zu helfen. Glaub mir, der liebe Gott weiß das.«

Ihre warmen, grauen Augen blickten traurig drein. Ich hatte meiner Schwester die Wahrheit verheimlichen müssen. Wie alle anderen hielt auch sie Erik für tot. Der Jude hatte befürchtet, dass sie uns im Fieberdelir womöglich alle verraten könnte. Das kranke Mädchen trauerte sehr um seinen Freund, der es so oft mit seinen Geschichten erheitert hatte.

»Und Hans weiß das auch. Da, wo er jetzt ist, kann er bestimmt alles sehen, was hier auf Erden passiert, genauso wie Mutter. Er hat mir erzählt, dass es Valhall heißt, wo seine Götter wohnen und wo ein Krieger hingeht, wenn er stirbt. Die Töchter des obersten Gottes kommen ihn holen, auf einem achtbeinigen Pferd – stell dir bloß vor, ein Pferd mit acht Beinen, wie schnell das laufen kann! Und dann trifft er all die anderen Krieger, und dann wird den ganzen Tag gefeiert. Jeden Tag essen sie ein gebratenes Schwein, und jeden Morgen findet man es in seinem Verschlag wieder und kann es schlachten, stell dir nur vor!« Versonnen zwirbelte sie eine Strähne. Achtbeinige Pferde, Wiedergängerschweine. Das sah ihm ähnlich, dem Kind solch lästerliche Geschichten zu erzählen.

»Du weißt, dass das Dummheiten sind, Emilia. Hans war ein Heide und –«

»Ach, wenn er doch nur nicht tot wäre. Zu mir war er immer so lieb.« Eine Träne glitzerte in ihrem Auge, doch dann musste sie schelmisch grinsen. »Und zu dir hat er immer nur Frechheiten gesagt, weißt du noch? Alienor, ich glaube, er mochte dich. Er hat dir oft hinterhergesehen, wenn ihr euch gestritten habt, als ob es ihm Leid täte.« Sie gab mir einen Kuss auf die Wange. »Ihr wärt ein schönes Paar gewesen, finde ich«, raunte sie verschwörerisch.

Ich biss die Zähne zusammen und nahm den Kamm wieder zur Hand. Was für ein Paar. Die zukünftige Gemahlin des Herrn von Kuchenheym saß da und harrte ihrer Vermählung, und der, nach dem ihr Herz verlangte, verbarg sich im Keller, bereit, sie bald zu verlassen. Welch trostlose Aussichten. Ich glättete Emilias Haar und wünschte mir ein Wunder herbei.

Am zweiten Sonntag nach Ostern geschah endlich, was ich Tag und Nacht herbeigesehnt hatte: Meister Naphtali ließ mich in den Keller rufen. Maia sah argwöhnisch auf, als Hermann mir ausrichtete, ich müsse selber hinabsteigen, weil der Arzt eine neue Medizin für Emilia habe, bei der es einiger Erklärungen bedürfe. Innerlich bebend vor Erwartung betrat ich zur angegebenen Zeit am Abend die Kellerräume. Auf mein stürmisches Klopfen öffnete Naphtali selbst. Er trug seine Versuchsmütze und hielt in der Hand eine Kelle mit Pulver.

»Guten Abend, Kind«, sagte er und lächelte freundlich. »Du bist sehr pünktlich. Möchtest du mir beim Pillendrehen helfen?« Ich zog ein Gesicht und ließ den Blick zu dem Wandteppich wandern. Wie konnte er ans Pillendrehen denken!

»Warte ein Weilchen, sie sind noch nicht fertig. Es wird nicht mehr lange dauern.«

»Was tun sie denn?«

»Er will dich überraschen, hab noch ein wenig Geduld. Komm, hilf mir lieber.« Damit wandte er sich wieder seiner blitzenden Apothekerwaage zu und schüttete noch ein Quäntchen von dem Pulver in die Schale. »Das hier kannst du für deine Schwester mitnehmen. Wenn sie es abends einnimmt, hält es vielleicht das nächtliche Fieber etwas im Zaum.« Unruhig spazierte ich um den riesigen Versuchstisch herum. Auf dem Lesepult stapelten sich in ungewohnter Unordnung Bücher und Folianten, die Kerze war halb heruntergebrannt. Ehrfürchtig blätterte ich eine Seite um. Eine geschickte Hand hatte dort Zeichnungen angefertigt, einen ganzen Menschen aufgemalt, und zwar nackt! In einem anderen Folianten sah ich Pflanzen und Blätter, in einem Dritten den Sternenhimmel.

»Ein neugieriger Mensch, der Yngling«, bemerkte Naphtali und hielt inne. »Den ganzen Tag hat er in meinen Büchern geblättert, ich glaube fast, dass er das gesamte Werk meines Lehrmeisters Ibn Sina durchgeblättert hat! Selbst das Buch des Alphanus von Salerno – meinen geheimen Schatz – musste ich für ihn aus der Truhe holen, damit er die Bilder betrachten konnte. Und meine Kabbalanotizen, die hat er zuletzt auch noch entdeckt, obwohl sie so gut versteckt waren im Regal.« Lächelnd schüttelte er den Kopf. »Siehst du? Ich habe lauter Löcher im Bauch von all den Fragen, die er mir seit heute Morgen gestellt hat. Wenn er bliebe – ich könnte mir keinen gelehrigeren Schüler wünschen.« Dann quietschte die Waage erneut. Leise strich ich über die Pergamentseiten. Ich stellte ihn mir vor, wie er über den Büchern hing, neugierig, den Menschen in allen Einzelheiten sehen und begreifen zu können – genauso neugierig, wie er ein ganzes Jahr lang quer durch das Abendland geritten war auf der Suche nach der göttlichen Vielfalt.

Aus der Höhle drang Gemurmel. Wie zufällig schlenderte ich zur Tür und spähte vorsichtig durch die Öffnung.

»Verflucht, pass doch auf, *gaurr!*«

Seine Stimme war unverkennbar. Ich schob mich durch den Spalt, um besser sehen zu können, was drinnen vor sich ging, und blieb wie angewurzelt stehen. Erik kniete auf einem Kissen neben dem Kohlebecken, den entblößten Oberkörper in einer merkwürdig steifen Haltung. Tassiah packte gerade sein Verbandszeug zusammen. Mit flinken Fingern stopfte er Scharpie in ein Säckchen und packte es mit den Heilkräutern in einen kleinen Holzkasten. Doch nicht er fesselte meine Aufmerksamkeit, sondern Hermann, der neben Erik hockte und sich an dessen Hals zu schaffen machte. Und dann sah ich es: Mit einer kleinen Feile sägte er geduldig, wer weiß wie lange schon, an dem eisernen Halsring, jenem grausamen Zeichen der Unterwerfung, den Erik noch am selben Tag bekommen hatte, als er mir die Treue schwören musste. Ich schluckte schwer.

»Wenn du mich noch einmal stichst, Kerl...«

»Entschuldigt, Herr! Ihr bewegt Euch ja dauernd!«

»*Þrífisk þú aldri, snarpr* – Ich bewege mich nicht! *Du* bist ungeschickt!«

Sein Beben, die ungeduldige Erwartung, den verhassten Ring endlich los zu werden, schien greifbar im Raum zu stehen, es sprang auf mich über, machte mich ganz kribbelig.

»Au! Verflucht – du bist ein Tölpel, weißt du das?« Erbost schubste er Hermann von sich und fuhr sich mit der Hand an den verletzten Hals. »Das machst du mit Absicht!« Hermann tastete vorsichtig nach seinem Hinterteil, auf das er gefallen war.

»Die eine Seite ist durch, Herr. Bei der anderen Seite werde ich achtsamer sein...«

»Lass mich«, knurrte Erik erbittert. »Verschwinde! Den Rest kann ich allein. Hau ab.«

Hermann rappelte sich hoch und sammelte sichtlich beleidigt seine Feile wieder ein. Dann sah er Erik an, der den Ring nervös befingerte, und straffte sich. »Ihr seid – Ihr seid ein verdammter Aufschneider, wisst Ihr das?«, sagte er plötzlich und kniff die Augen zusammen wie eine Katze. »Ich mag Euch nicht. Und ich bin froh, wenn Ihr endlich verschwindet.« Eine Sekunde lang starrten die beiden sich an. Ich biss mir auf die Lippen. Großer Gott – wo nahm er bloß den Mut her? Erik sah aus, als würde er den schmächtigen Diener gleich zu Boden schlagen, diesen Sohn eines Hörigen, der seinem Blick im Übrigen keinen Moment auswich. Und dann verzog sich Eriks Gesicht zu einem breiten Grinsen.

»Ein Aufschneider, soso. Da magst du vielleicht sogar Recht haben, du Bauernlümmel. Und jetzt zeig ich dir was.«

Damit stand er auf, langsam und konzentriert, und reckte sich zu seiner vollen Größe. Die Glut des Kohlebeckens und das dämmrige Licht der Öllampe ließen seinen nackten Rücken rötlich schimmern. Die Narben, die Vaters Misshandlungen hinterlassen hatten und die man wie Furchen mit den Fingern ertasten konnte, waren nur dunkle Schatten auf der hellen Haut. Ein Schauer rieselte an mir herunter. Was für ein Krieger... Breitbeinig stand er da und packte die Enden des durchgesägten Ringes mit den Fäusten. Das schafft er nie, dachte ich erschrocken und steckte den Daumen zwischen die Zähne. Erik holte tief Luft und spannte nacheinander alle Muskeln an. Fasziniert beobachtete ich ihr feingliedriges Spiel im Dämmerlicht. Wie eine Statue stand er da, ein Standbild von antiker Schönheit, umgeben von einem Hauch von Ewigkeit, seine Kräfte wie zu Stein gebündelt; und dann zog er an den eisernen Enden, und zog – die Oberarme schwollen an, der ganze Mann schien zu wachsen, schien bald die Höhle auszufüllen mit dieser unbändigen Kraft und dem furchtbaren Knirschen seiner Zähne. Mein Traum fiel mir wieder ein, jener Traum, der mich in der ersten Nacht so erschreckt hatte – der Traum von einem Mann, der die Sonne verdunkelte. Der Sklave sprengt die Fesseln seiner Peiniger, schoss es mir durch den Kopf. Er sprengt sie, und dann ist die Rache sein!

Erik bebte vor Anstrengung, er ging in die Knie und zog, und ganz langsam bog sich der Ring auf, wurde weiter und weiter... Mit einem Aufschrei hatte er ihn schließlich weit genug aufgebogen, um ihn vom Hals zu nehmen. Ich sah das scharfrandige Metall, dunkel und hässlich wie ein eisernes Maul, und ich erinnerte mich an den Moment in der Schmiede, als das heiße Eisen seinen Hals versengte, als der Schmied den Ring zudrückte und den Bolzen mit lauten Schlägen durch die Löcher trieb. Schläge mit dem Rhythmus der Endgültigkeit, die noch lange in meinem Kopf widerhallten.

Erik schien die Erinnerung an jenen Tag zu überwältigen. Der erhebende Augenblick der Befreiung war einer Beklemmung gewichen, die ich körperlich spürte. Mit hochrotem Gesicht starrte er den Ring an, als könne er nicht fassen, was er da in der Hand hielt. »Nie«, zischte er plötzlich, »nie will ich vergessen, so lange ich lebe – die Götter sollen meine Zeugen sein! *Niemals!*« Und als wäre es ein widerliches Insekt, schleuderte er das Eisen von sich und stürzte in die Dunkelheit, ohne mich zu bemerken. Tassiah huschte an mir vorbei, Hermann folgte mit dem Medizinkasten.

»Besser, Ihr geht jetzt nicht hinein, Herrin«, flüsterte er bedrückt.

Die Höhle schien leer. Kohlebecken und Öllampe waren seltsam unwirklich, so unwirklich wie die Szene, die ich gerade beobachtet hatte. Wie von einem unsichtbaren Faden gezogen, schritt ich auf den Sklavenring zu, meine Hände griffen danach, fuhren fast begierig über das verrostete Metall, das seinem Träger so viel Pein verursacht hatte. Da ließ mich ein Geräusch hochschrecken. Der Ring glitt geräuschlos in meine Rocktasche, während ich mich in die Richtung wandte, aus der ich es gehört hatte, die dunkelste Ecke der Höhle, wo ich in jenen angsterfüllten Tagen und Nächten, als Erik ohne Bewusstsein dalag, seine Götter wie unheimliche Rabentiere in Felsspalten und auf moosigen Vorsprüngen gewähnt hatte – so auch jetzt. Ich nahm die Öllampe und tat noch einen Schritt. Aus der Ecke schienen Drohungen zu dringen: *Verschwinde, Weib. Geh und komm nicht wieder. Er ist einer der Unsrigen, sein ist die Rache und das Nichtvergessen...* Da war das Geräusch wieder. Unsinn, alles Einbildung. Es gab keine Heidengötter, die mich bedrohten. Nur Erik, der sich dort im Dunkeln verbarg und auf den ich nun zuschlich. Da lag er, an der Felswand, auf dem Boden, den Kopf in den Händen vergraben.

Erik weinte. Nie zuvor hatte ich ihn weinen sehen. Harte Schluchzer wechselten sich ab mit wildem Gestammel und zornigen Ausrufen, und dann hieb er auf den Felsen ein, bis seine Faust blutete. Fassungslos beugte ich mich über ihn. Auf dem weißen Verband zeichnete sich ein dunkler, rasch wachsender Fleck ab. Offenbar war seine Wunde, gerade frisch verbunden, durch die Anstrengung wieder aufgebrochen. Gnadenlos beleuchtete die Lampe auch seinen Hals, die Narben und blutigen Schrammen, die der Ring hinterlassen hatte. Als Sklave gezeichnet für immer! Wie unter Schmerzen wälzte er sich, seine Tränen netzten den Boden, er bohrte die Nase in den Schmutz und keuchte in der Sprache seiner Folterer: »Ihr Götter – helft mir, nicht zu vergessen... *helft mir!*«

Ich schlug die Hände vors Gesicht und floh.

Mitte der Woche kam die Nachricht, ich möge mich in den Keller begeben, die neue Medizin sei nun endgültig fertig. Maia murmelte etwas von »Judenpülverchen« und »Zauberei«, als sie mir den Schal reichte. Diesmal stieg ich die glitschige Kellertreppe mit bangen Gedanken hinab, wie sie mich die ganzen letzten Tage gequält hatten. Den Sklavenring hatte ich in meiner Kemenate hinter einem losen Stein in der Mauer versteckt, nachdem ich ihn in der Nacht nach meiner Rückkehr Stunde um Stunde festgehalten und bittere Tränen darüber vergossen hatte. Der Hass in Eriks Stimme hatte mir Angst gemacht. Er liebte mich? Ich hatte mir doch alles nur eingebildet, hatte nur geträumt von Küssen auf warmer Haut. Der Zweifel vergällte mir die Tage.

Mit langen Schritten kam Erik auf mich zugeeilt und packte mich an den Schultern. »Du bist vor mir weggelaufen! Das sollst du nie wieder tun, *kærra*, nie wieder...« Er hielt inne, sah mich an. Angst und Bitterkeit türmten sich zu einem Berg zwischen uns, doch er schob ihn mit einer einzigen Bewegung beiseite und schloss mich in die Arme. »Und du hast mir so gefehlt.« Ich stand still, versuchte, die Zeit anzuhalten...

»Komm, ich zeig dir, was ich gemacht habe.« Viel zu bald löste er sich von mir und zog mich in den hinteren Teil der Höhle, wo auf einem Felsvorsprung eine Kerze vor sich hin flackerte. »Schau her. Dort, an der Wand.« Er nahm die Kerze und beleuchtete den Fels. Ich kniff die Augen zusammen. An der Wand waren schwarze Linien zu erkennen, die deutlicher wurden, als Erik mit der Kerze näher kam. Die Linien, vielfach geschlängelt und umeinander gewunden, ergaben bei genauerem Hinsehen ein Tier, einen riesigen Drachen mit geöffnetem Maul und gespreizten Klauen – ein schauerliches Zaubertier des Nordens, wie es auf seinen Armen wohnte und bei Licht stets von Leben erfüllt wurde. Erschrocken wich ich zurück.

Erik ergriff meine Hand und zog mich näher.

»He, Gräfin, ich habe dir hier einen Brief geschrieben, und du läufst weg!«

»Einen Brief?« Verständnislos starrte ich auf das Tier.

»Einen Brief, den nur du kennen wirst, weil ich ihn dir jetzt vorlese. Hör gut zu.« Sein Finger fuhr langsam an den Windungen des Drachenkörpers entlang, und ich erkannte jene strichförmigen Zeichen, von denen er mir im Wald erzählt hatte. Runen, die Schriftzeichen des Nordens, geschenkt von einem einäugigen Gott, der sich neun Tage lang an einer Esche aufgehängt hatte, um das ewige Leben zu erhalten. Odin. Und Yggdrasil. Ich erinnerte mich an die Geschichte und an die Nacht, in der er sie mir erzählt hatte...

»Diesen Stein ritzte Erik für Alinur, die sein Herz eroberte und für immer festhält. Tapfer focht sie an seiner Seite und ging mit ihm durchs lodernde Feuer. *Systir, vinkona, unnasta* – nie wird er sie vergessen.«

Ergriffen musste ich mich abwenden.

»Gefällt es dir nicht?«, fragte er enttäuscht. »Bei mir daheim ritzen die Leute solche Steine zur Erinnerung, man findet sie überall im Land der Svear. Dieser hier aber wird der Einzige im deutschen Rheintal sein, und er soll allein dir gehören.« Seine Hand griff nach meiner Schulter, und dann sah er die feuchten Spuren auf meinen Wangen.

»Du weinst? Verzeih, dass ich dir keinen zarten Liebesbrief geschrieben habe, ich kann's nicht.« Sanft wischte er mein Gesicht trocken. »Wäre ich ein aquitanischer Barde, würde ich dich mit galanten Liebesworten nur so überschütten. Aber – *elska,* ich bin keiner. In den Liedern des Nordens singt man von edlen Helden und glorreichen Schlachten und nicht vom Liebreiz der Frauen.« Ein wenig hilflos hob er die Hände.

Kein Wort kam mir über die Lippen, um den Grund meiner Tränen zu erklären. Dass die nüchternen Schriftzeichen, die er mir soeben übersetzt hatte, sehr wohl ein Liebesbrief waren, wie nur er ihn hatte schreiben können, dass mich dies zutiefst berührt hatte – und dass ich ihn zu keinem Zeitpunkt mehr vermisst hatte als ausgerechnet in diesem Moment, wo er doch noch dicht neben mir stand, weil ich verstand, dass es auch ein Abschiedsbrief war.

»Vergiss die plumpen Worte.« Er löschte die Kerze und zog mich nach draußen. »Komm, lass uns die Sonne genießen.«

Tassiah hatte die Matte mit Teppichen und Kissen ausgelegt und kam mit einem frisch gebackenen, nach Kümmel duftenden Brot aus seinem Kochverschlag. Erik grinste schalkhaft.

»Der Jude hat mir verboten, dein Fasten zu stören. Da haben wir beide uns was anderes überlegt.« Auch Tassiah schenkte mir ein kleines Lächeln und zauberte eine Kanne hinter seinem Rücken hervor, aus der ein betörender Duft in meine Nase stieg. »Wir haben einfach das Minzgewürz, das er ins Essen streut, mit Wasser überbrüht. Alienor – dieses heiße Wasser schmeckt wunderbar!«

Eifrig half er Tassiah, das Brot zu teilen und die Becher zu füllen. Ich sah ihm zu und hätte am liebsten geweint.

Eine schwarze Hand berührte mein Gesicht. Tassiah sah mich an und gestikulierte etwas, bevor er wieder lächelte und sich zurückzog.

»Die Liebe nimmt immer steinige Pfade«, übersetzte Erik die Zeichen und setzte sich neben mich. »Tassiah ist auch einmal auf dem Pfad gewandelt. Und er rät dir, dass du dich über jedes Stück Weg freuen sollst, auf dem es keine Steine gibt.« Er strahlte mich an. »Dieser schwarze Troll mit den Händen einer Frau hat dich sehr gern. Und jetzt wollen wir fasten.«

Und so speisten wir gemeinsam Minzaufguss und Kümmelbrot, was nach Eriks Auffassung nichts anderes als Wasser und Brot war – und ich genoss es ohne Reue, weil es schmeckte, weil ich in seiner Gesellschaft war und weil ich mich dem Denken verweigerte...

»Hmm – so müsste jeder Tag beginnen.«

Wir hatten Krümel ins Wasser geschnippt und lagen nun auf dem Rücken und sahen den Wolken nach, die über den blauen Himmel zogen.

»Wusstest du, dass es im Sommer keine Nacht im Norden gibt? An einigen Tagen geht die Sonne nicht unter, da feiert man dann und tanzt die ganze Nacht hindurch. Und der Himmel ist noch viel blauer, und die Wolken weiß wie Schnee und die Luft...«

»Erzählst du mir wieder Märchen, Erik?« Ich rollte mich auf den Bauch.

»Aber nein! Dafür gibt es im Norden Winter, in denen die Sonne niemals scheint. Dann ist es so dunkel, dass man glauben möchte, die Götter hätten einen vergessen. Und man wartet voller Sehnsucht auf das Licht und den Sommer... Eigentlich merkwürdig, das mit der Sonne. Ich wüsste gerne, warum das so ist.« Nachdenklich starrte er in die Luft.

»Wann – wann wirst du dorthin zurückkehren?«

»Wenn der Jude es mir erlaubt. Die Wunde heilt sehr gut.« Erik setzte sich mit gekreuzten Beinen auf und sah mich ernst an. »Alienor, du weißt, dass ich nicht bleiben kann.« Ich mied seinen

Blick und nickte nur. Welten liegen zwischen verdrängtem Wissen und einem offenen Wort – ich wollte ihn nicht sehen lassen, wie sehr mich seine Worte erschütterten.

»Schau, bald wird deine Hochzeit sein, und dann wirst du diese Burg verlassen und deinem Gemahl folgen –«

»Niemand hat mich gefragt!«, platzte ich heraus und hieb mit der Faust auf den Boden. Wie konnte er so nüchtern reden, so leichtfertig mit meinen Gefühlen umgehen, als wären sie die Federn einer Pusteblume, denen man in den Himmel hinterherschaut?

Da nahm er meine Hand und lächelte mich an. In seinen Augen standen Tränen. »*Ich* würde dich fragen. Wenn es eine andere Zeit wäre, und ein anderes Leben. Wenn du die Prinzessin von Irgendwo wärst, und ich der König von Nirgendwo, und wenn die Welt uns gehörte, ohne dass uns jemand nach dem Namen fragt – ich würde dich fragen, Alienor.«

»Und ich würde ja sagen«, flüsterte ich erstickt. Er drückte einen Kuss auf meine Hand und holte tief Luft. Ich spürte, wie er sich zusammenriss.

»Ich muss aufhören mit diesen Fantastereien. Alienor, du hast etwas Besseres verdient als einen ehemaligen Sklaven, glaub mir. Du solltest einen Mann bekommen, der dir ein ehrbares Leben bieten kann und einen guten Namen für die Kinder, die die Götter dir schenken werden. Die Welt sollte dir zu Füßen liegen –«

»Ich will sie nicht, Erik«, murmelte ich dazwischen und wischte mir die Augen. Warum fragst du mich nicht ...

»Lass mich ausreden, Alienor. Lass mich dir sagen, wie es ist. Man hat mir alles genommen, den Namen, die Ehre, ich habe nichts mehr außer meinem nackten Leben. Und das ist nicht viel wert.«

»Du hast von deiner Mutter erzählt«, wandte ich ein. »Was ist mit ihr?«

»Alienor, wenn in meinem Land jemand so entehrt wurde wie ich, kann er nur in die Gesellschaft zurückkehren, indem er versucht, seine Ehre wiederherzustellen.«

»Und – und kannst du das nicht?«

»Wir nennen es Blutrache«, sagte er langsam und ließ los. »Ich müsste deinen Vater töten, verstehst du? Sein Blut für meine Ehre.« Niedergeschlagen sah er mich an, und sein Blick schnürte mir die Luft ab. »Aber ich kann versuchen, den König zu bitten, mich in Gnaden aufzunehmen. Vielleicht würde er es tun. Ich weiß es nicht. Ich weiß nicht, wie es sein wird heimzukehren.« Er seufzte tief und schwieg. Vaters Blut für seine Ehre. Mir wurde kalt. Erik legte sich wieder auf den Rücken, und sein Atem beruhigte sich. Seine Hände indes malträtierten weiterhin Grashalme…

»Erzähl mir von deinem Zuhause«, bat ich leise.

»Mein Zuhause? *Meyja,* Jahre sind vergangen, seit ich dort war!«

»Dann erzähl mir von früher.« Ich legte den Kopf an seine Brust und zog mit dem Finger seine Lippen nach. »Erzähl mir etwas. Wie groß war die Burg, in der du gelebt hast? Wie viele Diener hattet ihr? Erzähl einfach…« *Gib mir etwas zum Träumen, wenn du fort bist.*

»Erzählen macht Heimweh, Alienor.« Er starrte in die Bäume. »Wir – wir hatten eine große Halle in Uppsala«, begann er unvermittelt und zog mich näher an sich. »Im Norden gibt es keine Burgen, wie du sie kennst. Man lebt in Holzhäusern, langen, großen Häusern, und wer reich ist, der stattet sie mit Teppichen, Kandelabern und kostbaren Pelzen aus. Als Vater starb, hatten wir ein neues Haus am anderen Ende der Stadt, weit weg vom Tempel und vom Hain der Götter. Meine Mutter ist sehr fromm, musst du wissen. Sie war die erste Frau in Uppsala, die eine eigene Kapelle an ihrem Haus hatte. Doch als der Priester in unser Haus zog, bekam ich Streit mit ihm –« Nachdenklich besah er sich seine Hände. »Die Familie beschloss, mich zu Wilhelm zu schicken. Und all die Jahre hatte ich Sehnsucht nach dem Haus meiner Mutter… den riesigen Wäldern, und den Wiesen, wo das Vieh grast. Überall gibt es kleine Bäche, die in den Fyri münden. Und einen kleinen See, in dem ich als Kind schwimmen gelernt habe. Als ich zwölf Jahre alt war, schenkte mein Vater mir ein rabenschwarzes Pferd, und wir sind zusammen mit den Jägern in den Norden geritten, um Wild zu erlegen. Ich hatte auch einen wunderbaren Bogen aus Eschenholz, und Pfeile mit bunten Federn, die mein Vater mir selbst geschnitzt hatte. Manchmal sind wir auch an den Mälarsee geritten – ein See, so groß, dass du kein Ende sehen kannst. Im Winter kann man dort auf dem Eis laufen. Am Ufer hatten wir ein kleines Haus, und wenn Vater auf Kriegszug ging, begab sich meine Mutter mit uns dorthin. Auf dem See gibt es unzählige Inseln, wir konnten uns jeden Tag eine neue zum Spielen aussuchen, und abends aßen wir dann Fischpastete und Kuchen, den meine Mutter von Beeren gebacken hatte. Den hat meine kleine Schwester besonders geliebt.« Er hielt inne. »Wie Sigrun wohl aussieht? Sicher hat sie eine große Sippe mit vielen Kindern – es gab in Uppsala einige, die die Tochter des Alten zur Frau nehmen wollten, wenn sie erst alt genug ist. Weißt du, meine Familie zählt zu den reichsten und vornehmsten im ganzen Svearreich. Die Ynglinge haben das Land seit uralten Zeiten beherrscht, auch wenn jetzt nicht mehr viele von uns übrig sind. Ich bin der letzte männliche Nachkomme, und wenn ich keine Kinder habe, ist es meine Aufgabe, das Schwert der Familie zu vergraben. Aber ich bin sicher, dass das nicht passieren wird.« Er lächelte. »Es ist sehr wichtig, eine mächtige Familie zu haben. Die Sippe bestimmt dein Leben, jeden Schritt, den du tust, weil sie weiß, was gut für dich ist. Sie ist wie ein Hafen, der dich immer wieder aufnimmt, wenn du dich an die Regeln hältst. Vielleicht...« Versonnen starrte er vor sich hin und strich über die schwarzen Schlangentiere auf seinen Armen.

»Ich hab wirklich Sehnsucht nach zu Hause«, sagte er dann und seufzte. »Es ist viel zu lange her...« Seine Augen waren dunkel, als er sich aufsetzte. Der Bach plätscherte leise, und über uns in den Baumwipfeln plagte sich ein Specht mit seinem langen Schnabel. Ich lag ganz still. Erik hatte ein Bild heraufbeschworen, von dem ich jede Einzelheit tief in mich aufnehmen wollte, um es nie zu vergessen, wenn er fort war. Ein Land im Norden, mit weiten Seen und fremden Göttern –

»Wie geht es eigentlich Emilia?«, fragte er plötzlich.

»Sie wird immer schwächer, und in der Nacht hat sie hohes Fieber. Meister Naphtali meint, dass Gott sie bald zu sich holt.« Erik schwieg betroffen.

»Sie vermisst dich sehr. Ich habe ihr sagen müssen, dass du tot bist. Jetzt erzählt sie mir immerzu von achtbeinigen Pferden, die dich in eine Halle gebracht haben...«

»Valhall.«

»Ist das das Leben nach dem Tod?«

Er wiegte den Kopf. »So ähnlich. Bei uns erzählt man sich, dass die Welt in zwei Teile geteilt ist. Der eine Teil heißt Utgard, dort wohnen die Riesen. Der andere Teil wird Asgard genannt, das ist der Sitz der Götter. Und Asgard liegt mitten in Midgard, der Welt der Menschen.« Mit raschen Strichen hatte er einen Kreis in den Sand gemalt und zeigte mit dem Stöckchen auf die einzelnen Teile. »Yggdrasil, der Weltenbaum, hält das Ganze zusammen. So etwa.« Er kritzelte einen struppigen Baum durch den Kies. »Wenn du im Kampf fällst, kommst du nach Valhall, der Festung Odins aus Gold und Sonnenstrahlen, die hier, mitten in Asgard liegt. Odins Töchter bringen dich dorthin. Sie heilen die Verwundeten, und dann feiern die Krieger zusammen mit den Göttern. Ob es wahr ist oder nicht, jedenfalls ist es eine bessere Geschichte, als die vom Christenhimmel, wo man nur herumsitzt und singt.« Er grinste, doch bevor ich protestieren konnte, sprach er schon weiter. »Stirbst du aber unter einem Fluch oder gar im Bett, dann ist Hel, dort unten in Asgard, dein Schicksal. Hel ist düster, eine Untote, sie ist halb schwarz und halb fleischfarben, und ihr Reich heißt Niflheim. Ein grausigkalter Ort im eisigen Norden, wo niemals ein Lichtstrahl hinfällt. Man erzählt sich, dass sie dort einen Palast aus Hunger und Elend, Krankheit und Schwäche gebaut hat.«

»Und es gibt keine Erlösung von dort? Kann man denn nicht darum beten?«, fragte ich entsetzt. Wie hoffnungslos! Erik schüttelte den Kopf.

»Nein. Am letzten Tag, der in den Geschichten Ragnarök genannt wird, werden die Helden von Valhall mit den Göttern gegen Hels Tote und die Riesen aus Utgard kämpfen. Alle werden im Kampf sterben. Und dann geht die Welt unter, und ein schrecklicher langer Winter bedeckt die Erde mit Eis und Schnee, um jedes Leben zu ersticken. Man erzählt sich, dass es zwei Menschen gelingen wird zu überleben. Liv und Livtrase heißen sie, und sie sollen eine bessere Welt gründen. Doch die Toten bleiben tot. So sagt jedenfalls die Seherin in der Völuspa-Geschichte.«

»Eine schreckliche Vorstellung...« Ich erschauderte. Das alles klang so fremd und unheimlich – Fylgja, die Todesbotin fiel mir wieder ein. Waren die Heiden nicht arme Menschen, dass sie in solch einer trostlosen Welt lebten? Erik rieb mir sanft die Arme.

»Das denke ich auch. Bei den Christen hörte ich von einem Leben nach dem Tod, und von dem Gericht am Ende der Tage, wo die Guten von den Schlechten getrennt werden – und ich muss sagen, das gefällt mir nicht schlecht. Bei uns ist es wichtig, was du aus deinem Leben machst und wie du in den Tod gehst: Tapfer und aufrecht, am besten lachend.«

»Lachend!«

»Ja, guter Dinge. Du darfst dich vom Tod nicht besiegen lassen, auch wenn du dein Leben lassen musst. Denn danach lebst du nur noch in der Erinnerung deiner Nachkommen weiter. Erinnerst du dich an die Geschichte von Gisli Sursson? Seine letzten Worte, bevor er fiel, sollen diese gewesen sein:

›Beißt mich auch blanke Klinge,
Bin ich guten Muts doch.
Seinen Sohn mein Vater.
Solche Härte lehrte!‹

Gisli ist tapfer im Kampf gefallen, und darum hat die Nachwelt ihn nicht vergessen. Bei euch Christen lernte ich, dass das irdische Leben nur eine Zwischenstation auf dem Weg zum Leben nach dem Tod ist.« Gedankenvoll fältelte er meinen Rocksaum. »Vielleicht sind es alles nur Geschichten, und nichts davon ist wahr. Aber wenn doch... Man müsste einen Mittelweg finden, mit dem sich beides verbinden lässt, findest du nicht? Alles würde irgendwie einen Sinn bekommen, das Leben *und* das Sterben...«

Ich betrachtete sein schönes, ernstes Gesicht. Seine Stimme verursachte mir eine Gänsehaut, die mir von den Kniekehlen die Beine hochstieg und mich im Rücken schließlich kitzelte. Und erst seine lästerlichen Worte, für die kein Gott ihn strafte und die mich im Geheimen so in ihren Bann zogen. Nichts konnte er stehen lassen. Wie ein Kind rüttelte er an uralten Fassaden, brachte mit seinen Zweifeln Mauern zum Einstürzen und lachte über den Staub, der aus den Trümmern aufstieg.

Lebhaft stellte ich mir vor, wie sich meinem Beichtvater bei solchen Gedanken die Haare sträuben würden! Und wie wäre er erst entsetzt, könnte er mein heimliches Interesse an den Erzählungen des Nordens und Eriks düsterem Glauben sehen. Ragnarök, Yggdrasil – wie ein Schwamm sog ich die fremden Namen in mich auf, und die wilden Geschichten, die hinter den Namen standen, tanzten einen archaischen Reigen in meinem Kopf. Erschaudernd und neugierig zugleich wollte ich mich ihnen nähern, war doch ein jeder von ihnen ein Teil von Erik...

Doch dann fielen mir seine Worte wieder ein. Keine Erlösung! Sachte berührte ich das Kreuz auf meiner Brust, das früher einmal ein Hammer gewesen war und ihm gehört hatte. Bis ans Ende meiner Tage würde ich für ihn mitbeten und Kerzen opfern, voller Hoffnung, dass Gott der Allmächtige einem Ungläubigen am Jüngsten Tag Gnade erwies. Es war so wenig, was ich für das Seelenheil dieses Zweiflers tun konnte...

Der spielte währenddessen gedankenverloren an seiner Kette herum. Ich nahm sie ihm aus der Hand und betrachtete sie.

»Was bedeutet sie eigentlich?«

»Sie ist mein Lebenszauber.«

Ich musste lachen. »Du bist abergläubisch! Eine Kette...«

Erik sah mich an. »Bei uns wird bei der Geburt eines Sohnes eine weise Frau gerufen«, erklärte er ernsthaft. »Sie wirft die Runensteine und liest aus ihnen die Zukunft. Das ritzt sie dann in ein Stück Holz, als Talisman. Meine Eltern haben diese Runen auf die Silberplatte übertragen lassen. Sie beschützen mich und lenken meine Schritte. Was immer mit mir geschehen wird, hier steht es geschrieben, in den Worten der Götter. Sie sind ein Bestandteil meines Lebens.« Fast zärtlich strich er über die Beule in der Platte, die den Zeichen und verschlungenen Ornamenten jedoch nichts hatte anhaben können. Lebenszauber. Der Pater wetterte in seinen Predigten fast täglich gegen Zauber und Beschwörungen. Heidnisch seien sie und gotteslästerlich. Obwohl die Vorstellung, sein Schicksal um den Hals zu tragen, etwas für sich hatte. Schließlich war ich eine neugierige Frau.

»Kannst du das lesen?«

»Nein. Die Runen der weisen Frauen kann niemand lesen. Und das ist auch ganz gut so. Mancher würde vielleicht den Mut verlieren...«

»Komme ich in diesen Zeichen auch vor?«

»Natürlich. Du bist dieser Punkt hier«, sagte er mit todernstem Gesicht.

»Was, nur ein Punkt? Das ist mir zu wenig. Wenigstens ein Strich muss es sein.«

Erik steckte die Silberplatte in sein Hemd zurück und bewies mir gleich darauf ungestüm, dass ich mindestens fünf Striche wert war.

Naphtalis kleiner Garten unterhalb der Weiden wirkte auf mich wie ein Paradies fernab vom lärmenden Burgalltag. Dicht aneinander gekuschelt beobachteten wir einen jungen Hasen, der zwischen den Farnen herumtollte.

»Man kann ihn mit den Händen fangen, wenn man geschickt ist«, flüsterte Erik. Seine langen Finger streckten sich unternehmungslustig. »Anschleichen und – zuschnappen!« Damit hatte er auch schon mein Handgelenk gepackt und schüttelte es, als wäre es seine Beute. Der Hase hatte längst das Weite gesucht.

»Du hast das Jagen wohl lange geübt, wie?«, meinte ich belustigt und versuchte vergeblich, seine Finger aufzubiegen.

»An Wilhelms Hof gab es genug Gelegenheiten.«

»Hasen zu jagen?«

»Hasen auch. Aber noch öfter Mädchen.«

»Na, sehr erfolgreich warst du da wohl nicht, sonst säßest du ja nicht hier.«

Erik hob die Brauen. »Sie sind mir hinterhergelaufen. Ich konnte mich kaum retten.«

»Glaube ich dir nicht«, sagte ich trocken, obwohl ich wusste, dass er Recht hatte, dass die Herzen der normannischen Hofdamen sicher genauso heftig geklopft hatten wie meines jetzt, da er mich ansah.

»Vielleicht«, lächelte er, »vielleicht war es eher so, dass ich die Beute war?«

»Hatten sie denn keine Angst vor dir?«, fragte ich neugierig.

»Natürlich! Ich war der Wilde aus dem Norden, der Heide, und wenn ich anfangs bei Tisch meine Handschuhe auszog, schrien sie alle auf vor Schreck. Es war köstlich...« Amüsiert betrachtete er seine bemalten Hände.

»Warum hast du dieses Tier auf der Hand?« Vorsichtig rührte ich mit dem Finger an den Linien. Erik schwieg eine Zeit lang, sodass ich schon dachte, ich hätte etwas Dummes gefragt.

»Eine weise Frau zeichnete mir die Runen auf die Hand. Hier, siehst du? Das ist ein Zauberspruch. Damit ich meine Heimat nicht vergesse.« Er seufzte.

»Und – und die Tiere?«

Sein Finger glitt über den Schlangenkopf, der die Runen einrahmte. Und dann grinste er. »Die Schlangen habe ich mir selber eingeritzt, auf dem Schiff, das mich nach Frankreich brachte. Ich war so wütend, dass man mich fortschickte, und ich hasste alle Leute, die man mit meiner Erziehung beauftragt hatte. Also hantierte ich mit dem Messer, es blutete fürchterlich, und ich verschmierte mir die Kleider mit schwarzer Farbe. Aber sie sind mir gelungen, finde ich. Richtig böse sollten sie aussehen, damit die Leute Angst vor mir hätten. Ich war ein Krieger aus dem Norden, und sie sollten mich fürchten. Immerhin – bei den Frauen wirkte es«, lachte er.

»Und sie sind nicht magisch?«, fragte ich ungläubig.

Er schüttelte den Kopf. »Nein. Oder etwa doch? Na, bislang war ihnen jedenfalls nichts anzumerken.« Damit legte er die Arme um mich. »Vielleicht haben sie mich zu dir geführt? Wer weiß?«

Vielleicht war ich ja der einzige Mensch, der wusste, dass sie sehr wohl zum Leben erwachen konnten – eine von ihnen regte sich leise hinter meinem Ohr, dass ich erschauderte. Aber vielleicht waren es auch nur Eriks Lippen, die meine Wange streiften auf der Suche nach meinem Mund.

Schließlich setzte er sich wieder gerade hin und zog mir den Schleier vom Kopf.

»Wer beim Thor hat dir das angetan?«, fragte er und strich sanft über meine Stoppeln.

»Genügte es nicht, dass sie mich rasierten?«

Ich biss mir auf die Lippen. »Es geschah für das Ordal, Erik. Glaube und Unschuld sind alles, was man mitnehmen darf. Die Kraft, die in den Haaren sitzt, kann das Urteil verfälschen –«

»Unsinn! Wer hat dir das erzählt?« Ärgerlich runzelte er die Stirn.

»Die Priester sagen das. Und jeder weiß es.«

»Die Priester hassen die Frauen. Sie haben Angst vor euch. Vor eurer Schönheit, vor eurem Duft – und vor euren Locken. Für den Priester bist du immer die Frau mit dem Apfel aus dem Garten Eden, Alienor.« Ein böses Lächeln tanzte über sein Gesicht. »Auch der Priester ist ein Mann, der seine Begierden hat. Er schlägt sich des Nachts, wenn es über ihn kommt, weil er sich nicht erleichtern darf – er schlägt sich den Rücken mit der Peitsche blutig, weißt du das nicht?«

»Erik, du redest irre«, flüsterte ich entsetzt und versuchte, ihm den Mund zuzuhalten. Hatte er denn vor nichts Respekt?

»Ich weiß genau, was ich rede«, sagte er hart und fing meine Hand ein. »Er peitscht sich. Und er fällt wie ein Tier über Klosterzöglinge her und verführt sie zu unnatürlichen Handlungen.« Mir wurde übel, und verzweifelt versuchte ich, mich aus seinem Griff zu befreien. »Bleib und hör mir zu! Ich habe es selbst gesehen, an Wilhelms Hof in der Nacht. Sie stöhnten vor Schmerz, und die Peitsche pfiff in der Luft, und die Novizen weinten in ihren Zellen – *meyja*, die Priester fürchten ihre Begierde wie den Teufel.« Seine Hände umfingen meinen kahlen Kopf, und er sah mir in die Augen. »*Deshalb* mussten deine Locken fallen. Und doch war dieses Opfer umsonst, denn die Kraft, die dich die Probe überstehen ließ, wohnt in deinem Herzen. Und dieses Herz kann niemand beugen, das weiß ich.«

Ich riss mich los und rannte zum Bach, in Tränen aufgelöst über seine Worte. Frevelhafte Worte, böse Gedanken, die ich auslöschen wollte und es doch nicht konnte. Sie setzten sich fest wie Zecken im Fell eines Hundes. *Die Priester fürchten die Frauen.*

Wasser netzte mein verheultes Gesicht. Ich rollte mich ins Gras und verbarg meinen Kopf unter den Armen.

»Ist unsere Zeit nicht zu kostbar für Tränen?«, fragte er leise und betupfte meine heißen Wangen. »Und erst recht zu kostbar, um über Priester zu streiten?« Als ich nicht antwortete, kauerte er sich schweigend neben mich auf den Boden, legte den Arm um mich und drückte sein Gesicht an meinen Hals. Und ich lauschte auf seinen Atem und wurde ruhiger. Unsere Zeit war kostbarer als des Kaisers Gold...

Als die Sonne tiefer sank, machten wir uns auf den Rückweg. Erik wollte gerade nach dem Türknauf greifen, als die Labortür mit einem lauten Krach zugeworfen wurde. Ein scharrendes Geräusch verriet, dass jemand die Truhe hastig an die Wand rückte. Wir hörten von der anderen Seite der Tür Getrampel und laute Stimmen. Glas zerschellte auf dem Boden.

Erik riss mich in die Ecke neben der Tür und hielt mir mit der einen Hand den Mund zu. In der anderen erschien wie durch Zauberei mein silberner Dolch. Ich war stocksteif vor Entsetzen. Sie durchsuchten Naphtalis Labor!

»Du wirst mir sagen, wo sie ist! Hast du sie verhext?«, erklang die Stimme meines Vaters durch das Gepolter. »Neue Medizin – ich bin doch nicht blind!« Wieder flog Glas zu Boden, etwas knallte gegen die Wand. Die ruhige Stimme des Arztes wurde durch das Klirren übertönt.

»Der Wächter hat uns verraten«, flüsterte ich heiser durch Eriks Finger hindurch. »Der Wächter oder meine Kammerfrau! Sie wollte mich nicht gehen lassen!« Seine Hand rutschte von meinem Mund herunter und umklammerte meine Schulter. Wenn sie die verborgene Tür hinter dem Teppich fanden, war alles vorbei, dann konnte ihn nichts mehr retten außer vielleicht eine wilde Flucht durch den Garten, doch selbst die Chance war gering. Sollte ich hinausgehen, mich ihnen stellen, sie ablenken, damit Erik fliehen konnte? Meine Gedanken überschlugen sich. Auf der anderen Seite hörte ich Vater schließlich sagen: »Du hast Glück gehabt, Jude, dass sie nicht hier ist. Du solltest mit deinen gotteslästerlichen Forschungen vorsichtig sein, wenn du nicht eines Tages brennen willst. Das Auge der Kirche wacht über dich. Sei gewarnt! Und lass gefälligst die Finger von meiner Tochter, solange sie gesund ist!« Eine Tür knallte, dann war es still.

Erik atmete tief durch und presste mich mit beiden Armen an sich. Mit dem Rücken an die Felswand gelehnt, murmelte er erregt vor sich hin. Durch das verschwitzte Hemd spürte ich sein Herz wild klopfen. Tränen stiegen mir in die Augen, denn ich fürchtete mich vor dem, was nun geschehen würde. Nach einer Zeit scharrte es an der Tür, und schließlich stand Naphtali im Raum. Sein Gesicht sah grau und uralt aus.

»Sie haben dich gesucht. Der Wachmann muss uns verraten haben, dein Vater glaubt, ich triebe hier unten schwarze Magie mit dir. Du musst sofort verschwinden. Er war außer sich vor Wut«, sagte er traurig. »Hermann wird dich hinausschmuggeln. Und komm nicht wieder her.« Ich schluchzte auf und bohrte mein Gesicht in Eriks Schulter.

Fahrig glitten seine Hände über meinen Rücken. »*Oll strá vilja oss stanga* – sei jetzt tapfer, Kriegerin, tapfer für uns beide«, flüsterte er und küsste mich mit verzweifelter Heftigkeit. Nie wieder loslassen, nie wieder ... Doch dann schob er mich Naphtali in die Arme. Ich sah noch einmal zurück, mein Blick umfasste ihn, wie er dort an der Felswand stand, mit steinernem Gesicht, das Messer immer noch in der Faust. Hinter ihm blitzte im Kerzenschein der Kopf des Drachen grausilbern im Granit auf, finster starrte sein schwarzes Auge mich an wie erst vor kurzem die Rabengötter, die mich vertrieben hatten – *Geh, Weib, er gehört uns! Verschwinde von hier!*

»Geh, Mädchen, und sieh zu, dass dich niemand sieht. Unser Leben liegt jetzt in deiner Hand. Rasch!«, mahnte der Arzt ungeduldig.

»Pass auf dich auf«, knirschte Erik und drehte sich jäh um.

Hermann brachte mich auf Schleichwegen in den Garten, von wo aus ich ungesehen in den Frauenturm gelangte. Emilia schlief, und so verbrachte ich den Rest des Tages weinend auf dem Dach. Maia gab ihre Versuche, mich zu beruhigen, bald auf und strafte mich mit Nichtachtung. Am Abend kam Vater in unsere Kemenate gepoltert und stellte mich zur Rede. Ich beharrte darauf, dass ich im Badehaus gewesen sei – wofür es um diese Zeit natürlich keine Zeugen gab, doch weder Maia noch Gisela wagten, mir zu widersprechen. Eigensinnig wiederholte ich, dass der Wachposten sich geirrt haben müsse und dass er sowieso die Hälfte der Zeit betrunken in seinem Verschlag zubrachte und vor sich hin lallte. Vater schrie mich an, ich solle mich unterstehen, seine Wächter zu kritisieren. Ich schrie zurück, jeder wüsste, was der Glatzkopf für ein Trunkenbold sei, der im Übrigen viel zu oft meine Mägde befingerte. Er beschimpfte mich als unverschämtes Weibsbild, und dass er glücklich sei, mich bald aus dem Hause zu haben. Emilia versuchte, mir beizuspringen, doch ging ihre dünne Stimme in dem Lärm völlig unter. Und dann zog er den Turmschlüssel aus der Tasche und verkündete, dass ich die nächsten zwei Wochen unter Arrest stünde: Ich solle mich gefälligst an meinen Spinnrocken setzen und meine Aussteuer zusammenstellen, meine liebe Mutter, Gott schenke ihrer Seele Frieden, würde sich im Grabe umdrehen, wenn sie wüsste, wie ungeraten ihre Tochter sich entwickelt habe…

Die Tage in dem engen Turmzimmer zogen sich zäh wie grauer Schleim dahin. Endlos klapperte die Spindel gegen den Hocker, knarzte der Webrahmen sein immer gleiches Lied, wenn man sich auf den linken Pfosten stützte, um das Schiffchen zu holen. Während Wollknäuel und Tuchbahnen anwuchsen, ging der Gesprächsstoff aus, man wechselte nur noch die notwendigsten Worte. Die Kammerfrauen bemühten sich, uns das Leben so angenehm wie möglich zu machen, doch bald konnte ich ihre Gesichter kaum noch ertragen. Dass in anderen Burgen noch viel mehr Frauen unter einem Dach lebten, tröstete mich nicht. Noch nie hatte Vater es gewagt, mich einzusperren!

Draußen regnete es, schwarze Wolken eilten über den Himmel, vom Ostwind getrieben, der um den Turm pfiff und des Nachts gespenstisch in den Ecken heulte. Durch die Fensterspalte, die wir mit groben Teppichen verhängt hatten, zog eiskalte Luft und ließ uns bis ins Mark erschaudern. Der Winter hatte sich in aller Tücke zurückgemeldet. Die Katzen lagen wieder wie vor Monaten faul zusammengerollt vor dem Kamin, anstatt Mäuse zu fangen. Heimlich fütterte Emilia sie mit ihrer Milch, zum Dank kamen sie dann in ihr Bett und wärmten ihr die verfrorenen Füße. Stunde um Stunde saß ich, in einen Pelzumhang gehüllt, am verhassten Spinnrocken, verwob Fäden mit Gedanken und Träumen, spann Geschichten um Erinnerungen und hörte nicht auf das Geplapper der Kammerfrauen. Gisela machte kaum noch einen Versuch, ihre Trunksucht vor uns zu verbergen, die meiste Zeit döste sie über ihrem Stickrahmen und erwachte nur, wenn Maia sie in die Seite knuffte, weil das Essenstablett kam. Meine Schwester verfiel in dem kalten, feuchten Wetter zusehends. Sie hustete Blut, und ihr Gesicht erschien mir von Tag zu Tag durchsichtiger. Meister Naphtali kam, um sie zu untersuchen, den Medizinkasten über der buckeligen Schulter. Sein Blick war traurig, als er vom Bett zurückkehrte.

»Es geht ihr schlecht, nicht wahr«, sagte ich und hoffte entgegen alle Vernunft auf Widerspruch. Hinter uns rührten die Frauen Tinkturen und Aufgüsse, die Emilias Leben verlängerten, aber nicht retteten.

»Sie wird sterben, Alienor. Ich kann ihr nicht mehr helfen, meine Kunst hat versagt«, erwiderte er leise und resigniert. Ich biss mir auf die Lippen, um nicht loszuheulen. Ohne ein weiteres Wort wandte der Arzt sich zum Gehen. Auf der Treppe holte ich ihn ein und hielt ihn am Ärmel fest.

»Sagt schon, wie geht es ihm?«, flüsterte ich mit zitternder Stimme. Statt einer Antwort drückte er mir ein kleines Stoffpäckchen in die Hand und bedeutete dem Diener, ihm die Tür aufzuschließen. Mein Herz schlug so laut wie eine Kirchturmglocke. Hastig stopfte ich mir das Päckchen in den Ausschnitt. Seine harten Kanten spürte ich fortan bei jeder Bewegung zwischen den Brüsten, erinnernd, fordernd. Zurück in der Spinnstube, ergriff ich mit bebenden Fingern den Faden, der daraufhin prompt abriss. Ungeschickt rutschte mein Fuß vom Bänkchen und stieß die Branntweinkaraffe um. Eine der Katzen fuhr erschrocken hoch und fauchte den auslaufenden Alkohol an. Maia sah von ihrer Arbeit auf. Ihr Blick glitt forschend über mein Gesicht, wanderte an mir herunter, sah die hässlichen roten Flecken an meinem Hals und die knotigen Fadengewächse, die von meinem Spinnrocken baumelten. Ich biss die Zähne zusammen, bis der Kiefer schmerzte, und zwang mich zur Ruhe. Es war nichts geschehen, gar nichts...

Als endlich alle schliefen, stand ich leise auf und warf mir den Umhang über. Maia bewegte sich unruhig im Schlaf. Stocksteif wartete ich, bis sie wieder still lag. Mein Instinkt mahnte mich mittlerweile, jedem mit Argwohn zu begegnen, selbst dieser alten Dienerin, die stets mein Vertrauen besessen hatte. Auf Zehenspitzen schlich ich zum Mauervorsprung und holte die Öllampe herunter, die wegen Emilia dort immer brannte. Über der Truhe am Fenster lag ordentlich mein Kleid. Verstohlen tastete ich nach dem kleinen Gegenstand, den ich vor dem Schlafengehen darunter verborgen hatte. Meine Finger nestelten fieberhaft an dem verknoteten Stofffetzen. Ein Fingernagel brach ab, ich blieb mit der Nagelkante hängen und weinte fast vor Ungeduld. Und dann endlich ...

In der Hand hielt ich einen Gegenstand aus Holz, so groß wie ein Hühnerei. Atemlos beugte ich mich über das winzige Licht: eine geschnitzte Rose aus Holz, deren voll erblühte Blätter wie Fächer nach allen Seiten abstanden. Gerührt musste ich lächeln. Eine Rose, gemacht von einem wilden Krieger, der mir angeblich keinen Liebesbrief schreiben konnte.

Zärtlich glitt mein Finger über das Holz. An einzelnen Stellen war es verschrammt – ich hielt die Luft an. Und als ich die Rose direkt neben das Öllicht legte, sah ich die Schriftzeichen in den Blütenblättern. Runenzeichen wie die, die er in den Fels geritzt hatte und die ich nicht entziffern konnte! Einen Augenblick lang glaubte ich vor Enttäuschung zu ersticken – er hatte mir eine Botschaft geschickt, und ich konnte sie nicht lesen, gütiger Himmel! O Erik, du Narr! Meine Finger krampften sich um die Rose. Seufzend starrte ich in den wolkenverhangenen Nachthimmel. Mit einem schrillen Schrei flog eine Fledermaus haarscharf am Fenster vorbei. Nein, närrisch war er nicht. Nie tat Erik etwas ohne Grund. Und dann wusste ich auf einmal, dass ich ihn wieder sehen würde und er mir dann seine Botschaft übersetzen würde. Ganz sicher. Ich atmete tief durch und schickte meine Gedanken in die Nacht hinaus, auf die Suche nach Worten, die Erik sich für mich ausgedacht haben mochte.

Ein Windstoß, und die Lampe erlosch. Ich fröstelte, doch war meine Seele gewärmt. In der Dunkelheit und Kälte, die mich umgab, schlug ein anderes Herz für mich. Die Rose an meine Brust gedrückt, schlief ich ruhig neben Emilia ein.

Vater kam uns jeden Tag besuchen. Mit Scherzen und kleinen Geschenken versuchte er Emilia aufzuheitern, flößte ihr geduldig süße Milch ein und erzählte von den Fohlen im Stall. Tiefe Sorgenfalten hatten sich in sein Gesicht gegraben. Von seiner einstmals so großen Familie waren ihm nichts als zwei Töchter geblieben – ein hartes Los für einen angesehenen Mann wie ihn, wahrhaftig. Wenn Gott nur seine neue Frau mit Fruchtbarkeit segnete! Die Kerzen und die Goldstücke, die er seiner Kapelle und dem Kloster gespendet hatte, damit man dort für ihn betete, konnte inzwischen niemand mehr zählen.

An einem Abend kam er auch zu mir. Ich saß auf der Fensterbank und versuchte meinen knurrenden Magen mit einer Brotrinde zu beruhigen. Meine Fastenbürde nahm ich sehr ernst, doch fiel es mir schwer, hart zu bleiben, wenn Emilia mit all unseren Lieblingsspeisen verwöhnt wurde und sie mir heimlich zustecken wollte. Dann sehnte ich den letzten Tag der Buße herbei und malte mir aus, was ich alles essen würde – fetten Braten und Fisch und gebratene Äpfel, gefüllt mit Preiselbeeren, und Pfannkuchen aus mindestens zehn Eiern, mit Honig, am besten einem ganzen Becher Honig, und eine große Karaffe von Vaters allerbestem Wein, diesem Tiefroten aus Burgund …

»Na, Mädchen, bald hast du es hinter dir, der Herr hat deinen Bußeifer sicher wohl bemerkt.« Ich brummte vor mich hin. Der Gürtel scheuerte. Seit ich unter Arrest stand, trug ich ihn Tag und Nacht.

»Du musst mir etwas sagen. Der Mann, du weißt schon, der tote Sklave –«

»Er ist tot, das weißt du doch. Frag den Juden.« Abweisend starrte ich aus dem Fenster. Erik. Allein der Gedanke an den Klang seines Namens jagte mir Schauder bis in die Kniekehlen.

»Ja, ich weiß. Aber mich interessiert doch, was – nun, hat er dir gesagt, ich meine, hat er dir alles gesagt? Was du wissen wolltest? Über seine Herkunft?« Seine Augen waren dunkel vor unbefriedigter Neugier. Du hast mich hier eingesperrt, dachte ich verletzt und rachsüchtig, du verheiratest mich gegen meinen Willen, nichts werde ich dir sagen, und wenn du auf Knien darum bittest!

»Nun? Sicher weißt du mehr! Was für ein König? Einer aus dem Norden, ein Barbarenherrscher? Du kennst den Namen. Sag schon, wie hieß er?«

Ich sah ihm ins Gesicht. In mir tobte der unbändige Wunsch, ihm weh zu tun, weil er Eriks Leben zerstört hatte und meins gleich dazu.

»Er hat mir nicht mehr gesagt, Vater. Es gab keine Veranlassung für ihn, das Wort ausgerechnet an mich zu richten. Vergiss nicht, was ich dir gesagt habe – er war der Sohn eines Königs. Warum sollte er mir da sein Vertrauen schenken?« Sein Antlitz wurde eine Spur blasser. Oh, ich kannte sein Problem gut. Einerseits war er immer noch stolz darauf, den Fremden gefangen und mit dem Brandzeichen öffentlich besiegt zu haben. Andererseits musste ihn die Verachtung, die der Versklavte für Sassenberg empfunden hatte, zutiefst demütigen, schließlich waren wir eine Freigrafschaft und unterstanden allein dem Kaiser. Wenn man es nur gewusst hätte – alles hätte so anders laufen können, einen Königssohn, mein Gott, wie hätte man ihn bewirten und beschenken können, anstatt ihn, wie geschehen, der Folter zu unterwerfen... Stumm wandte er sich ab.

Ich blickte aus dem Fenster in die Abenddämmerung und dachte daran, dass ich gerade schon wieder gelogen hatte. Ob Gott mich verstand? Wusste Er, was für ein Sturm in mir tobte? Morgen würde ich wieder nur Wasser zu mir nehmen in der Hoffnung, etwas ruhiger zu werden. Zumindest meinen Beichtvater würde das zufrieden stellen. Seit ich ohne Murren seinen Gürtel und das härene Hemd trug, schien er eine geheimnisvolle Seelenverwandtschaft zwischen uns zu vermuten, und es gelang mir nur schlecht, mein Erschrecken zu verbergen, als er eines Abends im Schutz der Fensterbank, auf der ich gerne saß, eine kleine Peitsche unter der Kutte hervorzog und sie mir in die Hand drückte. Der Ledergriff war glatt vom häufigen Gebrauch und strömte den durchdringenden Geruch von menschlichem Schweiß aus.

»Peinigt Euch, Fräulein«, flüsterte der Mönch. »Peinigt Euch, so hart Ihr könnt, und der Herr wird Euch Vergebung schenken, glaubt mir!« Fassungslos starrte ich die drei Lederriemen an, schwarz und steif von geronnenem Blut. Eriks Worte kamen mir in den Sinn, seine bösen Worte über Priester und Frauen. *Peinigt Euch*. Ob er sie oft benutzte? Heimlich rückte ich von ihm ab, erschaudernd vor Widerwillen, gleichzeitig versprach ich ihm, es mir zu überlegen. Seine fahlen Augen glommen auf. »Ihr seid auf dem richtigen Weg, Fräulein, und Ihr werdet staunen, wie es Eurer Seele Frieden schenkt.«

Und er lobte meine Bemühungen vor meinem Vater und dem Benediktinerabt, der uns in regelmäßigen Abständen besuchen kam.

»Das Ohr des Allmächtigen ist stets offen für Euch, Alienor.« Fulko raffte sorgfältig sein Gewand beim Hinsetzen, nachdem er mit Emilia einen Rosenkranz gebetet hatte. »Wollt Ihr Euch erleichtern? Euer Herz scheint mir schwer.«

Trotzig sah ich ihn an. »Ich fürchte um meine Schwester, Ehrwürdiger Vater.« Gott vergebe mir.

»Was ist schon das irdische Dasein wert«, meinte er verächtlich und polierte seine Nägel am samtenen Umhang. »Eure Schwester wird bald des ewigen Lebens teilhaftig werden. Sie führt stets ein gottgefälliges Leben, das wisst Ihr. Um Euch selbst solltet Ihr Euch Sorgen machen – Eure Seele ist in Gefahr, Alienor!«

Er rückte näher, und ich roch die Nelken, auf denen er zu kauen pflegte. Seine schlanken, weißen Finger berührten meine Hand. »Nun, da der Heide tot ist, fürchtet Euch nicht länger. Erleichtert

Euch, Mädchen. Bedenkt, welche Freuden vor Euch liegen! Der Bund der heiligen Ehe – und Ihr solltet ihn reinen Herzens eingehen, nicht wahr? Gott liebt die Sünder –«

»Und ER sieht meine Buße, nicht wahr? Jeder Psalm bringt mich Seiner Herrlichkeit näher, so hat es mir der Pater gesagt.« Ich wickelte mir den Wollfaden um die Hand und wünschte mir, dass er endlich ging.

»Und wenn Ihr noch so viel büßt, so sieht der Herr doch auch, dass Ihr Euch mit Tand schmückt. Glaubt Ihr, Ihr könntet das vor Ihm verbergen?« Seine Stimme war eine Spur schärfer geworden. Ich hielt inne. Tand? *Sie hassen die Frauen.* Ich packte den Faden und riss ihn entzwei.

»Gebt mir den Holzschmuck. Er verdirbt Eure Seele, Alienor. Rein müsst Ihr sein, rein und schmucklos für den Herrn –«

»Es ist kein Schmuck, Ehrwürdiger Vater.« Zögernd holte ich die Rose aus meinem Almosenbeutel hervor und legte sie ihm auf die Handfläche.

»Meister Naphtali gab sie mir. Er sagt, dass sie – dass sie aus dem heiligen Land kommt.« Ich reckte den Kopf. »Aus Jerusalem.«

Seine kalten Augen musterten mich. »So. Aus Jerusalem.« Ohne einen weiteren Blick darauf zu werfen, gab er mir die Rose zurück und stand auf. »*O Deus qui nullum peccatum impunitum dimittit* – Ihr seid verloren, Alienor. Ich weiß nicht, welcher Zauber Euch im Wasser geholfen hat. Doch Eure Seele könntet Ihr selbst als demütige Klausnerin nicht mehr retten.«

Böse sah ich der schwarzen Gestalt nach. Woher nahm er die Sicherheit, *mich* für verloren zu erklären, wo doch *er* zu töten versucht hatte? Ich warf die Spindel auf den Boden und kauerte mich auf die Sitzbank des Turmfensters. Und für den Rest des Tages grübelte ich finster über der Frage, welche Kammerfrau wohl dem Abt von der hölzernen Rose erzählt hatte.

Der letzte Abend unserer Arrestierung brach an. Ich saß am Turmfenster und schabte mit dem Fingernagel im Mörtel herum. Eingesperrt. *Eingesperrt!* Zwischenzeitlich hatte ich geglaubt, beim Anblick der verriegelten Tür den Verstand zu verlieren, hatte mir die Finger blutig genagt, um nicht schreien zu müssen.

Maia und Gisela zählten die Leintücher, die sie in den Tagen gewebt hatten. Meine Spindel lag zerbrochen auf dem Sims. Maia hatte die Einzelteile aufgesammelt und etwas von »die nächste kann Euch Euer feiner Ehemann kaufen« gemurmelt.

Meister Naphtali kam von Emilias Lager zurück. »Begleitet mich zur Tür, Alienor, ich habe mit Euch zu reden«, sagte er mit unbewegter Miene. Mein Mund wurde trocken. Hastig folgte ich ihm die Stiege hinunter. Auf halbem Weg hielt er inne und sah mich an.

»Mein Patient wird die Burg heute Nacht verlassen.«

Halt suchend lehnte ich mich an die kalte Mauer.

Seine Stirn umwölkte sich. »Seit Tagen sitzt er dort unten wie ein Rachegott und harrt der Abrechnung – ich kann es nicht länger verantworten, ich muss ihn fortschicken, ehe er sich selbst und uns in Gefahr bringt.« Er griff nach meiner Hand. »Versteh mich, Alienor. Seine äußerlichen Wunden sind verheilt – er muss fort von hier. Aber er will dir zuvor Lebewohl sagen. Ich wollte es nicht zulassen, doch er bat mich inständig, dich zu ihm zu bringen.« Er räusperte sich. »Ich konnte ihm diesen letzten Wunsch nicht abschlagen.«

In meinem Kopf rauschte es. Naphtali schüttelte mich.

»Du hast es gewusst, Mädchen, die ganze Zeit hast du es gewusst. Eure Wege *müssen* sich trennen. Jahwe helfe mir, beinahe verfluche ich den Tag, an dem ich dich mit ihm allein ließ...« Er griff in seine Tasche und förderte zwei Dinge zutage.

»Dies ist ein Schlafmittel, das du den Frauen und ihm« – mit dem Kopf deutete er auf den wachenden Türsteher – »in den Nachttrunk rühren wirst. Niemand wird dich hören. Und hier ist ein Schlüssel für den Frauenturm. Warte Mitternacht ab, und dann mach dich auf den Weg. Der Mann im Kerker wird ebenfalls schlafen.« Mitgefühl schimmerte in seinem Blick. »Das Leben geht meist andere Wege, als man sich wünscht.« Und dann strich er zärtlich über meinen Arm. »Sieh dich vor heute Nacht.«

Die Tür war schon längst hinter ihm ins Schloss gefallen, da stand ich immer noch auf der Treppe, lautlos weinend, und hielt den Schlüssel an die Brust gepresst.

Er war alles so einfach. Ich mischte das Pulver unter den Schlaftrunk der Diener und ging mit ihnen zu Bett. Gisela löschte die Lichter und hustete über dem Spucknapf wie jeden Abend, bevor sie sich hinlegte. War sie es, die mich bespitzelte, damit die Branntweinkaraffe stets gefüllt war? Oder Maia, die am Fußende bereits schnarchte?

Um Mitternacht, als die Glocke der Kapelle zwölfmal schlug, stahl ich mich aus dem Bett, warf mir Kleider und Umhang über und schlich barfuß die Treppe hinunter. Der Schlüssel passte tatsächlich. Geräuschlos drehte er sich im Schloss.

Einen Moment später stand ich im Hof. Es hatte aufgehört zu regnen, ein kühler Wind wehte mir die Tunika gegen die Beine. Ich blieb stehen. Wie es wohl war, ihn zum letzten Mal zu sehen, sein Gesicht, die vertrauten Züge zum letzten Mal zu berühren? Kein Auge hatte ich zugetan, hatte zusammengerollt wie ein junger Hund dagelegen und den Schmerz vorweggenommen, meine Nägel in den Handballen gegraben, stechend scharf wie die Gegenwart, und gleichzeitig war sein Geruch in meiner Nase, warm und erdig.

Nachthimmel ohne Sterne, Sonne kalt und ohne Strahlen. Frühlingsbäume grau, stumme Vögel in der stehenden Luft. Der Gedanke, ihn nicht mehr auf der Burg zu wissen, würgte mich mit einem Mal wie ein Henkersseil, nahm mir den Lebenswillen – ihn verabschieden und tot umfallen, wenn er außer Sicht war, Trauer, Qual, körperliche Pein – nichts mehr spüren, nie wieder…

Ein leerer Keller. Kahler Garten, endlose Tage ohne Grund, den Juden aufzusuchen – ich würde mich daran gewöhnen, ich, Gattin des Herrn von Kuchenheym inmitten saftiger Wiesen und fruchtbarer Hänge, eine Dame gekleidet in Samt und Juwelen, lebendig und tot zugleich – niemand hatte mich gefragt.

Keinen Gedanken brachte ich zu Ende. Sie würden sowieso alle gleich enden. Und so raffte ich mein Kleid und schritt zum letzten Mal über den Hof auf den Donjon zu. Alles war, wie Meister

Naphtali es angekündigt hatte. Türen waren angelehnt, Scharniere geölt, die Männer in der Wachstube schliefen fest, und auch der dicke Wächter im Kerker grunzte über einem Krug im Schoß.

Auf mein leises Klopfen öffnete Hermann. »Kommt herein, Herrin.« Und ohne ein weiteres Wort führte er mich durch die Höhle und den Gang, vielleicht hin und her gerissen zwischen der Genugtuung, den Fremden nicht mehr sehen zu müssen, und der Ahnung, welche Bedeutung diese Nacht für mich haben mochte.

Zwei Menschen standen im Zelteingang, ich hörte Stimmen, die eine erregt, zornig, die andere beschwichtigend. Tassiah kam aus dem Zelt, er trug ein Tablett mit Weinpokalen, sein Gesicht unbewegt wie stets. Erik machte ein paar Schritte hin und her, und die Erde schien seinen Zorn zu erwidern, ich spürte, wie sie zitterte, oder bebte sie, weil ich es tat...?

»Meine Entscheidung ist endgültig, Erik. Versuch nicht, mit mir zu handeln, du ziehst den Kürzeren.« Der Jude machte einen Schritt auf ihn zu und legte seine Hand auf Eriks Arm. »Bette deine Rache endlich zur Ruhe, Yngling. Tu es für sie, wenn du sie wirklich liebst.«

Ich sah, wie Erik seine Augen krampfhaft schloss und Naphtalis Hand drückte, als könnte er Kraft daraus ziehen, Kraft, den letzten Schritt zu tun und in Frieden zu gehen...

Naphtali löste sich von ihm und kam auf mich zu. »Mein Mädchen.« Er ergriff meine Hände. »Venus im fünften Haus überstrahlt alles heute Nacht. Ich –« Er stockte, hob die Hand und malte mir jene geheimnisvollen AGLA-Zeichen auf die Stirn. »Der Ewige helfe euch beiden...« Wie ein Schatten verschwand Tassiah hinter seinem Meister in der Höhle. Erik und ich waren allein.

»Freya sei Dank, dass du gekommen bist«, sagte er leise und streckte die Hände nach mir aus. »Ich ertrug es nicht, zu gehen ohne... ohne...« Stumm wich ich ihm aus. Der Schmerz schien jetzt schon vollkommen. Erik stutzte, dann nahm er zwei Pokale vom Tablett und reichte mir einen.

»Mein Abschiedstrunk, *elskaði*.« Weingeruch schlug mir entgegen, und ich schüttelte den Kopf. Wenn ich nach den Hungertagen auch nur einen Schluck davon trinken würde –

»Tassiah hat den Besten genommen, den er finden konnte, Alienor. Tu es mir zuliebe.«

Wie erwartet, warf mich der Wein fast um. Ich schwankte, hielt mich am Zelteingang fest. Erik packte meinen Arm. »Was ist mit dir?« Ich nahm einen zweiten Schluck, noch einen und noch einen, ergab mich dem samtigen Rausch des rubinroten Fastengiftes aus Beaune. Mich schwindelte. Der Pokal rollte ins Gras, Wein spritzte auf unsere Füße. Erik kniete sich hin, um ihn aufzuheben, wischte mit eiskalten Händen meine Füße sauber.

»Geh nicht.« War das meine Stimme? Heiser, fremd –

Er hielt inne, der Griff um meine Knöchel wurde fester. Alles drehte sich.

»Geh nicht.« Ich klammerte mich an die Zeltstange.

»Alienor, ich – ich kann nicht –« Er sah hoch. Und dann richtete er sich auf.

Kein weiteres Wort fiel mehr zwischen uns, als die Erde richtig zu beben begann. Wer hatte Öl ins Feuer gegossen, und wann? Die Flammen schlugen hoch, versenkten das Gras um uns herum und die Kleider, die in den Abendtau fielen, ich stürzte mich hinein, vergaß, wer ich war und wo ich herkam, vergaß den Tag und die Stunde, allein der Augenblick zählte, gehalten von seinen Augen, die mir einen Moment der Ewigkeit versprachen. Der Schmerz war betäubt, begraben unter nie gekannten Lustgefühlen, und als er drohte, zu erwachen und mich auf andere Art zu überwältigen, wälzte ich mich in den Flammen und glaubte ihn wegbrennen zu können.

Erik schrieb seinen Namen in meine Haut, schrieb ihn mit Blut und Tränen und Worten in seiner Sprache, sein Namenszug zierte jeden Teil meines Körpers wie Vaters Adler seine Brust. Liebe und Hass sind zwei Äcker, die vom gleichen Pflug durchzogen werden, Tränen gedeihen in ihren Furchen und wuchern wild in die Höhe. Und als ich dachte, wir hätten den Hass für immer hinter uns gelassen, als Tränen und Schweiß auf unserer Haut eins wurden und die Spuren seiner Erniedrigung gnädig glätteten, als er mir so nah war, dass kein Gedanke mehr zwischen uns Platz fand, da ließ ihn etwas den Pflug herumwerfen, er bohrte sich tief in den giftigen Acker, und dann schrie er auf über mir, warf den Kopf in den Nacken – »*prífisk Albert!!*« –, seine Finger fuhren wie Klauen in meine Schultern, und was er mir von sich gab, brannte wie flüssiges Eis –

Wir starrten uns an. Augen wie nasse Steine, Schweiß tropfte in mein Gesicht. Fassungslos schüttelte er den Kopf, wieder und wieder, ohne anzuhalten, kaum spürte ich, wie er mich verließ, zutiefst erschüttert über seinen Ausbruch.

Im Mondlicht ließ er sich in den Teich gleiten, der Elfenkönig mit der weißen Haut und der schwarzen Seele. Schluchzend rollte ich mich im Gras, barg den Kopf zwischen den Händen – Auge um Auge, er hatte es mich fühlen lassen, mich bezahlen lassen, und sein Stöhnen verriet, wie er sich dafür hasste...

Zerschlagen von Schmach und Gewalt robbte ich in den Zelteingang, fand das seidene Bett vor, das Tassiah liebevoll bereitet hatte, und zog die Tücher über mich, zitternd vor Scham und unfähig, mich selber anzuschauen. Das kleine Öllicht flackerte tröstlich, als wüsste es um die Pein, die mich in der Zange hielt wie ein grober Schmied sein Eisen. Übelkeit wallte über mich, ich erbrach den Wein in einen Spucknapf, schob ihn weg und weinte bitterlich.

Die Nacht in Tassiahs Zelt schien endlos. Und doch zog sie an mir vorüber wie Wasserwogen, denen man hinterherschaut, ohne sie aufhalten zu können. Kein Wort hatte Bestand, ohne von Schmerz zerschnitten zu werden. Ich wühlte mich in die Kissen, die sich kühl und weich an meinen Kopf schmiegten wie eine Hand – seine Hand...

Wie lange hockte er schon neben mir, mit zerrauftem Haar und bleichem Gesicht, die Hand an meinem Kopf vergraben? Seine Gegenwart bohrte sich in mein Bewusstsein, und ich drehte mich um. Er murmelte Silben in seiner Barbarensprache – vielleicht eine Bitte um Vergebung, vielleicht aber auch nur Flüche auf den Urheber allen Leides, die ich noch nicht kannte.

Ich besaß nicht die Kraft, zu fliehen oder ihn wegzuschicken.

Wie schon einmal verrann die Zeit in dicken Tropfen. Seine Augen, rot vom Weinen, starr vom Alkohol, wichen nicht von mir.

»*Ek hefi orðit lítil heillaþúrfa um at þreifa flestum monnum...*« Seine Stimme, brüchig und resigniert wie die eines alten Mannes, ließ mich erzittern, und ich vergrub erneut das Gesicht in den Kissen, erstickte mein Schreien ob Gewalt, Leid und tiefer Trauer.

»*Áttu engan stað við atkalt komi á þik, elskaði...*« Die Stimme kam näher, versagte. Ich löste mich aus der kühlen Umarmung der Seidentücher, fast begierig, ihm in die Augen zu sehen, und als wir uns begegneten, ließ ich geschehen, was seine Nähe in mir auslöste. Das Dröhnen im Kopf verging. »*þik kell, elskaði...*«

Erik kam noch einmal zu mir und versuchte, meine Wunden mit Zärtlichkeit zu heilen. Seine Hingabe ließ mich vergessen, was nur der Mond gesehen hatte – der König von Nirgendwo teilte mit mir ein Brautbett, das eigentlich einem anderen versprochen war, und als der Morgen graute, war ich stark genug, die Worte auszusprechen, auf die er so lange hatte warten müssen. »Ich gebe dich frei.«

Tassiahs Lampe erlosch, als Erik sich über mich beugte und meine Lippen zum letzten Mal berührte. »*Elska, þú ert mitt líf –*« Und geräuschlos wie ein Schattenwesen, ein Traumgespinst meiner Fantasie, verschwand er in der Dämmerung des kommenden Morgens und ließ mich in Tassiahs Reich aus Seide und Rosenwasser zurück.

Ich schrak hoch, als jemand meine Schulter berührte. Meister Naphtali beugte sich über mich.

»Du hast vom Quell der Liebe gekostet, Kind. Möge sie deine Seele heilen und dir Kraft geben. Nun aber musst du aufstehen, es tagt bereits. Ich werde dir ein Bad bereiten lassen, bevor du gehst.« Leise verschwand er.

Ich drehte schwerfällig den Kopf zur Seite. Der Platz neben mir war kalt, als ob nie jemand dort gelegen hätte. Stattdessen fand ich mich in einem Meer von Blumen, die so frisch dufteten, als hätte sie jemand eben erst gepflückt. Er war fort. Ungläubig rieb ich mir die Augen.

Die Zeltwände drohten über mir einzustürzen, als ich es begriff. *Allein.* Der Schmerz wurde körperlich, versengte mich, ich rollte mich zusammen und raffte die klamme Decke an mich. *Allein!* Ich wiegte mich leise hin und her. Eine Hand glitt suchend über die Matratze in der irrigen Hoffnung, ihn doch noch zu finden – und berührte zwischen den Blumen einen Gegenstand.

Ich setzte mich auf, wischte mir die Augen und sah, was ich in den Händen hielt: eine Kette mit silbernem Anhänger. Runen, die von einem Schicksal kündeten – tröstlich blinkte das Silber im Licht der Lampe. Er hatte mir sein Geburtsamulett dagelassen. Meine Tränen tropften auf die schimmernde Platte, perlten zögernd hinunter und nässten die Decke.

Der Diener des Juden hatte mir ein Bad bereitet, damit ich mich nach orientalischem Ritus von den Säften der Nacht reinigte, und schweren Herzens verließ ich das Zelt. Das Wasser war heiß und duftete nach Zitronenmelisse und Minze, und meine Gedanken stiegen mit dem Wasserdampf nach oben, ohne zu Worten geworden zu sein. Der Stumme kredenzte mir einen letzten Becher Gewürzmilch, sein Gesicht eine trauernde Maske.

Er war fort, hatte verbrannten Boden hinterlassen. Ich kontrollierte den Sitz meiner Tunika. Würde man die Brandspuren sehen können? Tassiah hängte mir die Kette um. Sorgfältig legte er das Silberamulett auf meine Brust, und ich entdeckte eine Träne in seinem schwarzen Auge.

Den Weg in die Burg legte ich wie im Traum zurück. Schnarchende Wächter, schlafende Soldaten, grunzend und schmatzend, immer noch voll gefressen vom Abend, säumten meinen Weg. Im Hof huschte etwas hinter die Heukarrette. Staub wirbelte auf. Ich erschrak. Wer lauerte mir hier auf? Beobachteten sie mich? Mit bebenden Fingern steckte ich das Amulett unter die Tunika. Wachsamkeit war nun gefordert, ich musste die Augen offen halten...

Schlaf war es nicht, was Gott mir schenkte, Wachheit konnte man es noch weniger nennen – ich lag im Bett, haltlos treibend zwischen dem, was gewesen war, und der Wirklichkeit in Gestalt von Maia, die wie jede Nacht im Schlaf röchelte, als schlüge ihre letzte Stunde. Es gelang mir nicht, mir sein Gesicht in Erinnerung zu rufen. Ich konnte seinen Geruch wahrnehmen, und seine Hand auf meinem Bauch, als er kurz entschlummert war. Die Haarsträhne, die mich an der Brust gekitzelt hatte, sein Atem, schwer und lang wie von einem, der getrunken hat und sich jedes einzelnen Schluckes entsinnt.

Doch sein Gesicht, so verzerrt und dunkel in dem Moment, da die Gewalt über ihn kam und er den Namen meines Vaters in die Nachtluft schrie, den Preis für erlittene Schmach einfordernd, dieses Gesicht blieb ein leerer Fleck in meinem Gedächtnis.

15. KAPITEL

*Ich sprach: O hätte ich Flügel wie Tauben,
dass ich wegflöge und Ruhe fände!*
(Psalm 55,7)

Am Morgen danach schloss Vater den Turm auf. Mein Arrest war beendet, ich konnte mich wieder frei bewegen. Der Zutritt zum Labor des Juden war mir jedoch endgültig verwehrt, Vater wollte nicht riskieren, dass meine vor aller Welt bewiesene Ehrbarkeit aufs Neue in Frage gestellt werden konnte. Ich sah Naphtali nur noch, wenn er Emilia behandelte. Seine Visiten regten mich auf – ihn zu sehen hieß, sich zu erinnern, schmerzvoll und sehnsüchtig –, doch wenn er mich bat, ihm beim Mischen der Tinkturen am Krankenlager zu helfen, und ich wie damals mit den Flaschen und Pulvern hantierte, schien wohltuende Ruhe aus ihnen herauszuströmen und sich auf meinen Geist zu legen, und die Spannung verflog. Allerdings wechselten wir kaum ein Wort, da wir von den Zofen argwöhnisch beobachtet wurden, die selten nur von meiner Seite wichen.

Eine von ihnen hatte mich bespitzelt und mich an den Abt verraten. Sie hatte die Rose gesehen, die ich in heimlichen Augenblicken hervorkramte – wer weiß, was sie noch alles entdeckt hatte. Am Ende den verborgenen Eisenring, der hinter einem breiten Ziegel in der Mauer schlummerte? In ihrer aufdringlich dienstbaren Nähe erfuhr ich gleichzeitig eine nie gekannte Einsamkeit, die mir schwer zu schaffen machte.

Meine Zukunft lag wie ein klebriger Sumpf aus Honig und Gift vor mir ausgebreitet. Der Ritter, der mich im Sommer mit auf seine Burg nehmen würde und dem ich von nun an täglich an Vaters Tafel gegenübersaß, hatte das Machtspiel in Gegenwart der

Kirche gewonnen und mir damit gezeigt, wo mein Platz im Leben zu sein hatte.

Er erwies mir die geziemende Aufmerksamkeit, brachte mir Geschenke, die einer Dame von Stande zukamen – Bänder, Borten und sogar einen kleinen Hund, dessen Kläffen mir bald auf die Nerven ging –, doch ansonsten behandelte er mich wie jemanden, dessen Anblick nichts als angenehme Zerstreuung bereitet. Ich fühlte mich in seiner Gegenwart wie ein Körper ohne Stimme. Vater sah mein Schweigen mit Wohlwollen, schien es doch der Beweis zu sein, dass seine Maßnahme, mich endlich zu verheiraten, richtig gewesen war. Und als er mir einen Ausritt in Begleitung seines Knappen verwehrte, wusste ich, wer die Überzeugungsarbeit dazu geleistet hatte.

Kuchenheyms Stellung an Vaters Tafel hatte durch die Verlobung eine enorme Aufwertung erfahren, und er würde in vorderster Reihe reiten, wenn der Freigraf das nächste Mal aufbrach, den Kaiser aufzusuchen. Mancher neidete ihm diesen Aufstieg. Mich tröstete er nicht.

Maia nähte mir Tuniken mit Schleppen und so langen Ärmeln, dass ich darüber stolperte. Diese Mode war mit flämischen Tuchhändlern von Frankreich herübergekommen, und da der Ritter mich gern in hellblau sah, wurde alles nach seinen Wünschen gefertigt. Vater sparte nicht an Seidenbändern, die Maia so geschickt anbrachte, dass man weibliche Formen erahnte, wo keine waren. Der Ritter nickte zufrieden.

»Ein Diener hat Schuhe von Euch im Garten gefunden. Ich frage mich, wie die dorthin kommen.« Gisela hielt ein Paar dieser klobigen Holzschuhe in die Höhe, die der Bräutigam für modisch erachtete. Maia nahm sie ihr aus der Hand und begann, das Leder zu polieren. Ich studierte eingehend das Ornament meines Sitzkissens. Sie brauchten nicht zu wissen, dass ich, sobald mich niemand beobachtete, im Garten die verhassten Schuhe abstreifte und barfuß auf den Grasbänken herumlief, um die Erde zu spüren.

Mit Verwunderung stellte ich fest, dass im gleichen Maße,

wie sich meine äußere Erscheinung entwickelte, der Respekt der Dienstboten vor mir wuchs. Keine Magd wagte es mehr herumzualbern, wenn ich die Küche betrat, um Anweisungen zu geben. Als ahnten sie, welche großen Veränderungen in der Luft lagen, bemühten sie sich, ihre Arbeit ordentlich zu erledigen, ohne dass ich ihnen jedes Mal Beine machen musste. Am Ende schien doch noch eine tüchtige Hausfrau aus mir zu werden. Ich lachte hart auf. Alles lief, wie der Herr von Kuchenheym es wünschte. Die Stute war gezähmt, lief an der langen Leine, ohne zu bocken, und würde sich im Sommer in den neuen Stall bringen lassen, um zugeritten zu werden.

Noch immer brachte ich viel Zeit mit den Kammerfrauen im Spinnzimmer zu. Wir webten, entwarfen Muster und glätteten gefärbte Kleidungsstücke, denn Vater zwang mich unerbittlich, den Aussteuerkasten zu füllen, ganz gleich wie reich mein Bräutigam auch sein mochte. Maia schwelgte in den farbenfrohen Seidenfäden, mit denen ich Blumen in die Stoffe stickte, während mein Beichtvater uns Psalmen vorlas.

»Der Herr ist mein Hirte, mir wird nichts mangeln. Er weidet mich auf grüner Aue.« Mein Faden, zu heftig durch den Stoff gezogen, riss. Die Blüte, an der ich gerade arbeitete, verzog sich und welkte dahin.

»Und ob ich schon wanderte im finsteren Tal.« Pater Arnoldus' Blick wanderte zu mir herüber. Er sah, wie die Sticknadel tief in meine Hand fuhr, sah das Blut, das auf den Stoff tropfte und die Blütenranke verdarb, an der ich die letzten Tage gearbeitet hatte, und wie ich es teilnahmslos geschehen ließ.

»Fräulein, ist Euch nicht wohl?«, fragte der Priester leise und legte den Psalter zur Seite. Ich betrachtete die Hand, als ob sie nicht zu mir gehörte. Nicht meine Hand schien die Nadel getroffen zu haben, sondern mein Herz, doch diese Wunde sah niemand, und der Schmerz ließ mich fast ohnmächtig werden.

»Und ob ich schon wanderte im finsteren Tal, fürchte ich kein Unglück, denn du bist bei mir, dein Stecken und Stab trösten mich.« Pater Arnoldus sprach die Worte, ohne in seinen Psalter zu schauen. »Fräulein, Ihr fastet zu streng. Lasst ein wenig locker,

Ihr mutet Euch zu viel zu.« In seiner melodischen Stimme schwang so viel Mitgefühl, dass mir die Tränen in die Augen stiegen. Gisela verband mir die Hand in der betont gleichmütigen Art, wie Dienstboten in Anwesenheit ihrer Herren zu arbeiten pflegen. Jedes Einzelne ihrer Haare schien Ohren zu haben.

»Was quält Euch, Fräulein?«

»Ich – bitte –« Mein Hals war wie zugeschnürt. *Du bist bei mir.* Er war fort, für immer fort...

»Bitte lest einen anderen Psalm, Pater. Bitte.« Prüfend sah er mich an. Sah die Tränen, die lauerten, meinen Kiefer, der unter dem Druck der Zähne schier brechen wollte.

Vorsichtig setzte ich mich gerade. Der eiserne Gürtel hatte meine Hüften blutig gescheuert. Ich trug ihn trotzdem weiter, weil ich wusste, wie beeindruckt mein Beichtvater von den Wunden war, die Maia ihm beschrieb, und weil ich meinen Körper zum Schweigen bringen wollte –

»Meine Augen sehen stets zu dem Herrn, denn Er wird meinen Fuß aus dem Netze ziehen.« Arnoldus hatte den Psalter wieder zur Hand genommen. »Wende Dich zu mir und sei mir gnädig, denn ich bin einsam und elend. Die Angst meines Herzens ist groß, führe mich aus meinen Nöten.« Die Art, wie seine Stimme diese Verse vortrug – nicht in Latein und mit sorgfältiger Betonung –, ließ mich ahnen, welche Bedeutung er für mich hineinlegte. »*Bewahre meine Seele und errette mich, lass mich nicht zu schanden werden, denn ich traue auf Dich.*« Was wusste er über mich, was mein Mund ihm nicht erzählt hatte...?

Die Wochen zogen ins Land, öde und ereignislos zwischen Spinnstube und endlosen Psalmen in der Kapelle. »*Adhaesit pavimento anima mea.*« Meine Seele lag im Staub, und niemandem schien es aufzufallen. Ich hörte nicht hin, was der Pater vorbetete. »*Adhaesit pavimento...*« Wie oft hatte ich diesen Refrain heute schon wiederholt? Prüfend sah Arnoldus mich an, als wusste er um meine Unaufmerksamkeit.

»*Vivifica me secundum verbum tuum. Vias meas enunciavi, et exandisti me, doce me justificationes tuas*«, beendete er mein heutiges Karenengebet. Lehre mich deine Gebote. Ach, ich war so weit davon entfernt. Mein Herz quoll über vor Trauer und Wut über das, was mir widerfahren war, unmöglich schien es, sich Gottes Ratschluss zu fügen. Mit jedem Tag, den es auf Mariae Himmelfahrt zuging, fühlte ich mich mehr benutzt und eingesperrt, den Launen der Herren in der Halle ausgesetzt. Herr von Kuchenheym pflegte mich neuerdings zu einem Spaziergang durch die Gärten aufzufordern, wenn er uns mit seinem Besuch beehrte. An seinem Arm durfte ich vor meinen Leuten die glückliche Braut mimen, die den Tag ihrer Vermählung kaum erwarten konnte. Sein bestimmender Griff und Vaters entzückte Miene zauberten ein Lächeln auf mein Gesicht, flüchtig wie eine Pusteblume im Wind…

An seiner Seite wurde mir an einem sonnigen Frühlingstag auch ein Ausritt erlaubt. Ein ganzer Tross von Dienern, beladen mit Paketen und Kästen, begleitete uns das kurze Stück, an dessen Ziel, auf der Wiese an der Mühle, Erfrischungen und ein junger Wein von Kuchenheyms Rebstöcken gereicht wurden. Man breitete Decken für die Damen aus, während die Herren ihre Kräfte im Bogenschießen maßen. Hugo versicherte mir, dass derlei Lustbarkeiten in seinem Hause üblich seien, und schenkte mir persönlich nach. Ich nahm den Wein, wohl wissend, dass ich ihn nicht vertragen würde. Pater Arnoldus senkte den Blick, als ich den Becher mit einem Zug leerte. Auf dem Rückweg wurde mir speiübel, und der Herr von Kuchenheym hielt mir den Kopf, als ich seinen Wein dem Waldboden überantwortete. Galant spendete er mir Trost und versuchte, mich zum Aufstehen zu bewegen, doch ich blieb sitzen, unfähig, mich der Magie dieses Bodens zu entziehen – der Geruch von Erde, feuchten Blättern, Tannennadeln, von Zweigen, im Feuer zu Asche verbrannt –, Vogeleier aus dem Nest gestohlen und geschlürft, barfuß durch den Bach gewatet, Forellen mit den Händen gefangen und wieder freigelassen, weil die silbrigen Flossen im Wasser so herrlich aufblitzten, bevor sie verschwanden…

»Fräulein, Ihr werdet Euch erkälten. Nehmt meinen Arm. Ich lasse eine Sänfte für Euch kommen.«

Die Erinnerung roch plötzlich faulig wie der Blätterhaufen, auf dem ich saß. Allein. Er hatte mich allein gelassen. Ich nahm Kuchenheyms Arm und ließ mir von ihm aufs Pferd helfen.

»*Legem pone mihi, Domine, viam justificationum tuarum. Et exquiram eam semper*«, betete der Pater am Abend in der Kapelle.

»*Adhaesit pavimento anima mea*«, flüsterte ich zum letzten Mal an diesem Tag. Meine Seele lag im Staub. Er sah mich lange an, und dann segnete er mich stumm.

Auch diese Nacht verbrachte ich, wie so viele davor, in eine Decke gehüllt auf dem Dach des Frauenturms. Wenn alle schliefen, wenn Giselas trunkenes Schnarchen mir durch Mark und Bein ging, dann schlich ich mich hinaus in die Unendlichkeit der Nacht, weil ich im Angesicht der Sterne besser atmen konnte. In manchen wolkenverhangenen Nächten jedoch erschien mir der Himmel wie ein riesiger Deckel, eine Grabplatte, die über mir lag und mich eines Tages erdrücken würde. Wenn ich dann gegen das Grauen nicht mehr länger ankämpfen konnte, wenn die Angst vor Gottes rächendem Arm Besitz von mir ergriff, raffte ich mein Tuch an mich und flüchtete mich zurück ins Bett.

Ganz selten nur noch nahm ich die Rose mit hinauf, um meine Finger über ihre Blätter gleiten zu lassen. Der Mond schenkte mir genügend Licht, damit ich betrachten konnte, was ich ohnehin schon kannte, als wäre es ein Stück meines Körpers. Jedes Detail der Schnitzerei, jedes Einzelne der fremden Schriftzeichen war mir so vertraut, und mir war, als könnte ich die Hand berühren, die sie geritzt hatte, wenn ich nur die Finger ausstreckte ... Jedes Mal schüttelte ich verständnislos den Kopf darüber, dass ich Erik in jener Nacht nicht nach der Bedeutung der Zeichen gefragt hatte. Ich hasste es, Dinge nicht ganz zu Ende bringen zu können.

Und so verrannte ich mich in den Stunden auf der harten Bank in den Wahn, das Kapitel Erik leichter schließen zu können, wenn ich die Schriftzeichen lesen könnte. Meine Fantasie spielte mir üble Streiche, gaukelte mir schließlich vor, auf der Rose sei ein Zauberspruch vermerkt, der auf immer meine Gedanken von ihm befreien würde. Seinen Namen nie gehört, seine Geschichte nie gekannt, nie in seine Augen geschaut. Stattdessen ein schwarzes Loch in meiner Erinnerung, rund und tief und schwer – und es nahm die Gestalt der Holzrose an, ihre Blätter weich und vollkommen, und die Schriftzeichen begannen zu leuchten in der Dunkelheit...

Wie oft war ich in der Morgendämmerung auf Knien herumgekrochen, um die Rose zu suchen, die ich in der Nacht voller Verzweiflung in eine Ecke geworfen hatte, und wenn ich sie gefunden hatte, barg ich sie in meinem Hemd und fiel darüber in unruhigen Schlummer.

Und irgendwann schob ich sie in das Versteck hinter dem Ziegelstein und drückte den Stein fest in den Mörtel, auf dass er sich nie wieder löse, weil mich der Gedanke an den König von Nirgendwo und sein Reich in den Wolken allzu sehr quälte. So verbrachte ich die schlaflosen Nächte damit, Sterne zu zählen und meine Tränen in das dicht gewebte Netz von Zahlen zu legen, wo sie nicht mehr entfliehen konnten. Aus dem Netz wurde mit der Zeit eine schwere Last, die sich wie ein Alb auf meine Brust legte und mir das Atmen erschwerte. Und ich dachte, wie es wohl wäre, einfach damit aufzuhören – doch mein Körper tat mir den Gefallen nicht. Es gab Tage, an denen ich gar nicht da zu sein schien, an denen ich mich fühlte wie eine mit Kleidern behangene Puppe, die tat, was man ihr sagte. Dann sehnte ich mich danach, zu rennen und so außer Atem zu geraten wie am Abend unserer Flucht aus dem Gasthaus, sehnte mich nach Seitenstechen und Halsschmerzen... Doch es gab keinen Anlass dazu. Man erwartete von mir gemessene Schritte und wohl erzogenes Verhalten ohne Hast.

Maia verband murrend meine Hände, die von der Sticknadel oft blutig und deren Nägel bis auf das Fleisch heruntergebissen waren. Die erste Locke, die sich kringelte, zog sie mir tief in die Stirn, damit man die Schrammen nicht sah, die entstanden, wenn ich mit dem Kopf des Nachts gegen die Mauer stieß, um das Bohren und Hämmern darin zu betäuben. An den Unterarmen bildeten Schnitte ein bizarres Muster, und es wuchs, seit ich entdeckt hatte, wie scharfkantig das Silberamulett des Ynglings war. Doch was ich meinem Körper auch zufügte – er lebte weiter.

Zum Missvergnügen meines Bräutigams setzte ich das strenge Fasten auch nach den Karenen fort. »Ich hatte Eure Frömmigkeit wohl doch unterschätzt«, meinte er spöttisch und kniff die Augen zusammen. »Aber ich hoffe, Ihr werdet nach unserer Hochzeit ein wenig Zeit mit mir verbringen.«

Bei diesen Worten verfinsterte sich Pater Arnoldus' Gesicht. »Ihr Seelenheil ist wichtiger als alles andere, edler Herr.«

Hugo lachte. »Na, Pater, Ihr wisst wohl auch, was mir an ihr wichtig ist. Und ich rate Euch, darauf Rücksicht zu nehmen, wenn Ihr auf meiner Burg eine neue Heimat finden wollt...« Seine Stimme hatte einen drohenden Unterton bekommen.

Wortlos stand ich auf und verließ die Spinnstube. In der Kapelle warf ich mich vor der Madonnenstatue auf den Boden. Psalmfetzen, in Tränen ertränkt, waren alles, was ich hervorbrachte. Seit Wochen sehnte ich mich danach, ein Gebet für ihn zu sprechen, dass Gott ihn behüten möge auf seinem Heimweg – doch in mir war nur Stille. Kein Wort, kein Laut, kein Gesicht.

Er hatte mir das Herz gebrochen und sogar die Scherben mitgenommen.

Adhaesit pavimento anima mea...

Die Hochzeit meines Vaters mit der jungen Jülicherin war für Mitte Juni am Tag ihrer Namenspatronin angesetzt. Es sollte ein großes Fest werden, und die Vorbereitungen dazu lenkten mich für eine Weile ab. Sie waren schon allein deshalb von Bedeutung, weil ich wusste, dass es meine letzte große Aufgabe als Burgherrin war. Und vielleicht zum ersten Mal seit Mutters Tod gab ich mir richtig Mühe.

Die Burg wurde vom Keller bis zum Dachgeschoss so sauber wie schon lange nicht mehr gefegt, selbst Latrinen erfuhren eine gründliche Reinigung. Jäger schleppten Tage vorher bereits lebende Fasane, Kaninchen und Rehböcke an, die in ein Gehege gesperrt wurden, damit sie frisch geschlachtet werden konnten. Die Küchenleute zogen mit Karretten durch unsere Dörfer und trieben Lebensmittel auf, galt es doch, eine halbe Armee an Gästen zu verköstigen. Nachdem alle Einladungen hinausgegangen waren, hatte ich tagelang überlegt, wie viel Fleisch und Getreide herbeizuschaffen sei. Der Kämmerer hatte seine Truhen geöffnet und

Beutel mit Goldstücken herausgeholt, damit ich beim Spezereienhändler, der eigens aus Köln anreiste, Gewürze und exotische Früchte erstehen konnte. Man sah es als ungewöhnlich an, im Juni eine Hochzeit zu feiern, bot der Herbst doch eine weitaus größere Speisenauswahl. Aber Vater hatte nicht länger warten wollen (und Herr von Kuchenheym ja auch nicht) – wer wusste, wie viele Jahre Gott ihm noch schenken würde?

In den Tagen vor dem Fest war Vater aufgeregt wie ein junger Bursche. Viel länger als üblich hatte er nach Mutters Tod mit der Wiederverheiratung gezögert, nun jedoch konnte er es kaum noch erwarten. Er schwirrte in der Burg umher, meckerte hier, nörgelte dort, beanstandete dieses und jenes und immer wieder mein Aussehen.

»Glaubst du etwa, Herr Hugo freut sich über eine entrückte Heilige, die bei der geringsten Berührung umfällt?«, gnatzte er und ließ seinen Weinbecher auffüllen. »Du wirst von Tag zu Tag dünner, wo soll das hinführen? Dann müssen wieder neue Kleider her, durch die man deine Knochen klappern hört.« Emilia, die bei uns saß, kicherte.

»Das ist nicht lustig!«, brauste Vater auf. »Was tue ich, wenn der Herr von Kuchenheym seine Verlobung löst? Kinder sollst du ihm gebären! Dazu muss man kräftig sein – du, meine Liebe, siehst aus, als könntest du nicht einmal mehr die Hostie tragen, die jeden Tag aus der Kapelle herauswandert!«

Ich schob den Napf mit Grütze, den Maia mir serviert hatte in der Hoffnung, einen verborgenen Appetit zu wecken, unberührt weg. Allein beim Gedanken an Essen musste ich würgen, und die Anstrengungen im Vorfeld der Hochzeit ließen ohnehin kein Hungergefühl aufkommen. Vater hatte Recht, ich magerte zusehends ab. Schwindelanfälle zwangen mich zu Pausen auf der Ruhebank, wo mich stets danach Kopfschmerz traktierte, gegen den auch Pater Arnoldus' Hostien nichts halfen. Gott strafte mich wie den Hiob für meine Sünden, die alten wie die neuen, nach denen mein Körper sich in den Nächten verzehrte und den ich dafür brutal züchtigte...

Bereits Tage vor der Hochzeit kamen die ersten Gäste. Sie trudelten in kleinen Grüppchen ein, mit Pferden, Sänften und Dienstboten, reich beladen mit Geschenken. In der großen Halle herrschte nun Tag und Nacht Betriebsamkeit. Alle verfügbaren Betten wurden aufgestellt, Kissen und Matratzen, Decken und Tücher verteilt, die wir zuvor in der frischen Frühsommersonne gelüftet hatten. Sein eigenes Bett hatte Vater für den Grafen von Jülich reserviert. Unsere kleine Eifelburg, sonst ein Ort von lähmender Langeweile, glich einem Bienenstock. Eifrige Diener und Mägde flitzten herum, um den Gästen zu Diensten zu sein. Selbst im Pferdestall war kein Platz mehr, denn dort hatten Kammerleute und Pferdeknechte ein Lager gefunden. Für die anderen hatte man auf der Burgwiese ein großes Zelt aufgebaut und mit Bettzeug ausgestattet. Bald würden hier viele Wimpel und Wappenfahnen flattern, ganz der neuen Mode entsprechend, die von Frankreich herübergekommen war und von den lothringischen Edelleuten begeistert aufgenommen worden war.

Am Tag der Hochzeit waren wir früh auf den Beinen. Es gab eine Andacht in der Kapelle, dann bauten die Dienstboten Tische und Bänke für die Feier auf der Burgwiese auf. Ich scheuchte meine Mägde mit feuchten Tüchern los, die Weinpokale für den Begrüßungstrunk zu reinigen. Vaters Mundschenk schob die Weinkannen hin und her, um eine Reihenfolge zu finden, deren Sinn nur er erfasste. Blütenweiß und reich bestickt flatterte das Tischtuch über dem gefegten Boden.

Gegen Mittag meldete ein Bote die Jülicher Gesellschaft hinter dem Wald am Horizont. Die gesattelten Pferde wurden vor den Stall geführt, und ich spürte, wie die Aufregung der Menschen wuchs. Wie würde das Fest werden – würde bei der Eheschließung alles gut gehen? Meister Naphtali hatte meinem Vater zum ersten Mal seit langem wieder ein Horoskop für diesen Tag anfertigen müssen, und wie es schien, standen die Sterne günstig für sein Vorhaben. Naphtali jedenfalls war für seine Mühe reich belohnt worden.

Vater kramte nach dem Brautschmuck und suchte aufgeregt den Ehevertrag, den der Kämmerer den ganzen Morgen schon bei sich trug. Onkel Richard entdeckte ein Loch in seiner Hose und zwang zur Belustigung aller eine Zofe, es an Ort und Stelle zu flicken, bevor er in den Sattel stieg. Die Herren des gräflichen Gefolges kontrollierten daraufhin ebenfalls ihre Kleidung und zankten sich ein letztes Mal um ihre Rangfolge im Ehrengeleit.

Ich versuchte, ein herabgefallenes Birkenreisig wieder an seinem Platz zu befestigen, und zupfte den Blütenkranz, der den Tisch zierte, an dem der Akt vollzogen werden sollte, in eine rundere Form. Fünf Mägde hatten den gestrigen Tag damit verbracht, Blumen zu suchen und Kränze daraus zu winden, damit die junge Braut einen freundlichen Empfang in ihrer neuen Heimat erfuhr. Brunnen, Türen und Ställe waren mit Birkenästen und bunten Bändern geschmückt worden, von denen mir schon wieder einige entgegenwehten. Ein zarter Duft von Sommer strich um meine Nase, und ich hielt in meiner Arbeit inne, um ihn tief einzuatmen und die Sonne in mein Gesicht scheinen zu lassen. Der Tag könnte nicht schöner sein für die Vermählung einer bezaubernden jungen Frau, dachte ich neidlos und schob für einen Moment den Gedanken an meine eigene Hochzeit beiseite.

»In meinem Garten warten bereits hunderte von knospenden Rosen auf Euch.« Hugo von Kuchenheym nahm mir das Reisig aus der Hand und hängte es an seinen Platz hoch über meinem Kopf. »Ihr seht krank aus, edles Fräulein. Ihr tätet gut daran, Euch von einem Arzt untersuchen zu lassen, bevor Ihr die weite Reise antretet.« Die Stimme klang freundlich, doch seine Augen blickten hart. Ich wandte mich wortlos wieder meinem Kranz zu. Gäste kamen vorbei, grüßten höflich. Ich neigte den Kopf, lächelte, grüßte zurück. Kuchenheym stand nun dicht hinter mir, die Hand an meiner Taille. »Ich habe Pläne, ehrenwertes Fräulein – große Pläne.« Seine Hand wanderte an meine Brust. Ich schob sie weg wie ein lästiges Insekt. »Der Kaiser ist auf meine Güter aufmerksam geworden, wusstet Ihr das?« Die Hand kam zurück, glitt über meinen Bauch nach unten. »Ich brauche eine gesunde Frau, die mir gesunde Erben gebären kann.« Und dann griff er zu, packte mir in den Schritt. »Könnt Ihr das, Fräulein?« Ich versuchte mich zu befreien, doch seine Finger senkten sich wie Klauen durch den dünnen Stoff und suchten den geheimen Eingang. »Sorgt dafür, dass Ihr dazu in der Lage seid, wenn wir die Ringe getauscht haben.« Sein Mund war dicht an meinem Ohr, der Schleier verrutschte, segelte zu Boden. Kuchenheym hielt mich in der Zange. »Gewährt mir das, was Ihr dem anderen gewährt habt, und lasst mich meine Früchte sehen. Jede Nacht ein warmes Bett und Erben – mehr verlange ich nicht, edles Fräulein.«

Schritte näherten sich. Bevor jemand Zeuge unseres Kampfes werden konnte, ließ Hugo mich los und entfernte sich mit einer Reverenz. Ich biss die Zähne zusammen und versuchte, die Demütigung hinunterzuschlucken. Der Kopfschmerz, schon seit den frühen Morgenstunden mein ständiger Begleiter, bohrte sich wie ein Nagel durch meine Stirn. Trotz meines leeren Magens war mir übel. Die Milchsuppe, die mir Maia seit neuestem morgens aufzwang, hatte ich nicht bei mir halten können, und beim Gedanken an all das Essen, das in der Küche unser harrte, drehte sich mir der Magen um.

Kuchenheym hatte meine schlechte Laune nicht gerade gehoben. Seine Anspielung auf meine Glaubwürdigkeit verunsicherte mich zutiefst...

Pater Arnoldus trug sein prachtvollstes Gewand, und auch Fulko war in großem Staate herübergekommen, um an der Hochzeit seines Vetters teilzunehmen. Die ganze Burg schien zu glänzen, als Vater mit seinem Gefolge den Jülichern entgegenritt, wie es Sitte war. Ich gestand mir heftige Neugier auf die Braut ein, und damit war ich nicht allein. Die gewaschenen und gekämmten Kinder drängten sich am Burgtor, um den allerersten Blick auf das Hochzeitsgefolge erhaschen zu können. Auf der Ringmauer standen die Männer der Burgwache dicht an dicht, die glänzenden Hellebarden stolz neben sich aufgepflanzt. Jeder von ihnen wollte der Erste sein, der den Zug ankündigte.

Und dann ein Schrei – »Sie kommen! Sie kommen!« –, der sich über die ganze Burg fortpflanzte und von Kehle zu Kehle immer lauter wurde. Die Menschen wurden unruhig und reckten die Hälse. Wie viele Ritter brachten sie wohl mit? Ob sie auch so prachtvolle Rösser wie unser Graf hatten? Jemand verbreitete in aller Eile das Gerücht, das Zaumzeug der Pferde sei aus reinem Gold und die Sättel mit Edelsteinen aus dem fernen Orient bedeckt, er habe mit eigenen Ohren gehört, wie Herr Richard das erzählt hätte. Und dass die junge Gräfin ein Engel sei, das wüsste ja bereits jeder. Sensationslüstern drängten sich die Leute um den Erzähler und brachten die Stehordnung durcheinander. Bevor der Mann noch mehr Märchen zum Besten geben konnte, trieb ich die Leute verärgert auseinander.

Und dann erreichte der Zug endlich die Burg. Herwig von Köln, der die Trauung in Vertretung des Erzbischofs vollziehen sollte, führte den Zug mit seinen Ministranten an. Eine Monstranz glänzte unter einem Baldachin. Dahinter ritt tief verschleiert die Braut auf einem weißen Zelter zwischen ihrem Vater und dem Bräutigam durch das Burgtor. Sie trug ein Gewand aus himmelblauer Seide, bestickt mit einem Gespinst aus goldenen Fäden, die in der Sonne schimmerten. Ihr Schleier war von feinstem weißem Linnen und wallte üppig bis auf den Boden, wo ein prachtvoll gekleideter Bub ihn sorgsam fest hielt. Der Stoff musste ein Vermögen gekostet haben... Doch wollte ich mich nicht beklagen, dank Herrn Hugos Vorliebe für Hellblau trug auch ich eine blausamtene Tunika, deren Säume mit Edelsteinen besetzt waren. An der Spitze der glockenförmig ausgestellten Ärmel prangte je eine Stoffblüte und aus demselben hellgrünen Stoff war auch mein Tuch, das immerhin meine Augen gut zur Geltung brachte.

Die Damen der Ritter und Lehnsleute, eigens zur Hochzeit angereist, umringten mich schnatternd wie eine Herde Gänse. Seide raschelte, gestärktes Linen knisterte, Schleppen wurden hastig drapiert. Allzu lange hatten sie auf ein großes Fest am Grafenhofe warten müssen.

Kein Strohhalm fand sich im Hof, der Boden war bis zur Festhalle mit Matten und Teppichen ausgelegt, auf die die Braut nun ihren kleinen Fuß setzte. An der Hand ihres Vaters, des mächtigen Grafen von Jülich, schritt sie ihrem Bräutigam entgegen, der am geschmückten Tisch bereits wartete. Der Mundschenk füllte die Pokale mit rubinrotem Wein aus Frankreich und kredenzte sie den Gästen. Der Graf von Jülich kippte das köstliche Getränk in einem einzigen Zug herunter. Was für ein Bauer, dachte ich verächtlich, er ahnt ja nicht, was er da trinkt. Die Begleiter zeigten etwas höfischeres Benehmen, und seine Tochter nippte, wie erwartet, nur züchtig an ihrem Pokal, nachdem eine Kammerfrau ihren Schleier ganz kurz gelupft hatte. Man tauschte Artigkeiten miteinander aus und wandte sich dann dem Hauptanliegen zu.

Vater, mit hochrotem Kopf vor Aufregung, entrollte den Ehevertrag, der zwischen den Unterhändlern ausgemacht worden war, und überreichte ihn dem Grafen. Dieser ließ daraufhin die Hand seiner Tochter los und legte sie in Vaters Pranke. Die Worte, die dabei gewechselt wurden, gingen im Raunen der Menschen unter. Die Menge drängte nach vorne, um mehr sehen zu können. »Habt ihr das Händchen gesehen, die Ringe, die es schmücken?«, tuschelten die Frauen hinter mir. Ich sah, wie die beiden sich dem Archidiakon zuwandten. Es wurde wieder still.

»Kommen die Brautleute aus freien Stücken hierher?«, hörte ich seine tiefe Stimme. Beide nickten. »Dann gebe Gott Seinen Segen zu dem, was wir nun vereinbaren wollen.«

Die Grafen erörterten noch einmal vor allen Leuten ihren Verwandtschaftsgrad, doch da man schon im Vorfeld die Stammbäume gründlich durchforstet hatte, fand man auch diesmal mehr als sieben Grade, die sie trennten, wodurch einer Eheschließung nichts mehr im Wege stand. Vater steckte der jungen Frau nun einen geweihten Ring, der diese Ehe vor bösen Geistern schützen sollte, an den Finger. Vom Tisch nahm er den Beutel mit den dreizehn Pfennigen, die das salische Gesetz vorschrieb, und überreichte ihn ihr. Adelheid gab ihn sofort dem Priester weiter als Symbol für die Almosen, die sie gewillt war, reichlich zu spenden.

Laut sprach er den traditionellen Eheversr. »Mit diesem Ringe heirate ich dich, mit diesem Golde ehre ich dich, mit diesem Schatze beschenke ich dich.« Als Letztes überreichte er ihr ein kostbares Geschmeide aus Gold und Edelsteinen, das sie sich sogleich umlegen ließ. Die Menschen brachen in Jubel aus, sie klatschten Beifall und trampelten vor Begeisterung auf den Boden.

Mit zitternden Händen streifte Vater seiner Angetrauten den

Schleier ab, und gespannt hielten wir alle den Atem an. War sie wirklich so schön, wie man behauptete?

Sie war es. Sie war wunderschön und blutjung. Ihr blondes Haar leuchtete hell in der Sonne, fiel in langen Flechten beinahe bis auf den Boden herab. Strahlend blaue Augen, ein kleiner roter Mund, die Nase wohl geformt, ein schlanker Schwanenhals und wohl geformte straffe Brüste... Ich würde nachts von ihr träumen, wie konnte jemand nur so vollkommen sein? Unmutig zupfte ich an meinem Tuch herum. Ein wenig waren meine Haare schon gewachsen, einen halben Finger lang vielleicht. Aber es war nicht blond, da half kein Bleichen und kein Färben.

»Es ist Sünde, so auszusehen«, murmelte Maia finster hinter mir. »Der Teufel sitzt in ihrem Leib und verdreht den Männern den Kopf, sie werden schon sehen...« Erstaunt wandte ich den Kopf, sah ihren abwehrenden Blick und wie sie hastig ein Kreuzzeichen schlug. Die Alte hatte wohl zu oft Pater Arnoldus' Predigten über die Schönheit der Frauen gelauscht.

»Aber Maia, sie ist wirklich eine Schönheit«, meinte ich nachdenklich.

»Ja, ja, seht nur, es geht schon los«, brummte meine Kammerfrau und deutete auf das Herrengefolge, an dessen Spitze meinem zukünftigen Bräutigam gerade die Augen aus den Höhle traten: Er verschlang die neue Burgherrin geradezu mit Blicken. Ich beobachtete, wie er sich bei der Ehrenbezeugung als Erster tief über ihre Hand beugte und für den Geschmack der Wartenden viel zu lange mit ihr plauderte. In seinem tiefroten Mantel mit Goldbesatz wirkte er wie ein Puter, der vor der Henne auf und ab stolzierte. Ein Kichern rollte durch meine Kehle. Es war abzusehen, wo ich meinen Ritter würde suchen müssen, wenn ich ihn auf der heimatlichen Burg nicht fand – zu Füßen der neuen Burgherrin zu Sassenberg. Was Vater dazu wohl sagen würde?

Unter Beifallsstürmen machte das Brautpaar sich auf den Weg in die geschmückte Kapelle, um dort das Messopfer miteinander zu feiern. Die Dienstboten eilten in die Küche, wo letzte Hand an ein, wie ich mich bei meinem Rundgang überzeugen konnte, wahrhaft üppiges Festmahl gelegt wurde. Der Jülicher hatte seinen eigenen Koch mitgebracht, und dieser, ein magerer kleiner Mann aus Gent, hatte in unserer Küche Wunderwerke geschaffen: Ein knuspriger Hasenbraten verwandelte sich in einen Löwen, auf einem Silbertablett stand ein gebratener Schwan mit ausgebreiteten Flügeln, über und über mit Gold behängt, das die Gäste behalten durften; das Fleisch, Wildbret, Schwein und Rind, war gesotten, gebraten und gekocht worden, und in der Küche roch es immer noch nach Pfeffer und Majoran. Der Gewürzvorrat, gerade erst eingekauft, war bereits arg geschrumpft, denn auch die Gemüsegerichte mit Tunken und Saucen französischer Tradition dufteten nach fernen Ländern. Dazu gab es Brot so weiß, wie ich es nur von Tassiah kannte. Tagelang hatte der Bäcker mit den Armen tief im Mehl gesteckt, um das Brot so locker zu backen, wie der Flame es sich vorstellte. Niemand durfte die Tontöpfe stören, die im Backhaus still vor sich hin gärten, bevor der Sauerteig in die Backöfen geschoben wurde.

Maia nahm meinen Arm und zog mich in das Damengefolge. Ich sah die schöne Braut, wie sie Hand in Hand mit meinem Vater in die Kapelle schritt, und plötzlich verspürte ich schmerzende Stiche in der Magengegend. Tränen stiegen mir in die Augen. Halb blind stolperte ich vorwärts. Gefühle, die ich durch eisernen Willen begraben glaubte, kamen in mir hoch, drohten mich zu überwältigen. Maßlose Enttäuschung, Trauer über das, was ich für immer verloren hatte, und das Bewusstsein, dass mein Leben zu Ende war, bevor es überhaupt hatte beginnen können, schnürten mir den Hals zu, doch auch die Stunden, die ich nach der Trauung auf dem kalten Boden vor der Marienstatue in der Kapelle verbrachte, brachten keine Linderung. Gott gefiel es, mich zu strafen. *Adhaesit pavimento anima mea,* für alle Zeiten…

Man feierte die Hochzeit drei Tage lang, es wurde ein Fest, von dem die Menschen noch Jahre sprechen sollten. Der Graf von Jülich und mein Vater waren so rechte Brüder im Geiste, kriegerisch und machtgierig. Als nunmehr Verwandte verstanden sie sich hervorragend. Mit jedem Becher Moselwein versicherten sie sich aufs Neue gegenseitige Treue und Unterstützung, deren offizielles Zeichen stumm und schüchtern neben meinem Vater auf ihrem Ehrenplatz saß, die Augen züchtig niedergeschlagen – eine schöne junge Frau als Unterpfand für Frieden und Freundschaft, mit dem Segen der Kirche entwurzelt und rechtlos den Wünschen ihres neuen Gatten ausgeliefert. Ich sah sie lange an und fühlte mich ihr mit einem Male unendlich verbunden.

Mit Fideln und Drehleiern geleitete man das Brautpaar am Abend ins Brautbett, welches unter schweren Vorhängen am Kopf der Halle errichtet worden war, damit möglichst viele Gäste Zeugen des Ehevollzugs werden konnten. Adelheid war von ihren Kammerfrauen in duftige Gewänder gekleidet worden, das Haar hing ihr in ordentlichen Zöpfen bis zur Hüfte hinab. Als sie dort auf dem Bett saß, schmal und klein, und auf ihren Ehemann wartete, während die Frauen ein letztes Mal an ihren Ärmeln und ihrem Ausschnitt herumzupften, ihr weinend vor Stolz über das Haar strichen und sich bekreuzigten, um den Beistand der Heiligen Jungfrau herbeizurufen, da trafen sich unsere Blicke – zwei Frauen, die noch kein Wort miteinander gewechselt hatten und die das gleiche Schicksal verband. War es ihr gegangen wie mir, hatte auch sie gegen die Ehe protestiert, hatte sie geweint und geklagt, oder war sie ganz aus freien Stücken hergekommen, sich ihrer Rolle im Spiel des Vaters bewusst? Einen kurzen Moment sah ich mich auf dem Bett sitzen und einen roten Mantel, der sich näherte, sah einen feisten Leib, ein hochnäsig aufgerichtetes Glied, das Unterwerfung und einen Erben forderte.

Weihrauch stieg auf und hüllte das Brautbett in Nebel. Ich sah, wie Adelheid sich an die Kehle griff. Herwig von Köln segnete das Bett mit Weihwasser und murmelte Psalmen, während er es umrundete. Vor dem Treppchen angekommen, segnete er die Braut und trat wieder zu seinem Stuhl, denn nun wurde Vater, in einen samtenen Mantel gekleidet, zum Bett gebracht. Ein letztes Mal trafen sich unsere Blicke, ich spürte ihre grenzenlose Angst vor diesem Fremden, vor dem Unbekannten, das nun folgen würde.

Dann fiel Vaters Schatten über sie, er hob sein Gewand und legte sich auf sie. Der Vorhang glitt aus der Halterung und entzog die beiden unseren Blicken. Vaters Schnaufen verriet, wie weit er war, sein Fluchen über ihre Unbeholfenheit und ihr unausgesetztes Schluchzen veranlassten einige Gäste, ihn anzufeuern, die Priester beteten, die Spannung stieg, und mit einem lauten Stöhnen vollendete der Graf hinter dem Vorhang, was am Nachmittag mit einem Vertrag begonnen worden war.

»Ich bin sicher, Ihr stellt Euch geschickter an, wenn es so weit ist.« Kuchenheym stand dicht hinter mir, mit Körperteil und Gedanken bei dem, was der Graf soeben getan hatte, seine Hände an meinem Hintern auf der Suche nach wohlwollender Antwort – ich rang nach Luft, entwand mich seinem Griff, bahnte mir den Weg durch die Wartenden nach draußen und erbrach mich zum dritten Mal an diesem Tag.

Am Morgen noch vor der Frühmesse präsentierte man den Gästen die Blutstropfen auf dem Betttuch und eine blasse Braut, die tapfer zu lächeln versuchte. Vater brüstete sich beim Frühstück damit, in der Nacht nicht weniger als drei Kinder gezeugt zu haben, und hob triumphierend den Becher in die Höhe. Adelheid neben ihm rührte sich nicht, doch sah ich, wie ihr Blick hart wurde. In dieser Nacht hatte sie kämpfen gelernt, hatte ihre Stellung als Burgherrin mit Blut und Tränen erobert. Jeder, der ihr dafür nicht Respekt entgegenbrachte, würde von nun an bitter bezahlen müssen.

Wie wenig die neue Gräfin bereit war, Boden herzugeben, das bekamen die Töchter des Grafen als Erste zu spüren. Die eine, die in ein paar Wochen die Burg verlassen würde, die andere siech – Emilia und ich wurden nach den drei Festtagen mit unseren Kammerfrauen und Mutters Bett in die Dachkemenate ausquartiert. Großzügig schenkte Adelheid uns neue Teppiche für die Kammer und hielt tags darauf mit Kisten, Kästen, Truhen und Ballen Einzug im Frauenturm. Eine Schar Frauen begleitete sie, Vorkosterinnen, Gesellschafterinnen, Kammerfrauen und Friseusen, die alle untergebracht werden wollten.

Ich konnte sie kaum auseinander halten, geschweige denn, sie bestimmten Aufgaben zuordnen. Es wurde im Turm so eng, wie ich es nur aus Erzählungen von anderen Burgen kannte. Manche von ihnen schliefen in unserem Gemach und erfüllten es mit plapperndem Leben, die meisten von ihnen ebenso jung wie Adelheid. Mit großen Augen schmachteten sie Bogenschützen und Rittern hinterher und sangen sich vor dem Einschlafen so traurige Liebeslieder vor, dass ich es immer öfter vorzog, als Letzte ins Bett zu gehen, wenn mir überhaupt nach Schlaf zumute war. Die Mädchen umgaben ihre Herrin mit Fürsorge und Hingabe, kämmten ihr langes Haar, drängten ihr Süßigkeiten und Nüsse auf, und nur des Abends, wenn der Burgherr in der Tür stand und die Herrin den Schleier vors Gesicht zog, verschwanden sie wie ein Spuk im Erdgeschoss, wo die neue Spinnstube eingerichtet war. Da das eheliche Lager von niemandem Geringeren als dem Archidiakon von Köln gesegnet worden war, der Allmächtige sich sozusagen fast *in persona* der Fruchtbarkeit des Lagers annahm, wohnte Vater seiner neuen Gattin täglich bei, um seinem Wunsch nach Kindern Nachdruck zu verleihen. Es kursierte das Gerücht, er habe ihr ein kostbares Geschmeide versprochen, wenn das Erstgeborene ein Sohn wäre.

Adelheid, in ihr Schicksal ergeben, ertrug die allabendlichen Besuche, deren Varianten ich mitverfolgen konnte, wenn ich wieder einmal auf dem Dach saß und in die Sterne schaute. Im Ehebett fand Vater zu seinem Leidwesen nicht so viel lustvolles Entgegenkommen wie bei den Mägden, die bislang quiekend und kichernd sein Bett gewärmt hatten, und oft genug erfüllte sein Fluchen die Nachtluft, sie sei störrisch wie ein Maultier. Am Morgen waren die Tränen getrocknet, und sie stand mit ihren Zofen vor dem Spiegel und strich sich nachdenklich über den flachen Bauch. Dann dachte ich, dass sie doch ziemlich dumm war, wenn sie glaubte, nach dem Tanz einer Nacht schon guter Hoffnung zu sein und damit endlich ihre Ruhe haben zu können.

Nach einer Woche waren die letzten Gäste endlich abgereist. Meister Naphtalis Krankenzimmer, in dem er die behandelte, die sich überfressen hatten, konnte gelüftet und geputzt werden, und auch die hartnäckigsten Zecher hatten die Halle verlassen. Die alltägliche Geräuschkulisse, der Krach aus den Ställen und der Schmiede, die Schreie der Diener, das Geplärre der Kinder und der

Bauern auf den Feldern, Hundegebell, Pferdegewieher – all das nahm sich klein aus gegenüber dem Tumult, den die Hochzeitsgäste verursacht hatten.

Adelheid hatte von mir den Schlüsselbund überreicht bekommen. Ich führte sie auf der Burg herum, zeigte ihr Kammern und Türen, öffnete Truhen und Läden und wies ihr den kürzesten Weg zur Meierei. Alle, die ihr vorgestellt wurden, erwiesen ihr noch einmal Reverenz und hofften im Stillen, dass sich an ihrem Alltag nicht allzu viel ändern würde. Ich beobachtete sie, wie sie sich kleidete und sich selbst auf den Rundgängen mit ihren Mädchen umgab, und wie sie mit den Dienstboten umging. Auch wenn wir ausschließlich über Haushaltsangelegenheiten sprachen, so gewann ich doch rasch einen Eindruck davon, wie sie bisher gelebt hatte. Es würde sich eine ganze Menge ändern.

Adelheid von Jülich war noch sehr jung, und ihr Vater schien ihr jeden Wunsch von den Augen abgelesen zu haben. Als alle Kisten und Truhen verstaut waren, klagte sie, es sei zu wenig Platz im Turm. Und bald wusste auch der letzte Stallbursche, dass sie in Jülich mit ihren Dienstboten ein ganzes Haus bewohnt hatte. Dass sie einen eigenen Garten mit Falkengehege und Hundezwinger und drei Pferde im Stall gehabt hatte. Dass ihr Gebetsraum gleich neben der Kemenate gelegen war, sodass sie Tag und Nacht die Nähe des Herrn aufsuchen konnte. Und dass sie ein richtiges Fenster in ihrer Kammer hatte, um am Morgen als Erstes die Blumen bewundern zu können.

Vater hörte sich das eine Weile an. Ich sah, wie sich sein Gesichtsausdruck immer mehr verfinsterte. Und dann ritt eines Morgens ein Baumeister aus Köln durch das Burgtor, gefolgt von einem Diener, dessen Pferd mit Pergamentrollen beladen war. Adelheid triumphierte. Die Rollen wurden mit Nägeln auf dem großen Tisch in der Halle befestigt, und es wurde bis tief in die Nacht über den Grundriss der Burg debattiert. Man schob die Gebäude hin und her, diskutierte über Steinmauern und deren hohe Kosten und einigte sich schließlich darauf, den Frauenturm seiner festen Mauern wegen stehen zu lassen, dafür aber die Vorratshäuser daneben einzureißen und ein weiteres Steinhaus an den Turm anzubauen, welches die neue Herrin bewohnen sollte. Um all ihren Wünschen nach Spinnstube und Gebetsraum gerecht zu werden, wuchs das Haus auf dem Pergament in den Garten hinein. Das rief Adelheid auf den Plan. Ein neuer Garten müsse her, man könne ihn doch großzügig außerhalb der Burgmauer anlegen und umfrieden. Daheim habe sie ja einen eigenen Gärtner... Vater verdrehte die Augen.

Leise schloss ich die Tür und wanderte in den Garten, der nun nicht mehr lange mein Auge erfreuen würde. Ganz gleich, wie viel Vater aus seinen Truhen würde holen müssen, er konnte seiner jungen Frau kaum einen Wunsch abschlagen aus Angst, sie könnte sich rächen und ihm den versprochenen Erben vorenthalten.

Ich schleuderte die unbequemen Schuhe von den Füßen und legte mich der Länge nach auf die Grasbank unter dem Apfelbaum. Über mir zogen die Federwolken am Himmel entlang und entschwanden am Horizont. Wenn Adelheid könnte, würde sie auch diese zum Bleiben zwingen. Ich grinste hämisch vor mich hin. Unsere Dienerschaft war gespalten. Die meisten verehrten ihre neue Herrin, weil sie so wunderschön und fromm war. Sie legten ihr die besten Bissen vor und verbeugten sich, wenn sie sie nur von weitem sahen. Vor allem die Älteren unter dem Dienstvolk jedoch wandten sich ab und verzogen heimlich das Gesicht. Ich wusste, dass einige von ihnen meiner Mutter nachtrauerten, einer Burgherrin, die für ihre Wärme und Großherzigkeit uneingeschränkt geliebt worden war.

Adelheid verhielt sich neben ihr wie ein verzogenes Gör. Gabriel hatte mir erzählt, welch großes Gelächter ihr Wunsch, die Knappen mögen Röcke tragen, die zu ihren Reittuniken passten, im Stall geerntet hatte. Allein Vater fügte sich ihren Wünschen, kaufte den gewünschten Stoff, ließ nähen und anschaffen, wonach ihr der Sinn stand, damit aus unserer Burg ein Ort der Repräsentation wurde, wo man auch einmal den Kaiser würde begrüßen können. Staunend vernahm ich, dass sie ihm bereits zweimal vorgestellt worden war.

»Die Kaiserin hätte mich gerne in ihren Hofstaat aufgenommen.« Keck hatte sie sich die Spitze ihres Umhangs über die Schulter geworfen, als wir gestern durch den Hof auf die Halle zugingen. Der Schlüsselbund klirrte wie ein leises Echo an ihrem Gürtel, auch diesmal war es ihr im Vorratshaus nicht vergönnt gewesen, auf Anhieb den richtigen Schlüssel für die Weinkammer zu finden, und ihre Ungeduld und Marthas belustigte Grimasse hatten mich beinahe fröhlich gestimmt.

Kurz hinter dem Brunnen strauchelte Adelheid und wäre fast von der Planke in den Matsch gefallen, wenn ich sie nicht am Kleid festgehalten hätte.

»Hier muss mehr Holz hingelegt werden! Oder Steine – kann man den Hof nicht anständig pflastern? So kann ich doch die Kaiserin nicht empfangen...« Sie rümpfte die Nase, denn ihr Rocksaum hing im Morast. In den letzten Tagen hatte es ein paar Mal kräftig geregnet, die Zisterne war randvoll, auf den Wiesen schwoll das Grün, allein der Hof sah aus, als hätte jemand lustvoll einen Riesenkübel Brotteig ausgekippt...

»Wie sah denn Euer Hof aus?«, fragte ich mehr aus Höflichkeit und um abzulenken von der Tatsache, dass Vater Pflastersteine verweichlicht und lächerlich und im Übrigen viel zu teuer fand. Erstaunt sah sie mich an. »Unser Hof? Oh, Mutter hasste Schmutz, und so wurde er bis in den letzten Winkel mit Steinen ausgelegt.« Ihr Blick blieb auf mir liegen und verlor von einem Moment zum anderen die Arroganz, die ich so an ihr verabscheute. Und dann hakte sie sich unter und zog mich statt zur Halle, wo die Frauen auf sie warteten, an den Gebäuden vorbei in unseren Garten. Ein betörender Duft nach Rosen ging von ihr aus, und als eine vorwitzige Strähne ihres goldenen Haares mein Gesicht streifte, war es wie ein Kuss aus fernen Zeiten...

Auf meiner Lieblingsbank ließen wir uns nieder, und wie jedes Mal streifte ich die Schuhe ab. »Ein hübscher Garten«, meinte sie. Ihre langen, feingliedrigen Finger tanzten über das zartrosa Meer von Wiesenschaumkraut, mit dem ich manchmal die faden Gerstensuppen würzte, und zupften an den gerade erblühten Blättchen.

»Sicher wird der Herr von Kuchenheym Euch seinen Besitz zu

Füßen legen, und Ihr könnt einen Garten ganz nach Eurem Geschmack anlegen.« Ich brummte nur. Was ging sie das an.

»Ich hörte, Ihr heiratet ihn bald, noch diesen Sommer?« Sie beugte sich vor. »Und ich hörte, er sei reich?« Mein Magen knurrte leise vor sich hin. Vielleicht hätte ich am Morgen doch etwas essen sollen. »Man erzählt sich, er besitzt ein großes Haus, umgeben von lauter Weinstöcken, und dass sein Wein sogar der Kaiserin mundet.« Ich verspürte keinen Drang, mit ihr über Herrn Hugo zu sprechen. Ihre Hände tauchten gerade in die rosafarbene Diptamuswolke am Rande des Beetes. Benebelnder Zimtduft stieg aus der Pflanze empor. Begierig hielt sie ihr kleines Näschen in die Blüten, und ich wünschte Ihrer gräflichen Neugier ein kräftiges Niesen.

»Er ist jung, der Herr von Kuchenheym, da habt Ihr Glück gehabt.«

»Findet Ihr?«, entfuhr es mir. Mit flinken Fingern flocht sie einige Diptamusblüten zusammen und steckte sie mir in die kurzen Locken, bevor ich mich wehren konnte. »Jung und reich – Ihr werdet Euch den Haushalt so einrichten können, wie es Euch gefällt.« Vater war alt und reich – sie tat es trotzdem.

»Man muss das Beste daraus machen, finde ich.« Blüte auf Blüte meines gehüteten Diptamus fiel ihren Fingern zum Opfer, schlangen sich aneinander zu einem üppigen Kranz.

»Das ist ein Kraut gegen Schmerzen bei der Monatsblutung, Gräfin«, versuchte ich meine kostbare Pflanze zu retten. Mit einem strahlenden Lächeln drückte sie sich den Kranz ins Haar. »Wenn Ihr guter Hoffnung seid, braucht Ihr Euer Kraut nicht mehr.« Mein Gesicht musste sich verfinstert haben, denn sie legte ihre Hand auf meinen Arm und beugte sich vor.

»Tut, was ich Euch sage – macht das Beste daraus, Fräulein!« Ihr Raunen nahm einen verschwörerischen Ton an. »Nehmt, was man Euch bietet – und verlangt noch mehr! Umgebt Euch mit Dienerinnen, eine hübscher als die andere, denn der Schwanz des alten Bocks ist nichts gegen die Blütenstängel einer jungen Magd, die Euch zärtlich zugetan ist!« Die blauen Augen glitzerten, und ich glaubte, nicht richtig gehört zu haben. Leise strich ihre Hand über meinen Bauch, und sie neigte den Kopf noch ein wenig mehr. »Und wenn Ihr erst schwanger seid, bleibt die Tür verschlossen, und Ihr könnt Euch verwöhnen lassen, so viel und so oft Ihr wollt. Denkt daran, Fräulein, wenn Ihr die Herrin des Hauses Kuchenheym seid... Macht das Beste daraus!«

Ihre sanfte Stimme und der Rosenduft blieben gegenwärtig, auch als sie längst mit ihren Kammerfrauen entschwunden war. Ich bohrte den Kopf zwischen die aufgestellten Knie und raufte mir die Haare – *Nehmt, was man Euch bietet*. Fast war ich froh, mein Zuhause bald verlassen zu können. Je mehr sie das Leben, das ich kannte, auf den Kopf stellte, desto größer wurde meine Verwirrung. Durch Schlafmangel am Rande der Erschöpfung geisterte ich, seit der Schlüsselübergabe ohne Aufgabe, ziellos durch die Burg, stets einen Lederriemen in der Hand, in den ich Knoten um Knoten band, viele hundert eisenharte Knoten, um nicht denken zu müssen oder mich gar zu erinnern...

Ich hörte, wie man hinter meinem Rücken tuschelte, ich sei verrückt geworden, seit jenem Tag, da ich im See dem Teufel begegnet sei, alle hätten es doch gehört... Wenn ich mich umdrehte, erschraken sie und stoben auseinander.

Als meine Hände zu eitern begannen, bat Maia den Juden um Hilfe.

»Ich glaube fast, Ihr seht mit Absicht nicht hin, wenn Ihr Euch verletzt«, knurrte sie und packte meine Rechte, mit der ich mir gedankenverloren ein Haar nach dem anderen ausrupfte. »Wollt Ihr, dass auch ich dem Dienstvolk Glauben schenke, Ihr seid besessen? Albern ist das, Alienor. Noch nie sah ich eine junge Frau, die sich mit Bedacht hässlich für ihren Bräutigam macht!«

»*Memor esto verbi tui servo tuo, vi quo mihi spem didisti.*« Pater Arnoldus hatte seinen Psalter zur Hand genommen und mit schlafwandlerischer Sicherheit den richtigen Psalm für diesen Tag gefunden.

»*Memor esto verbi tui*«, murmelte ich und zog ein weiteres Haar heraus. »*Servo tuo...*« Auch der Allmächtige hatte inzwischen Sein Gesicht verloren, Seine Nähe, die ich einst so stark gespürt hatte, war in einen diffusen Nebel übergegangen. Ich wusste, gleichgültig, wie lange ich auf dem Kapellenboden lag: Er hörte mich nicht mehr. Aus Gewohnheit und weil ich die eisige Kälte der Granitfliesen liebte, legte ich mich weiterhin vor die Marienstatue.

»Haec me consolata est in humilitate mea...« Maia hatte nun auch den Verband der Linken abgewickelt. Gedankenverloren begann ich an den verkrusteten Wunden herumzukratzen, gab mich dem Schmerz hin, der von den Händen die Arme hochstieg. Pater Arnoldus betrachtete mein Tun mit Ekel. »Gott sei Euch gnädig, Fräulein«, murmelte er verstört. *»Quia eloquinum tuum vivicafit me.«*

Es klopfte. Gisela sprang auf und öffnete dem Juden.

»Adheasit pavimento anima mea. Adhaesit pavimento...« Ein Schatten fiel auf meine Hände, Naphtali stand vor mir. Ich konnte mich nicht erinnern, wann ich ihn zuletzt gesehen hatte. Der Arzt bat darum, mit mir allein gelassen zu werden, doch Maia tat, als hätte sie nichts gehört. Naphtali ließ sich auf der Fensterbank gegenüber nieder und sah mich lange an.

»Glaubst du, du könntest so verhindern, was beschlossen ist?«, fragte er schließlich leise. Ich starrte vor mich hin, einen dicken Kloß im Hals. Bilder regten sich in meiner Erinnerung, verdichteten sich, formten ein Gesicht, das zerfloss, ehe es geworden war –

Naphtali öffnete seinen Kasten und zog eine Glasamphore hervor. »Ich will, dass du davon jeden Tag einen Löffel voll nimmst. Das ist ein Stärkungstonikum.« Er hob mein Kinn. »Ich will, dass du isst.« Mehr sagte er nicht, sondern widmete sich darauf meinen Händen, badete sie in wohl riechendem Wasser, bestrich sie mit einer brennenden Tinktur und wickelte einen sauberen Verband über die Wunden. Gisela schnupperte an der Amphore, Maia machte sich an der Schüssel zu schaffen, beide begierig, etwas zu erlauschen, doch der Jude schwieg die ganze Zeit über.

Als er schließlich aufstand und sich den Kasten wieder umhängte, sagte er noch etwas. »Ein jeder gehe seinen Weg mit hoch erhobenem Kopfe. Was der Ewige verfügt, kann nicht schlecht sein.«

Er kam nun fast jeden Tag, um nach meinen Händen zu sehen. Sein Stärkungstonikum schmeckte scheußlich, doch nach einigen Tagen verspürte ich tatsächlich wieder etwas Appetit. Einmal brachte er eine Kanne Minzaufguss und ein Stück Kümmelbrot von Tassiah mit und zwang mich, davon zu essen. Fassungslos sah Maia zu, wie ich in Tränen ausbrach und nach einer Weile das ganze Brot aufaß.

Am nächsten Tag trug er ein Säckchen bei sich, das er mir gab, als Maia gerade nicht hinsah. »Was ist das?«, fragte ich und versuchte, die Kordel aufzuknoten. Rasch legte er seine Hand über meine Finger.

»Lass es zu«, sagte er. »Du würdest doch nur erschrecken.« Ich nestelte weiter, öffnete den Knoten und zog ein wurzelähnliches Gebilde aus dem Säckchen. »Was ist das?«, fragte ich wieder und betrachtete die Knolle mit den langen Wurzeln.

»Das ist ein Alraun, Alienor.« Ich schrie auf und ließ das Ding fallen.

Er bückte sich danach. Im Halbdunkel schienen sich die Arme der Zauberwurzel zu bewegen, nach seinen Fingern zu greifen, gierig, lüstern –

»Manche Leute sagen, ein Alraun hilft gegen Traurigkeit.« Naphtali steckte das Ding wieder in den Sack. Dann sah er mich an. »Vielleicht hilft es dir.« Maia polterte herein, und Naphtali ließ das Säckchen unter meinem Kissen verschwinden.

Noch in derselben Nacht verbrannte ich den Alraun in einem Bett aus Steinen auf dem Dach des Frauenturms, just als der Mond hinter einer Wolke verschwand. Ich starrte in die Flammen, schlug ein Kreuzzeichen, um die bösen Kräfte abzuwehren, und wusste plötzlich nicht mehr, warum ich das tat. Der Jude wollte mir doch nur helfen. Wovor hatte ich eigentlich Angst: vor der Zauberwurzel oder vor ihrer Wirkung? Ich hielt einen Finger in die Flammen und dachte, wie gut es doch war, nichts zu empfinden...

Er erwähnte die Wurzel nicht mehr. Auch als die schlimmsten Wunden an meinen Händen verheilt waren, kam er weiter zu Besuch und brachte für Emilia bunte Steine und für mich Tassiahs

Brot mit. In Naphtalis Gegenwart fand ich ein wenig Ruhe und legte sogar den Lederriemen beiseite. Mein Geist, ein wild flatternder, beständig kreisender Raubvogel, ließ sich für den Augenblick nieder, um sich auf den Gast zu konzentrieren. Der alte Jude begann, uns wie früher Geschichten aus der Bibel zu erzählen, von Ruth und Naomi, oder von Judith, die einem König das Haupt abschlug. Und er hielt meine Hand in der seinen, damit ich ruhig sitzen blieb und bis zum Ende zuhörte.

»Erinnerst du dich«, fragte er eines Abends, nachdem er meine Hände verbunden hatte, »erinnerst du dich an die Vision, die ich einmal hatte?« Ich sah ihn an. Sein Gesicht wirkte grau und eingefallen. Ein Teil von mir wollte sich umdrehen und weglaufen, nicht denken, sich nicht erinnern, nicht reden...

»Vor der Belagerung. Du fragtest, ob wir alle sterben müssen.«

»Du hattest eine Vision, Jude?«, mischte sich Maia ins Gespräch. »Lass das lieber nicht den Ehrwürdigen Vater wissen –«

Mit einer herrischen Handbewegung brachte er die Kammerfrau zum Schweigen.

»Erinnerst du dich, Alienor?« *Erinnere dich.* Zurückdenken. An einer langen Leine in die Vergangenheit gehen, Gesichter tauchten auf, Erlebnisse, Gefühle – ich stöhnte auf, hielt mir den Bauch, fand den Tag und die Stunde in meinem Gedächtnis, unter Trümmern liegend – *Männer mit blitzenden Äxten und scharfen Schwertern mähten sie nieder und wateten in rotem Blut...*

»Es hat sich erfüllt.«

Ich drehte den Kopf. »Was meint Ihr?«

Naphtali starrte vor sich hin. »Ein Bote brachte mir die Nachricht aus Köln. Es – es gab ein Blutbad nach einem Aufstand. In meiner Heimat in Granada gab es ein Blutbad in der jüdischen Gemeinde... viele hundert Sephardim wurden von den Mauren getötet.« Er verbarg das Gesicht in den Händen. »Ein Blutbad. Der Herr sei uns gnädig – so viele Tote. Meine Familie musste schon einmal fliehen, damals vor über fünfzig Jahren. Ich war noch ein Kind, als wir bei Nacht und Nebel Córdoba verlassen mussten, weil mein Vater in Ungnade gefallen war...«

Als er längst fort war und seine Trauer mitgenommen hatte, saß ich immer noch auf der Fensterbank, die verbundenen Finger in den Stein gekrallt. Die Leine reichte weit in die Vergangenheit, und an ihr hing auch der Feuerdrache, der Unglücksbote aus dem Wald...

Meine Schwester war es schließlich, die die Leine in die Hand nahm. Draußen regnete es in Strömen, und ich hatte mich zu ihr ins Bett gelegt, weil sie fror. Maia hatte uns auf einem Tablett Milchbrei hingestellt, den wir uns gegenseitig zuschoben, da ich am liebsten nur Kümmelbrot essen wollte und Emilia den schleimigen Brei nicht mochte. Sie tauchte den Finger in die Schüssel und hielt ihn dem Hündchen hin. Irgendwann verschwand die Schüssel neben dem Bett.
»Was habt ihr eigentlich im Wald gegessen?«, fragte sie unvermittelt. Ich fuhr zusammen, zog die Decke höher. »Du hast nie etwas erzählt, Alienor. Erzähl mir doch ein bisschen. Was habt ihr dort gemacht?«
Noch während sie fragte, liefen Tränen meine Wange hinunter, eine nach der anderen, bis es ein Strom wurde, den auch Emilia nicht trocknen konnte. Sie umarmte und küsste mich und betupfte mein Gesicht mit ihren Zöpfen.
»Du musst mir von ihm erzählen, Alienor. Wenn du an ihn denkst, dann ist er bei dir, und du musst nicht so viel weinen. Du kannst mit ihm reden, so, wie ich es mit Mutter tue. Ich rede jeden Tag mit ihr.«
»Und? Was sagt sie?« Ich zog die Nase hoch und legte den Arm um Emilia, damit sie bequemer zu liegen kam. Was wusste das Kind schon...
»Sie fragt mich, wann ich zu ihr komme. Sie wartet auf mich.«
»Aber Emilia –«
»Alienor, ich weiß doch, dass ich sterben muss, Meister Naphtali hat es mir gesagt«, sagte sie verwundert. »Und Pater Arnoldus sagt, ich würde sofort in den Himmel kommen, weil ich ein reines Herz habe. Mutter wartet auf mich, ganz sicher. Was denkst du, wie viele Himmel es da oben gibt? Ob man von einem zum anderen hüpfen kann, wie von Wolke zu Wolke?«

Nachdenklich sah sie aus dem Fenster. Ich verstand nicht, was sie meinte. Meine Kehle war wie zugeschnürt. Obendrein hasste ich es, wenn sie vom Sterben sprach.

»Ob ich Erik da oben wohl treffe? Ob er auch da ist?«

»Du wirst ihn sicher dort sehen«, sagte ich mit gepresster Stimme.

Sie schloss die Augen und lächelte erwartungsvoll. »Erzähl mir vom Wald. Was ihr gemacht habt. Warum seid ihr damals so lange weg gewesen?«

Wie konnte ich ihr etwas abschlagen? Ich sah sie an, ihr graues, schmales Gesicht, die Stirn schweißbedeckt, weil das Fieber nun schon mitten am Tage stieg.

Und so grub ich für sie nach den Erinnerungen, die ich in den vergangenen Wochen unter körperlicher Pein und unsinnigen Tätigkeiten verscharrt hatte; ich nahm meinen Lederriemen und begann, einen Knoten aufzulösen, und noch einen und einen Dritten… Es fiel mir unsagbar schwer, doch ich zwang mich und fand Worte, ihr von der Kräuterhexe, der Höhle und der Nacht auf der Lichtung zu erzählen. Und von dem Schweifstern, der durch Naphtali heute wieder in mein Leben getreten war und der mich immer noch ängstigte…

»Hattest du keine Angst vor dem Stern?«

»Natürlich hatte ich Angst! Es war so dunkel, all die wilden Tiere, die man nicht sah, aber erahnte, und dann dieser strahlend helle, unheimliche Stern, wie er so still über den Himmel zog… das kannst du dir nicht vorstellen. Aber – aber ich –« Ich schluckte, biss mir auf die Lippen. »Ich war ja nicht allein.« Emilia schwieg lange, und ich dachte schon, sie wäre eingeschlafen.

»Alienor?«

»Hmm.«

»Alienor – hat er dich geküsst? Im Wald, als ihr allein wart? Hat er?« Ihre Augen glitzerten, aber vielleicht war es auch nur das Fieber. »Hat er dich geküsst?«

Ich schloss die Augen, krampfte die Hände unter der Bettdecke zusammen. Ein Schauder rann an mir herab. Weiße Zähne, feste

Lippen, der Geschmack von Anis auf der Zunge… Anis. Tassiah knabberte gerne Anissamen, hatte sie ihm gegeben. Eine Gänsehaut wuchs mir Beine und Arme herauf, mein Körper regte sich. Weiße Zähne, blaue Augen. Ich spürte seine Lippen wieder auf meinem Gesicht, sanft wie eine Feder, ich hielt mich fest, tauchte für einen Moment weg in die Erinnerung…

»Sag schon. Hat er?«

Ich sah sie lange an und nickte dann.

»Ja. Ja, er hat mich geküsst.«

»O, Alienor.« Sie setzte sich auf und nahm meine Hand. »Erzähl mir, wie es war. Wie ist ein Kuss? Wie ein Stück Honigkonfekt?«

Da musste ich lachen. »Nein. Kein Honigkonfekt. Vielleicht ein bisschen…«

»Na, wie dann? Ich weiß nichts Süßeres als Honig. Wie ist es?«

Ich griff nach dem Lederriemen, als könnte er mir Halt geben. *Erinnere dich.* »Ein Kuss ist wie –« Mein Gott, ich hatte geweint. Ein Kuss sind Tränen, Schluchzer, ist Feuer, das durch den Körper fährt wie ein Pfeil auf der Suche nach seinem Ziel, ist Schmerz, der schlimm und schön zugleich ist… Und da war es wieder, das Gefühl, als ob mir jemand einen Strick um den Hals legte und festzog, dass ich keine Luft mehr bekam. Geschehen lassen. Einfach aufhören, hinsinken –

Ich riss mich zusammen. »Ein Kuss ist wie ein Sonnenaufgang, Emilia. Wenn die Sonne an den Wolken vorbeiblitzt und den ganzen Himmel rot färbt, und wenn der neue Tag in voller Frische vor der Tür steht. Man atmet tief durch und fühlt sich wie neu geboren. Aber – aber ein bisschen denkst du auch, dass dein Leben gleich zu Ende ist.«

»Warum?«

»Ich weiß nicht. Es hat so was Endgültiges, es erschüttert dich, du meinst, du löst dich auf, dass nichts mehr von dir übrig bleibt – wie ein Traum, und irgendwie ist es so, als ob du nie mehr erwachen könntest. Ganz seltsam…« Ich starrte an die Decke. Emilia legte sich wieder hin. Eine Weile war es still im Zimmer. Von unten drang das Geschnatter von Adelheids Damen herauf, und man konnte das Surren der Spindeln hören, während sie sich ihre haarsträubenden Geschichten erzählten.

»Ein Kuss ist wie Sterben?«

»Himmel – Emilia, nein, so habe ich das nicht gemeint!«, rief ich erschrocken. Sie strich sich ruhig die Haare aus der Stirn und betrachtete die Sterne auf dem Baldachin.

»Ich wünschte, ich könnte auch mal einen Kuss bekommen. Nur einmal.«

16. KAPITEL

*Denn er ist mein Hort, meine Hülfe,
mein Schutz, dass mich kein Fall stürzen wird.*
(Psalm 62,3)

So wie die Bäume erwachten, so schwanden Emilias Kräfte dahin. Sie verging wie eine Blume im Sommer, verlor zuerst die Farbe und dann alle Kraft. Wir verbrachten noch einige Tage im Garten, wo sie in der Sonne schlief und ich Stunden damit zubrachte, neben ihrem Stuhl zu wachen und mit meinem Lederriemen zu spielen. Meine Gedanken schweiften ruhelos umher, über die Burgmauer in den blauen Sommerhimmel hinein, bis sie sich in den Wolken verloren. Manchmal saß der Herr von Kuchenheym bei uns, um uns seinen neuen Mantel vorzuführen oder um mit uns zu plaudern. Es gelang mir nicht, meinen Geist einzufangen und seinem Gespräch zu folgen; meist starrte ich ihn nur verständnislos an und ließ meine Kammerfrauen staunen und kichern. Emilia mochte den Ritter nicht und stellte sich schlafend.

Eines Tages fielen einzelne Blüten von dem Apfelbaum, unter dem ihr Liegestuhl stand. Wie Schneeflocken schwebten sie herunter und verfingen sich in Emilias Haaren, küssten sanft und kühl ihr Gesicht, bevor sie auf die Decke fielen.

Am nächsten Tag stand der Baum ohne Blüten da, und ein schwarzer Rabe saß den halben Tag auf einem Ast, ohne sich zu rühren. Gisela sank auf die Knie, bekreuzigte sich und schwor bei allen Heiligen, nie wieder einen Tropfen Branntwein anzurühren, doch auch das konnte nicht mehr verhindern, dass sich Emilias Zustand verschlechterte. Wir hatten das böse Vorzeichen richtig gedeutet: Quälender Husten hallte fortan durch den Turm, nächtelang saß ich an ihrem Bett, flößte ihr Aufgüsse aus Bockshornklee, Andorn und Honig ein, hielt ihr den Spucknapf und streichelte ihre Hand. Wenn sie nach einem Fieberanfall schweißgebadet zwischen den Laken lag, wusch ich sie mit Lavendelwasser und wechselte die Wäsche. Adelheids Damen boten mir immer wieder ihre Hilfe an, doch ich mochte außer Naphtali und meinen eigenen Kammerfrauen niemanden bei meiner Schwester dulden.

Das Stärkungstonikum, das zum Teil in der Kehle meiner Kammerfrau verschwunden war und dessen Rest meinen Appetit zumindest gekitzelt hatte, versagte nun seine Wirkung. Ganz gleich, mit welchen Speisen Maia auch ankam, mir wurde allein schon vom Geruch übel.

»Euer Vater muss sich schämen, wie Ihr aussehr«, sagte Maia vorwurfsvoll und deckte ein Tuch über die unberührte Suppe.

Ich wusste, was sie meinte. Haare fielen mir aus, und letzte Woche hatte ich einen Zahn verloren, obwohl ich meine Zähne nach den Anweisungen des Juden mit Zahnpulver aus Bimsstein und feinen Seidenfäden pflegte. Im Spiegel sah ich, dass meine Augen in tiefe Höhlen gesunken waren. Emilia musterte mich traurig.

»Versprich mir, wieder zu essen, wenn der liebe Gott mich geholt hat«, flüsterte sie. »Du weißt doch, was die Bibel sagt: ›Ich liege und schlafe ganz in Frieden, denn allein Du, Herr, hilfst mir, dass ich sicher wohne.‹ Hab keine Angst um mich, Alienor.«

Ihr Gesicht war bleich, sie rang nach Luft. In ihrer Lunge brodelten böse Säfte, die wir auch mit Fenchel und Zwiebeldämpfen nicht lösen konnten. Das Fieber kam immer häufiger und versetzte sie in einen gnädigen Dämmerzustand, in dem sie selbst mich manchmal nicht erkannte.

Pater Arnoldus lag zusammen mit meinem Vater in der Kapelle auf den Knien und flehte den Herrn um ein Wunder an. Kerze um Kerze wurde geweiht und angezündet, und dreimal am Tage kam der schmächtige Priester mit einer Schale Weihwasser und der Hostie in den Turm. Er benetzte die Lippen der Kranken mit dem Weihwasser und murmelte Beschwörungsformeln gegen böse Geister. Auch die Brustwickel wurden abgenommen und nach seinen Anweisungen durch in Weihwasser getränkte, mit Chrisam versetzte Wickel ersetzt, in die jeweils eine Hostie gelegt wurde, weil Emilia die heilige Kommunion inzwischen nicht mehr schlucken konnte. Ich tat, was er verlangte, doch kaum hatte er den Raum verlassen, riss ich seine Wickel wieder ab und legte Meister Naphtalis mit Fünffingerkraut und ätherischen Ölen getränkte Leintücher über ihre schmale Brust, weil ich den Künsten des Juden vorbehaltlos vertraute und an Gottes Hilfe nicht mehr glaubte. Maia protestierte und beklagte sich bei dem Priester. Noch am selben Morgen klopfte er an meine Tür und unterbrach mich beim Zerpflücken der getrockneten Alantblätter, aus denen wir zusammen mit Kiefernzapfen und Ysop nach Naphtalis Rezeptur eine Hustenlatwerge kochen wollten.

»Was pfuscht Ihr dem Allmächtigen ins Werk, Fräulein? Die wirksamste Medizin ist allein der Leib des Herrn – warum stört Ihr Sein Werk mit zauberischen Kräutern aus der Werkstatt des Juden?« Er stand nah bei mir, und ich spürte, wie er bebte vor Empörung. Ich suchte aus dem Leinenbeutel als letzte Zutat Poleiminze heraus und zerbröselte sie langsam in den Latwergetopf.

»Der Allmächtige lässt diese Heilpflanzen wachsen und wirken, wenn es Ihm gefällt. Warum nennt Ihr das zauberisch, Pater?« Die Lippen meines Beichtvaters zitterten nach dieser Bemerkung, und er packte sein Weihwassergefäß fester.

»Gott stehe Eurer Seele bei«, murmelte er und wandte sich zum Gehen.

Emilia war nach seinem Besuch unruhiger als sonst. Ich schob ihr eine von Meister Naphtalis in Honig getauchte Pillen zwischen die Lippen. Sie waren aus Styrax, Mutterharz und Opium zusammengemischt und dämpften den peinigenden Husten ein wenig, doch nicht einmal Maia, die all mein Tun an Emilias Bett argwöhnisch beobachtete, wusste von diesen Pillen. Nur widerwillig half sie mir beim Zubereiten der Medizin aus dem Laboratorium.

»Teufelsfeuer« nannte sie Tassiahs Kohlebecken und weigerte sich, den Topf anzufassen. Ich lachte spöttisch vor mich hin. Was würde sie erst zu den Ameisen sagen, die der Jude einst benutzt hatte, um ...

Mich schwindelte. Wie eine eisige Klaue griff der Schmerz nach meiner Stirn. Ich versuchte, mich auf den Latwergetopf und die Zutaten zu konzentrieren.

Es klopfte an der Kammertür, und mein Vater trat ein. Mit einem stummen Gruß kam er näher, die Augen auf meine Kräutersammlung gerichtet. Zweifellos hatte der Priester sich bei ihm über mein Verhalten beschwert. Vorsichtig rührte er an die Blätter und Krümel, schob sie auseinander, schnupperte am Topf. Sein Blick war ratlos, trauernd, und ich las die verdeckte Sorge, jemand könnte erneut den Vorwurf der Zauberei gegen mich erheben, wenn er mich so hantieren sah.

»Sie hat nach Euch gerufen, Vater.« Meine Stimme klang rau. Er nickte zerstreut, immer noch ein Blatt zwischen den Fingern haltend. Wie gerne hätte ich ihm von des Juden Heilkünsten erzählt, von seinem Wissen, das Leben bewahren und Krankheiten besiegen konnte, von geheimnisvollen Tinkturen und Kristallen...

Doch wie es schien, hatte Gott Sein Urteil gefällt. In einer klaren, stürmischen Sommernacht erlitt Emilia einen Blutsturz, von dem sie sich nicht wieder erholte. In ihrer Lunge dröhnte es, als sie zu husten begann, Blut strömte ihr aus Nase und Mund, vergeblich flehten uns ihre weit aufgerissenen Augen um Hilfe an – wir stützten sie, streichelten sie und versuchten sie zu beruhigen, damit sie nicht an ihrem Auswurf erstickte, bis das Laudanum, das der Jude in dieser Nacht so stark wie nie zuvor gemischt hatte, wirkte. Danach lag sie nur noch wimmernd in den Kissen und kämpfte um jeden Atemzug. Uns nahm sie kaum noch wahr. Am Johannisminneschluck, den Maia ihr gegen die bösen Geister geben wollte, als der Pater einmal den Raum verließ, wäre sie beinahe erstickt. Und so bestrich meine Kammerfrau nur heimlich ihre Lippen mit dem starken Wein.

Ich hockte in dem schmalen Gang zwischen Bett und Wand, halb verborgen vom Baldachin, und hielt ihre Hand umklammert. Naphtali hatte das Gemach schon lange verlassen. Seine Religion und die Schicklichkeit erlaubten ihm nicht, Emilias Sterben beizuwohnen. Am Morgen war er zu mir gekommen, um mich vorzubereiten. »Meine Kunst hat versagt. Alienor; ich kann sie nicht retten. Alles, was uns bleibt, ist, ihr Sterben zu erleichtern.« Die leeren Laudanumphiolen klirrten leise in meinem Almosenbeutel.

Vater kniete an ihrem Bett, den Kopf in ihre andere Hand vergraben. Tonlose Schluchzer schüttelten seinen mächtigen Körper. Adelheid stand hinter ihm, mit großen, trockenen Augen, und schien nicht zu wissen, was nun von ihr erwartet wurde. Mein Beichtvater sprach die Sterbegebete, in deren Kehrverse die eilends herbeigerufenen Klagefrauen mit weinerlichen Stimmen einfielen. Seinen Versicherungen, wie glücklich sie doch mit dem ewigen Leben sein werde, mochte niemand so recht Glauben schenken.

Mein Blick glitt über die Anwesenden, ihre gesenkten, verhüllten Köpfe. »*Quia filius christiani non debet migrari nisi in cinere et cilicio*«, murmelte Pater Arnoldus gerade und malte ein weiteres Kreuz auf Emilias Stirn, »*statim debent incipere Credo in unum Deum...*« Wir hatten ihr nach der letzten Waschung ein weißes, mit Asche bestreutes Gewand angezogen und sie auf das Cilicium gebettet. Ihr blondes Haar war in zwei Zöpfe geflochten. Schmerzlich erinnerte ich mich daran, wie weich und kühl die Flechten sich angefühlt hatten, als sie ein letztes Mal durch meine Finger glitten, übereinander, untereinander, übereinander, untereinander... Nun lagen sie neben ihrem wächsernen Gesicht wie zwei Kornähren, die den Sommer nicht mehr erleben würden, weil der Schnitter sie vor der Zeit geerntet hatte.

»*Subvenite sancti dei, occurite angeli Domini, suscipientes animam ejus, offerentes eam in conspectu altissimi.*«

Ihre Finger brannten. Ich hielt sie fest mit meinen Händen umschlossen, als hätten sie die Macht, Emilia aus dem Furcht erregenden Abgrund, der sich vor ihr aufgetan hatte, herauszuziehen. Doch sie fiel, ich konnte sie nicht halten, und der Gott, zu dem die Menschen um mich herum beteten, tat nichts, um diesen Fall aufzuhalten.

Ich nagte an meiner Lippe. Das Brodeln ihrer Lunge, an das meine Ohren sich gewöhnt hatten, wurde leiser. Immer mehr Zeit verging zwischen den Atemzügen. Reglos lag ihre Hand in meiner, ihre Lider flatterten, und dann hob sich ihre Brust nicht mehr.

Der Pater war der Erste, der es mit geübtem Blick feststellte.

»*Proficiscere anima de hoc mundo*«, sagte er laut und hob die Hände. »*Pater, in manus tuas commendo spiritum suum.* Sie ist von uns gegangen.«

Maia stöhnte auf. »Meine Kleine, meine süße Kleine, mein Augapfel –« Sie brach zusammen, schluchzte auf dem Boden in ihre Ärmel, ihr Rücken zitterte und bebte, auch als Gisela die Arme um sie legte und laut mitweinte.

Vater hatte den Kopf gehoben und betrachtete seine Tochter, als könnte er nicht fassen, was hinter ihm losbrach. Sein Blick irrte über das Bett hinüber zu mir. Was geschieht hier, las ich in seinen Augen, das letzte Kind stirbt mir weg, all mein Beten war umsonst, all das Flehen, die Kerzen und die Goldstücke... Und dann rannen ihm Tränen die Wangen hinab und tropften auf Emilias Hand, und einen winzigen Augenblick hoffte ich, sie seien Wasser des Lebens und würden das Mädchen wieder zum Leben erwecken.

Da beugte sich Pater Arnoldus über sie. Zwei Finger glitten über ihr wächsernes Gesicht und erreichten die Lider. »*In manus tuas*«, flüsterte er, »*in manus tuas commendo spiritum suum.*« Und Emilias starr gewordene Augen verschwanden für immer hinter ihren Lidern, ihr Mund schloss sich, um nie wieder zu lachen. Wie ein Totengeist schwebte Arnoldus an ihrem Lager, schwarz und still inmitten von Tränen und Klagegeschrei, ein Geist, der stumm zu Ende brachte, wozu die Trauernden nicht im Stande waren.

»*Deus apud quem omnia morienta vivunt, cui non periunt moriendo corpora nostra sed mutantur in melius.*« Kurz wallte sein düsteres Gewand wie ein Schatten über das Lager, als er Emilias Hand aus meinen Händen nahm und sie mit der anderen auf ihrer Brust faltete. Dann rückte er die langen, weißen Kerzen rund um das Bett gerade und schob den Fensterteppich beiseite. Licht drang in das enge Gemach. *Profiscere anima de hoc mundo.* Platz ihrer unsterblichen Seele.

»*Domine, exaudi orationem meam et clamor meus ad te veniat!*«

Die vertraute Melodie der Bußpsalmen übertönte das Wehklagen und schwang sich wie ein Vogel über den Lärm. Der Pater breitete seine Arme aus: »*Quia defecerunt sicut fumus dies mei, et ossa mea sicut cremium aruerunt. Similis factus sum pellicano solitudinis, fastus sum sicut nycticorax in domicilio. Dies mei sicut umbra declinaverunt, et ego sicut foenum arui.*«

»*Domine, exaudi orationem meam et clamor meus ad te veniat.*« Zäh und undeutlich stieg der Refrain aus dem Weinen der am Boden Liegenden hervor. Vertraute Sätze, Worte, die durch Wiederholung Trost spendeten, auch wenn man sie nicht verstand... Meine Lippen bewegten sich mechanisch mit, von einem Wort zum anderen wie an einer Perlenkette entlang. Emilia lag vor mir, blass, mit entspanntem Gesicht. Weihwassertropfen standen auf ihren Wangen, hatten sich in den Augenwinkeln gesammelt. Ich war mir sicher, dass sie gleich die Augen aufschlagen würde. »Was tun die alle hier?«, würde sie mich fragen. »Wozu dieser Lärm? Ich will schlafen, Alienor. Schaff sie hinaus, bitte.« Ich streckte die Hand nach ihr aus.

»Emilia?«

»*Respondit ei in via virtutis suae: Paucitatem dierum meorum.*« Arnoldus hatte bemerkt, wie ich die Hand nach Emilia ausstreckte. Hastig zog ich sie zurück, verwirrt über seinen Blick. »*Paucitatem dierum meorum.*« Erst wenige Tage zuvor hatten wir diesen Psalm in der Kapelle gebetet, und der Pater hatte mich wütend ermahnt, meine Gedanken beisammenzuhalten, und mir Strafen durch den Allmächtigen angedroht...

Strafen. Wie viele noch, schoss es mir da durch den Kopf. Was sollte ich noch verlieren, nun, wo mir auch das Letzte, das ich liebte, genommen wurde? Auge um Auge, Zahn um Zahn – Gott beglich Seine Rechnung auch mit mir nach diesem Motto. Leid und Verlust für meine Vergehen, für Neugier, Ungehorsam und Wollust, für Zorn und Trotz, für Freundschaft und Liebe, wo nicht einmal Er sie erlaubte...

»*Jitgadal w'jitkadaš, Sch'meh rabah, b'Alma di hu Atid l'it'chadata.*« Vom Garten drangen Worte aus der Sprache des Volkes Gottes in den Turm, Naphtalis warme Stimme, die für meine Schwester leise sang.

»Uleachaja Metaja, uleasaka jatehon leChajej Alma…«

Die Gestalten vor mir verschwammen, eine eiserne Faust packte meinen Schädel, Klauen bohrten sich in meine Schläfen. Des Paters schwarzes Gewand nahm immer mehr Raum ein, verschmolz mit den düsteren Mauern, die Kerzen schwebten wie Irrlichter durch mein Blickfeld, ohne dass ich eine von der anderen unterscheiden konnte, Laute verquollen, Weihrauch füllte meine Lunge, ich verlor den Boden unter mir, stürzte, fiel, und niemand hielt mich.

»De profundis clamavi ad te, Domine! Domine, exaudi vocem meam! Fiant aures tuae intendentes in vocem deprecationis meae! Si inquitates observaveris, Domine Domine, quis sustinebit?«

Ich schlug die Augen auf. Maia saß neben mir und fächelte mir Luft zu. Ihre Augen waren rot, die Lider geschwollen. Tränenspuren durchzogen ihr faltiges Gesicht.

»Von allen Kindern, die ich gestillt und gewiegt habe, bist du das Letzte«, flüsterte sie heiser. »Warum straft Gott uns so hart? Warum nur…« Und sie bedeckte ihr Gesicht mit schwieligen Händen, schwankte hin und her, und ihre müden Schultern sanken noch ein wenig mehr zusammen.

»Jehe Schemeh raba mewarach, leAlam uleAlmej Almaja!«

»Kann man den Juden nicht endlich zum Schweigen bringen?«, zischte jemand.

Vorsichtig drehte ich den Kopf. Die Kammertür war angelehnt. Der Klagegesang erschien mir wie ein Brausen eines Sturms, der nach einer Verschnaufpause wieder einsetzte und den ganzen Turm erfüllte, unterbrochen von den Versen meines Beichtvaters.

»Quia apud te propitiatio est, et propter Legem tuam sustinui te, Domine, sustinuit anima mea in verbo ejus.« Das Weihrauchgefäß schepperte, und die Klagenden schwiegen einen Moment, um sich zu bekreuzigen.

»Jitbarach wejischtabach, wejitromam wejitnasej wejithadar wejitealeh wejitehalal Schemeh deKudescha berich hu, leajla minkal-Birchata weSchirata, Tuschbechata we Nechaemata daamiran beAlma, weimeru Amejn.«

Der Weihrauch drang in dichten Schwaden zur Tür hinaus und

narrte mich. Waren es Geister auf der Suche nach weiteren Seelen, riefen sie auch mich? Schwer wie ein Alb legte er sich auf meine Stirn, ich rang nach Luft, spürte meinen Magen erneut wie einen Fremdkörper in mir, ein Ding des Teufels, sauer und eiskalt, bevor ich mich erbrach.

Maia und Adelheid blieben in jenen Stunden, da man meine Schwester für die Aufbahrung vorbereitete, bei mir, kühlten mir die Stirn und stützten mich, während ich nicht aufhören konnte zu würgen. Sie trockneten die Tränen, die mir vor Anstrengung über die Wangen liefen und den bitteren Geschmack der Galle versalzten… Niemand kam auf die Idee, den Juden zu mir in den Turm zu bitten.

Als sie Emilia auf einer Bahre aus der Kammer trugen, fand ich die Kraft, mich von meinem Lager zu erheben und, gestützt von den beiden Frauen, ihr in die Kapelle zu folgen. Und auch hier wachten sie über mich, während ich bei meiner Schwester saß, Stunde um Stunde dicht neben den flackernden Kerzen, von denen meine Augen brannten – oder waren es die Tränen, die sich versteckt hielten?

»Sie ist eine fromme Frau«, hörte ich Adelheid hinter mir flüstern. Ihre Tunika raschelte, als sie sich bequemer setzte. »Ich hörte, dass dies nicht immer so gewesen sei.«

»Sie hat allen Grund, ihre Gottesfurcht so öffentlich zu zeigen«, murmelte meine Kammerfrau. »Und vielleicht wird der Herr ihr eines Tages vergeben.«

Ich schnaubte verächtlich unter meinem Schleier, den ich mir tief ins Gesicht gezogen hatte. Gottesfurcht. Mochten sie glauben, was sie wollten. Ich saß hier, um Emilia zu bewachen, wie ich es die letzten Tage fast pausenlos getan hatte.

»*Initio tu, Domine, terram fundasti, et opera manuum tuarum sunt coeli.*« Der Pater schlug eine Seite um. »*Ipsi peribunt, tu autem permanes, et omnes sicut vestimentum veterascent.*«

Zwei feingliedrige Hände legten mir einen Wollumhang um die Schultern. »Gott sei mit Euch, Alienor.« Adelheids blaue Augen glänzten im Kerzenschein. Sie saß noch bei mir, als die Sonne schon lange den Himmel verlassen hatte, als die Glocke

Mitternacht schlug, und sie war da, als der Morgen graute. Sie hielt mich fest, wenn Schwindel Besitz von mir ergriff, sie reichte mir Wasser und rieb meine eisigen Hände. Drei Tage blieb das junge Mädchen, das durch Heirat Gräfin von Sassenberg geworden war, an meiner Seite in der Kapelle, murmelte Psalmen, schlug Kreuzzeichen und wärmte durch ihre Anwesenheit meine zu Stein gefrorene Seele. Ihre Tränen waren die meinen, ihre Trauer sprach von meiner.

Ich selbst hockte dicht neben der Bahre und bewachte die sterbliche Hülle meiner Schwester, starr und regungslos, alle Mächte dieser Welt anklagend. Ich hielt meine Hände über ihr und ließ weder Gott, der sie mir genommen hatte, noch den Teufel, der mich vielleicht schon in seinen Fängen hatte, an uns heran.

Das Begräbnis sollte am Mittag des dritten Tages stattfinden. Auf Wunsch meines Vaters war ihr Grab neben dem der verstorbenen Gräfin ausgehoben worden. Es war Mutters letztes Anliegen gewesen, nicht in der Burgkapelle, sondern in der Kirche jener Abtei, für die sie zu Lebzeiten so viel gespendet hatte, ihre letzte Ruhestätte zu finden. Ein Grab innerhalb der Kirche, dazu mochte Fulko sich nicht durchringen, das stand allein dem Grafen zu. Schließlich war sie bei aller Großzügigkeit doch nur eine Frau. Und dort, wo sie lag, wenige Meter vom Hochaltar entfernt, war sie dem Herrn auch nahe.

Nach dem großen Brand hatte man die Klosterkirche schleifen lassen und auf dem Kirchhof eilig eine kleine Holzkirche errichtet, in der die Gottesdienste stattfinden sollten, bis das neue Gebäude fertig gestellt war. Den Gräbern hatte das Feuer nichts anhaben können, sodass die Beisetzung wie geplant stattfinden konnte. Gleich am Tag nach ihrem Tod hatte Vater die Formalitäten mit seinem Vetter geregelt, die Grabstätte bezeichnet und neben einer großzügigen Geldspende eine Anzahl Seelenmessen bestellt, die für das Heil der Verstorbenen gehalten werden sollten. Auch wenn man überzeugt war, dass Emilia unverzüglich in den Himmel kommen würde, jung und unschuldig, wie sie war –

Seelenmessen schadeten nicht. Das fanden jedenfalls die Priester, die die Gelder verwalteten.

In der dritten Nacht schlief ich in der Kapelle ein. Arme und Kopf auf Emilias Bahre gestützt, konnte ich dem Drang, die Augen zu schließen, nicht länger widerstehen. Albträume von Totengeistern und Würmern der Unterwelt begleiteten meinen Schlaf, und eine geheimnisvolle Schattengestalt, die stets bei mir war und sich doch niemals zu erkennen gab, steigerte meine Unruhe, bis ich schreiend erwachte. Blut rann meine Finger herab, mit denen ich das Amulett so fest umkrallt hielt, dass es in die Haut schnitt. Adelheids Kammerfrauen raunten erschrocken, ich hörte etwas von »doch vom Teufel besessen« und »rächt sich an ihr«. Man brachte mich zurück in den Frauenturm, und ich wehrte mich nicht dagegen.

Maia wollte mir Milchbrei servieren, ich trank jedoch nur Wasser und ignorierte ihre Vorhaltungen. Adelheid trat neben mich.

»Was gibt Euch die Kraft, das alles durchzustehen, Alienor? Was macht Euch so stark?« Ich lüftete meinen Schleier und betrachtete ihr liebliches Gesicht. Selbst nach den anstrengenden drei Tagen, die sie nicht von meiner Seite hatte weichen wollen, waren ihre Wangen noch rosig und ihre Augen glänzten. Goldschimmernd fielen die Flechten über ihre schmalen Schultern und kräuselten sich verschmitzt hinter den Bändern. Ein warmer Wind umwehte mein Herz. »Die Liebe«, hörte ich mich sagen. »Die Liebe macht so stark.«

In der Küche hatten die Vorbereitungen für das Leichenmahl begonnen. Brote wurden gebacken und große Kessel mit gewürzter Grütze für die Trauergäste aus dem Dorf vorbereitet. Das Quieken der drei Schweine, die für den Bratrost vorgesehen waren, hallte im Burghof wider. Als die Sonne aufging, trugen Knechte Schragentische über den Hof und öffneten das Hallentor. Einer brachte Feuerholz, um den Raum zu heizen, der seit Tagen nicht mehr benutzt worden war. Düster wie eine Gruft wirkte der Eingang. Sonnenstrahlen spielten mit dem aufwirbelnden Staub, als kümmerte sie das nicht.

Ich hockte auf der Fensterbank, irgendwo zwischen Wachen und Schlaf und starrte in die Welt dort unten. Maia lief mit einem Arm voll Kleider über den Hof. Stunden hatte sie gestern damit zugebracht, die Trauerkleider zu flicken und zu lüften, hatte sie gebürstet, bis sie auf der Leine beinahe glänzten. Jedermann wollte sich auf dem letzten Weg der Verstorbenen von seiner besten Seite zeigen.

Die Tür knackte. Maia legte wortlos meine Tunika über die Truhe und verschwand wieder.

Ich streifte mein Kleid über den Kopf und ließ mich einen Moment lang von der Sonne wärmen. Flüchtige Erinnerungen an ein warmes Bad und duftende Essenzen, an wohltuende Massagen und gewaschene Haare zogen an mir vorüber. Ich räkelte mich. Die Schließe des eisernen Gürtels quietschte leise. An zwei Stellen begann er zu rosten, und die Stelle, wo er seit einigen Tagen besonders drückte, eiterte bereits. Seufzend griff ich nach der Trauertunika.

Nach unten gehen, zur Abtei pilgern, Emilia in die kalte Erde legen – ich fuhr herum, schob den Vorhang beiseite –, das Bett war leer. Niemand lag mehr darin, der die Sterne am Baldachin zählte und alle zehn Finger dafür brauchte. Kein Traum, alles Wirklichkeit. Ich sank auf das Bett, kämpfte gegen Übelkeit und Schwindel an. Emilia. *Emilia.*

Alles in mir war hart. Tränen saßen wie Würfel hinter meinen Augen, und in der Mitte meines Körpers spürte ich einen Klumpen, der unverrückbar festzusitzen schien. Ich war hart. In einer einzigen Nacht hatte ich alle Gefühle hinter mir gelassen.

Der Vorhang roch nach Weihrauch. Ich zeichnete einen der Sterne mit dem Finger nach. Draußen fluchte eine Magd über den Lärm. Ein Knecht beschimpfte sie und schrie nach einem Hammer. Mein Blick fiel auf mein Handgelenk. Über den zahllosen Narben und Krusten, die ich immer wieder aufkratzte, ringelte sich der Lederriemen, vielfach um den Arm geschlungen. Maia glaubte, dass jeder Knoten einen abgeleisteten Psalm darstellte. Und wenn es so wäre...

Adelheid mischte sich unten in den Streit ein. Ihre helle Stimme überschlug sich im Zorn, und ich hörte jemanden darüber kichern. »Schenke mir Langmut, Herr«, pflegte sie zu murmeln, wenn sie merkte, dass man sie nicht ernst nahm. Meist hagelte es danach Strafen, davor hatten die Leute Respekt.

»Herr, schenke mir Langmut.« Ich zog die Tunika über den Kopf und nestelte im Stehen an der Gürtelschnalle. Die Stoffenden reichten kaum zueinander. Ich zog den Bauch ein. »Langmut. Langmut.« Einmal gut Luft geholt, und die Schnalle ließ sich schließen. Schmerzhaft schnitt der Gürtel in die Taille ein. Ich nagte an der Lippe. Wann hatte ich das Kleid zuletzt angehabt – im Februar, um Aschermittwoch herum, als der oberste Stallmeister tot aufgefunden wurde, den Schädel von einem Pferdehuf zertrümmert. Ich schluckte. Zu eng. Im Juli zu eng.

Mit zitternden Fingern löste ich die Schnalle wieder. Meine Hände fuhren über den Bauch, tasteten sich an der scharfen Kante der Eisenfessel entlang, fühlten die Wärme darunter und erkannten noch vor meinem Verstand die Wahrheit –

»*Allmächtiger.*« Das Monatsblut. Wie lange hatte ich schon nicht mehr geblutet? Blut, das mir den Tag vergällte, Bauchschmerzen, die mich missmutig machten – nichts davon, stattdessen diese Übelkeit. Ich griff mir an den Hals, würgte. Mir wurde schwarz vor Augen…

»Allmächtiger, lass es nicht wahr sein, bitte, bitte, nicht mir…«

Fieberhaft versuchte ich erneut, den Gürtel zu schließen, doch er kapitulierte vor meinem Bauch. Ich sank auf den Hocker. Meine Gedanken überschlugen sich. Das strenge Fasten. Die Züchtigungen, der Schlafentzug. »Denn Deine Hand war Tag und Nacht schwer auf mir, dass mein Saft vertrocknete…« Und wenn es Gottes Werk war, mich verdorren zu lassen? Im gleichen Augenblick wusste ich, dass ich mich belog mit dieser Hoffnung. Aber wie konnte Gott zulassen, dass ich jene verfluchte Nacht in mir trug, wie konnte er nur – ein Kind, gezeugt von Rache und Gewalt, dessen Existenz mein Leben schon jetzt zerstörte, weil es ein Lügengebäude zum Einsturz brachte, ein Geschwür der Schande –

Aufgewühlt betrachtete ich meine vernarbten Hände im Schoß.

Ein Kind. Weiche Haut, rein wie ein Sommermorgen. Neugierige Hände, die die Welt erkunden wollen, Beine, die losstrampeln, um sie zu erobern. Zahnloses Lächeln, süßer Geruch nach Muttermilch, beglückendes Gefühl, ein Bündel Leben auf dem Arm zu spüren, seine Stimme zu hören, Wunder, es wachsen zu sehen – meine verstorbenen Geschwister fielen mir ein. Emilia, die ich gewiegt und gewindelt hatte.

Was für eine Laune Gottes, es mir an ihrem Begräbnistag zu offenbaren. Ein Leben geht dahin, ein neues entsteht ...

Ich legte meine Hand auf den Bauch. Noch war nichts zu sehen, und doch befand sich dieses Wunder in mir. Tränen rollten mir über die Wangen. Und plötzlich war mir der Vater dieses Kindes nahe, ich spürte seine Anwesenheit, griff mir an den Kopf, zutiefst verstört. »*Erik.*«

Ein Name, gestammelt. Verborgen unter den Trümmern der Nacht, grub er sich ans Tageslicht. Das unheimliche Schattenwesen, das meine Gedanken seit Wochen verwirrte, gewann an Gestalt. »Erik.« Die Erinnerung, schmerzlich und lustvoll zugleich, brach sich Bahn, Augen blau wie blühender Flachs, blondes Haar, worin die Sonne Purzelbäume schlug, ein Lachen ...

Würde es ihm ähnlich sein? Ich legte meine Arme an den Bauch, wie um das Kind vor den Nachstellungen der Welt zu schützen, und beugte mich auf dem Hocker nach vorne. Das Blut stieg mir in den Kopf, schaffte Klarheit in der Hitze.

Kuchenheym hatte ebenfalls blaue Augen, und sein Haar sah aus wie gebleichtes Stroh. Es würde gehen. Ein blondes Kind mit blauen Augen, ein halbes Jahr nach der Eheschließung. Ein Erbe, wie man ihn sich nur wünschen kann. Die Lüge musste fortgesetzt werden. Niemand würde etwas bemerken, wenn nicht – ich atmete heftig – wenn nicht die Hochzeit verschoben werden würde! Meine Hochzeit war in drei Wochen! Wenn man sie wegen der Trauerzeit um einen Monat verschob, vielleicht zwei oder drei, bis zum Herbst, wo man am liebsten üppige Hochzeiten feierte – dann würde jedermann sehen können, was ich getan hatte, jeder würde die Frucht der Unzucht in mir schwellen sehen –

Ich schlug die Hände vors Gesicht und weinte.

»Noch kann man es nicht sehen. Wischt Eure Tränen ab.«

Ich fuhr herum, bleich vor Schreck. Maia stand hinter mir, die Stirn gerunzelt. Maia!

»Du – du spionierst mir hinterher!«, zischte ich erregt und ballte die Fäuste. »Du warst es –«

»Ich diene Euch seit Eurem ersten Schrei, und Ihr lohnt es mir mit solchem Misstrauen?« Ihre Stimme zitterte. »Das habe ich nicht verdient, Fräulein. Schlagt mich, jagt mich davon – aber haltet mich nicht für einen Spitzel.« Sie trat näher. »Die andere schnüffelt herum. Gisela mit den sanften Augen. Sie bekommt Branntwein und Silber von dem Mönch dafür«, raunte sie.

»Woher weißt du es dann?«, fragte ich lauernd. Maia neigte den Kopf und spitzte die Lippen.

»Ich habe Eurer Mutter in allen Kindbetten beigestanden, da soll ich nicht wissen, was mit Euch ist? Mich wundert vielmehr, dass Ihr es nicht früher bemerkt habt.«

Ich rieb mir die Augen. »Was soll ich tun?«, flüsterte ich. »Maia – hilf mir!«

Sie legte die Hand auf meinen Arm. »Ich will gleich losgehen und Wacholderbeeren sammeln. Der Busch hinter der Kapelle steht voller Früchte. Mit ein wenig Mutterkorn angesetzt, sollt Ihr wohl in zwei Tagen von der Last befreit –«

»*Nein!*« Ich riss mich los.

Ungläubig sah meine Kammerfrau mich an. »Ihr wollt es doch wohl nicht etwa *behalten*?«

Behalten. Ein Heidenkind, in Sünde gezeugt, in Einsamkeit ausgetragen, ein Bastard, dem Bräutigam als sein eigenes untergeschoben. Lüge meines Lebens. Ewige Verdammnis war mir gewiss. Ich keuchte, schwitzte. Behalten. Wenn Sie die Wahrheit herausfanden, würde es den Tod für uns beide bedeuten. Instinktiv wusste ich, dass es Augen haben würde, die mich mein Lebtag an ihn erinnern würden. Eine Hand verirrte sich wieder dorthin, wo man es irgendwann fühlen würde, und langsam nickte ich.

»Aber Ihr könnt es nicht...«

»Ich will es haben!«

Maia schluckte. »Herrin – es ist ein Kind der Sünde, abgrundtiefer Sünde, das wisst Ihr genauso gut wie ich. Der Herr wird Euch strafen dafür, er wird kein Erbarmen zeigen –«

»Maia, kann man es bis zur Hochzeit verheimlichen?«

Schockiert sah sie mich an. »Ihr wollt – mein Gott, jetzt verstehe ich. Ihr wollt es als Kind des Ritters ausgeben. Heilige Jungfrau!«

»Kann man es, Maia? Reicht die Zeit?« Ich fasste sie bei den Armen. »Wirst du mir helfen, Maia?«

»Ihr wollt die böse Frucht wirklich austragen...« Sie wich zurück, erhob flehend die Hände und bekreuzigte sich dann hastig. »Welche Strafen mag der Allmächtige noch für diese Familie bereithalten? Verflucht sei der Tag, an dem Euer Vater den Bösen aufnahm, verflucht die Stunde, da er ihn Euch schenkte! Herrin, besinnt Euch, denkt nach! Lasst mich die Beeren suchen gehen, und Gott wird Erbarmen mit Euch haben. Hört auf mich, seid vernünftig!« Tränen der Angst liefen über ihre runzeligen Wangen, und ihre Hände krampften sich zusammen, als könnte sie mich durch diese Kraftanstrengung auf den rechten Weg bringen, mich dazu bringen, die Saat der Unzucht zu vernichten, dieses Kind abzutreiben...

»Maia, ich frage dich zum letzten Mal – um meiner Mutter willen: Wirst du mir helfen?« Maia hielt die Luft an. Wir sahen uns an, und ich spürte ihren Widerwillen deutlich.

»Um Euer Mutter willen... Ihr wisst nicht, was Ihr da von mir verlangt –«

»Maia.« Ich ergriff ihre Hände. »Er war der Sohn eines Königs.«

»Er war der Teufel in Person, und Ihr tragt das Böse in Euch –«

»Maia, ich will es haben. Quäl mich nicht, bitte.«

Sie wandte sich ab. »Ihr seid krank, genau wie Eure Mutter«, sagte sie leise. Langsam drehte sie sich wieder herum. »Die Heilige Jungfrau sei mir gnädig... Ich werde Euch helfen, weil ich Eurer Mutter versprach, für Euch zu sorgen, solange ich lebe. Wir werden Euren Zustand verbergen, und wenn es Euch gelingt, trotz der Trauerzeit in drei Wochen vor den Altar zu treten – Gott sei Eurer Seele gnädig, Alienor! –, könnt Ihr das Kind als Erben des Kuchenheymers ausgeben, was immer Ihr wollt. Aber versprecht mir eins« – damit trat sie dicht an mich heran –, »versprecht mir, dass ich dieses Kind niemals werde berühren müssen. Sucht Euch eine andere Kinderfrau dafür. Ich will nichts mit ihm zu tun haben!«

Lange sah ich sie an. »Ich verspreche es«, sagte ich schließlich.

»Dann – dann solltet Ihr jetzt etwas essen. Nun, wo Ihr um Euren Zustand wisst, ist es sicher leichter, sich zu zwingen.« Ich sah, wie sie mit sich haderte, wie sie kämpfte zwischen ihrer Liebe zu mir und der Angst vor der Frucht des Heiden, und ich spürte, wie sie ihr Wissen darum schon jetzt verfluchte. An der Tür wandte sie sich erneut um. »Ich werde Euch eine gute Milchsuppe bringen lassen, gleichgültig, was der Pater sagt. Ihr müsst viel und gut essen, sonst wird dieses – diese Kreatur Euch das Leben kosten.«

Ich blieb noch lange am Fenster sitzen, die Hände im Schoß, und starrte vor mich hin. Der Entschluss, das Kind auszutragen, wog schwer.

Zweifel prasselten auf mich nieder – was, wenn man meinen Wunsch, die Ehe recht bald zu schließen, nicht respektierte? War es überhaupt glaubhaft, dass ich mich nach einem neuen Zuhause in Kuchenheyms Armen sehnte? Und das Kind – wenn es Maia gelang, die Dauer der Schwangerschaft zu verschleiern – was, wenn man ihm die Herkunft ansah? Wenn es mit Schlangen auf den Armen geboren würde oder mit heidnischen Zeichen auf dem Kopf?

»O Gott«, stöhnte ich auf, »hilf mir!«

Maias Hilfe lag nahe – schwarze bittere Beeren, ein paar Schlucke nur, ein Ziehen im Bauch, Blut, ein kurzer Schmerz, und alles wäre vorbei.

Aber noch war es da, hatte ein Gesicht bekommen, war in meinen Gedanken zum Menschen geworden. Ein kleiner Mensch, Teil dessen, der mich verlassen hatte, ohne sich auch nur umzudrehen – ein Geschenk für tausendfach erlittenen Verlust, wie konnte ich es zurückweisen? Das Kind sollte leben. Ob mit Gottes Segen oder ohne, ich wollte es wagen.

Unruhig geworden, stand ich auf. Der Wunsch, diese Schwangerschaft unter ein gesetzmäßiges Dach zu bringen, wurde übermächtig, ich fühlte Tatkraft in mir, lief in der Kemenate auf und ab und überlegte, wie es am besten anzustellen sei.

Und dann stand ich vor der Mauer mit dem losen Ziegel. Ein Schlussstrich. Ich musste einen Schlussstrich ziehen. Vergessen. Nach vorne schauen. Klar denken. Auf der Treppe waren Giselas Holzpantinen zu hören. Hastig zog ich den Ziegel aus der Wand und griff nach der Rose, die sich dahinter verbarg. Zusammen mit der hölzernen Puppe, die meine Schwester Sigûn genannt hatte, würde sie Emilia in das Grab folgen, würde mit allen Erinnerungen gut bei ihr aufgehoben sein. Welchen besseren Wächter über die Vergangenheit konnte es geben? Ich brauchte alle Kraft für meine ungewisse Zukunft.

Um die Mittagszeit legte Maia mir einen Trauerschleier über den Kopf, der mich bis zu den Füßen bedeckte, wie es Sitte war. Gemeinsam verließen wir den Frauenturm. Der Leichnam lag in der Kirche auf einem Katafalk. Die Trauergemeinde der Burg hatte sich bereits versammelt.

»Non mortui laudabant te Domine neque omnes qui decendent in infernum sed nos qui vivimus, benedictimus Domino ex hoc et usque in saeculum.«

Ich nahm neben meinem Vater Platz und verfolgte die von Pater Arnoldus zelebrierte Totenmesse. Anschließend begaben wir uns in den Hof, um Emilia auf ihrem letzten Gang zu begleiten. Die Träger, Ritter und Knappen meines Vaters, schulterten die leichte Last und setzten sich in Richtung Kloster in Bewegung. Vater, Adelheid und ich schritten als Erste hinter der Bahre. Vaters Gesicht war wie aus Stein gemeißelt; sein zerzaustes Haar verriet, wie er es sich in seinem Leid gerauft haben musste. Adelheid nahm meinen Arm. Ihre Anteilnahme tat ebenso wohl wie die Bewunderung, die sie für meine Haltung an den Tag legte, nun, da ich wusste, welchen Weg ich gehen würde.

Am Burgtor erwartete uns ein Teil der Benediktiner, um uns zur Abtei zu geleiten. In kostbare schwarze Gewänder gehüllt, stand Fulko in ihrer Mitte. Sie stellten sich mit dem hohen Kreuz aus Eisen an die Spitze des Zuges, und der Abt intonierte den ersten Bußpsalm.

»*Domine, ne in furore tuo arguas me, neque in ira tua corripias me.*« Der monotone Singsang, vermischt mit dem geräuschvollen Wehklagen der Leute, ungeniertem Schniefen und Schluchzen, rief die Kopfschmerzen, die ich besiegt glaubte, wieder zurück. Eine Nebelwand aus Weihrauch schwebte mir entgegen. Ich rang nach Luft. Maia griff auf der anderen Seite nach meinem Arm, um mich zu stützen. Langsam zogen wir an den Obsthainen vorüber, durch saftige Wiesen am Wald vorbei zur Abtei. Die Luft war voller Wärme und Versprechungen des Sommers. Unsere Obstbäume hingen bereits voller kleiner Früchte, wie um uns zu trösten, dass wir den Körper eines Kindes zu Grabe tragen mussten.

»*Miserere mei, Domine, quoniam infirmus sum, sana me, Domine, quoniam conturbata sunt ossa mea, et anima turbata est valde, Domine, usquequo!*«

Die Torflügel der Abtei standen weit offen. Dumpf traf ein Schatten der Erinnerung auf mich, an Regen, Angst, Verzweiflung. Der Leichenzug begab sich mit quälender Langsamkeit über den Klosterhof. Leibeigene des Klosters standen in den Türen der Ställe und Wirtschaftsgebäude und gafften. Einige Frauen bekreuzigten sich.

Die Kirche war tatsächlich verschwunden. An ihrer Stelle erhoben sich zwei neue Steinreihen, wo die Steinmetze begonnen hatten, ein Fundament für das neue Gotteshaus zu bauen. Seitlich daneben stand die kleine Holzkirche, gekrönt von einem goldenen Wetterhahn, den die neue Burgherrin hatte fertigen lassen. Wir gingen um die Kirche herum zum Friedhof. Das Gatter war ausgehängt worden, damit sich niemand im Gedränge verletzte. Viele Leute aus dem Dorf hatten sich auf dem Platz versammelt, auf dem einmal im Monat ein Markt abgehalten wurde. Die Bretterbuden waren für das Begräbnis beiseite geräumt worden. Zwei kleine Jungen spielten zwischen den Bäumen Nachlaufen. Frauen schnäuzten sich in ihre Hemdärmel und strichen die schäbigen Kleider glatt. Ein Bauer starrte in die Wolken, in Gedanken vielleicht schon beim Leichenschmaus. Ein anderer ließ rasch seine Pfeife in der Tasche verschwinden und zog den Kittel über das hervorblitzende Hinterteil, als der Abt den Friedhof betrat.

»*Convertere, Domine, et eripe animam meam! Salvum me fac propter misericordiam tuam. Quoniam non est in morte qui Memor sit tui, in inferno autem quis confitebitur tibi?*«

»*Domine usquequo!*«

Wir standen um das tiefe schwarze Loch, in das man den Leichnam nun versenken würde. Emilia, die Erde ist kalt, und so dunkel. Du bist dort unten ganz allein, kleine Schwester. Ich betrachtete die Bahre, konnte es nicht glauben, dass sie, in weiße Tücher genäht, auf dem Holz lag und gleich in diesem Loch verschwinden würde. Nicht wahr, nicht wirklich. Wie viel schöner wäre ein Sarkophag aus Glas für dich, Emilia, damit die Sonne deinen eisigen Körper wärmt und du nachts die Sterne zählen kannst...

»*Laboravi in gemitu meo, lavabo per singulas noctes lectum meum, lacrymis meis stratum meum rigabo.*«

»*Domine usquequo!*«

Ich mochte mich dem Refrain nicht anschließen. Aus dem kleinen Erdhügel neben dem Grab lugte etwas hervor, das aussah wie ein Knochen. Asche zu Asche, Staub zu Staub. Warum mochte ich den Tod nicht wie all die anderen um mich herum akzeptieren – warum gelang es mir nicht? Der Abt versprengte Weihwasser – um ein Haar hätte ich mich geduckt... Der dichte Schleier verbarg mein erschrockenes Gesicht, als die Träger die Bahre an das Grab schoben. Emilia, etwas ist geschehen – etwas Unfassbares –, geh nicht, ich muss dir was erzählen!

Holz knirschte auf den Planken. Ich krampfte meine Finger um die beiden Holzgegenstände. Emilia, hör mich an! Zwei von ihnen stiegen in das Grab hinab. Dämonen schrien um die Wette, tanzten um das schwarze Loch. Kannst du mich hören? Bist du wirklich bei mir, Emilia? Mein Blick glitt über die düster gekleideten Gestalten hinweg in das Blau des Mittagshimmels. Es rumpelte, als der Leichnam von der Bahre genommen wurde. Jemand stöhnte laut auf, erstickte fast an einem Schluchzer, der gequält abebbte. Zwei Hände gaben mir Halt, und erst jetzt merkte ich, dass ich es war, die da so weinte.

»*Turbatus est a furore oculus meus, inveteravi inter omnes inimicos meos.*«

»*Domine usquequo!*«

Eine Schaufel tauchte knirschend in die Erde. Ich reckte den Kopf, starrte hoch, hielt mich an den Ästen eines Birnbaums fest, am Grün und an den weißen Blüten, die sich wie ein Schleier über die Blätter legten. Die Hände umfassten meine Schultern, und ein Männerkörper schob sich dicht an mich heran.

»Lehnt Euch nur an, Fräulein. Bald habt Ihr es überstanden«, raunte Hugo von Kuchenheym. Erde prasselte in die Tiefe. So dunkel, Emilia. Schwarze Erde, kalt und feucht. Meine Rechte war im Krampf taub geworden. Die nächste Schaufel.

»*Domine usquequo!*«

Prasseln, Erdregen. Der Birnbaum war meine Stütze – grüne Blätter, schwarze Äste, schwarze Rinde, schwarze –

Ein schwarzer Hut schob sich hinter dem Baum hervor. Hell glänzte eine Jakobsmuschel in der Sonne. Am Baum lehnte der Pilgerstab, ohne den sich anscheinend die Gestalt kaum aufrecht halten konnte. Ein langer, ermüdender Weg vom Grab des Apostels bis hierher in die Eifel, ein Weg voll lauernder Gefahren – wilde Tiere, Räuber und Krankheiten, voll Einsamkeit und Verzweiflung in ausweglosen Situationen. Wir hatten einige von ihnen bewirtet, hatten uns von ihren Geschichten verzaubern lassen. Santiago de Compostela! Die Stadt, in der unsere Mutter um Segen für ihre Ehe betete –

Vater musste auch diesen Pilger bewirten. Ein wenig fiel die furchtbare Spannung von mir ab, ich ließ mich ablenken. Vater musste ihn einladen, bei uns zu verweilen, musste ihn bitten... Neugierig wanderte mein Blick über das staubige Gewand, über die eingefallenen Schultern und einen müden Rücken – wie alt mochte er sein?

Als hätte der Pilger meine Frage vernommen, hob er den Kopf. Ein Stein fiel mit dumpfem Laut auf die Leiche – ich verschluckte mich, griff mir an den Hals, taumelte –

»*Domine usquequo!*«

Der, an dessen Züge ich mich nicht mehr erinnern konnte, dessen Name wie ausgelöscht schien und der mich doch Tag und Nacht quälte – seine Augen ruhten blau und traurig auf meinem Gesicht, das er unter dem Schleier gar nicht zu erkennen vermochte.

»Liebste, haltet noch ein wenig durch.« Kuchenheyms Griff wurde fester, die goldene Fibel seines Mantels bohrte sich mir in den Rücken. Als wäre sie auch durch mein Herz gedrungen, ließ mich ein schier unerträglicher Stich erschaudern, ich krümmte mich, Kuchenheym beugte sich über mich, hielt mich, eine Spur Mitleid schimmerte in seinen Augen. »Gleich wird die Sänfte hier sein, mein Fräulein.« Die Stimme, obwohl so verhasst, half mir; seine Nähe bewies, dass ich nicht wahnsinnig geworden war.

Der Pilger hatte sich umgedreht. Auf den Stab gestützt, humpelte er auf das Klostertor zu, den Rücken so tief gebeugt, als trüge er das Leid der Welt auf seinen Schultern.

»*Miserere mei, Deus, secundum magnam misericordiam tuam, et secundum multitudinem meserationum tuarum dele inquitatem meam!*«

»*Miserere mei!*«

»*Amplius lava me ab inquitate mea, et a peccato meo munda me!*«

»*Miserere mei!*«

Der Wechselgesang brandete auf, unterbrochen von Husten und Flüstern. Die Leute wurden ungeduldig. Ein Weihrauchgefäß scheppterte. Fulko hob es hoch, segnete das Grab, die Trauergemeinde. Die Mönche stimmten die Sterbelitanei an. Petrus, Paulus, Josephus – die Heiligen kannte ein jeder, und so schwollen bei der Namensnennung noch einmal die Stimmen an.

»*Ab omnio malo!*«

»*Libera eum Domine!*«

Eine Frau kniete voller Inbrunst in der feuchten Erde.

»*A periculo mortis!*«

»*Libera eum Domine!*«

Die ersten Bauern strebten dem Ausgang zu, um in der Halle einen guten Platz zu bekommen.

»*Ab insidiis diaboli!*«

»*Libera eum Domine!*«

Sänften wurden herbeigetragen, ein Pferd wieherte unwillig, weil die zwei Knaben seinen Schweif gepackt hatten.

»*A Gladio maligno!*«

»*Libera eum Domine!*«

Die Schwarzgewandeten formierten sich in eine Zweierreihe und verließen singend den Friedhof.

Adelheids Damen plapperten schon wieder und stritten sich, wer mit wem in welcher Sänfte sitzen würde. Die Burgherrin zog mich stumm am Ärmel von meinem Beschützer weg und bedeutete mir, sich zu ihr zu setzen. Es rauschte in meinem Kopf, die Geister im Friedhof kicherten, übertönten die Stimmen um mich herum. Adelheid zog den Vorhang zu und griff nach meiner Hand.

Hart wie ein Stein umklammerte diese Hand immer noch die hölzerne Rose, die ich Emilia ins Grab hatte legen wollen, um endlich frei zu sein.

Der Burghof war voller Menschen, Essensgerüche zogen durch die Luft, schlugen mir ins Gesicht, als man mir beim Aussteigen half. Die Damen ordneten ihre Schleier, Hauben und Kleider, kicherten, wie sie es auf dem Rückweg ohne Unterlass getan hatten. Mein Vater hatte Adelheids Arm ergriffen und schritt auf den Halleneingang zu, um das Leichenmahl zu eröffnen. Das Volk schloss sich dem Burgherrn an. Niemand wagte es, mich anzusprechen, als ich, immer noch tief verschleiert, auf die Kapelle zuging und darin verschwand.

Sie war leer. Ich kniete zitternd vor Schwäche in meiner Bank nieder und legte das Gesicht auf die Arme. In der Stille ließ das Rauschen nach, einzelne Gedanken tauchten auf, wurden deutlicher. Die Dämonen waren mir gefolgt. Emilia. Das tiefe Loch. Ich wollte doch ... Emilia ... was musste ich mit ansehen, was ...

Das trockene Holz der Gebetsbank knarrte. Ich schrak hoch.

Ein schwarzer Ärmel, zerlöchert, staubig.

Der Pilger kniete hinter mir. Schluchzen erstickte meine Stimme, ich rutschte ab von der Kante, verlor das Gleichgewicht – Finger krallten sich warnend in meine Schulter.

»*Hljóðr* – der Pater ist dir gefolgt. Sitz still...«

Ich wagte kaum zu atmen. Schritte kamen näher. Steinchen knirschten auf dem Fußboden, der lange nicht mehr gefegt worden war.

»Gott sieht Eure Bußfertigkeit mit Wohlwollen, Fräulein.« Pater Arnoldus kam hinter der Säule hervor und bekreuzigte sich. »Doch wollt Ihr Euch nicht stärken, bevor Ihr Euch dem Gebet wieder zuwendet? Eure Kammerfrau –«

»Sorgt Euch nicht, Pater. Lasst mich noch ein Weilchen hier bleiben. Dieser alte Mann kommt vom Grab des Apostels. Ich will mit ihm beten, und dann soll Vater ihn bewirten. Sagt ihm –«

Ein verhaltenes Husten des Fremden unterbrach mich. Neugierig versuchte der Pater daraufhin, unter die Hutkrempe zu sehen, doch der Schwarze senkte sein Haupt noch demütiger und murmelte etwas, das wie Französisch klang.

»Vom Grab des Apostels.« Mein Beichtvater zögerte. »Der Herr beschütze Euren Heimweg. Ihr – unser Haus sei für die Nacht das Eure.«

»*Deus vos bensigna*«, flüsterte der Schwarze heiser und deutete eine Verbeugung an. Arnoldus zog die Brauen hoch. Doch dann schlug er ein Kreuzzeichen über mir und ging. Erst als die Kapellentür ins Schloss fiel, rührte sich der Pilger wieder. Er reckte sich über die Bank und wollte nach mir greifen, doch ich wich zurück, rutschte auf der Bank von ihm weg, sodass er nur den Schleier zu fassen bekam und mit der Brust auf das Holz schlug.

»*Erikr inn Gamlesson*«. Verhalten holperten die fremden Worte über meine Zunge, lange versteckt, so lange...

»Du hast ihn behalten, meinen Namen.« Seine Stimme bebte.

»Weißt du auch noch, wer ich bin?«

Er wechselte in meine Bank und streckte seine Hände nach mir aus. Ich ertrage es nicht, dachte ich, berühr mich nicht... und wich erneut aus. Die Hände sanken herab. »Soll ich gehen?«, fragte er rau. Ich knetete meinen Almosenbeutel unter dem Schleier, spürte Emilias Puppe und die Ränder der Holzrose.

»W-was willst du hier?«

Er lachte kurz und bitter auf. »Was ich hier will. Das fragst du?« Mit einem Ruck riss er sich den Pilgerhut vom Kopf. Die hervorquellenden Haare glänzten im Kerzenschein. »Das kleine Mädchen ist tot.«

»Woher wusstest du, dass sie tot ist?«

Kampflustig sah er mich an, versuchte, den dichten Schleier zu durchdringen, Zorn glomm in seinen Augen auf, weil er nicht bekam, was er wollte. »Ich wusste es eben. Ein Reisender sprach darüber.« Er beugte sich vor. »Es interessiert dich doch überhaupt nicht, woher ich es erfahren habe. Warum weichst du mir aus, Alienor?«

Ich saß ganz still. Und dann rollte eine Träne meine Wange herab, und ich wagte es nicht, sie wegzuwischen. Er sollte es nicht sehen, sollte nicht sehen, wie ich litt, und er sollte mich nicht anfassen. »Warum bist du hergekommen?«

»Wegen Emilia.«

Wegen Emilia. Ich fühlte dumme, alberne Eifersucht in mir hochsteigen. Für sie hatte er seine Reise abgebrochen –

»Ich wollte – ach, beim Thor, frag doch nicht so dumm, warum ich hergekommen bin!« Sein Fausthieb ließ die Gebetsbank erzittern. »Du machst mich krank, Frau! Seit ich diese verfluchte Burg verließ, hatte ich keine ruhige Nacht mehr –«

»Glaubst du etwa, ich?«, murmelte ich und biss mir auf die Lippe.

Er kniff die Augen zusammen. »Du –«

»Ich hab die ganze Zeit bei ihr gewacht.«

»Hmm.« Durch den Schleier sah ich das schwarze Pilgergewand und seine schmutzigen Hände, die das Holz des Gebetsstuhls umklammerten. Er trug jenen alten Lederriemen, seine allererste Fessel, immer noch um das Handgelenk. »Sie hat viel von dir gesprochen...« Mir versagte die Stimme. Eine Weile war es still. Schließlich stand ich auf und wollte gehen, so lange ich noch die Kraft dazu besaß.

»Bleib!« Er langte nach meinem Arm, zwang mich wieder in die Bank. »Bleib, ich muss mit dir reden.« Vorsichtig kauerte ich mich zusammen, schlang die Arme um den Leib. Seine Schuhe scharrten, sprachen von Ungeduld und Ärger.

»Was – was ist das für eine Scharade, die du mit mir treibst? Versteckst dich hinter einem Schleier und tust, als kennst du mich nicht. *þarfleysu-tal!* Sieh mich an! Ich will deine Augen sehen, wenn ich mit dir rede!« Damit war er auch schon auf mich zugerutscht und fegte den Schleier hoch. »Und dann sag mir – Ihr Götter, wie siehst du aus!« Er fuhr zurück, Entsetzen breitete sich über sein Gesicht. Ich riss ihm den Schleier aus der Hand und stolperte aus der Gebetsbank heraus, auf die Madonnenstatue zu.

»Alienor, warte!« Erik arbeitete sich durch das enge Möbel, um mir zu folgen.

»Lass mich in Frieden!« Ich ließ den Schleier fallen und drängte mich gegen den Pfeiler.

»Du bist krank!«

»Mir geht es gut, lass mich…« Der Kerzenständer hinter mir wackelte, ich hatte die Statue erreicht. Langsam kam er auf mich zu.

»Du bist krank, *meyja*, das sieht selbst ein Blinder –«

»Ich habe nichts. Bitte geh.« Mit den Händen tastete ich nach dem Sockel der Statue und schmiegte mich dagegen, als könnte sie mir helfen, mich seiner zu erwehren. »Geh –« Es war so still, dass ich Wasser in eine Pfütze tropfen hörte.

»*Ef þat er þinn vili…*« Gleichmäßig fielen die Tropfen, veränderten ihren Ton, wenn sie das Wasser trafen, das Platschen warf sich von Wand zu Wand und erfüllte die ganze Kapelle.

»Bitte geh«, flüsterte ich.

»Nein, verflucht!«, schrie er auf und schlich um den Pfeiler herum, lauernd wie eine Katze. »Ein Gespenst, das sich hinter dem Schleier verbirgt, stumm und bleich – Alienor, du bist krank! Und du lügst!« Er blieb stehen. »Warum sagst du mir nie die Wahrheit, *meyja*?«

Meine Hand rutschte an dem glatten Holz ab. Ich schloss die

Augen. Zog das Band vom Arm, tastete nach den Knoten, die Halt gaben, die verhinderten, dass ich mich auflöste in tiefster Verzweiflung... Meine Finger knoteten wieder, Schlinge um Schlinge, ein Loch nach dem anderen wurde verschlossen, stranguliert, zur Stummheit verurteilt, versiegelt –

Ich hörte seinen Atem.

Er stand vor mir. Und dann hob er die Hand und legte sie sanft an mein Gesicht, als hätte er verstanden.

»Was willst du von mir?«, flüsterte ich zum dritten Mal und zog mich noch einen Schritt hinter die Statue zurück. Er blieb stehen, als wagte er nicht, die heiligen Gerätschaften, die ich zwischen uns gebracht hatte, zu umrunden.

»Ich bin hier, um dich zu fragen, ob du mit mir kommen willst.« Seine Stimme klang hohl. Der Kerzenleuchter wackelte knirschend, seine Hand lag schwer auf der Querstrebe.

»In drei Wochen werde ich die Frau des Kuchenheymers.« Ich hob den Kopf. »Hast du das vergessen?«

»Ich habe nichts vergessen, Alienor.« Er klammerte sich an den Leuchter. Eine Kerze kippte heraus, zerbrach auf dem Boden. Das heiße Wachs bildete eine Pfütze, die mit dem Erkalten weiß wurde. »Nichts. Ich liebe dich.« Der eiserne Fuß des Leuchters schrammte über den Boden. »Ein abgetrennter Arm könnte nicht schmerzhafter sein als dieses Leben ohne dich –« Eine zweite Kerze fiel zu Boden, nahm das Licht mit sich.

Wie einen Rosenkranz schob ich die harte Knotenleine zwischen den Fingern hindurch, hin und her, hin und her.

»Du kommst zu spät. Ich –«

Mir wurde schwindelig. Meine Hände suchten nach Halt an der Statue, doch die Heilige Jungfrau konnte ihn mir nicht geben. Ihr Standbein schwankte gefährlich auf dem Sockel. Und dann überwand er den letzten Schritt, der uns trennte, nahm meinen Arm und führte mich zur Ehrenbank des Abtes, die vorne in der Apsis stand.

»Was verlange ich da von dir...« Kopfschüttelnd blieb er vor mir stehen. »Wie konnte ich auch nur einen Moment lang hoffen –« Damit fuhr er herum, ging einige Schritte auf den Altar zu. Die verbliebene Kerze ließ seine Haare golden schimmern, als er sich auf der Altarkante abstützte.

»Ich dachte immer, ich wäre ein kultivierter Mensch, hätte etwas gelernt am Hof des Herzogs. Aber ich bin nicht besser als meine Vorfahren.« Er drehte sich um. »Ich hätte nie weggehen dürfen.« Die Schritte hallten in der Kirche wider, als er näher kam, sich neben mich kauerte.

»Vergib mir, *kærra*. Vergib mir, wenn du kannst.« Seine Hand lag lange über meiner zu Stein gewordenen Faust, in der sich noch immer die Rose befand. Ich schaute auf die hellen Strähnen, die sich von meinem Trauerschleier abhoben.

»Du – du bist nicht weit gekommen auf deiner Reise«, murmelte ich schließlich und unterdrückte den Drang, ihn zu berühren.

»Nicht sehr weit, nein. Bis Köln, um genau zu sein. Zwei Schiffe fuhren ohne mich nach Norden. Und das Dritte...« Er hob den Kopf. »*Ég sprakk af harmi* – und jetzt schaue ich dich an und verstehe endlich die Worte, die ich dir vor so langer Zeit geritzt habe – jenes jüdische Lied, romantischer Zeitvertreib, um meine rastlosen Hände zu beschäftigen.«

»Worte«, krächzte ich. Die Rose in meiner Hand begann zu pulsieren. »Ich konnte deine Worte nicht lesen.«

»Du hast es nicht gelesen?« Ganz langsam setzte er sich neben mich. Mit großen Augen starrte er mich durch den Schleier an. Ein Pfeil schoss durch mich hindurch und hinterließ eine heiße Spur.

»Ich kann deine Sprache nicht.« Als ich wieder hochsah, lachten die Augen mich an. Der nächste Pfeil setzte mein Herz in Brand.

»Hast du das Ding denn nicht umgedreht? Ich habe die Worte gut versteckt, weil ich fürchtete, man würde dir nachspionieren... Gütige Freya, was musst du mich verflucht haben!« Ich nickte zaghaft. Seine Hand stahl sich ein Stück höher und schmiegte sich um mein Handgelenk.

»Dann lies es jetzt, *kærra*. Jedes Wort ist so wahr, wie ich lebe.«

Wassertropfen zerteilten die Stille. »Lies – Lies – Lies.« Ich vermochte mich kaum zu rühren, allein mein Daumen lebte und strich über das Holz der Rose, als träumte ich...

»Du bist müde«, sagte er leise.

»Am Krankenbett gibt es keinen Schlaf.« Meine Stimme klang dumpf. Das Krankenlager, die Wochen voll Einsamkeit und Schmerz stoben durch meine Erinnerung wie vom Wind aufgewirbelte Blätter. Still saß er bei mir, gab mir alle Zeit, die ich brauchte, ungeachtet der Gefahr, in der er sich befand. Seine Wärme beruhigte mich, vermochte meinen aufgelösten Geist zu bändigen. Die Blätter trudelten zu Boden, das Geschrei der Dämonen ließ nach. Am Ende waren die Gedanken einfach und klar – Emilia ist tot. Erik ist neben mir. Erik ist da. *Da.*

»Ich wünschte, ich –« Er verstummte, wachsam geworden. Draußen im Hof wieherte ein Pferd, Mägde tuschelten miteinander. Sicher waren sie auf dem Weg in die Vorburg, um sich, wie so oft, vor der Arbeit zu drücken.

»Wann – wann soll die Hochzeit sein?«, fragte Erik nach einer langen Pause. Ich setzte mich gerade hin. Ein Traum von Nähe war vorüber, ausgeträumt. Die Gegenwart begrüßte mich mit hartem Handschlag.

»In drei Wochen. Wenn sie den Termin nicht verschieben.« Einen Moment erinnerte ich mich, wie gefährlich mir das werden konnte. »Ich möchte keinen Tag länger als notwendig hier bleiben. Alle Vorbereitungen sind getroffen.« Ich lachte hart. »Sogar Haushaltsführung haben sie mir beigebracht.«

»Tatsächlich?« Sein Spott verletzte mich.

»Sicher hat Kuchenheym einen fähigen Kämmerer, der wird schon aufpassen.« Ich seufzte. »So wie sie alle auf mich aufpassen seit – seit dem Tag des Ordals. Es gibt Leute, die glauben... ach, lächerlich. Der Ritter passte gut in Vaters Pläne mit Jülich. Und ich sollte froh sein, dass er jung und reich ist.«

»Du – du hast dich –« Er verschluckte sich fast vor Erregung. »Du hast dich ja gut mit allem abgefunden, meinen Glückwunsch, Gräfin!« Damit sprang er auf und stürzte wieder auf den Altar zu.

»Hat man mir denn eine Wahl gelassen?« Er blieb stehen. »*Du* hast doch gesagt, man müsse das Beste aus seinem Leben machen, weil man nur dieses eine Leben hat. Und jetzt kommst du hierher und erregst dich darüber, dass ich genau das getan habe.« Ich rang nach Luft. »Das ist – du tust mir damit Unrecht! Es ist mein Leben, für das ich verantwortlich bin, und Kuchenheyms Antrag hat mir den Hals gerettet! Sollte ich das etwa ausschlagen?«

»*Nauðr stendr mik*«, hörte ich ihn murmeln, den Kopf in den Händen vergraben. »*Skal ég láta skapat skera, eða –*«

»Den Weg, den ich eingeschlagen habe, werde ich bis zum Ende gehen«, sagte ich leise und stand auf. »Lass uns jetzt Abschied nehmen, Erik.« Sein Name, zum ersten Mal ausgesprochen, versetzte mir einen Stich. »Bevor wir einander noch mehr weh tun... reich mir deine Hand, Erik.«

»Ich werde zum Grafen gehen. Dein Vater muss wissen...«

»Er wird dich töten«, unterbrach ich ihn.

»Dann soll es mein Tod sein –«

»Und meiner dazu, und der des Juden«, unterbrach ich ihn wieder. »Erik, komm zur Besinnung.«

»*þú ert mitt líf* –« Er kam näher, und ich sah, wie Tränen der Verzweiflung über sein Gesicht liefen. »Ich will nicht – du Gespenst, das meine Nächte zerstört, meine Träume verwüstet, du jagst mich, treibst mich und wickelst mich doch immer tiefer ein – ich kann nicht ohne dich leben, ich kann nicht, kann nicht.« Dann stand er vor mir. »Lass mich dein Gesicht sehen. Nur einmal. Lass mich die Augen sehen, die mir den Schlaf rauben – sieh mich an, Alienor. Und sag mir, dass du die Seine werden willst, sag es mir ohne diesen Schleier, hinter dem du dich versteckst...«

Wie gebannt hob ich den Schleier und steckte ihn am Kopf fest. Hungrige Augen, von düsteren Schatten umgeben, warteten auf das erste Wort, Angst durchzuckte seine müden Züge. Er hatte sich verändert; Schwermut umflorte sein Gesicht. Zum ersten Mal nach langer Zeit sah ich dieses Gesicht wieder so nah vor mir, sah seine Augen, fühlte seine Sehnsucht brennen, und den Schmerz, der meinem eigenen so ähnlich war – tausend unausgesprochene Worte, gebündelt zu einer einzigen Frage, die über ein Leben entschied – sein Leben, das meine, und das unseres Kindes, von dessen Existenz er nicht einmal ahnte...

»Ich –«

Er hielt den Atem an. Ich brach ab, drehte mich um, fuhr mir durchs Gesicht. Allmächtiger, was geschah mit mir? War es Irrsinn, der nach mir griff, oder Liebe, blind und kompromisslos?

»Ich –«

Er hatte sich nicht gerührt, stand vor mir, bereit, mein Wort zu empfangen wie ein Urteil, dem er sich beugen würde wie der Verurteilte dem Henkersbeil.

»Ich –«

Wie hatten wir ohne einander überleben können?

»Ich will ihn nicht.«

Leben strömte in seine Augen. »Du – du willst ihn nicht? Er hat eine Burg und Gold.«

»Ich will keine Burg.«

»Du willst keine Burg?«

»Nein. Wirklich nicht.«

»Aber sein Gold –«

»Nicht genug für mich. Er hätte niemals genug...«

Die Augen begannen zu strahlen. »Du willst ihn nicht?«

»Nein, Erik.« Ein sonniges Gefühl breitete sich in mir aus, es strömte aus meiner Brust heraus durch den ganzen Körper, sodass ich lächelte und mich plötzlich wie ein kleines Kind darüber freute, etwas vollkommen Verrücktes zu tun.

»Ich habe nichts, nicht einmal ein Bett für die Nacht.« Das Blau seiner Augen machte mich schwindeln.

»Du hast mein Herz, Erik. Ich kann ohne nicht leben.«

Er legte seine Hände um mein Gesicht. »*Međan ég endumsk* – mein Leben soll dir gehören, wenn du mit mir kommst.« Der Griff wurde fester, sein Gesicht kam näher, immer noch ungläubig strahlend. »Alienor, du wirst vielleicht auf dem Boden schlafen müssen.«

»Das ist mir egal.«

»Ich hab nur ein Pferd, und nicht einmal einen Diener.«

»Das ist mir auch egal.« Sein Kuss nahm mir die Luft. Die Rückenlehne der Bank, auf die wir gesunken waren, knarzte bedenklich, und dann brach die Armstütze unter uns entzwei.

»Du hast Fulkos Bank kaputt gemacht«, flüsterte ich atemlos und krallte mich an ihm fest.

»Das ist *mir* egal.« Sein Fuß beförderte die Armlehne mit einem Tritt in den Altarraum.

»Gotteslästerer, verfl-« Er erstickte den Fluch mit einem Kuss. »Bist du närrisch?« Er hielt inne. Zärtlich fuhr sein Finger über meine Lippen.

»Alienor, mein Kopf ist so klar wie schon lange nicht mehr. Und ich will alles tun, um dich glücklich zu machen, hörst du? Alles!« Damit zog er mich vor den Altar, wo der Gekreuzigte hing. »Vor Ihm da, vor dem Weißen Krist will ich dir das versprechen, und eines Tages soll ein Priester dieses Versprechen segnen. Ich liebe dich.«

Die Kirchentür quietschte. Erik ließ mich los, lauschte. Schritte erklangen auf dem Steinboden. »Dein Beichtvater«, raunte er mir zu. »Ich warte bei dem Juden auf dich...« Damit huschte er hinter der Säule an den Bänken vorbei und war gleich darauf im Dunkel verschwunden. Die Schritte kamen näher, ein Gewand raschelte. Mit klopfendem Herzen schlich ich in meine Gebetsbank zurück. Der Schleier war gerade wieder vor mein Gesicht gefallen, da stand auch schon Pater Arnoldus vor mir.

»Mir war, als hätte ich etwas gehört.« Neugierig sah er sich um. »Ist der Pilger fort?« Ich nickte und hoffte inständig, dass er die zerbrochene Armlehne im Altarraum nicht bemerkte. »Er ist fort.«

»Ich sah ihn gar nicht gehen.«

»Er ging schon vor einer Weile.«

»Es dunkelt bereits draußen, und man fragt nach Euch. Euer Vater sorgt sich um Euer Wohlergehen, ebenso Euer Verlobter. Wollt Ihr mir nicht folgen, Fräulein?«

»Mir ist nicht nach Gesellschaft. Lasst mich beten, Pater.«

»Nun, dann...«

Die Tür fiel erneut ins Schloss. Ich hastete zurück zum Altar und hob die Lehne auf. Allmächtiger, was hatten wir getan... Meine Lippen fühlten sich heiß und geschwollen an, und fast erwartete ich, dass Gottes Faust mich hier vor seinem Altar niederstreckte. Doch nichts dergleichen geschah. Der Gekreuzigte sah mich an. Meine Wangen, mein Hals, Arme, Brust – alles, was Erik berührt hatte, brannte unter seinem Blick. Ich wurde rot vor Scham und verbarg die Armlehne unter der Bank. Wenigstens das sollte der Pater nicht gleich finden.

Und dann fiel mir die Holzrose ein.

Ich schlug mir den Schleier über den Kopf. Mit nervösen Fingern kramte ich sie aus dem Almosenbeutel hervor und hockte mich wieder in meine Bank. *Ich habe die Worte gut versteckt.* Rund und glatt lag sie in meiner Hand, und die heidnischen Strichmännchen tanzten vor meinen Augen hin und her. *Gut versteckt.* Als ich sie umdrehte, entdeckte ich, was mir wochenlang verborgen geblieben war – die harmlose Rose war ein Schatzkästchen mit einer mit poliertem Lehm versiegelten Öffnung! Ungeduldig kratzte ich an dem Verschluss herum. Eine Haarnadel aus der Schleierbefestigung half mir weiter, eifrig pulte ich in dem Loch, bis der Pfropfen herausfiel. Dahinter steckte ein winziges Stück Pergament von der Sorte, wie Meister Naphtali es für Forschungsberichte benutzte! Ich fischte es mit der Haarnadel heraus und glättete es. Die Madonna borgte mir ein Licht zum Lesen. Heiß tropfte das Wachs über meine Finger, als ich die Buchstaben auf dem Pergament entzifferte:

> *Pone me ut signaculum super cor tuum,*
> *ut signaculum super brachium tuum.*
> *Quia fortis est ut mors dilectio.*

> *Lege mich wie ein Siegel auf dein Herz,*
> *wie ein Siegel auf deinen Arm,*
> *denn stark wie der Tod ist die Liebe.*

Ich schloss die Augen. Der Schluss von Salomons Hohelied, dessen Worte ich auswendig kannte. Mein Herz machte einen Satz.

»*Aquae mutae non poterunt extinguere charitatem*«, flüsterte ich vor mich hin. Meister Naphtali hatte uns dieses jüdische Lied oft vorgesungen. »*Ego murus, et ubera mea sicut turris, ex quo facta sum coram eo quasi pacem reperiens.*« Ich lächelte versonnen. »*Da bin ich wie eine, die Frieden findet.*« Pater Arnoldus hatte uns mehrfach bestraft, weil wir uns diese Reime gemerkt hatten. Frieden. Emilia, unser Lied ist wahr geworden. Mein Geliebter kommt, um mich zu holen, er ist tatsächlich gekommen ...

»*Stark wie der Tod ist die Liebe.*« Ein dicker Wachstropfen ergoss sich auf das Pergament und versiegelte seine Botschaft für alle Zeiten.

Die Nacht in Vaters Kapelle war zu kurz, um ein Leben zu überdenken. Und doch blieb mir nicht viel mehr Zeit. Adelheid und Maia kamen mit sorgenvollen Mienen, um nach mir zu schauen. Sie brachten Wasser und zogen sich wieder zurück, nachdem ich ihnen versichert hatte, dass die Nähe Gottes mir gut tat.

Tat sie das? War Er mir nahe an diesem Wendepunkt meines Lebens? Konnte ich darauf bauen, dass Er meine Entscheidung zwischen dem Mann, dem ich gehörte, und dem anderen, der mein Herz in den Händen hielt, guthieß?

Durch jene Nacht, in der ich freiwillig das Lager mit einem Barbaren geteilt hatte, war ich zu einer Unberührbaren geworden, beschmutzt und entehrt – man wusste es nur noch nicht. Wenn jedoch herauskam, dass ich schwanger mit dem Kind eines Heiden ging, würde die Schande meine Familie vernichten. Man würde auch Vater nicht verschonen, weil er den Heiden auf seiner Burg geduldet hatte, ohne ihn zu taufen, obwohl man ihm mehrfach eine Zwangstaufe empfohlen hatte. Stattdessen hatte er die Warnungen der Priester in den Wind geschlagen und den Sklaven seiner Tochter zum Geschenk gemacht. Seine Pläne, ihn am Ende zu töten, waren gescheitert, hatten sich gar ins Gegenteil verkehrt. Die Kirche würde kein Erbarmen mit ihm haben.

Mein Blick glitt hoch zu dem Gekreuzigten, der mir so oft Trost gespendet hatte. Mit erhobenem Kopf hing er dort, die Augen siegessicher in die Weite der Kapelle gerichtet.

Würde er mir helfen, wenn ich hier bliebe? Wenn ich Kuchenheym auf seine Burg folgte, in eine nach territorialen Gesichtspunkten passende Ehe ohne Gefühle – wenn man die Lügen entdecken, mein Kind töten und mich lebendig begraben, meinen Vater bestrafen würde? Und plötzlich war ich mir sicher, dass Er es einfach geschehen lassen würde. Nichts würde Gott dagegen unternehmen! War es da Sünde, sein Schicksal selbst in die Hand zu nehmen?

Ich sah das Gesicht des Mannes vor mir, den sie für den Teufel hielten. Unsere Wege hatten sich gekreuzt, wir teilten bestandene Gefahren, ausgestandene Ängste, gemeinsam verbrachte Stunden – seit heute wusste ich, wie sehr das Schicksal uns zusammengeschweißt hatte, auch wenn Welten uns trennten. Er hatte mich einmal verlassen, weil die Vernunft es ihm gebot. Aber nun war er zurückgekommen, gegen alle Vernunft – und ich würde ihm folgen, auch wenn es ewige Verdammnis bedeutete. Gott konnte mir hier nicht mehr helfen.

Nachdenklich spielte ich mit der hölzernen Rose herum. Wie schön wäre es, mit Vaters Einverständnis zu handeln, seinen Segen zu bekommen... doch mein Leben war bereits voller Heimlichkeit. Eine Entführung, ein Bastardkind, das irgendwo geboren werden würde, wo niemand mich kannte – ich ahnte schon jetzt, wie sehr einen Edelmann die Unehrenhaftigkeit solcher Taten quälen würde. Und trotzdem war er gekommen.

Es gab keine andere Wahl.

»Hab keine Angst, Alienor.« Der am Kreuz richtete seine bunt bemalten Augen für einen Moment auf mich. »Tu, was dein Herz dir gebietet!« Seine Lippen schienen sich zu einem winzigen Lächeln zu verziehen. »Ich bin bei dir, alle Tage, bis ans Ende deines Lebens. Und nun geh zu ihm und vergiss mich nicht.«

Mein Herz klopfte, mühsam schluckte ich. Seine Augen sahen nun wieder unbeteiligt ins Leere. Hatte ich geträumt? *Ich bin bei dir.* Lieber Himmel, ganz deutlich hatte ich es gehört! Gott war hier – ich spürte es, er war hier in der Kapelle! Hastig sah ich mich um. Niemand zu sehen. Und doch – etwas war da, etwas, das mich berührte, sanft wie ein Lufthauch. Ich schob den Schleier vom Kopf, holte tief Luft. Und dann spürte ich es: Eine unsichtbare Hand ergriff mich und hielt mich fest. Ich starrte die Figur am Kreuz an, und langsam erhob ich mich.

Und plötzlich war es so, als hätte jemand die Welt angehalten, einen Moment rollte das Rad des Lebens nicht mehr. Eine tiefe Ruhe hatte mich ergriffen. Meine rastlose Seele schwieg. Nichts bewegte sich, die ganze Schöpfung schien den Atem anzuhalten, und ich dachte, ich müsse das *primum mobile* in mir spüren, sobald es sich wieder in Bewegung setzte. Ich sah durch Gottes Auge, sah, wie die Menschen gegeneinander kämpften, sah ihr Elend und ihr selbst gemachtes Unglück. War es nicht an der Zeit, etwas zu ändern? Manchmal reichte das Glück selbst uns die Hand, wir brauchten nur zuzugreifen. Und manchmal war dieses Glück ein Mensch aus Fleisch und Blut.

Maias Worte über den »Wahn« meiner Mutter kamen mir in den Sinn. *Liebe ist eine schlimme Krankheit*, von der nicht einmal der Priester sie hatte heilen können. Krankheit? Nein, ich wusste es jetzt besser. Ich war nicht wahnsinnig, nicht krank. Noch nie in meinem Leben hatte ich mich so stark und gut gefühlt wie jetzt, da ich wusste, dass jemand um mein Wohlergehen besorgt war und mit bangem Herzen auf mich wartete ... wie konnte man das Krankheit nennen? Warm rieselte es mir den Rücken herab, als ich an das kleine Wesen in mir dachte, das uns beiden gehörte und von dem er noch nichts wusste. Für dieses Kind würde sich jedes Wagnis lohnen.

Und plötzlich hatte ich keine Angst mehr. Nicht vor meinem Vater, vor der Schande oder der drohenden Verdammnis, und auch nicht vor dem Weg, der dunkel und steinig vor uns lag. Als ich die Kapelle verließ, strahlte die Morgensonne mir entgegen. Sie brannte auf den Schleier. Aufatmend riss ich ihn mir von den Schultern und ließ ihn fallen. Wie ein düsterer Berg blieb er hinter mir im Staub liegen, als ich befreit auf die Halle zuging.

17. KAPITEL

*Und hast das Meer vor ihnen zerrissen,
dass sie mitten im Meer trocken durchhin gingen,
und ihre Verfolger in die Tiefe
verworfen wie Steine in mächtigen Wassern.*
(Nehemia 9,11)

In der Halle war es ruhig. Ein paar Leute saßen noch beim Frühmahl, das aus den Resten des Leichenschmauses bestand. Adelheids Kammerfrauen hatten sich am Kamin versammelt und scherzten mit einem der Bogenschützen. Gut gelaunt prostete der Krieger den Damen zu. Einen Moment wurde mir das Herz schwer. Emilia lag noch keinen Tag unter der Erde, da spaßten die Menschen schon wieder miteinander, als ob nichts geschehen wäre. Aber war ich denn besser? Schuldbewusst schlich ich auf meinen Platz zu und versuchte, nicht zu weinen. Wozu hatte ich mich in der Kapelle hinreißen lassen, nur Stunden nach dem Begräbnis – und wieder brannten meine Lippen. Ich griff nach einem Pokal und goss den Inhalt hinunter.

Es war Wein.

Wie Feuer floss er durch meine Eingeweide und brachte mich zur Besinnung. Meine Schwester war tot, ich musste weiter leben. »Genau«, hörte ich da Emilias Stimme und wandte mich um. Niemand stand hinter mir.

»Du hast dich entschieden, nun mach das Beste draus, Alienor.«

Unter dem Tisch saß nur ein hungriger Hund, der bettelnd zu mir aufsah. Ich ließ das Tischtuch wieder fallen.

»Was könnte es Schöneres geben, als mit diesem Mann zu gehen?« Ihr verschmitztes Lachen klang, als säße sie gleich neben mir. »Gib zu, du hast dir nichts anderes gewünscht, seit du ihn das erste Mal sahst. Und nun iss endlich, ihr habt einen langen Weg vor euch.«

Mir wurde warm, als hätte die Hand meiner Schwester mich gestreift, mein Gesicht liebkost, mir den Rücken gestreichelt. Als ich die Augen aufschlug, stieg mir der Duft von Gebratenem und Apfelmus in die Nase.

Essen! Von einem Moment zum anderen schrie mein Körper nach all den Leckerbissen, die ihm über Wochen vorenthalten worden waren, nach Fleisch, Süßspeisen, weichem Brot, sämigen Saucen... Mit zitternden Knien rutschte ich näher an den Tisch und starrte auf das fetttriefende Hühnchen in der Schüssel vor mir. Es duftete nach Salbei mit gedörrten Pflaumen, die Kruste schimmerte knusprig im Kerzenschein. Ein Kanten Brot lag vergessen in der Schüssel und hatte sich mit Fett vollgesogen. Mir lief das Wasser im Munde zusammen. Vorsichtig tippte ich einen Finger in die lose Krume und leckte ihn ab – und dann hielt mich nichts mehr. Der Hunger ging mit mir durch. Noch ehe ich darüber nachdenken konnte, hatte ich das fettige Brot in mich hineingestopft und hielt gleich darauf das Hühnchen in der Hand, tauchte es tief in die Schüssel mit Apfelmus, riss das Fleisch mit den Zähnen von den Knochen und spülte die Bissen mit großen Schlucken Wein hinunter und suchte mit vollem Mund, was ich danach essen würde. In der Halle wurde es still.

Erst als das Plaudern der Damen ganz verstummte, hielt ich inne. Ungläubig, ja fassungslos starrten sie mich an. Ich ließ die Reste des Vogels sinken und begriff – reichlich spät –, was ich hier tat: Einen Tag nach dem Begräbnis meiner Schwester brach ich öffentlich mein strenges Fasten! Der letzte Bissen blieb mir im Hals stecken.

Die Frauen steckten die Köpfe zusammen, tuschelten miteinander. Keine Stunde würde vergehen, ehe sie mich bei Pater Arnoldus verpetzt hätten. Ich sah das Fleisch vor mir und spürte, wie mir das Blut in den Kopf stieg. Heilige Jungfrau. Die Küchenmagd, die auf der Empore aufräumte, reagierte schnell. Sie zog mir die Schüsseln weg und ersetzte sie durch einen Napf mit ungesüßter Weizengrütze.

»Der Herr wird Euch Eure Verwirrung vergeben«, murmelte sie. Der Grützegeruch verursachte mir Übelkeit. Oder war es die

Sünde, die plötzlich wie fauler Fisch schmeckte? Stumm saß ich da. Ein fremder Ort war unsere Halle geworden, fremd auch die neugierigen Gesichter, die mich immer noch anstarrten. Sie verachteten mich, und sie würden mich mit ihrem Gerede zerreißen, wenn sie wüssten, was ich noch alles getan hatte... Christine von Xanten, das alte Schandmaul mit der langen Nase, Walburga, hochnäsige Kaufmannstochter aus Köln, und die dicke Marie, Nichte des Jülicher Kochkünstlers, die jedem Krieger schöne Augen machte – ich spürte, wie der Ärger über sie in mir gärte. Und dann schob ich den Grützenapf zur Seite, sah ihnen fest in die Augen und griff in Vaters Fleischschüssel. Sie raunten entsetzt, als ich in ein Stück Schinken hineinbiss und nichts dagegen unternahm, dass mir die Sauce das Kinn herunterlief. Niemand wagte es, einzugreifen.

Das fette Essen machte mich trunken. Ich lachte vergnügt vor mich hin. Ihr Getratsche konnte mir nichts mehr anhaben, sollten sie doch reden. Erik wartete auf mich – ich hatte nicht geträumt wie tausend Male zuvor. *»Stark wie der Tod ist die Liebe.«* Unter dem gespannten Stoff des Trauerkleides fühlte ich das neue Leben.

Einige Dienstboten begannen, Ordnung zu schaffen. Sie ließen mich gewähren, aus Respekt und wohl auch aus Furcht, von mir angeschrien zu werden, wie ich es früher so oft getan hatte. Ich bohrte mit dem Finger im Brot herum wie ein Kind, und steckte mir gedankenverloren die Krumen zwischen die Zähne. Wenn ich mein Mahl beendet hätte, würde ich in den Turm gehen und ein Bündel packen. Eine Tunika – nein, zwei. Einen Mantel. Gute Schuhe für die lange Reise, und ein wollenes Tuch. Und all meinen Schmuck, damit sie nicht dachten, ich sei eine arme Bäuerin.

Wie zufällig glitt mein Blick zur Seite, wo das Familienwappen die kahle Wand zierte. Wochenlang hatte der Zimmermann an dem Kunstwerk gearbeitet, bis es endlich den Vorstellungen des Bauherrn entsprach. Im Stillen hatte sich so mancher amüsiert, wenn Vater mit dem Handwerker darüber stritt, wie grimmig ein Adler dreinzuschauen habe. Am Ende sahen die beiden Aquila an der Wand eher aus wie Drachen, und böse Zungen behaupteten, sie hätten mehr Ähnlichkeit mit dem Burgherrn, der ihren Namen trug. Die Tür zum Gemach meines Vaters war angelehnt. Erregte Stimmen drangen aus der Kammer.

Wie magisch zog die Tür mich an. Ohne zu überlegen, stand ich auf und ging darauf zu. *Curiositas in consetuetudo.* Das würde weitere fünfzig Psalmen kosten. Ich ging weiter. Pater Arnoldus' Ermahnungen gehörten der Vergangenheit an. Hinter der Tür spürte ich die Anwesenheit von mehreren Personen.

»Unter Tränen hat meine Tochter mir versichert –«

»Tränen! Tränen eines Weibes – merkt Ihr denn nicht, dass sie lügt? *Mulier est hominis confusio!* Die Töchter Evas sind ein einziger Hort der Lüge! Allen voran Eure Tochter – Vetter, seid nicht so töricht. Die Sünde steht ihr quer übers Gesicht geschrieben!«, hörte ich den Abt. Meine Hände verkrampften sich.

»Aber woher könnt Ihr das wissen?«

Die Absätze von Fulkos Reitstiefeln klapperten auf den Steinen. »Das kann ich Euch sagen. Nachdem der Allmächtige sie aus den Klauen des Barbaren errettet und sich ihr in Seinem Urteil gewogen gezeigt hatte, schickte Er mir in noch derselben Nacht eine Vision.« Seine Stimme senkte sich. »Gott sei mir gnädig – ich sah, wie die Unselige das Tor des Donjon öffnete und den Keller des Juden betrat!« Ein Raunen ging durch den Raum. Ich presste mich gegen die Wand. Eine Vision. Er hatte mich tatsächlich beobachten lassen...

»Ich habe ihm gesagt, er soll die Finger von ihr lassen«, knirschte Vater.

»Er tat es nicht, im Gegenteil«, höhnte der Abt, »er spielte göttliche Vorsehung und holte sie in seinen Zauberkeller. Und wisst Ihr auch, warum, Albert? Weil er den Sklaven bei sich versteckte!«

»Das glaube ich nicht!«

»Gott selbst hat es mir offenbart – Ihr wagt es, das anzuzweifeln?«

»Aber Alienor...« Vaters Stimme klang fassungslos. »Sie... sie versicherte mir, er sei tot, verbrannt zu Asche...«

»Was immer der Jude in seinem Laboratorium verbrannt hat – *der Barbar war es nicht!* Vetter, wie oft habe ich Euch vor ihm gewarnt, vor seinen Zauberkräften und seinem falschen Lächeln – und Ihr habt seinem jüdischen Meineid Glauben geschenkt! Narr, der Ihr seid!«

Scharf wie eine Messerklinge war die Stimme des Benediktinerabtes, und voll Hass. »Er hat Euch angelogen, Albert, gelogen wie Eure Tochter. Nichts hat er verbrannt, hat stattdessen dem Leibhaftigen selbst die Wunden kuriert und ihm zur Flucht verholfen. Ich habe Beweise dafür.«

»Beweise? Welche Beweise? Vetter, treibt keinen Scherz mit mir –«

»Die Zeit der Scherze ist vorbei, Albert. Wir fanden den eisernen Halsring des Sklaven. Wir fanden ihn im Gemach Eurer Tochter. Euer teurer Jugendfreund hat Euch *hintergangen*!«

»Der Jude – Christusmörder – alter Teufel –« Die Stimmen der anderen waren kaum voneinander zu unterscheiden. »Betrüger, hat ihn hintergangen –«

»Hintergangen – Vetter, das kann ich nicht glauben – mich hintergangen – mich, seinen Gönner –« Vater kämpfte um jedes Wort. Tränen der Wut verschleierten mir den Blick. Die trunksüchtige Dirne hatte das Versteck in der Mauer geöffnet!

»Und mehr noch, Albert, hört mich an. Narr, Ihr habt ja keine Ahnung, was auf Eurem Grund und Boden geschieht!« Der Abt machte eine seiner Kunstpausen. Ein Mantel raschelte. »Der Heide hat Euch beraubt.« Zwei Schritte. »Der Heide hat Eure Tochter geschändet.« Jemand hielt die Luft an.

»*Wann?*« Der Schemel knarzte unter dem Gewicht des Burgherrn.

»*Nach* dem Gottesurteil. *Danach*, Albert. Er tat es *danach*.« Stille.

»Woher wollt Ihr das wissen?!« Vater hieb mit der Faust auf den Tisch. »Beweist es mir, hier auf der Stelle, oder ich –«

»Wenn Ihr es wünscht, können wir meinen Zeugen kommen lassen. Es war der Wachmann in Eurem Keller, Euer Folterknecht, dem ich ein paar Münzen gab, damit er die Augen offen hält...« Der Wachmann! »Und er sah sie am Morgen dort herauskommen, mit glasigen Augen, die Wollust war ihr auf den kaum bedeckten Leib geschrieben, Sünde verpestete die Luft, wo sie ging! Lasst doch nachschauen, ob sie ihre Unschuld an einen Ungläubigen hergab, oder an zwei, vielleicht sogar an den stummen, schwarzen Teufel – wer weiß?«

»Ihr geht zu weit!«

»Lasst uns doch nachschauen! Soll sie doch die Beine erneut breit machen, damit wir die Schande sehen können.« Sein Hass kroch mir die Beine hoch, kalt und glitschig wie ein Molch, er zwängte sich mit vergifteten Widerhaken zwischen meine Oberschenkel, versuchte in meinen Schoß einzudringen, wo das Geheimnis wohnte.

»Vetter, bitte. Wir – wir sollten – sollten meine Tochter zu Euren Vorwürfen anhören.« Vater rang um Haltung, ich hörte sein Schnaufen, spürte seine Qualen, die Anschuldigungen vor Zeugen anhören zu müssen.

»Ach Albert, hättet Ihr sie nur gesehen im Kloster. Wie sie ihn ansah, sich für ihn erniedrigte, mich auf Knien anflehte, obwohl er so gut wie tot war. Und ich habe sie aufgenommen! Der Herr möge mich strafen für meine Barmherzigkeit!«

»Sie wusste es nicht besser – das hat selbst ihr Richter gesagt!«

»Macht Euch doch nichts vor. Sie war tagelang mit diesem Tier im Wald – er hat sie sich hörig gemacht! Und nun –« Wieder hielt er inne. Die Anwesenden wagten kaum zu atmen. »Nun ist er wieder da. Er ist ganz in Eurer Nähe, Albert. *Der Heide ist auf Eurer Burg*!«

Erneut Stille. Flüssigkeit gluckerte in ein Gefäß, gleich darauf hustete jemand. Vater trank oft zu hastig, wenn er erregt war...

»Er ist hier?« Nervös räusperte er sich. »*Hier*? Auf meiner Burg?« Ich hörte, wie er aufstand und um den Tisch lief. »Auf der Burg. Auf meiner Burg – das ist ein böser Schabernack, Vetter.«

»Unmöglich! Alle Eingänge sind stets bewacht, Ehrwürdiger.«

»*Er ist hier*, Albert.« Fulkos Stimme klang leise und gefährlich. »Er war in Eurer Kapelle. Verkleidet wie ein Christ, im Mantel der ehrwürdigen Pilger vom Grab des Apostels. In der Kapelle traf er sie.«

»Wen?«

»Wen! Eure Tochter, Albert, Eure von Gott und allen Heiligen verlassene Tochter traf er dort.«

»Allmächtiger!« Vater stöhnte auf. »Der Herr verfluche den Tag, an dem ich diesem Hurensohn das Leben schenkte!«

»Zu spät, Albert! Auch die Zeit der Gebete ist vorbei – Gott hört Euer Flehen nicht mehr! *Er will jetzt Waffen hören*... Eisen auf Eisen, mit Blut verschmiert, und das Knistern der Flammen, wenn sie Pergament verzehren und menschliches Gedärm.«

»Was soll ich tun, Vetter? Ratet mir, helft mir!« Vaters Stimme war nur noch ein heiseres Flüstern.

»Lasst Blut fließen, Graf. Ihr wisst, wie die Gesetze Frauenschänder bestrafen. Allein strömendes Blut kann Euch – und nur Euch, Albert, rein waschen.«

»Aber meine Tochter –«

»Sie ist beschmutzt, Albert! *Ein Heide* hat sie geschändet – Ihr könnt sie nicht mehr retten! Die Seele Eurer Tochter ist verloren in alle Ewigkeit.« Zwei schnelle Schritte, dann knarrte der Tisch. »Tötet sie! Befreit Euch von der Schande, Graf, tötet sie mit ihm.«

»Ich – ich soll meine Tochter... O nein, Vetter, ich werde meine Tochter nicht opfern!« Seine Faust donnerte auf den Tisch. »Dazu könnt Ihr mich nicht zwingen!« Ich griff mir an den Hals. Eng. Zu wenig Luft. Vielleicht, weil mein Herz so laut schlug... Mein Vater war Gerichtsherr. Unzucht würde er mit dem Tod bestrafen. Enthauptung für einen Edelmann, Galgen für den Knecht – Ich mochte mir indes nicht vorstellen, was sie für einen Heiden bereithielten, galt doch die Unzucht mit Ungläubigen als bestialisch und wurde ähnlich grausam wie die Sodomie bestraft.

»Ich will Euch nicht zwingen, Albert«, kam es schmeichelnd. »Euer Seelenheil ist Eure Sache. Doch trägt Eure Tochter die Saat des Bösen in sich – Euer eigen Fleisch und Blut, bedenkt das. Allein eine Reinigung könnte ihre Seele vielleicht retten.«

»Nein«, murmelte ich, »nein.« Saat des Bösen – was wusste der schwarze Mann denn noch alles? Noch einen Prozess würde ich nicht durchstehen. Diesmal würde es ihnen gelingen, aus mir eine Buhle des Teufels zu machen! Mein Herz schlug wild, ich raufte mir die Haare. Was nun, wohin gehen, wen fragen – als sich eine Hand schwer auf meine Schulter legte.

»Pfui, Fräulein, wer wird denn lauschen? Schämt Ihr Euch nicht, Euer Ohr an Eures Vaters Tür zu hängen?« Hinter mir stand Herr Stephan, Vaters Kammerherr. Sein schiefes Auge funkelte böse, wie jedes Mal, wenn wir uns begegneten. Ich schob seine Hand von der Schulter, holte Luft –

»Seht zu, dass Ihr in Euren Turm kommt, neugieriges Weib!« Da stapften Schritte auf die Tür zu.

»Wer –«

Die Tür wurde aufgerissen. Ich stemmte den Kammerherrn mit aller Kraft gegen die Wand und rannte los.

»Bleib stehen!«, brüllte mein Vater durch die Halle. »Haltet sie!« Aufregung machte sich breit, verwirrt liefen die Diener umher, starrten mich ratlos an, einer von ihnen hielt mir sogar das Portal auf. Am Brunnen hielt ich schwer atmend inne. Wohin – was tun? Ich war vor Angst förmlich gelähmt. Was bei allen Heiligen sollte ich zuerst tun?!

Die Sonne strahlte vom Himmel, als könnte nichts diesen wunderschönen Tag trüben. Wachleute saßen vor dem Bergfried beim Würfelspiel; ihr Gemurmel kroch gemächlich über die Wände. Ein paar Kinder tollten bei den Pferdeställen herum und bewarfen sich mit Stroh. Aus dem Küchenhaus drang Scheppern und Klappern, die Mägde schrubbten ihre Kessel mit Sand.

»Haltet meine Tochter fest!« Vaters Schrei zerriss die friedliche Atmosphäre im Hof. Erstaunt sahen sie hoch.

Ohne weiter zu überlegen, entledigte ich mich meiner Holzschuhe und raffte das lange Kleid unter den Arm. Ich rannte auf den Turm zu, und an den Männern vorbei zur Treppe, die in den Kerker führte. Einer von ihnen versuchte mich festzuhalten, blieb jedoch mit dem Ärmel in der Hand zurück. Im Halbdunkel fiel ich die Treppe mehr hinab, als dass ich hinunterging, stolperte über die Schleppe und schürfte mir die Knie auf. Der Wächter bog um die Ecke, um nachzusehen, wer den Lärm verursachte – der Spitzel des Abtes, immer zur Stelle, wenn es etwas zu schnüffeln gab! Ich warf ihn fast zu Boden und hastete weiter, auf die rettende Tür des Labors zu.

»Du Kröte, hast du noch nicht genug? Das Labor ist dir verboten...« Schnaubend rappelte er sich hoch und setzte zur Verfolgung an, da hatte ich auch schon die Labortür erreicht und trommelte mit beiden Fäusten dagegen. »Na warte, wenn der Ehrwürdige Fulko dich erst erwischt« – Ich spürte seine schmutzigen Finger in meinen Haaren.

»Hermann, öffne, um Christi willen, öffne...«

Die Tür wurde aufgerissen, und ich fiel dem Diener des Arztes in die Arme. Hermann sah den Dicken hinter mir – »Gütigster!« – und schlug ihm geistesgegenwärtig die schwere Tür vor der Nase zu. »Verrat!«, keuchte ich, am ganzen Leib zitternd. »Wo ist Meister Naphtali, Erik – sie müssen sofort verschwinden.« Von außen bearbeitete der Wächter grollend die Tür.

»Rasch, sie sind in der Höhle«, flüsterte Hermann und schob einen weiteren Riegel vor.

Die Höhle lag im Dämmerlicht. Neben dem Kohlebecken stand ein gedeckter Tisch, an dem der Jude saß und mit jemandem sprach. Sie lachten leise, eine Karaffe klapperte, es roch nach geröstetem Brot und Früchten. Der Duft von Rosenöl zog bis ins Laboratorium... Ich zwängte mich durch den Türspalt.

»Wir haben schon auf dich gewartet, Mädchen.« Naphtali war aufgestanden, einen Becher in der Hand. »Komm, trink mit uns.«

Ein Stuhl kippte um, gleich darauf stand Erik vor mir und schloss mich in die Arme. »Ich dachte schon, du hättest es dir anders überlegt«, flüsterte er. »Ich dachte –«

Außer mir vor Angst packte ich ihn am Mantel. »Sie – draußen, der Wächter – ihr seid entdeckt, ich –«

»Schsch, *hljóðr, elska*... Niemand weiß, dass ich hier bin.«

»Doch, sie wissen es, Erik! Ich stand an der Tür und habe gelauscht.«

»Du hast gelauscht, neugieriges Weib!« Lachend fasste er mich an den Ohren. »Gelauscht und falsch verstanden, wie? *Eigi verðr þat allt at regni er rokkr í lopti –*«

Ich riss mich los. »Verflucht, Erik, so hör mir doch zu! Mein Vater weiß, dass du auf der Burg bist!« Tränen stiegen mir in die Augen und verschleierten meinen Blick. »Wir sind verloren, verloren...«

Naphtalis Arm legte sich um meine Schulter, schützend wie eine Decke. »Setz dich. Liebes. Setz dich und erzähl, was du gehört hast.« Sein Gesicht war blass geworden.

»Sie wissen alles, Meister, alles! Sie wissen von Eurem Meineid und dass Erik lebt, sie wissen, dass ich trotz aller Verbote hier war, als – als –« Stöhnend verbarg ich das Gesicht in den Händen. Die gehässige Stimme klang mir noch im Ohr. *Soll sie doch die Beine erneut breit machen...* »Und sie wissen, dass du in der Kapelle warst. Der Pater hat dich erkannt, Erik.« Ich sah ihn an. »Verstehst du jetzt?« Seine Miene war starr.

Naphtali tastete nach dem Schemel. »Dann – dann werden sie bald hier sein«, sagte er leise und schüttelte den Kopf. »Diese Priester waren durchtriebener, als ich dachte. Es muss ihnen keine Ruhe gelassen haben...« Hermann kam herein, flüsterte seinem Meister etwas ins Ohr. Naphtali straffte sich und stand auf.

»Wir müssen unsere Pläne ändern. Mach dich bereit, Abschied zu nehmen, Yngling.«

Erik trat nach einem Steinchen und schnaufte böse. »Beim Thor, ich hätte diesem verfluchten *Skalli* damals das Herz aus dem Leib schneiden –«

»Es wird *dein* Herz sein, was sie nehmen, wenn du jetzt nicht gehst, Erik!« Meine Stimme klang blechern. Ich verließ den Tisch, tat ein paar ziellose Schritte in die Höhle. Eisen auf Eisen, knisternde Flammen. Vater würde ihm die Eingeweide einzeln herausziehen und seinen Jagdhunden zum Fraß vorwerfen. Seine Wut und Fulkos Hass kannten keine Grenzen mehr, ich hatte sie durch die Tür gespürt, wie sie wilden Tieren gleich die Hauer bleckten und nach Blut gierten.

Da traf mich ein Blick aus stahlblauen Augen, scharf wie ein Messer grub er sich in meine Gedanken. *Sieh mich an.* Ich drehte mich um.

»Kommst du mit mir?« Die Kanten des silbernen Kreuzes bohrten sich tief in meine Handfläche.

»Ich – ich kann sie aufhalten, Erik – ich kann sie auf eine falsche Fährte locken, kann ihnen erzählen –« Bilder einer gequälten Kreatur auf fauligem Stroh im Kerker, schwärende Wunden voller Ungeziefer, aufgeschnittenes Fleisch und stinkendes Blut. Mir wurde übel. »Rette dein Leben, Erik, ich ertrage es nicht.«

»Alienor, wirst du mit mir gehen?« Totenstille.

Ich stand da, den Finger zwischen den Zähnen, den Geschmack meines eigenen Blutes im Mund. Sie würden mich auch bestrafen. Prozess. Demütigung, Schmerzen. Peinliche Befragung durch Leute, die ihr Handwerk verstanden. Sie würden nicht davor zurückschrecken, mich lebendigen Leibes aufzuschneiden, um die Saat des Bösen zu finden und mich nach ihr zu verbrennen. Angst stieg in mir hoch, nackte, primitive Angst, wie ich sie nie zuvor gespürt hatte.

Erik hatte sich nicht gerührt. Bei ihm bleiben. Mit ihm gehen, mit ihm sterben. An seiner Seite bis zum Ende, wie und wo auch immer. Vorhin, in der Kirche, war die Entscheidung so einfach gewesen. Warum zögerte ich immer noch? Durch das Halbdunkel, und obwohl er drei Schritt von mir entfernt war, spürte ich seine Unschuld, atemlose Erwartung – ein Wort konnte ein Leben vernichten. Zwei Leben.

»Ich – ich habe nichts bei mir – nicht mal Schuhe –«, stotterte ich.

»Wenn es nur die Schuhe sind, Alienor – sieh mich an. Ich trage dich, wohin du willst. Auf den Mond, wenn er dir gefällt.« Ich riskierte einen Blick und sah, wie er meine schmutzigen Füße musterte. Ein leises Lächeln lag auf seinem Gesicht. Du fürchtest dich? *Ich bin bei dir, alle Tage, bis ans Ende deiner Tage...* Überrascht sah ich ihn an.

»Tu's«, sagte ich leise. »Bring mich hin.« Er streckte seine Hand aus, und als sie meine klammen Finger warm umschloss, flossen Vergangenheit und Zukunft in den Strom seiner Gegenwart, der auch meine Angst mit sich riss, als wäre sie nichts als ein Blatt, das der Wind vom Baum gefegt hatte.

Wie lange standen wir da, ineinander versunken, als sähen wir uns das erste Mal? Naphtali räusperte sich.

»Alles ist vorgesehen, aber die Wahl ist gelassen, sagt Rabbi Aquiba. So wird sie nun mit dir gehen, wie du es dir von Anfang an gewünscht hast, Yngling.« Er lächelte verschmitzt. »Der Allmächtige verfluchte das Weib, aber alle laufen ihr hinterher – da kann der Fluch wohl nicht so schlimm sein. Und euch beide zu sehen, erwärmt mein altes Herz... doch höre ich, wie der Keller sich mit Menschen füllt. Ihr solltet euch sputen, meine Freunde.« Erik zog mich an sich und legte mir einen Mantel um die Schultern.

»Meister, was wird mit Euch? Ihr seid in Gefahr, wenn Ihr hier bleibt. Der Abt wird den Grafen gegen Euch aufhetzen.«

Der Jude zuckte mit den Schultern. Vor der Tür wurde Geschrei laut. »Der Graf wird es nicht wagen. Und sein Vetter ist nichts als ein geifernder Hund, dem sich aus Furcht vor der Verdammnis das Gedärm öffnet, sobald er nur daran denkt. Er hat keine Macht über mich. Nein, Erik, ihr müsst allein gehen. Ihr seid jung und kräftig, ich würde euch nur behindern. Lasst mich hier, bei meinen Büchern, wo ich hingehöre. Der Herr wird meine Gebete erhören und seine Hand über mich halten.« Dann besprach er halblaut etwas mit Hermann, der sofort im Labor verschwand. Naphtali drehte sich wieder zu uns um.

»Nie hätte ich gedacht, dass wir so schnell Abschied voneinander nehmen müssen«, sagte er ernst. »Hermann sucht einige Dinge für die lange Reise zusammen, und mir lasst bitte die Freude, euch meinen Segen zu erteilen.«

Schweigend sank Erik in die Knie und zog mich mit. Ich sah Tränen in seinen Augen schimmern.

Aufrecht stand der alte Mann vor uns, sein weißer Kaftan leuchtete in der Dunkelheit. »*Barukh atah ʺ ʺ Elohejnu – Melekh haOlam, ascher bara Sason veSimchah, Chathan veKhalah, Ahawah veAchavah veSchalom veRe'uth. Meherah ʺ ʺ Elohejnu jischam'a be'Arej Jehudah uweChuzoth Jeruschalajim Kol Sason veKol Simchah, Kol Chathan veKol Khalah! ʺ ʺ mesameach Chatan 'im Khalah!*«

»Amen«, flüsterte ich. Neben mir klirrte etwas. Erik hielt sein

Schwertgehänge hoch und hakte eine Zierkette aus. Er ergriff meinen Arm und legte sie um mein Handgelenk. »Wohin wir auch gehen werden, denke nie, dass ich ein Barbar bin, Alienor. *Pone me ut signaculum super cor tuum, ut* –« Seine Stimme versagte. Naphtali legte seine Hände auf unsere Köpfe.

»*Barukh atah " " mesameach Chathan 'im Khalah* –«

Seine brüchige Altmännerstimme zitterte. Ich schloss die Augen. Bebend lag seine Hand auf meinem Haar. Und ich begriff, dass dies ein Abschied für immer war.

Der Tumult vor der Tür nahm zu. Naphtali nahm unsere Hände und legte sie ineinander. »Was immer die Welt um euch herum denken mag – der Ewige sieht eure Liebe mit Wohlgefallen.«

»Tod dem Juden! Aufs Rad mit dem Barbaren – tötet sie!«

Mit ohrenbetäubendem Lärm brach die Tür des Laboratoriums unter einem Rammbock. Jemand riss die Mesusa von der Wand und trampelte auf ihr herum. Männer mit gezückten Waffen sprangen durch das Loch auf den Versuchstisch zu und machten sich daran, das Mobiliar des Laboratoriums in Stücke zu schlagen. Hermann gelang es, in die Höhle zu schlüpfen.

»Rettet euch, schnell!«, schrie er und warf mir eine Gepäckrolle zu. Erik sprang auf die Füße, zerrte mich hinter sich. Meister Naphtali hatte die Augen geschlossen und rührte sich nicht. Wie Kassandra, jene griechische Seherin, von der er so oft erzählt hatte, stand er am Tisch, in Erwartung des Unheils, das alles mit sich in die Tiefe reißen würde.

Naphtalis Truhe schrammte über den Boden, Holz splitterte unter einer Axt, Gestank von brennenden Arzneistoffen und Ölen, fauliger Schwefelgeruch erfüllte die Luft, das Geräusch zerspringenden Glases schmerzte in den Ohren, klang im Kopf nach, die Tür zur Höhle wurde aus den Angeln gerissen, und mein Vater erschien, von Rauch umgeben, auf der Schwelle, das Gesicht hasserfüllt verzogen.

»Gottloser, habe ich dich endlich gefasst!«, zischte er.

»Lauf!« Erik gab mir einen Stoß nach hinten.

»Ich lass dich nicht –«

»Lauf, sage ich! Das hier ist meine Sache!«

»Erik –«

»Verschwinde!«, brüllte er mich an und gab mir einen weiteren Stoß.

»Lass sofort meine Tochter los, Heide! Dieses Mal entgehst du mir nicht!«, schrie mein Vater außer sich, als er mich hinter Erik erkannte. Ein Wink, und an ihm vorbei drängten sich einige Bewaffnete – ich zählte sechs Männer –, die sich in der Höhle aufbauten. Eriks Körper spannte sich, langsam zog er sein Schwert. Im Schein der hängenden Öllampen blitzte es todverheißend, an der meisterhaft geschliffenen Schneide rannte ein Lichtkegel kampflüstern auf und ab. Breitbeinig stand sein Träger da, den Kopf stolz gereckt. Der Sklave war fortgelaufen und als Krieger zurückgekehrt, um sich seine geraubte Ehre mit Blut bezahlen zu lassen… Ich schlich rückwärts, gebannt von der Szene. Hinter meinem Vater sah ich den Abt die Höhle betreten, in der Hand ein schwarzes Holzkreuz. Die Augen des Mönchs glitzerten gierig. Eisen auf Eisen. Nun hatte er, was er wollte, schoss es mir durch den Kopf.

Erik war einige Schritte zurückgegangen, um den Rücken frei zu haben.

»Ich werde dir die Haut abziehen, heidnische Bestie, und eine Trommel daraus machen –«

Erik lachte verächtlich. Mit einer ruckartigen Bewegung riss er sich Pilgerumhang und Schwertgehänge von der Schulter und schleuderte beides in meine Richtung.

»Hol dir meine Haut, Graf, wenn du kannst! Deine Tochter aber gehört mir!«, rief er mit mächtiger Stimme und beugte sich in Erwartung des Angriffs vor, in den schwarzen Kleidern nur ein dunkler Schatten, doch gefährlich wie eine Raubkatze. »Kämpfe um sie wie ein Mann, aber bedenke, dass du gegen einen Yngling kämpfen musst… Und du wirst diesen Kampf verlieren! Heute ist Zahltag, beim Thor, wie lange habe ich darauf gewartet!«

»Elender Frauenschänder! Diesmal werde ich dir mein Wappen *ins Gesicht* brennen, bevor ich dich den Tieren zum Fraß vorwerfe…«

»Du schwätzt zu viel, Graf! Nimm dein Schwert und trage es mit mir aus, wie es vom ersten Tag an hätte sein sollen. Na? *Svá ergisk hverr sem eldsik!* Oder verkriechst du dich wieder unter die Röcke des weibischen Geschorenen, *áthafnarmaðr*?« Ein Wutschrei Falkos ertönte, und dann flog das schwarze Kreuz durch die Luft und hätte Erik um ein Haar am Kopf getroffen. Er wich aus, und das Kreuz zerbrach am Boden. Belustigt sah er sich die Reste an.

»Ich sagte dir bereits einmal, *Skalli* – es braucht mehr als ein Holzkreuz, um einen Wikinger zu brechen. Geh jetzt, *það er karla*!«

»Wer den Heiden tötet, erlangt ewiges Heil!« Fulko stand mit flammendem Blick da und richtete eine Hellebarde auf Erik. »Ergreift ihn!«

»Wenn dein Gott könnte, so würde er dich wieder ausspucken«, knurrte der verächtlich. »Vielleicht bist du auch nichts weiter als ein Speibrocken des Herrn.« Gleich darauf deutete sein Schwert wieder auf meinen Vater. »*Ondurðir skulu ernir klóask* – lass uns endlich beginnen, Graf...«

Vaters Gesicht lief hochrot an. Mit einem Griff schürzte er seine Tunika unter den Gürtel, um sich nicht zu verheddern, und warf die Schwertscheide seinem Knappen zu. Eilig raffte ich Eriks Sachen zu meinem Bündel und schlüpfte durch den Felsspalt, der in den Geheimgang führte. Ich kauerte mich hin, klammerte das Bündel an mich und wagte kaum, den Blick von ihnen zu wenden. Jemand – ich erkannte Gabriel – zog den Juden zur Seite, der immer noch wie eine Statue zwischen den verfeindeten Parteien am Tisch stand. Naphtali schwankte, doch der Bogenschütze stützte ihn fürsorglich. Nein, ihm würden sie nichts tun. Zu viele Leben hatte er auf dieser Burg mit seiner Kunst gerettet... sie würden ihm nichts tun, sie durften nicht!

Die Bewaffneten zückten ihre Schwerter und begannen, Erik einzukreisen. Auch meinen Bräutigam entdeckte ich irgendwo. Als der Kampf losbrach, saß ich regungslos hinter dem Fels und biss mir die Lippen blutig. In dieser dunklen Höhle im Rheintal schien ein Gespenst aus längst vergangenen Tagen zurückzukehren, ein Riese, dessen blonde Haare wie Stacheln wild um seinen Kopf flogen, er fletschte seine Zähne und stieß Kampfschreie aus, die mir das Blut gefrieren ließen. War es so gewesen – damals, vor hundert Jahren, als sie die rheinischen Städte überfielen, Frauen schändeten und töteten, Kinder lebendig zerschnitten, als sie Feuer an Mensch und Tier und Haus legten und meilenweit nichts als Wüste hinterließen?

Die hemmungslose Brutalität, mit der er auf die Wachleute losging, schockierte mich, stieß mich ab und fesselte mich gleichzeitig. Vor meinen Augen hatte er sich verwandelt, war mir fremd geworden, der Mann, mit dem ich gehen sollte... Sein Schwert schien überall zugleich zu sein, er verteilte Hiebe und streckte Männer nieder, die ich kannte, ohne sie auch nur anzusehen. Blut spritzte aus den Getroffenen wie kleine Fontänen hoch, die schmerzerfüllten Schreie der Sterbenden waren ohrenbetäubend. Kuchenheym versuchte, einen Verletzten aus der Kampfzone herauszuziehen, doch gelang es ihm nicht, auch nur in die Nähe des Mannes zu kommen. Wie ein Wolf im Blutrausch sprang Erik durch die Höhle und wirbelte seine todbringende Waffe – sein Hass, über lange Zeit gewaltsam unterdrückt, entlud sich hier auf eine Weise, wie ich es nie zuvor erlebt hatte. Zahltag! Vergeltung für jeden Tropfen vergossenen Blutes, jeden Schlag, jede Narbe an Körper und Seele, Vergeltung für jede noch so kleine Erniedrigung, die er sich hatte gefallen lassen müssen... Der Kampflärm hallte unheimlich von den Wänden wider, mein Vater heizte seine Männer an, hinter ihm quoll Verstärkung in die Höhle.

Ich bebte am ganzen Körper. In meinen Ohren kreischten Dämonen *Vergeltung – Vergeltung – Vergeltung*, eine Sense schürfte über den Fels, ich spürte den Tod in meiner Nähe, roch ihn.

Einem Ritter war es gelungen, sich an der Wand entlangzudrücken, er stand nun hinter Erik, hob das Schwert und –

»Erik!«, gellte mein Schrei durch die Höhle. Er sprang herum, der Mann konnte dem furchtbaren Hieb gerade noch ausweichen und verlor das Gleichgewicht. Erik drehte sich wie ein Kreisel, seine Waffe tödlich schwingend, und attackierte seine Gegner auf der anderen Seite. Der Mann am Boden war durch meinen Schrei auf mich aufmerksam geworden. Er rappelte sich hoch und wollte durch den Felsspalt stürmen, mich ergreifen, wenigstens die Tochter des Grafen an sich bringen, wenn ihm der Sklave schon nicht vergönnt war... Die Sense – der Tod in meiner Nähe – Entsetzt packte ich mein Bündel und warf es ihm an den Kopf. Etwas fiel klirrend zu Boden – mein Schwert! Wie der Blitz hatte ich es aufgehoben, schmiegten sich meine Finger um den kühlen Griff. Der Mann steckte halb im Felsspalt, sein Lederrock hatte sich an einem Vorsprung verhakt. Mit dem Arm fuchtelte er herum, haschte nach mir und versuchte gleichzeitig, sich von dem Steinvorsprung zu befreien.

Schlag zu! Wenn er einmal im Gang war, hatte ich verloren. *Tu es!* Ich hob das Schwert und ließ es auf seinen Arm niedersausen – ein entsetzter Schrei, seine Waffe fiel hin, brüllend vor Schmerz fiel er auf den Rücken. Zu meinen Füßen lag seine Hand, aus der das hellrote Blut herauslief. Es floss in die Erdkuhle, in der ich schwer atmend stand, wurde dicker und dunkler. Als ich das warme Menschenblut zwischen meinen nackten Zehen spürte, kam mir der Mageninhalt hoch...

Erik hatte sich nach mir umgedreht und die Situation erfasst.

»Lauf voraus! Mach schon, ich komme nach! Lauf, verdammt noch mal!«, schrie er mir zu und streckte einen weiteren Kämpfer nieder. Hugo von Kuchenheym ging hinter dem Verletzten in Deckung und verschwand gleich darauf zwischen den Wartenden. Mein Vater warf seinen Mantel in den Staub. Schreiend stürzte er sich in den Kampf, seine Männer wichen zurück, überließen das Feld dem Freigrafen.

Wie zwei Riesen droschen sie aufeinander ein, ich konnte mich nicht losreißen. Hier ging es nicht mehr um die Tochter, die entehrt worden war, oder ein Kind, das sich dem Willen des Vaters widersetzte und zurückgeholt werden musste. Dies war ein Kampf um Ehre, wer hier unterlag, verlor mit dem Leben auch für immer sein Gesicht. Ich war höchstens noch der blutige Preis, der dem Sieger blieb. Ich rang die Hände. Risse klafften in den Kleidern, Blut rann aus den Schlitzen, Erik stolperte, und mir stockte das Herz. Doch gleich darauf hatte er Vater mit einer Finte getäuscht und trieb ihn auf Pater Arnoldus zu. Der erhob sein Kreuz und spie dem verhassten Heiden hinter Vaters Rücken Verwünschungen ins Gesicht. Erik holte weit aus, doch mein Vater duckte sich geschwind und das Schwert fuhr im nächsten Moment tief in den Hals des schmächtigen Priesters. Sein Kreuz fiel in die Blutlache. Stumm sackte er in sich zusammen. Vater ließ Erik kaum Zeit, die Waffe aus dem Sterbenden herauszuziehen, er griff an und versuchte seine Beine zu treffen. Hinter dem umgeworfenen Tisch bückte Fulko sich gerade nach dem Schwert eines Toten und schlich damit von hinten auf Erik zu. Doch die Wut, mit der jener und Vater aufeinander einschlugen, gab ihm keine Gelegenheit, sich ungefährdet in den Kampf einzumischen. Gott, hilf mir, für wen sollte ich beten? Mein Herz wollte zerspringen vor Angst.

Zitternd drückte ich das Bündel an meine Brust und verkrampfte meine Finger ineinander. Erik erhaschte einen Blick auf mein bleiches Gesicht. Wütend knirschte er mit den Zähnen und warf den Kopf in den Nacken. Seine Augen blitzten mich an. Ich wich vor diesem Blick zurück. Das war wirklich nicht mein Kampf.

Das schwarze Kleid behinderte mich, ich hob es hoch und eilte den Geheimgang entlang. Das Geschrei der Männer begleitete mich bis nach draußen.

Ein Pferd schnaubte. Hatten sie uns umzingelt? Würde ich hier etwa den Leuten des Abtes in die Arme laufen? Ich packte den Schwertgriff und pirschte mich zum Ausgang, bereit, mich zu verteidigen.

Am Baum stand jedoch nur ein einzelnes Pferd. Es war so groß, wie ich bisher noch kein Pferd gesehen hatte, sein Kopf war sicher zwei Mal so lang wie der meiner kleinen Stute. Aufwendig verziertes Zaumzeug und ein Sattel aus poliertem Holz und Leder glänzten im Mondlicht. Eine dicke Gepäckrolle war hinter dem Sattel befestigt. Eine Welle der Erleichterung durchflutete mich, dass ich Eriks Pferd gefunden hatte. Mit nervösen Fingern befestigte ich mein Bündel an seinem Gepäck. Lieber Gott, wie lange würde ich hier warten müssen? Womöglich vergeblich. Meine

Beine zitterten immer noch. Ich musste abzugbereit sein, wenn er kam, wir würden keine Zeit mehr haben ... und so tastete ich nach dem Zügel.

Leider war es gar nicht so einfach, dieses Pferd zu besteigen, denn der Sattel hatte keinen dieser neumodischen Steigbügel, zumindest fand ich ihn nicht. Das Pferd stampfte unruhig, misstrauisch die unbekannte Person beäugend, die sich an ihm zu schaffen machte. Im Dunkel sah ich das Weiße seiner Augen schimmern, und mir wurde beklommen zumute. Es mochte mich nicht, vielleicht war es böse. Schlachtrösser konnten Menschen töten, manche wurden für den Kampf darauf abgerichtet.

Ich schluckte schwer und reckte mich dann. Mein Vater züchtete Pferde, seine Tochter hatte das Reiten vor dem Laufen erlernt. Es gab kaum ein Pferd, das ich nicht hatte reiten können. Ich würde auch dieses Pferd besteigen! Beruhigende Worte murmelnd, wollte ich seine Nase streicheln, um Freundschaft zu schließen, da schlug es erregt mit dem Kopf und hätte mich fast umgeworfen. Gerade noch konnte ich seinen riesigen Zähnen entgehen, mit denen es nach mir schnappte. Vielleicht mochten Schlachtrösser keine Frauen. Ich atmete tief durch. Wenn Erik kam, musste ich im Sattel sitzen ...

Mehrere Versuche, mich aus gebührendem Abstand hinaufzuhangeln, schlugen fehl, ich war einfach zu klein. Und weit und breit kein Stein, den ich zu Hilfe nehmen konnte. Auch in Tassiahs Zelt, dessen Eingang sorgfältig zugebunden war, als ob der Bewohner den Kampf in der Höhle vorausgeahnt hätte, gab es weder Tisch noch Stuhl. Kurz verweilte mein Blick auf dem Zelt neben dem Teich, auf dem die Seerosen in voller Blüte standen.

Den Tränen nahe vor Aufregung, nahm ich verzweifelt Anlauf, sprang an dem Pferd hoch – und wäre an der anderen Seite fast wieder heruntergefallen. Mit der einen Hand hielt ich glücklicherweise den Sattelknauf gepackt. Wie ein Stück Vieh hing ich über dem Sattel. Doch das Pferd tänzelte ärgerlich umher, stieg mit den Vorderhufen und versuchte, seine Last abzuschütteln. Ich begann es zu hassen. Atemlos über meine Trauertunika fluchend, bemühte ich mich, Balance zu halten und gleichzeitig ein Bein über den Sattel zu heben, ohne wieder herunterzurutschen. Das Pferd blieb neugierig stehen... Keuchend richtete ich mich auf, und saß oben. Nur die Zügel waren noch um den Baum geschlungen.

Eilige Schritte kamen aus dem Höhlengang.

»Alienor! Mach dich bereit!«, hörte ich Erik rufen. Fieberhaft versuchte ich, aus der Höhe an die Zügel heranzukommen. Der Gaul schnappte erneut nach meiner Hand und tanzte wütend schnaubend herum wie ein Kirmespferd.

»Halt dich fest!«, erklang es hinter mir, ein Satz, ich wurde gegen die Mähne geschleudert, und Erik saß hinter mir. Das Pferd bockte, ich prallte auf den Hals, und hätte Erik mich nicht hinten am Kleid gepackt, wäre ich heruntergefallen.

»Die Zügel!«

»Sie sind noch fest, ich –«

»Bei Odin, das ist doch –«

»Da sind sie, haltet sie auf!«, gellte Vaters Stimme aus dem Gang, wo seine Männer versuchten, die Stangen des Küchenzeltes, mit dem Erik in aller Eile den Eingang verbarrikadiert hatte, zu zerbrechen. »Macht schneller, ihr Narren, ihr seht doch, dass sie fliehen!« Ich drehte mich im Sattel um und begegnete Eriks Blick, dunkel und unergründlich.

Mein Vater lebte, und er fluchte, dass Gott selbst errötet wäre...

»Halt dich fest, *kærra*«, knurrte Erik und beugte sich über mich, um den Zügel zu ergreifen.

»Haltet sie, verflucht, haltet sie auf, ihr Trottel, bewegt euch!« Die Zeltstangen brachen, die Ziegenhaut riss entzwei, ein Stein flog haarscharf über unsere Köpfe. Mit einer schnellen Bewegung hatte Erik die Zügel mit seinem Dolch durchtrennt, lose fielen die Enden herunter. Mich auf den Sattelknauf drückend, griff er danach und trat gleichzeitig dem Tier mit voller Kraft in die Weichen. Von der Fessel befreit, stieg das Pferd – ein Mann, der ihm zu nahe gekommen war, schrie sterbend unter seinen Hufen auf, und dann galoppierten wir los, als säße uns der Leibhaftige im Nacken.

Das mächtige Tier bahnte sich mühelos einen Weg durch den Wald. Erik gab ihm Zügel und ließ es laufen. Von seiner Linken dicht an ihn gepresst, die Hände in der Mähne vergraben, spürte ich im Wind unserer Flucht meine Tränen kaum und bemühte mich einfach nur, nicht von diesem Pferd herunterzufallen, das unser Leben rettete.

18. KAPITEL

*Weinen hat seine Zeit, Lachen hat seine Zeit,
Klagen hat seine Zeit, Tanzen hat seine Zeit.*
(Prediger 3,4)

Eine dicke Fliege schien Gefallen an meiner Nasenspitze zu finden. Zum wiederholten Male scheuchte ich sie weg und entschloss mich, die Augen zu öffnen. Jeder einzelne Knochen tat weh, ich fühlte mich so alt wie Methusalem. Meine Hände fuhren über eine saubere Decke. Das Bett, in dem ich lag, roch nach frischem Stroh, ein dicht gewebtes Leintuch unter mir verhinderte, dass die Strohhalme allzu sehr stachen. Gedämpft klang Straßenlärm durch ein kleines Fenster. Eine Frauenstimme bot frische Fleischpasteten feil, ein Pferd wieherte direkt unter dem Fenster. Gackernd stoben Hühner auseinander, als ein Wagen angerumpelt kam und vor dem Haus anhielt.

Ich wandte den Kopf. Wo war ich hier? Im Schein der Öllampe, die an der Wand hing, fand ich mich in einem sauberen kleinen Zimmer. War es Tag oder Nacht? Ich hatte jegliches Zeitgefühl verloren.

Mühsam hievte ich mich auf den Ellbogen. Und erkannte, dass ich nicht allein war. Auf einem Holzschemel saß Erik mit dem Rücken an die Wand gelehnt und polierte sein Schwert. Mit energischen Bewegungen fuhr sein Tuch an der blinkenden Klinge entlang, ein Hauch hier und nachgewischt, dann kam der reich verzierte Griff an die Reihe. Als er meinen Blick spürte, sah er hoch.

»Guten Abend, Kriegerin. Ich dachte schon, du würdest gar nicht mehr aufwachen«, lächelte er und legte das Schwert über seine Knie.

»Wie lange – schlafe ich denn schon so lange?« Verwirrt zog ich meine Stirn kraus.

»Nun, ich würde sagen, fast zwei Tage. Die Wirtin ließ schon nachfragen, ob du noch lebst.«

»Wo sind wir hier? Und –«

»Wir sind in Köln, in meiner Herberge, und du liegst in meinem Bett, das ich dir überlassen habe, nachdem du dich standhaft weigertest aufzustehen.« Er schmunzelte. »Wie wäre es mit Essen? Gevatterin Anna hat wundervolle Brathähnchen anzubieten, und auch ihr Bier ist nicht zu verachten. Na, wie klingt das? Ich werde dir gleich etwas holen…«

Brathähnchen! Mir lief das Wasser im Mund zusammen.

»Nein!«

»Aber du musst doch Hunger haben.« Er war aufgestanden und kam langsam näher. Der Raum wurde eng, wenn er stand.

»Ich meine… ich will nichts essen. Ich faste.« Lieber Gott, mein Sündenregister war voll bis ans Ende meiner Tage, ich musste jetzt stark bleiben. Gott sieht dich, Alienor! Beschämt drehte ich den Kopf zur Wand. Ein kalter Schauder lief mir den Rücken hinunter, ganz so, als ob Gott selbst ihn gesandt hatte, um mich zu warnen. Genug gesündigt. »Übt Euch in Bescheidenheit und Mäßigung«, hatte der Archidiakon gesagt. »Büßt und bessert Euch, dann wird auch der Herr sein Wohlgefallen an Euch haben.« Würde Er das wirklich? Ich war von zu Hause weggelaufen, ging schwanger mit dem Bastard eines Heiden… nein, niemals würde Er mir vergeben! Mein Magen knurrte erbärmlich. Ich drückte das Gesicht ins Kissen und schob den Daumen zwischen die Zähne. Heilige Maria.

»Alienor? Sieh mich an.« Seine Stimme holte mich zurück. Er klang ungewöhnlich ernst.

»Du fastest? Immer noch?« Vorsichtig ließ er sich auf dem schmalen Lager nieder, und dann sah ich sein Gesicht. Eine blonde Strähne hing ihm in die Stirn; ungeduldig schüttelte er sie weg. Seine Augen, die mir ein halbes Jahr lang den Schlaf geraubt hatten, weil sie so blau und lebendig waren, und weil sie stets meine Gedanken lesen konnten, sie schienen mir tief ins Herz zu schauen. Es war wie eine innige Berührung, obwohl er ganz still saß und mich nur ansah.

»Der – der Archidiakon hat mir Buße auferlegt«, stotterte ich. »Er – er sagte, dass Gott mir nur vergeben würde, wenn ich faste und meine Begierden zügele. Er –« Die Stimme versagte mir. Begierden, ha! Betrog ich mich nicht selbst, gerade in diesem Augenblick, da mein Gaumen sich nach Gevatterin Annas Brathähnchen verzehrte und mein Körper nach ihm? Lüge, alles Lüge, ich war eine Sünderin, konnte nicht anders.

Erik sah mich lange an, nachdenklich und ernst; er musterte mein Gesicht, von dem ich aus den Blicken in den unbarmherzigen Bronzespiegel wusste, wie hohlwangig und hager es geworden war, die glanzlosen Haare, die zottelig nach allen Seiten abstanden und überhaupt nicht wachsen wollten, und sicher hatte er auch den fehlenden Zahn bemerkt. Ich schluckte schwer.

»Was musst du gelitten haben«, sagte er leise und fuhr wie so oft in jenen Tagen mit seinem Finger an der langen Narbe vorbei. »Das sollst du nie mehr. *Nie mehr.* Und jetzt will ich dir ein feines Mahl zusammenstellen lassen.«

»Ich kann nichts essen«, murmelte ich verstört und krampfte meine Hände zusammen. »Ich kann nicht – ich darf nicht, ich –« Da war sein Zeigefinger direkt vor meiner Nase. Gebietend, fast drohend.

»Du isst jetzt. Alles, was ich dir bringe.« Der Zeigefinger drückte mich an der Nase zurück auf das Kissen und glitt herunter auf meine Lippen, deren Linien er sanft nachzeichnete.

»Wenn der *hyrningr* dir das Fasten befahl, hebe *ich* den Befehl wieder auf. Ich bin der Sohn des Königs« – er hielt mir die Schlange auf seiner Hand vor die Nase – »und der Liebling der Götter. Du wirst essen.«

Die Hand verschwand, und Erik beugte sich über mich. »Alienor, du musst essen, du überstehst die Anstrengungen der weiten Reise sonst nicht. Wir werden lange unterwegs sein, du kannst dir gar nicht vorstellen, wie lange, und du wirst all deine Kräfte brauchen.« Warm umschloss seine Hand die meine. »Und du siehst mir nicht aus, als wärst du in der Lage, diese Treppe dort hinunter, geschweige denn auf ein Pferd zu steigen. Ich bin sicher, dein Gott wird es dir nachsehen, wenn du tust, was ich dir sage.«

Ergeben nickte ich. Nicht etwa, weil ich an Gottes Nachsicht glaubte, sondern weil mich bei seinen Reiseplänen schauderte. *Wie* lange würden wir unterwegs sein? Tage? Wochen? Gar Monate? Würde am Ende mein Kind auf dieser Reise geboren werden? Meine Augen rundeten sich vor Entsetzen. Eine Geburt mit all ihren Schrecken, allein im Wald, unter Büschen und Dornen, ohne Maias helfende Hand – Erik strich mir die Locken aus der Stirn.

»Keine Angst, *kærra*. Ich werde alles tun – du sollst es so bequem wie möglich haben.« Gleich darauf war er verschwunden, um die Wirtin um ihre Köstlichkeiten zu bitten. Ich raufte mir die Haare. Wann bei allen Heiligen sollte ich ihm sagen, dass ich ein Kind erwartete? Würde er nicht denken, ich wäre ihm nur deshalb gefolgt, damit dieses Kind einen Vater hat? Und mich zurücklassen – ich sah ihn schon an einer Klostertür anklopfen, um Herberge für mich bitten, damit er endlich seine Heimreise antreten konnte, sah mich Psalmen singend im Kloster sitzen, bis ans Ende meiner Tage einsam…

Erik weckte mich aus Albträumen von niemals endenden Wehen unter den Augen des Allmächtigen und setzte ein Tablett auf dem Bett ab. Das nach frischen Kräutern duftende Brathähnchen der Wirtin war zu viel für meinen mürbe gewordenen Willen: Ich aß es, ohne weiter nachzudenken, ganz allein auf und machte mich danach noch über eine Schüssel Fruchtmus mit Sauermilch her. Erik beobachtete mich belustigt und widmete sich weiter seinem Schwert. Die blanke Klinge fing einen Sonnenstrahl auf. Erik ließ den Lichtpunkt hurtig an der Wand entlanglaufen, hoch und runter, kreuz und quer, um ihn schließlich auf mein Gesicht zu lenken. Geblendet kniff ich die Augen zusammen.

»Ist das nicht ein Traum von einem Schwert? Ich ließ es beim besten Schmied fertigen, bei Meister Thomas aus Aachen, und – beim Thor – die Aachener wissen mit Eisen umzugehen!« Mit Besitzerstolz betrachtete er die Waffe ein letztes Mal, bevor er sie behutsam in die Scheide schob und an die Wand lehnte. »Selbst Wilhelm wäre neidisch geworden. Es liegt in der Hand, als wäre es ein Teil von mir.«

Ich setzte das leere Tablett auf den Boden und zog die Knie an. »Was ist in der Höhle passiert? Was hast du mit ihnen gemacht?«

»Ein paar von ihnen habe ich zum Teufel gejagt.«

»Du hast – du hast den Pater getötet, Erik.« Ich biss mir auf die Lippen. Einen wehrlosen Priester, ich sah seinen schmächtigen Körper vor mir in den Staub sacken, blutüberströmt und leblos ... »Das hättest du nicht tun dürfen, Erik. Nicht ihn.«

Er zuckte gleichgültig mit den Schultern. »Ich kann nichts dafür. Er stand zum falschen Moment am falschen Platz.«

»Er war mein Beichtvater!«

»Zum Henker, ich habe ihn doch nicht absichtlich getötet! Ein Geschorener ist wahrhaftig kein Gegner für mich.« Verärgert stand er auf und schaute aus dem Fenster. Wie zum Schutz zog ich mir die Decke über die Schultern. Wie viele mochten unter seinen Schwerthieben gefallen sein? Männer, mit denen ich in Vaters Halle am Tisch gesessen hatte und deren Tod Erik ebenso wenig belastete wie das gewaltsame Ende meines Beichtvaters. Er war ein Krieger, das musste ich endlich begreifen.

»Willst du nicht wissen, wie es weiterging?« Damit wandte er sich um. Als ich nickte, hellte sich sein finsterer Blick auf, und ich spürte, wie sein Ärger verflog.

»Dein Vater ...« Er hielt inne, betrachtete seine Hände. »Dein Vater hat gegen mich gekämpft wie gegen einen Ebenbürtigen. Er hätte die Hunde holen können. Er hätte die Bogenschützen schießen lassen können. Er – er hätte ohne Not die Höhle ausräuchern können.« Nach einer Weile hob er den Kopf. »Er hat gekämpft wie ein Edelmann. Hast du ihm gesagt, wer ich bin?«

Ich schluckte schwer. Sein Blick war nicht zu deuten. Und weil ich keine Wahl hatte, nickte ich schließlich. Nachdenklich sah er mich an, und dann wurden seine Augen schmal. »Wie auch immer – es war ein harter Kampf.«

»Ich hatte Angst um dich«, flüsterte ich kaum hörbar. Er strich über seinen Handrücken. »Ein harter – und ein großartiger Kampf, wirklich.« Für einen Moment sah ich es in seinen Augen aufblitzen. »Ich hatte lange keine Waffe mehr in der Hand.«

Fassungslos starrte ich ihn an. Er lachte kurz auf. »Alienor, ich wurde für den Kampf ausgebildet, was denkst du denn? Zu lange musste ich darauf warten, mit deinem Vater die Klingen zu kreuzen!« Sein Gesicht wurde ernst. »Viel zu lange, sollte ich da weglaufen? Er schuldete mir etwas.« Er versank in finsterem Grübeln, wandte sich um und trommelte mit den Fingern auf das Fensterbrett. »Er schuldet mir ...«

»Erzähl mir, wie es war, Erik.« Ich dachte schon, er habe mich nicht gehört, und kroch an das Bettende, um ihm näher zu sein, als er sich umdrehte.

»Er hat seine besten Männer in den Kampf geschickt und verloren.« Seine Stimme klang seltsam unbeteiligt. »Und alles, um seine Tochter der Kirche zum Fraß vorzuwerfen. Was für ein unsinniges Sterben ...« Er lehnte den Kopf gegen die Wand und starrte in die Luft. »Am Ende hatte ich ihn da, wo ich ihn immer haben wollte – auf dem Boden, vor meinen Füßen, und mein Schwert saß an seiner Gurgel, bereit zuzubeißen. Niemand wagte einzugreifen, selbst der Geschorene hinter mir hielt endlich die Luft an.«

Seine Hände begannen zu zittern. Ich saß ganz still auf der Decke.

»›Stoß zu, du Bastard, bring es zu Ende!‹ zischte er, ›oder bist du zu feige?‹ Ich ließ mein Schwert, wo es war, und zwang seine Männer, ihre Waffen auf einen Haufen zu legen. Er beobachtete es und fing an zu lachen. ›Was ist los, Heide? Bekommst du Angst?‹ *Mér þykki eigi at þer vigt, svá gomlum manni* – einen so alten Mann sollte man wohl nicht erschlagen –, sagte ich. Da lachte er noch mehr. ›Du bekommst nasse Hosen! Was für ein Kinderspiel, einen wehrlosen Mann zu erschlagen, und du schaffst nicht einmal das, du armseliger Barbarenhund ...‹«

Die Sonne war hinter die Häuser gesunken, ich konnte sein Gesicht kaum noch erkennen. Doch ich spürte, wie er um Fassung rang.

»Was geschah dann, Erik? Was hast du gemacht?«

»Er – er verhöhnte mich weiter vor seinen Männern, nannte mich einen Frauenschänder, und sein Gesicht war so rot wie deines, wenn du wütend bist, und seine Augen – einen Moment sah ich dich dort im Staub liegen ...« Er fuhr sich heftig atmend durch die Haare. »Ich packte ihn und warf ihn gegen die Wand. ›Schlachte mich ab, Heide‹, sagte er da.«

Es wurde sehr still im Raum. Und dann stieß er sich vom Fensterbrett ab und ging auf die Tür zu.

»Erik ...«

Mit dem Rücken zu mir sprach er weiter. »Als nichts geschah, schlug er die Augen auf. ›Lebe, Graf‹, sagte ich zu ihm. ›Lebe und vergiss mich nicht. Alle sollen es hören – ich werde deine Tochter mitnehmen und dich am Leben lassen, damit die Schande dich über deinen Tod hinaus begleite. Ich will, dass du jeden verfluchten Tag deines Lebens an mich denkst!‹« Er holte tief Luft. »Und dann schlug ich ihn, dass er quer durch die Höhle flog.«

Die Tür knackte, ich war allein.

Es dauerte eine ganze Weile, bis ich begriff, was er mir da erzählt hatte. Meine Beine waren steif von der ungewohnten Sitzhaltung, und ich fror. Es war mir unmöglich, mich zu bewegen.

Mein Vater lebte, weil Erik ihm das Leben geschenkt hatte. Der Tag der Abrechnung war keiner gewesen. Kein Blut war geflossen. Kein Blut. Tränen tropften auf meine Handgelenke, brannten heiß, bevor sie in der Decke versickerten. Kein Blut. Ich wischte mir über das Gesicht. Wo war die Erleichterung? Vater lebte – wo war die Erleichterung? Stattdessen Tränen ...

Und da hörte ich das Echo von Worten, die vor langer Zeit in einem Garten gefallen waren, in dem es nach Seerosen und Minze duftete. Der sie aussprach, hatte gelernt, wie teuer das Leben war, wenn man es geschenkt bekam. Das Echo hallte zwischen den Deckenbalken wie ein Pendel wider, es schwang zu mir, wurde größer und lauter, es dröhnte schließlich in meinen Ohren:

Sein Blut für meine Ehre.

Knöcheltief sank ich in den Matsch und konnte gerade noch einem Pferdefuhrwerk ausweichen.

»Pass doch auf, dumme Gans!«, fluchte der Bauer. Seine Peitsche schlitzte mein Kleid auf und besprützte mich mit Morast. Ich stolperte in die Sode, fiel gegen eine Bretterwand. Erst als er vorbei war, wagte ich es, den Kopf zu heben. Deutlich zeichnete sich der Kirchturm gegen den Abendhimmel ab. Neben mir öffnete sich eine Luke, ein unfreundliches Gesicht starrte mich an. »Ehrbare Leute gehen um diese Zeit nicht mehr auf die Straße. Scher dich fort, Weib, hier gibt es nichts für dich!«

Ich hastete weiter, ohne darauf zu achten, dass auch andere Leute mir hinterhergafften, anzügliche Bemerkungen fallen ließen; einer versuchte sogar, nach mir zu greifen.

Vor dem Kirchportal hielt ich schwer atmend inne, sah an mir herunter und griff mir an den Kopf. Barfuß, ohne Schleier, mit zerrissener Tunika war ich aus dem Haus gerannt, auf den Kirchturm zu, ohne zu wissen, wo ich mich befand ... Ich taumelte. Heilige Mutter, hilf mir – Ein Geistlicher, der im letzten Abendlicht den Garten neben der Kirche bestellte, hob den Kopf und kam herbeigelaufen, als er sah, wie ich vor dem Portal in die Knie sank.

»Bist du krank, Frau? Kann ich dir helfen, hast du –« Er stockte, fühlte die feinen Tuche, die in Fetzen von meinen Armen hingen. »Liebes Fräulein, lasst Euch helfen.« Fürsorglich richtete er mich auf und geleitete mich in seine Kirche, bot mir einen gepolsterten Platz an und kniete neben mir nieder.

»Wie kann ich Euch helfen, seid Ihr überfallen worden, edles Fräulein? Es ist nicht gut, um diese Zeit in den Gassen herumzulaufen, wie –«

»Pater ...« Ich griff an seinen Ärmel. »Sagt mir, in welcher Kirche befinden wir uns?«

»Sankt Gertrudis. Habt Ihr Euch verlaufen?«

Ich schüttelte den Kopf. »Seid so gut und betet mit mir, Pater. Ich brauche den Beistand der Heiligen Jungfrau ...« Er betrachtete mich eine Weile stumm. Schließlich schlug er das Kreuz über meinem Kopf und zog den Rosenkranz unter seiner Kukulle hervor. Die Perlen begannen auf der Holzbank zu klackern, während er mit angenehm tiefer Stimme zu beten anfing.

»*Ave Maria gratia plena* –«

»*Dominus tecum benedicta tu in mulieribus* –«

Wie wohl taten die Worte, Formeln der Sicherheit, in die man sich voll Vertrauen hineinwerfen und alles andere vergessen konnte, all die Gesichter, Geräusche, Geschichten. Vergessen...

»*– ora pro nobis peccatoribus nunc et in hora mortis nostrae. Amen.*«

Ich hangelte mich an den Sätzen entlang, ließ den Priester ein heiliges Netz über mich spinnen, Rosenkranz für Rosenkranz im Rhythmus der auf dem Holz wandernden Perlen, ließ die Zeit hinter mir, ohne nachzudenken, Schmutz, Kälte und mein zerrissenes Kleid wurden unwichtig...

»*Kærra.*«

Zwei Hände legten von hinten einen Umhang um meine Schultern. Der Geistliche sah sich erstaunt um. »Was in aller Welt –«
Ein Beutel mit Münzen klimperte, und er verstummte, streckte die Hand nach dem Beutel aus, steckte ihn, ohne zu zögern, in eine verborgene Tasche seiner Kutte. Dennoch blieb er neben mir sitzen und setzte ein strenges Gesicht auf.

»Die Dame hat sich im Unglück mir anvertraut, Herr, wie sollte ich –«

»*Verd uti*... Geht. Lasst mich mit meiner Frau allein.«

Schwer wie Blei hing der Mantel auf meinen Schultern. Er roch nach ihm, nach Pferd und Schweiß und Angst. Dennoch vermochte ich nicht, mich umzudrehen. Der Priester tastete nach dem Beutel und sah mich an. Als ich nickte, verbeugte er sich murmelnd und verließ die Bank. Seine Schritte verklangen auf dem gestampften Lehmboden. Ich stellte mir vor, wie er wieder in seinen Garten ging, in friedlicher Abendstimmung die Karotten vom Unkraut befreite, mit beiden Händen in der lockeren Erdkrume wühlte...

Als Erik sich nicht rührte, stand ich auf und setzte mich neben ihn.

»Tu das nicht wieder.«

»Ich –«

»Lauf nicht wieder weg.«

»Ich bin nicht weggelaufen!«

»Überall habe ich dich gesucht.« Seine Hand stahl sich in meinen Schoß.

»Erik, mein Vater –«

»Sprich nicht mehr davon, Alienor. Nie wieder.« Die Stimme wurde so hart wie seine Faust in meinem Schoß, mit der er meine Finger quetschte. »Nie mehr.«

Mein Herz wollte bersten, als hielte er auch es umklammert. Ich rang nach Luft, und konnte die Worte nicht mehr aufhalten: »Sein Blut für deine Ehre, Erik...«

Was erwartete ich? Dass er sich auf mich stürzte? Mich von sich stieß oder mich schlug? Dass unter diesem Erdbeben die Kirchenmauern auf mich einstürzten, mich unter sich begruben und mir die Luft für immer nahmen? Seine Bewegungslosigkeit und die anhaltende Starre waren schlimmer als Prügel.

Die Welt um mich herum verging, zerfiel wie ein Haufen welkes Laub, das von groben Füßen zu Asche getreten wurde, ich fühlte, wie das Leben aus mir wich, fühlte die Ohnmacht nahen – da drehte er sich um und sah mir ins Gesicht. Seine Augen wirkten so alt.

»Wärst du mit mir gekommen, wenn ich ihn getötet hätte?«

Eine Frage wie ein Donnerschlag. Ich starrte ihn an.

Ein Fuhrwerk rasselte durch meinen Kopf, mit quietschenden Rädern und ächzenden Naben, quälte sich durch den Schlamm der kreuz und quer liegenden Gedanken, versank in ihnen, tiefer und tiefer – so war es wohl, Gott verweigerte der sündigen Gemeinschaft von Heide und Christin seinen Segen, und das Bild meines Vaters, der hätte sterben müssen und der für den Preis meiner Liebe weiterlebte, würde für alle Zeiten zwischen uns stehen. Ich schlug die Hände vors Gesicht und weinte.

Lange saßen wir in der kalten Kirche dicht nebeneinander und doch durch Welten getrennt. Ein Windstoß brachte die Kerze vor der Statue der heiligen Gertrudis zum Erlöschen. Ich rieb mir das brennende Gesicht und stand auf, um sie an einer anderen Kerze wieder zu entzünden. Eriks Gesicht schimmerte unnatürlich bleich, als ich zur Bank zurückkehrte. Verzweiflung schlug mir entgegen. Der bis gestern unbezwingbare Mann wirkte angesichts des sich vor uns auftürmenden Schmerzes verloren wie ein kleines Kind.

»Bete für meine Seele, Alienor...«

Als wir aus der Kirche traten, hatte die Nacht sich wie ein schwarzes Tuch über die Stadt gelegt. Das Leben war von den Straßen verschwunden, in den Hütten und Häusern hingen über den Feuerstellen dampfende Suppenkessel, und durch die Wiesen und Äcker rings um die Kirche streunten nur noch herrenlose Hunde auf der Suche nach Abfällen. Wir folgten den Fuhrwerksspuren entlang der städtischen Allmende. Erik hatte mir die Kapuze seines Umhangs tief ins Gesicht gezogen, sein rechter Arm lag um meine Hüfte und hob mich über die tiefsten Matschkuhlen hinweg. Trotzdem fühlte ich, wie mir nasse Erde, Pferdemist und stinkende Exkremente zwischen die nackten Zehen krochen und sich über den Fußrücken verteilten. Der Saum meiner Trauertunika wog immer schwerer und schlug mir im Gehen kalt um die Beine. Schweigend bahnten wir uns den Weg durch den stinkenden Morast.

Erik fand unser Gasthaus, obwohl alle Gassen gleich aussahen und man kaum die Hand vor Augen sah. Als ehrbare Witwe betrieb unsere Wirtin keine öffentliche Schenke, doch die Laternen einer benachbarten Garküche beleuchteten das ordentliche kleine Haus. In der Stube, wo die Reisenden sich für eine wärmende Mahlzeit versammelten, brannte noch Licht. Erik half mir die Außentreppe zu unserer Kammer hoch, bevor er sich auf die Suche nach der Wirtin machte. Ich hörte, wie er auf der Stiege mit jemandem sprach, hörte, wie er heftig wurde und wie schließlich Münzen klimperten. Als er nicht wiederkam, rollte ich mich, schmutzig, wie ich war, auf dem Strohsack zusammen und schloss die Augen. Doch beeindruckte das die Dämonen, denen ich so gerne entflohen wäre, nur wenig...

Irgendwann erwachte ich vom Lärm, den zwei fluchende

Knechte auf der Stiege veranstalteten. Sie schleppten einen Badebottich, der zur Hälfte bereits mit dampfendem Wasser gefüllt war, in die Kammer.

»Wenn ihr das Wasser verschüttet, müsst ihr neues bringen. Ich bezahle euch nicht für einen leeren Bottich.« Erik stand in der Tür, die Arme über der Brust verschränkt. Der eine Knecht musterte ihn finster und murmelte etwas von »Gott strafe alle Fremden«. Eine Magd kam die Stufen hochgekeucht, beladen mit zwei Eimern Wasser, die sie in den Bottich kippte. Zuletzt erschien Gevatterin Anna in der Tür.

»Wenn alles zu Eurer Zufriedenheit ist, edler Herr, schicke ich meine Tochter Eurer Dame zu Diensten«, lächelte sie geschäftstüchtig, während eine Hand die gut gefüllte Geldkatze an ihrem Gürtel tätschelte. Die Magd wischte sich mit der Schürze den Schweiß von der Stirn und glotzte auf den schmutzigen Kleiderhaufen, aus dem ich verständnislos hervorlugte. Nur widerwillig machte sie Gevatterin Annas Tochter Platz, die sich nun ebenfalls in das enge Gemach drängte, um einen dicken Klotz Seife auf den Rand des Bottichs zu legen.

»Schaut, sogar Mandelöl habe ich bekommen, Magnus Specionarius hat es mir abgefüllt, obwohl seine Bude schon geschlossen war«, lispelte sie und strahlte Erik an.

»Daran hatte ich keinen Zweifel.« Erik nahm ihr die Tonflasche aus der Hand und trieb sie alle zur Tür hinaus. Bedächtig legte er den Riegel vor und drehte sich um.

»Bin ich so schmutzig, dass es den Aufwand rechtfertigt?«, fragte ich leise. Er kam auf mich zu, zog mich mit beiden Händen vom Bett und vergrub seine Nase an meinem Hals.

»Die Christen waschen sich nicht, wenn sie Trauer tragen, nicht wahr?«

»Hmm. Und wie lange trägst du schon Trauer?«

»Viel zu lange.« Und dann hob er den Kopf. »Lass uns so tun, als könne man Trauer abwaschen, Alienor. Als könne man sie in Seifenwasser ertränken und zusehen, wie sie der Vergangenheit hinterherschwimmt. Lass es uns versuchen, *kærra*…«

Ich begegnete seinem Blick, in dem sich Sehnsucht mit Verzweiflung mischte, und verstand, was er meinte. Eine Dienstmagd war nicht nötig.

Er zog mir die Reste meines Gewandes aus und warf es naserümpfend aus dem Fenster.

Hastig versuchte ich den Eisengürtel zu öffnen, bevor er ihn sah, doch zu spät.

»Ich hatte gedacht, dass die Zeit der Halseisen vorbei ist«, murmelte er. Der Gürtel klappte auseinander. Vorsichtig nahm er ihn in die Hand. »Wirst du ihn wieder anziehen?«

»Ist die Zeit der Buße denn vorbei?«

»Nennt man es Buße, wenn ein Körper verstümmelt wird?«

Der Spott in seiner Stimme brannte schlimmer als die eiternden Druckstellen, als sie mit dem heißen Seifenwasser in Berührung kamen. Ich biss die Zähne zusammen und hielt mich mit beiden Händen am Rand des Bottichs fest. Erik kniete neben dem Bottich nieder.

»Lass los, Alienor«, sagte er nur. »Ich halte dich.«

In dieser Nacht vertrauten wir uns im heißen Wasser den Händen des anderen an, die Seife löste den Schmutz und Zärtlichkeit die eisige Starre in uns…

Und als der Wasserdampf sich auf dem Weg in die Unendlichkeit verloren hatte, schimmerte seine Haut wie Mondlicht auf einer nächtlichen Wiese. Im unruhigen Licht der Öllampe tollten Kobolde auf seinem Rücken, sprangen über Narben und Furchen, als bedeutete deren Geschichte nichts, und spielten mit den Wassertropfen, bis sie sich in glänzenden Rinnsalen erschöpften. Kein Laut störte die Stille. Ich gab mich der Berührung des Hornkammes hin, der durch mein knisterndes Haar fuhr, dem Prickeln meiner Kopfhaut, die sich den Zinken und seinen Fingerspitzen entgegendehnte, und der Wärme seines Körpers dicht hinter mir, lautlos wie ein Schatten und doch so gegenwärtig.

Der warme Duft von Mandelöl umfing uns wie ein schützendes Zelt, unter meinen Fingern wurde die zerstörte Haut auf seiner Brust wieder weich und schmeichelte meinem Gesicht als bebendes Kissen, auf dem alles Denken zur Ruhe kam, um allein dem Fühlen Raum zu lassen, damit es sich entfalte wie eine Blume im Morgentau, und wir erneuerten das Versprechen, das wir uns vor dem Juden gegeben hatten, und besiegelten es mit unserem Leib.

Der nächste Morgen begann stürmisch. Erik war verschwunden, als ich erwachte; eine Kanne Milch und ein Stück Brot deuteten darauf hin, dass er mich nicht hatte wecken wollen. Ich wusch mir das Gesicht in der Schüssel und spähte auf dem Rückweg zum Bett in den Badebottich hinein, als könnte er mir ein Lied von der vergangenen Nacht singen...

Da wurde die Tür aufgetreten, und die beiden Knechte vom Vorabend traten in die Kammer. Ohne ein Wort des Grußes packten sie den Bottich und schleppten ihn die Stiege hinunter, Wasserlachen hinter sich lassend.

»Könnt ihr nicht aufpassen, ihr Tölpel, jetzt muss ich alles putzen, nur weil ihr zu dämlich seid, Herrgottsakrament, wie oft soll ich euch das noch sagen?« Gevatterin Annas Tochter steckte den Kopf zur Tür herein.

»Guten Morgen, liebe Dame. Der Herr bat mich, Euch dieses zu bringen.« Damit trat sie über die Schwelle, vorsichtig den Pfützen ausweichend, ein goldgelbes Kleid über dem Arm. »Er hat uns heute Morgen von dem furchtbaren Überfall berichtet, bei dem Ihr all Euer Hab und Gut verlort, und dass er heute mit Euch zum Haus der Gewandmeister gehen will. Tragt so lange meine beste Tunika, es soll mir eine Ehre sein, sie an Euch zu sehen.«

Und plappernd half sie mir in Hemd und Obergewand, fragte mich dies und das und aus welchem Haus ich stammte. Statt einer Antwort lobte ich ihren guten Geschmack und ihre geschickten Hände, mit denen sie mich frisierte und einen Schleier über meinem Haar drapierte, dass es aussah, als trüge ich es zu einem üppigen Knoten geschlungen. Klettenwurzel sei ein wunderbares Haarwuchsmittel, raunte sie mir da ins Ohr, und ob ich erlaubte, dass sie mir ein Phiolchen davon besorgte, sie kenne da eine Frau, die wüsste über jedem Mittel die richtigen Sprüche.

»Ihr gestattet?«

Unbemerkt war Erik hereingekommen und reichte mir die

Hand, um Köln mit mir zu erobern. Wir mieteten wie die Reichen eine Sänfte, die uns zur Rheinvorstadt brachte. Kölns Straßen waren zu schmutzig, und nur die Armen gingen hier zu Fuß. Je näher wir dem Stadtkern kamen, desto unübersichtlicher wurde das Straßengewirr. Häuser und Baracken standen mitten auf den Straßen, sodass der Verkehr gezwungen war, sich den Weg an ihnen vorbei zu bahnen, und der Lärm der Fuhrwerksleute, die sich stritten, wer den Vortritt auf den schmalen Wegen hatte, war ohrenbetäubend. In den Seitengassen war überhaupt kein Fortkommen möglich, knietief stand nach dem Regen der letzten Tage der Morast unter den Eingängen, und in einer Gasse war ein Karren so tief in die Sode eingebrochen, dass sechs Männer ihn nicht wieder herausbrachten.

Am Rathaus entlohnte Erik die Träger, und wir setzten unseren Weg zu Fuß fort. Die Häuser der Rheinvorstadt waren größer und vornehmer, ihre Fenster bunt gestrichen und mit teuren Stoffen verhängt, und auch die Gassen hatten befestigte Stege, über die man gefahrlos laufen konnte. Reiche Kaufleute und Adelsgeschlechter wohnten hier und benutzten die Häuser als Herbergen, wenn sie in der Stadt waren. Wir wanderten durch einige Gassen und standen schließlich am Rande des Großen Marktes.

Aufgeregt klammerte ich mich an Eriks Arm – so viel Volk auf einmal, so bunt und laut, so viele Sprachen, die ich nicht verstand, das Gedränge an den Tischen und Gaddemmen, dicke Weiber, die mit sich überschlagender Stimme süße Pflaumen anpriesen, Brotlaibe so groß wie ein Männerkopf, gackernde Hühner in Verschlägen voller weißer Federn und ein Marktdiener, der den Händler anschrie, die Hühnerkacke gefälligst wegzuwischen, sonst müsse er Strafzoll entrichten, und der würde sich gewaschen haben, er würde schon sehen...

Gleich neben dem Kornmarkt stand auf einem Podest der Pranger, und staunend sah ich, wie die Marktwache einen über und über mit Kot und Eigelb verschmierten Mann von den Fesseln löste. »Betrüger!«, schrie die Menge, die am Pranger wogte, »Betrüger, gib das Geld wieder heraus!« Kinder tanzten um den Holzpfahl herum, und der Marktherr verlas mit lauter Stimme die

Strafe, die der Händler für den Betrug an der Waage zu zahlen hatte. Erik legte den Arm um mich und brachte uns vor den erregten Zuschauern in Sicherheit.

An einer Krambude gab es Kinderschuhe in allen Farben, mit dicken und dünnen Sohlen, aus Stoff und Seide und feinstem Leder, und eine junge Frau saß dahinter und stickte ein Muster in die Kanten der winzigen Schuhe. Fast wäre ich stehen geblieben, und mein Herz schlug höher, als ich an die Füßchen dachte, die in die Schuhe passen würden – kleine, rosige Füßchen, bewegliche Zehen mit weichen Nägeln, energische Fersen... Doch Erik hatte nichts gesehen. Er zog mich um den Stand herum, wo mir ein Gestank nach verwesendem Fleisch und Gerbsäure förmlich ins Gesicht schlug: Ein Pelzhändler hatte seine Ware über lange Stangen gehängt. Erik ließ seine Hände über die Felle gleiten.

»Was magst du am liebsten? Sieh mal, dieses wunderbare Bärenfell – gerade richtig für ein Bett. Und das hier –«

»Erik, es ist Sommer! Was soll ich bei dieser Hitze mit einem Fell?«, fragte ich verwundert und wischte mir den Schweiß von der Stirn, denn trotz der frühen Stunde brannte die Sonne bereits herunter. Oder war es der Gestank, der sich wie Leim auf die Haut legte?

»*Elska*, du kannst dir nicht vorstellen, wie kalt es bei uns im Winter wird.« Sein Gesicht war ernst. »Du wirst froh sein, einen Mantel zu haben, wenn wir ankommen.«

Der Händler kam aus seiner Bude, ein bärtiger, wettergegerbter Mann mit Augen wie zwei Kohlestücke und einer prächtigen goldenen Kette auf seiner Brust. »Er ist ein Russe, du wirst sehen, er hat die besten Felle zwischen Paris und Nischnij Nowgorod.« Und zu meinem größten Erstaunen verhandelten die beiden in einer Sprache, die ich nicht verstand, so sehr ich mich auch mühte, und Erik redete so lange auf den Händler ein, bis dieser in einer Kiste unter dem Stand wühlte und ein in Ziegenhaut gewickeltes Paket herauszog. Ans Licht kam ein Pelz in der Farbe gebratenen Wildbrets, mit dichten, langen Haaren und so glänzend und weich wie das Fell einer jungen Katze, so einen Pelz hatte ich noch nie gesehen. Goldstücke wechselten den Besitzer, der Händler entblößte sein Raubtiergebiss zu einem Grinsen und verbeugte sich vor mir, und Erik schob mich weiter, das Paket unter dem Arm. Vor uns lag der Große Markt, ein unübersichtliches Gewirr von Ständen, flatternden Sonnensegeln und Kisten, auf denen nach einer festgelegten Ordnung Waren aufgebaut waren, hier Käse und Gemüse, dort Eisenwaren, dahinter Speckschwarten, Rindfleisch, Hammel und Wild, Kohlenstände neben den Kisten mit Salz, und am Rande des Getümmels die Städtische Münze. Dahinter fanden sich in drei Gaddemmen die Wechsler, misstrauisch beobachtet von einem Marktdiener, der, bewaffnet mit einem rotweißen Stab, sofort einschreiten würde, sobald er Unregelmäßigkeiten bemerken würde. Sein schwarzrotes Gewand mit dem Stadtwappen auf der Brust schien den Gaunern jedoch Warnung genug zu sein.

Gleich gegenüber der Münze, wo ein Stadtdiener gelangweilt aus dem Fenster schaute, befand sich der Eingang zu den Kramhallen und den Gewandmeistern.

Hier brach ein wahrer Farbenrausch über mich herein; bunte, golddurchwirkte Wollstoffe, feine Tuche, herrliche Seidenstoffe und Ellen breiter Seidenborten – immer neue Ballen schleppte der Diener des Gewandmeisters herbei, es roch nach Farben und frisch gewalkter Wolle, und dann wurde ein Diener zu den Tuchmeistern geschickt, um die Auswahl zu vergrößern. Ein Schneider schlang mir Maßbänder um Hals und Schultern, Taille und Hüfte, wie Käfer krabbelten seine gewandten Hände an meinen Beinen herum und kitzelten mich in den Achseln und in der Ellenbeuge, während er seinem Gehilfen geheimnisvolle Zahlen diktierte. Seine spitze Nase betrachtete prüfend das Kleid, in dem ich steckte – sicher sah er, dass es geliehen war. Und sicher war ihm auch meine breit gewordene Taille nicht entgangen ...

Erik hockte auf einem Zuschneidetisch und sah schweigend zu, wie man um mich herumsprang, mir Stoffbahnen über die Schulter legte, hier raffte und dort hochzog, alles wieder einrollte und eine andere Farbe herbeiholte, weil die Borte nicht dazu passen wollte ...

Er wirkte in seinen schwarzen Kleidern wie ein Rabe, schoss es mir durch den Kopf, gleich wird er seine Flügel ausbreiten und davonfliegen, und ich bin ihnen ausgeliefert!

Ich flehte ihn stumm um Hilfe an. Da hellte sich sein Gesicht auf, er sprang vom Tisch, dass die Messlatten zu Boden polterten, und beendete mit ein paar Worten das Stofftheater. Mit einem sicheren Gespür für elegante Kleidung suchte er Material für eine Anzahl von Hemden, Gewändern und Mäntel aus, gab die schnellstmögliche Herstellung in Auftrag und benannte die Adresse, an die geliefert werden sollte. Auch den Pelz ließ er da, damit man ihn mit einem geeigneten Stoff füttere. Ehrfürchtig legte der Gewandmeister ihn in eine Kiste und begleitete uns mit vielen Bücklingen zum Ausgang.

»Beim Thor, das war anstrengend«, seufzte Erik, als wir wieder auf dem Markt standen und uns in einer Garküche Eierkuchen mit Kirschmus gekauft hatten. »Ich befürchtete schon, du würdest unter dem Stoffberg auf Nimmerwiedersehen verschwinden.«

»Erik, wovon bezahlen wir das alles?« Diese Frage quälte mich schon den ganzen Morgen. Ich schob den Eierkuchen halb gegessen weg, bevor mir von dem klebrig-süßen Zeug noch übel wurde. Erik zog mich neben sich auf die Bank, derweil ein Bettelkind mit begehrlichen Augen auf den Kuchenrest schaute. Ich nickte kurz, und der Kuchen verschwand.

»Hast du eine Kirche ausgeraubt?«, versuchte ich zu scherzen, doch er blieb ernst.

»Der – der alte Jude gab mir eine große Summe Geldes, bevor du in den Keller kamst. Es sollte – es sollte eine Art Mitgift sein. Für dich.« Er suchte meinen Blick. »Er nahm mir das Versprechen ab, dich standesgemäß in meine Heimat zu bringen. Es soll dir an nichts fehlen.«

Meine Hände wurden trotz der Hitze kalt. Die stinkende Garküche begann sich vor meinen Augen zu drehen, die Geräusche wurden zu Brei. Wie ein Eisregen kam die Vorahnung über mich. Der Tisch vor mir verfärbte sich schwarz, roch plötzlich angekohlt. Aschefetzen stoben durch die Luft. Eine Gruppe Bauern drängte lärmend an uns vorbei, einer von ihnen rempelte mich an, er trug eine Sense über der Schulter, sein Kopf war verhüllt...

»Nein«, flüsterte ich und bedeckte das Gesicht mit den Händen. Erik legte den Arm um mich, sah nicht, wie blass ich geworden war.

»Ich mache mir doch ein wenig Sorgen um ihn«, sprach er weiter. »Heute Morgen war ich mit einer Botschaft von ihm bei dem Juden, der seine Geschäfte verwaltet. Alienor, Naphtali hat dir sein gesamtes Vermögen überschrieben, selbst die Schulden, die dein Vater bei ihm hat. Ich frage mich, warum –«

»Bring mich nach Hause, Erik.«

In den nächsten Tagen bemühte er sich rührend, mich abzulenken. Ich hatte ihm nichts von den Vorahnungen erzählt, und auch die Albträume, die mir die Nächte vergällten, behielt ich für mich. Wenn ich über Bildern von zerstückeltem Fleisch schreiend erwachte, wenn mir der Gestank von Blut und Erbrochenem so in die Nase stach, dass ich würgen musste, nahm er mich in die Arme und wiegte mich, ohne den Grund für meine Angst zu kennen. Ich schalt mich eine Närrin, die sich von bösen Träumen schrecken ließ, und versuchte zu vergessen, was ich Nacht für Nacht vor mir sah.

Die Reisevorbereitungen nahmen viel von Eriks Zeit in Anspruch, und ich begleitete ihn, wo ich nur konnte, um der schmalen Kammer unter dem Dach zu entfliehen. Auf dem Pferdemarkt suchten wir lange, bis wir ein geeignetes Tier für mich fanden. Es war nicht einfach, die Gauner von den ehrlichen Händlern zu unterscheiden, aber nachdem meine Hände Öl und Farbe auf Fellen ertastet hatten und es mir gelungen war, kranke Hufe zu inspizieren, während Erik den Händler in ein Gespräch verwickelte, wusste ich, wo ich suchen musste, und fand eine robuste schwarze Stute mit edlem Kopf und lebendigen Augen hinter der Händlerbude. Erik nickte anerkennend zu meiner Wahl und erstand beim gleichen Händler noch ein Packtier für unser angewachsenes Gepäck.

Die Kleider waren geliefert worden, sorgfältig eingerollt in

Leinwand, und während ich sie auspackte und über die Truhe legte, kontrollierte ich heimlich die Nähte – wie erwartet, hatte der kleine Schneider ausreichend Spielraum für eine Schwangerschaft gelassen. Ich war froh über seine Diskretion, fragte mich jedoch gleichzeitig, wie lange mein Versteckspiel noch weitergehen sollte. Er hatte ein Recht, es zu erfahren...

Erik ließ keine Gelegenheit aus, mir die Stadt zu zeigen. Hand in Hand wanderten wir durch die einzelnen Gemeinden von Köln, St. Peter, St. Columban und Niedereich, vorbei an Häusern, Waldstücken und Allmenden. Erik begleitete mich trotz meines Protestes in die Kirchen und saß reglos neben mir, während ich meine Gebete sprach, ohne zu wissen, ob Gott mich hörte, er spendete in die Almosenkassen und entzündete Lichter, wo mir die Kraft fehlte, und er zeigte mir an einem lauen Sommerabend auch das »Paradies«, den Garten des Kölner Erzbischofs an der *curtis regis* im Hacht. Natürlich war das Betreten streng verboten, aber wir schlichen uns hinter dem Rücken des Gärtners über den Zaun und hockten uns unter einen blühenden Busch, um die Farbenpracht und den Duft der Anlage zu genießen.

»Dafür kommst du in die Hölle, weißt du das?«, flüsterte ich und schmiegte mich in seine Arme.

»Das ist nicht so schlimm, denn du kommst ja mit mir«, erwiderte er leise. Wir rückten zusammen, als eine Gruppe Geistlicher an unserem Busch vorbeiwandelte. Zwei von ihnen murmelten Gebete, die anderen schlichen schweigend hinter ihnen her. Ihre schwarzen Kutten flatterten im Abendwind wie Totenfahnen...

Eine Sänfte brachte uns von der Kirche Maria ad Gradus zur Herberge. Dunkle Schatten schienen über dem kleinen Haus zu schweben. Hastig verbarg ich mein Gesicht vor ihnen. Erik half mir aus der Trage und führte mich an der Sode vorbei auf die Treppe zu. Da blieb er abrupt stehen, hob den Finger an die Lippen. Wir lauschten in die Dunkelheit. Nichts.

Er schob mich ein paar Stufen hoch. »Bleib, wo du bist – *gussa ekki*«, raunte er. Dann hatte das Dunkel ihn verschluckt. Woher die plötzliche Wachsamkeit? Ich hockte mich auf die Stufe und biss mir in den Handrücken, um nicht loszuschreien – ganz nah war das Unheil, ich spürte es förmlich kommen.

Schwarz lag die Gasse vor mir, düster und kalt die Wand der Herberge. Schritte erklangen. Der Modder des Abwasserkanals schmatzte genüsslich, und der Geruch von menschlichen Ausscheidungen stieg mir in die Nase. Vorsichtig einen Fuß vor den anderen setzend, schlich sich jemand unter die Stiege, huschte mit angehaltenem Atem hinunter, aber ich spürte ihn direkt unter mir und kauerte mich zusammen. Holz knackte – noch ein Schritt, ein dumpfer Schlag gefolgt von einem Würgen, das kläglich erstarb.

»Erik!« Ich hielt es nicht mehr aus, fiel die Treppe fast hinunter, stolperte in die Sode, nach Halt angelnd, während mein Fuß immer tiefer in der stinkenden Brühe versank. »Erik?«

»*Hljóðr, kærra*...« Zwei Arme griffen aus dem Dunkel nach mir, »hol mir ein Licht, rasch! Ich muss sehen, wen ich da gefunden habe!«

Ich hastete die Stiege hoch zu unserer Kammer. Wie jeden Abend stand die Lampe geputzt und mit einer frischen Kerze versehen auf dem Hocker. Mit dem Licht in der Hand wirkte die Welt nicht mehr so feindselig, und etwas ruhiger stieg ich wieder nach draußen zu Erik, der unter der Stiege wartete. Neben ihm lag ein zusammengekrümmtes Bündel, das leise vor sich hin wimmerte.

»Er hat uns aufgelauert«, knurrte Erik und griff nach der Lampe. »Er muss gestern den ganzen Tag hier gewesen sein, denn heute Morgen war der Hafersack leer und mein Pferd so unruhig. Du kleiner Dieb, du –«

Brutal warf er den Überwältigten herum und packte ihn am Hals. Licht fiel auf die mit Schmutz und Erde verschmierten Züge.

»Hermann!« Ich schwankte. Erik bückte sich, wischte mit einer Handbewegung das Gesicht des Jungen sauber.

»Was beim Thor will der Bauernlümmel hier?«, murmelte er. Kalt lief es mir den Rücken herunter, sein rundes Gesicht leuchtete wie eine Totenmaske. Ich klammerte mich am Geländer fest.

»Nimm die Lampe. Ich will ihn hoch schaffen, bevor die Wirtin etwas bemerkt.« Damit packte er Naphtalis Diener und trug ihn die Treppe hoch. Dort schälten wir ihn aus den völlig verdreckten Kleidern und hüllten ihn in eine Decke. Zähneklappernd saß er auf dem Boden und hielt sich den Bauch.

»Er ist halb verhungert, Erik.« Ich kniete neben ihm nieder und rubbelte das nasse Haar trocken. Es stank nach Kloake und Viehstall. »Bitte hol ihm etwas.« Sein Blick war nicht zu deuten. Stumm entsprach er meiner Bitte und nahm die stinkenden Kleider des Jungen gleich mit.

Ich blieb neben Hermann auf dem Boden sitzen.

Während der Junge auf dem Hocker saß und das Essen so gierig in sich hineinschlang, dass es ihm zu den Mundwinkeln herauslief und auf die Decke tropfte, wo er es mit schmutzigen Fingern auflas und sich wieder in den Mund stopfte, hockten Erik und ich auf der Bank und beobachteten ihn.

»Du hast es geahnt, nicht wahr?«, flüsterte er plötzlich. »Du hast geahnt, dass etwas passiert.«

Seine Hand strich über meinen Rücken. »Deine Angst in den letzten Tagen ist mir nicht entgangen, *meyja*.« Meine Angst.

»Ooooch, jetzt geht's mir besser«, stöhnte unser Gast und schob die Schüssel weg. Ungeniert wischte er sich die Finger an der Decke ab.

»Wenn du satt bist, kannst du mir vielleicht verraten, was du hier treibst.« Eriks Stimme klang so unfreundlich, dass ich beschwichtigend die Hand auf sein Knie legte. »Ich entsinne mich nicht, dich eingeladen zu haben.«

»Niemand hat mich je eingeladen, Herr«, unterbrach Hermann ihn, »und doch komme ich zu Euch, weil – weil –« Ein Schluchzen erstickte seine Stimme, und er wandte sich ab, um seine Tränen zu verbergen. Meine Angst. Übelkeit stieg in mir hoch, wand sich durch die enge Speiseröhre und überzog die Zähne mit Pelz. Ich schluckte, wagte es jedoch nicht aufzustehen, um Hermann zu trösten ...

»Stell dich nicht an wie ein Weib – rede mit mir!«

»Der Meister.« Seine Stimme war sehr leise. Mein Herz begann so wild zu klopfen, dass mir schwindlig wurde. »Sie haben ihn in

Gewahrsam genommen und – und nach Köln geschafft, o Herrin, in Ketten haben sie ihn gelegt.«

»Warum?« Langsam erhob sich Erik und machte einen Schritt auf die kleine Gestalt zu.

»Warum haben sie ihn verhaftet, sprich – warum? Warum, Hermann?« Hermann wich ihm aus und kniete sich vor mich hin. Seine schmutzige Hand umklammerte mein Knie, kaum verstand ich, was er sagte.

»Nachdem Eure Flucht geglückt war, Herrin, zwang der Abt Euren Vater, den Juden festzusetzen, weil – weil der an allem schuld sei. Man sandte Nachricht an den Erzbischof, und gleich am nächsten Tag kam einer seiner Vögte und nahm den Meister mit – in eisernen Ketten.« Er vergrub sein Gesicht in meinem Schoß.

»Was haben sie mit ihm vor, Junge?« Erik hockte sich neben den Weinenden und legte die Hand auf seinen Arm. Ich erinnerte mich, wie groß Hermanns Abneigung gegen den Barbaren war.

»Sie sagen, sie wollten ihm den Prozess machen, wegen – wegen Zauberei und Meineid.«

Nur sein Schluchzen durchbrach die Stille, hilfloses Schniefen. Seine Tränen drangen durch den Stoff und brannten heiß auf meinem Bein.

»Er hat alles gewusst«, murmelte ich tonlos. Erik sank neben mich. Er war bleich geworden.

»Ein Jude, der in Köln des Meineides angeklagt wird, ist des Todes«, sagte er heiser. »Man sagt, dass der Erzbischof sehr streng ist. Außerdem soll er der jüdischen Gemeinde von Köln viel Geld schulden...«

Ich starrte vor mich hin. Bilder jagten durch meinen Kopf. Der Feuerdrache, Feuer, Sterbende, Tod und Verderben. Feuer. Sein schwarzer Kaftan flatterte durch meine Gedanken, die kalten, gichtigen Hände, an denen man jeden einzelnen Knochen zählen konnte, die schwarzen Augen, die die Wahrheit kannten – alles hatte er gewusst, von Anfang an. Alles. Ich umfasste mein Gesicht mit den Händen. Kein Traum. Ein Albtraum.

»Verflucht, irgendetwas muss man doch tun können!«

Erik war aufgesprungen und stapfte in der Kammer herum. »Irgendetwas – *irgend*etwas – beim Thor, ich kann nicht hier sitzen bleiben und zuschauen.«

»Levi Aureus sagt, dass das Judengefängnis sich im Haus des Kämmerers befindet«, flüsterte Hermann.

»Woher kennst du den Gold-Juden?« Hermann duckte sich unter den zornig ausgestoßenen Worten. »Woher kennst du ihn, bist du taub?«

»Er – er verwaltet das Geld des Meisters. Ich war ein paar Mal dabei, als der Meister in Köln seinen Geschäften nachging. Und dann wohnten wir im Haus des Levi Aureus.« Er zog die Nase hoch. »Er sagte mir auch, wo ich Euch finden würde.«

»Du hast meinem Pferd das Futter gestohlen, elender Herumtreiber. Und du hast –«

»Hör auf, Erik. *Hör auf.*« In meinem Kopf hämmerte es, dass ich kaum die Augen offen halten konnte. »Ist der Maure auch hier?«

»Tassiah hat sich – hat sich freiwillig gefangen nehmen lassen, um bei ihm zu bleiben. Ich konnte fliehen.« Ich hörte, wie er schwer schluckte – an seiner Feigheit, wie er glaubte. »Ich versteckte mich im Wald. In der Nacht bin ich ins Labor geschlichen und hab seinen Medizinkasten aus dem Versteck geholt. Alles andere war verbrannt und zerstört, alles, kein Stein mehr auf dem anderen, und die Truhe mit den Folianten haben sie mitgenommen.« Er seufzte und setzte sich mit untergeschlagenen Beinen neben meine Füße. »Am nächsten Tag kam die Gräfin in den Keller geschlichen, mit einer kichernden Kammerfrau im Schlepp, und sie steckten ihre Nase in jeden Winkel... Und so erfuhr ich, wohin sie den Meister gebracht hatten. Da hab ich mich gleich auf den Weg gemacht.«

Und dann sah er Erik an. »Ich bin kein Dieb, Herr. Den Hafer nahm ich, weil ich Hunger hatte, doch ich ließ dem Pferd die Hälfte. Ich bin kein Dieb wie Ihr.«

Eine Hand fuhr an den Dolchgriff, Metall schimmerte im Kerzenschein. Kein Wort kam über meine Lippen, ich war starr vor Schreck über Hermanns Unverfrorenheit. Erik zögerte kurz, dann stand er auf und verließ die Kammer. Er kam nicht wieder. Ich rang die Hände, weinte vor Sorge, was er für unüberlegte Dinge vorhaben mochte, schalt Hermann einen Toren und Dummkopf und bat ihn im selben Atemzug, Erik zu suchen…

»Alienor. Wach auf, *meyja*.«

Er hockte dicht neben mir, in einem schwarzen Mantel, das Haar unter einer Kapuze verborgen. Es roch nach Heu. Den Rest der Nacht schien er bei seinem Pferd zugebracht zu haben.

»Ich will noch einmal zu diesem Juden gehen.«
»Nimm mich mit, Erik.«
»Ausgeschlossen. Wenn dich jemand erkennt…«
Ich rappelte mich hoch. »Aber –«
»Du bleibst hier. Ich will, dass du hier bleibst.« Seine Züge wirkten unendlich müde, sicher hatte er kein Auge zugetan. Als ich ihn berühren wollte, wich er mir aus. »Ich bin ehrlos und ein Dieb – lass mir wenigstens das Recht, meine Beute zu schützen.« Seine Rechte hatte den Schwertknauf gepackt. Die Knöchel waren weiß. »Alienor, mein Leben ist wertlos ohne dich.« Hastig erhob er sich.

»Du, *gaurri*, kommst mit mir.« Er winkte Naphtalis Diener, der in der Ecke geschlafen hatte.

Angst überfiel mich wie ein Fieber, als er die Tür öffnete und mir einen letzten Blick zuwarf.

»Komm wieder«, flüsterte ich.

Erst viel später entdeckte ich, dass er kein Risiko hatte eingehen wollen: Von außen war ein Riegel vorgeschoben – ich war eingeschlossen, gefangen! Ich rüttelte an der Tür, trat mit den Füßen dagegen, schrie, weinte und tobte, ich verwünschte ihn und die ganze Welt, doch die Tür blieb zu. Nur Annas Tochter schluchzte auf der anderen Seite, dass er ihr bei Leibesstrafe verboten habe zu öffnen.

Wie ein wildes Tier hinter Gittern wanderte ich in der Kammer herum, versuchte sogar, aus dem Fenster zu steigen, doch es war zu eng und ließ mich nicht hindurch – ich hätte mir ohnehin wahrscheinlich nur den Hals gebrochen.

Gefangen. Seine Gefangene, auf Gedeih und Verderb, für immer – was sollte ich tun? Wohin mich wenden, wen fragen...

Als er am Abend wiederkam, lag ich nur mit dem Hemd bekleidet hinter der Tür auf dem Boden, das Gesicht in die Arme gebohrt. Meine Augen brannten, und ein paar Mal hatte mir der Bauch so unglaublich weh getan, dass ich dachte, meine Gedärme würden sich entleeren. Meine Beine starrten vor Wanzenbissen, aber ich hatte nicht einmal mehr die Kraft, mich zu kratzen. Er hob mich auf, legte mich auf das Bett und blieb stumm neben mir sitzen. Schweißperlen rollten von seiner Stirn.

»Ich habe deinen Vater gesehen«, presste er unvermittelt hervor. »Er hat seinen halben Hofstaat mitgenommen... überall Volk aus Sassenberg. Er kam aus dem Haus des *hyrningr,* wo – wo wir gestern Abend waren.« Der Schweiß tropfte von seinem Kinn auf den Mantel, den er trotz der Hitze trug. »Dein Onkel Montgomery war bei ihm, und die neue Gräfin. Und an der Tür stand der Geschorene.« Die Stimme versagte ihm. Ich drehte mich um. Sein Gesicht war grau.

»Die Juden haben sich abgeschottet.« Langsam zog er die Kapuze vom Kopf. »Levi Aureus wollte mich nicht hereinlassen, ließ mir ausrichten, dass er nichts mit Fremden zu schaffen habe. Ihre Furcht war deutlich zu spüren.« Seine Hände wrangen die Kapuze, bis die Nähte krachten. »Und dann ist mir dieser Alchemistenbengel davongelaufen.« Er feuerte den Stoff mit aller Macht in die Ecke, verharrte heftig atmend in der Bewegung. »Plötzlich war er weg – einfach weg! Ich habe ihn nicht wieder gefunden. Nichts herausgebracht, kostbare Zeit verschwendet, alles umsonst, alles...« Erik sackte auf der Bettkante in sich zusammen, vergrub den Kopf in seinen Händen.

Ich schob mich an ihm vorbei aus dem Bett, schlüpfte in die Tunika, die ich mir am Nachmittag vom Leib gerissen hatte, und warf mir einen Schleier über den Kopf. »Lass uns hinuntergehen, Erik.«

Es fielen nicht viele Worte an diesem Abend. Die meisten Gäste hatten sich schon zur Ruhe begeben, doch für uns bereitete Gevatterin Anna noch ein kleines Mahl. Schweigend schlürften wir die Suppe, zerkrümelten das Brot und kehrten es vom Tisch in die Binsen, wo Hühner eifrig danach pickten. Ich sagte nichts von den Stichen im Leib, die mich seit dem Mittag quälten und das Unwohlsein, das seine Anspannung in mir auslöste, noch verstärkten. Irgendwann griff er nach meiner Hand und ließ sie nicht mehr los.

Der Nachtwächter hatte längst Mitternacht ausgerufen, niemand saß mehr in der Stube. Auch Gevatterin Anna war zu Bett gegangen. Die Kerze flackerte. Draußen knurrte ein Hund. Da kratzte jemand am Fensterflügel. Erik sprang auf und riss die Eingangstür auf. Einen Moment war er verschwunden, dann tauchte er wieder auf, die Faust am Kragen von Naphtalis Diener.

»Hermann – der Jungfrau sei Dank –, ich dachte schon...« Erleichtert wollte ich den Jungen in die Arme schließen, doch Erik schob ihn ans andere Ende des Tisches und zwang ihn unsanft, sich zu setzen. Ohne den Kragen loszulassen, hockte er sich daneben und schüttelte ihn.

»Wo warst du?«

Hermanns Gesicht starrte vor Dreck und war tränenverschmiert. Ungeschickt versuchte er, sich die Augen zu wischen. Erst jetzt bemerkte ich, dass er eine Klosterkette trug...

»*Skall ég kryfja þik*«, knurrte Erik, »mach dein Maul auf, Bursche!«

»Ich war bei ihm.«

Kalte Schauder jagten über meinen Rücken, und mir schwindelte. Ich hielt mich an der Tischkante fest.

»Wo, Hermann? Wo ist er?« Der Junge suchte meinen Blick, und nur widerwillig ließ Erik seinen Kragen los und rückte von ihm ab, als spürte er, dass Hermann sich allein mir anvertrauen würde.

»Levi Aureus wusste, dass er nicht im Haus des Kämmerers eingesperrt war. Ein Freund hatte den Wagen mit den Gefangenen gesehen, und er hielt vor dem Gerichtshaus.« Hermann schnäuzte sich in den Ärmel. »Levis Tochter brachte mich dorthin, aber es war gut bewacht, vor jedem Eingang standen Leute mit Hellebarden... Die Einzigen, die sie durchließen, waren zwei Mönche – da kam ich auf die Idee, die Kutte zu stehlen, in der Wäschekammer der Klosterschule. Den Wächtern sagte ich, dass meine Lehrer bereits vorgegangen seien, und so ließen sie mich anstandslos passieren.« Sein Kopf sank auf die Brust, dicke Tränen rannen ihm über die Wangen. Ich rutschte auf der Bank zu ihm hinüber und legte den Arm um seine Schultern.

»Was geschah dann, Hermann? Wie hast du ihn gefunden?«

»Ich hab nach dem Zauberer gefragt. Meine Lehrer hätten mir aufgetragen, ihn mir anzuschauen, weil ich daraus lernen könne. Es war so einfach...« Verzweifelt sah er mich an. »So einfach, zu ihm zu gelangen, ein Kinderspiel, doch was ich sah – o Herrin, ich kann es nicht erzählen, ich kann nicht –«

»Versuch es, Junge.«

»Sie haben ihn gefoltert. Der Wachtposten kam mit mir in den Kerker und erzählte, was sie alles mit ihm gemacht hatten. Wie sie ihn geschlagen hatten, mit Ruten und Seilen, seine Nägel ausgerissen, seine Füße zermalmt, seine Arme gebrochen.« Ich begegnete Eriks Blick – stummes Entsetzen. Jedes Wort war ein Schlag. Naphtali. *Naphtali!* Feuchter Kerker, gierige Ratten, die nicht zwischen Mensch und Brot unterschieden – gemarterter Körper voll Schwären und Blut, geschlagen bis zur Besinnungslosigkeit, zwei Augen eingeschlossen von Qual und Tod.

»Und der Stumme? Hast du Tassiah gesehen?«

»Er lag in der Ecke und rührte sich nicht. Ich weiß nicht, ob – ob er noch lebte. Der Meister kam – kam ans Gitter gekrochen, als mein Führer mich allein ließ. ›Schau ihn dir an, kleiner Mönch‹, lachte er. ›So sieht ein Zauberer aus. Schau ihn dir gut an, damit du den nächsten sofort erkennst.‹« Hermann keuchte vor Entsetzen.

»Er konnte sich kaum aufrecht halten, doch er hatte meine Stimme erkannt. ›Geh fort, mein Junge‹, sagte er, ›dies ist kein Ort für dich. Meinen Weg muss ich alleine gehen.‹ Und dann segnete er mich, wie er Euch gesegnet hat.« Seine schmale Hand suchte mich. »Gestern – gestern blendeten sie ihn.«

Starr saß ich da. Die Stiche gingen wie ein Messer durch mich hindurch, ohne dass Blut floss – kein Blut, kein Leben in mir – geblendet. Die Augen, die in den Sternen lesen konnten, die wie ein feiner Lichtstrahl Momente der Zukunft erhellen konnten, bevor sie wieder im rätselhaften Dunkel verschwand – geblendet. Die Kirche mochte keine weisen Männer. Wie oft hatte der Arzt diese Worte ausgesprochen, wenn ich ihn bedrängte, für mich einen Blick zu wagen – geblendet. Erik holte tief Luft.

»Was haben sie mit ihm vor? Gleichgültig, was er gesteht – sie können ihn doch nicht so weiterfoltern. Was soll mit ihm geschehen? Hast du das herausbekommen?«

Hermann hob den Kopf. »Ihr solltet das nicht hören, Herrin.«

»Sag uns, was du weißt, Hermann. Sag es uns.« Meine Finger waren feucht.

»Morgen Mittag«, flüsterte er da. »Morgen Mittag am Severinstor. Sie wollen ihn verbrennen, mit all seinen Folianten...«

Ich erwachte. Dunkel umgab mich, drohendes Schwarz – ich zog die Decke weg. Meine Augen waren geschwollen, durch die Nase bekam ich keine Luft mehr. Mein Bauch wirkte riesengroß, doppelt so groß wie sonst – ich tastete nach ihm, doch er war wie immer. Und der Schmerz, alter Bekannter vom Tage, war auch noch da, fuchtelte mit vergiftetem Speer in mir herum, ließ zwischen meinen Beinen einen See entstehen, der von dort gespeist wurde, wo mein Kind einen stillen Tod starb.

Ein Schrei gellte in meinen Ohren, spitz und schrill – ich hielt mir die Ohren zu, keuchte –

»Schsch, *elska*...« Jemand nahm mich in die Arme und hielt mich fest. Wasser netzte meine Lippen, kühlte die aufgedunsenen Lider. Ein Herzschlag, nah bei mir, feuchte Haut, Wärme und Leben, dahinter die Ewigkeit...

19. KAPITEL

*Wo du hingehst, da will auch ich hingehen,
wo du bleibst, da bleibe auch ich.
Dein Volk ist mein Volk und dein Gott ist mein Gott.*
(Ruth 1,16)

Es wird weiterbluten, wenn Ihr aufsteht, Herrin.« Seine braunen Augen musterten mich ernst, während er das verschmutzte Laken zusammenknüllte. »Ihr solltet liegen bleiben. Der – der Meister hätte das auch geraten...«

»Maia«, murmelte ich und machte mich ganz klein auf der Bettkante. Getrocknetes Blut juckte an meinen Schenkeln. Dumpf bohrte etwas hinter meinem Bauchnabel. »Maia...«

»Vielleicht kann ich helfen«, flüsterte Hermann und kroch in die Ecke, wo er Naphtalis Medizinkiste unter einem Tuch hütete. Ich wagte nicht aufzustehen aus Angst, mein Körper würde es nicht mehr halten können, würde auslaufen wie eine Schweinsblase, in die man ein Loch gestochen hatte, und so rutschte ich auf der Kante näher, den Schoß fest gegen den Leinenbezug gedrängt, um es aufzuhalten, bis Hilfe kam.

Hermann hatte den Kasten geöffnet und förderte kleine Säckchen zu Tage. Leise murmelte er vor sich hin, schnupperte an den Beuteln, befühlte Blätter und Knospen, roch und leckte an seinen Fingern, bis er gefunden hatte, wonach er suchte. Er streute aus zwei Säckchen Blätter in einen Becher Wein und reichte ihn mir.

»Versprecht mir, nun zu ruhen. Ich weiß nicht, ob das Mittel hilft, Herrin – wir können nur warten. Ich will für Euch beten.« Mit zitternden Händen breitete er die Decke über mich.

»Gott vergebe mir, wenn –«

Ich legte den Finger auf die Lippen und versuchte zu lächeln. »Schweig, Hermann. Schweig jetzt und bete für mich.« Im Schutz der Decke bettete ich das hässliche Kreuz aus dem Norden auf den Aufruhr in meinem Unterleib und ließ meine Fingerspitzen langsam über die Haut fahren. »Bleib«, dachte ich inbrünstig, »im Namen der Heiligen Jungfrau – bleib – bleib – bleib.« Die Worte kreisten in meinem Kopf, zogen alle anderen Gedanken heraus, bis sie, angestiftet von der Droge im Wein, meinen Geist betäubten – bleib – bleib – bleib.

Und langsam verebbte der Schmerz.

Als Erik heimkam, wollte er eigentlich nur sein Schwert und den schwarzen Mantel holen. Durch die Luke brannte die Mittagssonne – Mittag!

»Wo willst du hin?«, fragte ich beunruhigt und setzte mich auf. Er drehte sich um. Silbergraue Schatten hatten sich unter seinen Augen breit gemacht, erzählten von einer weiteren durchwachten Nacht und von Selbstvorwürfen, für die es keine Worte gab. »Wohin gehst du?«

Schweigend streifte er das Schwertgehänge über und kontrollierte den Sitz, bevor er nach dem Mantel griff. Da wurde mir klar, was er vorhatte.

»Ich gehe mit!«

»Du gehst nirgends hin.« Das Schloss an der Schwertscheide schnappte mit sattem Klicken ein.

»Du wirst mich nicht hindern.«

»Du bleibst hier, sage ich.«

»Nein!«

»Du bleibst!« Deutlich spürte ich, wie Wut Besitz von ihm ergriff. »Ich dulde nicht, dass du diesen Raum verlässt!«

»Ich werde mit dir gehen.«

»Muss ich dich wieder einschließen, willst du das?«, herrschte er mich an.

Ich schwang die Beine aus dem Bett. »Ach, spielen wir jetzt vertauschte Rollen – du bist mein Kerkermeister und ich deine Gefangene?«, fauchte ich zurück. »Wie dumm ich doch bin, einfältig und –« Die Tür krachte gegen den Rahmen, dass die Wände erzitterten.

Vorsichtig stand ich auf. In meinem Bauch herrschte Ruhe.

Kein Schmerz, kein Blut. Hatte Gott meine Gebete erhört? Oder gewährte Er mir nur eine Pause? Mit steifen Beinen ging ich zur Truhe und zog ein sauberes Kleid heraus. In einer Schüssel stand Wasser bereit, mit dem ich mich notdürftig reinigte. Ich fuhr mir gerade durch die Haare, als die Tür wieder knarzte.

Zögernd trat er näher, und sein Blick brannte Löcher in mein Herz. In der Hand hielt er einen schwarzen Witwenschleier, der mich vor allzu neugierigen Blicken verbergen würde – Friede.

Er sprach kein Wort, als er mir den Schleier überlegte und mich die Treppe hinunter zu der Sänfte geleitete, die vor dem Haus wartete – wo immer er sie aufgetan hatte, die ganze Stadt war doch angesichts der Hinrichtung auf den Beinen. Schweigend legten wir den langen Weg durch die Innenstadt zurück, vorbei an St. Anton und der Hohepforte, die endlos scheinende Severinstraße entlang, die, gesäumt von Feldern, Allmenden und Scheunen, die Kölner Vorstadt teilte, reihten uns ein in die Schlange vor dem Severinstor, wo die Torwächter das Publikum scharf musterten. Bist du ein Jude aus Köln? Zauberer? Hast du Waffen bei dir? Kennst du den Delinquenten?

Scharen von Menschen waren unterwegs, Männer, Frauen und Kinder, und die noch zu klein waren, um den langen Weg zu laufen, die wurden auf den Armen mitgeschleppt wie der Proviant – Brot und Bierkrüge, um die Stunden, die man auf die Verurteilten würde warten müssen, wohl genährt zu überstehen. Ein Spielmann stimmte im Gehen seine Leier und nahm dankbar an, als der Ochsenkarren, der vor uns ein Fass zum Hinrichtungsplatz transportierte, ihn als Fahrgast einlud. Seine Flöten klapperten lustig gegen das Holzgitter, und als die Leier gestimmt war, spielte er den Leuten auf, um ihnen den Fußmarsch zu verkürzen.

Berittene Stadtwache drängte rücksichtslos und blind an den Menschen vorbei. Eine Frau fiel in den Abwassergraben und schrie ihnen üble Schimpfworte hinterher, doch sie drehten sich nicht einmal nach ihr um.

Hinter dem Severinstor kehrte die Sänfte um, den Rest des Weges mussten wir zu Fuß zurücklegen. Buden und Hütten säumten die Stadtumwallung, es stank nach Kot und ranzigem Fett, und in den ausgetretenen Furchen sammelte sich der Müll. Magere Katzen, Hunde und verlauste Kinder mit zotteligen Haaren zankten sich um Abfälle. Hier hausten Menschen, denen man das Bürgerrecht verweigerte, Schlächter und Totengräber, fahrendes Volk, Gaukler und Lumpensammler. Auch der Henker wohnte in einem dieser Häuser.

Die Hinrichtungsstätte lag auf einer Anhöhe, umgeben von Tribünen, Verkaufsbuden und Ständen, an denen Getränke und Kuchen angeboten wurden. Vor großem Publikum schlug ein Wirt das herangekarrte Fass Bier an und war alsbald umringt von Durstigen, die ihre mitgebrachten Krüge in die Höhe hielten. Ein gebratenes Schwein glänzte in der Sonne, und der Metzger drehte den Spieß, aus vollem Halse singend. Wie auf einem Jahrmarkt roch es an jeder Ecke nach Essen und Bier, die Stände quollen über vor Angeboten, es gab Brot, Gebratenes, Eierspeisen, Andenken, Bänder, Ketten und allerlei Tand, Kreuze und Rosenkränze, die der Papst erst letzte Woche gesegnet hatte, Splitter vom Kreuze Jesu, Locken, blutige Tücher, Finger und andere Reliquien aus aller Welt, verpackt in Leinwandsäckchen und silbernen Röhrchen…

Erik zog mich hinter eine der Hütten. Ein Mann, der seine Notdurft dort verrichtete, raffte seine Kleider über dem blanken Hinterteil und floh, als er uns sah.

Das Dach der Hütte ragte vor und bot ein wenig Schutz vor der sengenden Sonne. Von hier aus konnte man den Platz gut überschauen. Ich wischte mir den Schweiß aus dem Gesicht und lehnte mich gegen die Lattenwand.

»Das hätte ich dir gern erspart.« Seine Stimme war belegt.

»Erik, ich weiß, was wir sehen werden.« In Wahrheit hatte ich keine Ahnung, was genau geschehen würde – die Bestrafungen, die ich auf Sassenberg mitverfolgt hatte, waren vergleichsweise harmlos gewesen. Auspeitschungen, Schläge auf die Fußsohlen, Prangerstrafen und abgehackte Arme – Vater nahm die abschreckende Wirkung der verhängten Strafen sehr ernst. »Zittern sollen sie«, pflegte er zu sagen, »zittern vor Furcht, und sich bessern.«

Leise fluchend zog Erik die Kapuze aus. Es war mörderisch heiß, und Hermann war mit unserer Schweinsblase voll Wasser verschwunden.

»Wir – wir können ihn nicht allein lassen«, begann ich. »Wir –«
»Es gibt kein Entrinnen«, unterbrach er mich barsch. »Den ganzen Morgen war ich hier, habe den Platz ausspioniert, die Häuser, sogar den Scheiterhaufen – es gibt kein Entrinnen. Er ist verloren. Eine ganze Armee könnte ihn nicht befreien.« Seine Faust hieb gegen das Holz, dass die Hütte erzitterte. »Warum hab ich ihn nicht – warum – beim Thor…« Mit erstickter Stimme wandte er sich ab, die Hände zu Fäusten geballt. Der nagende Vorwurf, dass er den alten Mann seinen Peinigern ausgeliefert hatte, zwang ihn fast in die Knie.

Mein eigener Kopf war leer. Der Lärm um die Hütten herum, die Gerüche, die vielen Menschen lenkten ab von der Tatsache, dass die Hinrichtung bald beginnen würde. Aus der Ferne drang der Klang eines Armesünderglöckchens an mein Ohr, das Zeichen, dass der Zug sich in Bewegung gesetzt hatte, und so sank ich, wo ich stand, auf die Knie, faltete die Hände und flehte Gott um Beistand an: »*De profundis clamavi ad te, Domine! Domine, exaudi vocem meam! Fiant aures tuae intendentes in vocem deprecationes meae – Si inquitates observaveris, Domine Domine, qui sustinebit? Quia apud…*« Ich fühlte, wie Erik hinter mir stand, wortlos, gottlos und allein – »*te propitiatio est, et propter Legem tuam, sustinui te, Domine.*«

Die Menschen vor den Hütten wurden unruhig. Ein Gaul scheute, versuchte, sich loszureißen. Und dann hörte ich es auch. Trommeln und Rasseln, und das Schreien einer Menge, die ihren Hass einem Juden entgegenschleuderte, und wie ein Echo pflanzte er sich fort, wurde lauter und gemeiner und ergriff alle, die um uns herumstanden, fremde Menschen, die gar nicht wussten, wer da bestraft wurde, aber er war ein jüdischer Zauberer, das genügte – Christusmörder – Fälscher – Langnase – Zauberer.

Das Gebet blieb mir im Hals stecken, und ich hielt mir die Ohren zu, drückte, bis es weh tat… »*cum jam anima viam universae carnis ingreditur…*« Die Trommeln kamen näher und näher. Berittene führten den Zug an, die ersten Steine flogen, die Schreie wurden wütender, Gesichter verzerrten sich zu hässlichen Grimassen. Erik zog mich von den Knien und legte beide Arme um mich, als wollte er mich ersticken.

»Noch kann ich dich wegbringen, *kærra*, noch ist Zeit.« Kaum verstand ich seine Worte in dem Lärm, einem Gewitterbrausen ähnlich, aber ich schüttelte den Kopf. Wir mussten bleiben und ihm beistehen, so gut wir konnten, das waren wir ihm schuldig... *schuldig*...

Als der Leiterwagen an uns vorbeiratterte, teilte sich die Menge wie auf geheimen Befehl – zwei nackte Gestalten lagen auf schmutzigem Stroh, eine dunkel, eine hell, keine von beiden rührte sich. Pferdeäpfel und Unrat flogen in den Wagen, bedeckten die Körper – dann schloss sich die Wand aus Zuschauern vor uns wieder.

Der Platz glich einem Hexenkessel, wie ein Lauffeuer hatte sich die Geschichte vom Juden herumgesprochen, der die Familie des Freigrafen auf dem Gewissen hatte, von seinen Zaubertränken, die er den harmlosen Opfern als *medicina* aufgedrängt hatte, von schwarzer Magie und Teufelsanbeterei in den Kellern der Burg, und von seinen unheimlichen Helfern, Ungläubigen mit blutrünstigen Götzen, die man mit eigenen Augen gesehen hatte... Die Gerüchte köchelten wie eine giftige Suppe um uns herum, sie warf Blasen und verbrannte uns das Gesicht, und ihre Oberfläche wurde dick und zäh und verhinderte den Blick in die Tiefe, wo Menschenliebe und Weisheit zerstückelt auf den Boden des Topfes gesunken waren.

Auf der Tribüne hatte allerlei Volk Platz genommen. Unterhalb der Riege von Rotgewandeten, die den Erzbischof umgaben, erkannte ich meinen Vater, gekleidet in schwarze Seide, daneben seine junge Frau, deren Flechten unter dem Schleier hervorlugten und wie Gold in der Sonne leuchteten. Zwei Zofen ordneten ihren Umhang, und ich erinnerte mich, wie sicher Adelheid von Jülich sich in herrschaftlicher Umgebung bewegte. Lebhaft schaute sie umher, grüßte diesen und jenen und tuschelte dann wieder mit ihrem Beichtvater, Pater Adrian, einem Benediktiner, der nur wenig älter war als sie, und dessen begehrliche Blicke mir daheim schon aufgefallen waren.

»*Subvenite sancti dei*«, murmelte ich und drängte mich näher an Erik. Sein Herzschlag schien meinen Rücken aufzureißen. »*Occurite angeli Domini*...«

Trommelwirbel. Schlagartig wurde es still auf dem Platz. Anno, der Erzbischof von Köln, hatte sich von seinem Sessel erhoben. Ein Novize reichte ihm die Anklageschrift, die er bedächtig entrollte. Seinen Bewegungen wohnte eine gewisse Würde inne, doch an seinen harten, asketischen Zügen konnte man ablesen, zu welcher Gewalt dieser mächtige Mann fähig war und wie es wohl zu dem furchtbaren Streit zwischen ihm und dem jungen Kaiser gekommen war. Auch ich hatte von den Geschehnissen bei der Schwertleite Heinrichs gehört, wo allein Kaiserin Agnes' beherztes Eingreifen verhinderte, dass ihr Sohn seinen verhassten Lehrer erschlug.

Der Erzbischof ließ seinen Blick über die Menge wandern. Flüchtig streifte er auch mich. Schwarze, kalte Augen, die mich wie zwei Lanzen durchbohrten – diese Augen kannten keine Gnade. »*Subvenite sancti dei*«, flüsterte ich. Meine Hände waren trotz der Hitze eiskalt.

»Leute von Köln«, begann Anno seine Ansprache. »Wir haben uns hier versammelt im Namen des Allmächtigen, um einen Sünder seiner gerechten Strafe zuzuführen!« Auf seinen Wink hin wurden die Leitern des Karrens heruntergehoben, damit jeder einen Blick auf die Verurteilten werfen konnte. »Naphtali der Jude wurde schuldig befunden des Meineides, der Lüge, der Gotteslästerei, der Zauberei und der Tötung eines unschuldigen Kindes –«

»*þrífisk, fjándi, þrífisk þú aldri*«, keuchte Erik hinter mir und warf sich herum gegen die Wand, um Naphtalis Richter nicht mehr sehen zu müssen. Ich stolperte hinterher und griff nach seinen Händen, die bereits das Schwert hielten. »Bitte – bitte nicht –«

»Nach eingehender Untersuchung durch das weltliche Gericht wurde sein Tod durch das Feuer beschlossen!« Ein Raunen ging durch die Menge, vereinzelter Jubel wurde laut. »Verbrennt ihn – verfeuert ihn – auf den Scheiterhaufen mit dem Zauberer!«

Auf der Tribüne war es ruhig, niemand schrie herum oder schüttelte eine Faust. Adelheid sprach ununterbrochen mit ihrem Beichtvater. Der Freigraf saß reglos auf seinem Stuhl, die Hände im Schoß verschränkt. Was mochte er empfinden, nun, da er seinen langjährigen Gast würde brennen sehen? Waren sie nicht einmal Freunde gewesen – vor langer Zeit? Oder war es nur Eitelkeit, die Vater veranlasst hatte, sich mit dem Weisen vor Vasallen und Gegnern zu schmücken? Ausgeburt seiner bizarren Fantasie? Das Geld, das Naphtali ihm immer wieder lieh? Nie würde ich darauf eine Antwort erhalten...

Gleich neben uns pinkelte ein Junge gegen die Holzwand, während er über seine Schulter zusah, wie Gerichtsdiener Papyrusrollen und Folianten auf den Holzstoß warfen – die wertvollen Bücher des Juden, die dieser in der Truhe verwahrt hatte, würden den selben Weg wie ihr Meister gehen, all das kostbare Wissen, das er in Jahren angehäuft hatte, Sternkarten, Zeichnungen, Berechnungen und Anatomien würden zu Staub und Asche verbrennen, um die Köpfe der Menschen nicht zu verderben. Ich kannte die Ansicht der Kirche zu Naphtalis Gelehrsamkeit nur zu gut.

Und dann zerrten sie die beiden Gestalten vom Karren. Henkersknechte überschütteten sie mit Wasser und schleiften sie unter den Pfahl. Die Menge tobte und pfiff, Erdklumpen flogen durch die Luft und teilweise bis auf die Tribüne. Der Erzbischof winkte herrisch, damit aufzuhören.

Tassiah wurde als Erster an den Pfahl gebunden. Sein Gesicht war ein geschwollener Klumpen, sein nackter Körper von geronnenem Blut überkrustet. Für einen Ungläubigen gab es weder ein Büßerhemd noch einen eigenen Pfahl. Als sie ihn festgezurrt hatten, sackte er kraftlos in sich zusammen. Faules Obst traf seinen gemarterten Körper. Erik versuchte, mich hinter die Hütte zu ziehen, um mir die Sicht zu nehmen.

»Du sollst das nicht sehen, bitte, sei vernünftig, lass mich dich fortbringen, Alienor.« Unwillig machte ich mich los und schob mir den Schleier aus dem Gesicht. Wie konnte er nur daran denken fortzugehen, den alten Mann allein sterben zu lassen, ohne Gebet, ohne Nähe, wie konnte er nur?

»Das ist der Teufel«, flüsterte jemand in unserer Nähe, »der Leibhaftige, seht nur –«

»Ob es zischt, wenn sie Feuer an ihn legen?«

»Kann man den Teufel überhaupt verbrennen?«, wunderte sich ein anderer.

»Still, jetzt kommt der Zauberer.« Es wurde ruhig, Köpfe reckten sich, Kinder wurden auf die Schultern gehoben, damit sie besser sehen konnten. »Der ist ja ganz alt«, flüsterte ein kleines Mädchen.

Man hatte dem Arzt Haupt- und Barthaar abrasiert. Über seinem mageren Körper trug er das härene Hemd. Sein Gesicht, ohne den stattlichen Bart fremd, sah aus wie ein Totenschädel, ausgezehrt von Hunger und Pein, eine düstere Vision von dort, wo wir alle enden würden… mich schauderte. Und als sie ihn am Pfahl fesseln wollten, sah ich, dass an Stelle der rechten Hand nur noch ein blutiger Stumpf zu sehen war – sie war ihm abgehackt worden, als Strafe für den Meineid, den er unsretwegen abgelegt hatte!

Erik war trotz der Hitze bleich geworden.

»*Verð ég hann at bana, prællsonr, sem er ég…*« Seine Hände zitterten am Schwertknauf. Die Henkersknechte hatten Mühe, den alten Mann an den Pfahl zu lehnen, weil er sich kaum auf den Beinen halten konnte. Einer der beiden schlug auf ihn ein, ein dritter Knecht stieg auf den Holzstoß, um mit anzupacken.

»Hör dein Urteil, Jude! Du sollst brennen für deine Zauberei, mit der du die Familie des Freigrafen zu Sassenberg überzogen hast, für Tränklein und Gift und böse Sprüche, für die Kreatur hinter dir, die du dir hörig gemacht hast, für all die Toten, die du auf der Burg hinterließt, und für die Schande, ein Kind an die Barbaren verkauft zu haben – ewig sollst du dafür in der Hölle brennen!« Hart klang die Stimme des Kölner Kirchenfürsten, der nicht darauf warten mochte, bis der Verurteilte festgebunden war.

Die Leute wurden unruhig. Des Juden Schandtaten waren doch längst bekannt, sie wollten jetzt Feuer sehen. Einer der Knechte versetzte dem Alten einen wütenden Tritt, damit er sich endlich hinstellte. Die Leute johlten: »Weiter so!« – »Lang nur ordentlich hin!« Da sammelte der alte Mann alle ihm verbliebene Kraft und richtete sich am Pfahl auf. Er hob den Kopf und streckte den Arm mit der abgeschlagenen Hand nach der Tribüne aus. Blut tropfte herunter und netzte die Folianten. Wie ein böses Omen rann es über den Pergamenthaufen.

»Ein letztes Wort!«, rief der Jude mit einer Stimme, die ihm niemand mehr zugetraut hätte. Erik tastete nach meiner Hand.

»Ein allerletztes Wort gestattet mir, Hoher Priester, bevor ich zu meinem G'tt, dem Höchsten und Allwissenden Richter gehe.« Anno runzelte die Stirn, nickte aber dann.

»Ein letztes Wort an meinen Freund und Gastgeber –« Mein Vater hob den Kopf. Naphtali trat unsicher einen Schritt auf die Tribüne zu. Und dann hörte ich seine Stimme: »Ich verfluche dich, Albert von Sassenberg, ich verfluche dich für das, was du getan hast! Du hast es gewagt, den Sohn eines Königs zu knechten, den letzten Yngling, der dazu ausersehen war, ein ganzes Volk zu führen – du hast ihn geknechtet, anstatt ihm dein bestes Lager anzubieten. Ich verfluche dich nicht meinetwegen, sondern für all die Schmach, die er ohne Grund von deiner Hand erdulden musste! Ich verfluche dich, dass du deine eigene Tochter dem Feuer opfern wolltest, dabei trägt sie das Kind des Königs unter ihrem Herzen.«

Von der Tribüne ertönte ein wütender Schrei. Vater war aufgesprungen und zog sein Schwert. Die Männer des Erzbischofs versuchten ihn zu beruhigen, während der Verurteilte sich reckte und die Arme hob. Es wurde still auf dem Platz.

»Verflucht seist du, Albert, in der Stadt, verflucht auf dem Land, verflucht seist du stehend und sitzend, liegend und gehend, schlafend und wachend, essend und trinkend – verflucht seist du auf deiner Burg, in den Wäldern, auf dem Wasser, verflucht sei deine Frau und alle, die dir zustimmen! Verflucht sei dein Geschlecht, es soll verdorren wie ein Baum ohne Wasser, erbenlos sollst du in die Erde sinken, auf dass niemand dich je beweint, denn dein letztes Kind hast du an den Norden verloren.«

Er verstummte, nachdem ihm einer der Henker auf eine Handbewegung des Erzbischofs ins Gesicht geschlagen hatte. Sie banden ihn an den Pfahl, an dem Tassiah teilnahmslos hing. Der Graf kämpfte mit den Lakaien, fegte einen von ihnen zur Seite und stand schon auf der nächsten Stufe, das Schwert auf den Juden gerichtet, als Adelheid sich vor ihn hinwarf und ihn anflehte umzukehren.

»Verkrieche dich, unseliger Kain – dein Gott wird dich finden«, krächzte der alte Mann erneut und wandte dann den Kopf in die Richtung, wo wir an der Hüttenwand standen. Ich schmeckte Blut auf meiner Lippe. Seine geblendeten Augen, zwei weiße Höhlen, umrandet von einer dunklen Kruste, die ich über die Entfernung hinweg gespenstisch klar erkennen konnte, diese Augen sahen uns. Und dann lächelte er, sein leises, gütiges Lächeln, das ich so gut kannte, als wüsste er genau um unsere Anwesenheit im Verborgenen, und mir war, als wollte er uns aufmuntern. *Grämt euch nicht, ich gehe zu dem, der mich liebt. Habt keine Angst.*

Erik hielt mich von hinten so fest umschlungen, dass ich kaum Luft bekam, doch war ich dankbar dafür, denn die Knie versagten mir den Dienst. Die Henkersknechte überprüften ein letztes Mal die Fesseln der Verurteilten. Naphtalis Mund formte Worte, er reckte den Kopf und sog die warme Sommerluft ein, und ich sah, wie er mit der Linken nach Tassiahs Hand hinter seinem Rücken griff, wie sich die Hände der beiden Männer verschränkten, sich Finger um Finger ineinander verflochten und eins wurden, und wie beide Männer versuchten, sich aufzurichten, um ihrem Schöpfer erhobenen Hauptes entgegenzutreten. Der Henker zupfte seine Kopfbedeckung zurecht, die nur die Augen frei ließ, und stülpte dem Alten den Judenhut über, eine weiße Pergamentmütze, die das Feuer sofort annehmen würde. Die Menge klatschte Beifall. Vor uns war Bewegung. Ein Mann drängte sich auf dem Weg zum Tor durch die Reihen. Er blieb neben uns stehen und drehte sich noch einmal zur Hinrichtungsstätte um. Eine Fackel loderte auf, schwang durch die Luft, und der Henker stieß sie mit Macht in den Holzstoß. Die Menschen um uns herum schrien auf. Das lange Warten und die Hitze waren vergessen – der Scheiterhaufen brannte!

Meine Beine wurden taub. Ich spürte, wie Erik den Mann neben uns ansah, spürte seinen stoßweisen Atem und die verkrampften Muskeln. Er hielt mich fest umfasst, damit er nicht nach der Waffe griff...

»*Jadi ssamti lemo fi*«, flüsterte der Mann mit tränenerstickter Stimme und verbarg sein Samtkäppchen unter der Kapuze. »Mein Herz zerspringt... Wagt es nicht, mich noch einmal aufzusuchen, Yngling. Ich will Euch nie wieder sehen.« Dann verschwand Levi Aureus im Gewühl.

Die Flammen züngelten am Holz herum, doch dann arbeiteten sie sich zu den Beinen der Verurteilten vor, fraßen sich gierig durch die Folianten, schlugen hoch, hell und heiß, bis sie die Sicht versperrten. Die betende Stimme, die durch den Feuervorhang drang, wurde lauter, einzelne Worte, Boten aus dem Jenseits, drangen an unsere Ohren: »*Schm'a Jisrael: "Elohejnu, "Echad!*«, und von irgendwoher kam eine Antwort: »*Veahawta et "Elohejkha, bekhal Lewawekha uwekhal Nafschekha uwekhal Meodekha*«, ein Gesang aus vielen Kehlen: »*Veschinantam leWanekha, vedibarta bam, beSchiwtekha beWejhekha uweLekhtekha waDerekh uweSchakhbekha uwe Kumekha*«, Gesang, der über den Toren der Stadt schwebte. »*Ukeschartam leOt'al Jadekha, vehaju leTotafoth bejn 'Ejnekha.*« Irgendwo im Verborgenen sangen die jüdischen Brüder ein letztes Gotteslob mit ihm. Wie Tränen tropften die Worte vom Himmel und kühlten die Seele des Brennenden...

Und dann zerriss ein unmenschlicher Schrei die Flammen, heiser und unheimlich – Tassiah, der Stumme, hatte sterbend eine Stimme gefunden, und der Schrei schwang sich wie ein schwarzer Vogel in den Himmel auf, verharrte dort unendlich lange, bis er gequält im Brausen der Flammen verebbte. Das Knistern und Krachen der Holzscheite, das schlürfende Lecken der Flammen überdauerte alle anderen Geräusche, das Stöhnen, Keuchen, Gurgeln, es überdauerte Stimme, Fleisch und Gebein, das gefräßige Feuer heizte den Zuschauern ein, als wollte es den Sand unter ihren Füßen zum Schmelzen bringen.

Und schleichend wie ein unsichtbares Gewürm kroch der Geruch über den Platz, dicht am Boden und unvermittelt aufsteigend. Ekel erregend süß und scharf zugleich, der Geruch nach verbranntem menschlichem Fleisch. Er fand listig den Weg an den Hütten vorbei in jeden Winkel, stieg am Gewand hoch und unter den Schleier, setzte sich in der Nase und im Kopf fest, legte sich im Verein mit der drückenden Hitze schwer wie ein Stein auf die Brust, er schien den ganzen Körper in Beschlag zu nehmen und sorgte höhnisch grinsend dafür, dass man ihn niemals wieder vergessen würde, niemals, niemals…

Erik erstickte mit der Hand den Irrsinn, der aus mir herausbrach, und fing mich auf, als ich über dem Gestank das Bewusstsein verlor. Die Menge applaudierte dem Henker für die gelungene Hinrichtung, und niemand schenkte dem Fremden mit der ohnmächtigen Frau auf dem Arm Beachtung, der sich durch die Reihen stadteinwärts drängelte. So wurde ich nicht mehr Zeugin, wie die Henkersknechte die Körper der beiden Verurteilten mit langen Eisenhaken auseinander zogen, bevor die Asche des Scheiterhaufens in alle Winde zerstreut wurde.

Albträume quälten mich – oder war dies die Wirklichkeit? Ein widerlich warmes Tier, feucht und übel riechend, hielt mich mit seinen Pranken fest, es hauchte mich mit stinkendem Atem an, und die Haare fielen mir aus. Gleich darauf war es verschwunden, und ich ging durch eine Wand aus kaltem, klarem Wasser. Schneeflöckchen fielen herunter und kühlten mir die Haut, und ich wollte schon aufatmen. Doch dann wurde die Kälte beißend, sie bohrte sich durch die Haut nach innen, spitz wie Eiszapfen, wollte in mein Herz kriechen und es erstarren lassen – kalt, eiskalt, kalt wie der Tod, wie Emilias Hand am dritten Tag – ich schlotterte, meine Zähne klapperten. Ich erfror, fühlte das Eis durch mich hindurchwachsen… Jemand zog eine warme Decke über mich, und es wurde wohltuend dunkel.

»Und du bist ganz sicher, dass uns niemand gesehen hat?«

»Ich werde Wache stehen, wenn Euch das beruhigt, Herr. Der Aufruhr war zu groß, als dass Euch jemand bemerkt haben könnte. Und der Graf hat sich nach dem Fluch nicht mehr gerührt, das habt Ihr ja selbst gesehen.«

»Hmm...« Die Stimme verstummte. Ob sie wohl noch eine Decke hatten? Mir war entsetzlich kalt.

»Besorg mir noch etwas heiße Brühe. Und lass dir eine Geschichte für die Wirtin einfallen, bevor sie mir ihre Mägde auf den Hals hetzt oder gar selbst kommt. Geh, mach schon.«

Ich spürte, wie jemand meine Arme massierte und eine zweite Decke über mich breitete. Die Eiseskälte wich langsam von mir. Mein Gesicht, eben noch wie zugefroren, taute auf, und es gelang mir, die schweren Lider hochzuziehen.

»Meine Kriegerin – du hast mir Sorgen bereitet.« Der, zu dem die Stimme gehörte, saß neben mir auf der Strohmatratze und strich mir mit beiden Händen die feuchten Haare aus der Stirn. Die Hände zitterten. Ich kniff die Augen zusammen, um ihn besser sehen zu können, alles war so verschwommen. Wirres blondes Haar, das ihm unordentlich ins Gesicht hing, und über dem halb offenen Hemd trug er nicht einmal einen Rock. Ich strengte mich an, suchte in seiner Miene nach einer Antwort. Nichts. Nur seine Augen... Ich keuchte und drehte den Kopf weg.

Viel später weckte mich eine laute weibliche Stimme.

»Sie ist eine feine Dame, sie braucht richtige Pflege und einen Arzt, Herr...«

»Aber Gevatterin, unser Diener versteht sich aufs Heilen. Meine Frau hatte einen Schwächeanfall in der Hitze, bald wird es ihr wieder besser gehen, glaubt mir. Bringt uns lieber noch einen Krug Milch, wenn Ihr so gut sein wollt.«

»Milch!? Seht Ihr, Ihr habt gar keine Vorstellung, wie man Kranke pflegt! Wein muss man ihr geben, zur Stärkung! Warmen Wein, und zur Ader lassen muss man sie –«

»Na, dann bringt eben Wein, Gevatterin, aber habt dann die Güte, Euch zu empfehlen.«

Murrend polterte sie die Stiege hinab und keifte unten ihre Tochter an. Jemand schloss die Tür von innen.

»Weibsvolk!« Finger knackten unwillig neben mir. »Wir sollten hier verschwinden, bevor es der Alten einfällt, den Vogt zu benachrichtigen. Hast du nicht ein Mittel, dass sie zu sich kommt?«

»Habt noch ein wenig Geduld, Herr.«

»Geduld! Wir haben keine Zeit für Geduld, *gaurri!* Bist du nun heilkundig oder nicht? Tu etwas, damit Alienor aufwacht!«

Alienor. Das war ich. Und ich war doch wach, ich konnte sie hören. Als ich diesmal die Augen aufschlug, war alles klar zu erkennen. Der kleine Raum mit der Truhe, die flackernde Öllampe, Hermanns bleiches Gesicht, und neben mir, verschwitzt und übernächtigt –

»Alienor – ihr Götter, sie ist wach! *Elska,* sieh mich an. Wie fühlst du dich?«

Ich sah Erik an, und mit jedem Lidschlag wurde ein Bild deutlicher: ein menschlicher Körper, in grelles Licht getaucht, eine lebende Fackel.

»Naphtali«, flüsterte ich heiser, »*Naphtali*...«

»Es ist vorbei, Alienor.« Und dann nahm er mich in die Arme und streichelte mich, und ich schloss die Augen, klammerte mich an ihn, um nicht weggespült zu werden von den Bildern, die wie ein Wasserfall durch meinen Kopf stürzten. Ekel schüttelte mich, der Geruch kam ungefragt zurück, belagerte mich derart, dass ich kaum zu atmen vermochte.

»*Kvíd ekki, elska* – es ist alles vorüber. Hermann macht dir einen Becher mit Wein, dann wird es dir besser gehen.«

Die Augen des schmächtigen Dieners zwinkerten, als er näher kam und mir den Becher reichte. »Trinkt, Herrin, das wird Euren Körper beruhigen.« Wie ein Schleier legte sich der Wein über den Leichengeruch, zart und hilflos gegenüber der Gewalt, mit der dieser bald wieder hervorbrechen würde. Die Droge, die Hermann hineingemischt hatte, schmeckte seltsam bitter und bewirkte tatsächlich, dass das Zittern nachließ. An Eriks Schulter gelehnt, den sanften Druck seiner Hände auf dem Rücken spürend, gelang es mir, mich zu entspannen. Irgendwann legte er mich auf die Strohmatratze und deckte mich zu.

Die Welt hinter geschlossenen Augen schien sicherer, doch waren meine Sinne hellwach, ich spürte seine Nähe, seinen Blick, und ich spürte etwas in meinem Unterleib, ein Rumoren, das mir Angst machte, bis mir klar wurde, dass es sich unterschied von den Schmerzen, die ich gehabt hatte. Ein weiches Rollen, wie eine Hand, die spielerisch einen Ball antippt, oder jemand, der sich dreht, um bequemer zu liegen...

»Warum hast du's mir nicht gesagt?«

Ich schlug die Augen auf. Sein Blick traf mich ins Herz.

»*Fífla* – alle haben gehört, was der Jude gesagt hat. Ganz Köln, alle Mönche und sogar dein Vater wissen, dass du ein Kind erwartest.« Er biss sich auf die Lippe. »Warum erfahre ich das als Letzter?«

Mein Mund wurde trocken. Recht geschah es mir, die vorwurfsvollen Worte zu hören, die ungehaltene, fast verärgerte Stimme – doch seine Augen konnten das Strahlen kaum noch zurückhalten.

»Ich wollte es dir sagen.«

»Aber wann denn?«

»Ich –«

»Du hast dich nicht getraut«, stellte er sachlich fest. Hilflos zuckte ich mit den Schultern. »Bist du deswegen mit mir gekommen? Ist das der Grund?«, fragte er leise. Ich sah ihn an, schüttelte den Kopf und spürte zugleich, wie er die Gefahr erkannte, in der ich durch die Trauerzeit für Emilia geschwebt hatte, und wie er verstand.

»*Hví ertu illa leikinn*«, flüsterte er und schloss mich in die Arme, »*ástin mín*, nie wieder sollst du Angst haben müssen, das verspreche ich dir. Und unser Kind soll aufwachsen wie ein Fürst, denn es wird meinen Namen tragen...« Er hielt inne und lächelte. »Der Geck mit der roten Nase weiß gar nicht, was ihm entgangen ist!«

In mir hüpfte etwas wie ein flatternder Vogel – Erleichterung, Freude, Glück –, und so schlang ich die Arme um seinen Hals, um meine Tränen zu verbergen. »Ich liebe dich, Erik.«

Gepolter auf der Treppe ließ uns irgendwann hochschrecken. Schwere Schritte, wie sie Reiterstiefel verursachen, erklangen vor der Tür.

»Aber Herr, Herr –« hörte ich Hermanns ängstliche Stimme. Erik sprang auf die Füße. Er packte das Schwert mit beiden Händen, das neben meinem Bett gelegen hatte, und zog mit einem Ruck die Klinge aus der Scheide. Im Halbdunkel schien er sich zurückzuverwandeln in jenen schwarzen Mann, dessen Waffe in der Höhle den Tod unter Vaters Männern ausgesät hatte, jenen Rächer, dem die Rache verweigert worden war.

Die Tür wurde aufgestoßen, und ich sah noch, wie Hermann versuchte, jemanden am Eindringen zu hindern. Mit gezogenem Schwert postierte Erik sich vor meinem Bett, ich floh mit meiner Decke in die hinterste Matratzenecke.

»Ich will sie sehen, verdammt noch mal, und du wirst mich nicht daran hindern, Bursche!«, donnerte der Ankömmling.

»Hier ist niemand, den Ihr finden könntet, und bevor Ihr Euch Ärger einhandelt, solltet Ihr Euch besser aus dem Staub machen«, sagte Erik mit ruhiger Stimme und rollte den Schwertgriff in seiner Hand. Vorsichtig lugte ich an ihm vorbei... und erkannte Richard de Montgomery!

»Onkel Richard?«

Erik fuhr herum. »*Gussa ekki*, Alienor. Das hier ist meine Sache.«

Mit neuer Kraft krabbelte ich an den Rand des Bettes. »Onkel Richard, was machst du hier? Und Gabriel – Gabriel!« Mein alter Spielkamerad kam aus dem Schatten der Tür hervor und lächelte schüchtern. Richard atmete erleichtert auf, als er mich im Bett sitzen sah, doch im selben Moment, als er Miene machte, näher zu kommen, hob Erik das Schwert.

»Verschwindet, wenn Euch Euer Leben lieb ist, Mann«, knurrte er.

Richard hob abwehrend die Hände, um zu zeigen, dass er unbewaffnet war. »Alienor, liebes Kind, ich bin so froh, dich zu sehen. Sag deinem Freund, dass ich mit dir reden will. Nur reden.« Zaghaft kam er einen Schritt näher. Keine Frage, auch er hatte an jenem Abend Bekanntschaft mit Eriks gefährlicher Klinge gemacht...

Erik sah mich an, bevor er ihm Platz machte, und er schob auch nicht das Schwert in seine Scheide zurück, sondern postierte sich am Kopfende meines Bettes, bereit, jederzeit zuzuschlagen, wie eine Löwin, die ihr Junges verteidigt. Sein Misstrauen allen Mitgliedern der Familie Sassenberg gegenüber stand einem Eiszapfen gleich im Raum.

»Wie hast du mich gefunden?« Ich stützte mich auf den Ellbogen, um ihn besser sehen zu können. Hermann schob ihm einen Hocker zu, auf dem Montgomery sich niederließ.

»Gabriel hat Hermann auf dem Hinrichtungsplatz gesehen.« Naphtalis Diener senkte schuldbewusst den Kopf und machte sich noch kleiner. »Und dann hat er deinen Beschützer erkannt.«

»Und verraten!«, donnerte Erik los. »Was zahlt man dafür? Ist der Preis immer noch dreißig Silberlinge?«

Erbost hieb ich in das Kissen. »Schweig, Erik! Wie kannst du es wagen –«

»Ich habe niemandem außer deinem Onkel erzählt, was ich sah.« Gabriel ignorierte meinen Beschützer und kam näher. »Du weißt, dass du dich auf mich verlassen kannst, Alienor.«

Hatte er ihn nicht auf mein Geheiß in das Wirtshaus gebracht und ihm damit das Leben gerettet? Eriks Feindseligkeit schmerzte.

»Der Jude wusste auch, wo ihr euch befandet«, meinte Richard und kraulte sich nachdenklich den Bart. »Wie seltsam, sie hatten ihn doch geblendet...«

»Was wollt Ihr hier, Mann?« Erik beugte sich vor und stellte nachdrücklich die Schwertspitze auf den Boden. »Habt Ihr in der Höhle nicht genug bekommen?«

»Ich will nichts, was Euch stören könnte, edler Herr«, entgegnete Richard kühl. »Alienor ist das einzige Kind, was mir von meiner geliebten Schwester Geneviève geblieben ist, ich denke, ich habe ein Recht darauf zu erfahren, wie es ihr geht.«

Ich suchte Eriks Blick. »Bitte lass uns einen Moment. Bitte.« Grollend verließ er mein Bett in Richtung Tür. Richard räusperte sich.

»Ich – ich möchte dich etwas fragen. Jeder auf dem Platz hat gehört, was der Jude gesagt hat. Alienor – stimmt es? Dass du guter Hoffnung bist?«

Ich wurde rot und nickte. »Er hat die Wahrheit gesagt, Onkel. Ich erwarte ein Kind.«

»Hmm. Gott möge dir die Sünde vergeben. Ich werde dafür beten, jeden Tag.« Er sah mich nachdenklich an, sein schielendes Auge irgendwo auf meinen Haaransatz gerichtet. »Bist du glücklich, Alienor?« Wieder nickte ich. Da lächelte er leise, und ich erinnerte mich, wie vernarrt er in den kleinen, rothaarigen Bastard war, den er mit einem der Küchenmädchen gezeugt hatte.

Richard nahm einen Schluck aus dem Weinbecher. »Deinem Vater ging es schlecht, als ich ihn verließ. Du weißt, dass er dich verstoßen hat?« Stumm schüttelte ich den Kopf.

Verstoßen. Er konnte nicht anders, das war mir klar gewesen. Doch es zu hören, war noch schlimmer. Verstoßen.

»Noch am selben Abend, vor den richterlichen Zeugen aus Köln, die gekommen waren, um den Juden zu verhaften.« Ernst sah er mich an. »Du hast Schande über die Familie gebracht. Die Hochzeit mit Kuchenheym wäre für das ganze Rheinland von Bedeutung gewesen und –« Er seufzte. »Aber sei's drum. Du hast ja schon immer getan, was du wolltest, genau wie deine Mutter. Trotzdem möchte ich ihm sagen können, dass es dir gut geht, verstehst du? Eines Tages wird er mich fragen – vielleicht in zehn Jahren, vielleicht auf dem Totenbett –, und dann möchte ich eine ehrliche Antwort für ihn haben.«

»Sag ihm, dass es mir gut geht. Ich habe alles, was ich mir wünsche.« Ich musste schelmisch grinsen. »Der edle Herr von Kuchenheym hätte keine Freude an mir gehabt.«

Richard schmunzelte. »Der edle Herr ist seitdem auch nicht wieder aufgetaucht. Nun, nach der schmählichen Vorstellung, die er bei dem Kampf abgegeben hat, ist es wohl auch kein großer Verlust. Während das Blut floss und Männer starben, fragten wir uns, wo nur der Bräutigam bleibt« – vorsichtig sah er zur Tür, wo Erik im Schatten stand –, »und da war niemand. Man habe ihn behindert, nicht in erster Reihe kämpfen lassen, hat er sich hinterher beklagt.«

Von der Tür kam ein spöttisches Lachen. Montgomery stand auf und zog seinen Mantel gerade.

»Ich jedenfalls vermisse ihn nicht – und den besseren Krieger hast du ja wohl jetzt bei dir.«

»Was wird Vater jetzt tun?«

Erstaunt sah er mich an. »Er – nun, er trägt bereits das härene Gewand und fastet. Dein Vater wird nächste Woche aufbrechen und in die Heilige Stadt pilgern, um den furchtbaren Fluch des Juden abzuwehren. Frau Adelheid wird ihn begleiten und am Grab des Herrn für die Familie beten. Ich werde die Burg bis zu seiner Rückkehr verwalten.« Er zog an seinem Schnurrbart. »Wir waren alle zutiefst erschüttert...«

»Onkel Richard, es sind auch schreckliche Dinge geschehen. Was mussten sie einen Fremden, der nichts getan hatte, so quälen?«

»Alienor, dieser Mann, der dir dein Herz gestohlen hat, ist und bleibt ein Heide. Gott wird dich eines Tages dafür bestrafen, und dann wirst du nicht genug um Gnade beten können...«

Da trat Erik hinter ihn und legte ihm schwer die Hand auf die Schulter. »Eure Sorge um Eure Nichte ehrt Euch, edler Herr de Montgomery, und ich zolle Euch Respekt dafür, dass Ihr sie nicht aus Eurem Herzen verstoßen habt. Doch was ihr Seelenheil betrifft – ich glaube, der Christengott macht sich nur halb so viele Gedanken wie seine menschlichen Anhänger darüber, ob einer Heide oder Christ ist. Vielleicht interessiert es ihn auch gar nicht.«

Mein Onkel sah ihn lange an und seufzte schließlich. »Du musst wissen, was du tust. Ich will deinem Vater von meinem Besuch erzählen, bevor er abreist. Vielleicht verschafft es seiner Seele ein wenig Ruhe.«

»Und Ihr werdet nichts vorher erzählen, Mann?« Eriks Schwertspitze blinkte im Licht der Öllampe. Beim Klang seiner Stimme schauderte mich.

»Wenn Ihr darauf besteht, schwöre ich, ansonsten nehmt mein Ehrenwort. Ich habe keinen Grund, meiner Nichte zu schaden.«

»Aber vielleicht mir?«, sagte Erik böse. Lieber Gott, seine Wunden saßen so tief, mit vergifteten Messern hatten sie in seine Seele geschnitten, auf dass der Schmerz ein Leben lang währe...

»Herr, ich kenne Euren Namen nicht, und ich weiß auch nicht, wer Eure Eltern sind. Ich wünsche mir nur eines – dass Alienor in Frieden und Glück leben kann. Wenn sie sich Euch erwählt hat, mag es in den Augen der Welt eine große Sünde sein, doch wie schon ihre Mutter gibt auch meine Nichte nur wenig auf die Meinung der Welt.« Ohne sich noch weiter durch die Waffe irritieren zu lassen, schob Montgomery den Hocker an die Wand. »Seid so gut zu ihr, wie Ihr nur könnt. Und übertragt Euren Hass nicht auf sie, wenn Ihr nicht vergessen könnt. Sie verdient das nicht.« Er tätschelte meinen Kopf und wandte sich zum Gehen. In seinen Augen sah ich Tränen glitzern.

»Gott sei mit dir, Onkel Richard.«

»Ich – ich wollte dir etwas schenken, Alienor. Vielleicht kannst du's eines Tages brauchen, dort im Barbarenland.« Gabriel wagte sich aus dem Schatten und zog einen Gegenstand hinter seinem Rücken hervor. »Ich wünsche dir viel Glück.« Auf meinem Bett lag sein Bogen und der bunte Köcher mit Pfeilen, die er so gut zu schnitzen wusste.

»Leb wohl, Gabriel«, sagte ich leise. »Ich werd nie vergessen, was du für uns getan hast.« Er hob die Hand zum Gruß, zwinkerte mir ein letztes Mal zu und zog dann die Tür hinter sich und Richard zu.

Ich schluckte. Meine Hand glitt zärtlich über Gabriels Bogen. Mein alter Freund aus Kindertagen hatte mir das Wertvollste, was er besaß, zum Geschenk gemacht. Vielleicht begriff ich da erst die Tragweite meines Tuns. Ich war nicht mehr Teil der Familie, die mich hervorgebracht und erzogen hatte. Ich hatte den schützenden Kreis, den sie um ihre Mitglieder bildete, für immer verlassen, war wie ein Gesetzloser, der ohne Hilfe auf sich allein gestellt war. Für die, die ich nun verließ, war ich tot, ohne Hoffnung auf Wiederkehr, wie jener Gisli, von dem Erik mir einmal erzählt hatte. Mit einem Mal wurde mir bewusst, wie unersetzlich und wertvoll der Schutz und die Geborgenheit einer Familie waren. Ich hatte all das aufgegeben…

Den Daumen zwischen den Zähnen, starrte ich an die Decke und versuchte die Gefühle einzudämmen, die mich zu überwältigen drohten. Hinter mir ertönte ein leises Klappern: Erik hatte sein Schwert auf den Boden gelegt. Er kniete vor der Strohmatratze nieder und sah mich an. Dann nahm er meine Hand und presste sie an sein Herz. Durch den Stoff spürte ich seinen Schlag, aufgewühlt und mir unendlich nah.

»Auf ewig, Alienor«, sagte er und holte tief Luft. »Bei der Ehre meines Vaters, ich schwöre es dir ein zweites Mal – ich will dich mit meinem Leben schützen und dir treu dienen.« Ich legte den Kopf an seine Schulter. »Ich weiß, was ich dem Geschlecht der Montgomery schuldig bin«, hörte ich ihn weiter. »Sie haben mein Wort, dass ich dich über den Tod hinaus liebe…«

Es klopfte. Unwillig ließ er mich los und brummte etwas über lästige Störenfriede. Hermann kam herein.

»Sind sie weg?« Naphtalis Diener nickte. »Jemand gesehen?« In dieser kurzen Frage lag so viel Wachsamkeit, dass ich aufhorchte.

»Nein, Herr. Trotzdem – ich weiß nicht –« Er ließ sich auf dem Hocker nieder und sah Erik an. Der schwieg. Nach einer Weile sagte er leise: »Vielleicht solltest du jetzt gleich satteln gehen.« Hermann nickte wieder.

»Glaubt ihr etwa, sie haben uns verraten?«, platzte ich empört los. »Mein Onkel hat sein Ehrenwort gegeben!«

»Wir glauben gar nichts, Herrin.« Hermanns Stimme klang beschwichtigend.

»Meinst du, dass du reiten kannst?«, fragte Erik mich.

»Aber –« Verwirrt rappelte ich mich hoch.

»Dein Onkel ist ein Ehrenmann, das weiß ich wohl. Trotzdem möchte ich kein Risiko eingehen, verstehst du das?« Damit zog er sich schon den ledernen Rock über und knotete die Verschnürung fest. Hermann sortierte bereits die gepackten Bündel und lud sie auf den Rücken. In seinen Bewegungen lag eine Hast, die er vor mir zu verbergen suchte. Ich wurde unruhig. Was ging hier vor? Mit knappen Handgriffen, entschlossen wie vor einer Schlacht, hatten die Männer in nur wenigen Augenblicken unsere Habseligkeiten in einem Sack verstaut. Erik machte eine kurze Bemerkung, worauf Hermann nickte.

»Ich finde jemanden, Herr.« Damit lud er sich den Sack über die Schulter und verließ eilig den Raum.

»Du solltest dich jetzt besser anziehen, Alienor.« Er reichte mir Hemd, Rock und ein paar Hosen – Knappenkleidung, die der Schneider nur unter Protest für mich angefertigt hatte. Die Spannung, die jetzt im Raum herrschte, fuhr mir kalt über den Rücken, krabbelte die Beine hoch. Ruhig, befahl ich dem Kind, das sich wieder drehte. Bleib ruhig…

Wieder sah ich ihn an. Die Augen zusammengekniffen, stand er mitten im Raum, alle Sinne nach draußen gerichtet, um zu lauschen, um jede Gefahr rechtzeitig zu spüren. Und wenn er sich irrte? Aber er hatte sich noch nie geirrt. Hastig schwang ich die Beine vom Strohsack und schlüpfte in die Kleider. Erik legte mir den Mantel um die Schultern.

»Meinst du nicht, wir könnten es wagen, noch einen Tag zu bleiben?« Er sah mich an, hin und her gerissen zwischen der Sorge um mich und einer rätselhaften Unruhe, die ihn von hier forttrieb. Wie verlockend, zwischen die Decken zu schlüpfen, nebeneinander noch ein wenig zu schlafen und einander nach diesem schrecklichen Tag zu wärmen.

Wieder erklangen Schritte auf der Treppe. »Das ist Hermann mit den Pferden. Glaub mir, *elska,* es ist sicherer, wenn wir –«

Mit zwei langen Sätzen war er bei der Tür, riss sie erwartungsvoll auf und hätte für diese Unvorsichtigkeit beinahe mit dem Leben bezahlt!

Kalter Stahl blinkte ihm entgegen, zielte auf seine Brust, verfing sich in der Mantelschließe.

»Ich wusste, dass Gott mir eines Tages den Weg zu dir weisen würde. Doch dass es so bald geschehen würde, das erwartete ich nicht, Heide.«

Der ungebetene Gast drängte Erik zurück und riss mit der anderen Hand die Kapuze vom Kopf. Es war der Benediktinerabt.

»Hast du nicht schon genug Leid verursacht, Mönch?«, fragte Erik bitter. Vorsichtig versuchte er, der Waffe auszuweichen, doch Fulko bohrte sie nur noch tiefer zwischen die Lederschnüre und zwang ihn zu meinem Entsetzen gegen die Wand.

»Im Gegenteil.« Seine Stimme klang ganz ruhig. »Ich werde das Leid nun ein für alle Mal beenden. Wenn der Tag anbricht, wird es kein Leid mehr geben, denn du –« Erik stöhnte unter einem plötzlichen Druck der Schwertspitze auf – »wirst dann endlich Futter für die Raben sein!«

»Du hast schon einmal versucht, mich zu töten.« Langsam griffen seine Hände nach der Klinge. Der Abt stellte sich in Position, bereit, das Spiel fortzusetzen. Erik wirkte hochkonzentriert. »Sag mir eins, Mönch – womit habe ausgerechnet ich so viel Aufmerksamkeit verdient? Warum überlässt du mich nicht Gottes rächender Hand – wie kann ein heiliger Mann selbst zum Rächer werden?« Seine Stimme hatte etwas Schmeichelndes und gleichzeitig Lauerndes bekommen. Ich wagte kaum, mich zu rühren, aus Furcht, eine unüberlegte Handlung zu provozieren. »Sag es mir, bevor du dein Werk vollendest. Warum kannst du mich nicht deinem Gott überlassen? Warum nicht?« Eriks Augen glitzerten hinter gesenkten Lidern, und ich sah, wie seine Finger kaum merklich über die Schneide an seiner Brust fuhren. »Warum nicht, Mönch?«

»Verhöhne mich nicht, Prinz«, flüsterte da der Abt. »Gerade du solltest mich nicht verhöhnen!« Unter erneutem Druck der Spitze färbte sich das Hemd unter dem Rock rötlich. Erik hob den Kopf und starrte ihn an.

»Muss ich dich kennen?«, fragte er langsam.

»Ich weiß, wer du bist, Prinz, und das genügt. Du warst noch ein Hosenscheißer, als es deinem Vater gefiel, meine Mitbrüder aufzuhängen – an jenem Tage, da die Halle von Uppsala im Blute der Christen schwamm und ihre Todesschreie in den Bergen widerhallten! Ja, ich weiß alles über deinen Vater, den Christenschlächter!«

»Ich verbiete dir, so von meinem Vater zu reden«, unterbrach Erik ihn. »Er war kein Christenschlächter, und wenn du alles weißt, weißt du auch das.« Ich spürte, wie er um Beherrschung kämpfte – erkannte er denn, wer die ganze Zeit sein Gegner gewesen war?

»Der Alte verdammte die wahre Kirche – das reicht, um ihn

einen Ketzer zu nennen! Er gab sich den Einflüsterungen dieses rothaarigen Seelenfängers aus dem Osten hin.«

»Wenn du Bischof Osmund meinst, so kam er zwar aus Miklagard, war aber doch Christ, das kannst du nicht leugnen, Mönch«, unterbrach Erik ihn wieder sanft. »Und dass er das Ohr meines Vaters hatte, kann man ihm nicht vorwerfen, nicht wahr? Ein König vertraut nur denen, die ihn respektieren, auch das musst du wissen.« Seine Stimme wurde schärfer. »Deine Mitbrüder waren dazu nicht bereit, sie wollten dem König der Svear die Macht entreißen, wollten ihn stürzen – da musste er sich wehren, weißt du nicht mehr?« Ein dünnes Rinnsal Blut hatte inzwischen seinen Gürtel erreicht. Mein Kiefer schmerzte, so sehr biss ich die Zähne zusammen.

»Es war ein schwarzer Tag in der Königshalle«, murmelte Erik, »ein schwarzer Tag.« Der Abt betrachtete aufmerksam das Gesicht seines Gegenübers und suchte nach Worten, um ihn weiter zu verletzen. Ich sah, wie die Schwertspitze einen Moment locker ließ – da hatte Erik die Klinge auch schon gepackt und blitzschnell hoch gerissen, sodass der folgende Stoß neben seinem Kopf in die Wand fuhr und Fulko fast das Gleichgewicht verloren hätte.

»Du kannst nicht wissen, wer ich bin, Mönch.« In seiner Hand glänzte eine kurze Klinge, mein Dolch, den er sich aus dem Gürtel gerissen hatte. »Sonst wüsstest du, dass ich meine Gegner nie aus den Augen verliere, ganz gleich, was ich auch reden mag. Und nun lass uns austragen, weswegen du hergekommen bist. Du findest ja doch keine Ruhe. Fang an, *Skalli*.«

Fulko zog ein weiteres Messer aus dem Gürtel. »Nicht bevor du tot zu meinen Füßen liegst! Du wirst bezahlen für die Sünden deines Vaters. Für meine toten Mitbrüder und für die, die wie ein Mahnmal verstümmelt an Körper und Geist, nach Hamburg zurückkehrten.«

Mit diesen Worten stürzte er Erik entgegen und versuchte, ihm seinen Dolch von unten in den Bauch zu jagen, doch Erik parierte mit einem Hieb gegen seine Rechte und schleuderte ihn zurück. In dem wutschnaubenden Dämon, der daraufhin Angriff auf Angriff wagte und auch vor unredlichen Kunstgriffen nicht zurückschreckte und dessen Hass wie ein finsterer Nebel das Zimmer verdüsterte, erkannte ich kaum den Verwandten wieder, der höflicher Gast an unserer Tafel gewesen war, seit ich denken konnte. Wortlos war der Kampf, der dort vor meinen Augen tobte. Die Zeit der Verhöhnungen schien endgültig vorüber. Stumm und fieberhaft rangen sie miteinander in dem grausigen Bewusstsein, dass nur einer diesen Raum lebend verlassen würde. Ich presste meine Hände zusammen – wie vor wenigen Tagen in der Höhle war ich zum Zuschauen verdammt...

»So wie du kämpfst, frage ich mich, ob sie dich nicht auch verstümmelt haben, Mönch«, knurrte Erik und parierte erneut einen Scheinangriff. Unvermittelt ließ der Abt das Messer sinken und stellte sich breitbeinig vor die geöffnete Tür.

»Du verdienst es nicht, von meiner Klinge zu sterben, Heide. Gleich wird die Wache da sein, und dann soll es mir ein Genuss sein, dich in den Kerkern Seiner Eminenz wieder zu sehen. Diesmal werden wir ein *Schlachtopfer* aus dir machen, Heide...« Trotzdem hob er das Messer, drohend und zu allem bereit.

»Vater Fulko – Ihr seid von Sinnen! Lasst uns gehen, lasst uns einfach gehen!« Ich hielt es nicht mehr aus, ihren Hass und den Geruch des Todes, der mich in dem engen Zimmer zu ersticken drohte, und so machte ich einen Schritt auf den Abt zu, wollte ihn am Arm zurückhalten, dem sinnlosen Morden ein Ende machen.

»Und auf dich, Weib, wartet der Teufel«, zischte er, packte mich mit dem linken Arm, während seine Rechte Erik abwehrte, und zog mich am Umhang vor seinen Körper. »Stirb von der Hand deines Buhlen!«

Erik konnte die Wucht seines Messers, mit dem er den Mönch sicher in die Brust getroffen hätte, gerade noch abfangen. Ich sah das Entsetzen in seinen Augen und stemmte mich geistesgegenwärtig gegen Fulko, um ihn zurückzudrängen. Langsam, fast genüsslich, legte er da den Dolch an meine Kehle. Verzweifelt umklammerte ich den Arm, der mich eisern fest hielt, und versuchte mich zu befreien.

»Einer von uns wird es ja doch tun, Heide. Du oder ich. Willst du losen?«, lächelte er.

»Lass sie los«, keuchte Erik. »Lass sie aus dem Spiel!«

»Sie ist voll wie eine Hündin mit deiner heidnischen Brut, sie gehört dazu! Die Wache ist unterwegs, und ihr werdet sterben, alle beide. Wenn nicht jetzt, dann später. Sie werden gleich hier sein.«

Erik wagte eine erneute Attacke, schwang das Messer auf Fulkos Gesicht zu, doch der riss mich hoch wie einen Schutzschild und drückte seinerseits den Dolch stärker gegen meinen Hals. Ich erhob flehend die Hände, um Eriks Messer abzuwehren. Wie durch ein Wunder schien es in der Luft stehen zu bleiben, bevor es herabsank.

»Es gibt keinen Ausweg für dich, Heide«, höhnte der Abt hinter meinem Rücken. »Wenn du mich willst, musst du sie töten.«

Erik stand still. Unsere Blicke trafen sich. *Hilf mir!* schrie ich lautlos, *hilf mir, tu etwas!* Er rührte sich nicht. Stumm flehte ich ihn an, während mir das Messer des Abtes langsam in die Haut schnitt und meiner Kehle immer näher zu kommen schien. Die plötzliche Stille im Raum wirkte gespenstisch. Fulko hinter mir wurde unruhig. Eine Diele knackte unter unseren Füßen. Erik wandte den Blick nicht von mir; das Öllicht ließ sein Gesicht unnatürlich bleich erscheinen. Und dann sah ich, wie er sich reckte und wie seine Muskeln sich anspannten, und seine Augen wurden größer, drangen in mich, versenkten sich in meinen Geist, suchten meine Gedanken im Labyrinth der Todesangst –

Konzentriere dich. Jetzt. Du hast die Kraft.

Da wurde das wilde Pochen meines Herzens ruhiger, Schlag auf Schlag auf Schlag auf Schlag… *Konzentriere dich.* Die Trommel gab den Takt. Wie glänzende Wassertropfen sickerte Zuversicht durch meine Glieder, ausgesandt vom Elfenkönig, der regungslos vor uns stand und meine Gedanken beherrschte. Ich verstand ohne Worte, was ich tun sollte.

Es würde nur einen Versuch geben. Wieder griff ich nach den Händen des Abtes, ließ mich aber dann nach vorne sacken wie bei einem Schwächeanfall. Überrascht folgte er mir in der Bewegung, und just als er über mir war, fuhr ich hoch, stieß hart mit seinem Kopf zusammen und drückte uns mit Schwung nach hinten zur

Treppe. Fulko stolperte einen Schritt, verlor den Halt, ich drängte ihn weiter, er stolperte wieder, ich bekam den Türrahmen zu fassen, erhaschte Eriks konzentrierten Blick – *vertrau mir!* – und kauerte mich zusammen wie eine Katze vor dem Sprung. Fulko war einen Moment lang verwirrt, warf einen Blick hinter sich – Erik nickte mir unmerklich zu, ich stemmte mich mit aller Macht nach hinten, spürte, wie Fulkos Dolch gegen mein Kinn schrammte, wie Blut an meinem Hals herabfloss und wie sein Arm über meine Schulter rutschte, ich spürte, wie seine Finger über meine Haut kratzten, sich in den Umhang krallten, während ich Hilfe suchend die Hand nach Erik ausstreckte, der sie im selben Augenblick packte, als Fulko mir den Umhang von den Schultern riss und damit die Treppe hinunterfiel. Der Schwung zog mich mit in die Tiefe, doch ich fiel nur zwei Stufen weit, dank Eriks festem Griff. Keuchend hing ich auf der Treppe.

Als er mich hoch zog und stumm die Arme um mich legte, spürte ich, dass er am ganzen Leib zitterte.

»Herr, ich habe jemanden... um Himmels willen –« Hermanns Stimme versagte, als er unten an der Treppe anlangte. »Hier liegt ja jemand – Herr! Wer... Herr?«

Erik zog mir umständlich den Knappenrock zurecht und trat einen Schritt zurück. »Wollen wir?«, fragte er heiser. Ich nickte nur. Daraufhin hob er sein Schwert auf, das die ganze Zeit neben dem Bett gelegen hatte, und half mir die steile Treppe hinunter.

Hermann stand immer noch fassungslos vor der verkrümmten Gestalt.

»Jesus Maria«, flüsterte er. Wie zur Antwort stöhnte der Abt auf, seine Hand bewegte sich suchend auf Hermanns Füße zu. »Er lebt ja noch.« Erik fasste nach meiner Hand, als ich Miene machte, mich zu ihm hinunterzubeugen. »Alienor, die Wache wird gleich hier sein.«

Unwillig schüttelte ich den Kopf und sank neben dem Benediktinerabt auf die Knie, während Hermann geistesgegenwärtig eine Öllampe herbeiholte. Ich zog den Umhang herunter, der den Abt wie ein Leichentuch bedeckte, und versuchte ihn auf den Rücken zu zerren. Seine Gliedmaßen lagen seltsam verdreht, und vielleicht hatte ich ihn ungeschickt angefasst, denn er stöhnte wieder laut auf.

»Hilf mir, Hermann.«

»Fasst seinen Arm – hier. Ich ziehe an der anderen Seite.«

»Der Teufel fasst nach meinen Gliedern«, murmelte der Verletzte und erschauderte. Wir versuchten weiter, ihn vorsichtig auf den Rücken zu drehen, da schlug er die Augen auf und erblickte mich. Und ein geradezu teuflisches Lächeln erschien auf seinem Gesicht.

»Der Allmächtige hat deinen Weg verflucht, Weib. Du wirst schutzlos sein, wohin du auch gehst…«, und ein irres Kichern erschütterte seinen schmalen Körper. Ich schluckte schwer. Hermann legte sacht seine Hand auf meinen Arm und schüttelte den Kopf.

»Ihr werdet sterben, Ehrwürdiger Vater«, sagte ich mühsam. »Ich will gerne mit Euch beten und Gottes Erbarmen erflehen.«

»Nimm den Namen Gottes nicht in den Mund, Weib«, ächzte er zur Antwort und wehrte meine Hand ab. Hermann und ich sahen uns an und packten erneut zu. Jeder an einer Schulter, schoben wir den nun laut fluchenden Mönch auf den Rücken und zogen ihn auf meine Knie. Ich nahm seinen verschwitzten Kopf in die Hände, um ihn bequemer zu betten. Ein leises Knacken war da zu hören, Knochen gegen Knochen, es drang durch meine Finger, die seinen Hals sanft umschlossen und damit das Schreckliche schon erkannten, bevor ich selbst es begriffen hatte.

Der Abt verstummte mitten im Fluch. Seine Augen brachen. Stille.

»Du hast ihm das Genick gebrochen.« Erik hatte sich die ganze Zeit nicht gerührt. Wie ein düsterer Racheengel stand er an der Treppe und wachte über die letzten Lebensmomente seines Peinigers.

»*Auge um Auge, Zahn um Zahn* – deine Worte, Mönch«, murmelte er und sah mich dann an. »Die Wege des Weißen Krist mögen unergründlich sein. Aber sie sind gerecht.« Auf einen Wink hin zerrte Hermann den Toten von meinen Knien und raffte den

Umhang zusammen, während Erik mich am Arm zu sich hochzog.

»Es ist vorbei, Alienor«, sagte er leise und legte seine Hände an mein Gesicht. »Durch dich hat sein Gott vollendet, was mir nicht gelang. Das ist nur gerecht.«

Verstört suchte ich seinen Blick. »Ich habe... ich... hab ich ihn getötet, Erik?«

Seine Lippen streiften meine Stirn. »Nein, *elska*. Er ist gerichtet worden von einem, der nichts vergisst. Auge um Auge, Alienor. Denk an Naphtali.« Naphtali. Wieder sah ich sein misshandeltes Gesicht mit den geblendeten Augen vor mir. Die abgehackte Rechte. Flammen über den Büchern, den schreienden Schwarzen. Meine Augen füllten sich mit Tränen, wie Säure brannten sie zwischen den Lidern.

Erik umarmte mich. »Es wird eine Zeit zum Trauern auch für uns kommen, Alienor. Aber nun lass uns aufbrechen, bevor es zu spät ist.« Er hob den Umhang auf und legte ihn mir um die Schultern. Der dicht gewebte Stoff war mir ein schwerer Ballast, Sterbetuch des Benediktinerabtes, doch war ich außer Stande, ihn abzuwerfen oder auch nur die Hände zu heben. Das Grauen hielt mich gefangen. Starr blickte ich auf die Leiche.

»Willst du nun mit mir kommen, Alienor?« Die Frage, an einem anderen Ort schon einmal gestellt, drang an mein Ohr. Und wie damals streckte er seine Hände aus, um mich festzuhalten, damit Furcht und Tod mich nicht in den Abgrund ziehen konnten, in dem meine Welt bereits versunken war, und wie eine Ertrinkende griff ich zu.

Hermann hatte die Pferde vor dem Haus angebunden. Ihre Hufe waren mit Lumpen umwickelt, damit sie auf dem Pflaster keinen Lärm verursachten. Nachtwächter wachten über die Ruhe in den Straßen, und ehrbare Bürger lagen um diese Zeit in tiefem Schlaf. Wir gehörten nicht mehr dazu.

Ein Mann lehnte an der Mauer und starrte vor sich hin.

Erik sprach ein paar Worte mit ihm, ein Geldsäckchen wechselte den Besitzer. Dann half er mir in den Sattel. »Eigentlich wollte ich das Schiff nehmen, um es für dich bequemer zu machen. Doch wie die Lage jetzt aussieht, sind wir auf dem Landweg unabhängiger. Dieser Mann wird uns aus dem Stadttor hinauslassen. Wenn wir Köln hinter uns gelassen haben, kann uns nichts mehr geschehen.« Stumm sah ich zu, wie er sein Pferd bestieg und Befehl zum Abmarsch gab. Der warme Pferdegeruch stieg mir in die Nase und beruhigte meine aufgewühlten Sinne. Ich spürte das kräftige Tier unter mir, vertraut und voller Energie, die lange Reise anzutreten. Mit einer Hand wischte ich mir den Schweiß von der Stirn und holte tief Luft. Ein Stein war in mir, verhinderte, dass die Tränen flossen. Fest verstopfte er den See der Trauer seit dem Tag, an dem Emilia starb. Ich trug schwer an diesem Stein und war gleichzeitig froh, dass es ihn gab. Er hatte mir die Kraft zum Weiterleben geschenkt, und er ließ mich auch jetzt durchhalten, damit ich nach allem, was heute geschehen war, nicht erneut die Fassung verlor. Ich richtete mich auf und zauste meinem Pferd die Mähne. Und aus den Augenwinkeln sah ich einen schwarzen Schatten mit der Sense hinter mir an der Hauswand entlangeilen, sah, wie er von der Stadtmauer aus nach Norden spähte...

Unser Führer huschte vor uns durch die Straßen. Wie ein Geist glitt er an den Häusern vorbei, und in Abständen winkte seine Hand uns zu, ihm zu folgen. Und dann standen wir vor dem verwitterten Griechentor. Ein Torwächter schnarchte in seinem Verschlag. Der Mann zog einen Schlüssel hervor und schloss das Tor auf.

»Gott mit Euch, Fremde«, flüsterte er und winkte uns durch. Knirschend drehte sich der Schlüssel erneut, dann war es still. Wir standen in Mauritius, vor den Mauern Kölns.

Zwischen den Hütten der Armen streunten ein paar Katzen. Sanft wehte der Morgenwind über die Allmenden. Am Horizont kündigte ein rötlich heller Streifen den neuen Tag an.

Hermann ritt an der Spitze unserer kleinen Gruppe. Erik lenkte sein Pferd neben meines und lächelte mich befreit an.

»Niemand kann uns jetzt noch aufhalten. Unser Kind wird in Freiheit zur Welt kommen. Wir –«

»Erik.« Ich griff nach seiner Hand. »Verlass mich nicht. Niemals.«

Er zog an den Zügeln und zwang die Pferde stehen zu bleiben. Und als er mir den Kopf zuwandte, glänzten seine Augen im schummrigen Licht der Morgendämmerung.

»*Wie ein Siegel auf dein Herz* – Freya soll mich strafen, wenn ich das je vergessen sollte, Alienor.« Er hob meine Finger an seine Lippen. Mein Herz klopfte plötzlich stürmisch, als ich in seine Augen sah, die mir vor so langer Zeit schon Verheißungen gemacht hatten, damals im Kerker, wo er mich für ein Traumbild seiner Heidengötter gehalten hatte... Als wir in die heraufziehende Dämmerung hineinritten, konnte ich den Blick nicht von ihm wenden.

Nur wenigen Menschen ist von Gott ein zweites Leben vergönnt. Ich wollte alles tun, um mich dieses Geschenkes würdig zu erweisen.

GLOSSAR

Hier sind die Übersetzungen der fremdsprachigen Ausdrücke und Zitate zu finden, ebenso einige wenige Anmerkungen zum Text. Bis auf die kleine Liste häufig auftauchender altnordischer Ausdrücke erscheinen die Worterklärungen in derselben Reihenfolge wie im Text. Die Information ist als Bereicherung gedacht und zum Verständnis nicht notwendig. Eine schwedische Dialektfärbung (altostnordisch) wurde bei der Wortwahl nicht berücksichtigt.

Häufig auftauchende altnordische Wörter:

elska	Liebste
fífla	Närrin
kærra	Liebe, Teure
meyja	Mädchen
skalli	Glatzkopf (Mönch)
Sephardim	Juden in Spanien und Portugal, geistig vom babylonischen Judentum emanzipiert
troll hafi þína vini, og far i gramendr, alla, alla	die Trolle sollen deine Freunde holen, und fahrt zur Hölle, alle, alle
Simonie	unzulässiges Handeln mit geistlichen Dingen, z. B. geistlichen Ämtern und Pfründen, Errichtung von Kirchenämtern u.v.m. Das Wort wird hier bewusst unpräzise verwendet.
Deus vos bensigna, dame chière (altfranz.) *Deus hic* (lat.)	Gott schütze Euch, liebe Dame Segensgruß
Jo ne sui tis hom, ne tu n'ies mes sire (altfrz.)	Weder bin ich dein Lehnsmann, noch bist du mein Lehnsherr

sá hafi brek er beidisk	wer etwas verlangt, soll es haben (und sich nachher nicht beklagen)
hvat vill þú mér?	was willst du von mir?
kyrpingr	elender Kerl
fársmaðr	boshafter Mensch
skalli er vargr undir sauð!	der Glatzkopf (Mönch) ist ein Wolf im Schafspelz!
jungfrú	Jungfer
meyja	Mädchen
kvennskrattinn þinn!	du Zankteufel!
Domine ad adiuvandum me festina (lat.)	Herr, eile mir zu Hilfe (Stoßgebet, oft vielfach nacheinander gesprochen)
eru svá bitar uppkomnir í mér	ich bin kein kleines Kind mehr
það er karla	das ist Männersache
þér vinn ek þat er ek vinn	für dich tue ich, was ich tue
Atah Gibor le-Olam ' (hebr.)	Du bist in Ewigkeit allmächtig, Ewiger. (Hebräischer Segensspruch aus dem Achtzehngebet, auch als Schutzformel verwendet.)
kvennskratti	Zankteufel
engi kemsk fyrir sitt skap	keiner lebt länger, als ihm bestimmt ist
verð uti!	hinaus mit dir!
lygi	Lügen
Dominica in palmis (lat.)	Palmsonntag
vændiskona	leichtfertige Frau
æ ok æ standask rað yðr kvenna	immer wieder setzt ihr Weiber euren Willen durch
Treuga dei (lat.)	Gottesfriede (an hohen Feiertagen, sowie Donnerstag-Sonntag)

slíkt er ekki konaferð	das ist nichts für Frauen
fylgja	Folgegeist
hvat kvenna ertu?	was für eine Frau bist du?
ek veit at bæði er, at þú vill vel, enda kant þú vel	ich weiß, du willst Gutes tun, und du verstehst dich auch darauf
þínari	Peiniger
illhreysingr	Schurke
þursinn	du Unhold
skal þat gjalda ykkar líf!	das soll Euch Euer Leben kosten!
eigi meðalfífla	große Närrin
grýla	Trollweib
völva	weise Frau, Seherin, oft auch zauberkundig
fornt kvæði	Zauberlied
líkar mér vel við þik	ich mag dich
þurs	Troll, Riese
hinn krossfesti	der Gekreuzigte
herdimaðr	Haudegen
kærra	Liebe, Teure
kvið ekki	fürchte dich nicht
kurteisis-kona	vornehme Frau, hohe Frau
mér kennir heiptar um þik	ich fühle Hass gegen dich
omnino in pace domino (lat.)	Ganz und gar in Gottes Frieden (Asylformel, gilt für jeden Menschen in Not)
gyðing	Jude
þrífísk þú aldri!	verwünscht seist du!
eitrormr	Giftschlange
fjándi	der Teufel (eig. Feind)

vandi er mér	es fällt mir schwer
sótt leiðir mik til grafar	diese Krankheit bringt mich ins Grab
þat kann ek et níunda, ef mik nandr um stendr	ein Neuntes kann ich, wenn Not in mir ist (aus dem Zauberlied der Edda)
þrífísk	verwünscht!
skalli	Glatzkopf (Mönch)
skitkarl	Scheißkerl
Missa speciale	Messe für Einzelpersonen oder zu einem speziellen Anlass, kann vom Priester allein gefeiert werden, sogar in Abwesenheit des Bittstellers
Cum invocarem, exandivit me Deus justitiae meae, in tribulatione dilasti mihi. Miserere mei, et exandi orationem meam. (lat.)	Erhöre mich, wenn ich rufe, Gott meiner Gerechtigkeit, der du mich tröstest in Angst, sei mir gnädig, und erhöre mein Gebet. (Psalm 4,2)
Statue servo tuo eloquinum tuum in timore tuo. (lat.)	Lass deinen Knecht dein Gebot festiglich für dein Wort halten, dass ich dich fürchte! (Psalm 119,38)
nú er eigi viðsœmanda	es ist nicht länger auszuhalten
Ave Maria gratia plena (lat.)	Gegrüßet seist du, Maria, voll der Gnade
níðingsvíg	Neidingswerk, feiger Mord
níðingr	Neiding, Verbrecher, Vogelfreier, aus der Gesellschaft Ausgestoßener
er þat líkast at líðin sé mín orlog	es ist wahrscheinlich, dass dies meine letzte Lebensstunde ist
eigi em ek þyrstr í líf þitt	mich dürstet nicht nach deinem Leben

kvið ekki	fürchte dich nicht
seljr ek trú mína til þat	darauf gebe ich mein Wort
er nú mjok þrongt at oss	jetzt wird es eng für uns
bralla	schnell, rasch
bera traust til mik!	vertrau mir!
varask!	pass auf! Sieh dich vor!
Hic jacet fridus quondam Abbas locis istius (lat.)	Hier ruht Fridus, der an diesem Ort Abt gewesen ist
ertu olr?	bist du betrunken?
kviksetja	lebendig begraben
hinn krossfesti	der Gekreuzigte
oll strá vilja oss stanga	alles verschwört sich gegen uns
þik kell	dich friert
hljóðr	leise
áttu engan stað við atkalt komi á þik	du kannst Kälte nicht vertragen
láta hljótt um þik	sei leise
eindœmin eru verst	allein ist es am schlimmsten
pues (lat.)	Eiter
Ave Maria, gratia plena, Dominus tecum benedicta tu in mulieribus et benedictus fructus ventris tui (lat.)	Gegrüßet seist du, Maria, voll der Gnade, der Herr ist mit dir. Du bist gebenedeit unter den Frauen, und gebenedeit ist die Frucht deines Leibes.
pues bonum et laudabile (lat.)	guter und lobenswerter Eiter
hakim (arab.)	Arzt
bendj (arab.)	In der arabischen Medizin verwendetes Betäubungsmittel, ein Gemisch aus u.a. Haschisch und Bilsenkraut, das in Wein gelöst und mittels eines Schwämmchens verabreicht wurde.

læknari	Arzt
hjálp lífi mínu!	Rette mein Leben, hilf mir!
er þat mitt lífsdœgr hit efsta	ist dies mein letzter Lebenstag
meistari	Meister
Atah Gibor le-Olam ' (hebr.)	Du bist in Ewigkeit allmächtig, Ewiger
je vos maudis! (altfrz.)	Ich verfluche Euch!
lingua danica (lat.)	Nordisch
mare nostrum (lat.)	Mittelmeer
Leschana Haba be'Jeruscholajim (hebr.)	Das kommende Jahr in Jerusalem (Traditioneller Abschlussgruß des Seder)
konur skulu mér ekki	Frauen sollen mich nicht berühren
vei mér!	wehe mir!
Atah Gibor le-Olam ' (hebr.)	Du bist in Ewigkeit allmächtig, Ewiger
Deus hic (lat.)	Segensgruß
In nomine patris et filii et spiritu sancti, amen. (lat.)	Im Namen des Vaters und des Sohnes und des Heiligen Geistes, amen.
Der Kaiser läge bereits im Fieber	Die Chronisten führen die dramatischen Ereignisse im Jahre des Herrn 1066 – das Fieber des Kaisers, die folgenden Mißernten, die Niederlage des englischen Königs Harold gegen Wilhelm von der Normandie und sogar die Kriege im kalten Norden auf das Erscheinen des Kometen zurück.
Quaestio quid iuris (lat.)	kurz für: eine Untersuchung, was Recht ist
Ira et acedia, curiositas, neglegentia et delectatio (lat.)	Zorn und Trägheit, Neugier, Nachlässigkeit und Vergnügen

Redemption:	Ermäßigung einer Bußstrafe, wenn die Buße nicht vollständig erbracht werden kann, oder Umwandlung einer Buße in eine andere (z.B. Geldspende statt Fasten)
Domine ad adiuvandum (lat.)	Herr, zu Hilfe (Stoßgebet)
Domine me festina (lat.)	Herr, eile zu mir (Stoßgebet)
ganga mál sem auðnar	es geht, wie es das Schicksal will
augu þína standa fram	dir steht der Sinn nach Besserem
blót ok bólvan!	Fluch und Verwünschung!
lykill gengr at lási	der Schlüssel passt zum Schloss (du bist wie dein Vater)
hyrningr	Gehörnter, Bischof (wegen der hohen Mütze, abwertend)
hví ertu illa leikinn	man hat dir übel mitgespielt
skirsla	Wasserprobe
eigi var ek of mikill við þik	nie bin ich dir zu nahe getreten
aldri	niemals
hva kennisk þér til?	fürchtet Ihr Euch?
Corpus Domini Nostri Jesu Christi fiat hodie ad probationem. (lat.)	Der Leib unseres Herrn Jesu Christus komme heute zur Probe über dich.
Exorciso te creatura aquae in nomine Dei patris omnipotentis, et in nomine Jesu Christi filii ejus Domini Nostri, ut fias aqua exorciata ad efugandam omnem potestatem inimici, et omne phantasma diaboli, ut hic homo. (lat.)	Ich beschwöre dich, Geschöpf des Wassers, im Namen Gottes, des allmächtigen Vaters, und im Namen Jesu Christi, deines Sohnes, unseres Herrn, damit du, die ganze Macht des Feindes und jedwede Erscheinung des Feindes, aus diesem verschworenen Wasser ausfährst, sowie dich hier, Mensch.

Adiuro te aqua in nomine Dei patris omnipotentis, qui te in principio creavit, quique te segregavit ab aquis superioribus et iussit deservire. (lat.)	Ich beschwöre dich, Wasser, im Namen des allmächtigen Vaters, der dich geschaffen hat am Anfang und der dich geschieden hat von den oberen (= himmlischen) Wassern und dir befohlen hat, (ihm) zu dienen.
Adiuro te homo et contestor per patrem et filium et spiritum sanctum et individuam trinitatem, et per omnes angelos et archangelos, et per omnes principatus et potestates, dominationes quoque et virtutes. (lat.)	Ich beschwöre dich, Mensch, und rufe dich an durch den Vater und den Sohn und den heiligen Geist und die unteilbare Dreifaltigkeit und durch alle Engel und Erzengel und durch alle höchsten Kräfte und Mächte und auch (durch) alle Herrschergewalten und Tugenden.
...quod si diabolo suadente celare disposueris, et culpabilis exinde es, evanescat (lat.)	dass dieser verschwindet, wenn du mit der Ratgeberschaft des Teufels (versuchst) zu täuschen und du daher strafbar bist
...quia Deus noster iudex est, cuius potestas in saecula saeculorum. Amen. (lat.)	...weil Gott unser Richter ist, dessen Kraft in Ewigkeit herrscht. Amen. (Dank an Dr. Elke Senne für die Übersetzung!)
vitlingr	Gimpel, Dummkopf
þreklausr maðr	Mann ohne Mumm, Feigling
ekki ætlaði ek at þat væri min yfirseta	ich dachte nicht, dass ich mich damit einmal befassen müsste
er svá vilt fyrir mér	ich bin so benommen
kanoki	Kanonikus, Geistlicher
yfirbœtr liggr til alls	für alles gibt es eine Genugtuung
grátfog mær	Mädchen, schön in Tränen
gaurr	Bauerntrampel
þrífisk þú aldri	du seist verwünscht

snarpr	Tölpel
systir	Schwester
vinkona	Freundin
unnasta	Geliebte
oll strá vilja oss stanga	alles verschwört sich gegen uns
o Deus qui nullum peccatum impunitum dimittit (lat.)	o Gott, der keine Sünde ungestraft lässt
AGLA	Abkürzung des hebräischen Segensspruches *Atah Gibor le-Olam '*, soll als Schutzformel Dämonen bannen.
elskaði	Geliebte
þrífisk Albert	verflucht seist du, Albert
ek hefi orðit lítil heillaþúrfa um at þreifa flestum monnum	es hat den wenigsten Glück gebracht, sich mit mir einzulassen
áttu engang stað við atkalt komi á þik, elskaði	du kannst Kälte nicht vertragen, Geliebte
þik kell, elskaði	dich friert, Geliebte
elska, þú ert mitt líf	Liebste, du bist mein Leben
Adhaesit pavimento anima mea, vivifica me secundum verbum tuum! Vias meas enunciavi, et exandisti me, doce me justificationes tuas. (lat.)	Meine Seele liegt im Staube, erquicke mich nach deinem Wort. Ich erzähle meine Wege und du erhörest mich, lehre mich deine Rechte. (Psalm 119,25–26)
Legem pone mihi, Domine, viam justificationem tuarum. Et exquiram eam semper. (lat.)	Zeige mir, Herr, den Weg deiner Rechte, dass ich sie bewahre bis ans Ende. (Psalm 119,33)
Memor esto verbi tui, servo tuo, vi quo mihi spem didisti. (lat.)	Gedenke deinem Knecht an dein Wort, auf welches du mich lässest hoffen. (Psalm 119,49)
Haec me consolata est in humilitate mea, quia eloquinum tuum vivicafit me. (lat.)	Das ist mein Trost in meinem Elend, dass dein Wort erquicket mich. (Psalm 119,50)

Quia filius christiani non debet migrari nisi in cinere et cilicio... statim debent incipere Credo in unum Deum. (lat.)	Dem Kind Christi ist's nicht gestattet zu gehen außer in Staub und Bußgewand... darum beginnen wir sofort mit dem Credo des einzigen Gottes. (Sterbegebet)
Subvenite sancti dei, occurite angeli Domini, suscipientes animam ejus, offerentes eam in conspectu altissimi. (lat.)	Kommt zur Hilfe, ihr Heiligen Gottes, eilt herbei, ihr Engel des Herrn, diese Seele aufzunehmen, dem Auge des Höchsten darzubieten. (Sterbegebet)
Proficiscere anima de hoc mundo (lat.)	Fahre hin von dieser Welt, Seele! (»Reisegebet« eines Sterbenden)
Pater, in manus tuas commendo spiritum suum (lat.)	Vater, in Deine Hände empfehle ich ihren Geist.
Deus apud quem omnia morienta vivunt, cui non periunt moriendo corpora nostra sed mutantur in melius. (lat.)	Gott, bei dem alles Sterbliche lebt, für den unser Leib im Sterben nicht untergeht, sondern zu Besserem sich wendet (Commendatio animae: Anempfehlung der Seele an Gott)
Domine, exaudi orationem meam et clamor ad te veniat. (lat.)	Herr, höre mein Gebet und lass mein Schreien zu dir kommen. (Psalm 102,2)
Quia defecerunt sicut fumus dies mei, et ossa mea sicut cremium aruerunt. Similis factus sum pellicano solitudinis, factus sum sicut nycticorax in domicilio. Dies mei sicut umbra declinaverunt, et ego sicut foenum arui. (lat.)	Denn meine Tage sind vergangen wie ein Rauch und meine Gebeine sind verbrannt wie ein Brand. Ich bin gleich wie eine Rohrdommel in der Wüste, ich bin gleich wie ein Käuzlein in den verstörten Städten. Meine Tage sind dahin wie ein Schatten, und ich verdorre wie Gras. (Psalm 102;4,7,12)
Respondit ei in via virtutis suae: Paucitatem dierum meorum. (lat.)	Er demütiget auf dem Wege meine Kraft, er verkürzet meine Tage. (Psalm 102,24)

*Jitgadal w'jitkadas,
Sch'meh rabah, b'Alma di hu
Atid l'it'chadata.* (hebr.)

Erhoben und geheiligt, sein großer Name, in der Welt, die er erneuern wird. (aus dem Kaddisch; aramäisch für »heilig«. Das jüdische Kaddisch, eine Heiligung des göttlichen Namens, wird besonders für Verstorbene gebetet. Naphtali setzt sich hier über geltende Gebetsregeln hinweg.)

Uleachaja Metaja, uleasaka jatehon leChajej Alma. (hebr.)

Er belebt die Toten und führt sie empor zu ewigem Leben. (aus dem Kaddisch)

De profundis clamavi ad te, Domine! Domine, exaudi vocem meam! fiant aures tuae intendentes in vocem deprecationis meae. Si inquitates observaveris, Domine Domine, quis sustinebit? (lat.)

Aus der Tiefe rufe ich, Herr, zu Dir. Herr, höre meine Stimme! Lass deine Ohren merken auf die Stimme meines Flehens! So du willst, Herr, Sünde zurechnen, Herr, wer wird bestehen? (Psalm 130,1–3)

Jehe Schemeh raba mewarach, leAlam uleAlmej Almaja! (hebr.)

Sein großer Name sei gelobt, in Ewigkeit und Ewigkeit der Ewigkeiten! (aus dem Kaddisch)

Quia apud te propitiatio est, et propter legem tuam, sustinui te, Domine, sustinuit anima mea in verbo ejus. (lat.)

Denn bei Dir ist die Vergebung, dass man Dich fürchte. Ich harre des Herrn, meine Seele harret, und ich hoffe auf sein Wort. (Psalm 130,4)

Jitbarach wejischtabach, wejitromam wejitnasej wejithadar wejitealeh wejitehala! Schemeh deKudescha berich hu, leajla minkal-Birchata weSchirata, Tuschbechata weNechaemata daamiran beAlma, weimeru Amejn. (hebr.)

Es sei gelobt und verherrlicht und erhoben und gefeiert und hocherhoben und erhöht und gepriesen der Name des Heiligen, gelobt sei er, hoch hinaus über jede Lobpreisung und jedes Lied, jede Verherrlichung und jedes Trostwort, welche jemals in der Welt gesprochen, und sprechet: Amen. (aus dem Kaddisch)

Initio tu, Domine, terram fundasti, et opera manuum tuarum

Du hast vorhin die Erde gegründet, und die Himmel sind

sunt coeli. Ipsi peribunt, tu autem permanes, et omnes sicut vestimentum veterascent. (lat.)

deiner Hände Werk. Sie werden vergehen, du aber bleibest, sie werden alle veralten wie ein Gewand. (Psalm 102,26–27)

Non mortui laudabant te Domine neque omnes qui decendent in infernum sed nos qui vivimus, benedictimus Domino ex hoc nunc et usque in saeculum. (lat.)

Nicht die Toten loben dich, Gott, und auch nicht die, die in die Hölle herabgestiegen sind, sondern wir, die wir leben, wir loben den Herrn, jetzt und in alle Ewigkeit. (Sterbegebet)

Domine, ne in furore tuo guas me, neque in ira tua corripias me. (lat.)

Ach Herr, strafe mich nicht ar- in Deinem Zorn und züchtige mich nicht in deinem Grimm. (Psalm 6,2)

Miserere mei, Domine, quoniam infirmus sum, sana me, Domine, quoniam conturbata sunt ossa mea, et anima mea turbata est valde, sed tu, Domine, usquequo. (lat.)

Herr, sei mir gnädig, denn ich bin schwach, heile mich, Herr, denn meine Gebeine sind erschrocken, und meine Seele ist sehr erschrocken, ach, du Herr, wie so lange! (Psalm 6,3–4)

Convertere, Domine, et eripe animam meam. Salvum me fac propter misericordiam tuam. Quoniam non est in morte qui memor sit tui, in inferno autem quis confitebitur tibi? (lat.)

Wende Dich, Herr, und errette meine Seele! Hilf mir um Deiner Güte willen. Denn im Tode gedenkt man Deiner nicht, wer will Dir in der Hölle danken? (Psalm 6,5–6)

Laboravi in gemitu meo, lavabo per singulas noctes lectum meum, lacrymis meis stratum meum rigabo. (lat.)

Ich bin so müde vom Seufzen, ich schwemme mein Bett die ganze Nacht und netzte mit meinen Tränen mein Lager. (Psalm 6,7)

Turbatus est a furore oculus meus, inveteravi inter omnes inimicos meos. (lat.)

Meine Gestalt ist verfallen vor Trauern, und ist alt geworden; denn ich allenthalben geängstigt werde. (Psalm 6,8)

Miserere mei, Deus, secundum magnam misericordiam tuam, et secundum multitudinem miserationum tuarum dele inquitatem meam. (lat.)

Gott sei mir gnädig nach Deiner Güte und tilge meine Sünden nach Deiner großen Barmherzigkeit. (Psalm 51,3)

Amplius lava me ab inquitate mea, et a peccato meo munda me. (lat.)	Wasche mich wohl von meiner Missetat und reinige mich von meiner Sünde. (Psalm 51,4)
Ab omnio malo – libera eum Domine (lat.) *A periculo mortis – libera eum Domine* (lat.) *Ab insidiis diaboli – libera eum Domine* (lat.) *A gladio maligno – libera eum Domine* (lat.)	Von allem Üblen, befreie ihn, Herr Von der Todesgefahr, befreie ihn, Herr Von des Teufels Hinterhalt, befreie ihn, Herr Von dem böswilligen Schwert, befreie ihn, Herr. (Sterbelitanei)
þarfleysu-tal	dummes Gerede!
hljóðr	leise
ef þat er þinn vili	wenn das dein Wille ist
eg sprakk af harmi	mir brach das Herz
nauðr stendr mik	Not trifft mich
skal ég láta skapat skera, eða...	soll ich das Schicksal entscheiden lassen, oder...
þú ert mitt líf	du bist mein Leben
meðan ég endumsk	solange ich atme
Aquae mutae non poterunt extinguere charitatem. (lat.)	Auch viele Wasser mögen die Liebe nicht auslöschen. (Hohelied 8,7)
Ego murus, et ubera mea sicut turris, ex quo facta sum coram eo quasi pacem reperiens. (lat.)	Ich bin eine Mauer und meine Brüste sind wie Türme. Da bin ich geworden vor seinen Augen als die Frieden findet. (Hohelied 8,10)
Curiositas in consetuetudo (lat.)	unausgesetzte Neugier
Mulier est hominis confusio (lat.)	Die Frau ist des Mannes Verwirrung
hljóðr	leise
eigi verðr þat allt at regni er rokkr í lopti	nicht alles bringt Regen, was den Himmel verdunkelt, nicht alles kommt so schlimm, wie es aussieht

Barukh atah ""Elohejnu – Melekh haOlam, ascher bara Sason veSimchah, Chathan veKhalah, Ahawah veAchavah veSchalom veRe'uth. Meherah "" Elohejnu jischam'a be'Arej Jehudah uweChuzoth Jeruschalajim Kol Sason veKol Simchah, Kol Chathan veKol Khalah! Barukh atah "" mesameach Chathan 'im Khalah! (hebr.)	Gelobt Du – EWIGER unser G'tt – König der Welt, der *er*schaffen hat Freude und Fröhlichkeit. Bräutigam und Braut, Liebe und Gemeinsamkeit und Friede und Freundschaft. Bald EWIGER unser G'tt erschalle in den Städten Jehudahs und in den Straßen Jeruschalajims die Stimme des Glücks und die Stimme der Freude, die Stimme des Bräutigams und die Stimme der Braut!
Barukh atah "" mesameach Chathan 'im Khalah! (hebr.)	Gelobt Du – EWIGER, der erfreut Bräutigam und Braut! (Jüd. Hochzeitssegen aus dem Siddur Schma Kolenu)
svá ergisk hverr sem eldisk	feige wird man im Alter
þad er karla	das ist Männersache
áthafnarmadr	tatkräftiger Mann, aber auch Gegenstand des Spottes
ondurnir skulu ernir klóask	von vorne sollen die Adler sich angreifen
hyrningr	Bischof (»Gehörnter«, abfällige Bezeichnung im heidnischen Norden)
mér þykki eigi at þér vigt, svá gomlum manni	einen so alten Mann wie dich sollte man nicht töten
Ave Maria, gratia plena, Dominus tecum benedicta tu in mulieribus ... ora pro nobis peccatoribus nunc et in hora mortis nostrae. Amen. (lat.)	Gegrüßest seist du, Maria, voll der Gnade, der Herr ist mit dir. Du bist gebenedeit unter den Frauen ... bitte für uns Sünder jetzt und in der Stunde unseres Todes. Amen.
verð uti!	geht!
gussa ekki	rühr dich nicht
hljódr – leise	
gaurri	ungehobelter Bursche

hyrningr	Bischof
skall ég kryfja þik	soll ich dir den Leib aufschneiden und die Eingeweide herausnehmen?
De profundis clamavi ad te, Domine! Domine, exaudi vocem meam! fiant aures tuae intendentes in vocem deprecationis meae! Si inquitates observaveris, Domine Domine, quis sustinebit? Quia apud te propitiatio est, et propter legem tuam, sustinui te, Domine. (lat.)	Aus der Tiefe rufe ich, Herr, zu dir! Herr, höre meine Stimme! Lass deine Ohren merken auf die Stimme meines Flehens. So du willst, Herr, Sünde zurechnen, Herr, wer wird bestehen? Denn bei Dir ist die Vergebung, dass man dich fürchte, ich harre des Herrn. (Psalm 130,1–3)
Cum jam anima viam universae carnis ingreditur (lat.)	Nachdem nun die Seele den Weg allen Fleisches gegangen ist (Sterbegebet)
Subvenite sancti dei, occurite angeli domini (lat.)	Kommt zur Hilfe, ihr Heiligen Gottes, eilt herbei, ihr Engel des Herrn (Sterbegebet)
þrífísk, fjándi, þrífísk þú aldri	verwünscht, Feind (Teufel), verwünscht seist du
verð ég hann at bana, þrællsonr, sem er ég	ich bringe ihm den Tod, Sklavensohn, der ich bin
jadi ssamti lemo fi (hebr.)	meine Hand lege ich auf den Mund (Hiob 40,4) (d. h. ich schweige vor Entsetzen)
Schm'a Jisrael: "Elohejnu, "Echad! [...] Veahawta et "Elohejkha, bekhal Lewawekha uwekhal Nafschekha uwekhal Meodekha. [...] Veschinantam leWanekha, vedibarta bam, beSchiwtekha beWejhekha uweLekhtekha waDerekh uweSchakhbekha uwe Kumekha. Ukeschartam leOt'al Jadekha, vehaju leTotafoth bejn 'Ejnekha. [...] (hebr.)	Höre Israel: Der EWIGE – unser G'tt, der EWIGE – der eine G'tt! [...] Und also liebe den Ewigen deinen G'tt, mit deinem ganzen Herzen und mit deiner ganzen Seele und mit deinem ganzen Können. [...] Und schärfe sie ein deinem Sohn und rede von ihnen, bei deinem Sitzen in deinem Hause und bei deinem Gehen am Wege und deinem Niederlegen und bei deinem Aufstehen. [...] Und binde sie

	zum Zeichen auf deine Hand, und sie seien dir zum Hauptschmuck zwischen deinen Augen. [...] (aus dem »Höre Israel«, dem jüdischen Glaubensbekenntnis)
gaurri	ungehobelter Bursche
kvíd ekki	fürchte dich nicht
hvi ertu illa leikinn	wie hat man dir übel mitgespielt
ástin mín	mein Liebling
gussa ekki	rühr dich nicht
Dieses rothaarigen Seelenfängers:	Der Chronist Adam von Bremen bezeichnet König Emund als »pessimus« (schlimm) und verzeiht ihm nicht, dass er zusammen mit dem aus angelsächsischem Geschlecht stammenden Bischof Osmund in Schweden eine nationale, das heißt vom Bischofssitz Hamburg-Bremen unabhängige Kirche gründen wollte. Osmund wird als Herumtreiber beschrieben, dem vom Papst die Weihe versagt wurde und der sich auf seinen Reisen von einem polnischen (= orthodoxen?) Erzbischof hatte weihen lassen. Das Gespann Emund/Osmund galt fortan in Hamburg als unchristlich und intrigant.

QUELLEN

Zitiert wurde aus folgenden nordischen Dichtungen:

Götterlieder der Älteren Edda. Nach der Übersetzung von Karl Simrock, neu bearbeitet von Hans Kuhn. Stuttgart: Reclam 1960 (1991)
(für die Gedichtzeilen auf den Seiten: 86, 191, 199, 200f, 232, 249, 305)

Die Saga von Gisli Sursson, aus dem Altisländischen übertragen von Franz B. Seewald, Stuttgart: Reclam 1976
(für die Gedichtzeilen auf S. 418) Der Abdruck erfolgte mit freundlicher Genehmigung des Reclam Verlages, Stuttgart. Alle isländischen Originalzitate wurden entnommen aus: Edda, hrg. von R.C. Boer, 1922.

Seite 86:
Viel sagt ich dir: du schlugst es in den Wind,
Die Vertrauten trogen dich.
Schon seh ich liegen meines Lieblings Schwert
Vom Blut erblindet.
aus: »Grímnismál/Das Lied von Grimnir«, in *Götterlieder der Älteren Edda,* S. 30, Abschnitt 52

Seite 191:
Eine Esche weiß ich, heißt Yggdrasil,
Den hohen Baum netzt weißer Nebel;
Davon kommt der Tau, der in die Täler fällt.
Immergrün steht er über Urds Quelle.
aus: »Völuspá/Der Seherin Weissagung«, in *Götterlieder der Älteren Edda,* S. 13, Abschnitt 19

Seite 199:
Ich weiß, dass ich hing am windigen Baum
Neun lange Nächte,
Vom Speer verwundet, dem Odin geweiht,
Mir selber ich selbst,
Am Ast des Baums, dem man nicht ansehn kann,
Aus welcher Wurzel er wächst.
Sie boten mir nicht Brot noch Horn;
Da neigt ich mich nieder,
Nahm die Runen auf, nahm sie schreiend auf,
Fiel nieder zur Erde.
aus: »Odins Runenlied«, in »Des Hohen Lied«, in *Götterlieder der Älteren Edda,* S. 68, Abschnitt 138–139

Seite 200:
Lieder kenn ich, die kann die Königin nicht
Und keines Menschen Kind. –
Hilfe heißt eins, denn helfen mag es
In Streiten und Zwisten und in allen Sorgen.
Ein andres weiß ich, des alle bedürfen
Die heilkundig heißen wollen.
Ein Drittes weiß ich, des ich bedarf,
Meine Feinde zu fesseln.
Die Waffen stumpf ich dem Widersacher,
Ihre Schwerter schneiden wie Holz.
Ein Viertes weiß ich, wenn der Feind mir schlägt
In Bande die Bogen der Glieder,
Sobald ich es singe, so bin ich ledig,
Von den Füßen fällt mir die Fessel,
Der Haft von den Händen.
aus: »Das Zaubergedicht«, in »Des Hohen Lied«, in *Götterlieder der Älteren Edda,* S. 69–70, Abschnitt 146–149